心向苍穹

王温 著

海峡出版发行集团
海峡文艺出版社

谨以此书
致贺
伟大的、光荣的、正确的
中国共产党成立100周年!

目 录

第一章 / 1
第二章 / 4
第三章 / 8
第四章 / 10
第五章 / 16
第六章 / 22
第七章 / 26
第八章 / 28
第九章 / 34
第十章 / 44
第十一章 / 46
第十二章 / 58
第十三章 / 60
第十四章 / 62
第十五章 / 65
第十六章 / 70
第十七章 / 75
第十八章 / 81
第十九章 / 91
第二十章 / 94
第二十一章 / 99
第二十二章 / 105
第二十三章 / 110

第二十四章 / 119
第二十五章 / 128
第二十六章 / 132
第二十七章 / 136
第二十八章 / 141
第二十九章 / 152
第三十章 / 158
第三十一章 / 160
第三十二章 / 172
第三十三章 / 180
第三十四章 / 186
第三十五章 / 188
第三十六章 / 192
第三十七章 / 196
第三十八章 / 214
第三十九 / 224
第四十章 / 227
第四十一章 / 231
第四十二章 / 244
第四十三章 / 249
第四十四章 / 257
第四十五章 / 262
第四十六章 / 270

第四十七章 / 274
第四十八章 / 284
第四十九章 / 288
第五十章 / 291
第五十一章 / 301
第五十二章 / 317
第五十三章 / 324
第五十四章 / 330
第五十五章 / 333
第五十六章 / 346
第五十七章 / 351
第五十八章 / 356
第五十九章 / 359
第六十章 / 362
第六十一章 / 366
第六十二章 / 370
第六十三章 / 374
第六十四章 / 378
第六十五章 / 385
第六十六章 / 393

第六十七章 / 402
第六十八章 / 404
第六十九章 / 406
第七十章 / 410
第七十一章 / 418
第七十二章 / 421
第七十三章 / 426
第七十四章 / 432
第七十五章 / 439
第七十六章 / 443
第七十七章 / 446
第七十八章 / 451
第七十九章 / 455
第八十章 / 460
第八十一章 / 465
第八十二章 / 472
第八十三章 / 477
第八十四章 / 481
后　记 / 486

前　言

　　生活在这个世界上，我们热爱这个世界；尤其热爱我们的祖国——这块属于我们自己的世界。让我们热爱生活，创造生活，幸福生活。并且，以人类特有的智慧记载我们的生活。我们的先辈们这样做了，让我们知道了我们民族和人民的昨天；我们有责任继承和效法先辈，忠实地记录下自己的所作所为、所见所闻、所思所想，而无论自己和自己的经历是多么的微不足道与平淡无奇。这样才能让我们的后人知道我们的今天和今天的我们。每个人都在创造历史，一如每个民族都在时刻创造自己的历史一样。让我们在生活中创造，在创造中生活；让我们在继承中前进，在前进中继承。继承、创造、前进，从而走向更加美好的未来！

第一章

吴国耀站在办公室的窗户旁边，静静地欣赏太阳冉冉升起。

他惊讶地发现，今天的太阳仿佛格外明亮圆大，就像一个大火球，发出温暖而又祥和的光芒，照得他心里暖洋洋的，脸庞红彤彤的，眼睛闪烁着晶莹的亮光。

吴国耀热爱太阳。他认为世界上所有的事物中，太阳是最美丽、最尊贵、最神圣的。

他有一个习惯：每个晴朗的早晨，他总是赶在太阳出山之前就起床，然后沿着江源市人民公园中央大道疾步行走，让自己的身体沐浴在阳光之中，像电池板似的吸收着太阳的能量。就算是酷热的夏天，他也照常在太阳下做身体锻炼，任凭浑身汗水汩汩流淌。活动完了，冲个热水澡，顿时觉得浑身畅快，脑子清晰，心情格外美好！

今天，吴国耀仿佛是第一次看到太阳这么绚丽。

他预感有什么重大的好运要降临到他头上，他的心情似乎太阳一样鲜艳、温暖起来，于是就情不自禁地脱口喊了声"好"！

吴国耀的秘书齐娅静每天早上一上班，通常会手捧着一些文件资料，送吴国耀签阅。

今天也一样。齐娅静一早就来到吴总办公室门口，刚要敲门进屋，猛地听到屋里的吴总大叫了一声"好"，不禁愣了一下。她以为是吴总接电话，可这声好之后，再也听不到说话的声音了。齐娅静迟疑了一下，就敲了敲门，只听吴总答了一声"进来！"

齐娅静刚一进屋，吴总就急切地问道："巨源公司的资料带来了吗？"

齐娅静用轻柔而又坚定的语气说道："带来了，吴总。除了巨源公司的有关资料外，我还整理出了巨源公司总裁乌海吉的个人资料。"

对吴总交办的事情，齐娅静总是非常仔细、认真、周到地落实。特别是涉及重要事项的资料，齐娅静总能够做到让他喜出望外。

关于中源公司和巨源公司联手竞标江源市江源大坝工程建设项目一事，全公司上上下下，都非常重视。因为这个工程一旦搞定，公司将获得一笔巨额利润。按照吴总以往的作风，不但参与这个项目的员工将会得到丰厚的报酬，就是没有参与本工程的人员，也会得到一份额外之财。所以，全公司的人都很关心，连看大门的李大爷有时见到齐娅静的时候也会关切地问："小齐秘书，那个大坝工程投标怎么样了？我们公司有希望中标吗？"

"当然！我们中源公司没有不可以的"！齐娅静坚定地回答道，她对谁都这样回答。

吴国耀接过齐娅静的文件资料，说了声"你稍坐一下，我看完材料以后，还有些事情要交给你去办"。

于是，齐娅静来到靠墙角的冰箱前，打开冰箱拿出一个咖啡罐，冲了一杯咖啡，加了两块方糖，给吴国耀送了过去。她知道吴总特别爱吃甜的，喝咖啡一般都要加四块方糖。对于吴总这样的中年男性，糖吃多了不好，于是她就少加了两块。

吴总接过咖啡后，把目光从文件上转移过来，朝齐娅静脸上望了一眼，算是感谢的意思。随即又埋头看文件了。

今天吴总的眼神很亲切，让齐娅静心里涟漪微漾。看样子今天要等一会儿了。于是，她也给自己冲了一杯咖啡，然后往沙发一坐，慢慢地品尝了起来。

齐娅静感觉这咖啡味道真的好极了，芬芳浓郁，十分可口，不一会儿就觉得唇齿馥香。

开始时，吴总边看文件，边问了齐娅静几个细节上的问题，不一会儿就完全进入到材料里面去了。他更多的是在深思，有时下意识地拿起杯子抿一口咖啡，这动作好像是吴总思索过程的辅助工具，通过它把上下两段思维连接起来。

吴总纹丝不动地看文件，齐娅静顺手拿了一份前一天的报纸浏览了起来。齐娅静对时政不感兴趣，看了几眼后觉得有些疲倦，就把眼光投向窗外。

这时太阳已经升起很高了，一缕阳光柔和而又静谧，透过窗户玻璃斜照到了吴总的脸上。齐娅静有意无意地观察起吴总的形象来了。吴总前额宽阔饱满，发际高高的，眉毛淡淡的，深深的双眼皮，鼻尖挺拔，脸庞呈正方形。五官长得都挺大、挺突出的，但从整体上看，却是个文质彬彬的人。

这还挺怪的。

齐娅静很欣赏吴总那双眼睛，那么炯炯有神，那么和善睿智。如果仔细地观察，还能发现吴总眼睛深处好像还蕴藏着更深的东西，当他双目注视人的时候，隐隐感到那双眼睛的后面好像是两个深潭，深邃难测。

"材料搞得不错。"齐娅静还在遐想，没有注意到吴总已经看完了资料。一听到吴总的说话声，她不禁一惊，面颊微泛红晕。

吴国耀没有注意齐娅静的表情，继续说道："从材料内容看来，我们以前的判断是基本正确的，乌总的巨源公司毫无疑问是江源市实力最雄厚的民企之一。这个公司不仅经营房地产和建筑，特别是他刚买下东峰岭的那座铜矿，极有可能给乌总带来他本人都没有料及的丰厚利润。乌总的人脉也是充沛而深厚啊，不简单啊！和他谈合作事项，必须十分稳妥才对。下午谈判的方案很好，照此进行就可以了。"

说着，随手就把材料递给了齐娅静。

听了吴总的赞许，齐娅静觉得很开心，这两天加班加点可没白干。接过材料，她迈着轻快的脚步离开了吴国耀办公室。

第二章

中源公司和巨源公司关于联手竞标江源大坝工程的合作事项谈判,在中源公司综合大楼二层会议室进行。这座综合大楼的装饰以淡红色为主,所以,也叫红楼。双方都非常重视这次商谈,公司主要领导和项目负责人都参加了会谈。

中源公司一方除了吴国耀以外,还有副总经理方向成、副总经理兼项目负责人吴理睿、总裁秘书齐娅静。巨源公司一方除公司总裁乌海吉之外,公司前三位副总也都参加了会谈。

本来,按照吴国耀的意思,本轮谈判是要放在巨源公司总部大楼举行的,以示对巨源公司和乌海吉的尊重。公司负责此项目的吴理睿事先跟乌海吉说了几次。后来吴国耀还亲自打电话给了乌海吉,表达此意。但乌海吉坚持要在中源公司进行,说是他佩服吴总的为人和才干,一定要登门拜访吴总和中源公司。双方谦让了几回以后,最后,吴国耀才同意会谈在中源公司进行。

时间确定下来以后,吴国耀召集公司副总经理开会,专门研究接待事宜和会谈的细节问题,这在公司还是第一次。

当天下午乌海吉一行提前十分钟到达中源公司。才一进大门,就见吴国耀率领公司高层管理人员在大楼门口迎接。乌海吉的轿车刚停下,吴国耀紧步上前,迅速而又熟练地打开车门,然后右手握住乌海吉的左手,用自己的左手抵在车门的上方,说道:"小心碰头"。

乌海吉一见吴国耀亲自替自己开车门,十分感动,乘下车的余势,做了个鞠躬的动作,吴国耀连忙拉着乌总的双手,朗声说道:"欢迎啊,乌总!"乌海吉也热情洋溢地答道:"谢谢您,吴总,谢谢您!"

然后,乌海吉和吴国耀肩并肩向会议室走去。

双方随员见两位老总这么热情,也都亲热交谈着,走进会场。

会议室宽敞明亮,朴实无华。大厅里除了一张大型的椭圆形会议桌和皮椅衣架之外，就没有什么多余的陈设了，只是在茶几上摆放了一些水果、咖啡和甜品，供与会人员自助选用。

双方人员坐定之后，再没有客套寒暄，而是马上进入实质性的商谈。吴国耀先说道："乌总我们开始吧。先由我方副总经理吴理睿介绍一下我中源公司的方案。之后，请贵方介绍方案，然后就合作事项提出双方意见。这样巨大的合作项目要想通过一次商谈就能达成协议，也是不可能的。今天只是开个头，以后还要多次商谈。但是我相信，中源公司和巨源公司最终能够携手合作，互利共赢。你说呢，乌总？"

乌海吉看到吴国耀投过来的咨询的目光，随即从容不迫、不紧不慢、语气温和又坚定地说道："吴总说的是。我们两家公司在江源市是非常有实力的公司，而江源大坝工程项目，则是我们这个城市近二十年来最大的工程项目。这么大的工程，我们双方想单独拿下是很困难的。所以我们携手合作是上策，这样不仅可以排除本市的竞争对手，更重要的是，可以战胜外来的竞争对手，可以说我们双方的合作是形势的需要，历史的必然，是吧，吴总？"

吴国耀神色严肃，全神贯注地听乌海吉讲话，当听到问话时，他马上答道："乌总的话点破了实质要害，很实在，是我们双方都要坚持的原则。客套话就不说了，现在请吴副总经理介绍中源公司的方案。"

吴理睿站起来向大家介绍了中源公司的方案。大意是这样：中源公司负责制作标书，竞标成功后，由中源公司负责这个工程施工上的技术事情，尽力保证工程利润最大化。按照他拿到的江源市政府的有关材料分析，整个工程做下来，利润在五千万以上，这还不包括工程变动追加投资的那部分工程利润。根据以往的经验，这部分的利润在五百万以上。吴理睿向大家出示了相关的图纸。

乌海吉在听的过程中没有提问题，也没有插话。显然，中源公司所做的工作，大大出乎他的意料。因为，国家有关部门还没有批准这个工程，自己更没有百分之百将工程拿下的能力。好多事，自己也只是随口那么一说，而中源公司则一切都是按实战进行的，没有把它当两可之间的事情来办。甚至，据他看起来，这些方案几乎是完全可行的，一旦项目到手，即可据此操作。他对吴国耀扎实的工作作风和高强的工作能力暗暗佩服起来。不由自主地看了吴国耀一眼，而吴国耀恰恰也在看着他，两人双目对视，互相点头，笑了笑。

这时，吴理睿的介绍刚结束，吴国耀就对乌海吉说："乌总，请贵公司介绍一下贵公司的准备情况。"

"好，"乌海吉把脸转向左边，给公司副总经理兼项目负责人成勇递了个眼色，成勇随即站起来给大家介绍巨源公司对这个项目的一些考虑。吴国耀也是静静地听着没有发问。听成勇的意思，巨源公司在市、省和国家有关部委都找到了关键人物，都会以各种方式帮助巨源公司拿到这个项目，这方面的情况当然不好细说，所以没说几句，成勇就坐了下来。

这时乌海吉说道，"一些深入细节的事情，我另找时间单独给吴总汇报，还有一些正在进行的工作，由于情况千变万，也不详细说了。"这两句话的潜台词是说，他还找了一些官场界的大腕，和他们的交往情况和在他们身上的投资，在这个场合就不说了，不方便说，但会和吴总单独交流。吴国耀听了连说"好，好"，然后礼节性地问在座的各位副总还有什么意见没有。

大家都是非常知趣的，都连连摇头摆手说没有，双方便对各自的方案提了些许修改，达成了一致意见，主要有以下几点：一、巨源公司主要负责公关事情，拿下江源市大坝工程，这方面发生的费用，由巨源公司全部承担；二、中源公司负责所有投标文件的制作，这方面发生的费用全部由中源公司承担；三、江源大坝工程中标以后，由中源公司负责所有技术上设计上的问题，巨源公司则负责工程的施工工作；四、为更好地合作这个项目，双方同意成立一个新的公司，巨源公司投资一点二亿元占55%股份，中源公司投资一亿元占45%股份，乌海吉任公司法人、董事长，吴国耀任总经理，新公司争取在三十天后挂牌成立。

吴理睿宣读完毕这些条款后，乌海吉率先站起来鼓掌同意，吴国耀向乌海吉伸过手去，两人紧紧握手，互相庆贺。吴国耀兴奋地说："乌总，以后我们就是一家人了。"乌海吉也显得很激动，说"在江源市，只要咱们哥俩合作，就没有办不到的事！"

在座的两家公司的其他人员也都兴高采烈，喜气洋洋，互相握手、拥抱庆贺。

接下来，吴国耀、乌海吉率部下参加晚宴。吴国耀、乌海吉都是江源市的商界领袖，又是这么重要的场合，宴会的饭菜丰盛程度就不必说了。吴国耀和乌海吉连连举杯，互相庆贺，不一会儿，两人半斤五十三度茅台就已下肚了。在吴国耀、乌海吉的带动下，双方的随员也酒兴大发，连连举杯，气氛非常热烈。看到这情景，乌海吉拉了一下吴国耀的衣角，示意他坐下，乌海吉凑到吴国耀的耳边，低声地说："前些天龚市长找我过去，和我谈了这个项目的事，他明确表示，坚决支持本地的企业承揽江源大坝项目。听了他这话，我觉得有些眉目了，所以今天才敢来向您汇报工作，别的不敢吹牛，但当今江源市这片天下的英雄，惟吉与吴君耳。"

吴国耀一听完，心花怒放，兴奋不已，连声说道："与你合作真是太高兴了！"

这时乌海吉的手机响了起来，乌海吉一看显示号码是龚市长的秘书刘宇军打来的电话，他立即止住了说笑，他边说："不好意思，小刘的电话。"边顺手让吴国耀看了一下上面显示的电话号码，吴国耀扫了一眼，示意他到外面听电话，吴国耀则点了一支烟，抽了起来。

约过了十二三分钟后，乌海吉回到座位上，脸色严肃地对吴国耀说："刘秘书找我去，说有要事对我说。"吴国耀说："那你先去吧，我陪兄弟们再喝几杯。"

乌海吉说"好，那我先走，你别动，不要送，不要影响弟兄们的酒兴。"

乌海吉离席以后，宴会照常进行，一直到晚上十点多才结束。结果吴国耀喝得酩酊大醉，被人送进了人民医院。

第三章

第二天傍晚，吴国耀才出院。

本来医生要他在医院里再观察治疗一天。他坚持说开些药回家吃就可以了，医院里他睡不好。随即打电话给吴理睿，让他来医院结账，办理出院手续。吴理睿和医院的大多数医生都熟悉，给吴国耀看病的崔主任就是他安排的，看到吴理睿，崔主任还让他劝劝吴国耀再住一天呢，吴理睿告诉崔主任说，吴国耀怕医院的气味，睡不着，还是开些药回家吃更好，崔主任见他也这么说，就不再坚持了。

吴国耀让司机送他到海苑小区的别墅楼休息。吴国耀让吴理睿办完手续后到也他的住处去，有事情要和他商量。吴理睿来到吴国耀的住所已是晚上八点多了。吴国耀说自己喝了一大碗白粥，又吃了些榨菜，舒服多了。

"您以后可不能这么喝酒啊，昨晚您把我吓坏了，嘴唇都紫了，医生说如果不及时送医院，当天晚上胃可能会大出血呢！以后可千万别这么玩命喝酒了。"吴理睿一见面就连声说道。

吴国耀笑了笑说："没事，主要也是高兴，原来我担心乌海吉会提些苛刻条件，但结果一个也没有提，顺利签了协议。这样这个项目就有百分之五六十的胜算了。这段时间你辛苦了，我知道你在中间做了大量工作，功不可没啊，回头我让财务给你卡里打三万块，聊表谢意。"

"别，别，千万别这样，吴总！这都是我分内的工作，哪能要您这么多钱啊，再说，公司给我的报酬已经很丰厚了，这钱我不能要！"

"你别见外，我知道这个协议商谈中你个人开支了不少钱，办公司的事，哪能让个人买单呢，你就拿着吧，等工程到手后，我会重重谢你的。"

吴理睿听了这番话后，再也没说什么了，只是干咳了几声，说："您看，您看……咳，咳！……谢谢吴总。"

吴国耀和他谈了一些近期工作上的事。

最后，吴国耀嘱咐说："我喝醉酒的事，细节别对外人讲，如果有人问就说我最近身体虚弱，稍喝点酒就醉了。千万别让外人、特别是巨源公司乌总知道我是为协定而醉，要是那样他们会小瞧咱们公司的，就不好合作了。"吴理睿连声说："这我懂，您放心。"说完就退出了房间，出了大门，上了自己那辆黑色奥迪，一会儿就消失在夜幕中了。

齐娅静这两天可着急了，一方面吴总醉倒住在医院，好多事没法处理，一方面找吴总的人还比平常多了许多，办公室电话一个接一个，响个不停。快到下班那会儿，巨源公司的成勇副总经理还打来电话，问吴总在不在，当听说吴总还在住院时，就连支吾两声"再说吧，再说吧"，便挂了电话。

也怪，平时没有联系的几家大公司的老总都不偏不倚，都在这个节骨眼上找吴总，说有重要的事。她中间去医院了两次，都看到吴总在昏睡，什么事都不听，也不见人，只留吴理睿在旁边接他的手机，有要紧事就临时处理。

第三天吴总上班时，齐娅静迫不及待地想把这些天情况从头到尾汇报一遍，吴总听了几句就不听了，只问了几句："巨源公司打过电话吗？"齐娅静说了副总成勇打过。

"除了公司的人外，还有什么人打过电话？"

齐娅静想了想，"没有，只有龚市长的秘书刘宇军打过一个电话，不过不是找吴总的，而是找我齐娅静的，谈的却都是您的事。"

"他也知道我喝酒醉了？你们关系很密切，互相打电话？"

"才没有呢，就昨天打了个电话。"吴总听了笑笑说："没事了，给我来杯浓咖啡，还是咖啡好喝，酒难喝啊，嘿嘿。"

第四章

　　乌海吉在和吴国耀商谈的第二天一早，就离开江源上北京去了。

　　他的侄女乌丽丝一同前往。乌丽丝一上车就告诉乌海吉说了昨晚吴国耀大醉后住院输液的事。

　　乌海吉一听，略为有些惊讶，问道："有那么严重吗？吴总的酒量很好的啊。"

　　乌丽丝脱口而出说道："可能是昨天与您谈合作竞标大坝的事太兴奋了吧，人一兴奋就容易喝多。"

　　"不至于，不至于。吴国耀自己的公司做得也挺大的，他的路子也广，就是为人有些憨直，不是太聪明。不过有些人发财完全是靠运气的。"

　　"就是，就是。"乌丽丝附和道。

　　乌丽丝今年刚满二十岁，是乌海吉的侄女。她的爸爸乌海祥长乌海吉十岁。乌海祥是一个中学老师，为人忠厚老实，不善交际，每天基本上是从家到学校、从学校到家做直线运动。他所有收入都如数上交老婆李明秋，同时里里外外的事情也都交给老婆打理。夫妻之间相处默契和谐。

　　少年的乌海吉性格暴躁，好惹是非，惹下的好多麻烦事都是乌海祥帮助了结，这也花了他不少钱。每次处理吵架事时，乌海祥总是先看看乌海吉有没有受伤挨打。如果没有受到伤害，这才向对方赔礼道歉。看到对方确实被弟弟打伤，他立刻拿出几块钱交给对方父母。由于乌海祥的态度诚恳，一般问题都能很快得到解决。

　　每次处理完问题后，他总会问乌海吉为什么要和同学打架。乌海吉多数是说，当时很愤怒，控制不住就出手了，没想到会把人家打成那样，自己看了也害怕。乌海祥总是劝弟弟别打架，用头脑战胜对手比用拳头战胜对手更有说服力。

　　这时候乌海吉总是很认真地听哥哥的话，连连点头称是，"哥，我就是没有那耐心，觉得用头脑解决问题时间慢，不像用拳头那样马上见效。"乌海祥听了乌海吉的狡辩，也不十分责怪，总是摇摇头说："小不忍则乱大谋，你啊，一点也不听人劝，长大以后要吃苦头的。"

乌海吉从小身体就发育得很好，上高中时已经是一米七八的大小伙子了，乌黑的头发，长方形的脸庞，颧骨突起，鼻子高大，单眼皮厚厚的，盖住了眸子的上半部。所以，平时他的眼睛总是像眯着似的，但在发怒的时候，人们才发现他的眼珠是那么圆大和凶狠吓人。

乌海吉虽然爱发脾气，但他一般不先侵犯别人。相反，他是个热心助人，爱打抱不平的学生。有一次，一个同班同学被一个高年级的学生殴打，乌海吉见了，一个箭步蹿上去，一手抓住那个同学的拳头，另一手紧握拳头，朝他的脸就是一拳，那同学猝不及防，被乌海吉打了鼻子，顿时鲜血直喷，吓瘫在地。那个同班同学见乌海吉闯下大祸，怕受牵连，从地上爬起来，飞奔回家。

这回让他的哥哥乌海祥也吓坏了，忙给对方的父母赔礼道歉，还付出了十五块钱，那是他半个月的工资啊！自那次架打完后，乌海吉英勇无畏，见义勇为的高大形象就牢不可破地在同学们心中树立起来了。还有些老师也暗暗佩服乌海吉的勇敢和倔强。

这一次事情闹大了，哥哥乌海祥痛骂了他一顿，并几次抡起巴掌想掴乌海吉，乌海吉低着头，没敢吭声。

那次打架以后，乌海吉像变了个人似的，变得沉默寡言了，再也不帮人打架了。他觉得人是不值得去帮助的，他帮助的那个同学看到他把人打伤了，怕连累到自己，撒腿就跑，让他印象极其深刻。他认为这种无情无义无能的东西，早就该自生自灭了，自己去帮他是全错了。从此他全部心思都用在学习上了。

高考那年，乌海吉考上了当地一所大学学习电子计算机，毕业后被分配到市建设处当一名技术干部。每月工资之外，还能挣到相当可观的外快。但只干了一年，他就对机关那种按部就班，枯燥乏味的环境厌烦了，决心下海自己干。他在做决定前，找哥哥商量，刚好哥嫂俩都在家，他把决定一说，哥哥没有说话，嫂子马上表态，赞同他的决定。

那天他和哥嫂聊得很晚，最后，乌海祥对他说"有什么需要哥哥帮忙的地方就说，有什么难事别一个人硬扛着，这世界上，亲兄弟就我们俩。"乌海吉对哥哥说:"没事,我先回去了。"一扭头,两眼湿漉漉的,他觉得哥哥是世界上最好的哥哥了。

像大多数创业者一样,乌海吉创业历程的第一步也是不顺利的。他在大学学的是电子计算机专业,有此专业特长,所以他就成立了一家计算机公司。可是,那时江源市全市的电脑加起来也不多,而且主要是用于机关公文处理,说白了就是台打字机,基本上没有什么业务。一年的时间,他倒赔了三万多,这在当时可是个大数目啊,由此他背上了沉重的债务。

经过痛苦思索,乌海吉最后决定到深圳去发展,他认定深圳这地方有他的发展空间。他考虑好后,当即就买了张去深圳的火车票,直接南下。在火车站他给哥哥打了个电话,说了要去深圳,什么时候回来现在不知道,到了深圳再和家里联系。乌海祥听了非常着急,一个劲地问他去深圳干什么。他觉得不好回答,就说火车马上就要开了,有机会再说,就把电话挂了。

乌海吉到深圳头一年多时间,没人知道他的行踪。他虽然跟乌海祥保持电话联系,但对乌海祥问及的有关他的工作上的事总是避而不谈。后来乌海祥从别人那里听到了有关他弟弟的许多传闻:有的说乌海吉在做家私生意,发大财了;有的说他做推销员,拿着电脑说明书挨家挨户地推销电脑;有的说他在一家歌厅做服务员,兼推销洋酒;有的则说他当服务员是假,做'鸭子'是真,为了赚钱,他什么都干了。乌海祥听了不相信,但弟弟到底是做什么的,他确实弄不清楚,因此经常为弟担忧叹息。倒是他的老婆为人豁达干脆,常开导乌海祥说:"你别瞎操心,海吉那身才艺有几个人能比?他怎么可能堕落到干那些乌七八糟的事情!依我看啊,他一定能在那儿干出大名堂,再过阵子回家来,肯定是个百万富翁!"

确实,第三年乌海吉就回家过春节了。回家前,他对谁也没有说,他要给家人一个惊喜。那天,乌海祥在家里和几个朋友在玩纸牌,到了中午时分,大家刚要散去,只听女儿乌丽丝在门口大叫:"爸爸,二叔回来啦,还带来了一个美女!"

乌海祥开始不相信,但还是不由自主地走出门口,上了马路。果然,看见乌海吉刚停好车,正往外搬东西,和他同来的真是一个俊俏的姑娘。见到眼前情景,他着实吃了一惊。眼前的乌海吉,气派非凡,春风得意。头发理成了板寸,戴上了一副金框眼镜,雪白的衬衣,扎着一条蓝底红纹的领带,外套是意大利名牌西服，脚蹬的是高档皮鞋。那个女孩子约摸20出头，青春洋溢，一身时髦打扮，刚从那辆宝马车上出来，一见到乌海祥，就大声地说："大哥，您好，见到您真开心，海吉和我在外可想您了。"边说边向乌海祥伸过手去，乌海祥没见过，也搞不清楚她和乌海吉的关系，所以对她的热情还不习惯，但还是热情地和她握了握手。

这时乌海吉上来介绍说："大哥，这是我的女朋友刘月娜。"听乌海吉这么一说，乌海祥眼里立马露出了真挚热情的笑容，对刘月娜说："你好。"然后对乌海吉说："快带刘月娜回家吧，你嫂子在家呢。"

一家人在屋里坐定后，就聊起来了。眼明心细的李明秋，在门口接乌海吉和刘月娜的那会儿工夫，就已经完成了对乌海吉的三年在外情况的大概了解了。坐在面前的这个丈夫的亲弟弟绝对是像她早先所预料的那样，有大出息了。说他是百万富翁已经是看低他了。那辆宝马车就值百把万的。她做姑娘的时候去北京玩，她的姨夫开的就这种车，当时是一百二十万元。刘月娜身上穿的裘皮大衣至少也在三万以上，李明秋真为这个弟弟感到高兴。她比乌海祥更了解乌海吉。

乌海吉高兴地看着侄女乌丽丝（家人都习惯叫她丝丝）。三年不见已长成一个大姑娘了。乌海吉让丝丝坐在他身边，丝丝对二叔没有陌生感，还没说话呢，就伸手去摘乌海吉的眼镜，她说道："二叔在外面学问大长了吧，都戴眼镜了。"说完把眼镜往自己鼻梁上一戴，顿时觉得天旋地转，头晕得要命，学了个孙悟空被唐僧念紧箍咒的表情，连叫"晕死俺也，晕死俺也！"

这个动作把乌海吉逗得哈哈大笑。在一旁的刘月娜也乐了，她走到丝丝身边，拉着她的手，然后从包里拿出一块高级女式手表，说："来看看合适不合适，这是姐姐给你带来的。"

说着把丝丝的手放在自己的腿上，给丝丝扣好表链。"正合适，海吉，你看我猜得准吧？"丝丝瞧着这表实在太漂亮，她太喜欢了，正咧嘴笑呢，一听刘月娜称二叔海吉，立即止住了笑，装着一副认真的疑惑不解的神态说："嗯？不对啊？"

刘月娜愣了一下，问："有什么不对了？"

"你刚才让我叫你姐姐，那说明咱俩是同辈了，你叫他（她伸手指了指乌海吉）也该叫叔叔啊，怎么能直呼其名呢？"

刘月娜听了脸一红，"我是我，你是你嘛。"

乌海吉听了，笑了笑，觉得要落实一下刘月娜的身份了，笑着说："以后你叫刘月娜姐姐吧，哥哥嫂嫂就叫她刘月娜就行了，叫什么无关紧要啊，反正大家都是亲人。"

大家都笑了笑，刘月娜又从包里拿出一串珍珠项链，双手捧到李明秋面前说："刘月娜的一点心意，还望嫂嫂笑纳。"李明秋脸上露出了开心的笑容，双手接过项链，说了声谢谢，刘月娜说："我给您戴上吧。""嗯，好，这项链真漂亮，就戴上吧。"刘月娜小心翼翼地给李明秋戴上后，拉她走到镜子前看了看。李明秋觉得确实很合适，很喜欢，她心想刘月娜不仅长得漂亮，人也聪明啊！

乌海祥和乌海吉很默契地离开客厅，到院子里草坪上说话去了。乌海祥问弟弟："什么时候回深圳？"乌海吉平静地说不回了，准备以后就在江源发展。

乌海祥原想问问原因，但最后没有问，只说了声"也好。丝丝现在毕业了，找了几个单位都不去，成天疯玩，我和你嫂拿她没办法，你好好管教她，这孩子听你的话。就让她在你身边帮你管管文件之类的吧。"

乌海吉说："这孩子我了解，心地善良，脑子也好使，我带带她，以后她能顶大用场的。"

乌海祥说："就你看得起她。"

"哥，我准备在市开发区那边买栋别墅，刘月娜怀孕两个月了，春节前，我想把结婚手续办了。刘月娜是个孤儿，她父母在1998年被那场洪水卷走了，最后连尸骨都没有找到。我想把婚事办得体面些，让她在咱们家高高兴兴的。"

乌海吉说到这停下来看了乌海祥一眼，见哥哥若有所思的表情，又继续说道，"这三年我在深圳掘到了第一桶黄金，苦也吃了不少，现在我们江源发展的机会很大，发财更容易，我想了很久了，才决定回江源发展的，深圳公司的股份我准备转给香港的一个朋友，我计划把资金全部撤回江源，计划用三年时间把公司做得更大。"

"你业务上的事我一概不懂，你和刘月娜的婚事，我会帮你办得漂漂亮亮的，你尽管放心。"

"好吧，我们就这样说定吧，晚饭后我和刘月娜回市里住酒店，我的朋友多得很，在家不方便。"乌海吉说了这么多事，心里顿时觉得轻松了许多，突然感觉有些饿了，这时丝丝恰好来叫他们回屋吃饭。

乌海吉也是看到家乡江源市的发展前景才决定回家乡发展事业的。他最早听到江源的大坝工程是在一年前。他在深圳时，接待过市计委的一个副主任，叫乌海甫，是他的中学同学，高考时他考上了江源财经金融学校，毕业后分配到市计委。有一次乌海甫到深圳出差，从其他在深圳的朋友那里了解到乌海吉发展得很好，这让他又想起了中学时候那个强大豪爽的乌海吉。他自己现在是一位市里的中层领导了，而且位置重要，相信乌海吉会热情相会的。

于是他就从朋友那里要到乌海吉的手机号，吃完饭回到酒店，他给乌海吉打了个电话。电话很快就接通了，乌海甫让乌海吉猜自己是谁，乌海吉一下子就听出了是他，听口气是非常高兴、非常热情，说马上到酒店看他。这次见面让乌海甫认识了一个崭新的乌海吉：富有朝气和创造力，思维活跃，干劲十足，而且已经拥有上千万元资产，要是在江源，那也是一个很有名气的企业家了。

乌海吉所选择的道路，也是他想走的路。可惜的是，他放不下他那份优越的工作，再有就是心里没底，不敢贸然下注。他们俩聊得非常投机，相互之间说了许多鼓励的话，最后，乌海吉邀请乌海甫去外面放松一下，乌海甫没多想就跟乌海吉上了车，到了当地一家最著名的歌舞厅，乌海吉要了个豪华包厢，并嘱咐小姐，他这个包厢一晚不许开灯，他这是为了消除乌海甫认为包厢里有摄影头和会被小姐认出来的心理。这天晚上，他们又唱又闹，非常尽兴。

第二天中午，乌海吉又请乌海甫吃饭。饭后，乌海吉送乌海甫去机场，还送给他一部最新款的高档手机。这时乌海甫已经彻底佩服乌海吉了，他简明扼要而又全面地向乌海吉介绍了江源市当前和今后一个时期要进行的几个重大工程项目，其中就有江源大坝工程这个项目。

乌海吉凭他在南方这几年的经验和商业头脑，他知道，应该回家乡江源去了，那里才是他大展宏图的地方。

第五章

齐娅静来到江源这座城市整整五年了。她从河北一所著名大学毕业后，就随同乡兼同学的胡纯美来到这里应聘工作。她们俩都是学应用数学专业的，工作不好找，在当地应聘过几家单位，只有两所地处郊区的中学对她们表示了兴趣，愿意接纳她们当数学老师。而胡纯美不愿意当老师，她的父母在河北老家一所中学当老师。从小她就体会到了做老师的艰辛。早些年，教师的地位虽然不高，但在学生中还享有威信，可是这些年开始，情况发生了很大变化，学生独立意识不断增强，对老师也挑剔起来了，要是哪一位老师有几节课讲得不令他们满意，学生就会向校长反映，有的甚至向校长要求换老师，搞得老师很尴尬。

有的老师渐渐地改变了想法，主动和学生搞好关系，对学生的一些缺点和不良行为，采取睁一只眼闭一只眼的态度，学生那边也很配合，对老师的课再也没有提出什么意见了，大家心照不宣，相安无事，各得其所。

但一年一度的高考升学率却明显下降了，能考上名牌大学的学生也越来越少了，这导致了学生家长的不满。有的家长还把情况反映到教育局，教育局领导找学校领导和老师开过几次座谈会，提出了一些措施，但都没有收到成效。于是有钱有权人家的孩子就转到省城中学去读书了。

胡纯美的父母都在同一个学校任教，他们对这种现象都感到忧郁，但又无可奈何，在家里经常叹息。家长的这种情况自然给孩子常来了阴影，于是她们两人一致决定不当老师，找份别的工作哪怕苦些累些也愿意。

这样，她们俩放弃了老家当老师的职位，来到了江源市寻找发展天地。

胡纯美人如其名，长得甜甜美美的，很快就被市政府统计局的郝令乾局长看中，调入局办任科员，两年后和郝局长的儿子、市委宣传部干部郝平结婚。举行婚礼那天，有人开玩笑说："郝局长哪是招员工啊，纯粹是招儿媳妇嘛。"郝局长呵呵一笑，说："兼而有之，兼而有之嘛。"有次，吴国耀听了齐娅静讲这个故事后，不禁莞尔一笑，说道："这个老郝真是高人，行以权谋私之事，还让人没话可说。"

齐娅静则费了一些周折，才被招入中源公司工作的，部分原因是她的长相。她的胎记不偏不倚，正好长在眉心上，有一个硬币那么大，两边脸颊还零零星星地长了几个雀斑，这让她的容貌大为逊色。她本来也可以去市政府的，就因为这个胎记和几个雀斑，失去了竞争力，被另一个女孩子顶替进去了。为此，她难过了好几天。

后来她从市报上看到中源公司要招一个计算机中心副主任的信息，就来应聘。这个公司的监考官给前去应聘的一大堆男孩女孩每人发了一张试卷，限半小时做完。齐娅静拿到试卷后从头到尾看了一遍，然后开始答题，二十分刚过她就答完交卷，转身出门了。

齐娅静在第二天下午就得到通知，让她次日上午八时去公司面试，她发现参加面试的还有十多个人。面试很简单，就是由公司负责人找应聘者问些情况，面试齐娅静的是一个三十出头的男士，和蔼可亲，名叫杨一平。他问她一旦被公司录用，她有什么打算之类的事情，齐娅静对杨一平所提问的每个问题都认真作了回答，她的面试比其他人多出了将近半个小时。面试完后，杨一平告诉她，他也是那所大学毕业的，但专业不同，他学的是经济管理专业，他还告诉她，他是前些年招聘进来的。齐娅静有些惊讶，就称杨一平为师兄，说了声："师兄请多多关照啊。"杨一平说她面试表现很好，他会如实向公司人力资源部的同事反映，并祝她好运。

齐娅静是第三天中午接到中源公司录用通知的。她当天下午三点赶到公司人力资源部报到，人力资源部的蒋元善部长向她介绍了她的岗位和有关待遇事项，蒋部长告诉她，将任命她为中源公司信息中心员工，主要编写、开发公司业务上急需要用的一些应用软件，月薪四千八百元，奖金除外。开始时住公司的职工宿舍，两人一屋，家具都是一应齐全的。试用期半年，如果试用期间不称职，则安排任其他职位，再不能胜任，即解聘。

这些都是招聘书上写明了的，齐娅静没有在意。但招聘书上的月薪写的是三千元，怎么一下子就变成了四千八百元，她怕蒋部长说错了，特地问了一下，蒋部长笑了一下，回答说："没错，就是四千八百元。我们是民营企业，工资待遇方面就比较灵活，根据情况随时调高或调低的，怎么，你嫌钱多？"

齐娅静被蒋部长这一突然的玩笑话逗笑了，说"当然不是，对钱，我是韩信点兵——多多益善！"

这次待遇调整是吴国耀临时决定的。他看到由于待遇不高，应聘者数量不是稀少，就是素质不高，名校毕业的极少。军无财，士不来。工资不高，就招不到好的员工，就是招到了也不可能让人长期待下去。没有人才的话，公司就没有发展后劲。吴国耀看到齐娅静是名校毕业的，而且编制软件的工作比较辛苦，工资拿高点也是应该的。所以他临时决定把她的月薪改为四千八百元。

录取通知下发的第二天，齐娅静就正式上班。她完全被那多加上的一千八百元工资给镇住了，觉得一定要对得起这一千八百元钱。她全力以赴地学习和工作，很快熟悉了情况，进入角色，每天工作起早贪黑，有时加班干通宵。一个月下来体重竟减少了十多斤，本来身体单薄的她，更加显得形销骨立了。

齐娅静的才华也在这个时期初步展现了出来。她带头编写的工程管理程序，非常实用，除公司内部使用之外，外单位陆续也有慕名前来求购的。公司领导决定，按一个软件三万元的价格出售。这一软件当年净赚二十万元，公司领导表示这钱归齐娅静支配，五万作为奖金归她个人所有，其余十五万元分给信息中心，作机动费，由齐娅静自由支配，齐娅静真是心花怒放，干劲大增。

但齐娅静是个通情达理的人，她对公司的钱非常珍惜，除了给中心的每个同事买了工作必需的笔记本电脑之外，剩下的十万余元，再也没动一子，全部存入了公司的财务账上。

一年后，齐娅静被调入吴国耀身边任专职秘书。

这天，吴国耀没有吩咐什么事情。吴国耀康复上班了，齐娅静的精神一下子放松了下来。下班前，胡纯美打电话问她晚上有空没有，要有空想请她聚聚。齐娅静和胡纯美很久没见面了，一听到胡纯美的声音，心里一阵高兴，问吴总晚上有事没有，没事她想去看胡纯美。

吴国耀说："没有事，你去吧，早点下班。"

晚上六点半，齐娅静准时到达海晶大酒店大餐厅，一眼就看到胡纯美在靠窗户的边座上坐着，正埋头看杂志呢。齐娅静走到她跟前，胡纯美也没有发觉。齐娅静"嗯哼"一声，胡纯美才反应过来，朝她一笑，说道："坐吧，菜点好了。"

齐娅静坐下来后，仔细地打量着胡纯美，胡纯美也学着齐娅静的样子打量齐娅静，一会儿，两人都笑了。胡纯美说："别来俗套，别一见面就夸人年轻了啦，脸色好啦，又漂亮了啦。说点实在的，我变老了多少？是不是少妇一个，惨不忍睹了？"

本来嘛，齐娅静打量胡纯美只是开开玩笑的，真没在意她的脸色之类的事情。现在听胡纯美这么一说，她倒真的打量起胡纯美来了。眼前的胡纯美和三个月前的胡纯美确实有了明显的变化：脸色红润，皮肤光嫩，眼睛比以前又大又圆，只是感觉脸部肌肉有些发胖松弛，精神有些萎靡似的。齐娅静很有分寸地夸了夸她脸色好皮肤嫩，胡纯美立即露出喜悦的笑容，然后，她幸福地告诉齐娅静，她怀孕了，两个月了。

齐娅静一听不禁"啊"了一声，然后说："真的啊，你太幸福了！"

接下来就是胡纯美的长篇介绍了，她说了她老公和家人对她体贴入微，关心备至。她怀孕后，几乎吃遍了各种滋补品，好多都是老公托人从原产地买来的。公公婆婆对她也是非常照顾，现在两人都退休在家，公公买菜，婆婆做饭，保证三餐饭菜花样百出，美味可口，营养充足。胡纯美语言描述事物的能力本来就很强，在这种甜蜜的事情上她的语言就更加生动精彩了。齐娅静一直都在听，面部表情随着胡纯美讲述的内容、情节很配合地变化着。本来她有些饿了的，可被胡纯美崭新的谈话内容吸引住了，基本上忘了动筷子。胡纯美就很关心地提醒她吃东西。细心的她发现，胡纯美点的菜肴都是为她点的，都是她最爱吃的东西。朋友的关心和善意，让她的心里微微一热，也加深了她对胡纯美的感情。

大约八点多，她们俩吃饱了，也聊够了，这时胡纯美的手机响了，是她老公打来的，说在楼下等她，接她回家。

齐娅静赶紧叫服务员买单。胡纯美说话了："今天我来买单，哪能每次都让你破费啊！再说，我今天特别高兴，这些话只有对你说才有劲，呵呵。"说完胡纯美忽然一脸正经地问齐娅静，"你个人的事怎么样了？"齐娅静摇了摇头。胡纯美忠告了一句，"你可要抓紧啊，青春不多了，要趁还拿得出手的时候赶紧出手，否则，把自己砸在自己手上了！"

齐娅静搭胡纯美的车回到宿舍的，她看了看表，已经是八点半了。她觉得有点累，冲个澡就想睡觉。刚上床躺下，吴总来电话了，要她稍做准备，明天下午随他去广州。她这下睡意全没了，可觉得累，不想起来，反正也没有什么可准备的，她外出一向都是轻简行装，明早收拾也来得及。于是就躺在床上东想西想起来了，后来思路慢慢地还是集中到自己的事情上来了。

到江源后，她在工作上发展顺利。江源是个农业市，老百姓收入很低。全市有名的企业没几家，国企一般效益不好，好多是军工企业转过来的，离退休人员多，历史包袱沉重。有家上市公司是做外贸的，开始效益不错，于是有好多市里干部子女通过关系调进了这家公司。可是没过几年，外贸形势不好，效益滑坡，收入大幅下降，好多干部子女又调走了，只剩下一些没有关系和能力的人员还留在公司。齐娅静刚来时去应聘过，公司人事科的科长说了一句："你这样的人才我们公司真需要，可是名额满员了。能者进不来，废物一大堆，这公司迟早要出事。"

齐娅静开始以为那科长是为了推辞她才这么说的，后来事实证明这句话是真话，这家公司最后真让外地的一家民营企业收购了。

齐娅静几经辗转才来到中源公司应聘。那次应聘经历让她觉得挺有意思。一进公司拿四千八百元，比招聘书上多了一千八百元，虽然工作两年了，工资再也没有涨一分，但仍然让她激动。公司规定，员工之间不得互相打听工资，可时间长了，她也大概知道一些高级管理人员的工资情况。象吴理睿这样的公司副总经理，每月工资也在六千元左右，她一个刚进公司的年轻人能拿这么多工资实属罕见。有次她跟胡纯美谈起这个事，胡纯美一听她四千八百元月薪，惊讶得张大嘴巴，好半天才合拢。然后她很肯定地说，准是吴总看上你了，要你做他小蜜，你可得小心一点，别让他得手后，一脚把你踹了，那就划不来了，现在的老板坏着呢！

可事实是，吴总平时根本就不拿正眼看她。只是偶尔遇到技术问题问问她，而且多数不是他自己问，而是叫吴理睿问。再后来，她调任吴总秘书。

刚开始时，她也曾认为这是吴总别有用心的安排，可能会如胡纯美说的那样。但一年过去了，她发现吴总对她根本就没感觉，甚至没把她当女孩看待，交代工作简明扼要，不啰唆一句。遇到齐娅静出错的时候，多数情况是目光朝她一望。只有一次，他朝她大发雷霆，咆哮不已。

这次发火之后，好像吴总才知道她是女孩子。第二天上班他对她说了句，你是女孩子，昨天我冲你发那么大火，不大妥当。后来吴总果然再没有冲她发过火,也没有表现出对齐娅静有什么想法。

对于自己的婚姻大事,她也不是没有考虑过,但没有结果。公司几个阿姨给她介绍了几个男孩子,但只见一面后就没有下文了。这使齐娅静觉得很丢面子,于是她干脆就把自己封闭起来,再也不见男孩子了。有人给她介绍对象时,她尽可能推掉不见,实在推不过的,她就说互相看看照片就行了,结果也是没有下文。有次她独自在办公室有些伤感,随手在一张白纸上写下陆游的《咏梅》:"驿外断桥边,寂寞开无主。已是黄昏独自愁,更著风和雨。无意苦争春,一任群芳妒。零落成泥碾作尘,只有香如故。"

她想了一下,觉得不对,自己像山谷里的一朵野百合花,寂寞开无主倒是千真万确,一任群芳妒则贻笑大方了。年龄快三十了,还没有人问津,妒什么妒啊,谁妒你啊,基本上就是剩女的命了。

一想到这里,她连眼珠子都红了。

齐娅静越想越多,越来越乱。她发现自己内心深处对吴总竟有一种特别的感情。比如说,这两天吴总住院了,她每天都会去看他,每次看他昏睡的样子,特别心疼。她平时看惯了吴总精神抖擞,八面威风的样子。看到吴总躺在病床上,雪白的被子把他捂得只露出个脑袋,她感觉这时的吴总像一个小男孩子,脸色神情是那么的痛苦,那么的乖顺。她这么想着想着,心里一股热浪翻卷起来,两行热泪夺眶而出。原来这个男人也是普通人,也很脆弱,也会病倒!

平时公司上下四五十号人马都希望得到他的关心、照顾,可是谁又曾想到这个刚强的男人也需要人去关心他,照顾他!而她自己,是最应该去关心和照顾他的,因为自己是他的秘书,是他身边最近的人。吴总的妻子和儿子都在英国伦敦。儿子在伦敦上学,妻子陪着儿子,没有人照顾吴总。但是她自己恰恰没有尽到职责,想到此,心里有些难过了,她暗暗决定,以后要尽力照顾吴总。

第六章

　　江源市委书记梁子玉是个土生土长的江源人。
　　他的经历很简单。恢复高考的第一年，他以全市第一名的成绩考入了清华大学土木工程系，四年本科毕业后，他一鼓作气地读完了三年的研究生。在那个年代能考上大学的人是百里挑一啊，考上清华又考上研究生的那是万分之一了。他为人聪明和善，再加上他性情活跃，爱好交际，使他在清华园中有了很高的知名度。毕业时有好几个部委争着要他，学校也有意留下他做团委工作。但当时他家里父母身体差，没有人照顾，最后，他回到了家乡江源市，在建设局的一家市政公司当了一名技术员。
　　从技术员起步，当上了公司总经理，市建设局副局长、局长，后来当了县委书记，市委副书记，书记。
　　当了市委书记后，他把这座城市当作自己家一样经营，看到这个家里缺什么就想办法添什么，这个家的人急需办什么，他就尽力帮助解决。这个城市条件差，资金缺乏，他和党委一班人各显神通，从省内外招来了不少项目，争取到了不少资金，给大家办了不少的好事。
　　这些年，这座城市的知名度日益提高，利用地区优势吸引大量外来投资，许多海外侨胞也回来寻找发展商机，陆陆续续完成了许多的工程项目。这些年街道宽了，灯亮了，商店的东西多了，百姓手中的钱也年年增长，江源成了一个欣欣向荣、蒸蒸日上的好地方。
　　梁子玉也因此获得了省委领导和江源市父老乡亲的赞誉。
　　梁子玉每天早早就起床，围绕城市的大街小巷转。一方面是锻炼身体，一方面是体察民情，二十年来如一日，他对这个城市绝对是了如指掌。他的工作作风非常扎实，拿到他手上办的事，绝对不会有差错发生。他的记忆力非常惊人，对市里经济社会方面的基本数据，他的记忆能精确到小数点后三位数。
　　梁子玉除工作外，唯一的爱好就是读书。一下班回家，看完新闻之后，携夫人王之散步半个小时，稍事休息后就扎进书房看书。他内心中埋藏了一个故事，也就是半部论语治天下的故事，他也读经典。一下班就看经典著作，不过不是《论语》，而是二十四史。

这天他正津津有味地读《资治通鉴》，嘴角还荡漾着微笑呢。突然，书桌上的电话铃声响了，他拿起电话，就听到他儿子梁相方的声音："爸，今晚在家吗？我给你带了一条好烟。"

"什么烟啊？"他问。

"正宗软壳中华。"儿子回答道。

"你这小子有什么事啊，江源哪有什么正宗软中华！有事回家说吧。"

他和儿子相处得非常融洽，父子两人无话不说。

过了一会儿，梁相方到家了，径直往书房走去，看到父亲正看《资治通鉴》，"爸爸还看这大部头的书呢，想治国了？"儿子调侃他。

"别瞎说，有什么新鲜事啊？快点说，我晚上还有事呢。"

"爸，你那个大坝工程可是影响很大啊，好多大老板正虎视眈眈地看着它呢，随时都准备扑上来拿下。"

"有人找你了？都是谁啊？"

"市里的老板乌海吉、马明亮等，都通过各种方式和我套近乎了，有的转弯抹角地向我提出帮忙的要求，许下的好处也是相当可观的。海成公司的董事长汪大闵，有天给我打了个电话，向我请教世界经济走势。洪源的祁仙鹏到我宿舍去了，送了一包上好茶叶。"

"儿子，你爱喝茶的名声怎么传得那么大啊？我在北京开会，还有个叔叔托我给你带茶叶呢。你别小看茶叶啊，福建武夷山的大红袍茶叶二十克拍卖到十五多万元呢，你要是收人家二十克的真大红袍，就可以判刑二十年，你可要小心啊。"

"知道，你老人家教育出来的儿子，绝对不会给你丢脸。"

"知道就好！"

"巨源公司的乌海吉又请你去钓鱼了？"

"是，爸，您好英明。五天前请我去钓鱼，同行的还有一个香港老板。还请我吃饭。我吃饭了，不过，我点的菜，一顿饭三个人，也只吃五十元左右，没有超过您定的标准。"

"嗯，好。"

"呃，爸，您这江源大坝工程已经说了有好几年了，可每回都是只听楼梯响，不见人下来啊，您这葫芦里卖的是什么药啊？"

梁子玉一听儿子问这个话题，来了兴趣，身子从沙发上向前挪了挪，给儿子递了一支软壳中华烟，自己也来了一支，然后"嗯"一声，父子俩一抽烟，谈兴就慢慢地浓了起来。

儿子继续说："您是什么意思？您是不是也想搞个政绩工程或形象工程啊？争取让省里主领导重视一下，到时在人大或政协弄个副职？好多人都走这步棋。"

梁子玉听了儿子这句话，脸色严肃，很认真地说道："水利是农业的命脉，江源大坝工程是江源水利工程的柱石，是一件非常重要、非常严肃的事情，怎么可能是我一个人心血来潮，想干就干的即兴表演呢，也更不可能是我投机取巧、捞取政治资本的事情了。江源大坝工程关系着沿河两岸成千上万人民的生命财产安全，是全市的头号民生工程，岂可当作儿戏！

我记得第一次提出修建江源大坝的人，是名县李洼村老支书梁上洋同志。他1954年，就当选为名县第一届人大代表。当时，他听说人大代表可以直接上书县委领导，高兴得不得了。会前，他花了几天几夜，赶写出了关于江源大坝建设的议案。会上提交上去以后，县委非常重视，专门开会研究了一次。当时县委书记姓杨，名字我记不得了，还单独找梁上洋同志谈了一次，郑重地告诉他，目前建设大坝的条件还不具备，但大坝建设却是非常重要的，完全是应该做的事情，他希望梁上洋继续研究大坝建设方面的论证工作，把议案进一步充实完善，以后找机会，以县代表团的名义向市、省两级人民政府提出议案，争取上级财政支持，早日建成大坝工程，以彻底消除水患，确保江源河岁岁安澜，年年平安，造福两岸的人民群众。

梁上洋同志非常兴奋，把大坝建设作为他生命中的头等大事，做了大量的工作。梁上洋同志文化程度不高，仅相当于小学二三年级的水平。但他为了读懂相关的图书资料，长期坚持刻苦自学，最后能看懂《人民日报》和水利方面的专业图书资料。

他还研究了近百年江源河的水文资料，特别是几次大洪涝灾害的详细记载，根据这些资料，和他本人多年的思考，他不断地充实完善，最后写成了建设大坝的完整方案。我这次报省里的建设方案，基本上采纳了梁上洋同志的意见和建议，只在坝址和建设规模做了一点修改。将他设计的坝址往上游移了两米，这主要是因为这些年地质条件有了一些变化，我做了相应的调整，在规模上，现在的方案比他的方案增高了三米，这主要是为了提高蓄洪的能力。把他当年设计的五十年一遇的蓄洪水平，改为百年一遇，现在的财力大幅提高了，有了充分的条件和基础去做得更好。梁上洋同志当年设计的五十年一遇水平，这种设想在当时的财力条件下已经很超前了。

  他是一个非常讲究实际，同时还很有长远眼光的一个基层党支部书记，新中国成立以来，我国农村建设取得了巨大成就，办成了许多大事，这些都是一大批像梁上洋同志这样的老支书带头干成的，这样的老支书实在是太宝贵了！

  可惜的是，梁上洋同志在一次考察坝址时，从半山腰的悬崖上摔了下去，当场就摔断了一条腿，当时医疗条件差，他的腿伤还没有治愈，就又下地劳动，不幸感染，造成全身红肿，最终不治身亡，年仅五十三岁！他出殡的那一天，我特地前往为他抬棺执绋，表达对他的深深敬意！

  要是老梁同志今天还在，亲眼看到他为之奔走呼吁了大半生的大坝就要开工建设了，不知道他会多高兴呢！"

  说到这里，梁子玉的双眼闪烁着泪花。

  梁相方见状，心里也很激动，为了让父亲平静下来，他就起身回自己房间了。

第七章

　　乌海甫在江源市经过多年的积淀，竟也打出了一片天地，并得到了市领导的肯定。也就七八年的功夫，乌海甫已经成长为一名副处级领导干部了，而且处在市计委副主任这样重要的岗位上。和他一块进机关的同事，大多数还是科级干部。

　　乌海甫能取得这样的进步，绝不是哪个领导硬提拔起来的，而主要是他自己勤奋、大胆工作的结果，再一点就是时势造英雄。乌海甫赶上了一个好时候。市里这些年大干快上，各项事业蒸蒸日上，正是用人的时候。谁肯多干点，会干点，都有得到提拔的机会。当然，乌海甫那张嘴也好使，说起话来让上上下下都能接受，让人心里舒坦，渐渐博得了领导的信任和同事们的好感，被公认为计委主任人选，有人对他期许更多，认为他是市长的胚子。他也是费尽心思，四面讨好，暗暗用劲，争取在江源干出个名堂来。

　　他从深圳回到江源不久，就听人说乌海吉从深圳回江源来了，说要在江源发展。一听这消息，着实让他大吃一惊，他在想乌海吉不会是冲着他回来的吧？他手上是管着不少工程项目，可不是他个人说了算的。市里领导打招呼的他得办，省里上级部门领导打招呼下来的，他更不敢怠慢。要是乌海吉向他要工程做，他真不知道怎么回绝。

　　但事实上是，乌海吉虽然回到江源了，可从来没有找过乌海甫。快半年了，也不见乌海吉的动静，最后倒是乌海甫沉不住气了，用手机拨打了乌海吉的手机号码。乌海吉问他在不在江源？他说在。乌海吉告诉他一个座机号，要乌海甫也用座机打过去。乌海吉接到乌海甫的座机电话，好像有些不悦，说，乌海甫不应该随便和他这样身份的老板联系，尤其不应该用手机，因为不保密。乌海吉还让乌海甫少和他联系，包括其他的老板也不要联系，把自己的形象维护好。乌海吉最后说，他知道乌海甫志存高远，前景看好，要他一心一意工作，一定能获得成功。

这番话让乌海甫感动了半天，这之后，又过了半年，乌海吉一次也没有找过乌海甫，后来市里搞干部竞争上岗，动作很大，连北京的有关媒体都作了报道。这段时间，乌海吉找了乌海甫一次。那天，他开着一辆小货车接乌海甫到他工地的小宿舍，整栋宿舍楼就他们俩，乌海吉把手机关机，也让乌海甫把手机关机，乌海吉把手机放到另一个屋子后，来到乌海甫的跟前悄悄地说："兄弟，这是个机会，你应该抓住，更上一层楼，你很聪明，知道该怎么做，怎么跑，我只能帮你解决点实际问题。"

乌海吉边说边从手包里取出一张银行卡递给乌海甫，说："兄弟，这卡你收着，里面存有五万元，算我借给你的，借据一式两份，我都弄好了，你签个名就行，钱到期连本带利还我，这合理合法，你不用担心。"

他开始有些害怕，但看了借据合同，无懈可击，而他也认为确实要花钱，就签了字，拿了那张卡，说了句："三年之内还你。"

"好。"乌海吉一边说一边接过来一张借款字据，掏出火机给自己和乌海甫点了支香烟，然后将那张字据点燃，那张字据顷刻之间变成灰烬。乌海吉然后对乌海甫说："你别担心，你手上那张有我的签字，万一有事，就是保护伞，而我这张烧了，你就永远忘了这件事。"

乌海甫被乌海吉这一连串的动作弄得目瞪口呆。但愣过神后，对乌海吉产生了由衷的感谢之情。这事之后，乌海吉没有主动找过乌海甫，公开场合见面，乌海吉不是有意避开，就是装着不认识，没有说一句话。后来乌海甫找到机会，给乌海吉安排了几个项目，总投资大概三千万元。一次乌海甫到银行取钱时，发现银行卡里已有三十万元了。乌海甫向乌海吉道谢，并让他别再打钱了，乌海吉认真地点了点头，然后说："兄弟，好好干，我知道你能成大器，你放心，就是你以后当上了市委书记，省委书记，乃至到北京做官，我也不会找你办一件事，我就是敬你是个人才，这年头人才也需要有人扶持才能成长起来啊。"此后乌海吉真的再也没有往卡里打过钱。

第八章

这天早上，乌海甫早早来到办公室。刚坐下，桌上的电话就响了起来。电话是宋玉谦副市长打来的，宋副市长告诉他，梁书记要去北京向国家有关部委汇报江源大坝工程建设的情况，要乌海甫陪同书记一起去，带上所有的相关资料，并考虑起草个汇报材料。乌海甫认真听着，顺手记下了宋副市长的交代的话，宋副市长最后说："汇报材料到北京后你马上就搞，搞好了先给我看。"

"好好，我一定遵照宋市长指示办。"

陪同梁书记一块进京汇报江源大坝工程建设情况的成员，除了宋玉谦、乌海甫外，还有市委常委、市委秘书长李祥，政府接待处处长刘逢善，梁书记秘书李铁志。他们一行共六个人。到北京已是傍晚六点多了，按照惯例，他们都住在江源市驻京办事处，地址在北京郊区一个四合院里，市领导当然一个住一间，乌海吉要写汇报材料，梁书记指示给他开个单间，刘逢善和李铁志同住一个房间。

吃完晚饭后，李祥朝梁子玉的房间走去，他想看看梁子玉还有什么事要交办的。

到门口敲了敲门，说道："老梁，没休息吧？"

梁子玉刚好在卫生间，在里面答声"没有，请进吧。"

梁子玉每次进京都要请老师吃饭，李祥知道他这个习惯，所以这次主动把这事安排了。梁子玉听了后笑了笑，说："我这个小把柄是让你捏住了。时间地点就按你说的，单还得我买啊。"

李祥亦庄亦谐地来了一句："谁都可以不请，也要请您的老师啊，他们为我们江源市培养了一位多么伟大的领导啊！"一说完，他自己先笑起来了。

梁子玉瞪了一眼李祥，说了句："你就损我吧。"说完也咧了咧嘴。

两人就在沙发上坐了下来，李祥对梁子玉说："你腰椎的毛病也趁此机会去找骨科专家晏义彬教授好好帮你看看，我已经和他联系过了，老晏刚从国外回来，这一个礼拜肯定在北京，抽空去一趟。"

梁子玉点了点头，说"看时间吧，我的心让江源大坝工程弄得七上八下的。其他事顾不过来，你多操心点吧。"

"好吧，反正我先把小事做起来，有情况随时向您汇报，大主意还得您拿。"说完就要告辞回屋。

梁子玉连忙招手示意让他坐下，李祥又重新坐下。

梁子玉说"李祥啊，你觉得开发区管委会那个副主任叫什么李志高的，这个人怎么样啊？"

"我知道的不多，只见过一两面，没有发言权。"李祥回答道。

"我了解得也不多，上次到省里开会，省里一位老领导让我关心一下这个人，如果条件可以，就把他用起来，让他把开发区的全盘工作抓起来。"梁子玉说。

李祥沉吟了一下，说了自己的意见，"在您和我都不是十分了解的情况下，就把他提拔为开发区主任，我认为是欠妥的。"

"可是省里老领导有那意向，你说怎么办？"

"嗯，你征求过汉诚同志的意见没有？"

"还没有，还不到时候。"

李祥就说："不说也对，否则汉诚同志要是表了态，不管是赞成还是不赞成，都不好办。"

"嗯嗯，你先回去休息吧。我再考虑考虑。"

乌海甫奋战三小时，汇报材料就出来了。他是个凡事心中有数的人。这个汇报材料早在一个月前，他就写好了，这天只是根据有关中央、省委省政府的有关会议精神加写了一段内容，又把文字顺了顺，看了两遍觉得没有什么不妥了，就给宋玉谦送了过去。

宋玉谦没有睡，也在写东西。看到乌海甫进来就站了起来，问道："材料写好了？"

"嗯，刚搞完，请您阅示。"

宋玉谦示意乌海甫坐下后，就全神贯注地审阅汇报材料，很快就看完了。提出了自己的意见，"材料基本可用，但还是没有完全体现出梁书记的意思。刚才李秘书来说，明天上午八点半，陈副部长要听梁书记汇报，你可能一时难以上路，还是我弄吧。你四点钟的时候过来，把我改好的稿子打印三份，六点钟前送一份给梁书记，给我一份，你留一份作底稿。"

乌海甫满脸惭愧地对宋玉谦说："都怪我水平低，工作没做好，还要让你熬通宵，真对不起！"

"这也不能怪你，有些文件你看不到，掌握资料就自然不够全面了。你快去睡一会儿，到点准时过来"。

乌海甫连声称是，就退出来回自己房间去了。

论写稿件材料，江源市第一支笔就要算宋玉谦了。他掌握政策全面，观点提法拿捏得恰到好处。一份材料经他一改，面貌顿时焕然一新。乌海甫和他一起搞过许多材料，很受教益。宋玉谦为人谦和，吃苦在前，享乐在后，勇于负责，照顾部属，在机关中口碑甚好。他原是省委成副书记的秘书，是梁书记硬要来的。刚来时，宋玉谦是正处长级，半年后就提拔为副市长了，也是个前途看好的市领导。

大约是凌晨两点半左右，桌上的电话响了起来，是宋玉谦，让他去拿材料，他进屋后宋玉谦就立即把材料给他。"快拿回去修改，改完还可以休息一会儿。明天你也参加汇报，要有好的精神状态。"

乌海甫点点头，马上回屋修改稿子。他看了看原来的材料，被删除了一大半，只留下一些数据和素材，其他的观点、建议都被删去了，代替的是宋玉谦手写的一段段新内容。不服不行，宋玉谦加写的内容，观点鲜明，文字简练，逻辑性强，比他的那份稿子篇幅精减了三分之一。

在吃早餐时，梁书记已审完了汇报材料，表示很满意。向乌海甫关切地说："你这秀才辛苦了。"

乌海甫连忙说："是宋副市长弄的，他基本上重写了整个稿子，我没做好工作，惭愧。"

宋玉谦接过话题，说道："梁书记，我们这些做具体工作的人，就这水平了，只能给你提供一份粗糙的脚本，让您汇报时有个数字依据就是了。"

"呵，汇报些什么，我现在也没定呢，到时随机应变吧。"

上午的汇报是在陈副部长的办公室进行的。梁子玉没有拿稿子，而是口头汇报了项目的准备情况，重点是市里的配套资金的到位情况，以及一百余户居民和农民的搬迁安置问题。梁书记向陈副部长保证，这两个方面绝对不会出纰漏，他敢拿党性保证，请部领导放心。

陈副部长听后，满意地点了点头。他说："在此之前，我得到的情况是，那一百多户老百姓有相当多的人抵触情绪很大，准备来京上访闹事哩。你这么保证，我就放心了。还有你那配套的钱算下来要五千万左右，你们市的底子我也清楚，那么多钱你拿得出来吗？别给自己脖子上套根绳子，到时解都解不开。"

对于这个问题，梁子玉给他算了一笔账，主要是动员社会力量，同时市里也拿出一大部分，多方结合，问题就解决了。

陈副部长没有听梁子玉说完就说道："我说老梁啊，我怎么感觉你像是在钓鱼似的，一边钓我们部里的鱼，一边钓老板的鱼！"

"钓鱼？要说鱼我才真是鱼呢！在您这个热锅里水深火热好几年了。这次求您老赶紧定下来吧，如果再不批就是官逼民反了，我就要去告状。"

"你又来了，部里主要领导基本是认可的，你们那个市也穷，给你们安排一两个大项目，拉动一下经济也是必要的，你先回去吧，饭也不吃了，你真把各方面事情弄好了，可能今年底明年初项目就可以开展下去了。"

梁子玉一听到这，知道大事成矣。再待下去也没啥意思，不吃饭更好，能省一点是一点。于是呵呵一笑，走到陈副部长面前，向陈副部长鞠了一躬。"江源三百五十万人民感谢您！"然后，就准备回办事处。

车刚出大门口，陈副部长打来电话，说："老梁，你怎么真走了哇？不要你请吃饭，并不等于我不请你吃饭呐。你大老远来，我一顿饭不请，也对不起你那三百五十万人民呐！"

"那好啊，上哪吃？吃好点啊！"

"御城海鲜，十二点。"

"好。部长请我们基层的同志吃饭真是'皇恩浩荡'啊，饭菜质量标准肯定低不了。"梁子玉打趣说。

"你这老伙计总是得陇望蜀，妄图非分！"陈副部长回敬了一句。

梁子玉听了这话，呵呵一笑，没有再说话。

梁子玉看了看表，才十点半，现离吃饭时间还有一个多小时，就决定参观一下北京的市容。于是就让车上西三环，绕一圈回来吃饭。

在车上，大家还沉浸在喜悦之中，都说梁书记神通广大，三下五除二就把项目拿下了。

梁子玉心情大好，笑嘻嘻地说："我可没有那么大的神通，这都是中央领导对我们中西部地区人民的关心。今天早上杨副省长给我打电话说，国家有关部委的领导研究过这个项目，并原则上同意了。希望我们把钱用好，把项目完成好，让它早日造福江源人民。中央领导同志关心欠发达地区的人民呐！我们江源就要迎来了大发展的时机了。"

这点，车上的同志们都感觉到了，心里都热乎乎的。

梁子玉一行提前二十分钟到达御城海鲜大酒楼。进包厢一看，陈副部长已经到了，见到梁子玉就挥了一下手，说道，"老梁啊，咱们中午就吃个便饭，别喝酒了，我下午有会。"

梁子玉连声说好，挨着陈副部长坐了下来。

陈副部长好像突然想起什么事来似的，说："老梁，介绍你认识个朋友。"随后向沙发上的一个中年男子说了一声，"过来啊，乌总！"

梁子玉一看，那不是乌海吉吗！乌海吉赶紧上前，弯了弯腰说声"梁书记好！"

梁子玉回答道："好，好"。然后向陈副部长说："这乌总啊，是我的好朋友啊，我认识他好几年了。"

"是，是，是，"乌海吉连忙说道，"梁书记是我们民营企业的知心人，一直关心我们企业的发展。"

"这样啊，我还以为你一路诸侯，威风八面，藐视家乡人才呢。"陈副部长笑着说。

乌海吉在这种场合，由这样身份的人物介绍出场，着实让几个江源来的人吃惊不小。梁子玉让乌海吉坐在自己的身边，当着陈副部长面夸他是江源市的宝贝和财神，说像乌总这样的人才，江源要是有三五十个，他这个书记就好当多了。

梁子玉的这番话让乌海吉非常兴奋，他连忙说："人才两字不敢当，但一定尽力为家乡建设作贡献，不辜负领导的关心和期望。"

随后，他端起酒杯，分别向市里来的几个领导同志敬酒。敬到了宋玉谦、乌海甫，他表现出了对这两个人不认识的表情。梁子玉说："宋副市长来的时间不长，你不认识也难怪。乌海甫你也不认识？你们名字只有一字之差，我还一直认为你们是亲戚呢！"

乌海吉说真不认识，于是李祥给他做了介绍，乌海吉握着乌海甫的手，连声说幸会，并恭恭敬敬地递上了名片。

梁子玉当着大家的面对乌海吉说："乌副主任是市计委主管项目的副主任，你以后可以和他多交流。海甫啊，在这方面，对乌总能关照的地方一定要好好关照！"

乌海甫一边说是，一边从衣袋里掏出一张名片，客客气气地递给了乌海吉。

乌海吉恭恭敬敬地接过名片，然后对乌海甫说："回江源一定到你办公室拜访。"

梁子玉问乌海吉："什么时候回江源？"

乌海吉回答说："后天"。

"那我们也差不多。"

陈副部长对梁子玉说："老梁，大坝项目你可得亲自抓啊。"

梁子玉说"还是让汉诚同志抓吧，我敲敲边鼓就行了，当然，出了什么事，我负全责。"

"要是出了事你就负不了责了！我会给省里的同志说一下的，让你亲自抓。再过年吧，我就退休了，我可不希望带着遗憾离开这个工作了几十年的部机关。你也小心点，要是有一根钢筋，一袋水泥有质量问题，我跟你没完。"

梁子玉听了这句话，神情顿时凝重了起来，他认真地回答道："好，我亲自抓，您放心。"

"这就对了。"

梁子玉又对乌海吉说："你搬到办事处来住算了，我们这边三缺一，陈副部长晚上也过来搓几圈，这玩意休息脑子。"

在北京这些天，梁子玉心情特别好，该办的事都办妥了。他们就提前两天回到了江源，乌海吉和乌丽丝也同机到达江源。

第九章

江源大坝项目已获批准的消息，很快就在江源市传开了，江源市外关心这个项目的人，也陆续得到消息。

有多少人对这个项目操心呢？这无从知道，但大家知道吴国耀、乌海吉等几个江源市的大老板已对这个项目操心很久了。

还有一个叫魏力斯的年轻人也介入这个项目并运筹着。由于他是省外的，江源人不认识，现在这个年轻人正在从英国回国的飞机上。

魏力斯是个身材高大、英俊健壮的年轻人，精力十分充沛，浑身有使不完的劲。他乘坐头等舱，刚上飞机就忙着摆放行李，可是有个大箱子费好大的劲也放不上去。就在这时，一个空姐过来了，帮他推了一把，行李顺利就位，摆放停当。魏力斯转过头来向她道谢，目光正好与空姐的目光对视，魏力斯只感到这位空姐的眸子发射出一阵阵明亮又柔和的光芒，让魏力斯心荡神移，不禁呆呆地看着她。

空姐落落大方地朝他微微一笑，说："先生，您就一件行李？请找到您的座位坐下来吧，飞机马上就要起飞了。"

听了这话，魏力斯才缓过神来，随后用流利的英语问了她几句，这位空姐用同样流利的英语作了简要回答。

这位空姐叫姜琳娇，在她的身上基本上具备了东方女性的美韵。修长的身材，鸭蛋形的脸蛋，浓密的头发乌黑发亮，水灵灵的眼睛含着甜蜜的微笑，浑身充满了端庄谦和、自尊自信的神态。

姜琳娇还告诉他，她主要飞国内的航班。最近公司让她到飞往英国的航班实习半年，如果条件合适，就让她飞英美的航班。

魏力斯听了连说："真好，真好！"在简单地作了自我介绍后，递给姜琳娇一张名片，并邀请她在方便的时候去他的英国公司看看。

姜琳娇看了看名片，叫了一声魏总，并说，她听说过他的公司。

魏力斯刚要问她从什么地方知道他的英国公司的，这时有个乘客叫姜琳娇帮忙，姜琳娇说了声"sorry"就朝那位乘客走过去了。

魏力斯左边座位的乘客也是个中国人，在飞机离开伦敦的时候，他双眼一直瞧着窗外，很专注，好像要把看到的这座城市的全部景象都印在脑子里似的。飞机飞上高空时，他才调过头来，迅速地向周围的人扫了一眼。

魏力斯热情地朝他笑笑，作了自我介绍，并递上一张名片。那人看了名片，轻声地称了他一声魏总，然后他说，他是江源市市长龚汉诚，到英法两国考察的，今天回国。

"呵，幸会。"魏力斯说："下次有机会再来伦敦，请一定到敝公司做客，我一定尽地主之谊。"

龚汉诚客气地说："好好，谢谢，有机会一定去拜访贵公司。"

几乎同时，他们俩都认出了在他们前排坐着的那位著名的女歌唱家。他们都说是听着她的歌声长大的，但见到真人还是第一次。这位谦虚和蔼、德艺双馨的女歌唱家，很友好地和这两位粉丝聊了起来。

原来她的儿子在英国剑桥大学读法律，有一年没见了，她想念儿子了，特地飞到英国来看儿子。

魏力斯问那位歌唱家她儿子的姓名。歌唱家略为迟疑了一下，还是告诉了魏力斯。她还说儿子在一次骑摩托车中，由于车速太快，发生了车祸，当时伤势严重，经过半年多的治疗，她儿子奇迹般地恢复了过来，但腿部落下了残疾，走路有点瘸。

魏力斯说，他一到香港，立即给公司打电话，让公司的人去看望他。然后，魏力斯还对女歌唱家表示，说不定能替她儿子介绍个英国的媳妇呢。那女歌唱家听了，爽朗地笑了出来，两人聊得十分投缘，十分高兴。

在一旁的龚汉诚也被魏力斯的热情、开朗性格所感染，渐渐地放下了官员所特有的严肃和矜持，愉快地和他们攀谈起来，三人都很开心。

姜琳娇也更加活跃找机会听他们聊天，偶尔插话，为他们的聊天添彩不少。

飞机抵达香港的时候已经是晚上8点了。

一下飞机，魏力斯当着歌唱家的面给伦敦公司的员工小王打了个电话，让她在三天内去伦敦剑桥大学看望歌唱家的儿子，如果他生活上有什么问题，要尽力帮助，特别嘱咐小王在恰当的时候接歌唱家的儿子到他们公司玩玩，认识一下公司中的英国姑娘。

歌唱家连声道谢。魏力斯说，现在不忙谢，到帮她找到英国儿媳妇以后再谢不迟。

那位女歌唱家又爽朗地笑了。

在一旁的龚汉诚一直都在留意观察魏力斯，对他豪迈自信、大方坦荡的性格很是欣赏。但他主要的注意力还是放在姜琳娇身上了，在他看来这姑娘实在是太漂亮了，更为可贵的是她富有才华，气质高贵。于是他有了想认识她的念头。下飞机后他问了姜琳娇的手机号，然后给了姜琳娇一张名片，并说欢迎她去江源玩，在江源有什么事，尽管找他好了。

姜琳娇很客气地说了声："好的，谢谢龚市长。"

魏力斯在交谈中得知龚市长在英国的活动是由旅游公司安排的，在香港还要活动两天，也是由旅游公司安排的情况后，他就对龚市长说，能不能给他一个机会，在香港的活动由他安排，开始龚市长谦让了一下，后来听说歌唱家也被邀请了，她也要在香港玩两天，就答应了。

魏力斯的公司驻香港分公司的副总经理兼办公室主任李丽珠准备到机场迎接他。魏力斯立即打电话给李丽珠，让她再派一辆车来。

不一会儿，李丽珠和同事洪雅晴各开一辆高级轿车到达机场，魏力斯一边陪歌唱家说话，一边还帮助龚汉诚拿行李，看到李丽珠和洪雅晴时，他给李丽珠一个示意，李丽珠飞快地领会了他的意思，赶忙走到龚汉诚的身前，接过提包，把龚汉诚引导到她开的那辆车上，洪雅晴拉着歌唱家的手上了她的车，魏力斯一同上了洪雅晴的车。

香港这颗璀璨的东方明珠，独特的、美丽的风光，令人心驰神往，特别是在夜色下，流光溢彩，如梦如幻，让人感受到了充满朝气的现代化都市的魅力。

龚汉诚这是第二次来到香港。十年前，当他还是省政府一名副处长的时候，曾跟杨副省长来到香港招商引资，他以头脑机敏、办事干练沉稳，工作效率高而得到了杨副省长的赏识，从此他一路官运亨通，当副处长不到两年就被提拔为正处长，很快又干上了省政府的副秘书长，然后在杨副省长的大力推荐下，来到江源市任副市长，代市长。后来顺利当选为市长。

他干工作有一股拼命的精神，遇到重要的紧急的事情，他通常通宵达旦，废寝忘食地工作，不完成任务绝不罢休。那些处长、科长和年轻小伙都熬不住了，他还是精神饱满、思维敏捷，工作一丝不苟。这点，他的部下包括那些副市长们个个都服他。

　　龚汉诚的业余爱好就是看书，他什么书都看，除了经济类著作外，他还广泛地阅读中国历史读物和中外的哲学名著。所以，他的文章和讲话，思想新颖，富有哲理，逻辑性强。他讲话口齿清晰，抑扬顿挫，让人爱听，易记。再加上他一米八三的身高和硬朗英俊、轮廓分明的脸庞，更显得他才华横溢，前途不可限量。任市长一年不到，有关于他升迁的传闻就渐渐地多起来了，有的人说他要调回省里任副省长，有的人说他很快就要接替梁子玉担任江源市市委书记，还有的人说他要交流到外省去担任要职。这些传闻都说得有鼻子有眼的。而且好像这些传闻都有可能，而且很快就要变成现实似的。

　　龚汉诚对自己充满信心。但他在市里处处刻意低调做人做事。对各种传闻坚决否定，甚至还认为是有的人别有用心，想挑拨他和市委其他领导同志的关系。但他心里却在暗暗用劲，一方面，他有意无意地尽量找机会多到省城出差，尽可能去看望省里的主要领导，特别是他的恩师杨副省长，他每次去都要拜访，执弟子礼甚恭。对其他的省委常委也是以各种方式表达心意。

　　但是省委书记、省长，他一直没有建立起密切关系。

　　曾有几次，他和省长单独在一起，他就想说些赞颂省长功德方面的话，但没说几句，就发现省长在用冷峻的眼光看他，弄得他很尴尬。

　　省委书记是个刚劲威严，精细过人，原则性非常强的领导。他几次和省委书记见面交谈，都是省委书记先开口，向他了解江源市的情况，省委书记问问题非常仔细，抓住一个问题一句紧跟一句，一句深入一句，问得他山穷水尽，哑口无言，而省委书记对这些问题都是如数家珍，娓娓道来，特别是那些在他看来不是很重要的数据，省委书记居然记得比他多、还比他准确，这让他更加尴尬。

　　这时候，省委书记就刚中带柔地教导他："汉诚啊，你是我们省里为数不多的年轻市长。年轻人思想活跃、思路宽阔、点子多，这很好嘛，但工作作风要扎实些，要多向群众学习，多向基层干部学习，特别要向梁子玉同志学习啊。要好好协助梁子玉同志把江源市各项工作做好，争取每隔三五年就有一个明显的变化。"

　　他每每想到这些就觉得底气不足，甚至不知所措。他隐隐地觉得，自己职务要想再上一个台阶，必须有中央部委的领导作背景，帮他说话，所以渐渐地，他工作上的干劲减少了许多，转而寻求靠山和背景。

　　这次去英、法两国考察，本来是梁子玉去的。但因梁子玉身体欠佳，改由龚汉诚出访了。在伦敦时龚汉诚因身体不适，出现了两次呕吐，只能住院接受治疗。归国日期到了，代表团其他成员按时回国，而他是等身体恢复后，随一个旅游团经香港回国。

　　就在这趟回国的航班中，他认识了魏力斯和姜琳娇，这两位是他命运中两大克星，这是后话，暂且不表。

　　龚汉诚坐在副驾驶座上，李丽珠一边开车一边给龚汉诚介绍沿途的风光和著名建筑，龚汉诚显得兴致很高。他本来经过长途飞行有些累，但李丽珠身上散发出来的香水味让他闻了后感觉很舒服，很提神，再加上李丽珠的娇滴滴港式普通话让他兴致勃勃，竟忘了疲劳。

　　这时李丽珠的手机响了，是魏力斯的声音，李丽珠用粤语和魏力斯交谈几句以后，就把电话给了龚汉诚，龚汉诚接过电话"喂"了一声，电话那头传来了魏力斯那边热情的声音，说他第二天安排与香港的一些企业界的有名的人物见面，后天游览一下主要景点，晚上让龚汉诚早些休息，这些李丽珠都会安排好的，让他放心。

　　当时，龚汉诚心想魏力斯的确是个有心的人，能替朋友着想，连连向他道谢。然后又将电话还给李丽珠，李丽珠用普通话向魏力斯表示她会安排好龚市长的活动的，就挂机了。

　　第二天的活动安排在一家豪华酒店举行，参加的宾客中有几位投资公司的老板，有在香港定居的实业界江源人。魏力斯向在座的朋友介绍龚汉诚时，语言亲切，热情高涨，让人感觉他们已经是多年的朋友似的。当魏力斯说到龚市长在不久的将来就会是该省的省长人选时，惹得那些大老板们心情振奋，纷纷前来敬酒，殷勤致意。

　　开始龚汉诚觉得魏力斯的话吹他太过了，但看到自己一下子成了宴会的中心人物，大家像众星捧月似的簇拥着他，恭维着他，他感觉非常好，不但没有怪魏力斯乱说乱吹，反而觉得他会来事，随机应变，达到了让他满意的结果。

其中有个叫唐天举的商人，先是静静地坐在一角落里，煞有介事地将龚汉诚端详了半天，然后走到龚汉诚眼前，说要给他看相。龚汉诚这时的情绪已经完全被调动起来了，酒兴正酣，意气风发，刚开始没有听到这位相术大师说话的声音。这时魏力斯在旁拉了拉龚汉诚的袖子，提醒他唐天举先生和他说话。

唐天举是地地道道的香港人，他说的话龚汉诚一句也没有听懂。魏力斯就翻译说："龚市长，这位唐老板不仅是个皮具大王，而且精通相术，他说要给您看相呢。"龚汉诚这才注意到眼前站着这么一位身材瘦小，瓦刀脸庞，塌鼻梁，头发稀疏，但那双小眼睛闪烁着精明的老板。

龚汉诚呵呵一笑，俯下身子，问："唐先生还精通相术？看先生仙风道骨，气宇不凡，一定是许负、袁天罡一流人物了。"

唐天举没有笑，而是一本正经地对龚汉诚说："在下不才，但所观人物也不少了，像龚市长这样堂堂仪表，貌妍骨贵，神气俊秀，蕴藉典雅的人却不多见，真可谓是贵人之相啊！"然后他从上到下，评价了龚汉诚一番。先说龚汉诚的头发坚硬漆黑，说明他内力强劲，能断大事；额窄而长，形如饿虎，有此相者一生收益必多。最耐看的是他的双目，黑多白少，是典型的睡凤眼，说这双眼睛看得远，看得深，主为官英睿聪察，明辨是非。

唐天举还说，龚市长是他看的第三个内地贵人。前两位中一人已入中委，一人现官拜副省长。他说龚汉诚的相貌不在前两位之下，相中唯有一处不足，说是龚汉诚的眉毛略显粗重，说明青少年时受苦甚多。

龚汉诚听得很认真，听完后他说唐先生说得很准的。他大学毕业以前，家境困难，各种生活艰辛，实备尝之。工作后的前几年也不很顺，等等。

大家听了纷纷说，日后要多多仰仗龚市长了，说他们准备在江源发展，要龚市长多关照。龚汉诚是个内心豪爽的人，遂朗声说道欢迎他们去江源发展，市政府一定为大家提供满意服务，然后他向在座的各位朋友介绍了江源的投资项目，其中说到了江源的大坝项目。

宴会在欢快的音乐声中结束，客人一一向龚市长道别后离去。

这时魏力斯来到龚汉诚身边低声问句，怎么样？龚汉诚说，没事，没醉。

魏力斯说，那好，您稍事休息，我先去送送客人。

过了一小会儿，魏力斯又来到龚汉诚跟前，说："龚市长，现在时间还早，我带您去外面兜兜风。"龚汉诚说："好。"

上车后，魏力斯和龚汉诚沿着海边大道急驰而去，一上了海边大道，魏力斯摇下车窗玻璃，一股清新的凉风吹来，龚汉诚顿时神清气爽，逸兴豪发。魏力斯给他点了一支雪茄，龚汉诚吸了一口，更觉得精神倍增，说道："魏总，非常感谢你的周到安排，今天我真的非常开心，非常满意。"

魏力斯恭谦地答道："龚市长客气了，以后有用得着我小魏的地方，尽管吩咐，我会全力以赴去做好的。"

龚汉诚说了声"好。"随后，他关切地询问了魏力斯公司的一些情况。

魏力斯的轿车绕海边大道转一圈后就上了辅路，然后径直向西开去。龚汉诚问去哪里，魏力斯说，去他的别墅看看，10来分钟就到。

很快小轿车开到了离海边不远的一个私家别墅楼，准确地说是个小院，四周用齐腰高的小木桩围着，木桩四周种了一圈的树，进院以后，一条碎石铺就的小路，蜿蜒曲折向那座三层小洋楼伸展过去。魏力斯把车停好，替龚汉诚开了车门，搀扶龚汉诚下来。龚汉诚说："不用扶，今天中午喝的酒还不到我酒量的一半。"

魏力斯大为佩服，连夸龚市长海量。踏上这条碎石小路，龚汉诚的脚掌略微有些生痛，但是感到脑子更清晰了，他知道这是一种健身方法，在他住的江源的小院里，也铺了这么一条碎石路，不过路面比这宽多了。

魏力斯告诉他这栋楼原属一个老板的藏娇之所。后来这位老板生意失败，损失惨重，欠了他家不少钱，还不了了，就把这栋小楼转让给他家，当时价值两千万，现在至少要五千万了。魏力斯还说那位老板的"娇"原是香港的二线女星，这位老板在她身上花的钱连他自己都算不清了。

龚汉诚听了魏力斯的话，不禁微微地笑了笑。

就在这说话的工夫，他们俩已到楼门口了，龚汉诚看了看楼，真是豪华气派，富丽堂皇。他暗暗地揣度了一下这个院的价值，他觉得魏力斯说的五千万低了，至少值七千万，他对香港的楼市乃至整个经济上的主要情况，是知道的。作为一市之长，对香港这样的国际大都市如果不了解，说不上个一二来，那是有些掉价的。

到大厅的时候，魏力斯停下脚步，一弯腰，说道："龚市长，请！"

龚汉诚这时已经完全清醒了，并基本上恢复了他矜持、自信的神态了。他说了声谢谢，迈步进屋。

这时，两个身穿红底蓝花旗袍，古代仕女装扮的美人，手捧鲜花，婷婷袅袅，婀娜多姿地向他迎面而来，齐声说道："欢迎龚先生！"

　　龚汉诚刚要答谢，定睛一看，左边的那个美人儿竟是姜琳娇！这回他真的以为自己醉了，认错人了？又怔怔地看了看她，可不是姜琳娇嘛！他说道："你怎么也在这里？没回上海？"姜琳娇甜甜一笑，说道："难道只许龚先生来，不许小女子来吗？"

　　"不是，不是。只是这么巧，有点奇怪而已。"他真的被眼前的一幕弄得有些晕了。

　　这时魏力斯把龚汉诚请进了一间客厅喝茶，姜琳娇和另一个姑娘说了声："龚先生请稍等，茶马上就好"，说着就进里屋沏茶去了。

　　魏力斯向龚汉诚解释说："昨天姜琳娇原要飞回上海，突然接到公司的电话，要她在香港接受一次考试，这次考试除她之外，还有五个其他航班的乘务员。于是姜琳娇就在香港住了下来。对考试的事姜琳娇觉得是太小儿科了，根本用不着准备，就和在香港的公司女孩逛街去了，她到铜锣湾的一家表店看表，恰巧遇到李丽珠陪那位女歌唱家也在看表，李丽珠知道她在香港还要住几天，就请她来公司玩，这就又重逢了。"魏力斯把事情的前因后果说了一遍，龚汉诚听后虽然觉得有些太凑巧了，但又在情理之中，于是就把话题转到别的地方去了。

　　这时，姜琳娇和另一个名叫于绮丽的女孩子把茶端了上来。龚汉诚见这两个女孩子又换了一身时髦的套裙。

　　佛靠金装，人靠衣装！这姜、于两位姑娘换身衣服，像换了个人似的。换上这身套裙，姜琳娇显得更加充满了青春的活力，妩媚动人，特别是那双眼睛，流光溢彩，顾盼传神。这样气质的女孩子在江源市是找不出来的。

　　他不便多看姜琳娇，于是就向魏力斯询问起香港的资金筹集渠道。他对魏力斯说，江源市的建设将迎来一个千载难逢的时机，连接省城的高速公路即将全线开通，由于打通了玉花山隧道，原来在这段要跑三个小时的盘山公路，现在只需要十五分钟，到省城两个半小时就够了。据欧美发达国家城市和中国大陆沿海地区、港台的经验，江源商业上的战略地位日益彰显，将直接导致房地产急剧升值，他初步判断，未来三五年内这里的房地产价格将翻一番。魏力斯说他对江源市的情况不太熟悉，就问了龚汉诚一些城市人口、GDP和人均收入水平等数据之后,他认为,江源的房地产价格三年翻一番,五年翻两番,这还是最保守的估计。

魏力斯很坦率地问了龚汉诚一个问题:"你三年之内离开江源的可能性有多大?"龚汉诚对这个问题不介意,他坦率地说三年离开江源的可能性不大,但五年之后离开江源的可能就很大了。

魏力斯对龚汉诚说,他在英国听到一种议论,说大陆一些欠发达地区有些不好的做法,刚开始对外商很欢迎,各方面条件说得也很好,等人家把钱花下去之后,态度就变了,设置障碍,多方收费,更有甚者是百般刁难,大敲竹杠,最后弄得好多外商血本无归。

龚汉诚告诉他这种事在江源从来没有发生过。大陆的法治进程比人们想象的要快得多。现在,政府在配置资源方面已不占绝对主导地位,市场经济体制已基本完善。上面提到的那些问题,基本不存在了。倒是政府现在好多方面有些力不从心了,如维护经济秩序上的一些事情,已经难以完全用行政手段去操控,而经济和法律手段又有些漏洞,有时不甚得力,这也造成了另外一种不良现象,就是一些不良商人为富不仁,却能逍遥自在。

魏力斯说,商家们这样做事,实在是鲁莽,不仅对维护社会经济秩序不好,对自己本身也不见得是好事,最终是要为此付出代价的。他还说人民的利益必须维护,否则整个社会将没有安全可言。

在他们俩聊天同时,姜琳娇和于绮丽上来斟过数次茶,然后就在一边玩纸牌,赌输赢,用姜琳娇的话说就是小赌怡情,但从最后战果看已不是小赌了,姜琳娇已经赢了于绮丽两万多元港币了。

这席对话让龚汉诚对魏力斯开始产生信任感,他感觉到魏力斯不像他在江源和其他地方碰到的一些商人那样:一说到老百姓就满脸轻蔑。他知道老百姓的利益和他个人的利益之间的互相存依的关系,把老百姓视为自己的衣食父母。他虽然不知道魏力斯说这些话到底有几分是真情实意,但他能想到就很难得了。在他龚汉诚的地盘上,绝对不能容忍那些损坏老百姓利益,像豺狼似的咬一口肥肉就走的商人。

他还觉得魏力斯对政治、经济和社会文化等话题也是游刃有余,魏力斯作风上明显是打上了英国的烙印,就像英式足球,长传高调,直奔目标,但内心的东西却全部是中国气派、中国风格的。

于是龚汉诚就和他聊起了中国古典哲学和历史典籍，这一下让魏力斯精神倍爽。他们从周公聊到了到子产、管仲、诸葛亮等一流的人物。

魏力斯对历史有浓厚兴趣，他称赞周公是中国历史上第一个大政治家，魏力斯对"古之遗爱"子产、"古之遗直"的管仲也是称颂不已。最后，魏力斯用他那充满乡味的口音，给龚汉诚背诵了屈原的《橘颂》，称赞这是中国最好最优美的文字。

龚汉诚没有多说话，但他心里大多同意魏力斯的观点。

他们俩聊得非常投机，最后竟有相见恨晚之感。

第十章

龚汉诚回到江源，一下飞机便得知两个意外的事情。一是江源大坝工程项目已正式下达江源市政府，市委常委专门召开会议，研究工程的筹建等重大事宜。第二件事是梁子玉调省委任副书记。龚汉诚内心顿时有种抑制不住的狂喜。本来杨副省长已经告诉他了，大坝工程项目让梁子玉负责为好，他在江源时间不长，对江源的情况不十分清楚，叫他不要卷入这麻烦堆里去。但梁子玉调走了，大坝工程项目就非他莫属了。对梁子玉的这次提拔使用，他是绝对没有想到。按他的分析，梁子玉已快到中央规定的提拔副省级干部的年龄，最多在省人大或政协安排个副职就不错了，而现在却是省副书记！

但他马上反应过来了，这两件事对他都是好事，大坝工程项目将在他手中完成，这可是名副其实的政绩啊。这个硕果种之于梁，收之于龚，好哇！第二件，梁子玉调走了，按常理，他这个副书记、市长就顺理成章升任市委书记了。

他心情大好，竟然丝毫没有旅途的疲劳。快到市区了，他命司机把他直接送到市委市府大楼。

龚汉诚到市委市府大楼的时候，正是中午下班时间。下班的干部职工从大楼鱼贯而出，碰到出国回来的龚汉诚时，大家纷纷停下脚步，向他问候致意。龚汉诚敏锐地感到那些市委的同志见到他，打招呼比往日热情多了。

在龚汉诚回到江源的第二天下午，省委组织部邢副部长向他宣布了省委的决定。他正式得知：因工作需要，梁子玉调任省委副书记。江源市委市府的工作，由龚汉诚主持。邢副部长还传达了省委主要领导的指示：一、在新的市委书记未明确之前，由龚汉诚负责市委全盘工作，这段时间不研究本市的县（区）委书记、县（区）长和机关主要处级领导的调整问题；二、市政府的日常工作，由宋玉谦主持；三、省委对龚汉诚的工作给予了充分肯定，希望龚汉诚一如既往地做好工作。龚汉诚听了后严肃诚恳地作了表态：一、坚决服从省委的决定；二、竭尽全力做好工作，确保江源市经济社会的全面发展和稳定，请组织和领导放心。

到了办公室,他端起秘书刘宇军刚给他泡的铁观音茶,有滋有味地呷了一口,心里想,香港唐天举相术还真灵!这时他仿佛已看到自己坐到了市委书记的位置上,看到了更美好的前程。

第十一章

乌海吉从北京回到江源后，给吴国耀打了个电话，说大坝项目已经正式批下来，市里很快就要启动这个项目了，他那边正按计划做工作，也望吴国耀这边抓紧进行。他原想亲自到中源公司和吴国耀面商相关事宜，不巧的是吴国耀正患重感冒，就说另找时间。于是他们俩各自忙着准备工作，当得知梁子玉调动的消息后，吴国耀给乌海吉打了个电话，问他会不会受影响。乌海吉告诉他有点影响，但不大，双方更要加大工作力度，听乌海吉的声音好像在酒吧里，环境很嘈杂，就没有多说，两人都说最近要单独见一下面，研究下一步的工作。

吴国耀自从和乌海吉签订了合作协议后，回到公司成立了一个项目设计攻关小组，他亲自挂帅，人员有吴理睿、方向成、齐娅静和几个技术员。对这个小团队的人员，吴国耀不是很满意，所以又从一些高校中聘请了三名退休教授当顾问，遇到难题时，就派齐娅静专程去北京、杭州把三位教授接到江源，一起研究问题，经过两个多月的夜以继日的工作，工作方案已经出来，吴国耀看了看很满意，表示先放十天半个月，再研究它，项目组的人员放假三天。他和吴理睿、齐娅静则准备去外地实地看看几个著名大坝的设计和建设情况。

吴国耀说先去看看黄河上的几座著名大坝，然后去看长江上的几座著名大坝，并对吴理睿和齐娅静作了分工：吴理睿负责文字记录，凡是这一路所见的大坝的文献、材料，要尽可能地收集回来；齐娅静则负责拍照，要求齐娅静要面面俱到；而他自己则是负责问，他要将每个细节都问到，然后三个人再分头到一些有特色的大坝项目看看，他让齐娅静上网找找资料，以供选择。

他这样想，一方面是出于谨慎，另一方面是因为他也有几个朋友，在广东、湖北做大坝工程，这些朋友，跟他关系都很密切，他们听说吴国耀有可能做大坝工程，就都热情邀请他到他们的公司参观一下大坝工程的施工现场。

当然，还有一个因素，这些朋友是想请吴国耀光临他们的府邸做客，一起敦叙情谊，品尝当地的美味佳肴，欣赏他们的故乡的美丽风光。

因为，他们曾多次受到吴国耀这样的款待。

吴国耀招架不住老友的殷勤之意，于是决定先去广东，到梁广深的公司看看。

梁广深在广东有个正在开建的大坝工程，去他那里看看，可以学到很多东西，于是吴国耀带上齐娅静、吴理睿一起飞往广州。

一个半小时以后，他们三人就抵达了白云机场。

梁广深自己开车去机场迎接吴国耀一行。

吴国耀一走出机场大厅门口，只见梁广深和一个貌美女子，向他迎面而来。

梁广深一见吴国耀就嚷嚷道："妈的，搞什么？你竟然晚到一个半小时，我站在这里等你，腿脚都快骨折了，你什么时候开始学会耍大牌啦？让我们等了这么久，这也太过分了！"

吴国耀呵呵一笑说道："我叫你不要来接，你非要来，你往这里一站，在万米高空都能看到你身上放射出的万道金光了，搞得飞行员眼睛都睁不开，根本找不到方向，总降不下来，几时不见，你都成佛啦！"

梁广深还真有点信佛，有两回打电话给吴国耀说，他在晚上睡梦中，梦到了佛身上放射出万道霞光。吴国耀听了以后，觉得挺好玩，就记住了，今天，就拿这句话去调侃梁广深。

梁广深一听吴国耀反应还挺快，一时找不到恰当的语词和他继续调侃下去，于是他就转移话题，海阔天空地扯起别的事情来了。

开车的是朱丽冰，她开车不徐不疾，平平稳稳地向公司驶去。车上，梁广深主动和齐娅静、吴理睿聊了起来。

梁广深跟吴理睿齐娅静都不陌生，所以说话开玩笑，特别随便。

"齐娅静，听说你到现在还是单身呢，你这也太保守了吧，你看我最近又要换老婆了。"梁广深一脸认真地说。

"不会吧，梁总。你家太太挺好的，怎么可能换人呢？"

"怎么不会呢？我又找到一个美丽动人、冰雪聪明的白富美女子。我为她痴狂很久了。"

"谁呀？怎么回事啊？说得跟真的似的。"

"远在天边，近在眼前，你看朱丽冰小姐怎么样啊？"

齐娅静一听，扑哧一下笑了出来说道："梁总，你要夸人也不必这么拐弯抹角，虚张声势的，还搭上一个乱搞男女关系的罪名。你想夸朱姐姐优秀，直接说好啦，她不会找你涨工资的！"

这时，全车的人都笑了起来。

梁广深笑着说："我这个人不像你家老板，一本正经的，搞得像一个正人君子似的，可是他肚子里想什么，只有他自己知道。听说你们吴总这几年积极从事扶贫助学，帮助穷困学生，做了不少好事，也花了不少钱，还热烈响应政府号召，积极向组织靠拢，成了江源市商界的一面旗帜了！"

"是啊，是啊。我们吴总都当上人大代表啦，连续三年被选为感动江源市人物呢！"

听到这里，吴国耀开始说话了："小齐同志，你可别上人家当啊。人家梁总是当地的纳税大户，是商界大佬，他是逗你玩呢，我跟他可没法比！"

齐娅静听了以后，对面前这个头发稀疏，眉毛浓重，皮肤黝黑，长了个小眼睛的中年男人增加了几分敬重！

"哈哈，过奖了，过奖了！这不是明摆着表扬和自我表扬，吹捧与互相吹捧嘛！"梁广深脸上露出了有些难为情的神态。

齐娅静听得挺仔细，她感到人以类聚，物以群分这句话是很有道理的，因为吴总本人为人善良正直，所以他身边的朋友大多数也都是正直善良、充满正能量的人。

一路上只有吴理睿和朱丽冰很少说话，吴理睿觉得自己是个打工仔，不便参与老板们之间的笑谈。

朱丽冰一心开车，表情专注，就是刚才梁广深拿她开玩笑，她也只是微微一笑就过去了，她这种心闲气定，不卑不亢的性格特征，特别是精湛的业务水平，使她不到30岁就担任了总裁办公室主任这样重要的位置，并深得梁广深的赏识与器重。

不知不觉车就到了大酒店。

入住的所有事宜早已准备好的，吴理睿由一个年轻女子引领，前往他的客房；齐娅静则在一个英俊小伙陪同下，来到宾馆商务中心购买了一些私人用品；吴国耀在梁广深陪同下，住进了宾馆的总统套房，朱丽冰招呼服务人员接待好这位江源来的贵宾。

吴国耀一进入客房，就被房屋内的各种灯光吸引，客房大厅房顶上的一盏莲花形状的水晶灯，闪耀着柔和金色的光芒，房屋四角射出的一些小小荧光灯，仿佛是天上的星星洒落在这个温柔的小小的世界之中。

吴国耀看屋子里的各种家具，样子都是非常高档的，到处闪闪发亮，富丽堂皇。他不禁朝梁广深笑了笑说道："到你的府上，我简直就是刘姥姥进大观园了。"

梁广深一听挺高兴，说道："还可以吧，能得到吴总的赞赏，还确实不容易。你看啊，就这些灯光花了我三百万呢。不过我就是做灯具起家的，就喜欢灯具，搞得满屋都是星星点点的，说句实在话就是觉得好玩。你的天市酒店也让人喜欢，古香古色，几净窗明，屋子的陈设质朴中隐隐透出尊贵，这很符合你老人家做人做事的风格啊。"

在他们说话的功夫，服务员沏上了一壶好茶，还端出了一盘点心。

梁广深说道："你先喝点茶，然后休息一下，我要去办公室处理一点儿事，咱们晚上六点半开饭。"然后对服务员说："你们可要照顾好这位老板啊！他可是一位贵人哪！"

说完就走出酒店回自己办公室去了。

可能是环境太好，太舒服了，也可能是飞行了一个多小时，有些疲倦了，很快，吴国耀就沉沉睡去了。

足足睡了两个小时以后，他才醒过来，他感觉脑袋有些懵懵的，一时竟忘了自己在什么地方。屋里的窗帘拉得死死的，没有一丝光亮，于是他就摁了一下按钮，刹那间屋里的灯光全都亮了，他又开始静静欣赏这些如同梦幻的灯光，他边看边想，要给女儿的屋子里装什么灯好呢？女儿还小，喜欢明亮的灯光，儿子长大啦，不想管他，等他提出想要什么灯，就买什么灯吧。

困难的是自己和老婆的卧室的灯光选择，林虹这个女人方方面面都与众不同，你给她预备好的东西，她绝对看不上眼，非得按她的思路来，把原来的东西一律推翻，换上她想要的，你要是不同意，她就跟你急，动不动就提出分床分屋睡觉的要求。

夫妻哪能随便分床分屋睡觉啊！所以这些事只能由她了。

正当吴国耀在遐想的时候，梁广深推门进来了，招呼吴国耀起床准备去吃饭。

吴国耀问道:"上哪吃饭呀？别跑太远了。"

梁广深说道:"远不了，就在旁边的小河边上，那里有家土菜馆，味道很好。"

吴国耀听了以后感觉蛮新鲜的，于是情绪就兴奋起来了，一屁股坐了起来。

"行啊，这就走，确实有些饿了。"

"那就走吧，都在等你呢。"

吴国耀抬头一看，只见齐娅静、吴理睿都在门口等着呢。

吴国耀穿上衣服连忙就往外走，

梁广深像逗小孩似的对吴国耀说:"别急别急，先尿尿，免得一会儿内急，在外面随地撒尿！"

"妈的，这事你也管！真把我当小孩了"吴国耀边说边回到屋里面，上了一趟洗手间。

齐娅静等人都被他们两个逗笑了。

几个人步行十来分钟就到了一个农家小院，老板娘一看到梁广深就迎了上来，笑容可掬。

"梁老板啊，饭菜还有酒都弄好了，你们现在就入席吧。"

"好，都闻到土鸡的味道了，真香啊。"

"这可真是两只又肥又大的老母鸡呀。我今天早上6点不到就去陈家坳村了，选了好几家才定下这两只老母鸡。好东西人家都舍不得卖呀，我是出了大价钱才弄到手的。"

"我就知道老妹子对我好，办什么事一点儿不含糊的。"梁广深边走边把手搭在老板娘的肩膀上，老板娘不但没躲，反而用右手拉着梁广深的手，两个人往前走着。

"我这次去陈家坳村给你弄了副草药，老乡说对风湿关节炎效果很好，这药要泡白酒喝，用当地老乡土法烧制的白酒最好，我就带回两大瓶白酒来了，都放在餐厅上了，您离开的时候记得拿着啊，泡上三个月以后才喝，你都记住了吧。"

"记得，记得。"

齐娅静跟在后面，看到梁广深身上穿着雪白的衬衣，下身穿的是毛料西裤，脚上穿的却是一双拖鞋，现在又跟老板娘勾肩搭背忘情地热聊，她很是不理解，所以她看看梁广深，又看看吴国耀，抿嘴直笑。

吴国耀明白了齐娅静的意思，说道："你感觉奇怪是吧？这里的大老板都这样！"吴国耀的嗓音有些大。

梁广深听了以后故作恍然大悟的样子说道："哎呀，只顾着跟美女聊天了，把尊贵的客人冷落在一边啦，罪过呀，罪过！"

"你一贯是重色轻友，本性难改啊！"

说得大家都笑了。

晚饭菜肴很丰盛，都是当地的土菜，味道鲜美可口。

当地人都认为生蚝是滋补上品，尤其对男人更有补益。显然梁广深也是这么认为的，因为在满桌的菜肴中，处处可见生蚝的身影。

"都是老朋友，什么繁文缛节，就全部免了。既然来了就尽情地吃吧！"吴国耀上桌以后就食指大动，嘴巴大咬大嚼。

在饭桌上，梁广深特别关心了一下吴理睿。他先是亲自给吴理睿盛了一大碗鸡汤，又夹了几块生蚝，然后笑嘻嘻地说道："年轻人得好好的补补啊。"

吴理睿刚想回答，齐娅静抢先说的。

"他还是个处男呢，怎么着，梁总想给他介绍个对象吗？"

梁广深正想拿吴理睿开开心，活跃活跃一下饭桌的气氛，正找不到题目呢，没想到齐娅静就及时地给他送上来了。

"唉，现在年轻人就是不听话。叫他们多吃生蚝，少吃肯德基、麦当劳里那些炸鸡腿啊之类的东西，可他们就是不听啊！结果呢，个个弄得外表虚胖、内力损耗，男人基本事业都做不好。"

他又看了看吴理睿，继续说道："你也有二十七八了吧？这个岁数不结婚，还是个处男那就是有问题啦！来来来，多吃生蚝，这东西好，多吃，绝对是让你精力大增啊！"

于是又给吴理睿夹了几个生蚝，随后又笑嘻嘻地对他说道："多吃点，真的是大补啊。"

看到梁广深那个滑稽的样子，大家都笑了！

吴理睿先是看了齐娅静一眼，那表情分明是怪她多嘴。然后给自己杯里斟满了白酒，走到梁广深的面前，恭恭敬敬说道："梁总，您是我们吴总的同学，也就是我们的长辈。晚辈不才，百无一是，实在是惭愧得很啊！好在有吴总、梁总这样的擎天大树庇荫着,我们才得以尽一技之能,养活自己啊。晚辈实在是感激不尽了!特别是你们创业的豪气,干事的魄力,令晚辈钦佩不已,晚辈先敬您一杯!"

说罢,一杯近三两的白酒一饮而尽。然后头往后仰了一仰,让自己那粗大的喉结往前突了突,表情一脸的严肃。

梁广深饶有兴趣地看着面前的这个年轻人,显然自己刚才那番吃生蚝的理论,刺激到这位年轻人了。看到吴理睿满脸通红,嘴巴微微发颤,说话还有些激动,样子可爱又可乐。于是他就想继续逗吴理睿玩一会儿,反正饭桌上就是寻开心呗。

只见他微微一笑,叫服务员拿来一个和吴理睿一样的高脚杯,也跟他一样,倒了满满一杯,说道:"谁敬酒我都敢不喝,唯独青年人敬酒,我不敢不喝,要不到老了以后,就没有人给我们酒喝啦。"边说边照着吴理睿的样子,将杯中的酒一饮而尽。

大家一阵掌声。

吴理睿看到梁广深的豪爽劲,心里十分高兴,感觉找到了一个知音,就想跟梁广深再喝一杯,他先是看了看吴国耀,只见吴国耀正和朱丽冰一本正经地聊事情,根本没有理会他们的玩闹,于是他壮了壮胆子,又给自己倒了一大杯酒,说道:"晚辈现在敬您第二杯酒,我干了,您随意。"

说完他举起酒杯,在距嘴巴约一尺多的距离,往嘴巴倒酒,只见杯中的白酒,以一根筷子大小的水线,连续均匀准确地倒入了吴理睿自己的口中,然后他咕咚咕咚地咽入了肚子。

"厉害,厉害,老朽服了,服了。"梁广深说完,呵呵直笑。他也倒了满满的一杯酒,又从桌子上找到一根吸管,把吸管插入酒杯之中,开始吮吸杯中的酒,大家都专注地看着梁广深一口气就将杯中的白酒吸入口中,一滴不剩。

"怎么样?怎么样?小崽崽,你刚才玩的是飞流直下三千尺,我玩的是鲸鲵倒吸千里海!你靠的是自然之力,不算本事。我靠的是丹田内力,这才是真功夫!年轻人你还是不行啊!肾虚啊!"

大家又是一阵哄堂大笑。

梁广深更是得意啦,顺手就把西服上衣脱了下来,胡乱一团就往沙发上一扔,然后把衬衣往上一撩,他那又圆又大的肚皮就露出来了,最有意思的是他的大肚脐又粗又长，还高高的往上凸起，一笑起来的时候，肚脐胡乱颤抖。

吴国耀看了梁广深一眼，眉头皱了皱，但没有说话，而是又转过头继续和朱丽冰聊天，仿佛周围的事情完全与他无关。不过有点特别的是，整个过程都是朱丽冰在说话，而吴国耀只是听她说，有时候点点头而已。

梁广深和吴理睿的酒场酣战越演越烈。

吴理睿被梁广深说肾虚，心里就有点急了，他想自己年轻，酒量也大，所以决定继续和梁广深拼酒。

"长辈，我佩服佩服，今天请恕晚辈斗胆了，咱们就继续喝，至于怎么喝、喝多少，您说了算。"

吴理睿这时候已经不在乎吴国耀的表情了，他一心要想挣回面子。

梁广深兴致高涨，非常投入地跟吴理睿拼酒，听了吴理睿的话以后，他明显觉察到这是挑战，但他丝毫不在意，马上就接受了挑战。

"好好好，有胆量，我们来猜拳，谁输了就喝一小盅。"随即他从桌旁边拿起一个三钱装的酒杯，朝吴理睿晃了晃。

吴理睿当即答应。

梁广深一听很兴奋，他推了推坐在一旁的吴国耀说道："你们和年轻人换个位置，让年轻人坐过来，我们俩好喝酒。"

吴国耀没有和吴理睿调换位置，而是退出座席到一旁喝茶，吴国耀很了解梁广深的性格，他是逢酒必闹，他也知道今天晚上吴理睿肯定是要喝趴下无疑了。喝就喝吧，反正这两天也没有什么正经事。

很快两个人就开始大声吆喝起口令来，没有一会儿功夫，梁广深已经连输了三次，连喝了三杯酒。

梁广深不服气，嗷嗷地叫着，情急之下，还用福建土话骂开了，骂完以后又继续猜拳，梁广深又输了三次，又连喝了三杯酒。

梁广深可能是喝醉了，在连续被罚酒的情况下，还提出要用大杯子喝。

吴理睿一听心里很高兴，他想这老板肯定是醉的不行了，还想用大杯子喝酒，这不是自取灭亡吗？

于是他连声称好。

吴国耀和朱丽冰正在聊工程上的事呢，一直没有搭理他们两个，这回一听要用大杯子喝酒，他不禁皱了皱眉头说："这个老东西要放大招了，今天晚上那个傻小子恐怕要抬着出去了。"

朱丽冰看了看吴国耀，然后笑了笑，说道："看起来吴总是非常了解我们的梁总啊。用梁总的话说，现在已经把敌人引诱到险要地带了，进入预定战场了。接下来就是发挥我军传统战法——截头、堵尾、拦腰穿插分割敌人，然后聚歼顽敌了。马上就有好戏看喽。"

吴国耀也笑了："这老东西当年的许多毛病现在都改了，就这个好斗酒的毛病没有改，这胡（福）建人玩疯了也挺可怕的！"

朱丽冰呵呵一笑，说："关于大坝工程招投标和设计施工上的情况大致是这样，这也都是梁总的意思，我如实转达而已，文字材料我放在车上了，吃完晚饭以后我给您送过去，哦，算了，干脆给齐娅静吧！"

说到齐娅静的时候，朱丽冰不由自主地朝饭桌望去，只见齐娅静已经完全沉浸在梁广深和吴理睿的猜拳行令的热闹场面中了。

"看看您的齐秘书多可爱啊，她是第一次见我们梁总表演这种绝技啊。"

吴国耀也跟着看了看齐娅静，这傻丫头完全被梁广深这老东西的招数给唬住了，她的那双大眼睛始终盯着梁广深的手，随着那只千变万化的手上下左右乱转，脸色微红，双唇紧抿，一缕头发散落下来，耷拉在右脸上，遮住了半边脸，她自己却浑然不知。

朱丽冰笑了笑说："我当年第一次见梁总这样喝酒的样子，也跟齐娅静一样，整个人都看傻了，样子可笑极了，当时公司有个姐们偷拍了我当时的照片，那脸上的表情甭提有多傻了。"

朱丽冰说到这里停了一下，接着有些不好意思说道："最要命的是我当时的鼻涕都流出来，快流到嘴巴了，自己还没有发现，真是太出丑了，这副表情让我那个姐妹给拍了下来，然后洗出来，给我看，我看了以后当时都想钻到地缝里去了。我急着要回照片和底板，那姐们提出，要我给她一部苹果手机，否则就把照片挂到公司的 BBS 上去。苹果手机没舍得给她买，但请她到市里最好的饭店吃了一顿，花了我一个月工资的三分之一，心疼死我了。不过现在看来太值了，这张照片我保留了下来，每当自己心情不好，或者心情好的时候就拿出来看看，每次看了都会狂笑一番，心情大为舒畅！"

这个时候这个包厢里原先的五个人，已经增加到二三十号人啦，前后左右的服务员都来了，大家像观看一场精彩演出似的观看梁广深和吴理睿两个人在猜拳拼酒。

梁广深看到这么多人，兴致也更加高涨。

只见他一会儿五指全开，形如虎爪，直扑对方面门；一会儿又捏紧成拳，在自己的胸前左旋右转；一会儿变拳为掌，像利剑似的直抵吴理睿的面前或颈部，一派杀气腾腾的样子。

梁广深的那副嗓子也极富戏剧性，声音时低时高，低时念念有词，让人不知所云；高时如电闪雷鸣，惊涛拍岸，震耳欲聋，煞是精彩！

吴理睿也不含糊，他不像梁广深那样虚张声势，表情夸张，而是始终如青松耸立，从容安详，声音不徐不疾，不高不低，应对从容。

换上大杯子以后，开始双方互有胜负，后来就慢慢变成了一边倒，把把都是吴理睿输了，吴理睿被梁广深连灌了五六大杯后，虚汗直流、脸色煞白，感觉天旋地转，眼冒金星，于是他叫停："今天就到这里吧。"

话音未落，只听得扑哧一声，一大口的酒就从他的嘴巴里喷了出来。

梁广深看了后，像小孩子似的拍手叫好。"你输了，你输了，好好好，现在现场直播啦，大家快来看，哈哈哈！"

这时候吴理睿又往外吐了几大口，桌子、地上全是污秽之物，臭气熏天。大家一看这架势，赶紧一哄而散，不过这时有人用手机拍照，梁广深朝他大吼一声："都给我滚出去，谁敢把照片外传，我就挖他的祖坟！"

大家都知道梁广深的厉害，不敢再停留，一眨眼的工夫，看热闹的全都溜了，只剩下吴国耀、朱丽冰、齐娅静和几个服务员。

吴理睿这时被众人抬到沙发上半躺着，他嘴里不停地嘟囔着："喝就喝，你们老板有什么了不起？个个都是小气鬼，小气得很，股权一点也不让给人家，没有什么了不起！"

齐娅静一直在给他擦脸上的污秽之物，一听到这句话，不禁愣住了。"这喝酒醉了，把心里话都给吐出来了？"

吴国耀责怪梁广深说："你那套鬼把戏越玩越精了，弄虚作假的手法也太卑鄙无耻了吧？你喝的是酒吗？拿白开水充当酒和人家干杯，你这个老东西欺负一个年轻人，你好意思吗？"

梁广深听了以后哈哈一笑："你看出来啦？如果不是我以前教过你，你能看出来吗？喝酒醉有什么不好？平时不敢说给你听的话，现在不是都说出来了吗？人家是有功之臣，你干吗不分点股权给他呀？你这个小气鬼，有什么了不起？"

说完嘿嘿直笑。

齐娅静有些气愤地说道："真是的，他怎么这样说吴总呢？吴总待他可不薄啊！"

吴国耀瞪了齐娅静一眼，厉声说道，"他说什么啦？你们这么议论纷纷的，酒后胡话能当真吗？还不叫人把他送到医院输液去。"

话音未落，朱丽冰从外面进来了，她柔声细语地说："不用去医院，我们公司备有解酒药，服用下去半个小时，他准能清醒过来。"

说完她就给梁广深递上三粒药丸，梁广深接过药丸，随即往口里一放，朱丽冰又送上一小杯开水，梁广深喝了一口，脖子一仰，咕咚一下药就下去了，这时梁广深一脸的惬意。

"没事啦，没事啦，我们俩去喝茶，这里交给他们弄就好啦。"梁广深说完拉着吴国耀就往外走。

两个服务员迎了上来，正要问话，梁广深先开口了，今天太晚了，不走远了，就在隔壁茶舍，叫我干女儿来准备一泡大红袍，今天晚上招待贵客一定要上好茶。

吴国耀看到梁广深一副咋咋呼呼，风风火火的样子，甚是佩服，他不无羡慕地问道："你这老东西有什么秘方啊？50岁了，还是这样生龙活虎，精力充沛的，有什么秘方也告诉我一下呀。"

"你也没有什么变化呀，还是那一副道貌岸然正人君子的做派，在什么地方都这么端着，你累不累呀？花钱找个女秘书，也不找个漂亮点的，还找了个满脸雀斑的，你安的什么心哪？不过她那副神态好像倒跟你一模一样，真是人以类聚、物以群分呢！"

吴国耀也笑了笑："找秘书又不是找老婆，那么多讲究干吗呀？"

"错，女秘书就是老婆，比老婆还老婆。"

"你和朱丽冰看起来可能是那样，瞧刚才朱丽冰给你喂药喂水，那动作神气高度的和谐自然，这绝不是普通秘书做得出来的，可是朱丽冰也不漂亮啊。不过这孩子确实聪明，刚才跟我聊了半天，把大坝工程建设上的一些重要事项都给我说清楚了，这孩子说什么事说得真是明白透彻，让人一听就记得住。"

"呵呵呵，这可是我花大价钱雇佣下来的，做公司就是拼人才呀，开公司要是没有得力的人，那公司还不垮了。像朱丽冰这样的女孩，我公司还有好多个呢，你要是想要，我送你一个。"

"你别瞎扯了，你要是真有什么好的人才，哪舍得给我啊，你那点德性我还不知道啊！"

梁广深笑了："哈哈哈哈，算了算了，喝茶喝茶。"

两个人坐定以后，服务小姐把茶端了上来，梁广深朝她们做了个手势，两位服务小姐就退了出去，梁广深呷了一口茶，开始说话了："你那天电话上给我说的事情，这些天我考虑了一下，现在告诉你结果。第一，做大坝工程是一件大事，我的态度是要么不做，要么就做成一个一生的杰作。第二，根据我的经验，做大坝这样的工程，不能和别人合作，和别人合作，不能自己一个人说了算，做事互相掣肘，工程质量就没有保证，要是这样宁愿不做，也不能做。第三，我感觉你合作伙伴为人做事有些投机取巧，你们招投标拿工程专门讲关系，这很不可靠。所谓关系无非就是行贿受贿，利益均沾，会干这种事的官员也不可靠，他会收你的钱，也照样会收别人的钱，万一有一天有人告他，他就会倒台，他一倒台你们也跟着玩儿完了，这也太划不来了。第四，古人说财为怨府，这么大的工程，有无数双眼睛瞪着，只有自己堂堂正正，依法办事，才能确保没有后患。综上所述，建议你自己单独去投标，这样可能不中标，无利可图，但也无害。"

吴国耀听了梁广深这些话，觉得非常中肯，他非常在理，值得他仔细考虑。因此也暗暗感激和敬佩梁广深。

梁广深又问吴国耀，刚才吴理睿说的股权的事情是怎么回事？吴国耀将事情的前因后果给梁广深说了一遍，梁广深听了以后笑了笑："你是干大事的人，怎么能用这种人呢？你脑子让驴给踢了吧？"

吴国耀听了以后满脸通红。

吴国耀在梁广深处住了三天，心满意足，正想去别处看看，突然他接到钱童打来的电话……

第十二章

　　钱童在十几年前就入了泰国籍，领导着一家投资公司，这家公司的总部设在曼谷，在中国有家分公司，但整个公司的90%业务在中国。

　　他这次是专程去舟山拜谒观音菩萨的，所以也没有提前跟吴国耀说，只是下了飞机住进了宾馆后，才给吴国耀打了个电话。吴国耀一听是钱童的电话，忙问他在哪里。钱童告诉他在广州，吴国耀听了兴奋极了，连说话的声音都变了。

　　"钱兄弟，你来得正是时候！"

　　钱童和吴国耀是多年的好友，彼此最熟悉了，他听到吴国耀的声音"嘿嘿"了两声。"你要是没什么要紧事，来广州聚聚，能一块去舟山参拜观音更好。"吴国耀问清了他住处，说自己也在广州，明天去看他。

　　第二天，吴国耀来到酒店，一进房门就要和钱童握手，钱童把手往裤兜一塞，说："别碰我，你手哪儿都摸，我嫌脏，明天我还要去拜南海观音呢！"

　　吴国耀搓了搓手，呵呵一乐，往沙发上一坐，顺手从桌上的烟盒里拿支烟点上，吸了一大口，喷出一团浓烟后说："你什么时候金盆洗手，一心向善了？"

　　钱童嘿嘿两声，没有回答，接着就把话题转到去看南海观音的事上去了。吴国耀说："这事简单，要是开车去，几小时就到了。如果你要徒步前往，三步一跪，五步一叩的，那我就不知道啥时能到了。"

　　钱童说："也真想那样，但体力不支，时间不允许。"

　　钱童对观音菩萨非常敬仰崇拜，他认为，观音菩萨的形象实在是太完美了。

　　第二天，他们一起前往。吴国耀发现钱童拜谒观音菩萨真的很虔诚，一到观音菩萨像前就扑通跪下，连叩三个响头，口中还念念有词。吴国耀见这般情景，心里有些纳闷了，这哥们还来真的了！

　　在回广州的路上，吴国耀向钱童谈起了江源大坝工程的事，钱童听清楚了他要筹资金，也没当回事地说："工程还没拿下来，谈这些事有啥劲头？要是拿下来了，搞点钱给你启动一下，不是很简单的事吗？反正还是老规矩，事情真有戏，资金成本你照付，但是我估计这个项目也赚不到几个钱，瞎折腾什么啊！"

　　钱童点了一支烟，吴国耀也点了一支，这事算是谈得差不多了，就海阔天空地扯起来了，钱童问吴国耀去不去舟山，吴国耀说不去了，回江源有事。

　　到了半路上，吴国耀下车拦了辆出租车去机场，准备搭乘末班机回江源。钱童去舟山拜了观音菩萨后，第二天中午飞到上海办事。尔后，回曼谷。

　　吴国耀一直担心资金问题，按照以前的经验，承包工程的公司一般前期都要垫付一部分资金，工程完成后，还会有一部分尾款要过很长时间才能拿到手，考虑到这些，吴国耀担心资金周转不过来。他肯定是要和钱童商量这事的，但没想到这哥们自己送上门来了，而且还答应得比较痛快，他顿时感到一块石头落地，心情轻松愉快地回到了江源。

第十三章

　　龚汉诚这阵子工作繁忙，竟把魏力斯、姜琳娇这两个好朋友置之于脑后，几乎是忘掉了。在一个周末，龚汉诚整理这趟出国的行李。看到一张他和姜琳娇的合影。他们俩肩并肩紧挨着站在一起，他西装领带，神情兴奋。姜琳娇一身套裙，满脸微笑，甜蜜可人。

　　龚汉诚一时想不起是在哪里照的了，看了下一张和魏力斯在那别墅的合影才想起那天下午的活动，肯定是魏力斯给他们拍的照了。龚汉诚一看这张照片，心里不由得一紧，他想自己和这个女孩子这么亲昵，有点不像话了。然后就努力去想那天的活动中有什么不稳重、有失身份和体面的事没有，想了又想，他觉得没有。至于在跳舞中胸膛两次碰到姜琳娇乳房，这有点让他感到脸红，但很快他就替自己开辩，认为这在舞会是非常正常的事，就像足球赛场上球员的合理冲撞，所以他的心又踏实了下来。

　　但他知道，这张照片是绝对不能让别人看到的，于是拿出一把小剪刀，将照片中的姜琳娇剪成了小碎片。呵呵，刚刚还是一个绝代佳人，现在成了一块块小碎片。

　　龚汉诚从香港回到江源后的第二天，给魏力斯打了个电话，向他表示感谢，魏力斯只说句，这就是龚市长见外了。就把这事轻轻放过去了，而是以兴奋的心情，大谈国内的经济形势如何好，前景如何美。他向龚汉诚透露，他已筹资了一点五亿元准备在西部做房地产。龚汉诚对他做什么不是很感兴趣，但对魏力斯的经济实力和为人做事的风格倒是很在意了。他反复估量过魏力斯的实力究竟有多大，他在香港和英国都有房产公司，在他的家乡，他父亲也经营着一家很大的公司，听魏力斯的口气，他父亲的公司正在申请上市并已进入了辅导期。记得魏力斯说过上市公司的总股本是一亿八千万，这还不是他们家的全部资产，还有一半没有上市，这样算来魏力斯的资产不在三亿之下。他对魏力斯香港那个小院印象深刻，那样的小楼一般的人也买不起的。魏力斯做人做事豪放大气，那是需要有资金作后盾的，换了别的年轻人，也会是那样张扬的，年轻人嘛，有个性是好事。

龚汉诚不是爱钱的人，他只注重他工作上的事，或者说就是做领导，如何把自己领导职务越做越大，越做越好，这个问题占据了他的整个心窝。他知道鱼和熊掌不可兼得，所以他对金钱没有非分之想，再说他节俭惯了，工资也够花了。其实他有钱也没处花，到了他这级别的领导干部，就不可能有多少地方要他自己掏腰包了。

龚汉诚也不好色，他小时受的教育让他知道，沉迷于女色是肯定一事无成的。上学的时候，他一直都是心无旁骛，专心读书的好学生，从小学到高中，他的成绩一直名列前茅。高考那年，他以优异的成绩考上了南京大学物理系。当他在省政府当副处长的时候，领导不仅是看他有工作能力，主要是看他钱色这两方面把持得住，让人放心，所以领导对他一路培养，他刚过四十岁的时候，就成了一市之长，这在当时还是很少见的。

但就在他一路顺利发展，工作上不断取得成就的时候，特别是到了江源市担任市长，工作独当一面的时候，他的缺点就明显暴露出来了。往往有这种情况，有些人只能胜任较低的职务或副职，而有些人却只适合做第一把手或做大干部，当他们放在不合适的位置上时，都会不适应，要强迫他们去做，都只会给他们本人和工作造成不良后果。

龚汉诚就是这样，他当个副市长非常合适，因为他善于钻研，工作利索。但他为人心胸不够开阔，对人对事有时不能一碗水端平，而是采取了类似江湖义气的方式，凡是听他话的人，他就觉得这个人什么都好，对这些同志的缺点他自己视而不见，不批评，不教育，一旦别的领导同志指出来了，他还会竭力袒护。这样，他手下有些干部就觉得有恃无恐，最后犯了大错误；相反地，对他不百分之百顺从的干部，他就把他们看作不是自己的人，总是要寻找机会给他们施加压力，特别是在正常提职提级的时候，他都会提出一大堆意见，有时甚至明确表示反对，对市级的领导同志也采取拉拉扯扯的做法，爱搞个团团伙伙，这让梁子玉心里很有看法，但梁子玉顾全大局，在一些能迁就的问题上，就迁就他了。

第十四章

　　自从上次北京之行后,乌海甫对乌海吉的认识有了一个新的变化。他觉得乌海吉道很深,路子广,门子多,不仅在江源市吃得开,就是在北京、上海、广州这样的大地方也认识不少有脸面的人物。在乌海甫看来,北京的陈副部长就和乌海吉的关系很不一般,那天汇报完后,明明说好不吃饭的,可他们刚出门,陈副部长就改变了主意,邀请他们吃饭。梁子玉在饭桌上特意把乌海吉拉到自己的身边坐着,和他亲切交谈,这虽然有照顾陈副部长面子的意思,但也可以看出,他和梁书记的关系也是很亲近的了。有这些大领导照顾着,所以,他就不需要自己这样的小官小僚了。想到这里,乌海甫竟有些失落。

　　另外,他觉得乌海吉办事有魄力、迅速,尤其难能可贵的是他的细心,凡是乌海吉给他打电话,从来不打手机,他也不用手机。乌海吉对他经常说的一句话就是:像他这样的人,没有关系、没有靠山,全靠自己摸爬滚打当上了市计委副主任这样的角色,真是不容易!作为江源人,一定要关心爱护江源的官员,决不能给他找一丝一毫的麻烦。

　　乌海甫是个很重情义的人,乌海吉到江源后,对他非常关照,前前后后给乌海吉安排了几千万的工程。最近又向他透露了大坝项目的一些内部情况,乌海吉每次都非常感激。前不久,乌海吉去上海,给他带了块高级手表,说是给他的生日礼物,乌海吉能记得他的生日,这让乌海甫感到很意外,盛情难却,乌海甫收下了礼物。过了三天,乌海甫他回赠了一部新款手机,乌海吉没有推让,很高兴地收下了,当即就用上了这部手机,这让乌海甫心里很高兴,不久他也就戴上那块表上班了。

　　乌海吉可谓真正的老江湖了,他能很准确地把握哪些人是有用的,哪些人是没有用的。对那些有用的人,在有用的时候,他能很巧妙地和这个人保持非常好的关系,把这个人的作用发挥到极致。当然他也会从收益中拿出一小部分,用于巩固和发展关系上。只要他事业发展顺利,他是不会计较小钱的。一且发现此人没有用处，他也能马上将其踹开，也不排除出卖的可能性，只看需要。乌海甫对乌海吉这点毫无认识，这给他带来了灾难性的后果。

乌海吉对大坝项目是志在必得。拿下这个工程不仅意味着巨额的利润，而且对提高他在江源市，乃至全省的同行中的名望，都是极为重要的。乌海吉有一个宏伟的计划，就是要做一个上市公司的老总，那样，他就可以进行资本运作，在股市上赚取更大的利益。

乌海吉分析了大坝项目的竞争对手，他把江源市的前十名老板都全面分析了一番，觉得真正能和他一比高低的只有中源公司的吴国耀。在资金、技术方面吴国耀都可能比他强一些。但他在深圳几年的经验告诉他，承揽工程项目，关键要看有什么关系，有没有得力人物作后盾。据他几次的摸底，特别是吴理睿给他提供的消息，吴国耀这方面几乎是空白，这让他觉得自己有很大的胜算，他这次在北京活动的结果，也让他大为满意，有关领导对他不错，特别是陈副部长那饭桌上对他的抬举和梁书记的另眼看待，让他信心大增，他几乎要认为这项目他是十拿九稳了。

为了防止吴国耀出来搅乱局面，也为了百分之百拿到这个项目，他想出了一个妙计，就是他表面和吴国耀合作，和他联手承揽这个项目，然后甩掉他。这条计谋叫明修栈道，暗度陈仓。开始吴国耀将信将疑，没有答应。后来经过他和吴理睿的开导，竟也想通了，而且还很高兴，签订协议的那天，他竟兴奋得喝醉酒了。这个事情，使他深信他对吴国耀的判断的准确性。只要吴国耀沿着他指引的道路走下去，吴国耀所能得到的只是一场空喜欢。现在种种迹象表明，吴国耀正在沿着他指引的道路上大踏步前进着——他已经彻底钻入工程设计方案中去了。呵呵，乌海吉想到这里，不由得心里一阵喜悦，他很佩服自己的雄才伟略了。

他这得意之笔中的得意之处，是他控制了中源公司副总经理、吴国耀的左膀右臂吴理睿。短短的交往中，他发现了吴理睿的两大致命弱点，贪财和好色。一次他和吴理睿在歌厅玩耍，吴理睿开始一本正经，谈吐有致，几杯酒下肚以后，就有些五迷三道了。本来一进包厢的时候，乌海吉让歌厅妈咪挑四个最好的小姐来，吴理睿还推托了一下，后来酒多了，就开始动手动脚的，有几次乌海吉故意仰头凝视屋顶边作思考状，眼睛的余光却看到吴理睿伸手去摸小姐，在结账的时候，乌海吉故意让吴理睿到总台去结账，乌海吉随便抓了一把钱，有万把块吧，吴理睿居然让收银小姐给他回扣，并说第二天来拿，呵呵。乌海吉从歌厅的领班那里得知，吴理睿第二天晚上去取了两千元的回扣，随后就去找了个小姐，两人住了一宿。乌海吉后来对吴理睿进行了两次拉拢，吴理睿就乖乖就范了。乌海吉从吴理睿的身上，也找到了轻视吴国耀的理由。

第十五章

吴理睿是吴国耀的远房亲戚。他父亲吴尚礼在人民公社的时候，曾当过几年生产队队长，对吴国耀的父亲很照顾。因为吴国耀父亲身体瘦弱，老实巴交的，也没有什么生财之道，又要养活一家七个小孩，实在是不容易。所以就分些轻松的活让他干，保证他每天都能出勤并获得高工分，这样他的收入就不会受影响。后来生产队解散了，也没生产队长了，但吴尚礼对吴国耀一家人还是很不错，特别是对吴国耀从小就另眼看待，很是关心的，还借过钱给吴国耀上中学。对这些恩德，吴国耀一直记在心里。

吴国耀创立了自己的中源公司的时候，吴尚礼还健在。有次吴国耀带着礼品和钱去看他，吴理睿也在旁边，这时他初中刚毕业。临走前，吴国耀问吴尚礼有什么要办的事没有？吴尚礼开始不好意思，但最后还是提出让吴国耀把吴理睿带到江源市去，让他跟着学做生意。吴国耀痛快答应，很快的，吴理睿就到了吴国耀的中源公司上班，做一名业务员。

吴理睿能做到中源公司副总经理的位子，确实是吴国耀照顾吴尚礼面子的结果。同时，吴理睿确实也是块做生意的料。虽然他只有初中文化，但肯吃苦，脑子也活络。

当时中源公司也正是创业时期，资金不多。但是，吴国耀始终给吴理睿发工资，并且是按职务付给。公司最困难的时候，吴国耀曾借钱给员工发工资，对吴理睿总是优厚些。也正是这个原因，吴理睿始终是公司的职工，而不是股东，除了工资、奖金和项目提成之外，不能有更多的待遇要求，这个定位双方都是非常清楚的。

公司发展壮大起来以后，吴国耀也只是不断给吴理睿提高工资待遇，为了便于提高吴理睿的工资待遇，吴国耀甚至不惜因人设事，把吴理睿提升为公司的副总经理。关于这点，吴国耀和吴理睿谈过一次，明确告诉他只拿钱，不管事，更没有像其他副总经理那样，持有一定比例的股份。因为他没有投资公司一分钱，而其他副总经理多少都出资的，在公司最困难的时候，有的股东变卖了家产，筹集资金，帮助公司渡过难关。

　　当时吴理睿对他这一安排是很清楚的，也很感激。但后来吴理睿思想变了，因为看到其他副总经理身价、资产成倍地增长，个个都成为富翁，而他仍然是一个打工仔，他就再也不能平静了，他找吴国耀聊过几次这事，吴国耀都回答得很干脆：这件事早就决定了，不能改的，这个界限不能逾越。

　　此后吴理睿对吴国耀就心怀不满了，吴国耀假装不知，但慢慢地分几步把吴理睿的工作基本收归自己管理。

　　让吴理睿负责大坝工程也纯属偶然。得知江源市要修建大坝工程项目后，吴理睿表现得十分亢奋，多次向吴国耀表示他愿意为此项目尽大力气。吴国耀问他怎么个出大力气呢？这事又不是搬运大土包，有力气就可以了，而是得有关系、有资金、有技术！吴理睿一时语塞，因为这些东西他都没有。但为了给自己找个台阶下，随口说了句，吴总看我的表现嘛。

　　吴国耀不想把人逼到墙角，顺口说，你要是真能立功，我一定论功行赏，决不亏待。

　　说起来也是合该有事。有天吴理睿正要到咖啡屋去喝咖啡。刚出公司，他正拉开车门上车，这时迎面开来一辆黑色轿车，在他眼前停下来了，从车里走出的是乌丽丝。乌丽丝这天穿了一套公司统一制作的浅灰色西服，头发高高挽起，眼角周围还擦了点金粉，在阳光下闪闪发亮，整个人显得干净漂亮，充满女孩子特有的青春气息。

　　吴理睿一看是乌丽丝，就迈不开步了。他觉得在江源找不出比乌丽丝漂亮的女孩子了，要不是怕她叔叔乌海吉，嘿嘿，他早下手了。这时看到乌丽丝，眼睛在她身上乱看。乌丽丝本来是要嘲弄吴理睿几句的，一看在中源公司的门口，还有几个熟人在看他们，就忍了下来，假装热情问："吴大哥，你这是上哪儿去啊？"

　　吴理睿说："去咖啡厅坐坐，一起去吧"。乌丽丝微微一笑，说："本小姐今天心情好，去就去吧。坐我的车去吧。"吴理睿巴不得和乌丽丝近距离打交道，所以满心欢喜地就上了乌丽丝的车，朝市中心中山路边上的那家咖啡厅驶去。

　　到了咖啡厅，他们找到了一个小包厢坐下来，不一会儿，两杯热腾腾、香喷喷的咖啡就端上来了，服务小姐说声"请慢用"，就转身退出，关上门走了。

吴理睿、乌丽丝各自加了点糖，就边喝边聊起来了。这两个人能聊的话题不多，公司的事，他们不是老板聊得没多大意思；社情民意，他们不感兴趣；男女私情，这倒可以，但他们差别太大，聊不到一块。所以聊了一会儿就觉得没意思了。

乌丽丝突然问吴理睿："吴大哥，你怎么一天从早到晚都闲着没事干啊？"

吴理睿最怕人家这么说他了，见乌丽丝也这么问，便有些急了，说道："谁没事干啊，我最近忙大项目呢！"

乌丽丝一听有大项目，条件反射似的立即来了精神，就问道："有什么大项目啊？说来听听，有好项目我也跟你一起干，让我也挣点零花钱。"

吴理睿开始还不想说，因为他觉得自己毕竟还是公司的副总经理，和一个黄毛丫头谈大项目，有些掉身份。但是乌丽丝用话激他，他就把他所知道的事和盘托出了，为了镇住乌丽丝，还添油加醋地吹嘘了一番，乌丽丝听得很认真，时不时地问吴理睿几句，吴理睿为了逗乌丽丝玩，还故意卖了点关子。还说他们这两家公司合作，去投标江源大坝建设工程，这样成功的把握大一些，乌丽丝觉得这个主意不错，可以跟二叔说说。

乌丽丝觉得再聊不出什么名堂了，就说有事要走了，今天算她请客，乌丽丝把吴睿送回公司后，就朝家驶去。

乌丽丝一回家，就去找乌海吉，说了这个事。

"你和吴理睿很熟？"

"不很熟，聊过几次，他心眼不太好，脑子不太灵，我玩他滴溜乱转没问题。"

乌海吉瞧了乌丽丝一眼说："别瞎吹，回自己的屋睡觉去吧。"

"我还没吃饭呢！"

"干吗回来不先吃饭啊？你姐还在厨房，找她要点吃的去吧。"

乌海吉一直不愿意乌丽丝深入到公司的业务和生意上的旋涡中去，他多年的生意场上的经历，深知这生意场太险恶，太辛苦了。在他看来，做生意的人，特别是那些大大小小的老板们，没有几个不是性格扭曲，人性泯灭了的。为了生意上的成功，有多少老板牺牲了人性？不是这些人本质有多坏，或者存心愿意攻击他人，而是生意这个职业就像巨大的黑魅，把进入它的洞穴里的人，一层层地剥去人的本性，使他们逐步变成一种只会进行残酷竞争的动物，有人把生意人叫经济人，在他看来，叫经济怪兽更为妥帖些。

所以，他一直有意地把乌丽丝严格地控制在一个小业务员的角色，不让她再前进一步。为此乌丽丝对刘月娜说过，二叔对她不信任。刘月娜知道乌海吉良苦用心，就安慰乌丽丝一番，但她仍不信服。

但是，刚才听到乌丽丝的那番话，乌海吉脑子里面闪出了一个绝妙好计，那就是，让乌丽丝和吴理睿进一步接触，以谈两家公司合作为由，促成他和吴国耀之间的接触和交往。

乌海吉一直没有机会对吴国耀进行深入了解，不清楚他公司的实力，更不清楚他在江源的人脉关系有多深，特别是和梁子玉、龚汉诚的交情怎样。他有时觉得吴国耀表面做人谦和，文质彬彬，其实是极具进攻性的。江源这几年的大工程，有那么十来个，吴国耀共拿到了四个，按投资额算也占有三分之一左右了。

吴国耀拿工程的招数他一直搞不清楚，据马明亮他们分析是吴国耀的标书做得好，太具竞争力。但他认为仅靠标书做得好是拿不下工程项目的。再说了，这标书怎么只有他吴国耀才能做得那么好？他的报价怎么那么接近标底呢？因为这本身就需要能量和关系，在乌海吉看来，吴国耀对每个大的项目的标底是掌握的，标书就是根据这标底做的，他不中谁中！

他以往几次投标都输在吴国耀手下，让他对吴国耀又痛恨又敬佩，他近年来已把主要心思用来对付吴国耀了，但还是没有明显成效，好项目还是吴国耀拿得多，"硬骨头""鸡肋"式的项目才轮到他和其他一些老板。吴国耀背后肯定有高官或高人，乌海吉最后得出这么一个结论。

这高官或高人是谁呢？为了把大坝工程拿到手，这次要彻底找出吴国耀的全部火力点，这样才能战胜他！

乌丽丝跟他提到了吴理睿，特别是那句心眼不好脑子不灵，丝丝也能玩他滴溜乱转的话，激发了他的灵感。知己知彼，百战不殆嘛！他决定从吴理睿身上下手，搞清吴国耀的底细。

吴国耀把吴理睿培养成公司的副总，要赤裸裸地向吴理睿买情报，这恐怕不行，被吴理睿拒绝了不要紧，要是传了出去，打草惊蛇不说，还会让江源的朋友笑掉大牙，让自己威信扫地，难以在此立足了也说不定。

于是，他就决定用计：明修栈道，暗度陈仓。表面上和吴国耀联手承揽项目，实际上是想自己另找一家公司去投标，和有关方面的朋友说清楚，最后不选他和吴国耀合作的公司，而选他的另一个公司。

他认为这是一箭双雕的妙计：一方面稳住吴国耀，让他全面负责工程设计和投标的技术事宜，这个结果他可以享用；另一方面，让吴国耀无法去找关系，或者关系不力的话，吴国耀输的可能性就很大了。于是他决定让乌丽丝和吴理睿先谈一谈，而且让乌丽丝告诉吴理睿，两家公司合作的机会很高。乌海吉反复琢磨了一夜，觉得可以，然后又研究了实施办法，也觉得没问题了，才睡去了。

这件事结果说来都能让乌海吉气死。虽然吴国耀也知道大坝工程上马，他开始也想全力去拼一下，争取拿到手。但他更多考虑到了这个项目投资大，油水多，竞争的人也多，他的经验告诉他，这种项目，江源的领导能作一半的主就很不错了，一旦开始招投标，就会有很多的关系户从北京、上海等大地方来争这块肥肉，他觉得把握不大，准备放弃，他同时也不认为乌海吉等江源的那些老板有什么竞争力，一旦工程开标，准是花落他家，江源这帮土老板肯定没份。

还有吴国耀的老婆林虹那段时间好像情绪特别亢奋，三番五次打电话来让他也回英国去。让吴国耀心荡神移的是他的宝贝女儿菲菲已经会说话了，这个宝贝女儿被妈妈训练得像一只小鹦鹉，一听到吴国耀的电话，就条件反射似的用她那无比甜美动听的声音说道："爸爸，回来吧，菲菲好想您。"

那阵子吴国耀再也安心不了，恨不得马上飞到英国，好好亲亲他那只可爱的小鹦鹉。他已经和方向成交代工作了，让他做完目前进行的项目，然后大家休息一下，享享天伦之乐。

就在这时，吴理睿在乌海吉的授意下向吴国耀转达了乌、吴联合承揽大坝工程项目的意向。吴国耀被乌海吉开出的条件和合作的前景吸引了，临时决定暂不回英国，而是让林虹和那只可爱的小女儿回到江源住一段时间。林虹听吴国耀说有那么一大块肥肉，也不便催他去英国，只好选择携女儿回国了。

第十六章

龚汉诚接到省委办公厅的电话,通知他第二天到省城去参加全省经济工作会议,还要他准备一份书面发言材料,谈谈江源市明年的工作打算。中央经济工作会议已经开过好几天了,各级领导都陆续学习了会议精神,并结合各地各部门的实际作出了明年的工作思路和计划安排。所以他准备书面材料是不难的,但是这份材料要拿到全省的会议上去,那就必须慎重了。所以当天下午,他召集在江源市党委常委和计委、财政厅、党委、政府办公厅的有关负责人开会,研究材料。计委主任邢良发前段时间一直在省党校学习,前些天刚回来,今天一上班就参加了会议。考虑到邢良发已有大半年不在江源,有些情况不太熟悉,就让这段时间主持工作的副主任乌海甫也参加会议。材料本身问题不大,龚汉诚已经阅改三次了,但有关明年的主要经济社会指标,需要在这会上再敲定一下,一经确定就不再改了。所以,会议焦点最后落在了对经济社会指标的敲定上了。

龚汉诚首先讲了半小时,讲了几层意思:一、明年的经济工作一定要和中央、省委的精神保持一致,要实行积极的财政政策和稳健的货币政策,经济社会指标定得过低了不行。像江源这样的欠发达地区,应该实行跨越式发展的经济社会发展战略,争取尽快改变落后面貌。二、明年要在减少农村贫困人口和解决城镇贫困家庭上取得突破,这方面工作要走在全省的前列。三、基本建设要加大力度,重点工程有条件的要尽快上马开工,暂时条件不具备的,明年上半年创造条件,下半年确保开工。他强调了重点工程项目建设在全市经济发展中的拉动作用,要重点突破,全面推进。常委们经过反复讨论,决定明年 GDP 增长速度由原来的 10.1% 调高到 12%;再解决五千个农村贫困人口和五千人的城镇下岗职工的再就业问题,财政收入预计增长 8%,税收增加 7.5%。

这些数字基本上与龚汉诚想要的相差不多,只是后两项低了些,他的意思是财政增加9%，税收增加8.5%，但是宋玉谦、李祥、方宏和邢良发都认为还是定低点好，低点主动，有回旋的余地。龚汉诚见大多数常委都坚持这个，就说按大多数同志的意见办吧。

最后龚汉诚讲到江源大坝工程项目的进展情况。他先让宋玉谦介绍一下这方面的进展情况。宋玉谦介绍完，他又强调了几点。他说，第一批工程款已经下达，要抓紧做好前期工作，特别是移民的安置工作。最后，他问对这些常委们有什么意见。市纪委书记王英峰同志强调，要杜绝在工程项目建设中的腐败问题，防止一座大坝建起来，一批干部倒下去的现象发生。

龚汉诚听了后表示赞同，他强调要严格按规章制度办事，任何人都不许以权谋私，插手工程项目上的事，他保证带头做到这点，还请各位常委监督他等等。

散会后，他让计委主任邢良发到他办公室去谈话。

龚汉诚说，准备让邢良发任大坝工程项目筹委会办公室主任，主管日常工作，让他把大坝项目的事抓起来，只有他主持这事，他龚汉诚才放心。邢良发发现龚汉诚和他的谈话中，有拉拢之意，对宋玉谦副市长则有贬低的意思，同时他听到了龚汉诚要提拔他当副市长的暗示。

邢良发是个忠厚稳重的处级领导同志，工作经验丰富，在多个岗位上历练过，既有政策理论水平，又有实践经验，最重要一点是，他党性原则非常强。所以，听了龚汉诚的话，没有像一些人那样感恩戴德，表态效忠。只是说了句："龚书记，您放心，我一定把工作做好，不让您失望。"但这句话让龚汉诚大失所望，所以就没有再往下谈什么了，邢良发就告辞退了出来。

龚汉诚马不停蹄当天傍晚就赶到了省城，想在当天晚上拜见省委副书记梁子玉。本来梁子玉要去看望外省的一批客人，因为龚汉诚说有些事情要向他汇报，他马上答应了，就安排别的领导同志去接待了。

晚上八点多，梁子玉让秘书把龚汉诚领到自己的办公室。这位曾经是他同僚的梁子玉已经成为他的顶头上司了，以前龚汉诚对他貌似尊重，心则不然，现在龚汉诚真正要在梁子玉面前低头了。想到此，心里不禁一激灵，一股说不上的滋味在心里盘旋着，使他感到十分不爽。

"龚市长，你好哇！"梁子玉从门口进来，热情地向龚汉诚握手问候。

"梁书记好。"龚汉诚恭敬说道。

几句寒暄之后，龚汉诚向他汇报了江源市明年的经济社会发展方面的事情。梁子玉听了以后说，市委研究决定的事，他没有意见。他感觉龚汉诚谈的想法很好，就说："你年富力强，工作魄力大，一定比我干得好。"

龚汉诚表示希望老书记一如既往地关心江源市的各项建设，继续关心江源的三百五十万父老乡亲，希望对他的工作多作指示，多提批评意见。

梁子玉听出来最后一句话是要害，就对龚汉诚说："龚市长，你放心，省委的领导对你的工作是满意的，你就放手大胆地去干，只要不犯政治错误，不搞腐败，就没有什么可怕的。"

龚汉诚听了这句话，心里踏实了许多，就起身告辞了。

龚汉诚主持工作以来，工作勤奋，尽职尽责，每天起早贪黑，废寝忘食，管理上也有一套办法。梁子玉以前在做而没做完的工作，和想做来不及做的一些事情，他都不遗余力地加以推动，完成得很好。同时他在解决农村贫困人口脱贫和下岗工人的安置上，下了不少工夫，想了不少办法，取得了很大的成绩。

他亲自带领市政府有关部门的负责同志，找省里的对口部门，一一汇报工作，摆明工作中遇到的困难，请求上级部门帮助解决，要求提得合情合理，办法措施也确实可行。所以，得到了上级部门领导同志的理解和支持。省民政厅拨出专款五百万元支持江源的职工培训工作，扩大再就业的门路。在解决农村富余劳动力转移方面，他大胆试点，组织农村的壮劳力去外地摘棉花、包种粮田和蔬菜瓜果，都取得了可观的收入。在干部管理方面，他提出"高位嫁接，重心下移"的思路，在市委市政府干部中选拔那些政治素质好，工作能力强的年轻机关干部挂职任村支书、村主任，收到了明显的成效，有力推动了当地各项工作的发展，省委充分肯定并推广了这种做法，这使他信心更足了。

但他也听到了一些负面意见，有人反映他作风不扎实，热衷搞花花点子，造成了一些不必要的损失和浪费；有的说他用人分亲疏，在干部中造成了一些不团结的现象。这些传言让他寝食难安。刚才他就是想听听梁子玉对他的看法，说实在，他对梁子玉没把握，怕梁子玉对他有意见。但现在看来这种担心是多余的，所以一出大门，他心里轻松了许多，顿时感到梁子玉还是可亲可爱的领导同志嘛！

要说对龚汉诚的了解，谁也没有梁子玉了解得深、了解得细、了解得全面。他们俩天天一起,朝夕相处,共事达5年之久,龚汉诚的优点和弱点他了如指掌。

在他看来,龚汉诚有工作能力,有开拓精神,其他方面也都不错。但有两个缺点:一是太聪明。二是没有犯过什么错误。他曾经和李祥私下交流过对龚汉诚的看法,并说了龚汉诚的这两大缺点,李祥听完以后说他是谬论。太聪明和没有犯过什么错误怎么会是缺点呢?

梁子玉阐述了自己的观点,他说太聪明的人,很轻脆,多端寡要,疑心过重。二是没有犯过什么错误的人就没有失败的经验,没有失败经验就是一种很大的缺陷,可能会在以后犯大错误。犯点小错对提高免疫力和抵抗力十分有用。

李祥觉得梁子玉这几年有很大变化,在思想政治水平和工作能力上都有很大的提高。李祥回想起梁子玉的一些事例。前些年,全国改革开放和建设方面掀起了新的高潮,搞开发区很热,梁子玉没有去赶潮,他组织了几个政府宏观经济部门的同志去沿海和内地中西部一些省看了看,又到邻近的市看了看,边看边想,理出了自己的思路,提出了"量力而行、突出重点、效益优先、实用顶事。"他在会上说,在江源这样的欠发达地区,资金十分宝贵,要用在刀刃上,市委不赞成大铺摊子。近期,只抓三五项基础设施建设项目,先建一个火力发电厂,一个水力发电厂,修通从江源通往省城的高速公路,再搞个农民工培训基地,把愿意外出打工的人员培训半个月,然后再外出打工,他还指示专门搞两期保姆培训班,选那些有一定文化基础,勤劳肯干的乡镇女孩进行培训,然后他与北京有关部门联系,向机关干部推荐保姆,结果大受欢迎,江源的保姆在北京、上海、天津这样的大城市都小有名气。

龚汉诚在这些问题上与他发生过分歧。按照龚汉诚的思路,要把江源建成一个以电子、机械、化工为主的中等城市。梁子玉没有否定龚汉诚的思路,但提出应该分几步完成,让龚汉诚从他提出的众多个项目中选出一两个,精心准备,上报省和中央,争取国家投资。龚汉诚组织人马白天黑夜连轴转,搞出几个项目报告,但最后都被上级部门否定。

梁子玉见状就和李祥商量,让李祥启发龚汉诚提出修建江源大坝的工程项目,李祥按照梁子玉的授意,给龚汉诚列举了修建这个项目的三大好处:一是这几年来,江源地区连年洪涝灾害严重,给沿河两岸人民群众的生命财产安全造成了巨大的威胁,给邻近的市县也造成了很大的威胁,特别是给省城的安全造成了威胁。如果修建大坝，就可以调控洪水，减少水害，不仅能保一方平安，而且对省城的安全作用也是无可估量的；二是利用大坝工程建设，带动当地的经济发展；三是可以多安排农民工参加工程项目建设，有利于改善他们的生活水平状况。

　　李祥当时是副秘书长，正好分管基本建设这块。龚汉诚听了他的建议后，觉得很对，在此基础上他又增加了几条意见，形成了一个完整的报告，向上级报了上去。这个项目省和国家有关部门都没有提出反对意见，只是说要再论证，因为工程项目投资大，技术要求高，等等。

　　过了一年多时间，全国范围来了个治理整顿，各地都纷纷砍下了许多项目。为了贯彻上级的精神，龚汉诚主动提出把大坝这个项目拿下来，不要搞了，同时原先已批准的几个项目，也放一放再说。这次梁子玉明确表态不同意，他说，在江源这样的地方，没有项目的拉动，整个经济社会的发展就上不去，现在不搞，停下来，一停就是几年，和沿海发达地区和省里其他先进（地）市的发展就会拉下一大截，如果这样，要赶上全国的平均发展水平就难了。

　　龚汉诚说他也想保留这些项目，想干起来，但上级有严厉的要求，要保持一致。梁子玉说，这方面的工作他去做，他去争取上级部门的理解和支持。

　　以梁子玉在基层多年的工作经验，如果急刹车，工程忽上忽下、大上大下都会严重伤害地方的元气，很多年都恢复不过来。再一点他看到像江源市这样的地方与北京、上海、省城等大城市比，存在明显的节奏差距，换一句话说就是慢半拍，启动时要慢半拍，所以刹车也要慢半拍，不这样就是不按经济规律办事，那是要吃苦头的。

　　他接着阐明，"项目上马不是市长一个人的意见，下马也不能是他一个人的意见，上马不是盲目的，下马更不能盲目的。朝令夕改，害处太大了，对工作是不能要聪明的，不能搞与世俯仰。"

第十七章

　　魏力斯回到了苏北家乡,先去看了父母。他的父亲魏阿和是个非常能干的生意人,从经营一个不到十平方米杂货店开始,最初资产从只有五万元,不到二十年,已经有两个汽车配件厂,在南京还开了一家四星级大酒店,生意非常红火。为了吸引那些有钱的客人和上流阶层的人物入住酒店或在酒店举办活动,魏阿和采取了一些优惠措施。但最主要的是他在宾馆的设施档次和服务员的素质上下了大功夫,酒店生意非常红火,一时间名商巨贾、社会名流多会于此,客房入住率远胜其他酒店。

　　一些艺术家、名人被魏阿和的细致入微的服务和谦和朴素的性格所打动。有个民间艺术家擅长剪纸,她当场给魏阿和献艺:剪了一个形象惟妙惟肖的猪。因为魏阿和属猪。大酒店里的镇店之宝是一幅油画。那是一个油画家在成名前给他画的,画的是一头牛。那牛双角呈半圆状雄劲向上,牛的双目圆睁,像能喷射出熊熊的烈焰,头部微微昂起,整个形象不像一头牛,而像一个雄壮威武的勇士,蓄势待发,准备一冲千里!

　　这是画家的早期作品,却是该艺术家的巅峰之作。对这幅油画,人们评价非常高。有几位商家出高价向魏阿和求购这幅画,有位旅美华侨愿意出资两百万元!但魏阿和都没有动心。

　　他对这位老华侨说:"老先生,我不能卖这幅画,因为这幅画是我公司和家族的灵魂,一旦没有了它,我们就失去灵魂了,就等于一无所有了。"

　　魏阿和有次对他的老伴说,那头牛有点神,有天晚上他看到那牛的双眼转动,发出金灿灿的光芒!

　　魏阿和每年都要在元宵节这天展出他收藏的艺术珍品,那个时候,他的酒店高朋云集,客人陡增。

　　但魏阿和并不真正懂艺术,特别是对书画、剪纸和其他工艺品,他一概没有鉴赏力。他是个文盲,除了魏阿和三个字会认会写以外,其他字他就认识不多了，但他对挣钱却有非凡的悟性，这使他成了一个成功的农民企业家。

他家祖祖辈辈都是地地道道的老实巴交的农民，每天接触的东西不外就是柴刀、锄头、犁、牛，活动的场所就是他们家传下来的一间破旧的小房屋和几亩土地。他们家人都很迷信，在他们的心目中，最神圣的东西是他们头顶上的那空荡荡的、扑朔迷离的天空，以及天空中的日月星辰，他的家人，乃至他家的鸡鸭猪牛，都由居住在天空最高层的尊神——玉皇大帝操纵着。所以对那居住在天上的、他们从来不曾谋面而又无时无刻不在他们身边的尊神，给予了无限的敬畏。他们绝对顺从上苍的无声的但却可以切身感受的圣旨——一年中的春、夏、秋、冬，沿着祖辈们的做法，春种、夏耕、秋收、冬藏，日复一日，年复一年。生活过得艰辛、贫困，却又平静、安稳。由于地处偏僻，十分贫穷，外面极少有人来到这个地方，就是战乱频仍的年代，这里也是人迹罕至，车马不臻，波澜不惊，宛若远古。

……

从魏阿和的父亲这辈开始，周围的世界才慢慢地发生了变化。首先公路从遥远的县城修到了乡镇，又从乡镇修到了他们的村庄，又从他们的村庄通向另一个村庄，然后又从村庄修到另一个乡镇、县城。魏阿和小时候就听大人说，他们村庄的小马路一直通到北京天安门。

在魏阿和十多岁的时候，他开始接触了一种让他十分着迷的东西：电影。那时候的电影内容全是打仗的故事，如《地道战》《地雷战》《南征北战》等，在那个文艺十分匮乏的年代，看电影是最高兴的事了，魏阿和乐此不疲。

魏阿和喜欢看电影的另一个原因是，那放电影的两个人中，有一个是女的，留的是短头发，圆圆的脸蛋，白白净净的，弯弯的眉毛之下，是一双又黑又亮的眼睛，小鼻子小嘴唇，冬天的时候穿一件军大衣。在魏阿和的眼里，这个姑娘简直美若天仙。他来看电影，主要是想看她。是啊，这个可怜的魏阿和喜欢这位女神，馋得他不知咽下了多少渴求的口水！他看得见她真人，而且近在咫尺，但却有一条无形的无比宽阔、无比深渊的大河横亘在他们之间：人家是公家的人，而他只是一个农民的儿子。那时代的农民和城市居民之间有霄壤之别。

都说人人平等，什么时候真正平等过呢？这样的问题，魏阿和最有发言权！

……

魏阿和生意上的天赋来自母亲的遗传。

他母亲家祖上一直经商，曾经富甲一方。后来因为战乱殃及，家道衰落，日益穷困，最后还欠下一笔巨大的债务无力偿还。于是，外祖父就带着一家老小从城市躲到了这个基本与世隔绝的偏僻山村。在母亲十六岁那年，外祖父把她嫁给了一个国民党军官，后来这个军官随蒋介石的部队逃到了台湾，从此音讯全无。后来，她改嫁给了魏阿和的父亲，那时他的母亲三十五岁，他父亲二十三岁。他母亲在他不到五岁时，也就是母亲四十岁那年就溘然而逝了。又过了五年光景，他父亲有一次在炭窑中取炭，突然整个炭窑坍塌下来，他父亲活活被埋在炭窑中，几天以后才被发现。找到的尸骨已经七零八落，腐烂恶臭了。好心的乡亲们帮助处理了后事。年幼的他失去了父母，没有了依靠，主要靠乡亲们接济维持生活。稍大点后，魏阿和就离开了村庄，去县城做粗工谋生。在那些艰难的岁月里，他得到许多好心的人帮助，度过了一个又一个难关，直到他长大成人，能自力更生。

魏阿和前半生的生活与父亲酷似，他在二十五岁那年，娶了个被丈夫遗弃了的女人叫梁阿明。

梁阿明早年和前夫做些收破烂的生意，后来生意越做越大，钱越赚越多，于是前夫就有了许多女人。她先是忍受屈辱，好心相劝，但都无效，那男人有钱以后已经赤裸裸地变成了一个衣冠禽兽，最后把魔爪伸向她亲侄女，她才决定离婚，并分得一笔为数不少的财产。

魏阿和和梁阿明早就认识，还是远亲，她大他10岁，以前都叫她婶婶，就在她的工厂打工。有天晚上，她来找他，问他愿意娶她吗？魏阿和一听吓坏了，想往大门外跑，她一把拉住魏阿和的手说："你跑什么，我又不会把你吃了，把我的话听完！"

魏阿和这才站住。她把事情的前因后果都说了，最后才说，他若愿意要她，她就让他共享那笔丰厚的财产，只有一条：不要在外寻花问柳，而要一心待她。

魏阿和边听她讲，边为她鸣不平，并开始可怜她的遭遇，他们经常见面，彼此都相处不错。再者魏阿和也有二十五岁了，在农村，这个年龄早该结婚生子了，只是魏阿和穷，没女人跟他，才是一条光棍。但他也难熬啊。

因此，魏阿和就答应了，三天后就办了事。新婚之夜，魏阿和对她说："你的钱，你收好，我一分也不要你的，我魏阿和虽穷，但我再穷也不会找个女人养我。"那女人一听就哭了，说他说话伤人，现在是夫妻了，还分什么你我。

魏阿和坚定地说："必须这样，我不会动你分文的钱财。"停了一会儿，他对她说："你要真相信我，就借我一万元，我想把马路边的那个杂货店盘过来，到时候挣了钱，连本带利还给你。"她一听，这样也好，破涕为笑，这时他们俩更像一对合作伙伴，谈成一笔生意十分高兴。

第二年，魏力斯就出生了。那时正是魏阿和生意十分紧张的时候，他根本没空照看儿子，甚至几天也没看过儿子一眼。梁阿明有笔为数可观的财产，她看魏阿和的表现确信，他确实不会乱花她的钱。于是心里没有任何的压力，就一心一意照顾这个宝贝儿子。

时间一年年过去了，沧海桑田，变化万千，其中发生在魏阿和家的最大变化，就是他本人已经身价百万了，儿子上完小学、中学后，考上了大学，学工商管理专业，光景一年更比一年强。还有一个较大的变化，就是他的老婆，现在变成老太婆了，一家三口走在一起，不知情的人会认为是祖、子、孙三代，这个变化，他们全家都不满意。

这天，魏力斯回家先见了父亲，魏阿和见到久别的儿子，心里甭提多高兴，但表现在外的只是微微一笑，然后问了几句国外生意的情况。魏力斯说很好。魏阿和向他们卧室一指，示意魏力斯，他母亲在里屋。然后说了句："你妈感冒了，刚吃完药，好些了。"

魏力斯一听就往里屋走，去看母亲。

他母亲早就听到他们父子说话了，想起床出来看儿子，但有些发烧，身体很乏力，就没有起来。她一听儿子的脚步声近了，就坐了起来，魏力斯一进屋见母亲正要起来，连忙走向前去，一边扶着母亲躺下，一边问母亲好些没有，随后和母亲拉着手说话。

魏力斯是梁阿明生活的全部和生命的全部。

梁阿明和前夫有个女儿，早就结婚了，她们母女之间感情寡淡，很少来往。原因是因为她嫁了个魏阿和这样的穷光蛋，她女儿觉得这很丢人。在上学时同学们都笑话她，弄得她很自卑，最后干脆就不去学校了。当然也有个重要原因是他父亲在生意上也需要她帮点小忙，再者就是她根本就不是读书的材料，每次的考试基本上没有一门功课及格过，实在混不下去了，就干脆回家，帮助父亲做生意。

开始梁阿明也有些担心女儿、关心女儿，但后来女儿的一系列举动表明这个女儿在对她鲜情寡义、宅心恶毒方面，一如其父。好几次，这个女儿当着公司众多员工的面骂她和魏阿和，语言之下流无耻，令人不堪入耳，几次她真想上去掴她女儿几个耳光，但每次都被魏阿和拉走了。

在魏力斯上小学的时候，有一次，他在路上独自走着。她这个畜生似的女儿，开着车故意地把魏力斯撞倒在地，差点让魏力斯丧命。这回梁阿明再也忍不下去了，她飞快地从厨房里拿出一把菜刀，朝她女儿家飞奔而去。她女儿刚从家门口往外走，见她母亲这个模样，知道不好，拔腿就跑。梁阿明在后追赶，最后体力不支，追不上，梁阿明抡起手中的刀，使出全身的力量向她女儿扔过去。尽管她女儿跑得很快，还是被刀击中肩部，砍出了一个大血口子，顿时鲜血如注，这女儿知道自己一停下来，她母亲就会赶来把她剁成肉酱，所以没有敢停步，直奔她父亲的办公室而去。她父亲不在办公室，女秘书在，立即把她送到医院……

从此之后母女之义遂绝，不再相认。

女儿这一举动，让乡亲和熟人都不以人类视之，说她甚至禽兽不如。好长一段时间里，没有人和她说话。她开始满不在乎，甚至还洋洋自得，但又过了一段时间，她发现没有一个男人要她，这才觉得问题严重。最后她找到了外地的一个男人结婚。这男人新婚时还不错，但过不多久就凶相毕露，开始是在酒喝多了时候，对她动手就打，后来就不再限于喝醉酒时了，而是只要他觉得高兴，就动手打她。那碗口般粗大的拳头雨点般地落到她身体的各个要害部位，使她痛彻肺腑，鬼哭狼嚎。邻居听了，都感到毛骨悚然，但没有一人去劝架，而都心曰之为报应。

魏力斯完全知道这些情况是在他去上大学前的一天晚上，妈妈把一切都告诉了他，他听了一言未发。只是自打那以后，每天和妈妈待在一起的时间更长了。有次他跟妈妈谈了他对未来的设想，他说他不会做花花公子，不会躺着什么也不干，坐吃爸爸妈妈的成果，他要努力奋斗，打出属于自己的一片天下，创下一份比目前爸爸妈妈创造的财富多得多的事业。他要以自己的智慧、勤奋和勇敢，去赢得姑娘的芳心，然后和她一辈子相亲相爱，共享人生的幸福时光。他要求姑娘孝敬自己的父母,他也会孝敬她的父母。总之,他要走上一条充满阳光的生活道路,做一个健康、文明和有大作为的人。

魏力斯说着说着,发现妈妈的脸上的皱纹渐渐舒展开了,幸福的笑容填满了她脸上的那些坑坑沟沟,眼睛一下子明亮了起来,泪水慢慢充满眼眶,然后流过两颊,落到地上。

当天晚上,梁阿明对魏阿和说:"从现在起,你自由了,想干什么就去干什么吧,我的儿子长大了,我以后有靠山了,不需要你了!"

……

这次回来,魏力斯照例和妈妈聊了许多外国的风光人物和风俗习惯。妈妈问他:"外国的姑娘漂亮吗?"他回答说:"跟我们这里差不多,有漂亮的,也有不漂亮的。"

"听说她们很随便。"魏力斯知道妈妈指的是性关系。就回答说:"才不是呢,外国的姑娘也正经呢,结婚是很严肃的事情,要去教堂举行婚礼,当着上帝的面宣誓的。"妈妈有些惊讶:"这样好啊,但合不来的也别硬绑在一起,特别是那些白眼狼,女人要是跟他一生,多受罪啊!"魏力斯说也可以离婚,妈妈这才放心,说:"这就好了,做女人苦啊,可别让人家受一辈子的罪啊!"

母子俩说了许多话,然后母亲对儿子说,我知道你刚回来忙,你先去忙,不一定天天回来,有空打个电话回来也行。魏力斯答应说好,就出来了。

魏力斯在当地公司忙了几天后,又到杭州去见了合作伙伴和同学。他有个新的宏大的计划要实施。

魏力斯的雄心壮志要是和正义善良结合在一起,是可能产生美好前途的,因为正义和善良对人的益处,永远比不义和邪恶多且持久。可惜的是魏力斯最终选择了后者,这给他本人和他深深热爱的妈妈带来了奇耻大辱,这是多么遗憾啊!

第十八章

"我知道世界上存在着许多真理,而有些人就试图把自己装扮成真理的化身,以便用'真理'这根魔杖去指挥人类。我敢肯定地说,凡是这种人,百分之百是谬误的化身,是真理的敌人,他只会把人类带到罪恶和苦难的深渊,而绝对不是相反!"

"那些高高在上的人们所坚决认为是真理的东西,对于老百姓来说,可能是最无用的东西。因为,两者站在不同的位置上,他们的境遇,需求和思想也绝不会一样。那些脱离实际高谈自由、民主、平等的人,本身就是自由、民主、平等的最大障碍。对于广大人民来说,照顾自己和家人的肚子、身体,让饥饿和疾病远离他们,让无知和愚昧永远不再出现,才是主要的。"

"所以,一个社会制度的制造者,必须是从人民中来的,他本身是普通人民的一员,他理所当然地了解他的伙伴们——人民的所思所想,所需所求,急他们所急,为他们的幸福而奋斗!"

"'我们所不得不畏惧的唯一东西,就是畏惧本身。这种难以名状、失去理智和毫无道理的恐惧,麻痹人的意志,使人们不去进行必要的努力,从而将退却变成前进。'"

……

在江源市郊的河边,最近每天早晨都有一个高大英俊的青年人,向淙淙的河水发表慷慨激昂的演说。他的语气坚定有力,表情刚毅深沉,每说到要紧处,就一手握拳举到水平位置,然后短促有力地向前一冲。他就是吴国耀的儿子吴向宇。他每天都要练习演说。

这里背靠山,面对河,左右是草地,场地宽阔,练演说真好。

这天他练得很流畅,他已经不用事先准备稿子,就能流利地、滔滔不绝地发表大段大段地讲话了。这使他自己很满意。

他正往下讲着,突然身后有人走动,他看到了,那人是乌丽丝。她没叫他，所以他也没去理她，而是继续往下讲。又过了一会儿，突然她从他背后向河中心扔了一块石头，他这才回头，看了看乌丽丝。

乌丽丝向他款款走来，说道："你有病啊？"

吴向宇说："没病！"

乌丽丝紧跟一句："你没病怎么和水、鱼说话啊？"乌丽丝知道他是在练习演说，这是故意逗他的。

吴向宇一抬手看了看表，时间也差不多了，该回去了，就和她说几句话："那你是水还是鱼？"

"我又没有听你说话，怎么会是水和鱼！"

"你不是一直在听我说话吗？否则怎么会知道我有病？"

"你想当播音员、主持人啊？"

"没这个打算。"

"那你练口音干吗？"

"我不是练口音。"

"那是练什么？"

"演说啊！"

"噢，明白了，你是想当演员！当演员多没劲呐，整天疯疯癫癫的，一点都不好玩。"

吴向宇没和她再辩下去，按照这样的对话方式，是找不到对话的共同点和结束点的。

"我要回去了，你呢？"吴向宇问乌丽丝。

"你明知故问啊，你回去了，我待在这干什么啊？跟你一样发傻，和水、鱼说话啊？"

"你没有事跑这里来干什么？这些天你都来了。"吴向宇说。

"你看起来挺深沉的，原来也是一个虚伪的人！"

"这话怎么说啊？"

"你明明看见了我，怎么不和我说话啊？"

吴向宇听了这话更是认真起来了。"看见你就一定要和你说话吗？"

乌丽丝觉得这样聊天找不到乐趣，就转移话题，问吴向宇："那天踩你一脚，你痛不痛啊？"

吴向宇说:"痛倒不痛,就是觉得你踩得太重了。"

乌丽丝说:"我故意踩你的。"

吴向宇问了句:"Why?"

"对,歪,你这个人挺歪腻的,从来不用眼来看人,所以踩你一脚,让你多低头看人,少抬头望天。"

吴向宇和乌丽丝是在一次晚宴上认识的。

在林虹和女儿菲菲、儿子吴向宇回到江源不久,乌海吉给吴国耀打电话说,现在我们的合作公司成立了,以后就是一家人了,刚好嫂嫂和侄子、侄女都回国了,机会难得,两家聚聚。

吴国耀推辞了一番,但乌海吉坚持要请,否则就是不给面子。吴国耀这人小事随便,不想把小事弄成大事办。所以对小事都是无可无不可的,他就毫不犹豫地答应了。

这天晚上,吴、乌两家人还有一些公司的人在海晶大酒店欢聚一堂,整个晚上欢声笑语,杯觥交错。这次乌丽丝和吴向宇都在场,就在双方家长的介绍下认识了。

说来也好玩,当吴国耀介绍这是他儿子吴向宇时,乌丽丝刚要叫大哥好,但一细看,不对,吴向宇挺显小的,不知道是哥还是弟呢,一时心乱,不知叫什么了,就随口说了向宇你好,说完了才知道叫得不妥,脸上一阵绯红。因为当地的女人都是这么叫老公的。吴向宇根本没放心里去,只回了声乌秘书好,就过去了。整个晚上,吴向宇都和妈妈、小妹妹在一起,小妹妹问这问那,向宇都耐心地一一作了回答,后来林虹陪吴国耀去敬酒,向宇抱妹妹坐在腿上,给她剥虾吃,给她拔鱼刺,小妹妹吃得很开心。

乌丽丝这晚没有主动出去敬酒,她静静坐着,一边喝着果汁,一边不时地看着吴向宇,她对吴向宇的印象是:英俊、文雅、有爱心。

她一个晚上心如鹿撞,满脑子都是吴向宇,干什么都没有心思了。

晚会散了后,乌丽丝对她叔叔说,她头有些疼,想回家休息,其实她是想一个人静静地想以后怎么和吴向宇交往。乌海吉问她是不是感冒了,因为今天她没有喝酒。乌丽丝应道,可能吧。

乌海吉让人送乌丽丝到自己的家中,刘月娜早就出来迎接乌丽丝了,因为乌海吉已经告诉她丝丝身体不舒服，刘月娜做了一碗姜汤，烧了壶水，让乌丽丝喝了姜汤，泡泡脚就回屋休息。

过了一会儿，乌海吉回来了，乌丽丝听到了叔叔的停车声，便假装睡着了，乌海吉上楼到乌丽丝屋门口听了没有动静，就下楼和刘月娜说话去了。

乌丽丝这个晚上怎么也睡不着，满脑子都是吴向宇的形象，这是她长到二十岁，第一个让她难以入眠的青年小伙。

吴、乌两家的宴会，刘月娜没有参加。她自和乌海吉结婚来到江源后，就很少出头露面了，而是在家专心照顾女儿妞妞。她和乌海吉商量好了，外面的事情，她一般不管，需要有女人出面应酬的话，就叫乌丽丝代替。

刘月娜出生在长江边上的一个村庄的农户人家。她从小长得聪明伶俐，俏丽可爱。村上的老人都说，喝着长江水长大的女孩没有一个不聪明漂亮的。像其他的小孩子一样，刘月娜上了小学、初中、高中。在她高中毕业的前一年，一场百年不遇的洪水突然而至，把她的家卷入了滔滔洪水之中。她父母不幸遇难。

洪水来临之前的几天，刘月娜正病着，而且还很严重。她妈妈把她送到县城医院看病，并让住县城的姑姑照看刘月娜。妈妈则当天赶回家去。夏收季节，农活正忙，家里不能缺女人。那天晚上爸爸妈妈干活干到晚上八点多钟，吃完晚饭就睡下了。实在太累了。

约在半夜两三点钟，正当她父母疲惫酣睡之时，山洪暴发，滔滔洪水夹杂着泥沙，汹涌而至，顷刻之间就冲垮了房屋，她父母双双不幸罹难，尸首也没有找到。刘月娜得知噩耗后，哭得死去活来，病情加剧，生命垂危。幸亏姑姑和家人对刘月娜都非常善良。在刘月娜重病的时候，他们毅然拿出一家的所有积蓄给刘月娜治病。刘月娜病好转了后，在姑姑家里休息了一个月。当她知道姑姑一家为了给她治病花光了所有积蓄的时候，难过得又哭了一场。

好在病好得差不多了，刘月娜决定去外打工谋生，不能再拖累亲人。

她家乡那时去深圳打工的女孩子很多，她有好几个同学也在深圳，于是她和她们联系上后，就去了深圳。

很快地，她就发现这几个女同学在做那种皮肉生意，这让她很害怕。但她们都对她说，这没什么，有钱赚就行，这里许多女人都和她们一样，明的暗的都在做这行，想开了也就那么回事。等赚到钱后回家，找老公生孩子过安稳日子。

她想了想,还是决定不干这行。这几个女同学讥笑她,说她傻帽、假正经。有天她从外面回宿舍,刚要进门,就听她的几个女同学在商量,准备当晚把她交给一个叫焦三的男人,让他破她的身。

她们认为,如果刘月娜不和她们一起做那种事,会把她们的事说出去,她们以后回家,没脸见人,所以一定要让刘月娜也和她们一样,才放心。

刘月娜一听,吓得两腿发软。当时心里只有一个想法,就是快逃!她蹑手蹑脚地离开宿舍走到路口,然后拦了一辆出租车,司机当问她去哪里?她说不知道。她看司机面善,就向他说了自己的遭遇。司机为人倒也直爽,他说,像你这样的小姑娘,这么漂亮,早晚也要让人糟蹋了,还是认命吧。

司机最后把她送到一个酒店门口,下车前给她一个他的电话和五十块钱,告诉她,有时间可以找他,她收下钱,道了谢就下了车了,过一天钱就花完了,她看了看那电话号码,始终不敢打,她怕一打就准会陷入深渊。

在走投无路之际,她想到了一个办法。这办法说来也可怜:她买了瓶油墨,在脸上涂了几个斑点,就去一个歌厅当服务员。老板见她长得难看,就让她给客人倒酒,每天收入三十元,遇到客人高兴,还可以赚到小费。

这样她生活才算有了着落。

在这以后,她看到许许多多到歌厅来消费的男人,他们都是来找小姐的,行为极为下流丑陋,她实在讨厌这个地方,但为了生活,她又不能不待下去。

有天晚上,她负责的包厢里来了五六个客人,好像已经喝了不少酒了。其中的一个好像是请其他的五个人的。他邀五个人继续喝酒,客人也不客气,直接点要高档名酒,那种酒在歌厅两千元一瓶。

喝了一会儿,那五个人中的一个镶金牙齿、老板模样的人,对那请客的男人说:"你有胆子就把这瓶酒一口喝下去,我就把工程给你做,否则别啰唆,我们现在就走人。"

那请客男人问:"真的?"

那金牙齿老板说:"真的!"

"说话不算数怎么办?"

"我们说话不算数由你惩罚,你喝不喝?"

"好,说话算数,要是你工程不给我做,你们就太对不起兄弟我了。"说完打开酒瓶盖子，咕咚咕咚一口气，把一瓶洋酒喝了下去，没过一会儿，那小伙子扑通一声，就倒在地上，人事不省。

那金牙齿老板叫了他几声没见答应，就说声："咱们走，他这熊样还做工程呢。明天早上可能就咽气了。"说完就走了。

那天晚上刘月娜正在上班，见他一个人躺在地上，觉得这小伙子挺可怜，见他处于昏死状态，十分害怕，就给急救中心打了个电话。过了一会儿，医院来了救护车，把小伙子接到医院，进行治疗。

过了好一会儿医生出来了，说："你的男朋友？怎么这样喝啊，晚送半小时准死了。"

刘月娜也没说什么，到医院结账时，她身上没带钱，就叫姐妹们拿钱给她。她的一个好朋友来了，给她五百元，另外还给她一个录音机，说好像是这个小伙子的。刘月娜拿到钱、物后来到病床，这时那小伙子醒了，见了刘月娜，劈头就问："你见到了我的录音机了吗？"刘月娜赶紧把录音机给他，他拿到录音机后，立即就往医院门口走，刘月娜刚想上去拦他付钱，他说了句："明天晚上找你。"就走了。

到了第二天晚上，那小伙子来了，穿得西装革履，头发油光发亮，精神也很好，一见刘月娜就问："你是昨天晚上救我的人吗？"刘月娜没出声，只是点了点头。

那小伙子扑通给她跪下，叩了三个响头。这突如其来的动作把刘月娜吓了一跳，搞得她不知所措，连忙叫他起来。

那小伙子起来后，对刘月娜讲，他叫乌海吉，是个搞土建的技术员。昨天晚上那几个人是包工头，答应喝完酒给他一个工程做，他怕他们说话不算数，身上就悄悄带了个录音机，把他们的对话都录下了，回去还复制了几份。昨天上午去找他们，他们开始不认账，后来把录音一放，他们就给了一个项目做，他怕他们报复，自己也不敢做，就转交给别人做，收了五万元的好处费。

他说这一带是不能再呆了，准备到别的地方躲一阵子，然后再看情况，如果没事了，就还回来找她。

刘月娜听完后说："怎么这事听起来像是电影上的一样啊！"

乌海吉说："详细情况你还不知道呢，要知道了，你会觉得比电影、电视上的演的还要惊险、精彩！"

这一晚上，他们两人一直聊到半夜两点。期间，乌海吉接了一次手机后，对刘月娜说："我今晚不能离开这房子，否则有大麻烦，他们要来打我。"刘月娜虽然害怕，但还是陪他聊到第二天上午才走。

这一走，过了好久都没有乌海吉的消息了。刘月娜也无所谓，在那样的地方，什么人没有呢？离开了，不联系，很正常。

大约过了一个月，乌海吉打电话来找她了。刘月娜一听就知道是乌海吉，她心里不知道为什么那么高兴。

乌海吉告诉她，他一会儿就到。

果然，半个小时后，乌海吉到了。一见面就送给刘月娜五千元钱和一块手表，刘月娜死活不肯收。

乌海吉说："你是我的救命恩人，这点东西是我的心意，再不收，我真急了。"

刘月娜这才收下了。乌海吉问刘月娜什么时候有空，他想带她看看深圳的市容，因为刘月娜说过到深圳后还不知道深圳是什么样呢。

刘月娜想了一下，十二点到下午四点以前都有空。

这几个小时，刘月娜非常开心。乌海吉带她看了世界公园，之后他们到咖啡厅喝了一会儿咖啡。乌海吉看了看表，说还早，到他新家去看看。

刘月娜去了，他们来到一个小区，左拐右拐走了一小段路后，就来到了一座二十多层的高楼，乌海吉就住在这楼上的二居室房间。

刘月娜进屋一看，房子不大，八十多平方米的样子，屋子里有几件新家具，七零八落，杂乱无章地放在两间屋子里。刘月娜最喜欢干净整洁，就放下手中的东西，开始忙活起来，刚好乌海吉又在阳台上接电话，等乌海吉接完了，回屋一看，整个屋子里的面貌已经焕然一新，显得很干净、很整齐。刘月娜忙得满头大汗，就进卫生间洗了洗。出来一看，乌海吉愣住了，问她："你刚才脸上还有两块黑印的，怎么现在没有了？"

刘月娜有些不好意思，把这块黑印的来历前因后果讲了一遍。

乌海吉听了一脸的惊讶，然后缓缓地若有所思地说了句："同是天涯沦落人呐！"

刘月娜问乌海吉，她这个样子怎么回去？

乌海吉想了一下，然后对刘月娜说，别回去了，就跟我一起干吧，我现在包了一个小施工队,有一个工地,很忙的,你来帮我管账吧。

刘月娜说没有学过会计,怎么管账啊。乌海吉说,那容易,边干边学。

在这次交谈中,乌海吉和刘月娜都加深了对对方的了解。乌海吉十分佩服刘月娜那种坚贞不屈,百折不挠的韧劲。差不多就在这次谈话中,他决定一定要娶刘月娜为妻了。

刘月娜也认为乌海吉心地善良,头脑灵活,又是个名牌大学生,绝对是英雄还在不得志时,以后肯定会大发光芒,所以对他也有了敬爱之情。

后来,他们真的成了夫妻。每当回首这段感情经历都觉得富有戏剧性,显得与众不同。

每个人都有自己的感情经历,都会觉得是多么的与众不同。但是,在我们周围的人群中,这些被划分为普通人的男男女女们,尽管他们自己会觉得多么不同寻常,但在外人看来都是稀松平常的。

一个偶然的场合,一对男女双方认识了,了解了,相爱了,接下来就是结婚生子,为生活奔波。生活在他们面前,就像是一座座大大小小、高高低低的山,他们每天都要不停地攀登,爬上这座山,前面马上又有一座山出现,在等待着他们去攀登,好在两座山的中间,有时会有那么一小段较为平坦的峡谷地带,他们可以在这个峡谷地上栖息喘气,他们就在这里做做游戏,用以娱悦自己。

人们之所以会用高峰和低谷来形容人生的际遇,是因为在他们顺畅时,事业取得了一些可以聊以自慰的东西时,人们习惯把它称为高峰;生活失败,诸事不顺时,人们习惯称之为低谷。

可怜的人呐!一生都在攀登中度过,至于为什么要攀登,哪座山是尽头,都因为攀登得太忙太累了,无暇去想。

也有些人例外。这些人开始思考自己、他人,自己与他人关系这样一些问题。还有些自以为智力超群的人,想得更多更远了些,他们不仅想到了自己、他人,自己与他人,而且开始把目光投向无垠的天空。天空中有些什么呢?他们看到了太阳、月亮、星星。美好的事物激发了这些超人的灵感,他们的思想穿越了时空,进入缥缈的世界,沉入了浩瀚的海洋。

全能的上苍啊,让这些自命不凡的家伙一无所获吧!告诉他们,永远别再拿自己的微尘般大的收获当胜利,人类永远不会是胜利者,真正胜利者只属于：时间和空间！

乌丽丝和吴向宇有了更多的来往，每次交往后，她都有新的发现，都成了爱他的新的理由。有次她又到河边去听吴向宇演说，这次演说分为两个部分：前半部，他是模仿别的什么人，朗诵也是别人的演说词，好像是一位叫罗斯福的美国总统的演说词。千万别小看我们可爱的乌丽丝，别以为她什么都不知道，她可以想办法弄清她心中的偶像说的东西，连这点本事都没有，以后还怎么能镇住他啊！

是的，乌丽丝当即回公司，打开电脑上网，查到了那篇演说词，第二天她在他面前背诵了其中他认为最精彩的那部分，看他惊讶的傻样才好笑呢，这有什么稀奇，她也能！

第二段的内容就让乌丽丝有些找不到北了，在乌丽丝听来，这部分的内容比那个美国总统精彩多了。

乌丽丝没有听他说作者名字，但知道这段说词强调的是人要洁身自好，健康向上，这些乌丽丝都爱听。

但是让乌丽丝感到不快的是，吴向宇始终没有理会她的意思，没有向她表露出她所期待的感情。乌丽丝看过一些小说、电影和现在正在热播中的韩剧。这些文字和影视中大多数的爱情故事都是男主人公疯狂地追求女主人公。可在这段时间内，都是她积极地邀请他去看电影，参加一些晚会。在晚会上，也多数是乌丽丝主动邀请吴向宇跳舞。

只有一次他请乌丽丝去参观一个古迹，说白了就是一个古墓，里面安葬着古代的一位战略家，著名谋士。吴向宇一到那古墓，就完全和那位故去至少有二千年的战略家、谋士神交上了。他一进大门，就朝那塑像恭恭敬敬地三鞠躬，然后，神情肃穆地仔细地观看每件遗物，对许多后人的题字和楹联也看得非常仔细。

开始是那个女讲解员为他作讲解，可是渐渐地，倒是他滔滔不绝地对那个讲解员讲解起来，讲解员说他所讲的这些故事她还没有听过呢，这让那讲解员很尴尬。真可气，这个书呆子！

吃完午饭后，时间还早，吴向宇又来了豪兴，提出再玩一会儿，到对面山顶上去眺望绚丽美景。

初秋的时节是江源市最美丽的季节了，宽阔的田野上金黄色的稻谷在阳光的照耀下成了金色的海洋，一阵清风吹拂，这个金黄色的海洋波起浪翻，一阵阵浓郁的馨香，沁人心脾。

　　那一座高过一座的群山，层层相连，堆锦叠翠，像一幅幅精美的国画，悬挂在天地之间，把天地连在一起。

　　"真好哇！"吴向宇大声地说了一句。乌丽丝从小就在叔叔的带领下，走遍了江源的大小景点，但却没有体会过登高望远，寄情山水的雅事，今天她也是真开心，"真的，太美了。"她也说。

　　下山的时候，吴向宇对乌丽丝照顾得很周到，坎坷的地段，他拉着她的手，扶着她，乌丽丝心里充满了美好和甜蜜。在快到山脚下，这甜蜜一天快结束的时候，乌丽丝故意滑了一下，好像要摔倒的样子，吴向宇立刻上去扶住她，乌丽丝哎哟一声，就扑倒在吴向宇的怀里……

第十九章

　　元旦到了。这天龚汉诚格外繁忙。上午他率市委、市政府的秘书长李祥、李纯方,看望原市委、市政府的老领导,并向他们通报了一年来市委市府的工作情况,龚汉诚来到老领导中间,和他们一一热情握手问候,随后他简单说了几句,接着由李祥同志向老领导介绍情况,然后请各位老领导对市里的工作提出意见和建议,座谈会后,龚汉诚与各位领导共进午餐。

　　下午他来到养老院看望孤寡老人,送上了慰问金。

　　晚上七点四十分,他发表电视讲话,向全市人民祝福新年。

　　八点半,他出席由全市工商界人士参加的新年联欢会。

　　这个联欢会每年搞一次,都是定在元旦晚上八点半在市政协礼堂举行。市里的四大班子的主要领导和全市工商界的知名人物,围在一张大圆桌上,边喝茶,边叙谈,会议很轻松。

　　桌上备有一些糕点,但不上酒菜,也不作领导讲话,只由统战部长通报情况,不超过半个小时,然后大家随便发言,随便聊天。聊一个小时后,就进行迎新年歌舞晚会,自由歌唱,自由跳舞。总之,这个联欢会没有领导、没有主宾,只有朋友。

　　在热烈的掌声中,龚汉诚头一个上台,唱了他最拿手的俄罗斯民歌《三套车》。接着,市政协主席王伟平同志演唱了一曲京剧《锁麟囊》。宋玉谦常务副市长唱了一曲《常回家看看》,乌海吉上台唱了《爱拼才会赢》,又有人请吴国耀唱一个,吴国耀唱了一曲《黄土高坡》。

　　在联欢会上,龚汉诚注意到了两个年轻人,这就是吴向宇、乌丽丝。就向身边的人士问了他俩是谁,回答是吴国耀的儿子吴向宇和乌海吉的侄女乌丽丝。随后,有人提议吴向宇和乌丽丝也来个节目,吴向宇往他父亲那里一望,看到了父亲鼓励的眼神。吴向宇上台先给大家鞠了个躬,然后朗诵了一首著名诗人何其芳的《生活是多么广阔》。

生活是多么广阔，
生活是海洋。
凡是有生活的地方就有快乐和宝藏。
去参加歌咏队，去演戏，
去建设铁路，去做飞行师，
去坐在实验室里，去写诗，
去高山上滑雪，去驾一只船颠簸在波涛上，
去北极探险，去热带搜集植物，
去带一个帐篷在星光下露宿。

去过极寻常的日子，
去在平凡的事物中睁大你的眼睛，
去以自己的火点燃旁人的火，
去以心发现心。

生活是多么广阔。
生活又是多么芬芳。
凡是有生活的地方就有快乐和宝藏。

　　吴向宇用他那粗壮略带沙哑的音调，把诗歌朗诵得抑扬顿挫，声情并茂，淋漓尽致地表达出了诗中的意境。龚汉诚听了很是欣赏。他对吴国耀说："贵公子真乃千里驹啊，才华横溢，前途不可限量！"

　　吴国耀连说不敢当。

　　随后问了他的年龄和学习情况，吴国耀说吴向宇现在在国外大学读法律，明年准备考清华大学的法律研究生，今后还要请他这个名牌大学的学长多多指教。这句话让龚汉诚大感对路，他很愿意当年轻人的人生导师，于是他说吴向宇的选择是正确的，外国的情况了解一下是好的，但长期在国外就没有意思了，没有大的发展前途，清华大学造就人呐！除了党和国家领导人之外，他还顺口说出了一大串各省市的一些领导，他们都来自清华大学。

　　龚汉诚夸奖吴国耀是个很有潜力的儒商，吴国耀连声称不敢当，他说："我们这些人只是闲云野鹤，一介草民。一生所求，也不过温饱二字。龚市长乃人之龙凤，国之栋梁，位高望隆，任巨责重，还盼注意劳逸结合，为国珍重！家中的些小事，如果信得过，吴某愿意效力，您专心忙大事，多为江源人民造福。"

这席话，龚汉诚听了很入耳，他很看重像吴国耀这样的有才又有财的人。

在他们俩说话的期间，一拨又一拨的朋友来向龚汉诚敬酒——以茶代酒。吴国耀明白这个代书记、市长属于全市人民、属于整个工商界，他不能一晚独占，就借如厕之机离开了。乌海吉迅速地坐到了那个座位上。

舞会开始了，由政协礼堂的女服务员作舞伴，市领导和工商界的人士跳了一会儿舞，整个晚会在十点半就准时结束。

第二十章

市经济技术开发区常务副主任李志高，这些天有些忙碌。刘宇军告诉他，元旦一过，龚汉诚代书记要到开发区检查指导工作，听取工作汇报。陪同龚汉诚一起前去的还有组织部部长方宏，秘书长李祥，市政府秘书长李纯方一行人。

由于开发区主任一职至今仍然空缺，有关这个职位的人选的谣传也沸沸扬扬，有人说市计委副主任乌海甫要过来，有的说是科技局的李新云副局长。也有的人说是他李志高，但好像传得不像其他人那么热闹，这让他很是坐立不安，他实在太想得到这个位置了。

李志高是个工于心计的年轻人，眼镜片后面的那双眼睛，整天眨不停，好像每时每刻都在观察着、思索着、算计着。对每次遇到的人，特别是上级部门来的领导和普通干部，他都会迅速地加以分析，给他们迅速定位，然后分别对待，各得其所。

他对市里领导同志的个人情况更是了如指掌。有次梁子玉在回家的车上正闭着眼养神，突然手机来了短信，他打开一看，是李志高发来的——祝书记生日快乐！

第二天，梁子玉在办公室，李祥拿了一份文件给他阅示，梁子玉看算不上是什么起火冒烟的事，就边看文件，边在想昨天李志高发的那条短信。签完文件后，他问李祥知道不知道他的生日。

李祥看了梁子玉一眼说："你以为你是谁啊，人人都要记住你的生日？"

梁子玉说："你跟我二十多年了，真不知道我生日啊？"

"真不知道，别说你的生日，就是我自己的生日也记不住。"

"可是有个刚来不久的年轻人记得我的生日，还发来短信给我道贺呢！"便把李志高的短信给李祥看了看。

这事引起了梁子玉对李志高的兴趣，再见到他的时候，梁子玉都有意无意地察看这个聪明的年轻人的举动。

他发现,李志高每次见到他时都是西装革履,头发溜光整齐。开会发言时首先要把市委主要领导颂扬一番,然后才转入正题。发言中对市领导的讲话大段引用,还记得这是某领导在某某日、某某地方、某某场合讲的,有的讲话已经过去了几年了,并且是应景式的讲话,但他都会说,这话对当前的工作仍然具有很强的针对性和指导意义。他对社会流行的新名词、新概念、新词汇,领会得相当快,马上引用,不假时日。对省、市,乃至全国的一些数据,记得很熟,在发言中,大量使用,似乎努力给人以博闻强记、业务娴熟的印象。但梁子玉很快发现这个年轻人对自己分管的工作没有深入研究,没有明晰的工作思路,在工作中,实在管用的措施办法更少。

这让梁子玉很不满意。

他心里说:"你这个年轻人啊,太聪明了。但有一点你不知道啊,我梁子玉最怕'聪明人'了,况且你有点聪明的不是地方了!"

但龚汉诚欣赏他。梁子玉在江源的时候,龚汉诚就向他提起过李志高,梁子玉听了以后说,有机会考查一下,如果合适,就列入后备干部的名单里,量才录用。这些情况,龚汉诚的秘书刘宇军曾向李志高透露过,让他欢喜了好一阵子。但直到梁子玉离开江源前,他扶正的事连影子都没有。

梁子玉走了,龚汉诚来了,他的机会到了,他的好运来了,他心里暗暗高兴,工作热情也十分高涨。听说龚汉诚要来,知道这是领导对他的关心和倚重,他要好好表现一下,他忙得不亦乐乎,也就是情理之中的事了。

开发区办公室的祁明红给他送来了接待方案,他认真仔细地看了看,然后很认真地对她说:"给龚书记赠送礼品这项取消掉!给龚书记赠送礼品?这还不被他骂死掉!龚书记是我见到的最精明强干、最廉洁奉公的高级领导了!我见过多次,他从来不抽下级单位一支烟,不喝下级一口酒,连茶叶也都是自带的,龚书记除了工作还是工作,这样的领导真少见啊……真是好领导哇!……"

祁明红说:"不就是开发区的宣传品嘛,其实也算不上是礼品,以前领导同志来了,我们都送点的。"

"以前是以前,现在是现在,他们是他们,龚书记是龚书记,能一样吗!"

祁明红被他这么一阵莫名其妙的训斥弄得有些晕头转向,不知道说什么好了，就赶紧退了下去。在另一个场合，当着开发区的许多人员在场的时候，李志高把这事说了一遍，之后又向龚汉诚的秘书刘宇军说了一遍。刘宇军当即告诉了龚汉诚，龚汉诚听了后说："李志高这个人，有政治头脑，我就是看中他这一点。"刘宇军把龚汉诚这句传给李志高，他连声道谢，接完电话后，他得意地笑了。

江源市经济技术开发区位于市区的西北角，离市区约5公里。

江源市从地图上看像一把竖着摆放的芭蕉扇子，扇子把手是江源河。江源河从市中心横穿，由西北流向东南。江源河把整个江源市分成东西两个部分，东边主要是工业区、商业区；西边是学校和医院、居民住宅区。相比之下，东边的建设进行得早些，力度也大些，街区的建设工程初具规模，西面这些年由几个外来的开发商陆续开发了几个住宅小区，但规模不大，相隔较远，显得七零八落，淹没在那些颜色灰暗的老旧民宅中。

沿河两岸两条高高的河坝，经过了几十年的修修补补，大坝的宽度不少，相当于双车道的公路，但大坝基本上是用泥石夯成的，抗洪能力很差，一遇大的洪水，两边的河坝就会被冲得垮塌的垮塌，淹没的淹没，好在两边的大坝上，长着一排排的高高的柳树。这些柳树已有几十年乃至上百年的树龄，根系发达，起到了护土固基、护卫大坝的作用。

在一年的春夏两季中，这些柳树枝叶茂盛，团团如盖，走在这大坝上，就是酷暑季节，也让人感到清风习习，凉爽宜人。所以，每当春夏时节，沿河两边，一到傍晚，就有许许多多男女老少在这里纳凉歇息。特别是那些青年男女，都喜欢到这里来谈情说爱，缱绻依偎。

连接东西两区的桥梁有四座，是近些年修建的，最长的跨度有一公里多点，最小的有五百米，都是钢筋水泥桥。每天早晚人来车往，熙熙攘攘，倒也为这座城市平添了几分景色。

江源河面不宽，但河床很深，河中怪石林立，高高低低，大大小小，河水有时平缓，有时湍急，有的河段落差很大，河水飞流急下，发出雷鸣般的吼声，飞溅起千百朵浪花，景色蔚为壮观。

江源河的上游，在云县境内，两边是巍峨耸立的双龙山，双龙山在江源的北端，形成了一个两峰对峙，相距不到五十米的峡谷，这是修建大坝的最佳位置。

江源水力资源非常丰富，每年的梅雨季节，上游山洪暴发，河水狂涨，严重的时候洪水就没过大坝，冲向两边的万顷良田，吞噬着即将成熟的庄稼，卷走了许多的家禽家畜和房屋，乃至人的生命，给人民群众的生命财产造成了重大损失。

梁子玉曾经计算过，他在江源工作的三十年中，因洪水造成的直接经济损失有上百亿元人民币，间接的经济损失无法估计了。所以在他任江源市主要领导后，他就一直在为这个江源的心腹之患而焦虑、操心和奔走求助，特别是1998年那场大洪灾之后，梁子玉就把修建江源大坝工程作为自己的头等大事，决心在自己的任内立项。

功夫不负有心人，这个项目终于得到了批准，梁子玉夙愿得偿，十分欣慰。修建大坝工程相对就比较简单了，相信市政府的同志和全市人民能够做好这下半篇文章。特别是龚汉诚同志，是学理工科的，多年主管基本建设，这方面正是他的强项，所以，对这个事，他很放心。

梁子玉这点想得不会有错，龚汉诚对这个事情，考虑得很细，在去开发区检查工作的那天，他看了几个厂商，主要是电子、化工和加工汽车配件的工厂后，就回到了开发区的办公大楼，听汇报。他这次看了后，形成了一个新的思路，要把开发区突破一下，这事比较大，他想在下次常委会上议一议，统一思想后，再去实施。

他最关心的还是大坝建设。在路上，他问李志高，这个大坝工程怎么操作好。

李志高回答说，这个事情对他具有重大意义，必须搞好。工程上的事情，用人是关键，必须要用自己的人，这样靠得住，否则用其他人，工作态度就不一样，更不要说以权谋私之类的事情。

龚汉诚问他，技术上有何建议？

李志高说，技术上的事好办，一定要选好施工队，施工队不好，水平上不去，那肯定会留下隐患，发生意想不到的问题。所以，这个施工单位的选定也必须书记自己亲自抓，委托他人终究是不放心呐！

龚汉诚说："你看目前市里这几家施工队哪家能胜任此重任？"

李志高把嘴一撇，说："江源的这些施工队，造个房子还都歪歪斜斜的呢，还有什么能力修大坝！交给他们，十有八九要坏事。全国这方面教训不是很多吗？要在全国来投标的施工企业中去找，国外的施工企业来投标，只要有素质，就让他们干！"

龚汉诚嗯了一声，不置可否。听了汇报，他看时间还早，一想坝址离这里不远，就建议李祥、方宏他们一起去看看。他们一行人在那盘桓了将近三个小时，到下午四点多了，才回到市区各自的办公室。

第二十一章

这天晚上,林虹告诉吴国耀,她已决定一礼拜内回英国。

吴国耀说,还没有几天呢,就对我腻味了?

"还不是一般的腻味!"吴国耀和林虹都有个特点,不勉强对方做什么,双方之间又很相爱,又很自由。

"那我给你订票。向宇回不回啊?"

林虹说:"这孩子好像跟那个乌丽丝有些交往过热。"

吴国耀不喜欢管这些啰唆事,在他看来,过热不过热都有好处,只要他本人喜欢,他没有意见,就说了句:"你问问他是否要一块回?"

第二天林虹告诉吴国耀,儿子想去西藏旅游,然后再去英国。吴国耀说了句,这个季节有什么好玩的,又冷又干燥又缺氧,但又说随他。

"老魏还在拉萨吧?"林虹问。

吴国耀:"可能是,我明天给他打电话,有老魏在,可以放心。"

乌丽丝听吴向宇说去西藏之后回英国,就有些焦急,整天魂不守舍。打电话问了吴向宇几次,吴向宇都说自己在省城,乌丽丝问他哪天回家,他说明天中午吧。

第二天乌丽丝十一点多就开车去吴向宇家找他。一到他家,吴向宇还没有回来呢,家里只有林虹和菲菲。乌丽丝一见到林虹,规规矩矩地向前向林虹说声:"伯母好!"

林虹见乌丽丝也很高兴,让座之后,亲自给乌丽丝泡了一杯咖啡,乌丽丝喝了一口,不禁轻叫一声:"真香。"林虹说:"喜欢吧?我们家的人都喜欢喝呢!"

林虹发现乌丽丝穿着很素雅,就问她怎么不穿年轻人的鲜艳的衣服啊,乌丽丝说平日也喜欢穿艳点的,今天在外面忙事情,就换上了套素雅的。

"丝丝是来找向宇的吧?"林虹问。

乌丽丝说:"是。他今天回来吗?"

"还要过一会儿才能到家,丝丝喜欢向宇?"

乌丽丝这个姑娘,就是喜欢直率,一见林虹这么问,倒感到自在多问,说:"非常喜欢,听说你们要回英国了,你们走了,就真不知道怎么办了,我一天也离不开他了。"

"你们真的相爱了吗?向宇爱你吗?"

乌丽丝见林虹这么亲切,竟把林虹当作自己的母亲似的,她摇了摇头,说:"不知道,真的不知道向宇怎么想。"

"你应该搞明白人家男孩子怎么想,这种事要两个人想到一块去才行。"

"我想不了那么多,许多事情我自己也都没有弄清楚,我知道向宇哥文化深,水平比我强百倍,但我年龄不大,可以现学啊!我脑子很聪明,就是有时贪玩,要真学我比向宇哥差不了多少。"

"你说得对。"林虹见乌丽丝这姑娘说话真实朴素,倒有些希望儿子能喜欢这个姑娘了。但林虹知道,她这个儿子整个就是他爹的翻版,大小事都特别沉得住气,很少表白内心世界。

按照她的分析,他们俩不是没有可能,但把握不大,这个儿子,心太高,幻想太多,这些男女私情他不会太看重的。

于是她开导乌丽丝说:"根据伯母的经验啊,对男孩子啊,也别太高瞧他。像吴向宇这样的男孩子满大街都是。你要不把他当回事,他说不定会天天跟你屁股后追你,你把他太当回事了,他就找不到北了,反而容易把事情搞坏了。"

"我也知道这些道理,可我做不到,我长到今天这么大就喜欢向宇哥一个人,以前我没有接触过一个男孩子。"说到这儿,乌丽丝竟哭起来了。

此刻,林虹打心里疼起乌丽丝来了,好像乌丽丝是她女儿,而吴向宇倒像是个外人了。她不禁站了起来,在乌丽丝的身边坐下,搂着乌丽丝,乌丽丝这下哭得更厉害了。

正在这时候,门外车响,是吴向宇回来了。乌丽丝忙收住眼泪。吴向宇一进屋看到乌丽丝,先是一愣,然后说,欢迎她来家做客,晚到了,不好意思。

乌丽丝这时候也不知道说什么,想了一想就问吴向宇,能不能带她去西藏玩。

吴向宇一听，有些纳闷，口头禅又上来了："Why？"

乌丽丝一听就生气了，说："你就是歪，一点也不知道关心人。"

吴向宇本来还是要说声："Why？"但见他妈妈在注视他，就一摊手，把这句话咽下去了。

乌丽丝要和吴向宇去西藏旅行这事，引起了双方家长的关注和重视，如果以前他们俩一起玩玩闹闹可以看作一般的朋友关系的话，那么这次就不能那样看待了，如果双方家长让他们一块去西藏旅行，那他们就要有做亲家的思想准备了。

乌海吉认为吴向宇绝对是个优秀后生，长得英俊高大，头脑聪明，知识面宽。乌海吉曾经和他聊过几次，他确信这个青年是个抱负远大、目光睿智的人。但乌海吉同时也发现这个青年的致命特点，就是冷酷无情，对什么都拿得起，放得下。这对他本人来说仍然是个优点，但对他的身边的亲人来说，就不见得是什么好事了，如果是他的妻子，则绝对不是好事。因为，要他这种人在感情和事业之间作选择的话，他绝对会选择事业，而不是感情。

吴向宇和乌丽丝的交往他都看到了，是他的丝丝主动找他的，而他好像是出于礼貌和迫不得已才和丝丝在一起的，他每当看到这种情况，心里总是一阵不悦。但乌海吉那时候不便出手干涉，青年人在一起，玩笑娱乐，有什么错呢？但现在的问题是，他的丝丝已经把这层纸捅破了，让他再也不能回避了，再也不能保持沉默了。

怎么办？他第一个念头就是告诉哥哥乌海祥和嫂子李明秋，作为他们的父母，这种事由他们来管束比较好。但是很快地另一种念头压倒了这个念头：他们之间的关系与父女关系有什么差别呢，甚至可以说比一般的父女关系还要好，他不管谁管，他不管怎么也说不过去。

可是怎么管呢？让她去还是不让她去？怎么劝她呢？乌海吉好像有些不知所措了，女孩子说轻说重都不好哇。

乌海吉觉得这事和妻子刘月娜商量一下好，没准她会有什么好办法也不一定。

刘月娜觉得这事本来好办，现在难办了是因为两人的位置没摆对，要是乌丽丝和吴向宇调个角色，问题就解决了，要是他们家的丝丝是男的就好了，男的追女的，很正常，现在不正常是女追男，这有点没面子，是不是？

乌海吉一听，说，道理是没错，但等于没说，你能把他们俩换个性别？费话！

最后乌海吉想还是看看他们吴家怎么办吧。

这些事拿到吴国耀家来办，就是十分好处理的问题了。当林虹在饭桌上说乌丽丝要和吴向宇去西藏旅游的事后，吴国耀把目光投向吴向宇，吴向宇看了知道父母的意思，望着父亲做了个微笑的表情，点了点头。吴国耀莞尔一笑，什么也没说，这事就算过去了。

至于乌丽丝和儿子之间要有什么事，他不会去管。但这并不能说他对吴向宇不关心，恰恰相反，对这个儿子，他倾注了大量的心血，寄予了无限的希望，尽到了最大的努力。

好多事都是他首先想到，然后让林虹去和儿子沟通，他只有到确有必要的时候，才和儿子说几句，以示他很在乎这事了，一般来说，这种情况很少出现。

唯一的一次就是当年他劝儿子去国外学习几年，他说年轻的时候有些外国的经历，对人的一生大有裨益。有些人以为在中国发展事业，了解中国就可以了。这种说法不全面，新中国的开国元勋中，有相当一部分人是在国外待过很久的，离家几年，去国外闯荡，以后回国发展，这是一条很不错的道路。

儿子说想去美国，吴国耀说可以。但不知林虹是怎么办的，最终去了英国剑桥。为了儿子的留学，花去了吴国耀一大笔的积蓄。

眼下儿子和乌丽丝的这件事，他其实已经考虑过了，但又没有得出个结果，生活上的好多事，都是无可无不可的，由他去吧，不去操那份心。

林虹曾经是大学的校花，在那个时候，她的每一天繁花似锦，五彩缤纷。她自己就像朵牡丹一样鲜艳的姑娘，曾引来了多少对她羡慕和赞叹的目光啊！

大学毕业后，她和吴国耀先到政府机关当一名普通干部，后来，吴国耀说要自己干，她没有反对。男人嘛，想干事业是好事。几年后，这个她眼里普普通通的丈夫，居然成了千万富翁。有天晚上，他俩在床上聊天呢，吴国耀告诉她，他们家产已到五千万元。这让林虹大为惊喜，她偎在吴国耀的怀里说，你是怎么玩的，都玩成大富豪了，我打从认识你就没有看出你有经商之才呐。

"那你看我能干什么？"

"中学老师。"

"你就心甘情愿嫁给一个中学老师？"

"对啊，多稳当的职业啊，没有领导的盛气凌人，也没有老板的狡诈卑劣……"

"你是在变着法子骂我呢！"

"嘻嘻，"林虹笑了一阵说："我真想不到你几年工夫，就能折腾出这个程度。"

"人有本事，干什么都行。"吴国耀感觉很好。

吴国耀劝林虹也辞职，跟他一块干算了。

林虹说，两人白天晚上都在一起，没大意思，她还是在机关干小干部，拿那点工资算了。

吴国耀没有勉强她。

后来，林虹怀孕、生产、哺育孩子，这过程损坏了她的健康。开始是胎位老不正常，她只得三天五天去医院，生产时又遇到难产，差点要了她的命。

儿子出生后，她很长一段时间身体非常虚弱，各种病痛乘虚而入，其中的痛风症，让她痛苦不堪，吃了好几大箩筐的中草药，还不见好转。最后林虹的母亲急了，把吴国耀痛骂了一顿，说他愚昧，中医治不好，怎么不试西医呢！

吴国耀被老丈母娘骂得头痛脸热。第二天一早就把林虹送到上海一家医院去医治，结果是住了二十天医院，吃了些西药，这病情大为好转。

孩子也是多灾多难，三天一感冒，五天一发烧，让林虹根本无心思上班。这段时间正是吴国耀公司事务正忙的时候，家务事也牵扯了他很大的精力，有天，吴国耀正儿八经地对林虹说："你必须回家带小孩子了，我也扛不住了。"

林虹听了很认真地说："都说男人有钱就变坏，万一你也变坏了，我连吃饭的地方都没有了，下场岂不十分凄惨！"

吴国耀也懒得和她啰唆，把一张存折放在她面前，她打开一看，里面用她的名字存了一百万元人民币。吴国耀说："够了吧！明天开始就别上班了！"

林虹看了吴国耀一眼，心想吴国耀还是比较仗义，每挣一点钱都如实告诉她，就这房子，连买带装修也不下三百万呢，户主也是她的名字。于是她想了想，说："不上就不上吧。"

第二天，吴国耀把她的处长约出来吃饭，那处长他也熟悉，酒过三巡，菜上五道后，吴国耀从衣袋里拿出林虹的辞职报告递给他。

那处长一看辞职报告，立即放下筷子，张嘴就骂开了："我说你们这些有钱人，也不能这样拿我开涮吧？林虹是我们单位的业务骨干，手里拿着一大堆要紧的活儿，我倚之如左右手呢，委她当副处长的报告也打上去了，市委快要批了，你来个辞职，叫我怎么办？"

吴国耀痛诉了家中的惨状，就差涕泪俱下了。

那处长没再说什么了，叫声买单，钱一付就走了。把吴国耀窘得不知所措。

此后，林虹就成了全职太太了。

第二十二章

吴向宇和乌丽丝一到成都就买了两张去拉萨的飞机票，然后就到离机场不远的机场宾馆吃饭休息。

说实在的，直到现在，吴向宇也没有搞清他和乌丽丝是属于什么关系，是情侣？吴向宇问自己，不会吧？不是情侣是什么？他们两人现在正亲亲密密地结伴而行，同往西藏。

他是有点乱，但他有自己的原则：不要和乌丽丝突破界限，这样就可以进退自如。

所以，一进宾馆，他开了两个房间，故意地要了隔层的两个标准间，办妥入住手续后，他对乌丽丝说，先去房间洗一洗，然后去吃饭。

吴向宇和乌丽丝都喜欢吃辣，他们早就听说成都的火锅好吃得很，于是就上了出租车，在司机的建议下，他们来到了春熙路上的一家火锅店，点了一些四川特色的菜肴。两人吃得很是过瘾，走出火锅店，还感觉嘴巴又麻又辣呢！

吴向宇看时间还早，想去武侯祠看看。乌丽丝说："不，我要去逛街。"吴向宇就陪乌丽丝逛街去了。

……

第二天一早，他们搭乘头一趟班机赴拉萨，飞机飞了大约有半个多小时，吴向宇、乌丽丝都向机窗外看了看，两人都被窗外的壮丽景色震撼了。

只见无垠的天空，一片湛蓝，飞机的下方，是终年覆盖着积雪的、连绵不绝的雪山，那连绵的雪山上笼罩着一层白茫茫的云，就像浩瀚海洋一样。吴向宇这回切身体会到了高藏高原的壮丽雄奇，在他心中涌起了对祖国的无比热爱之情。

两小时后，飞机平稳地降落在贡嘎机场，客人们下飞机时，很快就感觉到了高山反应，一个个都放慢了脚步，说话小声多了，显然，他们这样做对身体有好处。

吴国耀的好朋友魏文量,把他们俩接到了宾馆。

由于吴国耀在电话上已经把他们俩的关系说得很清楚了,魏文量就给吴向宇、乌丽丝各开了个房间。魏文量是跟吴国耀一辈的人,觉得跟这两个小孩子也没有更多的话说,他们俩吃完饭就回去了。

晚上,他们俩都觉得有些高原反应,吃完饭就回各自的房间休息去了,中间发了几条短信,互相之间关心地问怎么样?要不要紧,两人都说没事,就放心睡了。

晚上睡到半夜的时候,乌丽丝打电话给吴向宇,说她有些难受。吴向宇问她哪里难受,她说心脏难受,吴向宇一听,有些害怕,就问她要不要叫医生,乌丽丝说,先不用,让他过去给她倒水喝。吴向宇放下电话就到乌丽丝的房间去了,乌丽丝穿了件睡衣,开了门后,又钻进了被窝,吴向宇给她倒了水,放在茶几上。乌丽丝说,你给我端过来,喂我,我浑身无力。吴向宇倒好水,又找出些抗高原反应的药物,给乌丽丝吃了,就想回自己的房间,乌丽丝喘着粗气,说:"我害怕,心跳得这么厉害,万一跳着跳着就不跳了怎么办啊?"

他们俩都曾听说过有的客人反应过大,在床上窒息而死的事,所以乌丽丝感到心跳得厉害就有些害怕了,同时她也想,吴向宇一个人在屋,万一他也窒息而死,那可怎么办?所以她想夜里两个人一起睡,就不让吴向宇回去了。

这吴向宇也是个细心的人,他看到乌丽丝脸腮通红,气喘如牛,也有些害怕,觉得自己应该照顾她,所以就没有马上回去,而是在沙发上坐了下来,又给乌丽丝量体温,乌丽丝坐了起来,接过温度器,就掀起衣服,往腋下送,不经意中把嫩嫩的肚皮露出了一大半,吴向宇一见一阵脸红,而乌丽丝好像觉得这很正常似的,毫不在意,又让吴向宇坐在她床边,好帮她看体温是多少。

吴向宇就在床边坐了下来,乌丽丝又喘气,又咳嗽了几声,吴向宇怕她真有事,转过头去,关切地问:"难受吗?要不要叫医生?"

"先别叫,过一会儿再说,实在不行再去医院,这么冷,我不想动。"吴向宇觉得有道理,更觉得要陪她多坐一会儿,乌丽丝把温度计拿了出来,递给吴向宇,吴向宇看了看体温并不高,他这下放心了许多,刚要站起来,乌丽丝一把拉他的衣服说:"你别走,今晚就睡这,我害怕永远睡过去了,好吗?"

这让吴向宇有些忙乱，但他很快镇定了下来。他觉得乌丽丝今晚确实身体有问题，同时也觉得自己心跳很快，其实他的反应比乌丽丝要大，只是他没有吭气。

乌丽丝显然注意到了这点，就对他说，你嘴唇都发黑了，心跳的声音我都听到了，我们今晚住一起吧，可以互相关照，我都不怕，你一个大男人怕什么啊？

吴向宇这会儿也有些心里发慌，见乌丽丝这么说，他觉得有道理，就说，我过去拿被子。

乌丽丝说："被子这里不是有嘛，别出去了，来回开门，累！"

乌丽丝说着就把被子拉起一角，盖在吴向宇的身子上，然后自己的身子往吴向宇这边靠了靠，盖好被子后把脸偎在吴向宇的腋下，把手放在吴向宇的肚子上，睡过去了。

吴向宇想移动一下身子，乌丽丝拉住了他的裤子，然后喘着粗气说："你看不上我，我知道，你觉得我没有你这么深的文化，和我说不上话。"

吴向宇说："别乱想，身体不舒服就好好休息。"

"你这样不冷不热地对我，我只会身体更不好，你这样气我，我说不定今晚都过不去了。"

乌丽丝这句话，让吴向宇听了害怕，何况人家是个女孩，这样对自己，如果不注意方式方法，而是采取生硬态度，伤人家的面子，也不像是个大男人，想到这，不由得身子往乌丽丝这边靠靠，把左手也放进被子里，握住乌丽丝的手。

乌丽丝气喘得似乎更厉害了，吴向宇低头看了看乌丽丝，又用手抚摸她的脸，眼前的乌丽丝是这样的美丽，这样的乖，内心涌起了一股怜香惜玉的感情，不由得低下头亲了亲乌丽丝的脸，乌丽丝也伸出双手，去抚摸吴向宇，然后吻住了吴向宇的嘴唇，这一下，就像大坝打开，炽热的激情像汹涌的河水，奔流直下，再也控制不住了……

暴风骤雨过后，终于迎来了风和日丽。

乌丽丝感觉非常幸福，她小声地朗诵起：

"生活多么美好

生活像海洋

有生活的地方就有快乐和宝藏"

……

"你怎么也会背这首诗啊？"吴向宇有些奇怪。

"我怎么就不能会啊？我不傻，我就是贪玩，中学时成天傻玩，就玩傻了，不像你考上了名牌大学，而只考了个大专生。"乌丽丝停了一小会儿，把气喘匀和了，又说了起来："你聪明，有学问，有本事，这些东西我一辈子骑马都追不上你了，也不想追，多累啊，把你追到手不就行了，就什么都有了。这不是也让我追到手了吗？"说到这里她有些得意，就咯咯地笑了起来。

"你原来没病，逗我玩啊？"

"谁没病啊，又难受了，"接着又咳嗽了几声，"我难受，你抱着我睡。"吴向宇搂着乌丽丝，两人不知不觉睡着了。

第二天一早，他们去了纳木错，沿途的风光绚丽无比，辽阔翠绿的草原和白皑皑的雪山让人心旷神怡。吴向宇望着这无边无际的蓝天白云雪山草原，心里只有一个想法：大自然真伟大啊！

导游告诉他们说，远处那座山就是念青唐古拉山，海拔七千多米。

念青唐古拉山，吴向宇来之前就知道，但没有他想象中的那么高，山峰上终年积雪，山脉起伏，连绵不断，显得苍劲浑雄，深邃神秘……，走着走着，乌丽丝发现吴向宇没有说话、走路跟跟跄跄、呼吸像拉风箱似的，又粗又急促、嘴唇发紫、脸色苍白，就伸手去摸了摸他的前额："哎呀，发高烧呢。"那导游一听，就仔细看了看吴向宇的症状，说不能再往前了，必须回拉萨治疗，否则会出大事的。

乌丽丝一听，更害怕了，把吴向宇扶上车搂着怀里，不断地问："向宇你怎么样啊？"

吴向宇只是看了看她，没有力气说话。

在路上，乌丽丝给魏文量打了个电话，说吴向宇反应厉害，病情有些严重。魏文量问了症状，乌丽丝带着哭声向魏文量描述了一番。魏文量是老西藏，在藏三十年了，对高山病很了解。听了以后觉得情况不好，他决定让他们马上回成都。

当乌丽丝他们到机场时，魏文量早就到了，他买好了机票，联系好了机场的门诊部，医生做好了抢救的准备，等到乌丽丝和导游搀扶吴向宇到门诊室时，两个藏族医生立即上来给吴向宇检查身体，做了抢救措施，过了半晌，吴向宇才恢复过来，脸色渐渐红润，神智渐渐清醒。

医生说，幸亏果断，否则身体还真危险。

魏文量也吓得直冒汗，有些愧疚地说："我大意了，我大意了！"然后问医生一会儿飞成都有问题吗？医生说，这种病一上飞机就会好一半，一到成都就没问题了。大家一听，才放下心来，只有乌丽丝还在抹泪。

魏文量叫人把吴向宇和乌丽丝的行李托运好，通过VIP通道把他们俩送上了飞机，过了一会儿吴向宇给他打了个电话，说自己没事了，谢谢魏叔叔的救命之恩。

魏文量一听，如释重负，立刻给吴国耀打了个电话，把情况说了一遍，他特地提到乌丽丝办事干脆，反应迅速，否则，他可能只能提着脑袋见老朋友了。

吴国耀对魏文量千谢万谢，感激不已。

如果说，吴向宇、乌丽丝去西藏之前只是朋友的话，那么从西藏回成都这一路上，他们俨然是对恩爱夫妻了。

首先吴向宇的态度发生了一百八十度的变化。开始，去西藏前，他对乌丽丝没有太在意，吴向宇对她只有好感，没有爱情。但他感觉乌丽丝这个女孩心地善良，干事利索，为人直爽、热情，尤其是对他，那是热情得有点过了。但也不是乌丽丝一个女孩子对我热情呢，他想起了省城的成丽和剑桥的同班玛丽。但是，昨天晚上和今天上午的事情，让他对乌丽丝有了深刻的认识，总的感觉是，这个女孩子，有颗金子般的心，对自己的男人绝对忠贞不渝。他妈妈就是这样，其他的女性也是这样。美丽忠贞的女人，这是江源的地方特产！

既然已经有了夫妻之实了，如果再对乌丽丝像以前那样，就不够仗义了，所以他要开始扮演丈夫的角色了。

一下飞机，他主动帮乌丽丝提包，被乌丽丝一把夺了过去："你别逞能了，累倒了我可背不动你。"

到了酒店，他本来打算开一间房，乌丽丝要开两间，她红着脸说："前天晚上的事差点害得你回不来了，今天可不敢了，你蓄精养锐吧。"

按原先的计划，吴向宇从上海回英国，乌丽丝从成都回江源，乌丽丝觉得吴向宇没有好利索，不放心，一定要陪他到上海，她则从上海回江源。

第二十三章

此时,江源的商界中,狼烟陡起,风云莫测。

在吴向宇、乌丽丝到西藏的当天,魏力斯来到了江源。

他做什么事历来喜欢有规模、有声势,最好能搞出轰动效应。这趟江源之行当然也不能例外了。他先派公司的几位要员提前两天到达江源,开了一辆凌志、一辆宝马小轿车,到达江源后,在海晶大酒店订下了六间豪华套房,其中一间是最好的。服务小姐怕听错了,就问那间总统套房和另一间豪华套房这两天晚上都不住吗?

"不住。"

"先生,我说明一下,这房间订下之后空着,也要照付房款,不能打折的。"

"是这样的,我们知道的。"

"这顶级豪华套间一天是八千元,外加10%的服务费,请您预付订金。"

"好的。"那先生拿出一张银联卡,给服务小姐,小姐划走了三万元预付款。

按照海晶大酒店总经理的密令,每个入住总统套房的客人的基本资料都必须立即送给总经理看。当天当班的向敏小姐把客人资料呈送给酒店总经理马彪。马彪一看资料上写的是银通公司魏小弟,是个司机。他看了后把那张纸放下,显然,这个客人有意隐瞒自己的身份,而这倒让他格外留意起来了。

第三天下午一时左右,马彪接到向敏的报告,有个老板入住了那间总统套房,随同他来的有两位女性,二十岁左右,其中一名是外国人;还有两位男子,看样子是保镖,开了两辆车,一辆是宾利、一辆是奔驰。这让马彪更有些吃惊,来的都是什么人啊!四辆车就将近一千万元,还有那两个美妞,也是美如天仙呐!

马彪决定自己去看个究竟,他刚要下楼,手机铃响了起来,是市政府秘书长李纯方打来的,他告诉马彪,市委龚书记下午晚些时候要到酒店看望并宴请客人,并吩咐马彪,按照贵宾标准安排今天晚上的饭菜,请他做好相关的准备工作。马彪一想这事更重要,又退回办公室,给各部门经理打电话,要他们每个人从现在起,坚守岗位,做好工作,不允许出现丝毫的纰漏。

打完电话后,他点了支烟,坐了下来,静静地考虑下午接待龚书记的工作,对龚书记安排的活动他是格外小心谨慎,生怕出一丝半点的差错。

马彪独自想了一会儿,还是感到心中不踏实,于是把各部门的负责人叫来开个小会,商量一下。

大家坐定之后,马彪开门见山地说:"市委龚书记下午要到宾馆来看要客,刚才李纯方打电话也没有说这要客是谁,是什么级别,但我想,既然是龚书记要亲自上门拜访的客人,职务就不会低,或者是职务虽然不高,但肯定重要,所以,我想了想,咱们还是小心谨慎,认真对待为好。"

保卫科的张铁菇说,宾馆前两天和今天开来了几辆高档轿车,会不会是与这拨客人有关?不管如何,他准备加强保卫,专门派人在暗中看护那几辆高级轿车。

餐厅科的章成雪科长说,今晚的饭菜她亲自把关检查,保证不出问题,同时抽调素质好的服务员到宴会厅做服务工作。

其他科室的负责人也提出了一些问题,如酒水别拿错了,要是上了假酒,喝坏人,可要出大事。马彪一听这话,暗暗记下了,这事他要亲自交代一下,别大水冲了龙王庙,把那几箱假茅台给上来了。

还有人提出,这两天在豪华间这层布点暗哨,防止不明身份的人唐突入内,造成骚扰。马彪听了说,不错,大家想得很周到,看来开这会还是十分必要,现在分头去办吧,散会。

魏力斯经过长时间的考虑,才决定到江源来一趟,直接目的还是为了拿到江源大坝工程,第二意思是想在江源寻找些短、平、快的项目,赚一笔。他清楚钱跟人走的道理。这年头要是没人,你就是屁股坐在金山、银山上,也捞不着分文。来江源的决心定下来后,他就让魏文贤去具体策划。

魏文贤年过五旬,是魏力斯的远房亲戚,平时爱看书、作文,擅筹划大事,深谙应酬接待之道。俨然一个新时代的浙江师爷。这次来江源之前,他先对江源的历史、人物、物产、民风都作了深入研究,把江源市志研究了好几天，还查了许多的古今资料。此外，对龚汉诚等市的主要领导的来龙去脉，家庭背景、喜好特长，也研究得通通透透，然后把魏力斯的谈话要点，采取策略也反复研究了几遍，这才上路的。

当然，随同魏力斯来的几个人也是反复考量才决定，并各依所长，明确分工，到时依次出场，依计行事，务求圆满成功。

下午三时许，龚汉诚带着李纯方来到海晶大酒店。一进门，发现门口站着两排欢迎者，右一排是马彪一行等宾馆的领导，左边一排是魏力斯等来客，龚汉诚与李纯方和迎上前的魏力斯一行人亲切握手，连声说："欢迎魏先生！"

马彪将龚书记和魏力斯一行引导到会客厅，在一个长长的茶几两边，主宾依次坐定，服务小姐分两排，送来热茶，毫无疑问那是龚书记爱喝的铁观音，龚汉诚呷了一口，就像喝了十全大补酒似的，精神一振，他把头往上一抬，下巴向前，这算他的打招呼的动作，就像是说："嗯，你来了？"一个意思。

魏力斯心闲气定，神情自若，既表现出了对龚汉诚的十分尊敬，又处处显示出自己作为一个商业骄子的尊贵和自信，非常得体。

他们俩谁也没有对那段认识之旅说过一句话，而是像多年的老朋友似的，各自介绍了这段时间的各自工作和事业上的新情况、新进展。

魏力斯很自然地把话题拉到了对江源的认识上，他说："江源是古已有之。得名江源并设为郡已有千年，历来人烟稠密，物产丰富，民风淳朴，讲究耕读传家，历朝历代都出有名将贤相，鸿儒硕士，才子佳人，等等。如今天钟此地，风水再转，必将更加兴旺发达。"

这番话一出，又让龚汉诚想起他俩在香港的快乐时间，龚汉诚知道魏力斯这番话仅是开场白而已，下面要说的才是正经事呢。

果然，魏力斯谈了有意在此发展，共创伟业的想法。龚汉诚对魏力斯的实力还是肯定的，因此，他也有意让魏力斯参与目前的一些工程，他就问了魏力斯准备在哪方面发展？他让李纯方给计委的乌海甫打电话，让他马上把市里的有关与外资外商合作的项目书拿十几份来，让魏力斯和泛美芝华（英）投资公司的朋友研究使用，十分钟后，乌海甫把项目书送到了魏力斯等人的手里。

龚汉诚让乌海甫坐下，一起商谈，乌海甫应客人的要求又介绍了一些背景情况并提了一些前瞻性的意见。

魏力斯一行听得十分认真，公司随员们个个都认真作了记录。

刚才龚汉诚提到的泛美芝华（英）投资公司，是他从魏力斯上楼时递给他的名片上看到的，他还注意到魏力斯是这家公司的董事长总经理，他觉得这有些怪怪的，一家公司牵涉到三个国家，美国、英国，还有中国？荒唐不荒唐？

他中间给秘书发了个短信，让他上网查一下这家公司的资料，他的秘书很快回了短信，说确有此名的公司，总部在美国，英国有分公司，魏力斯确实是英国分公司的董事长兼总经理，而且任这职务已经五年了。公司资产五十亿美元，董事长兼总经理年薪五十万美元。

龚汉诚看了短信后，心里一阵翻腾，有没有搞错啊，这兔崽子，一年赚的工资，够我龚汉诚干一辈子啊！我以前还是小看他了！

龚汉诚原想象征性地侃几句，然后吃饭走人得了，看了这条短信，他改变了主意，想把江源大坝项目拿出来和他谈谈，看他感不感兴趣。结果是：魏力斯已经投标了。因为生意上的事比较敏感，龚汉诚又是第一把手，如果有意告诉龚书记，似乎不妥。

这番话说出来，又有李纯方和乌海甫听到，让龚汉诚心情大好，他让下级知道，他是不会以权谋私的，哪怕是最好的、很有面子的朋友也不会例外！

谈到这，双方的目的都达到了，再聊了几句就转入下一个节目，饭桌上见！

双方结束商谈后，说回房间洗手，十分钟后，在餐厅吃晚饭。

魏力斯进了房间，魏文贤也跟了进去，用浓重的浙北口音，对魏力斯的今天下午的表现赞不绝口，连称魏力斯是商界帅才，他能执鞭左右，以供驱驰，真是幸甚，幸甚！

魏力斯如厕出来认真地问道："真有你说的那么好吗？"

"那是绝对，绝对啊！"

魏力斯淡淡一笑，随后换了件花衬衣，很紧身，衬托得他肌肉健壮结实，很有力量感。其他人员跟在他后面一同朝餐厅走去。

他们到了餐厅，马彪迎了上来，做了个弯腰姿势，请魏力斯先在沙发上休息一会儿，龚书记马上就到。

魏力斯说好，他让他的随员随便坐，自己来到窗口，向远处眺望，他的对面是洪源山，山不高，整座山都被茂密的森林覆盖得严严实实的，看不到一点裸露的土块，清清的江源河从山前缓缓流过，然后顺着山的走势，与山相依相偎向远方延伸,夕阳的余晖是金黄色的,从云缝里透射出来,把山的半坡照得金光闪闪的,一群飞鸟在天空翱翔着,然后向天边飞去。

光阴荏苒,时序暗替,一年快过去了,农历新年就快到了。魏力斯心里有些不平静,他在想下一点棋该怎么走。

……

魏力斯听到了门外龚汉诚的说话声,就转过头来,向大门口走去,迎接龚汉诚。

龚汉诚也换了件上衣,是件羊绒黑夹克,里面白衬衣,红领带,是他秘书刘宇军刚带过来的。他下午有事,没有来,晚饭时,他来了,这也意味着,今晚的酒不能少喝了。

龚汉诚拉着魏力斯的手,并步走向餐桌,魏力斯给龚汉诚递上一根雪茄,听说一些国家的最高领导也抽这个牌子的雪茄。龚汉诚一边说雪茄太呛,欣赏不了,他还是喜欢抽软壳中华牌香烟,一边却接过魏力斯的雪茄,那服务员忙上来用打火机给龚书记点烟,魏力斯一边忙着摆手,一边从衣袋拿出一盒特别的火柴,划了一根给龚汉诚点上。龚汉诚很在行地说了一句:"对,抽好的雪茄用火机点,就破坏它原来的香味了,应该用火柴。"

他们直接上桌了,有桌签,每个人对号入座。这桌签的排法也很有讲究,一般按职务高低,身份贵贱来排列,但也有特殊情况,会稍作调整。

本来魏力斯坐在龚汉诚的右边,左边位子就该由公司的副总魏文贤坐了,但魏文贤坚称自己不会喝酒,坐在书记身边碍事,将此座让给了泛美芝华(英)投资公司的董秘玛丽小姐。

玛丽小姐是正宗的英国人,祖先原住威尔士。从爷爷这辈迁徙到了伦敦,爸爸是个银行家,曾经担任过英格兰银行的副行长。但不幸的是,在十年前一次游英吉利海峡的行程中,她爸爸被卷入旋涡,葬身海底。玛丽从小由叔叔抚养,直至考入剑桥大学法学专业。这一介绍让龚汉诚想起了吴国耀的儿子吴向宇,但他没有提江源也有人在剑桥上学的事,这就是城府!

酒桌上就轻松多了,双方的随员、下级一下午都没有找到说话的机会,但到了饭桌上,他们很快和相邻挨着的朋友热烈聊上了,内容无非是江源的气候、风光、民俗等诸如此类的东西罢了。

玛丽在龚汉诚和魏力斯相互敬完酒之后,开始了第一波攻击。从安排的座位上看，人们已经明白了她今晚要担当主攻手的角色。果不其然，魏力斯敬完三杯酒，刚坐下，玛丽就站起来，端起酒，说要敬龚书记三杯酒，她那夹杂英文的普通话让大家忍俊不禁！

她喝酒方法与大家略有不同，她先要了三个高脚玻璃杯，把白酒倒了半杯，然后自己先喝完，再请龚汉诚喝，龚汉诚要她介绍一下这种喝法有什么含义，她说，龚书记喝了再说。龚汉诚秘书刘宇军想要代喝，玛丽用英语温柔地对刘宇军说，亲爱的领导，您别急，我会敬您的。

玛丽看见这秘书戴个眼镜，一副聪明样，就知道他会英语。

刘宇军将目光投向龚汉诚，龚汉诚说没事，也照她的样子喝下去了，龚汉诚让玛丽说说个中的缘由，玛丽笑了说，很简单，中国人说好事成三（双），她把双字楞给念成三字，配上她那可爱的表情，还是把大家逗笑了。

另外几个公司的高管也都敬了龚汉诚和李纯方、乌海甫，饭桌上始终洋溢着欢声笑语。

刘宇军看龚书记喝得差不多了，就给了魏力斯一个暗示，魏力斯点点头，过了片刻，就提议大家为龚书记的身体健康、工作顺利干杯！

酒干了后，魏文贤请大家稍等，魏总有点小意思请龚书记和各位领导笑纳，原来是一瓶马爹利酒。

龚汉诚的那瓶酒由魏力斯亲手交给他，并在他的胳膊上轻轻地碰了一下。龚汉诚装着不知道，说声谢谢，回家打开一看，那酒盒中还放着一块百达菲丽男表，标价1.5万英镑。

送龚汉诚上车的时候，魏力斯告诉龚汉诚，他今晚就离开江源去上海，前英国首相的侄子今天飞抵上海，他要去陪同。

这个魏力斯就是这样，总能让人眼花缭乱，不管你愿不愿相信，他给人的印象都是神秘莫测、派头很大的人物。有许多人被他迷得一塌糊涂，由衷地佩服他。但有一条永远不变的规则就是：他永远是赚你钱的人，而不是给你钱的人。只是过程比人家更精巧，更迷人，更不好看出破绽罢了。

魏力斯的江源之行，另外一个收获，就是和龚汉诚市长秘书刘宇军建立了兄弟般的友好关系，而这项关系的建立主要是魏文贤的功劳。

在和龚汉成共进晚餐的时候，魏文贤一直在关注和打量着刘宇军。

毫无疑问，这个年轻人，绝对是当地青年人中的代表人物。

首先是他的长相，基本上集中体现了当地男青年的优秀特点。一米七出头的身高，这在当地是中等的个头，虽然他个子不算高，但身材却是十分的匀称，走起路来，全身上下非常和谐，步履十分快捷。满头乌黑发亮的头发，严严实实地覆盖在他那宽阔白净的额头上，他的头发好像比一般人的头发还要细，还要柔软，所以也很好梳理，想梳成什么发型就可以梳成什么发型。

　　但是龚汉诚也是一头的浓发，而且很有艺术的梳成三七开的小分头。刘宇军作为秘书，那就绝对不能梳成与领导同样的发型。但又不能梳成大背头。如果那样的话，就显得比龚汉诚更像领导，这是绝对不行的。这两种男人标准的发型他都不合适使用，所以他干脆就听由头发自由发展。而自由发展的结果是，他一头黑发团团如盖，就像一顶乌纱帽，稳稳妥妥地戴在头上，显得特别洒脱，这个青年人可真是天生当官的料啊！

　　魏文贤对刘宇军的满头乌发是相当的嫉妒，因为他不到四十岁就完全谢顶了，他很清楚地知道这是先天不足和后天营养不良加上疾病造成的，这也是他深深的隐痛。

　　但是，让魏文贤更感到羡慕的，还是刘宇军红润细嫩、气宇轩昂的脸。从正面看，刘宇军的脸庞就像皎洁的月亮，眼睛、鼻子、嘴巴、耳朵都如金似玉的、错落有致地镶嵌在这个脸庞上，而且显得那么协调和雅致。

　　再看看自己，长得个尖嘴猴腮不算，还弄了个小眼睛、塌鼻梁、地包天的嘴，两只扇风耳像两片枯叶似的挂在腮帮上，整个人就像一株枯木似的干瘪呆板！

　　跟刘宇军这样的人坐在一起，他确实有点自惭形秽。

　　魏文贤一边打量着刘宇军，一边想，这样优秀的年轻人，各方面都很杰出，为什么他们都千篇一律的选择进入官场，要当官呢？

　　他们要是从事哲学研究，特别是钻研孔圣人，孟亚圣的著作，或者是研究李耳、庄周，仰观天文，俯察地理，三教九流，诸子百家之类的学问，可能会更有成就，甚至会流芳千古。但是这些人一旦进入官场，诱惑多多，好多聪明才智都渐渐地被浪费了，聪明的天赋被用在迎来送往、酒肉饭菜上，多可惜呀！

　　还有还有，还有什么呢？接下来魏文贤就不好意思往下想了。因为这是他正要对这个年轻干部做的不是很光彩的事：那就是拉拢他，腐蚀他，控制他，利用他，榨干他，践踏他，蹂躏他，抛弃他！

他认为他这样做无关乎高尚卑鄙，只缘其中存在巨大的物质利益，谁叫你是一个官呢，而且是一个有权有势的官呢！

魏文贤现在进行第一步的工作，就是拉拢刘宇军。他拉拢的手段和做法也是富有戏剧性的，大家请往下看！

"领导这么年轻就坐到这么重要的位置，真是了不起啊。"魏文贤边说边站了起来，拿起酒杯给刘宇军敬酒。刘宇军可能是看魏文贤年纪比较大，又是客人，所以也想站起来喝酒。

他刚想站起来，不料魏文贤一只手轻轻地按在他的胳膊上，说道："领导千万别离座，别离座，别……"

刘宇军一听魏文贤这句话有些深意：领导别离座，对啊，领导离开了座，不就是离开了领导岗位吗？那不就啥也不是啦，这可不行！于是他就稳稳当当地坐着和魏文贤碰杯喝酒。

刘宇军刚想和魏文贤碰杯干杯，不料魏文贤又说道："在下只是一个草民，岂敢跟领导碰杯？只能给您捧杯！"

说着拿起酒杯直接向下，落到刘宇军酒杯的底部，然后由下而上轻轻顶了一下酒杯的底座，刘宇军确实感觉到魏文贤的酒杯是在捧自己的酒杯，于是他本能地往上提起酒杯，然后照魏文贤的样子，将杯中酒一饮而尽。

魏文贤看到刘宇军酒喝干净了，显得非常高兴。"领导别离座，别离座，坐稳当，坐稳当，这样好，这样好。"

刘宇军见魏文贤如此谦卑，心里感到很舒服，而且魏文贤的话题也让他感到挺放心。他不像一些商人喜欢居心叵测地打听领导的个人情况、机关内部的秘密和一些政治上、官场上的敏感话题，而是小心翼翼地把话题限定在世界驰名商品的制作工艺，材质性能上。中间他特地指了一下他的老板魏力斯左腕上的那块表，说："那位年轻绅士所带的那块手表，表壳纯金制作，当年是以十五万英镑从一个破落贵族手上买下来的。十年前我曾有幸结识这位年轻的俊才、商界骄子，同时也见识了这款名表，十年过去了，这块手表依然光彩夺目。"

刘宇军看了一眼魏力斯手上戴的那块表，说实在他没有觉得光彩夺目，只是觉得金黄色有些老旧。然而，像名表这样的商品，有的是越老越旧越值钱，刘宇军这么想，至于是否真的如他所思所想，他也没有去想。

但是有一点让他感到有些讨厌，魏文贤的手指干黄瘦长，手和胳膊都长满了细细的黄毛，在聊天的时候，他的手掌老是趴在桌上，五指老是有节奏地前伸后挠，他指甲很长，桌上的台布让他抓挠出五道深深的痕，这让刘宇军联想到老虎猎取食物的形象，对此他颇为反感。

还有，在和魏文贤握手的时候，他用那五根干黄瘦长的手指，紧紧地箍在自己的手上，让人感觉到像被五根绳子捆住一样，刘宇军对此感到很不舒服。

晚餐结束的时候，魏力斯利用龚汉诚上厕所的时间，走到刘宇军的身边，连连向他道谢。刘宇军很客气地回答道："您是龚市长的贵客，招待不周，是我们下级考虑不周到，请魏总海涵。"

魏力斯对刘宇军非常感谢，提出想和刘宇军交换一下纪念品，随即就从自己的手上把那块金壳表脱了下来，要换刘宇军手上的那块瑞士名表，刘宇军没多推让就答应了。

从此他们俩就成了好兄弟。

第二十四章

　　魏力斯的一举一动，很快在江源市商界中传开了。他们一致肯定，这位不速之客是为大坝工程而来，有的甚至说，龚书记已经答应给他做了。有的说魏力斯要在江源投资十亿人民币，在市中心盖座摩天大厦，有的人说，不止于此，他还要盖工厂等等。

　　大家一致相信魏力斯是位金融大鳄，是具有国际背景的大投资家。当然有些传闻让龚汉诚没有想到：说他和龚汉诚是亲戚，他将出钱帮助龚汉诚运作上层，把龚汉诚扶正，而不是现在的代书记。

　　魏力斯不愧是商场高手，他花的那些钱产生的广告效应，和对当地一些老板的冲击力是他既能预测，又没有预测到的，但这绝对是他需要的。

　　乌海吉第二天和吴国耀通了个电话，说了说情况，分析了可能出现的变数和应对措施，要命的是乌海吉说的情况也只是听说而已，他到现在，事情真假，无从知道。

　　吴国耀听了以后说，详情不知，说什么都还为时尚早。他劝乌海吉不要冲动，静观其变。

　　这么劝别人可以，但要自己做到这些，可不是那么容易了。吴国耀自己就很有些丈二和尚摸不着头，方寸也有些乱，想来想去想到了钱童，告诉了魏力斯在江源的这阵折腾，要钱童帮助查一下，这泛美芝华（英）投资公司是什么货色，而魏力斯又是何方神仙！

　　当天晚上吴国耀打电话给钱童，说了这些情况，钱童其他没说，倒是对魏力斯的那辆宾利车大发醋意，他说："老子打拼了半辈子，才捞上坐呢！这小子哪来那么多钱，年纪轻轻就坐上了宾利！"

　　吴国耀让他查查这小子来历。

　　钱童说："我上网看看！"

　　"上网看看还用得着你！你倒给我救救急，把你那些虾兵蟹将动员起来，摸摸线索，看看他是真神，还是小魔小妖？要是真神，我就不玩了，把这里的工程收收尾，也回英国去，和老婆孩子享享天伦之乐，一个人的日子也难熬啊，你真认为我是唐僧啊——酒色不沾！"吴国耀真急了。

钱童从一个生意人的本能出发，觉得要帮助吴国耀查查这个泛美芝华（英）投资公司的来历和魏力斯这个人的基本情况。他还是上网查了一下资料，看了半天，找不出破绽，他有好朋友在驻英公司工作，让他打听一下，结果是有这个公司，但资产之类的东西，是变化的，而且他这么大的财产也不会全部放在英国。人家名字上不是说了吗，泛美芝华（英）投资公司，这一下子就连上三国呢，虾兵蟹将是都放出去了，但那也只是些虾兵蟹将而已，指望他们弄个惊喜，闹个水落石出？那是不可能的！

还得他慢慢摸查去！吴国耀告诉他过了十天还摸不清就别浪费感情了，江源大坝项目肯定是非他莫属了，十天之后江源将选定大坝项目的施工队伍！

钱童说："大坝项目属于谁，这跟我有什么关系？你以为我是孙大圣啊！"就挂断了电话。

吴国耀知道钱童会尽力帮忙，但自己这边资源也很多的，自己也要尽力，再说那乌海吉不说了吗，关系由他负责，说不定他能发现什么秘密呢。

乌海吉对此事比吴国耀着急，他一向在国内打拼，主要关系都在江源、深圳、北京、上海等地，对美国、欧洲他是两眼一抹黑，一概不知啊！眼看很快就要决定施工队伍，依目前的情况看，这个魏力斯的实力，就是他和吴国耀加起来，也还不及人家一半呢！现在凭空来了个魏力斯，实力这么强，又和龚汉诚的关系这么铁，这个工程岂不成水中月、镜中花了吗？

这肯定是必输无疑啊，那他花下了大把大把的银子和这些年投入的精力不就白费了吗？

他可以玩得过吴国耀，但魏力斯这关实在难过去了！

乌海吉一腔的悲哀之气。

他这个人在江源的独到优势就是认识的人多，从官到商，从工到农，他都认识一些人，他猛然想起，这内幕都是听说的，怎么不找马彪这哥儿们问个究竟呢？他那天在场啊！

对，找马彪谈谈！

乌海吉当即拨通了马彪的手机，马彪一看是乌海吉找他，知道肯定是有事求他，乌海吉这小子没事不找我。马彪这个人名副其实，精力特别旺盛，吃喝玩乐成性，动不动就去歌厅消费，谁没事找他？为他糟蹋钱去啊！

马彪有意要拿乌海吉一把，半天都不接电话，那乌海吉挂了又打，打了又挂，如此反复，已不下十次了。他看也差不多了，就接了电话，一开口就是："乌总，啥事找我这么急啊？我刚去厕所呢，你怎么那么霸道啊，也不让人家上个厕所啊？"

那乌海吉早已气急败坏，要是平时早骂他个狗血喷头了，可今天就得忍着了，还得赔笑说："马兄，晚上一块去红晶大厦坐坐？喝喝茶？"

马彪还是调侃说："哟！乌总怎么也去那藏污纳垢的地方啊？注意形象啊，别忘了你还是江源的商界领袖呢！"

"你再敢装模作样，小心我把你那些烂事告诉你老婆！"

马彪一听这话，知道逗得差不多了，再闹下去，这小子真可能干得出来，就马上换了个口气，说："好好好，说说几点？我还没有吃饭呢！"

"七点半，吃喝玩乐一条龙，包你满意！"

乌海吉见到马彪后，又换了一副面相，满脸堆笑，低声下气地对他说："马哥，兄弟最近实在是忙得不可开交，这才没找你的，小弟自知有罪，今晚主动赎罪，主动赎罪。"

乌海吉这个人就有这本事，能伸能屈，三言两语就能把人逗乐。马彪一听心就软了，嘴里骂了句："你小子也太不仁不义了嘛，都快三个月了，也没有个电话，眼里没我马某人了，是不是？充其量你也只是个小小的老板，人家大老板见了我也得孝敬我呢！"

魏力斯临走前，送了他一杆渔竿，价值两千多元，说孝敬就是这事。

"那是，那是，您是咱们江源的'钓鱼台'的老总，谁不敬您服您呢。"

他们俩还是去了他们常去的老地方，红晶大厦。

这是一家吃喝玩乐一条龙服务的酒店，位于江源西区的西北角，开发区的边上。占地面积很大，里面建有三座三层楼高的房子，与市区的歌厅相比，它的特点就是，所有的楼，都是木结构，每个包厢都是淡淡的红色，里面的装修和家具都是木头做的，涂上同样的红色，十分精美豪华。

乌海吉是这里的常客，迎宾小姐带他们去那间他专用的红楠一号包厢，服务员也是专门选出来的。

一到这个地方，马彪就感觉浑身舒坦，他也没有客套，反客为主，直接让服务员上一瓶二十年窖龄的茅台酒，再要了几个小吃、果盘。马彪就和乌海吉喝了起来。乌海吉是有心事，心里急，喝酒时虽然是满脸的喜颜悦色，但总不如平时那样轻松自然。

马彪何等聪明，这些事他全看在眼里，平时来往的几个人中，乌海吉是最讲情义的，所以，马彪也没等他开口就说了："你想了解什么，只管说，看你那样，我喝得也不舒服。"

乌海吉问魏力斯的背景情况以及龚书记和他谈了些什么，他们关系怎么样这三个主要问题，又问了一些细节性的事。

马彪对魏力斯这个人印象特别深，因为在他看到和听说过的商人中，都是深藏不露的，不是怕被人绑架勒索，就是怕朋友上门借钱。魏力斯与他们正相反，性格张扬，无所畏惧，咄咄逼人的。从他的内心讲，他还是喜欢和这种人打交道。

由于这层考虑，因此，他对魏力斯格外注意，对他的情况很留神。这会儿见乌海吉想了解这方面的情况，就心里轻松了许多，就装着很神秘的样子，把他所知道的那一丁点情况都告诉了乌海吉。

"魏力斯，男，1957年生，苏北人氏，身高一米七五，体重不详，大学文化……"

"别废话，说些有用的，人家和你谈正经事呢！"

"呵呵，瞧你急的！"

马彪这才和乌海吉介绍了魏力斯的情况，他告诉乌海吉，魏力斯人虽然年轻，但有胆略，聪明过人，目前是泛美芝华投资公司驻英国的总经理，管理着数十亿美元的资金。这时乌海吉听得很认真了。

马彪特别提到，魏力斯有一个非常得力的团队。让他印象深刻的是魏文贤，说这个老先生有点像诸葛孔明似的，魏力斯和人谈事的时候，他总坐在一边，静静地听着，一言不发，但在私下，他和魏力斯形影不离，两人商量事时，是魏力斯在听，而魏文贤给他面授机宜，像是浙江师爷，听说他祖先就是吃这碗饭的。

马彪这番话乌海吉听了点了点头，难怪这小子年纪轻轻这么猖狂呢，他想到自己二十五岁时还在傻玩呢！

马彪见乌海吉有些入迷了，把魏力斯的长相夸张地描述了一番，说他酷似年轻时代的李嘉诚呢！

马彪嬉皮笑脸地说了魏力斯的两位女助手，说那洋妞漂亮得像蒙娜丽莎，他有事没事地就找机会在她们门口附近待上一会儿，看她们进进出出，一会儿换身衣服。小样，穿什么都好看，昨天晚上，半夜时她穿身睡衣，往魏力斯的房间走呢，看到他又赶忙缩了回去！

乌海吉听了笑了。"你跟我说这些废话，你以为我是老粗啊，会相信啊！讲点正经的！瞧你那点出息，没见过女人似的！"

马彪知道说漏了嘴，也笑了，说："人家不是想馋馋你嘛！洋妞你也没见识过。"

马彪就像突然想起来似的，说："龚市长和他一看就是铁哥儿们啊！一见面又握手、又拥抱，吃饭时，两人一连干了三杯茅台酒。"

乌海吉一听就知道了马彪说谎。他了解龚汉诚，凡是他认为是重要的客人，一般的服务员和下级都不准参与，不会让他们出现在现场，就是他的家丁家将，也只有李纯方和秘书才能进入小圈子里。马彪虽然是一个大酒店的老总，但在龚汉诚眼里就更不可靠了，龚汉诚最不喜欢那种接触方方面面的人多的人，而马彪恰好就是其中之一。

乌海吉想要的东西，还是没得到，但知道了魏力斯的基本做派了，这也值。接下来，就要犒劳马彪了，叫酒店娱乐中心的妈咪给他们物色了两个女孩，他们在那里过了一夜。

乌海吉回家以后又认真地思考了一下，他觉得情况比较紧急了，应该去找刘宇军了解情况，并和他商量对策。

在此之前，乌海吉和刘宇军已经建立了良好的关系，特别是在梁子玉调走以后，加强了与刘宇军的联系。

这天春和景明，空气清新，又是一个周末。他想约刘宇军一起坐坐。于是，他拿起手机给刘宇军打了个电话，邀他到市郊度假村去打高尔夫球。

刘宇军一听是乌海吉，非常客气地回答道："乌总，我爱人曾林和女儿到江源来啦！我想带她们在市区里转一转。"

乌海吉听了马上回答说："在这个小地方逛街有什么意思啊。还是带她们到市郊去看看，呼呼呼吸新鲜空气吧。你在家里等着。我叫刘月娜和妞妞一起，两家人一块儿去高尔夫球场玩玩。"刘宇军还想客气几句,可乌海吉已经把电话挂断了。

大约过了半个小时左右。乌海吉开着一台双排座的轿车来到市委宿舍楼的南门。不一会儿,刘宇军一家也出来了。乌海吉、刘月娜和女儿妞妞下车迎接他们。

刘月娜穿一身球衣,脚蹬一双红色球鞋,额头上扎了一条红绸带,虽然已经是一个两岁孩子的妈妈了,但身材矫健,皮肤白嫩光滑,头发浓密漆黑发亮,浑身上下洋溢着青春的气息。

她一下车,就直接朝刘宇军走过去,与刘宇军热烈握手,然后又和曾林握手,又跟他们女儿娇娇 拉了拉手。然后对刘宇军说道:"刘领导,你夫人真漂亮啊,还有这宝贝女儿,真像一个小公主,怎么美女都跑到你家去了呢?"

刘月娜虽然没有读过多少书,文化程度也不高,但是她接人热情诚恳,说话亲切得体,所以不用多少工夫,就能和朋友客人相处融洽。

今天也是这样。她说了这几句开场白以后,就把目光投向刘宇军的女儿娇娇,她从手包里取出一串和田玉做的手串,手串上有黄豆般大小的纯和田玉做的珠子,大约有30来颗,珠子颗颗圆润,光泽照人,中间还挂着一个蝴蝶结,表层是镀金的,在阳光的照耀下金光闪闪。

刘月娜蹲下身子,把手串递给娇娇,说道:"宝贝女儿,这是姑姑送给你的,你戴上就会更加聪明漂亮,平平安安。来,姑姑帮你带上。"

小娇娇用小眼睛看着妈妈曾林,曾林则转过眼睛看着刘宇军,刘宇军听到戴上它女儿会更加聪明漂亮,一生平安。这样的礼物送给女儿,哪个做父亲的会不喜欢呢?又怎么能够拒绝呢?

于是刘宇军说道:"那就拿着吧,快谢谢姑姑。"

"不用谢,以后啊,要常来姑姑家里玩,姑姑给你炒田螺吃。"

"嗯。"小娇娇高兴地回答道,她从来没有吃过炒田螺,但从刘月娜的亲切笑容中,她觉得那一定是非常好吃的东西。

说完,刘月娜一手抱起小娇娇,一手拉着她的女儿妞妞向车里走去。

两家人一同上了车。

刘宇军对乌海吉说:"哥,今天我开车,为家人当一次车夫,为大家服务一把。"

乌海吉连忙说道："这怎么行呢？您是领导，绝对不能让您开车呀。"

"海吉，你就让刘家兄弟开车吧。他一年三百六十五天，天天跟着龚市长一起为全市三百五十万市民服务，今天为我们服务一次，也是应该的嘛！领导就是服务嘛！"刘月娜插进一句，然后又朝曾林笑了笑说："你说对不？"

"嗯，对对对，让爸爸开。"小娇娇没等妈妈回答，就抢先说了一句，大家都笑了。

"好吧，尊重民意。"乌海吉也笑了，然后自己坐到了副驾座上，并随手系上了安全带。

刘宇军熟练地驾着车，向度假村方向飞驰而去。

刘月娜注意到，从开头到现在，曾林一直没怎么说话。她怕曾林有冷落感，于是就寻找话题，让曾林多说话。她发现曾林脖子上系了一条红丝绸的围巾，样子不错，于是她就轻声地问道：

"这丝巾挺好看的，是什么牌子的？"

曾林微微一笑，回答道："这是刘宇军出差的时候给我买的，我一直很喜欢，主要是颜色、绣花和做工都不错，料子也好，非常柔软细腻，系在脖子上很舒服，就好像女儿的小手轻轻地摸着脖子似的舒服。"

曾林话音未落，刘月娜噗的一声，好像是笑喷了。她说道："妹子啊，你到底是夸丝巾好看呢？还是夸女儿好啊？依我看啊，你实际上是夸咱刘家大首长啊。有文化的人就是不一样，短短的两句话，却饱含了对自然、对人类、对家人的无比热爱，听了你的话让人觉得暖心呐。"

曾林也笑了，她说："刘姐，你说话也太夸张了吧，我只不过是想说丝巾好看，哪有你说的那些含义啊！"

"怎么没有啊？你说丝巾料子好，天地万物哪件不是大自然的恩赐呢？丝巾的料子也一样是呀，是大自然给我们的啊，应该感恩。你说颜色好，绣花好，那不是表扬那些能工巧匠吗？至于说女儿的小手有多好，这不用你说，我自有体会。我有时候感冒发烧，难受得不得了，可是只要我家妞妞，小手往我脸上一摸，我就觉得浑身舒坦，病啊，就好了一大半。可是这么好的宝贝女儿是怎么来的呢？还不是刘大兄弟的功劳嘛！"

这时候娇娇插进来说了一句："我妈妈说我是我爸从北京捡回来的。"

"对呀，你妈说的没错！"

"可我就不信，我从电视上看到北京小女孩那么多，我爸怎么就偏偏找到我啊？"

"你爸可不是随便捡人的啊！他是挑那个最像他、最漂亮的女孩捡回来的。你看你的小眼睛小鼻子，还有这小额头、小脸蛋多漂亮啊，多像你爸呀！"

"可我爸有大胡子不好看，这个我不想像他。"

"那不行啊，爸爸有胡子，女儿也会有胡子的啊！不过长就长呗，像你爸爸一样，每天早上刮了刮就行了呗！"

"嗯，那好吧！"

这时候刘宇军突然把车停在路边，说了一句："我不行啦，实在是憋不住啦。"说完就哈哈大笑，"刘姐，你太幽默了！"

曾林、乌海吉看刘宇军笑成这个样子，也开怀大笑。

两个小女孩看到大人们这么大笑，也张开小嘴笑了，爸爸妈妈真好玩。

只有刘月娜一个人没有笑，她满脸疑惑不解地看着一车的人："嗯，这是为什么呢？"

曾林好半天才止住了笑，说道："刘姐，你真是太有才了，太厉害了，你这是跟谁学的呀？"

"跟我姥姥学的，我姥姥才是幽默大师和搞笑大家呢！"

"你姥姥在什么地方啊？干什么的呀？这么厉害！"

"我姥姥你们应该熟悉呀！"

"不会吧？我们从来没有见过面啊！"

"怎么不会？就是红楼梦里那个刘姥姥啊！大家都知道她的啊！"

刘宇军夫妇听了这话，又是一阵大笑。

曾林笑着说："刘姐，你太有才了，我太佩服你了。"

"我啊，就是一个饶舌的妇道人家，到老了以后也就是个刘姥姥那副傻傻的样子。俗话说得好，贵人语迟，你才是真正的才女呢，长得一派端端正正、稳稳妥妥、文文静静的模样，一看就是有福之人，就像西厢记里的崔小姐一样，将来肯定会当上诰命夫人的。"

听了这话，大家又是一阵大笑。

这时刘宇军对乌海吉说："刚才笑得太厉害了，肚子都笑疼了，我实在是开不了车了，后面请你老兄亲自掌握方向吧。"

乌海吉笑了笑，说道："好好。"于是他开着车，继续前行。

刘宇军坐在副驾座上，余兴未尽，还在暗暗发笑。同时他觉察到，刘月娜其实是个内涵丰富，头脑聪明的女人。比如刚才，她自比刘姥姥，他就很担心，她会把曾林比作林妹妹，或者是薛宝钗之类的人物，也可能比做贾元春。但这些人物他都不喜欢，因为她们不是早逝，就是早寡，无一善终。很明显，刘月娜深刻地了解到这一点，很聪明的、又很及时地从大观园跳到大相国寺，把曾林比作崔莺莺，以后也会成为诰命夫人。曾林成为诰命夫人，那我就得是五品以上职级的官员啊。她是话里有话，暗暗夸人，让人听了心里就觉得挺有意思，心情也很愉快。

他们一行到了高尔夫球场以后，就遇到了好些熟人和朋友，乌海吉和刘宇军忙着和他们应酬。刘月娜则领着曾林和和两个女孩到附近的儿童游乐场去玩了。

春天的野外，森林茂密，绿草如茵。人处其中，心身无比愉快。加上刘月娜热情周到的照顾，曾林和娇娇感到特别的快乐，她们尽情地玩耍，一直到晚上八点多才回到各自的家中。

第二十五章

齐娅静这天早早就下班了，她回到宿舍，换了件艳点的衣服，梳洗装扮了一下，照了照镜子，觉得稳妥了，就去找胡纯美了。

胡纯美的肚子越来越大，走起路来左右摇晃，那个样子简直就是只肥大的企鹅！

随着预产期的临近，她去医院的次数也在增多，她婆婆还让她每隔几天去一个老中医家诊脉，接受中医的检查，这她也得去，弄得她很疲劳。她越来越明晰地认识到，她肚子里这个肉疙瘩不只属于她，而是属于她的全家人。在目前的情况下，她享有的只是保护他（她）的权力，这事没人能够替她代劳。其他方面，她要听家中每个人的意见，特别是婆婆的意见。她也愿意听他们的意见，一来他们都是好心，都是为了母婴好。二来她也认为，一切听他们安排，万一有什么事，责任也不会由她一个人负担。

这一条很重要。

胡纯美就是在她这样的情况下，也没有忘记她的好朋友齐娅静的终身大事。

这不，今晚，胡纯美就是特地给她介绍对象来的，地点约在海晶大酒店的咖啡厅，对方的情况胡纯美已经在电话上说了：是她同一个单位的，研究生毕业，也是从外地到江源工作的，年龄比齐娅静大两岁，小伙人虽长得不太帅，但脑子好使，业务精熟，在单位里人缘也不错，所以才给齐娅静介绍的。

齐娅静听了就说了句："不错啊，要成了我一定好好感谢你这大媒人！"

其实，齐娅静这么积极出来与男生见面，主要是有别的苦衷。

自从上次吴国耀住院后，齐娅静对他的认识有了些变化。她开始更加关心吴国耀了。她发现吴国耀个人的苦恼一点也不比她和公司的员工少，也不见得就比他们过得快活多少。

她发现吴国耀的一日三餐饭吃得不好。早上，他有时在路边的小摊上吃些馄饨、面条、米线之类的早餐。路边店卫生条件不太好，再说那些东西天天吃，也腻啊。但吴国耀只能在那些小摊上吃，因为他妻女都在国外，他孤家寡人，又是一个大男人，生活方面也属弱智一类的，不吃小摊怎么办？中餐、晚餐常是在应酬中吃的，主要是喝酒，她看到吴国耀在这种场合，除了喝酒、说话，对面前的山珍海味、精美糕点小吃很少动筷子。她也曾劝他吃点主食，但他说，一喝酒就啥也吃不下了。都说老板花天酒地，谁明白这是在受罪呢！

吴国耀身上穿的衣服也挺别扭，一年当中，只要是能穿皮毛的季节，他毫无例外，都是穿皮衣；只有见重要客人和市里的领导时，才穿一下西服。有次她好奇地问吴国耀，干吗那么喜欢穿皮衣，吴国耀说皮衣耐脏，洗起来也方便，用湿毛巾擦一下就可以了。

原来如此！

还有那种事，怎么解决啊？一想到这层她有些脸红。林虹常年在国外，远水难解近渴，他家中也没有别的女人，肯定没有办法的。再说，他发现吴国耀从来不一个人去歌厅、舞厅和什么酒吧之类的，这点齐娅静很敬佩他的。但他也是男人，正常的生理需求总不可缺少吧？这方面，吴国耀也肯定是很不舒服的。

平时，吴国耀的工作安排得满满的，一天下来要干十个小时，有时看到他从椅子上站起来，有些不稳当似的，他感到头晕还是别的？他没有喊过一声苦和累，有什么困难也没见他吭声的，他可能就是属于那种刚强的男人了吧？

齐娅静不认为这样就好，相反，有难处，累了苦了，还是说出来好！

林姐这回带菲菲和向宇回来，每天吴国耀的脸上笑容很灿烂，和员工开玩笑也多了些，精神头很足，这就更证明吴国耀在一个人的情况下，内心是苦闷的。好几次林姐都提到这样一个概念，她说吴国耀是赚钱机器，是他们母女儿子的提款机，辛苦他一个，幸福全家人！

这话说得很中肯！她这时对吴国耀的印象明晰起来了，他是一个赚钱机器。但一个有血有肉的人变成了机器，哪怕印钞机，那也是种悲哀啊！

想到这里，她竟很同情起她的吴总来了。

可在以前，齐娅静没有这种情绪。

古人说"盗憎主人，民恶其上。"特别是民营公司的老板有几个会让公司人员喜欢的？齐娅静虽然感谢吴国耀给她的高工资，但凭良心说，她付出的劳动和做出的业绩和这个工资比起来，也受之无愧了。她后来开发了个公司内部的实用软件，不仅实用性好，市场上卖的同类产品，标价五万多呢！这个软件也是她主要负责拿下来的，为公司省了不小一笔钱，齐娅静以前没有发现自己有这个特长——会编软件！

要是男人，早自己干了，一年也挣个几十万元的。所以齐娅静认为她没有占公司多大的便宜！

但这段时间她慢慢地琢磨这吴总，还让心中泛起了一种难以言说的情愫，她努力地去找一个合适的词去概括，找了几次也没有找到。就是觉得有些离不开这个吴总，这个情感是肯定有了。

吴国耀年龄大她二十多岁，这正是男人黄金般的年龄。有本事的男人大约都在这个年龄成为富翁，或较高级别的领导了。这个年龄的男人成就的不仅是事业，还有人格的魅力，他们虽然不再年轻，感情不像年轻男子那样汹涌强烈，这个年龄的男人们像湛蓝秋水，无论是在大洋大海中还是小河小溪中，都是那么净美宜人，让人难以抗拒。是的，齐娅静就是这样，她感觉到了，如果现在不马上离开吴国耀，她不敢说自己能控制得住自己的感情，然后……

她简直不敢再往下想了。

所以，她一听胡纯美给她介绍对象，她立即就同意见面，而且还表现出急迫的心情，胡纯美笑她沉不住气了。

胡纯美给他们俩介绍认识，牵上线，就走了。他的老公最近一段时间，对她关心备至，如果不是齐娅静的事，他绝对不会放她出来。

正如胡纯美所介绍的，眼前的这个年轻的男子，长着一张圆圆的很大众化的脸，皮肤不黑不白，眉毛疏淡，眼睛倒挺有神，其他的嘛，就没有太注意了，反正是很大众化的了。

他们聊了一些人们常聊的话题，楼市股市啊，家乡啊，儿时的趣事啊，母校啊，还有那些比他们差劲得多的同学啊……

齐娅静很早就发现：两个陌生人说话，就像猎人在围猎。开始总是把聊天的范围撒得很宽，然后慢慢地朝目标围拢，最后将目标捕获，但有时还有找不到目标的，这点打猎和聊天也一样。

今晚的情况，正好是后一种情况。他们俩已经在一个不大的范围内搜寻很久了，但还是没有发现目标，齐娅静和他又重新找另一个范围并开始围拢，结果是同样的。时间已经到了夜里十点多了，这两个猎手都感到疲倦了，再也没有能力发动下一拨的围猎行动了,所以就不约而同地说,今天晚上不早了,早点回去休息,明天还要上班。

齐娅静在路上想了想,这个男孩没有明显的缺点,除了说话多了些"我想""我认为""好像""那样子的""怪怪的"这样的一些词句以外,并无别的不妥,而且这些词人人都在用啊,自己不也使用频率挺高的嘛!

齐娅静就是这种感觉,像他这样的男孩子,适应所有女孩,当然也适合齐娅静。

可是齐娅静偏偏不喜欢这种也适合于其他女孩的男人,她需要一个上帝为她匠心独运,专门为她打造的男人,哪怕这个男人长得丑点,也不要紧。总之,是要为她专门打造的!这点比什么都重要。这是个没有缺陷的,非常正常的男孩子,但不是她想要的。

上帝啊(齐娅静并不相信上帝,但这不不妨碍有时对这个虚无的神说点心里话,否则让她对谁去说呢)!您在设计和打造我齐娅静的时候您是关注过我的,也是用了心思的,我额头上的这块胎记就是证明。但您为我打造的另一半是不是没有用心思啊?是不是像农夫种土豆似的,把往地里一摁,然后跺两脚就完事了?如果是这样,我就要斗胆地对您老人家说,您害苦我了,您给我这样一个精心制造的珍品搭上了一个土豆!

齐娅静在回家的路上,脑子里想得全是这些,到宿舍里坐在沙发上还是想这些。她想得累了,不知不觉就睡着了。

第二天一早,她就给胡纯美打了个电话,说那个小伙子挺好的,我怕配不上他,回绝那个小伙子算了。

胡纯美一听就知道她不愿意,就教训道:"你就挑吧,挑到自己变成脸黄皮糙的老太婆就踏实了,你是不是不想嫁人了!"

……

第二十六章

与齐娅静一样,为生活中的事情而所焦思劳神的还有吴国耀。

这一天上午十点左右,乌丽丝给他办公室打了个电话,说她想去看看吴伯伯。

这孩子来找他会有什么事呢?他一听乌丽丝口气就猜到一些了。

果然,乌丽丝到他办公室刚坐下来,满脸忧郁地对他说:"吴伯伯,我怀孕了,是和向宇……"

吴国耀一听这话,满脸关切地说:"你们想这事怎么办呢?"

"我没敢告诉向宇,我怕他为我担心,影响他的学习。"

吴国耀说:"这种事应该告诉吴向宇,让他拿主意,他是男人,应该对自己的行为负责。"

乌丽丝一听负责这个词,立即说:"这事不怪向宇,是我愿意的,是我找他的,没有什么事情需要他负责的,伯伯不要这样说他。"

"那你准备怎么办呢?你这傻孩子,这样的事处理不好会害你一生的!"

"我想过了,我自己去医院做人流,谁也不让知道,就您知道。"

"你这傻孩子,这能行吗?"

"我坚决要这么办的,没有别的办法。"乌丽丝说:"伯伯不要操心,我只是觉得这事要跟您说一句。"

"好吧,你既然自己决定了,我不便说什么了,而且你也是成年人了,知道怎么做。"

乌丽丝做人流的那天,是齐娅静陪同她去的。

中间吴国耀给齐娅静打了个电话,说让她带乌丽丝回家吃饭,并问她乌丽丝的衣服带了没有,事先他特地嘱咐齐娅静要给乌丽丝准备一件有帽子的长羽绒服,口罩,围巾和高筒靴子。齐娅静一听就懂了,要她把乌丽丝捂得严严实实的,别让她受风。

中午回到吴家时，吴国耀早就迎候在门口了。他头上戴了个厨房用的帽子，身上披上围裙，手上有些油乎乎的，一见到乌丽丝，就赶紧把手在围裙上擦干净，去扶乌丽丝，和齐娅静在左右两边搀着乌丽丝上了台阶，进了向宇住的那间屋子。齐娅静觉得屋子里的温度不冷不热正是25度，床上的被褥、床单、枕头都焕然一新，都是红红的颜色，显得很是喜气。沙发、凳子全用绒布垫垫好，又柔软，又暖和，平时通风的窗户全都关紧，一丝儿风也透不进来。

两人把乌丽丝扶上床后，吴国耀对齐娅静交代了几句，就下楼去了，齐娅静帮助乌丽丝脱了外衣，把她双脚扶进被窝，然后盖好，又拿来卫生用具，关上门，问乌丽丝用不用换内衣，上厕所？乌丽丝说这会儿不用。齐娅静就下楼去看吴国耀用不用帮忙，刚到楼梯口见吴国耀端了碗鸡汤和鸡蛋羹，到门口，吴国耀停下了脚步，齐娅静明白他的意思，先推门进屋里看看，然后对吴国耀说，进来吧。

吴国耀来到床边的小凳子上坐下，对乌丽丝说："来，孩子，喝点鸡汤，刚买的土鸡，可香了。"说着就用勺子一勺一勺亲自喂乌丽丝喝。乌丽丝喝了一碗，他又喂了些鸡蛋羹，然后用开水冲了毛巾，拧干后，给乌丽丝擦擦脸和手，对她说有什么事尽管说，直到看到乌丽丝要睡了，吴国耀才和齐娅静下楼吃饭。

"没搞错吧，这是我们的吴总？平时对小事漠不关心的吴总，今天怎么变成一个慈祥的、勤劳的、体贴入微的老头了？"

这让齐娅静反应不过来，这角色变化也太快了吧！

……

这段时间发生吴国耀对乌丽丝那种慈父般的表现，让齐娅静心潮翻涌，感慨万千，这个平时对人表面有些淡漠的人，其实有着一颗无比善良的心哪！

这件事的前后经过由乌丽丝告诉了乌海吉，乌海吉立即赶到吴国耀的家中来看乌丽丝，并准备把她接回去。

听说乌海吉马上要来，吴国耀让齐娅静大门口迎接，自己在院子里迎候。

来到院子时，齐娅静发现吴国耀在乌丽丝面前的慈父之情没有了，而是很客气又很严肃地和乌海吉商量这事后面应该怎么办。

吴国耀的意思是，让乌丽丝就住在他家，他和齐娅静会照顾她的。乌海吉则想马上接乌丽丝回去，由他和刘月娜照顾比较好。吴国耀说好，但必须三天后才能让乌丽丝回去，主要是怕乌丽丝受风。

乌海吉同意了。

在江源这样的地方，女人生孩子是被重视的，绝大多数女人在这时候也受到了最好的照顾。因为，在普通老百姓的生活中，有什么比繁衍后嗣，延续生命更重要呢？女人生产的时候，男人表现了应有的关心，这是女人一生最为痛苦的时候，也是得到关心和照顾最多的时候。

乌丽丝在这次没有结果的生产中，她的未婚夫远在天边，她没有得到老公的关心和照顾。

吴国耀用祈求的口吻，问齐娅静，能不能和他一起照顾乌丽丝三天。

齐娅静见他那么认真，就笑了。她说："您是老板，我是员工，您的指示我哪敢不从。"

"不，这项工作完全超出我们之间的在公司中那种工作关系，你要扮演三天林虹的角色，……不，不不，不是，这样说也不妥，一句话，你帮助我照顾一下丝丝，好吧？"

齐娅静第一次看到吴国耀表达意思这么笨拙，也不为难他了，连说三声"没问题"！

齐娅静回宿舍拿了些自己的日常用品和衣物，就来到了乌丽丝的屋子，吴国耀正好从街上回来，买了一些乌丽丝穿的衣服，鞋袜和女孩用品，鼓鼓囊囊，足有一大包，这些东西都是他亲自去购买的，为的是不让更多的人知道乌丽丝的情况。

这三天，齐娅静只是做些吴国耀不便做的事情，凡是吴国耀能做的，都是他亲自做的。

第三天，乌海吉来接乌丽丝。

乌丽丝刚走到门口突然放声大哭，这让吴国耀和齐娅静非常惊讶。乌海吉用愠怒的眼神看了一眼吴国耀，然后问道："丝丝怎么了？哪里不舒服？"乌丽丝还是大声痛哭，断断断续续地说："我……我，我要早知道吴伯伯这么爱护我，我就该把孩子生下来！呜呜呜，我一直以为吴伯伯不喜欢我，可我错了，他比爸爸妈妈都懂我，他知道从心里关心我。"

这下乌海吉心情也有些激动了，他走过来握着吴国耀的手，连声道谢。

吴国耀语气平缓地对乌海吉说:"爱护自己的亲人,是我们吴家的传统;用手而不用嘴,内热外冷是我们吴家的特点。"

乌丽丝临出门前突然转过身,一下扑到吴国耀的怀里,叫了一声:"爸爸!"

吴国耀紧紧搂着乌丽丝,用手抚摸她的头发,"好孩子,这回你受苦了。"

……

第二十七章

江源大坝工程招投标工作正在紧张进行，按照规定下个礼拜一就要公布哪家公司中标承建江源大坝，这个江源市有史以来最重要的工程项目之一。必须选一家品质好，实力雄厚，又敬业的企业来承建大坝工程。

龚汉诚反复考虑的是这些问题。

在他的办公桌上，摆放着五家施工企业的资料，三家是境外的企业，两家是国内大型建筑企业。江源本地的一家也没有纳入龚汉诚的视野，包括乌海吉和吴国耀合资的新源公司。

这五家企业先后都有人向他打招呼，都是北京和省城的省部级领导，在这些领导中，最有分量的是北京的某部副部长，他不仅和龚汉诚早已相识，而且他对工程的顺利批复下来，乃至以后工程的建设都有很大的作用，对于这样一个领导的话，龚汉诚就不得不认真对待了。

龚汉诚最先找到了那家公司的资料，那正是魏力斯的泛美芝华（英）投资公司。这让龚汉诚更加觉得要把魏力斯这个公司要放在重要的位置来考虑。

对于魏力斯行踪，他最近一段时间以来特别关注。上网查询他的资料，他的活动情况在网上都有反映，比如，他出席了英国前首相侄子的招待会。

另一天，魏力斯参加了一个捐款仪式，他以他母亲的名义，向当地希望工程捐资二十万元。此外，网站上刊出了一些他个人生活方面的传闻，说他与英国皇室的一名远亲、王妃的姑表妹已相爱很久，准备近期订婚。还有他与一名女歌星一起出入上海一家咖啡厅的绯闻，并刊出了照片，直至现在，男女双方尚未就此事出面表态否认。

这让他对魏力斯有了进一步的信赖，但他心里还是有些放心不下。

这时他有意无意中想起了那位玛丽和那块百达菲丽手表。关于手表和那瓶酒他第二天就交给了李祥，让李祥告诉一下纪委的同志，并办个手续。他想是不是可以从手表上做些文章，以考查一下真伪，看看会不会有新的发现，于是他给李祥打了个电话，让他负责办理此事，绝对保密。

关于那个玛丽，还恰好是吴国耀的儿子吴向宇的校友，可以让他帮助了解一下，如果没有发现不妥之处，他就决定把大坝工程交由魏力斯的公司承建。

乌海吉听刘宇军说，他和吴国耀的公司没有被龚汉诚看中，而魏力斯则可能是最终的胜利者。

可怜的乌海吉一听到这话，当即如五雷轰顶，五脏俱裂，双腿发软，扑通一下就瘫在沙发上了，少顷泪如泉涌。他想自己为此付出了许多心血，将一概付诸东流，他的那些关系，不是没说话，而是说了话没起作用，包括龚汉诚本人，他也是费了不少心思的，也没少花钱，但一碰到魏力斯这样的人，他也扛不住了，只得牺牲他，把这笔大单交给这个该死的魏力斯。

他有些嘲笑自己以前的得意之作了：和吴国耀签协议的那个骗局，想把他排除在外的事情。谁知现在是螳螂在前，黄雀在后啊！他又想起那天吴国耀说的那句话，他吴家的人是怜惜亲人，忠厚待友的。吴国耀这句话中包括了他对乌海吉的否定，潜台词是他乌海吉对朋友不仁义，莫非他发现了自己的用心？

他又想起吴国耀对待乌丽丝是那么的慈祥仁爱，这让乌海吉也觉得有些感动。他完全可以找他人照顾丝丝的，他公司有的是人，但他没有，他亲自干了，尽了父亲的本分。这些天，乌丽丝还在说吴国耀的好呢。

乌海吉先给吴国耀打了个电话，说了刘宇军透露的消息，并向他说了声对不起，他没能兑现承诺，现在离公布中标结果没有几天了，他已山穷水尽，没有办法了。那声音非常沮丧和悲哀。与平时那个趾高气扬的乌海吉判若两人。

吴国耀听完了乌海吉的话后，问道："你是放弃了吗？"

"是的，我毫无办法了。"

"那么我想试试。"

"你怎么试？你中源公司当初没有投标！"

"我不是还有和你合伙的新源公司吗？"

"是，但没有用，龚汉诚没有看上，撂在一边了。"

"如果我做公司的董事长，中源公司占新源公司100%的股份，你有意见吗？"

"没意见。"

"那好，明天方向成将去找你，你负责明天把此事搞定，我准备领导新源公司，击败对手，拿下这个项目。"

乌海吉本来想说你别白费劲了。但还没来得及开口，那边的电话咔嚓一声就挂了。乌海吉愣了半天才缓过神来。

没等第二天，吴国耀就动手了。他虽然看不起乌海吉，但他也不能容忍有人把新源公司扔在一边，他吴国耀也是公司的总经理嘛！他准备在剩下的几天，拼死一搏，与那个魏力斯决一死战。

他先将这个最新情况告诉了钱童，那钱童听了没说什么，因为他那些虾兵蟹将没有向他提出有用的线索，他心里也没有底了。他这个人就是真实，不行就是不行，不会说行，当然也不会为此对朋友抱愧，没什么愧疚的，这就是钱童。而吴国耀看重的就是钱童的这个特点，他喜欢真实的人。

吴国耀给李纯方打了个电话，希望他晚上给他一点时间，他有要事找他反映。

李纯方一听不禁有些吃惊，吴国耀有什么要向他反映的呢？

晚上六点多，李纯方和吴国耀在海晶咖啡厅见面了，没等李纯方问，吴国耀就问他："李义方是你的弟弟吧？"

"是的，怎么了？"

"他在给中源公司供货的当中，有5吨多的钢筋是从别人的工地上拉来的，这个业主已经提出要到法院去控告我们中源公司，你说我该怎么办？"吴国耀没说"盗窃""偷"这样的字眼，而是用了"拉"字。

李纯方一听有些焦急，他弟弟吃官司不要紧，还会连累他这个哥哥。所以他一听就有些心虚，连忙笑着说："吴总，这事您帮助扛一下，我以后有机会一定感谢您！"

吴国耀说："李秘书长大人，我今天是来求你的。"李纯方就问吴国耀有什么事。

吴国耀起身向李纯方深深鞠一躬，然后说想知道那天魏力斯来江源和龚书记见面的情况。李纯方一听，这点事啊，就把前因后果，一五一十地对吴国耀讲了一遍。吴国耀听到了玛丽是英国剑桥毕业生时，问了一句："是真的吗？"

李纯方说，人家是这么介绍的，估计不会有错。

吴国耀一听完李纯方讲的情况，就回去告诉吴向宇了，并要吴向宇查一下玛丽这个人的情况，并说明时间紧急，刻不容缓。

吴向宇连说"知道了"。

见完李纯方回到家，吴国耀看了看表，正好是11点，要是平时，他已经睡下了，他现在有要事，睡觉就忘了。

他给老朋友公安局局长晏洪打了个电话，说他半个小时内要见到他。老朋友开玩笑说他在北京。吴国耀骂了一句："扯淡，你的行踪在全市人民监察之中，刚才新闻里你还是人模狗样地慰问孤寡老人呢！就那么一两百元，还好意思照出来。"

吴国耀最讨厌电视放上老农民数钱的镜头了，就那么点钱，让人家数，还播出来，心酸啊！简直是愚弄百姓！

晏洪知道吴国耀的脾气，这么晚找他肯定是真有要紧的事了。二十分钟后他们在一个小茶馆见面了。这个茶馆是晏洪的小舅子开的，照顾一下他的生意吧！

吴国耀把魏力斯的情况说了一遍，包括乌海吉告诉他的，李纯方告诉他的，再加上了自己的分析。他说一个不到30岁的人，怎么会有那么大的能量？怎么就他能要风得风，要雨得雨？其中必有诈！别以为江源人民都是傻瓜，可以任他随便搓来搓去，一定要揭露他，让他知道江源有的是能人！

晏洪原想趁吴国耀求他时敲他一把，让他帮他老婆融十万元资金，投资做点房地产。可一听，这问题关系到江源三百五十万人民的脸面，特别是他这个公安局局长的尊严，一股激情蹭一下就起来了，他觉得吴国耀对魏力斯的分析虽然没有依据，但还是有那么一点道理，就决定悄悄地调查一下这个魏力斯，如果破了个诈骗大案，他去省里做厅长的可能性就大多了。因为有人传梁子玉准备把他调到省公安厅去当常务副厅长呢！这老哥哥真仗义，还想着他呢！

办完这事，吴国耀才回家睡觉，时间已经是半夜两点了。

吴向宇的动作迅速，他进入学校的网站，查到玛丽这个人的历史资料，确有其人，确有其事。吴向宇把玛丽的资料看了好几遍，没有发现问题，但当他准备关闭资料页面时，他突然发现：这个玛丽三个月前不在泛美芝华（英）投资公司工作，而是在一家美国娱乐公司任总裁助理和秘书，这让他注意起来，查了玛丽五年以来的情况，让他惊讶的是玛丽这个人，在这三年中换过近十二次工作，除了刚开始的三年内，她平均四个月换一次工作，工作的职位也是五花八门，先后当过美国八家大公司的高管、派驻在东南亚国家和地区的副总经理和董事会秘书等，这是一个什么样的女人，如此神通，几乎是无所不能，在英国学法律这行会变换工作的人是不多的，而她竟四个月一变！

他把这一重大发现通过邮箱发送给父亲，并且说他将做几天私人侦探的工作，或者他去找侦探，悄悄调查这个神秘的女人——只要爸爸愿意付一笔数目可观的侦察费！

吴国耀叫儿子不要去找侦探，怕有危险。

吴国耀立即把这发现告诉了晏洪。

晏洪也觉得这不正常，这么高的频率跳槽累不累啊！

但这不能说明魏力斯是骗子，因为她只是一个魏力斯的公司的秘书而已，这个人的所作所为，不关魏力斯的事。

但毕竟是有些线索了，可以按这线索查下去。

第二十八章

钱童这段时间里没有闲着,虽然吴国耀的事他一时难以帮上忙,但他没有放弃,他这个人好面子,觉得这点事都没有办法,有损他的声誉,他决定去那家公司看个究竟。

他先是和该公司公关部的名叫史密斯·汉的一个小伙取得联系。史密斯·汉问钱童想与他们的公司谈哪方面的合作,钱童按照他们公司所列举的项目范围谈了对华投资,承揽工程之类的合作意向,对方听了同意了,要他等回话。

第二天中午时分,史密斯·汉电话来了,他告诉钱童后天中午,他们公司的杰克·辛普森先生将要会见他们,并和他们商谈,杰克是该公司的副总经理,负责亚洲的投资业务,地点在他们的公司。

这家公司位于美国艾奥瓦州的一个小镇上,方圆几里没有人家,这附近的建筑物和人员全都属于这家公司。通往公司的道路有两条,一条是东西走向的,另一条是南北走向的,两条公路在公司的中心处相会,附近周围基本没有游人,如果偶尔有人路过,很快就会有人上来盘问,然后被赶走。自有这家公司以来,当地社区没有接到一件报案案件,所以,负责这个地区的警察一直视之为模范社区。

钱童的车离公司大门入口处五百米左右,史密斯·汉打来电话,要他就地等候,公司将派人开车来接他们。钱童有些纳闷,公司就在前面,车直接开过去就行了,接什么接?

还想着呢,突然一辆黑色轿车从他们的背后开了过来,然后停在他们车的前面。下来的正是史密斯·汉,这是个典型的美国青年,身材高大,头发金黄,一条牛仔裤,一件圆领T恤衫,他热情地请钱童上他的车,说是便于介绍公司的外景。他叫另一个随他同来的一个黑人姑娘坐钱童的车,也是为了便于介绍公司的外景。

史密斯·汉的车绕公司一圈后，就朝着正西方向径直开去，钱童问他这是上哪里去？史密斯·汉告诉他，去他下榻的宾馆，他的公司副总已在那里等候。这让钱童有些意外，因为事先不是这样安排。

车经过几个拐弯之后，又走了一段路，钱童看到前面是一片宽阔茂密的树林，在树林的中间一片空地上有一座低矮的房子，有些东方的建筑格调，红墙琉瓦，庭院深深。

史密斯·汉把车开到这楼前，就引导钱童进屋。

钱童一看，这屋子里也是东方的风格，但不像是办公室，更像中国一些桑拿会所的风格，楼道搞得像九曲回肠，曲径通幽。拐了几个弯，来到一个门前停下，史密斯·汉停下脚步，请钱童进屋。

钱童回头一看没有随从了，就问史密斯·汉怎么回事。

他回答说："公司的规矩，凡谈事只能一对一。"

钱童一进屋，史密斯·汉拉上门，钱童正要回头，忽见对面坐着一个五十来岁的男子，身穿一件中国藏青色的粗布衫，小平头，满脸胡缌修理得整整齐齐的，屋内里的桌、椅、几、柜，全是高级紫檀木做成的，颜色嫩红，非常精美气派。

钱童有些发愣，那汉子用地道的中国话说了句："钱先生好，我公司最喜欢和你这样的朋友打交道——你的名字带钱，听说你的公司也很有钱，哈哈哈！"

随即伸过手来和钱童握手，钱童一边问好，一边伸过手去，那男子暗暗一使劲，抓得钱童的手一阵又痛又麻。钱童这会儿有些觉悟了，这次凶多吉少了！

那汉子告诉钱童，他是韩国人，叫柳善厚，负责公司亚洲区的业务，如果钱先生有什么好项目，他们公司会全力合作。

"钱先生准备在这里待几天？"

"五天。"

"这么久？"

"是啊"，钱童继续说："柳先生不知道方便不方便，我人生地不熟，不知道能否让我住公司。"

"没问题。"柳善厚说，然后问钱童有什么爱好，钱童回答："我们做生意的人，除赚钱花钱之外，不会有太多爱好。"

"噢"，这话引起了柳善厚的兴趣，问他都把钱花在什么方面？

钱童一下子露出淫荡的神情，说："不瞒柳先生，我听说此地姑娘很美？"接着又笑了起来。

柳善厚也咧嘴笑了。

到了吃午饭的时候，柳善厚请钱童吃饭，柳善厚安排的是中餐。席间柳善厚想和钱童谈论中国的古典文学，聊了些三国、史记来做引子，钱童对这些话题接不上几句，于是柳善厚就和他谈些风月场上的事，钱童听了兴趣盎然，大噱不已。

柳善厚见钱童有酒兴，就叫小姐拿两瓶酒，两大玻璃杯来，两人你来我往，两瓶酒早已下肚。

柳、钱两人喝了两个多小时，方才罢休。这时钱童想站起离席，不料脚未站稳，肚子里波翻浪滚，一时按而不住，哇的一声从口中喷出许多酒菜来，喷到地板，溅到柳善厚的鞋上裤上，秽气冲天。柳善厚当时一脸愠怒，但随即雾霾雾晴，去扶钱童，一边问："钱先生，怎么样？"钱童这时已身在地上，脸上都是酒菜，昏昏睡去了，柳善厚叫人过来，打扫屋子，帮钱童擦拭一下，就让他睡在这里，不提。

今天钱童的醉酒和表现有些蹊跷，是的，他在施计脱身了。

原先，他只当是来这公司看看，查个虚实，说不定能看出点破绽也不一定，但一到公司大门口，他就感到不对劲，他在上史密斯·汉的车时，他腰间那条特别的腰带有电击的反应，让他肚皮有些微麻。他知道，这车上安置有X光那样的装置，他一上车就已被人家用电子设备彻底看过一遍了，那帮狗杂种，肯定在监控室里把我每根汗毛都看过了。

到了柳善厚的那个办公室，一见到他这个人，钱童基本上确定，这回生还的希望有多大也不知道了，钱童每经过一道门，都发现了暗设的机关。

柳善厚的那间办公室的屋顶上，安装了至少十个枪眼，如果他愿意，他就可以从十个方向向对手射击，确保对手百分之百的死亡率。

钱童百分之百肯定了这是一个恐怖公司！

所以，就暗暗想起了脱身之计了。

……

钱童与吴国耀很不相同,他是一个颇有些传奇经历的人。

他们俩早期在一起合作过,或者准确地说,是吴国耀帮助过钱童。吴国耀还在市科技局工作的时候,钱童已经开始做生意了,钱童主要是卖电脑。当时科技局的电脑只有三台,局长、书记各一台,办公室放一台公用。有次省科技厅的领导陪同中央一部级领导来到江源考察工作,科技局长张玉衡一路陪同,张玉衡是个歌迷,什么歌都会唱,都爱唱。巧就巧在这部领导也是歌迷,没有别的爱好,就爱唱歌。当时时兴卡拉OK,张玉衡投其所好,每天晚上吃完饭,就上卡拉OK厅唱歌,三天下来,这部领导与张玉衡已经是兄弟相称了。那天临走前,部领导对张玉衡说,我也知道你的良苦用心,现在我要回北京了,你有什么要求只管提,别离谱就行。

张玉衡也没有客气,提出要点钱,买十台电脑,部领导就答应了,过了一个多月,钱还真拨下来了。

当时局里面懂电脑的只有吴国耀,张局长就让他去办这事。

花钱的事是最好办的。

吴国耀当时也很穷,但为人厚道、高傲,那些营私舞弊、作奸犯科的事他是不会去干的,张局长就放心他。他跑遍了江源的几家电脑店,最后选定了钱童这家,钱童开始以为吴国耀只买两台的,也没太在意,后来搞清要买二十台,这下眼都绿了,立即上来围着吴国耀团团转,又递烟,又沏茶,当时晚上还悄悄地上吴国耀家送了两条高档香烟。吴国耀说不必这样,但电脑质量必须保证,否则退货!东西没有收,把钱童送走了。

钱童以为吴国耀是嫌东西少,就回到店里,叫老婆拿出三千元钱用信封包好,给吴国耀送去。吴国耀见了大怒,把钱扔还给钱童,并说不从他店买东西了。钱童一看,吴国耀真的不贪财,就收好东西,连声道歉,回去了。

第二天,钱童送来了十台电脑。

这笔生意,钱童挣了5万元。

这五万元在当时可是大钱啊,钱童后来靠这5万元盘下了一个歌厅,生意十分好。他的第一桶金,就是在吴国耀的帮助下掘到的。

钱童这个人有一身的蛮力,体格短粗,健壮,能说会道。见到有用的人,张口一个大哥大姐闭口一个叔叔婶婶,几句话下来,把人家的心弄得舒舒服服的,这样,生意越做越大了。

但一件意外的事改变了他的生命轨迹。

钱童自开歌舞厅以来，结识了不少市里的三教九流的人物。这些人见钱童为人讲义气，口风也好，就少不了找他办些见不得光的事。有的让他帮助找个把水灵点的姑娘，他出点钱，叫她相对固定侍候他，说白了就是包养下来了。有的买房子买车，小孩子上大学，也会找他借点钱的，钱童那时年轻豪爽，有钱就借，没钱借钱也要给人家解决问题。这样认识的人越来越多，事也越来越多，终于有一天闹出个案子来了。

市政府办的王科长，给钱童介绍了个工地，也不大，总共也只有八万来元，真正能挣到手上的钱也只有万把元。钱童也不指望做这工地挣钱，倒想借此机会和王科长走得更近一些。所以工程款一下来，随手就返给了王科长三千元。王科长当时儿子上大学，手头实在也是紧了些，就收下了，交给他老婆存着，给儿子上学用。

双方都以为这不可能有什么事，可就是没有想到天有不测风云呢。王科长有天晚上酒醉心迷，走进了一家歌舞厅，要了个小姐。那小姐见王科长的一身打扮，就猜着几分这人的来历，认为是自己造化了，遇到这么有头面的人，心里有意抱定这棵大树，以后也不必去侍候那些又老又丑、见了就想呕吐的臭男人了。有了这心，那手就动作起来了，撩拨得这王科长欲火难耐，就与她做起了苟且之事。事后，那小姐要了王科长的电话，每隔三天五日的就给王科长打电话。日久天长就被王科长老婆知道了，有天晚上王科长正跟小姐苟且得趣，突然老婆闯了进来，逮个正着，这老婆是个粗愚狠恶的女人，一纸状书就把王科长的事都抖了出去。

机关人都知道王科长人老实厚道，认错态度好，领导准备给个降级处理就算了，但有这三千元钱可就不好办了。

市公安局来人找钱童录口供，问是否真有此事。钱童歪头想了一会儿，说，王科长做人是不够地道，有两三次来他的歌厅唱歌没付钱，得有三百来块吧，但说送三千元的事，这是断断没有的事，这无中生有、诬陷人的事是绝不敢做的。最后，钱童发誓不曾送三千元给王科长，这公安的人才离去。

钱童这一着棋一出，凡事和他有些瓜葛的人都个个又怕又敬，怕的是有天自己的事败露，像王科长似的下场，敬的是钱童仗义，遇事过得硬。

因为有王科长这事，市里那些人不敢再找他了，以为钱童是被公安部门盯上的人了，钱童本人也怕那些人出了事连累到他。现在他已经不是小闹小打的小商贩了，而是有点名气的老板，他还怕被别人牵连拖累呢。

所以，他就去了省城，还是做他的老本行：开歌舞厅。

没想到的是省城里的人，也跟江源市的人差不多，只是钱更多，生意更大罢了。有些人听说钱童是个遇事死扛，绝不卖友的人，都很喜欢跟他做生意。他在省城里做了几年，遇人遇事也实在太多了，心里有些怕出事，就在前些年办了个移民，去了泰国，然后去了美国。但生意还是和泰国做，老家这边有机会也做些，但不出面，以吴国耀等朋友的身份做，赚了钱，对半分，多少年下来，大家互相信任，共同发财。

就在泰国，钱童见识了什么叫黑社会。

有天他走在大街上，突然有两个当地人一前一后，一个用枪顶住他的后脑勺，一个用枪对准他的胸口，要他把钱、信用卡和包、手表等贵重物品交出来。钱童开始是觉得此生就此结束了，后来才知道他们要财不要命，就赶紧把钱物交了那两人，因怕那两人开枪，他把衣服全都脱给他们，只穿条裤衩和一件背心。

那两个劫匪很满意地说："要是人人都像你这么乖，就不会有死人的事情发生了。"

那前面的劫匪笑了笑，突然伸手去抓了一把他的生殖器，然后扬长而去。钱童事后越想越心里别扭，越想越生自己的气，觉得自己被人当畜生玩，还不如死了算了！

他痛恨自己的贪生怕死，懦弱无能，后来他拜了一个武术高手做师傅，又买了几支枪，练习枪法，他一口气憋在胸中出不来，所以做生意之余，就是练拳练枪法。

也是合该有事，有一天下午，他和一个泰国老板谈完生意从酒店里出来，刚要上车，发现有一个人在背后用枪口顶住他后背。"别动，把钱拿出来。"钱童先是一惊，但很快就十分坦然了。"他娘的，老子这次还让你吓倒，就不是人！"

他假装吓得要死，晕倒在地，那劫匪见状就弯腰伸手去摸他的口袋。说时迟，那时快，钱童猛起一脚，踢向那劫匪裆部，只听一声惨叫，那劫匪摔倒在地。钱童纵身向前，又是一脚，又朝劫匪的裆部踢去，这劫匪只哼了一声，就没声了。钱童拔出手枪，朝那劫匪的头部连发一梭子弹，直到那劫匪脑袋开花，脑浆迸裂，然后他去自首了。

当地警察开始以为是他同伙火拼，就收监看守，准备处他极刑。但警察在破获的案件中，发现有两个人的命案与这个劫匪有关，而且是主犯，这才另行量刑。钱童的为人豪爽的声名帮了他，当地一些有头脸的华侨，帮助疏通各方，最后钱童无罪释放。

这一连串的事件，让钱童的性格发生了质的变化，他变得凶残嗜血。当然人他是不敢杀了，但他杀各种动物。有次他到一个农家的养猪场，看着看着，突然嚯地拔出手枪，朝一头猪的头部砰砰砰的就是一梭子弹，吓得那农场主妇当即瘫倒在地，事后他说是好玩，赔了数倍价钱才离去。又一次去郊区打猎，结果一无所获，他拔出匕首向一只爱犬飞掷过去，那爱犬腹部受伤倒地，钱童上去朝狗连发数枪，这只花了他不少钱和精力的爱犬，在痛苦的惨叫声中死亡。

在做生意的风格上也有了明显的变化，以前主要是运用策略，迂回曲折，巧妙得手。这之后，他一反已往，径直谈条件，不吝金钱，好几桩生意，都亏了本，为自己的鲁莽付出了惨重的代价。

但有桩买卖让他发了大财。

有次钱童偶然得知，在泰国北部有片原始森林，这片森林中有许多名贵树木，有很多楠木、红豆杉、紫檀、花梨、酸枝等，价值不可估量，那农场主出价一点五亿美元出让。钱童听了第二天就前往那里，去找农场主，向他表明他有意购买这片树林，出价是五百万美元，他把信用卡给那农场主看。那农场主看了确实有五百万美元。

看完后，他惊奇地问钱童："这能说明什么呢，这点钱能做些什么呢，我的农场出价是一点五亿美元！"

钱童告诉他，他只有五百万美元，这是他的全部家当了，他没有留下一分钱，难道还不够吗？

那农场主说，他这是抢劫。

钱童回答说："不是。假如你真以为我是在抢劫，那我就是劫匪，你可以打死我。"说完，他从腰间拔出手枪，装上子弹，然后把枪交给那农场主。"你打死我吧，我没有准备活着回去。"那农场主真的举起手枪，准备向钱童射击，突然，他的女儿叫了声："不，爸爸，把枪放下，你别上当。"

那农场主一见女儿这么说，一脸都是惊恐。

"爸爸这个人全身都是炸药，您一开枪，就会爆炸，那我们的家全完了！"

钱童这才脱下衣服，果然，他身上全是威力非常强大的炸药，他上前告诉那老板说，他那开来的车上装的也是这种炸药，满满的，刚才只要你一开枪，那么，你聪明美丽的女儿所说的事情就会变成事实。

那农场吓得脸色发白，但他仍故作镇定地看着钱童。

钱童进一步问道："先生，是什么原因让你如此贪婪呢？你凭什么要这么高的价钱，才肯出售这片森林呢？这些树木中，有一棵是你栽种的吗？你为这些树木浇过一次水、锄过一次草吗？还是干过别的一点什么吗？"

钱童接着说："据我所知，为了这片树木，已经有不少人丧失了生命，这其中可能还包括了你的亲人，难道你愿意有人、包括你的亲人再为了这片森林继续丧命吗？你是不是有些残酷？"

"那你买走这片森林不也会造成人员的丧命吗？包括你自己！"那农场主终于找到了话题。

"是的，我不否认存在这种可能性，但是我是有充分的能力来避免这种悲剧的发生，才来找你的，你以为我会像以前的几位商人那样一见到你就再也回不去吗？"

"你凭什么这么说，以前没有人找过我！"

"亲爱的先生，一桩大宗的买卖，如果不是经过若干次的试验和讨价还价，或者说为此付出大的代价，那么它是不会成为一桩大买卖的，没有买者的配合，你是不会开出这么高的售价的。"

"你到底想说什么？"农场主有些表情黯淡。

"我想说什么？我不是正在说吗？我所有的语言表达都是为了买这片森林，而且我已经给出了非常合理的价格——五百万美元！"

"不，你休想！你想讹诈我，办不到，以前的那些恶棍办不到，你也不会例外！"

"哈哈哈，你终于开始说点实情了。"那农场主一听这话，顿时也感觉自己失言了，于是他露出了狰狞的面目，对钱童说："对，你也不会例外。"

钱童告诉他，"是的，这次的买者结果没有例外，但卖方有可能发生例外，你知道这点很重要。"说完他瞟了一眼农场主的女儿，又说道："你女儿有十岁了吧，我的女儿刚满十岁，我刚给她过完生日就来找你了。"

"不，先生，让我纠正一下我刚才说错的话，你的这个女儿只能是名义上的，你真正的女儿应该在一个风景优美，气候宜人的地方读书！"

这句话把农场主吓着了，他瞪大眼睛，"凭什么你说这不是我的女儿！"

"很简单，因为我也是女儿的父亲，我也是有钱人，作为父亲我关心女儿的安全，作为富人，我知道教育的重要！"

"你敢说这个可怜的小女孩，不是你对付那些粗心的商人的诱饵呢！"

说完后，钱童把那张五百万美元的信用卡扔给了那农场主，说："拿着吧，不管生意成不成，我都用不着这张信用卡了。明天早上九时整，我来取协议，你会办妥的。"

说完就往外走，刚到门口，又调头对那农场主说："假如你动我或是动我的车，我就要恭喜你了，你将和我这样一个天使一样的人，同去参拜上帝。"

那农场主看到钱童出了大门，气急败坏，扬起手向女孩的脸上重重的一个耳光，那女孩扑通跪下，一句话没吭。

最后钱童以五百万美元买到那片森林，钱童把它转让给了当地的政府，说这片森林应该归还给人民，而他只要恰当的报酬就可以了，当地政府按一千五百万美元的价格把那片原始森林收为国有。

……

钱童做完这件事后不久，就去了美国。他那个公司的所有业务由朋友打理。

到了美国后，钱童基本上没有做什么生意，而是皈依了佛教，做些慈善事业。他觉得人生就是瞎折腾。所以一见人干什么事，就脱口而出："没事瞎折腾什么啊！"

现在，他又一次瞎折腾了，而且比任何一次都要严重，虽然他本人没有参加过黑社会，但对于黑社会那套害人的方法是非常熟悉的。所以他一进史密斯·汉的车就知道这趟遇到了真正的危险，他就开始考虑脱身之计了。

首先，要打乱他们的部署，不能按照他们预定好的计划进行下去。所以，他中午就装醉，这一下打乱了他们的部署，如果不是装醉，很可能就是入住他们安排好的酒店房间睡觉了，可能会被他们注射一毒针，搞得他神志不清，最后把他送到猪圈去和猪一道生活了。

柳善厚虽然对他的醉没有任何怀疑，但离开前还是用脚狠狠地踩了一下他的手指尖。一阵钻心的痛，但他没有吭声，继续睡觉。这样柳善厚放心去报告情况，这过程大约一小时时间，这就是说，有一个小时的时间可以用来逃命。

在来的路上，他暗暗注意到了楼的布局，他看到了一个垃圾通道是从每层楼都直通楼下的，这是重要的发现。他可以从垃圾道滑到楼下，恰好楼下停有垃圾车，就是逃跑的工具。

他眯眼看到两个女佣还在打扫屋子，他哼了一声，两个女佣立即过来察看他，他起脚一蹬，其中一个女佣当场昏厥过去了，另一个女佣刚想跑就被他击中了后脑了，也一声没吭地颓然倒地。他迅速剥下女佣的衣服换上，装扮了一下，拿了扫帚，离开屋子向垃圾道走去，借倒垃圾的动作，他突然向垃圾通道滑下去，看到一个垃圾工正在装垃圾，他一个箭步向前，朝他的太阳穴就是一拳，那垃圾工一软就倒在地上。他脱下垃圾工的衣服换上，把帽子压得低低的，迅速上车就往外开出去。

由于是中午时分，路上的闲人很少——大家都吃饭去了，他开着车一直向来处急驰而去，出了大门，他拦下一辆出租车向机场方向驶去。

一到机场，他到厕所化了妆，扮成了一个小老头，头发全白，戴着一副黑色的眼镜，他去售票窗口买了两张机票，一张是用现名钱童买的，一张是用化名迈克买的，钱童的那张时间是晚上八点飞往旧金山的，而迈克名字买的这张是下午五点起飞去上海的，现离起飞时间还有一个小时。

他用迈克的化名通过了安检，进入了候机大厅，然后他买了份报纸低头看着，静静地等待登机，当他坐上飞机的时候，他看到史密斯·汉在候机大厅等着，还有五六个同伙。

在许多善良而又普通的群众中，由于他们的生活远离那些重大的利益，所以他们的人身安全很少会受到外人的攻击，他们是很安全的。在他们的印象中，国际上的犯罪，主要是毒品、走私。但是他们当中一种新的国际犯罪正在悄悄萌芽，这就是伸向经济领域的一种犯罪。这种犯罪简单说就是替同伙伪造资质、资料、证件、场地、人员等。总之，你在一项经济合同中需要什么样的条件，他都能给你提供，前提就是要交丰厚的回报。他们的口号是：任何时间

（anytime），任何地点（anywhere），任何事情（anything），任何人（anyone），都可以搞定，也就是四个任何、一个解决（a solve），英文缩写就是 FAAS。

这种犯罪的要害是它直接破坏经济领域的公平竞争，造成不可估量的后果，是一种比贩毒、走私更严重的犯罪。

有的不法分子为了承接到巨大的工程，但没有相应的资质，FAAS 公司就为他制造所需的资质条件，帮助客户揽到工程。然后他插手工程，主要是攫取大量资金，造成工程项目粗制滥造，造成重大工程事故。这些年在国际上发生的一些重大工程事故，就有相当部分与这种犯罪有关系。

我们现在知道了有这种犯罪行为，就好理解魏力斯了。

……

第二十九章

魏力斯这两天正处于高度的兴奋和忙碌之中。前天，他接到了龚汉诚秘书刘宇军的电话，告诉他龚书记如何重视他的公司，他暗示魏力斯，龚汉诚已内定魏力斯的泛美芝华（英）投资公司为江源大坝工程的承建商。魏力斯听了后内心一阵狂喜，但他却用平缓冷静的口气，对龚书记的关心表示感谢，对刘秘书的关照表示感谢。在电话中，魏力斯一再邀请刘宇军一定要到他的公司看看。

魏力斯接完电话后，把他的秘书叫了过来，吩咐她记得办几件事：一、春节快到了，要列个名单，给重要的朋友和客户送礼的事。二、准备搞一场演出，请家乡的领导出席。三、给公司的管理层和员工发奖金，比往年高10%。

魏力斯有个习惯，他对公司的重要事情，都是先想好，然后在纸上列个提纲，一般是一件事，一行字，然后叫秘书进来，口述给秘书。他口述时，总是来回踱步，说说停停，然后叫秘书重复一遍，他觉得没问题时，就签上名字，让人立即去办。

一年四季，不分春夏秋冬，他都穿着颜色鲜艳的花衬衫，天气冷暖凉热的变化，他只在贴身的内衣上做点文章，增增减减，西服他极少穿，就是拜见领导和重要客户也不例外。

他这种形象，是专门考虑过的，按照魏文贤的设计，就是要把魏力斯塑造成年轻力壮，浑身是劲，精神抖擞、别具风格的商界后起之秀。

这天，泛美芝华（英）投资公司的春节联欢会，没有像往常一样放在公司的会议大厅举行，而是安排在金色玉立大酒店的多功能厅举行。公司在前三天就向每位员工发出了请帖，邀请公司的员工携家属一起出席，没有结婚的可以带男（女）朋友，总之是要成双成对的，弄得高高兴兴，喜气洋洋的。

公司晚宴六点半正式开始。

当魏力斯左手拉父亲的手，右手拉着母亲的手走进宴会厅时，全场起立，热烈鼓掌。魏家父母和儿子向大家拜年，然后讲公司的创业史和公司的宗旨，今年魏阿和还向公司的全体员工宣布，他从现在起退休了，由他的儿子魏力斯继任董事长、总经理，负责公司的一切事务。

大家以热烈的掌声向这位历尽艰辛的创业者表达敬意。

然后魏力斯走向话筒，作了讲话。他感谢父母的培养，同时感谢乡亲的关照，感谢全体员工的辛勤劳动。

"各位同仁：

……

我们的公司就像一个小小的帝国，在我们这个小小的帝国中，有君王，有大臣，有臣民。但是，我要说，我们的帝王与古时候的那些人不一样！在我们这个小小的王国中的国王，才真正是臣民利益的忠实代表，我们这些董事长、股东，心里想的一个永恒的主题，就是把蛋糕做大，让大家每年分得的蛋糕，越来越大，而绝不是相反！

我把我们的公司比王国，绝对不是狂妄，而是要表达一种愿望：我们要把公司当作一个王国来经营，就是要扩张我们的生存空间，占领有利的地理位置，充分挖掘外部的资源，壮大我们的力量，使我们的王国更加强大，我们每个人都更加富裕……"

大家又是一阵掌声。

魏阿和梁阿明开始向每个老员工敬酒拜年。

接下来就是公司的管理层的成员向各自分管的员工敬酒。

吃完晚饭后，还有舞会，公司中上了点年纪的人就提前告退了，剩下的年轻人来到舞厅，尽情地展示他们的美好的技艺，挥洒青春的热情。

魏力斯送走老一辈的员工后，立即来到了舞厅，不知是哪个人喊了声："魏总来了。"大家立即都停了下来，魏力斯笑着说："今天晚上没有魏总，只有自家兄弟，我和兄弟们一起跳到天亮！"

"音乐！"魏力斯叫了声。音乐师播放了青春交响曲，魏力斯随机从一个角落里找到了一个女员工，显然，这是个丑小鸭似的人物，魏力斯来到她面前，来了个标准的绅士的邀请姿势，那女孩有点惊慌了，连忙说："魏总，我不会，对不起。"魏力斯说："我教你，一学就会！"那女孩子不好再坚持，就站了起来，和魏力斯跳了起来。

魏力斯边跳边和那女孩子聊了起来,那女孩叫童丽,师范学院数学系毕业,是去年来的。

"噢,你怎么会到我们的公司呢?"

"网上查询到的,听说你们要个搞计算机的,就来应聘了。"

"我很荣幸,公司能聘到你这样的人才。"魏力斯说。

"魏总,您别笑我了,我只是为自己找一个饭碗。"童丽转了口气说:"魏总,您刚才的讲话很好,很有魄力。我以前只听别的老板说把公司当作家来经营的,从来没听人说过把公司当一个王国来经营的,以魏总的雄韬伟略,满腔抱负,再加上身边猛将如云,谋士如雨,我相信您的王国一定会蒸蒸日上,繁荣富强!"

魏力斯听了童丽这番话,不禁有些惊讶,这小姑娘蛮能说的,而且说的正是我魏力斯的心里话,还没有人像童丽这样表达得完整、清楚呢!

魏力斯当下就有了进一步考察她的意思,他问童丽:"你认为这个王国的国王最重要素质是什么呢?"

童丽回答:"魏总,您这又问对了,国王要想知道自己应该怎么做,首先应该问问自己的臣民,屋漏于上,知之者在下嘛!"

魏力斯这时倒真有些想听听她的意见了,于是他就笑着说:"别绕弯子了,直接说嘛!"

"那我就直说了。一个王国最重要的是君圣臣贤,国富民强。"

"嗯,说下去。"

"您自料圣君吗?"

"似不圣。"

"嗯,我也这样以为。"

"臣贤吗?"

"似不贤。"

"嗯,我也这样以为。"

"君不圣,臣不贤,怎么能做到国富民强,无敌于天下呢?"

"诚然,愿闻你高见。"魏力斯听得有些意思,便半真半假地问她。

"妙计是现成的,只恐主公不用也!"

"只要是富国强民之要计,主公焉有不用之理!"

魏力斯看着童丽，童丽也正好看魏力斯，两人都笑了。

魏力斯说："这里不是谈这事的时候和地方，我准备三顾茅庐，到你那去听听你的安邦治国的妙计！"

童丽装得一脸正经地说："那要看我愿不愿意出山，三请恐怕不成。"

魏力斯也一脸正经说："东山不出，奈天下苍生何！"

两人像演戏对名词似的，最后两人都笑了。

"想不到我公司竟有才女咧，你先坐会儿，我去陪陪其他人。"

"魏总请便。"童丽说了一声就去洗手间了。

魏力斯连续和几个年长的女职员各跳了一曲。

魏力斯正和一个车间主任跳着呢，公司事业发展规划部经理章红走了过来。这个明眸皓齿、秀雅清丽的女主管，今年才二十八岁，年薪十万，这在当地相当于两三个普通员工的收入。她以自己的美丽和聪慧赚取了丰厚的收入，她又用这些丰厚收入来滋润自己，把自己装扮得像一朵鲜艳的花朵，她是公司中那些女孩的偶像。

章红今天晚上的注意力全在魏力斯身上。她以女人、特别是她这种女人所特有的眼光，仔细观察着这位公司年轻的掌舵人。她看出，魏力斯今晚的表现不同寻常：首先是宴会和舞会安排在金色玉立大酒店，这是家五星宾馆，公司一般是不来的。还有今晚的饭菜也大大超过往年的标准，在这近一百人的宴会上，居然安排了鲍鱼这样的高档菜，酒也是上了一个档次，除了红酒以外，每桌还放了一瓶茅台。连酒店的服务小姐都说，他们公司真慷慨，从来没有见过老板请员工吃饭有这么豪华呢！

还有，今天晚上的舞会上，魏力斯始终是喜形于色，跳得很起劲，根据她的经验，这肯定是公司将有什么大好事。

凡是好事，章红历来是不肯错过的。

于是，她迈着婀娜多姿的脚步来到魏力斯的面前，说："魏总有些不公平啊，净找美女跳，也不理睬我们这些老女人了。"

魏力斯和章红经常在一起商量事情，知道她来不是为了跳舞，可能是有什么事。每年这个时候，都有些公司的老员工，借酒撒野，败坏雅兴的。他怀疑又是此类事情，就和那女工说了句："她可能找我有事，失陪一会儿。"就朝章红笑了笑说："给你拜年，章经理。"

"魏总客气，刚才看你和那些女孩子跳得那么开心，我都有些嫉妒了。"

"夸张吧，你才是我的心中偶像呢！"魏力斯假装正经地说。

"是嘛，我好像没有收到过魏总的情书啊。"

"我们之间不是心有灵犀一点通吗？要情书多俗啊！"

"嗯，您说的对啊，要不我们俩今晚就喜结良缘？反正酒也喝了，舞也跳了，哈哈哈。"

"你现在是开放多了，跟谁都可以喜结良缘了！"

"可不是那么回事啊，魏总！我这个小女子也是个堂堂泛美公司的部门经理，身价在外也是相当可以的！不是貌如潘安，才似子建的，我们公司也不会让我嫁吧？"

"哈哈哈，说真的，你要真是找个普通男孩嫁了，我们公司的人还真不会同意！"

"就是嘛，所以都这么大的年纪了还没有找到婆家，如果明年再找不到婆家，你就得收留我了！"

公司的人都知道魏力斯爱开玩笑，所以说话没有拘束。

"今晚没事吧？"

"没事，只有行政部的高二嫂说她奖金有三个月没发了，想给公司找点晦气，还没来得及开口，让我连灌三大杯，就蔫了，我已经叫小王送她回去了。"

"怎么会奖金三个月没发呢？"

"您不是说要筹一笔资金以备特需之用嘛？"

"行政部的人怎么年年都在这时候闹点事啊？是不是王则福管理不善啊？公司要上下和气才好，一人向隅，举座为之不乐，多没意思啊！"

"王经理是好人，但手有些软，遇事不敢管，恐怕是文化程度太低了点，没主意。"

"明年再也不能发生这种事了！你有什么好主意没有？"

"魏总，你一贯倡导的作风是一个部门搞得不好，就要换脑筋，不换脑筋就换人，你怎么自己也忘了呢！"

"王经理跟我老爸一起打天下，没有功劳也有苦劳，这职位也是我老爸安排的，让他管管吃喝拉撒这样的事，他的水平虽然差了一些，本也无大碍，但每年喜庆的时候，他手下那帮人总有几个要出来闹点晦气的事，不知是何居心！老王快六十了，换脑筋是不行了，换人也不太好，怕伤我老爸的面子，让他干到退休算了，所以我一直忍着。"

"魏总您这话就欠考虑了，换人也有技巧的，我们可以不调走老王，让他继续干，只是给他增加个人，把他的工作干起来，这对各方都说得过去。"

"你有人选吗？"

"魏总不是有人选了吗？"

"我有人选？谁啊？"

"魏总，刚才跟你跳舞的女孩就是合适人选。"

"不会吧，章红？你看我和她多跳了会舞，就以为我爱上她了？"

"魏总，公司的事我什么时候当过儿戏！这个女孩是我手下的，虽然才来一年，但能力很强，我都有些招架不住她，人品也好，我才敢说这话的。"

"会不会太年轻了点？才来一年。"

"魏总，您怎么啦？你经常说的国企的人才不缺，就是论资排辈，非要熬成婆才用，耽误人，耽误事嘛！其实人才这东西，越年轻越好，我们民企就是敢用年轻人才能发展啊。"

魏力斯停下跳步，看了章红一眼："章红，那女孩不是你的亲戚吧？你这样举荐她！"

"不是啊。要真是我的亲戚又怎么样了？古人还能'内举不避亲，外举不避仇呢！'"

这时不知谁叫道："请魏总给大家唱支歌！"

于是大家又把眼光集中在魏力斯身上，魏力斯笑了笑说："好，我和章红给大家唱个《夫妻双双把家还》吧！"

"噢，好！"大家一阵起哄，"愿有情人早成眷属！"

章红朝魏力斯笑了，说："群众的眼睛是雪亮的，大家都希望我们俩早成眷属呢"！

魏力斯很优雅地点了点头说："好啊，我也盼着早入洞房早得龙子！"说完就蹲下身子，把章红抱了起来，朝台上大步走去，周围的年轻人见状嘘声大作。章红没有想到魏力斯会来这手，满脸通红，轻轻叫了声："魏总！"随即把头埋在魏力斯的肩膀上。随后，两人声情并茂地唱了那支无限甜蜜的夫妻情歌。

……

第三十章

　　无垠的天空，澄澈湛蓝。天边一朵朵红彤彤的云霞慢慢地飘移过来，在蓝天下慢慢地变成了一朵朵莲花，那一朵朵莲花紧紧相拥，形成一个莲花台，从莲花台的背后，突然间出现了一条又大又黄的鲤鱼，那莲花变幻着红蓝黄三种颜色，莲花的四周弥漫着五光十色的云霞，整个天空变成美妙的仙境。

　　龚汉诚仰躺在河边的草地上，小河流水淙淙，岸边杨柳依依，身子下嫩草碧绿，软如棉絮，微风轻轻吹过，脸上一阵凉爽。他心旷神怡地在静静地躺在草地上，惊奇地仰望着天空出现的奇观。

　　那条金黄色的大鲤鱼，开始往下游着游着，变得越来越大，越来越清晰，他都能看到那金光闪闪的鱼眼珠和黄金似耀眼的鳞片。突然，那鱼急速下降，落到了龚汉诚的怀里，他大吃一惊，"啊"地叫了一声……

　　原来是一场梦。这是他童年时的美好梦境啊！

　　龚汉诚工作后，特别是当了市长后，去了许多国家，许多地方，看到了许多的自然和人文景观，都没有像这个梦境这样美丽鲜艳，这让他非常的惊奇和神往。好多次，他在床上默默地祈祷美梦重现，但是再也没有出现过，他怀念那个梦境！

　　还有一次梦也是让龚汉诚难以忘怀的，在他懂事的时候，大概是七八岁的样子吧，他做了一个梦，在梦中，他来到一个小屋子里玩，不知道什么时候，出现了七八个如花似玉的小女孩，和他一般高，一般大，她们围成一圈，跳着轻松欢快的舞。这种舞他似乎见到过，似乎又没见到过。他感到惊奇和喜悦，就上去和她们一起跳，有个小女孩拉着他的手，他也拉着另一个小女孩的手，一起欢快地跳了起来，那时多么美好啊，多么高兴啊！

　　后来，他想去抱其中的一个小女孩，那个小女孩见了一阵恐慌，就消失了，他醒来的时候，心里无限惆怅！

　　他真正体会到，梦境是最美的，美好的梦给人无限的美景，和无比的快乐,无穷的遐想。

龚汉诚学的是工科的,这是一门来不得一丝幻想的科学,所有的学问都建立在坚实的物质基础上。他的思维是明晰的,是非常有条理的,他没有把任何事掺杂着梦想的成分。

但是,他现在觉得梦想是多少美好啊,它是心灵的鸡汤!

摆着他面前的也有一桩梦想,就是他何时能扶正为江源市委书记。

梁子玉离开江源已经半年了,他的这一走,给龚汉诚带来了难得的机会。只要能成为江源的书记,那么他官拜副省的可能性就大多了。

这半年,他埋头工作,像个农夫似的起早贪黑,吃苦受累。

书记的担子本来就很沉重,在中国任何一个地方,一个部门,书记都是第一责任人,经济社会发展上的事他要管,人民群众的生产生活上的事他要管,甚至一些干部个人家庭上的事情他还要管。

江源是个农业地级市,下辖五县三区,只有三个区有几家上规模的企业,五个县几乎没有一家象样的企业。所以经济一直上不去,成了省里拖后腿的地级市。

江源市的客观条件差,经济社会发展滞后,给人民群众带来的是贫困,而给干部带来的是职务升迁上的难题,近二十年来,这个市没有出过一个省级干部,这次梁子玉颇为意外地提为省委副书记,除了人们公认梁子玉的个人能力,作风方面过硬,人们还说他上面有人,朝中有人好做官。

但龚汉诚不这么认为,平心而论,梁子玉为江源人民的贡献确实很大,现在回头想想,这些年江源能够安排上几个大的项目,基本上都是他的功劳,这点他对梁子玉是很佩服的。再说了,梁子玉要真的是靠上层的关系,早就上去了,还等到今天吗?他了解过,说梁子玉靠关系上去的事,纯属捏造。

梁子玉的事就过去了,但却不能说与他无关,而是密切相关。首先这个空位留下来后,他能否顺利替补他?从各方传来的消息是喜忧参半,有人传说是调他回省政府任常务副秘书长,享受正厅待遇,这是最悲观的结局了。这种说法让他很有紧迫感,他认为应该听从朋友的劝告,去活动活动了。

但是,找谁去呢?怎么找呢?没有想出个头绪来。

是啊,龚汉诚最近老想这些事,让他心中有些烦躁和恍惚,对有些人和事情就疏于管理了,后面发生了刘宇军、李志高的重大刑事案件。

第三十一章

　　吴国耀忙了一阵子后,就暂时告一段落,他准备起身回他的老家成林去看看。快过春节了,他想弄些喜欢吃的野味,还有新鲜的蔬菜和山珍,装上一车拉到江源美美地吃一阵子。最重要的是,他要考虑下步怎么做了。他有个特点就是每逢重要事情,他都要回家去考虑好,做出决定。

　　人们对小时候的事情的记忆是长久而牢固的,特别是那些童年的美味佳肴,那些赏心悦事,对这些东西的印象,就像刻在石头上的文字,牢固而又长久。

　　每隔一段时间,吴国耀就要回家看一看。上一次回家时间并不长,那次他陪林虹和女儿回乡下玩,还被林虹训了一顿,现在想起来也挺有意思的。

　　那次林虹刚从外地回来,回到家很晚了。吴国耀和林虹把女儿哄睡觉以后,夫妻俩深情地依偎了一会儿。他们俩可谓伉俪情深,虽然一年之中相聚的时间不多,但他们之间的联系一天也没有停过。这当然要感谢现代交流软件,让他们的交流毫无障碍,每天都在网上聊几句,有事情也是在网上商量,夫妻心灵相通,交流欢畅。

　　那天,林虹实在是太累了,依偎在吴国耀身边,竟不知不觉地睡着了。睡在丈夫的肩膀上,让她感觉到比什么地方都睡得踏实。不一会儿竟然鼾声骤起,时高时低,很有节奏感,吴国耀听着简直就是一曲美妙的音乐。

　　吴国耀不忍心打搅她的美觉,身体一动也没动,就让林虹这样依偎着,这么甜美地睡着了。

　　可没过一会儿,吴国耀感觉肩膀上有些湿乎乎的,他转过头一看,只见林虹嘴巴微启,一滴滴口水从她的嘴中流了出来。吴国耀看了以后一阵心疼:现在林虹操持两个孩子,还要做一份不太轻松的工作,真是太辛苦了!

　　他想伸手去拿茶几上的纸巾,身体稍微移动了一下,这个轻微的动作把林虹给弄醒了。

林虹很快就发现自己流口水了，还弄湿了丈夫的半个肩膀，有些不好意思。

"菲菲这孩子这些天夜里老在咳嗽，弄得我整宿整宿的睡不着，实在是太困了，竟然趴在你的肩膀上睡着了。"说完莞尔一笑。

吴国耀没有说话，只是用纸巾替妻子擦了擦嘴角和腮帮上的口水，然后又想去洗手间弄个热毛巾给林虹擦把脸。

林虹说："不用啦，我自己去洗一洗。"说完就进了洗漱间。刷牙洗脸，过一会儿就出来了，递给吴国耀一个热毛巾，让他擦擦脸和脖子。

吴国耀接过毛巾，边擦边朝洗漱间走去，他觉得还是痛痛快快地洗把脸更舒服。

不一会儿，吴国耀出来了，这时候林虹已经冲好了两杯咖啡，两个人相对而坐，颇有滋味地品着咖啡。

吴国耀显然有一大堆话要跟林红说，但又怕林虹疲倦，于是他就说："今天你挺累的，这些事情也不要紧，明天再说吧。"

"说吧，我刚才打了个盹，现在一点睡意都没有了，正好聊聊天。"

"那好吧，我明天开始休息几天，陪你们玩玩，带着孩子看看乡下，我们家资助了几个孩子，顺便了解一下他们的学习生活情况，也让我们女儿了解一下在农村生活和那些贫困而又善良的人们。"

"你不要这么对孩子说话，这样说话，就给人一种居高临下的感觉，对孩子心理影响不好。你就对孩子说到乡下去玩玩，看看美丽的田园风光，至于孩子们的眼光还看到了别的什么，有什么感想，那都是他们自己的事。善良和怜悯之心，是人类与生俱来的固有的本性，这种人类所特有的本性，在一定的环境条件下就可能被激发出来。不需要你去做许多的开化和教诲。你们这些人的毛病就是喜欢教育别人，而事实上往往是自己还没有被教育好！"

林虹对吴国耀的一些观点和做法，往往能挑出一大堆的毛病，而且这些观点还是挺怪的，又让人不好驳倒她。

吴国耀没有理她，继续说道："我们去乡下的路不是很好走，要经过一段很长的盘山公路，是不是去弄辆高级越野车啊？这样孩子坐得舒服一些。"

"你有病啊，怎么这么神经衰弱啊？这么教育孩子，不如直接把孩子关入猪圈得了，猪圈里很安全！农村乡下我也去过多少次了，一路上都很好走，就是有一段盘山公路，就是路陡一点，但每天从那里经过的大大小小的车辆，来来回回，上上下下的那么多，都没有问题。怎么我们的孩子到那里就会有问题了呢？你别以为有了几个钱，就把我们的儿子闺女当王子公主养。我告诉你，他们不是什么金枝玉叶，更不是王子公主，而完完全全、彻彻底底的是一个草民，他们的命运跟那些农村孩子一样，我绝不允许他们有一点比别人优越和特殊的想法。明天我开车，你要是害怕，就在一边待着，你还不到五十岁，精神就这么衰败了！"

吴国耀被林虹这一阵训斥，气得满脸通红，要是搁在平时，他早就跳八丈高了。但是今天，林虹刚回来，一路辛苦；再者，晚上还有事情要办呢，关系不能搞僵了，所以就强忍着，再也没有吭气。

林虹一看吴国耀脸一阵红一阵白的，就知道他一肚子的气，于是她就去逗逗他。

"小吴同学，古人是怎么说的？'莫饮卯时酒，昏昏醉到酉，莫骂酉时妻，一夜受孤凄。'生意上的事，都由你，你爱怎么干就怎么干。儿女的事，我说了算，你明白吗？"

吴国耀被林虹逗得又气又急，站起来就来到林虹的身边。

林虹看到吴国耀气呼呼的样子，心里有些发虚，连声问道："你想干吗？你想干吗？"

吴国耀骂了一句："少废话，办正经的事去！"说完抱着林虹就往里屋走去。

第二天早上一早就出发了，除了吴国耀一家人之外，公司还派方向成、齐娅静一同前往，这样安排是避免吴国耀一个人长时间开车，同时路上吃住也得有人照顾。

按照吴国耀的习惯，他回到村里主要带些生活物品和书籍，送给一些生活较为困难的近亲和几个扶助的学生，这就更需要有人来帮忙了。

尽管林虹不同意，吴国耀还是弄到了一辆高级越野车，他亲自开车，林虹、菲菲和齐娅静乘坐一起，方向成和吴向宇开的是一辆奥迪。

方向成说是开道车，可是没有多久，就溜得无影无踪了。主要是吴向宇年轻人性子急，喜欢开快车，吴国耀则怕颠颠簸簸的，让女儿难受，一路车速不快。

车驶过一段近两公里路程之后，就进入了乡间公路地带。路的两边是绵延起伏的群山,山上长满了松树和其他杂木,远远望去郁郁葱葱。

公路的右侧是一条宽阔的溪流,溪水清澈见底,在阳光的照耀下,闪烁着一片片金色的波光。

每隔三五公里就会有一些村庄出现在眼前。现在的农田主要用来种植烟叶、花草和各种树。基本上不用来种植粮食,许多农民像城市居民一样到市场上去买大米吃。这种变化不管是好还是坏,都让人感觉心里很不踏实,甚至是害怕,说得更严重些,是让人感到有种不祥之感,土地不种粮食,万一哪一天出了饥荒问题怎么办呢?

吴国耀边开车,边默默地观察和思考着。

但是身后面的妻子和女儿以及齐娅静,都非常兴奋,美丽的田园风光让他们感到赏心悦目。

在离家不到三公里的地方,吴国耀放缓了车速,最后在马路边一所希望中学门前停了下来。

吴国耀下了车,示意林虹也下车,然后往学校大门口方向走去,快到门口的时候,他停下来指示林虹看前方学校。

"虹宇希望中学建成了,现在有初中、高中学生就读,目前在校学生有一百五十多人。"吴国耀兴致勃勃地跟林虹介绍。

"楼房做得挺漂亮的,孩子们在这里读书应该是幸福的。"

"是啊,遥想当年我上的那个中学,那个惨啊,所以我哪怕多花点钱,也要让孩子们学习环境舒服一些。"

"是挺好的,楼房的建筑风格也完全是你吴国耀的风格,粗粗大大,坚固结实。"

吴国耀听到林虹的赞美之词心里高兴,于是他问:"要不要进去看看?"

"不去了,菲菲和齐娅静还在车上呢,我们俩不要耽搁太久了。"说完,林虹舒展了一下胳膊,活动了一下腿脚,用一种斜视的眼光看了一眼吴国耀,然后问道:"为什么叫虹宇希望中学呢?"

"不是用你和向宇的名义捐资新建的吗?所以我把你们的名字中各取一个字用作校名。"

林虹走近一步,拉着吴国耀的手往车方向走,边走边说道:"你为什么做点好事就要留名呢?就想让人家都知道呢?太阳温煦大地,大地抚育万物,还有这条溪流灌溉了家乡的万顷良田，养育了这方的百姓，它们要名了吗？我衷心地希望你把你捐资兴建的希望小学，希望中学和其他建筑物，凡是以我们家人名字冠名的，都把名字拿下来，而且还要是悄悄的，可不要让人感觉到是你出于高尚品格的义举。"

吴国耀听到林虹这番话以后，一时无语。

林虹看到吴国耀一脸茫然的样子，又笑了笑。"小吴同学啊，你呀，永远是这么可爱！其实我并不是说你做错了什么，而是说你多做了一些事情。就像个别年轻人一样，到了一个著名的景点去旅游，游玩一番以后，就在一棵树，一堵墙，一块木板上，甚至在一个佛龛的底座上，写上某某某到此一游。孩子这样做是可以理解的，但是像你这样一个半拉老头也这么做，那就不好理解了，而你现在恰恰就是这么做的。"

吴国耀听了这番话，扑哧一下笑了，说："你这个女人怎么这么讨厌啊？那你说叫什么校名好啊？"

"这我就不管了，只要校名中没有我们家人的名字，你叫什么都行！"

后来，吴国耀真的把他出资修建的希望小学、希望中学的名字都改了。

……

吴国耀把准备回老家的计划告诉了齐娅静，齐娅静一听就喜笑颜开，对吴国耀说："吴总，这回我怎么也要跟您去一趟。上次跟您去过一趟，让我至今难以忘怀，这次也带我去吧。"

以前，吴国耀怕齐娅静吃不消走山路，带着她多少有些碍事，所以很少带她。这回听说公路修好了，车可以直达村口，就答应了。他说我们先到县城住一夜，早上早起，早点到家，把需要搜罗的东西搜罗全了，然后回县城住。家里我现在住不惯了，被褥太小，枕头太低，我睡不着。

齐娅静说："这个当然听您的了，客随主便嘛。"

吴国耀说："好，这么办，明天一早，我们出发，我到你宿舍门口接你，你七点半准时在马路边等我。"

齐娅静听过吴国耀讲他家乡美丽的风光，说他的家乡茂林修篁，青山绿水，还有他的家的泥鳅熬芋头如何好吃，齐娅静只尝过一次那种味道，回想起那种味道，感觉有些馋了。

第二天一早，吴国耀开了辆商务车，他到的时候，齐娅静已经等候了一会儿了,齐娅静一上车就和吴国耀打趣说:"吴总,不会吧,您真要满载而归啊?这车也太大了吧,谁家也经不住您这一车啊!"

吴国耀笑着说:"没事,一家不够,就挨家挨户求去,拉他一车够吃仨月。"

"哈哈哈,贪婪的人哪,我发现十个老板九个贪。"

吴国耀笑了:"先别说我,到时候看谁吃得多。"

这一天,吴国耀和齐娅静从江源市区一出来,就上了柏油路,行驶了十公里左右以后,就进入了盘山公路,美丽的江源河入冬以后,河水明显减少了,但显得更加平静清澈、明丽动人,两边的青山,树木葱郁。一进入名县,森林的覆盖率就更高了,河水更加清澈了,空气更加清新了,太阳也更加艳红了。走在这样的公路上,吴国耀觉得五脏六腑都好像被彻底清洗了一遍,真的痛快极了。

心情也像天空,越来越亮丽,吴国耀和齐娅静的话也就多了起来。吴国耀兴致勃勃地给齐娅静介绍了他的家乡的情况。

齐娅静发现这个自己的老板在家乡露出了自己最真实的一面,尤其是他那平时总板着的脸上竟然露出孩子般的可爱的笑容,这让齐娅静觉得太有趣了。她听人说,一个男人就是到七老八十的时候,也有儿童的性情,而一个女人在七八岁的时候,就有母性了。

看看眼前的这个两鬓斑白的男人,此刻他的心灵深处就是七八岁的时光,他一定在回想自己的孩提时代!

是啊,每个人的童年不管是穷困还是富裕中度过,都是人的一生中最难以忘怀的一段美好的时光。在儿童的天真无邪的目光里,他们看得更多的是蓝蓝的天空和满天的朝霞,一轮红日升起,阳光普照大地,整个世界充满新鲜的景致,这些来自大自然的赐予,每个男孩、女孩都平等地收获了一份。

人的烦恼是与人的欲望共生的。人的欲望不仅给人带来烦恼,还有恐慌不宁。按理说,我们的这个时代已经基本告别了赤贫,就是生活在高山大岭深处的孤寡老人,也不会像以前那样担忧自己的温饱问题了。但是,许多人还生活在烦恼和恐慌之中,特别是那些有钱人更是这样,他们有十万想挣百万,有百万想挣几亿。人们像寻找仇人似的寻找金钱,挖地三尺也要把它找到,然后把它牢牢地掌握在自己的手上,死死捏住不放……

为什么会这样啊，吴国耀曾经考虑过这个问题，他比较肯定的是这样一种答案：随着物质的丰富，人们的精神反而空虚了，失去了支柱，精神上一旦没有依靠，只有依靠物质来支撑，殊不知这个物质就像是一个专会迷惑人的狐狸精，它整天变换花样，迷惑人，人要是被它迷惑上，就永远只能当它的奴隶，永远跟在它的屁股后面跑，但永远也追不上它，更得不到它……

一个人一旦走上这条路，能不恐慌吗？能有好日子过吗？

齐娅静觉得吴总这个人满脑子都是怪怪的思想，但说出来挺新颖的，挺有意思，跟吴总交谈从来不乏味。

吴国耀开车正和齐娅静聊得眉飞色舞，齐娅静看他这个样子挺好玩，就用"嗯""对""对极了""是"这样的词样给他对付，好像她的这几个简单的词，每个词都是加油站，给吴国耀加点油，是要让他继续说下去，吴国耀一旦接着说了，她又在观察看他，想着有关他的故事，她觉得吴总是很有深度的男人。

上次林虹回来，齐娅静和她有了很多的接触。她们俩一个是吴国耀的妻子，一个是吴国耀的秘书，一个负责吴国耀晚上的事，一个负责吴国耀白天的事。她们两人都是以吴国耀为中心而展开工作和生活的，因此这两个女人在一起聊天时，她们的话题不论是哪件事哪个人开始，但最终都会归结到吴国耀身上来，好像她们俩是两匹母马，而吴国耀是磨盘，这两个女人日夜辛苦，但都只是围绕着这个磨盘转。

有次林虹和齐娅静聊起她当初和吴国耀谈恋爱的情形时说："吴国耀这个人别看他一本正经的，可骨子里坏着呢！刚和他见第二次面，他就动手动脚，伸手往我身上乱摸。"林虹一笑，接着说："上下他都敢摸，我跟他急了，告诉他以后再这样就和他断绝关系，他当时答应得好好的，保证下次不敢，可下次一见面，又是老毛病。

我正想训斥他，没想到他倒先开口了，说什么谈恋爱，就是要多接触，不多接触，怎么了解啊，怎么能谈恋爱啊？这接触也不能老停留在一般性，表面化，而应该找准关键要害部位，这样接触才能出感情，才能谈成功。你要是不喜欢我，就算了。说完起身就要走。

走就走，谁怕谁。可第二天他打电话来找我，我又去了，他还是上手摸，这次我没有说他，不久我们就结婚了。"

林虹又接着说："当时，我有个要好的女同学也在谈恋爱，都谈半年了，对方还没有拉一下她的手，对方待她特别客气，彬彬有礼，我就拿这事说吴国耀，让他向人家学习。吴国耀一听就说，这两人肯定谈不成。我问为什么，他说，两人相爱肯定是有激情的，有冲动的，那哥们肯定是不爱你的同学，因为他没有激情，没有冲动，甚至没有欲望。他是逗她玩呢，找她陪他消遣闲暇时光呢，男人不对女人坏，就是对女人不爱。果然，那两人最后分手了，原因就跟吴国耀说的一样！"

听到这，齐娅静忍不住笑了，林虹也笑了，说："都说男人不坏，女人不爱，咱们女人怎么自己也这么贱！呵呵。"

……

"哎哎，怎么没声了，想什么呢？"

正当齐娅静沉思中时，忘了给这"车"加油了，就出毛病了，她赶紧回答："嗯嗯，正听你说话呢，琢磨你的深刻意义呢！"齐娅静这回油没有加好，因为吴国耀是让她看天上飞的那对鹭鸶，显然没有深刻含义在里面。吴国耀看齐娅静在想自己的心事呢，所以就没有再说什么了，一心开车了。

正在这时，一辆黑色帕萨特从后面赶超上来，然后在他们车前停了下来，吴国耀正想发火，问这车是什么毛病呢，这时帕萨特门打开，走出一个西装革履、气宇轩昂的中年男子来，一边向吴国耀走来，一边说："吴老板，连老朋友也不认识了？"

吴国耀一看，原来是名县的副县长吴风奇。

吴国耀一见到吴风奇，连忙下车，向吴风奇问好，齐娅静也上前向吴风奇问好，吴风奇问吴国耀上哪去。

吴国耀说回家，并说明已经告诉政协主席廖一柱了，县长忙，不打扰。

吴风奇说，老朋友了，干吗那么客气啊！他告诉吴国耀，他要去省里开会，刚才看到是你的车，所以打个招呼。吴国耀一听知道人家眼里有自己，不禁又一次紧紧地握了握吴风奇的手，并邀请他去江源他的公司做客，两人简单说了几句，就各自上车走了。

吴国耀告诉齐娅静，这个吴县长可是不简单，是真正的共产党员，共产党的好干部。

齐娅静正想问为什么说呢，因为吴总很少夸人的，但吴国耀自己先说了。

吴国耀告诉齐娅静，他和这个吴县长从小在一起读书。从小学一直到中学都是同学，高考的成绩两人也差不多。但吴县长当时家境困难，只上了本省的一所普通高校，学的是地质。毕业后他被分配到省地质大队工作。有次他们的一组人员在野外作业时，遇上了泥石流，六个人中有两人当场被冲走了。还有两人被埋在泥石下，生命垂危。吴县长和另一个同事幸免于难。但另一个同事看到这么危险，就一个人逃命了，吴县长冒着生命危险，把两个同事从泥石流里抠了出来，背下山。这事当年还上了报纸呢！

可惜的是一年后的一天晚上，吴风奇因劳累过度，患脑溢血，晕倒在办公室里，因公殉职，年仅五十岁。

得知此噩耗，梁子玉十分悲伤，他当即给龚汉诚打了电话，大意是这样：

"龚市长，你忙些什么！"

"梁书记我去检查一个工程验收情况。"

"你净忙些鸡毛蒜皮的事！我问你，我去之前，把一个活蹦乱跳的吴风奇交给你。你却让人给我送一具尸体来，你太混账了！"

龚汉诚没敢说话，连说："是，是，是。"

"在江源我也知道你对我不太服气，现在看来，不客气地说，你那点水平，比我差远了！"

龚汉诚大汗直流，忙说："是，是，是。"

梁子玉最后撂下一句重话："龚汉诚，你给我听着，假如再出现第二个吴风奇的话，我就建议省委，撤了你这个书记，不关心干部的人，不配做书记！"

在江源这样的地方，由于经济发展比较缓慢，各级干部，特别是党政第一把手，压力特别大，绝大多数同志都是起早贪黑，没日没夜地工作，有许多同志积劳成疾，带病工作。梁子玉在江源的时候，他眼睛老是盯着这些党的好干部，采取一些办法，关心帮助他们。

这几年下来，还真让他救了好几条命。前山县的书记李白平是个有名的工作狂，但对自己的身体却是个马大哈。而且他的医疗保健知识几乎等于零，亏他还是正经的研究生毕业呢！

有此，市里开会梁子玉见他满脸通红，呼吸短促，当即就让他到市医院检查，结果一查是心脏病。医生说晚送三五天的话，那就生死未知了。

后来，李白平从省医院治好病，到办公室去见梁子玉，扑通一声跪在地上,对梁子玉纳头便拜,连声叫:"谢谢大哥救命之恩!"

梁子玉勃然大怒。"胡闹,起来!"那李白平霍地一下起来,朝梁子玉嘿嘿笑了,说:"就咱们俩知道,没事。"

江源市的那些区县书记、区长、县长,对梁子玉感情都很深,对他的指示都是不折不扣地完成的。

吴国耀对梁子玉也很佩服,说他做什么都精彩。

中午的时候他们俩到达县城,没有停留,直接回家去了。

车在村口停了下来。齐娅静和吴国耀下了车,向家走去。

村口的小山坡上巍然耸立着一棵高大的樟树,枝繁叶茂,形同巨伞,就在这冬季,树木也郁郁葱葱的。远远望去好像还有股瑞气洋溢四周。

吴国耀介绍说,这棵樟树已有几百年了,是村庄的风水树。原来还有一棵,长得更好,因为前年修公路被砍了,那天夜里这棵樟树鸣叫了一个晚上,村里的一口水井,原来泉水清冽充沛。在树被砍的当天,井水喷出来是红红的,带有血腥味的,连续一个月左右,后来井水变清了,但井水日渐稀少,最后成为枯井。

齐娅静和吴国耀走了一小段铺着碎石的小路后,呈现她面前的是一段有几十个台阶的陡坡路,每级台阶都是由一块长方形的大青石板铺成的,中间那部分很光滑,而两边的则长满了青苔和小草。

踏在这样的大青石板上,就像踏在历史的肩膀上,既感到厚重,又有些崇敬之情。他们俩上了台阶,早有一个十岁左右的小姑娘去接吴国耀。

这小姑娘见了吴国耀亲切地叫了声:"吴伯伯好!"

吴国耀问:"小妮妮好,今天没上学?"

"上了,刚回来。"

吴国耀看了看表,时间快到十二点了,问:"小妮妮怎么知道伯伯回来了?"

那小姑娘回答说:"我和妈妈洗衣服看到你的车了,我妈妈叫你上我家吃饭。"

"今天不去了,下次来一定去。"

"你每次都这么说。"

"呵呵，吴伯伯特别能吃，把妮妮家的饭吃完了，怎么办？"

"吃不完，伯伯去嘛。"

正当他俩说话的功夫，从那山坡边的一户人家走出来一个中年妇女，一只眼睛瞎了，右腿也有些不灵便，一见吴国耀就打招呼，大兄弟回来了？中午就在我这吃饭吧，你家兄嫂都到山上收笋去了，说是给你带回去的。

"哦，那就去你那里吃吧，这是我公司的小齐，这是张婶。"

她们俩打了个招呼。

吴国耀拉着小妮的手一路有说有笑走着。齐娅静和吴国耀来到小妮妮的家。一进门，齐娅静就能感觉出来，这是个贫穷的人家。两间小屋的房子，外面一间火灶，饭桌就占去了一半的空间。墙角有一个小蓄水池，一根橡皮管子从山腰那边接水下来。这水很清，但带有沙子，喝久了爱患胆结石。几把木板凳，但漆已经落尽。锄头、镰刀和一些农具，摆放在墙角和挂在墙壁上。这个本身就不大的屋子就显得更小了。只有一台二十寸彩电是现代的，里面正播着英语节目。显然是小妮妮正在跟它学英语呢！

吴国耀一进屋就对妮子妈说："给我们俩弄碗面条，其他就别弄了，越简单越好。"

"吃饭没菜怎么行呢？快得很，一会儿就好。"

吴国耀对齐娅静说："你帮张婶一把，我随便看看。"齐娅静帮忙张婶洗菜，洗完菜和小妮妮说话。妮妮告诉她她今年十二岁了，上小学五年级，学习成绩排班里中等水平线上。这些年上学的学费都是吴伯伯交的，每年过春节都给他买新衣服给她压岁钱。张婶是个沉默的人，在这期间只说过一句话："吴家大哥心眼好，不嫌弃穷人。"

齐娅静聊了一会儿后，话也不多了，她感觉这肚子咕咕直叫，嘴里直流口水。也难怪，她今天走了这么多路。

但直接原因还是那灶边的小火炉上的砂锅里炖的鸡散发出来的浓郁香味，搅乱了她那不争气的胃口。她自己也都感觉到，她胃壁运动速度是明显更快了，口腔中分泌的口水明显增多。

她仿佛很久没有体会到什么是馋和饿了，但今天，这时候她确实都感觉到了，而且是这样强烈！

这会儿吴国耀不知去哪里转了，这是他的家乡，上哪儿转不能转上一天呢！不过他好像掐好时间的，小妮妮刚说要去叫吴伯伯吃饭，他就进来了，他和这俩妇女之间没有更多的话。一回到屋里径直到饭桌坐下，张婶把菜端上桌，他自己盛了饭，就吃了起来。张婶用小碗给他单盛了一碗鸡肉。吴国耀说太多了，吃不了，口渴，想多喝些汤，他顺手拿了一个碗，夹出几块鸡肉，就喝了口汤。

"还是自己家养的鸡吃起来香，你多吃点。"吴国耀说着就给齐娅静夹了一块鸡腿："吃吧，吃撑为止。"

齐娅静很感谢吴总这样善解人意。她笑了笑，夹着鸡腿就往嘴里送，实在是香，她顾不上什么斯文了，便大口嚼了起来。

吴国耀喝了一碗汤后，又吃了两碗饭，今天吃饭的速度比往常快多了，很快就吃饱下桌了。

张婶说要给他沏茶，他说不用。喝鸡汤再喝茶，把营养破坏了。

张婶就没说什么了。张婶吃了几口，起来盛饭，吴国耀向她招了一下手，她上前几步，到了吴国耀的面前，吴国耀问："妮妮学习怎么样？"张婶笑了一下，说："不知道，孩子每天都去学校，不会像别人家的孩子逃学。"

吴国耀说："那就好。"

到了吴国耀哥哥的家时，她哥嫂已经把东西准备齐全。他叫齐娅静和哥哥嫂嫂一起装车，而他自己去看了看他的姑姑。

齐娅静对吴国耀的家乡的表现有些意外，她原以为吴总会和乡亲们一起共进午餐，敦述乡谊，把酒话桑麻呢，谁知他和哥嫂都没说几句话，只看了看姑姑，就走了。

……

返程时候，齐娅静自觉地坐到了驾驶座上，她开车回江源。

吴国耀一上车，说了声："走吧，直接回江源。"就合目养神起来了。

齐娅静现在的心情特别舒畅，这顿饭吃得十分可口，菜的味道真好，这鸡肉当然是最好吃了，那真叫香。

但那些农家土菜味道也蛮好，她看吴国耀也吃了不少。她咂了咂嘴，嘀！还真是有余香！她很想和吴国耀讨论一下菜肴的，但吴国耀上车就睡，这多少有些让她扫兴。

第三十二章

车过了名县后就进入前山县了。吴国耀醒了，掏出手机开了机。齐娅静这才发现，一上午吴国耀的手机一直没响过呢，难怪！她印象中，吴总手机是二十四小时都开机的，今天怎么了啦！

吴国耀给吴理睿打了电话，让他安排一桌饭，他要请几位公司部分经理和负责人，公司领导只他和方向成参加，再加上齐娅静和吴理睿，其他都不参加了。他特地嘱咐菜由那帮兄弟点，要糟蹋几千、万把的也由他们了。打完电话后又关机了。

这次齐娅静忍不住问了几句："吴总您今天怎么关机啊？您不是从不关机的嘛，还要我们也不能关机呐。"

"今天例外，想点事情。"

"谁知道这个老男人想什么呢，这人深得很。"齐娅静有时在心里叫吴国耀为老男人，她脸上泛起一阵红晕。

吴国耀每当要做什么大决定时，都要回家，在家里想好了，作出决定。

今天也是这个意思。他现在重点考虑的是怎么去和龚汉诚说魏力斯这个人的真实面目。他在路上想了三个方案：第一个方案是他直接去找龚汉诚，两个人面对面，说出来，这样的好处是可以不伤面子又能把事情说明白。但他顾忌龚汉诚不会相信他的话，毕竟他俩之间交情不深。第二种方案是让乌海吉去说，按照乌海吉的说法，他和龚汉诚的关系，已到了相当深的程度，可以无话不谈。这样，自己留有回转的余地。但这样便宜了乌海吉，乌海吉可以在龚汉诚面前，贪天功为己有了，这样在大坝项目上只能和他共享利润了。第三种方案，是他去省里找梁子玉，告诉他全部真相，由他给龚汉诚提个醒，这样魏力斯的阴谋就无法得逞。这个方案说白了，就是他白白地为江源做贡献了。因为，这样一来，这个项目最终会落到谁家，就不知道了！

他回家去原来是确定一下用这其中的哪一个方案，但心里乱得很，拿不定主意。所以，回家拉点爱吃的回去。他想听各部门经理的意见，想起来约各个部经理吃饭，在酒桌说为好，他先不说，让他们自己聊着，他则静静地听就是了，因为他没有告诉他们这个内幕。

吴国耀的中源公司管理人员很精干，连他自己在内也只有十几个人。其他的人，有活儿就临时去招聘，活儿一完就地解散，分钱走人，他不多养一个闲人。人虽然不多，但机构很齐全，办公室、人力资源部、公关部、事业发展部、财务部，应有尽有。

公司是他绝对说了算。但他的主要精力放在事业的扩展上。前些年主要是拿市政工程，这些年，他把主要精力转到房地产方面上来，拿地皮，盖房子卖房子。

相比之下，他更愿意买地皮，拍卖时就去竞标，不费力。拿工程则不然，与工程相关的部门和人员，他都要挨家挨户去求，辛苦得很。年轻时干干还可以，上了这个年龄，真不愿意再那么辛苦。

但这次是一定要争取，因为利润大啊，太诱人了！但更重要的是，他从内心感觉，江源大坝关系到家乡人民群众的生命财产安全，关系到子孙后代的平安和福祉，决不能让它落入骗子的手里。

一到江源城，他们俩就直接去海晶大酒店晶珠厅，那帮兄弟们都在等着呢。

吴国耀一到海晶大酒店门口，吴理睿、方向成等其他人早在门口接了，一行人走进了餐厅，凉菜已经上齐，酒水已经斟好了。吴国耀也没多说，径直走到主位坐了下来，一看菜单，笑了说："今天兄弟们下手不轻啊，海陆空都上了。"

"一年一次嘛，下手轻了不是看不起您老人家吗！"事业发展部经理杨一平说。

这是吴国耀的心腹和干将。做人做事都是大大咧咧的，只有他敢和吴国耀顶嘴、开玩笑。

吴国耀看了他一眼，然后问："大家喝什么酒啊？"

有人想喝洋酒。吴国耀说："别折腾了，喝了头疼，喝点茅台算了。"见大家都没话了，就说"来一瓶三十年的茅台吧"。

酒倒好了，吴国耀站了起来，端着酒说："一年辛苦，敬大家一杯，马上过年了，大家休息一阵子，但人闲脑子别闲下来，多想想挣钱的路子，咱们一起不少年头了，我过年就五十了，你们也不是二十多岁的年轻人了，折腾他几年，多挣点银子，老了过得舒服点。"

方向成说："吴总，您能不能高雅点，不要什么时候都说钱，好不好？"

"咱们这些人不说钱说什么，生意人做梦都想着钱才是正经的人，像你还想个妹子什么来着！"吴理睿插话，逗方向成。

"别瞎说这些，喝酒！"吴国耀脖子一扬，一杯酒下肚了，大家也跟着干了。齐娅静开始犹豫了一下，也干了。

酒干了后，吴国耀说："我领完一杯了，下面你们互相整去吧，我得先喝点酸辣汤。"

吴国耀爱喝酸辣汤，前些年到北京喝过一次酸辣汤，觉得味道好，就这么喝下来了。

其他几个知道吴国耀的脾气，没敬他酒，他们互相喝了起来。

吴国耀点了一支烟，吸了一口，弹了弹烟灰，低头想起事来了。还没抽几口，齐娅静过来了，说："吴总您又喝酒又抽烟，这样对身体不好，你平时不是不怎么抽烟吗？"

吴国耀抬头看齐娅静一眼，说："你怎么跟林虹一样，啰里啰唆的！"

齐娅静也没和吴国耀顶嘴，而是把他杯中的白酒倒在了自己的杯子了里，说："你今天坐了这么久的车，中午又没有休息好，别喝了，否则会醉的。"

吴国耀没听她说下去，而是倒了一杯酒，端起来，对齐娅静说："这几年你很少回家过春节，今年放你的假，回家好好陪父母过个春节，明天就可以走，过完元宵节回来就行了。"他叫了声："刘经理，你过来一下。"刘经理时赶紧过去听吴国耀的吩咐。"你给齐秘书发三万元，作为奖金，让她也好给父母买点东西。"

"明天一早就可以来拿，我会准备好的。"刘经理对齐娅静说道。

齐娅静想说不要，吴国耀又说话了："祝你一路顺利，春节快乐！喝了。"齐娅静喝完后，又对吴国耀说："您别喝了，就听人家一句话嘛。"

吴国耀没吭气，齐娅静就把他的酒杯拿走了沏了杯茶，放在吴国耀的面前，然后回到自己的座位。

中源公司的几位部门经理平时都是请客人喝酒多，他们自己之间互相聚在一起喝酒的机会都很少。今天机会难得，就互相敬酒，喝得不亦乐乎！

这当儿，吴国耀只是一个劲地抽烟、喝茶、吃点菜，让他们几个闹酒。渐渐地他脸上露出了笑容，还时不时地挑动他们之间闹酒。

这是方向成端起酒杯过来了，"老兄，兄弟敬您一杯。"吴国耀盯了方向成一眼，然后举起茶水。

"你就喝这个啊？……行吧，行吧，谁让你是老大呢。"方向成一杯酒一口就干了。刚转身向走，又折回来了，问吴国耀："您说拿那江源大坝我们有多少把握啊？"

吴国耀见他们话题上路了，就问："你觉得有多少把握啊？"

"根据以往的经验应该是十拿九稳的。"

"这回就不同了，加入了新的因素了，有好几家香港、台湾和美英的公司参加投标呢！"

"哈，别蒙我们了，不就是江源的几个喽啰拉大旗，作虎皮嘛，谁不知道啊！"

"这次不一样！"

"怎么不一样了？"大家听吴国耀这句话注意力都转到这里来了。

"以前是纸老虎，这次来了真老虎了，而且还不是一家，难呐！"

"什么真老虎啊？您别吓唬我们啊？我们是有百分之百的把握，您的本事我们还不知道！我们几个兄弟还指望在这个项目挣一把，搞辆好车呢。"

"真的没有把握，你们有什么好主意没有？只管说啊！千斤重担众人挑，人人身上有指标哇！"

吴国耀的中源公司以前在江源拿那些市政工程项目的手段，公司管理层基本上是知道的。那靠的是吴国耀的聪明才智，并不靠关系。

但吴国耀还有最深层的东西，没有让他们几个知道。其实这些年他能拿到好项目，最关键的是他把准了梁子玉的脉。

在吴国耀的眼里，梁子玉绝对是精英人物。他对梁子玉了解得相当清楚。梁子玉是1977年恢复高考后第一批大学生，那年他都二十五岁了，居然让他考上了清华大学，那个年代的大学生何等宝贵，凡是能考上大学的个个都是真正有本事的人。大学毕业后又上了研究生，北京那么大地方不呆，却自愿回到家乡工作，回来后也没有去机关，而是来到一个市政工程公司，当技术员。

当时的市政工程公司，都是一批初中文化的老粗，梁子玉去了，自然是鹤立鸡群，出乎其类，拔乎其萃了！不到两年，那个公司书记兼经理的头儿主动让贤，推荐梁子玉替代自己的职位。那年月政企不分，党政不分。但一般的干部都不愿意去公司之类的单位工作，以为那不够气派。要气派就没有实惠，梁子玉不到两年就当上了正处级！

改革开放初期，百业待举，百废待兴。这个时候最需要的是人才。江源市也一样，由于缺乏人才，严重影响工作开展，当时有些企业连一张会计报表也没人能编好，统计报告报上去被退回来要求重弄，弄好了再报上去，还是不合格，这是经常发生的事。当时的江源市委书记卫军同志急得不得了，接二连三地向省委写报告，要求调入一批干部进江源。

可你缺人才别人也缺啊。再说，那些大学生也不愿意到江源工作。有次卫军找到省委分管干部的副书记管尚仁同志，没等卫军开口，管尚仁就训斥开来了："你要人比谁都急，可你现成的人才都不好好用起来，北大清华名牌大学生多的是，你怎么不好好地发挥他们的特长呢！你也是个叶公好龙的家伙！"

卫军被训斥得找不到北，憋了一肚子的气。回到江源，一到办公室就把市委组织部部长宛通叫了去，当场就发火："你怎么回事啊，我们江源有好多北大清华和其他名牌毕业的干部，我怎么不知道呀！"宛通一听，先是一愣，后来想起来了说："哦，是这样，我们市里确实有那么几个北大清华毕业的干部，但他们都在市政公司啊，农机所工作，我是怀疑这些人或多或少有什么事吧。"

卫军一听就更火了"宛通，你是管干部的，干部政策你应该比别人都清楚，你怎么能随便给他们下定义呢！什么叫有事啊，到底他们有什么事？你今天给我说清楚！"

宛通一时语塞，呆在那里，不知所措。

卫军叫他马上去把所有的在江源的北大、清华、哈军工和其他重点大学毕业的人员列出名单，并附上每个人的简要情况，直接报给他。后来卫军看了这份资料，果然在他的辖区内，北大、清华、哈军工毕业的干部有五十多人，他们中的许多同志，工作在最基层。从宛通报告看，他们都是江源籍。都是热爱家乡，为了建设家乡回到江源的。只有一个人因为恋爱失败，打击太大回家，还有一个是身体长期患病，没法坚持完成学业才回家工作的，这些同志工作表现都很好，根本没问题！

梁子玉就是那次上名单的干部之一。被卫军看中，他后来下基层蹲点就选择了市政工程公司,和梁子玉有过几次接触,听了一些他的汇报,觉得是人才,决定加以培养使用。不久,梁子玉被任命为市建设局处长,再过一年任命为前山县县长、书记。在这个岗位上,他如鱼得水,大放异彩,做出了许多有创造性的事情,被中央的一个部长看中,想调他到北京去,省委的领导不放人,一年后把他提为江源市副书记,后来当了书记!

梁子玉接手江源市的全盘工作后,深感责任重大,任务艰巨。他摸清了当时的全市情况。在大会小会上都说,江源是"三多二缺一条路",三多:困难职工多,历史欠账多,农村富余(其实就是过剩)劳动力多;二缺:一是缺人才,二是缺钱财;一条路:走跨越式发展道路。

江源是个穷地方,民风朴实淳厚。历来崇尚读书做官,歧视商人。政府部门有些人对经商办企业上的人来办事,总是不痛快,不是拖后腿就是找点小茬,为难人家。

梁子玉为这个事专门作了讲话,批评了这种狭隘思想和恶劣的工作作风。

梁子玉有句话吴国耀现在还记得"官多民必穷,商多财源广,我们江源要干的一件大事就是减官解民困,招商扩财源"。吴国耀觉得这句很有道理。

经过几年的打拼,吴国耀掘得了第一桶黄金,其实也只有一百多万吧。在南方发达的地方这根本不叫有钱,但在江源就相当不错了。

有次,吴国耀找了市团委和市妇联,请他们帮他选十名贫困大学生,他提供资助,直至大学毕业。但有一个要求,这钱只能说是团委和妇联的,决不要提他的名字。条件满足后,他从包里拿出两张支票,每张票都是十万元,交给两个部门的负责人,并要了收据,就走了。

这事以秘密的方式,报告到梁子玉那里。梁子玉说了句:"吴国耀是个有社会良心的人。"后来,梁子玉又私下了解到他做的工程,手下用重金聘了一些名牌大学生,和有丰富实践经验的老技工,凡遇重要技术问题,他就跑北京、上海找老师帮忙,所以他做的工程别出心裁,很上档次。梁子玉听了后,就记住了吴国耀。

早些年市里有个青年文化宫项目,投资一千万元。是梁子玉从上级领导那软磨硬泡争取下来的。有一天他叫建设局长去找吴国耀到他办公室,他当着建设局长还有副市长、秘书一帮人的面,问吴国耀有没有做这种项目的能力,吴国耀说:"有!"

"那好，这个项目，我不招标，就决定让你做。"

吴国耀有些发憷，说："你说话算数吗？"

"算数！但你要答应一个条件。"

"什么条件？"

"工程如有质量问题，你从楼顶跳下去"！

"好！"

"那就这么办，我会保证你有10%的利润。"

吴国耀接到这个项目后，想了三天，这个项目应该怎么做，首先是要保证不出任何问题，其次还要挣到20%的利润。第三，不能害人，不能像有的人那样，一栋楼建起来，一批干部倒下去的情况。最后这三个目标都达到了，经过一年的日夜奋战，工程如期完成，梁子玉请了省里的专家组成的验收小组，经过十分挑剔的检查，获得了通过，并评了省优项目。梁子玉很满意，亲自剪彩。

这个项目下来，吴国耀净挣一百八十万，其中五十万是奖金，因为这个项目是全市建国以来最好最有创意的工程项目，梁子玉提议给予重奖，金额五十万。

完成了这个项目后，吴国耀住了半个月医院。由于他体力极度透支，工程验收的那天，他突然觉得天旋地转，眼前一片漆黑，扑通一声就倒在地上，昏迷了过去……

这事梁子玉也冒了一些风险，有人说他徇私舞弊，把工程当自家的东西送给好友做，肯定从中得到大笔好处。这件事传到卫军那里（当时他已升任省委副书记），卫军笑了，说："这同志收受贿赂，我不相信，给他一百个胆子他也不敢，里面肯定有什么名堂，八九不离十是为了造个轰动效应，制造一些新鲜噱头，提高一下江源的知名度而已。"

不久卫军去了一趟江源，检查工作，问起这事。梁子玉笑了："我这点心思还能瞒过你！我就是要让人们知道江源有钱赚，钱好赚，可以随便赚，来赚钱的人越多越好！"

"听说你收了吴国耀的钱？"

"您听说收了多少？"

"这个……听说是十万元！"这一句是卫军临时编的，并没有人说是多少钱。

"哎哟，怎么说得这么少啊！怎么不说一百万元或三百万元，那来的人会更多！"

"你敢！你以为只有包拯包大人有虎头铡吗？共产党也有！你要敢贪一分钱，小心斩了你！"卫军说这句话倒是认真的。

吴国耀结清工程款后，林虹向他建议向梁子玉和分管城建的市领导送些礼品。吴国耀双眼盯着她说："你这哪是叫我送礼！这是叫我去送命！"

林虹一头雾水，困惑不解地看这吴国耀，心里想，这年头谁不送啊！

吴国耀最终也没有送梁子玉和市领导一分钱，一份礼。而是拿出五十万元赞助希望工程，而且还是那条要求，绝对不要对外声张。

当然这事梁子玉很快就知道了。过了不久，有一次市里召开工商工作座谈会，吴国耀见到了梁子玉。

梁子玉问为他："为什么赚那么多钱也不谢谢我啊！"

吴国耀也笑了笑，随后背了一段古文《鸿门宴》上的一段话："沛公……衣物无所取，妇女无所幸。此其志不在小！"

"是'财物无所取'你这破记性，别给我丢人啊！"

梁子玉后来对李祥说："吴国耀这个人不错，可信赖，不会害人"。

上行下效，后来市里不管是哪个部门，大的项目都愿意找吴国耀去做。

……

现在这帮兄弟们又想用老路子去和龚汉诚打交道。吴国耀听了不住点头，以示重视他们的意见或建议，后来看大家也没有什么新招了，就招呼大家喝酒、吃菜，他则继续喝茶、抽烟，越往后越高兴，话也多了，笑声也爽朗起来了。

因为，他的大主意已经拿定：就是坚信公平、正义、法治，将自己和公司的能力发挥到极致，战胜魏力斯，拿下江源大坝工程！

第三十三章

齐娅静听了吴总放她假回家过年的话，心里一阵欢喜。她已经连续两年没有回家过春节了。每逢春节前夕，她的父母亲可怜巴巴地盼着宝贝女儿能回家团聚。齐娅静事先也总是答应得好好的。可一到节前，又告诉父母说她回不去了，公司事多走不开。她家两老一听，心里虽然盼着女儿回家过节，可又担心她的工作，怕丢了饭碗。就说，好好，家里有弟弟，东西都准备好了，让她放心，照顾好自己。

齐娅静的家乡在一个冀北小城，她家离铁路很近，父亲是一个装卸工，既要开货运车，又要装卸货物，一天下来很辛苦。虽然年龄也只五十多，但积劳成疾，一身的病。尤其是左腿，落下毛病很多年了，越来越厉害。走路也很不便了，有时要用拐杖了，只好办退休了。

母亲是个火车站里一个小卖部的临时工，每天一早就起来进货，就是到城里的饭馆拉些熟食、盒饭，卖给来往的客人。一个月三十天，天天都要上班，工资不到一千元。弟弟齐亚军读书不太争气，高考没有考上，靠着舅舅的关系，又花了两万元去了个大专的学校，学什么计算机，每年的学费就要两万元，父母那点工资收入，几乎全花在他身上了。毕业都两年了，还找不到工作，整天都在打杂，有时帮助母亲看看店，拉拉货，有时又推销推销电脑。他孱弱的身体再加上性情懒惰的毛病，决定了他不会有什么出息，每个月的收入还不够他抽烟喝酒的。

父母开始也想管管他，但知道他心里苦闷，也就算了。

他上学时班上有个女同学刘霜开始对他很好，这女孩来自苏北山区，家里贫穷，学费都交不起，齐亚军瞒着父母，给她付了一部分，还给她买这买那。三年过去了，这女孩毕业时连一句告别的话都没说，就去深圳了，很快就和深圳的一个老板好上了，不久就同居了。这个傻弟弟一下子如坠深渊，一蹶不振。

这事把父母急坏了。不得不叫齐娅静去安慰他。

齐娅静听了以后气愤得要死,她一到弟弟的病床前就破口大骂女人,说天下要数女人最没良心了。说来也好笑,她大概气昏了头了,忘了自己也是个女人了。

正骂得起劲呢,弟弟不耐烦了,说:"姐,你不也是女人嘛?干吗这样说自己的同类啊!……姐,我爱她,我相信她也是爱我的,只是她贫穷,我也是贫穷弱小,她才不得不另找他人,她真跟了我,也不会幸福。我想通了,不怪他,我祝福她,真的!"

齐娅静听了弟弟的这番话真是无语了!

她知道贫穷和孱弱,造就了弟弟这种带病态的善良,这让她说什么好啊。她默默地回到自己的屋子里悄悄地哭了一场,她怜爱自己的弟弟,更怜爱自己孱弱的父母,她也怜爱自己,他们一家是多么弱小和无助啊!

在这段时间里,她的心里乱极了。她心里突然冒出一个念头,找个有钱的男人嫁给他!不管他老小美丑!只要有钱就行,她现在需要钱,准确地说是他的父母和弟弟需要钱,而他们是永远不会有钱的。

后来冷静下来后,她又想,有钱的男人怎么会要她呢?她自己也不漂亮。她有时照着镜子看到眉心上的那个硬币般大小的胎记和腮帮上的几个小麻雀斑,心里就没底气了。自己这副模样别说是有钱的年轻男人,就是有钱的老男人也不会要她,现在漂亮的女人多着呢!想到这里齐娅静又落下了伤心的泪水。

他们家生活的改善是在她到江源的中源公司以后发生的。她得到吴国耀和公司其他副总的赏识。在中源公司她的心情很愉快,她的思维被激励了起来,工作虽然忙碌辛苦,但她觉得值,因为她的收入丰厚,她给了她父母和弟弟很大的帮助,父母那紧锁不悦的眉头,渐渐舒展开了。

……

在回家的路上,齐娅静心情很愉快。她坐了一天一夜的火车就要到家了。她喜欢北方。当她看到辽阔无垠的华北平原时,心里就激动了起来。她给家里打个电话,是妈妈接的。她告诉妈妈大概什么时候到家,还告诉妈妈不要来接,她打个出租车就到家了,很方便。

她妈妈听了连声嗯嗯地答应着,然后就好像有什么急事似的,急急忙忙就挂断了电话。这些齐娅静没有去多想,妈妈是个开小店的,有客人来找是很正常的。她把手机放进包里，仔细观赏一路的大好风光。

　　火车到站了，她看了一下表，正好十二点，就急匆匆下车了。她注意看了一下旅客，大多数都是跟她年龄差不多大的男女青年，一个个行色匆匆，脸露笑容，肩上扛的，背上背的，手上提的，都是吃穿的东西。有个女孩，长得高高大大的，右手提了好几只烧鸡，左手提的是小孩子玩具，不清楚她是孩子的母亲，还是妈妈的女儿，还是他的亲爱的她。但她给他们带回去的是美味和快乐，齐娅静心里笑了，她心里祝福她！

　　齐娅静到家了，大门是关着的，这是一套两居室的楼房，是爸爸单位的职工宿舍，以前是筒子楼，后来改为单元楼。原来的邻居几乎都搬走了，多数是搬进更好更宽敞的楼房去了，只有她爸爸妈妈和弟弟还住在这里。她家一直没有搬，因为每次搬家，住房条件肯定改善了，但得多交钱，新房还得装修，又是一笔钱。这对她那年龄还不算老，但身体都很弱的父母来说是难以承受的负担了。这些年她积攒了十来万元，都寄给家里了。用于父母生活补贴和看病吃药上花了两三万，弟弟也花了两三万，剩下有三万多点，她打算看看有没有新的更好的房子，要是花费不多的话，她这奖金三万加那三万就有六万元就可以换套新房子了。……

　　想着想着，她心里很高兴，可是这都到家门口了，爸爸妈妈怎么还没有露面呢？这不对啊！以前都是到火车站去接的啊，她心里掠过一丝不祥的预感，莫非两老病了？她敲了敲门，里面没有声音，她用力敲了几下，这时里面发出一个陌生的女人的声音："来啦！"

　　她认为敲错门了，正要看个仔细，这时门开了，一个少妇头探出头来。"你是娅静姐吧，快进来吧！"

　　她一进门更呆了，眼前这女人还是个产妇！齐娅静被眼前这女人弄糊涂了，不禁问了句："你是谁啊？怎么在我家里？"

　　"我是……我是，我是亚军的女朋友。"

　　"亚军的女朋友，生孩子？我怎么一点也不知道啊？"

　　那女人剧烈地咳嗽着，半天才慢慢地缓过劲来，说了句："等爸妈回来你就知道了。"

　　齐娅静刚想说话，这时妈妈回来了，妈妈见到了齐娅静，两行热泪哗哗地往下流。

"妈妈这是怎么回事啊?我弟和她……"

"咳,让妈妈给你说……"

听了半天,她闹明白了,目前这个女人就是齐亚军那个女同学,去深圳找了个老板,结果那个老板早已结婚,儿子都上大学了。她和他同居了快一年才知道的,有一天老板的老婆找上来了,还有他的儿子,把这个女孩一阵痛打,然后轰了出去。这时她已有八个月的身孕了,做人流已经来不及,只好生下来。上哪生呢?回苏北老家?她父母肯定把她给打死,实在是走投无路,就来找齐亚军了。齐亚军一见她就抱着她哭了,说不管怎么样,他都要她,照顾她和孩子。前些天,孩子生下来,医生一检查发现孩子有先天性心脏病,要做手术,一下子就交进五万元,亚军现在还在医院里。

……

齐娅静还没等妈妈说完就一头扑在妈妈的怀里,号啕大哭:"妈!您说咱们家怎么这么苦啊!什么破烂事都让我们给赶上了,凭什么那帮乌龟王八蛋造孽,要我们来受罪啊!妈!……"

她妈妈也哭了,那个女人也哭了:"娅静姐,我可以走,不连累你们家,那些钱算我借你们家的,我一定还你们……"

"你早知道这样,你跑到我们家干什么啊!你害得我弟弟还不够,现在又来害我们一家,我们家前世欠你的啊!"

齐娅静又哭又叫,悲愤至极!

"小静你别说了,是爸爸妈妈和亚军坑了你,让你受苦了!妈给你赔不是!"

"妈……"

齐娅静做梦也想不到家里是这样一个局面,心里难过是一方面,但这年还得过啊!她看了一下,家里什么都没有,只有一包包药。

她就收住眼泪上街买了点年货,还给爸爸妈妈买了几件新衣服,回到家时,她爸爸已经在家了,一言不发,只是连连叹息而已。

齐娅静在这个家是待不下去了,也没地方待了,她住的地方让那个产妇占了。她有个女同学李萍,关系不错,她想去她家住几天,李萍满口同意。但她只住了一夜就走了,因为李萍的弟弟像个流氓似的,故意和她相撞还用手摸她。

后来齐娅静住进了一家离家近些的宾馆，把她爸爸妈妈也叫来一起待了一天。妈妈心疼儿子就和爸爸一起去帮亚军看那个小孩，齐娅静去宾馆住了三天，大年初四就乘上了回江源的火车，大年初五上午到了江源。

　　齐娅静这次真正体会了人生苦涩的一幕。她说不出这什么滋味。那个与她毫无关系的女人和那个狗杂种，花了她的一大半积蓄，而且以后还要花。

　　她心里感到了一股说不出的窝囊，就像被人灌了一肚子的浑臭汤，怎么也吐不出来，让她恶心难受，恨不得跳入大海让自己喂大鲨鱼算了。

　　她到江源没有告诉吴国耀，只是一个人在宿舍想了哭，哭了想，她对生活失望到极点。

　　一天大约傍晚的时候她听到有人敲门，她原不想开，后来她听到是吴国耀的声音，就开门了，进来的正是吴国耀。吴国耀一见她便问了句："怎么这么早就回来了？还没有吃饭吧？我也没吃，一起做点吃的。"

　　齐娅静本来是不想吃的，一听吴国耀也没吃饭就强装笑容，打起精神，起来给他做饭。他们一边做饭，一边说话。吴国耀说他看到灯亮着，以为是她走了忘了关灯呢。要是没有开门，他就叫电工把电源切断，没想到她真在家。吴国耀学下的年轻人问了句："想我啦？"

　　这句很普通的玩笑话，却正说到了齐娅静的心坎上去了。

　　现在她觉得这世界上只有这个男人对她好，会疼爱她。于是她大大方方地说了声："是啊，很想你。"

　　吴国耀以为是开玩笑，说："不会吧"。

　　"真的，我爱你，你是这个世界上对我最好的男人，你是我的亲人！"

　　"你怎么了？没发烧吧？"他边说边用手去摸齐娅静的前额，看真发烧没有。

　　齐娅静平静地把头凑过去让他摸，然后把他的手握在自己的手里，"我们坐会儿，你陪我说会儿话。"

　　"娅静，到底发生了什么事？有什么不愉快的事，就对我说说，我尽力帮助你。"

　　"吴总，你说我怎么这么苦命啊？"

　　吴国耀看到齐娅静痛苦的表情，也有点难过，就说了句"说嘛"。

于是，齐娅静把家里发生的一切，以及她长久积压在心中的痛苦都说了一遍。吴国耀听了眼睛有些湿润，他动情地说了句："没想到你小小的年纪要承担这么重的担子。"齐娅静把头偎在吴国耀的怀里放心大哭了，泪水把吴国耀的衣服沾湿了一大片。

第三十四章

　　龚汉诚这些天有些头痛。因为连续不断有人给他打电话，都是为了大坝工程的事。来电话的人都是要他照顾一下某某公司。

　　先是北京某部的一名司长给龚汉诚打电话，开始说了些这个工程的审批情况，资金运作，钱分几批下达等等，他还说准备近期去江源一趟。因为部里已经明确交代，让他专门负责这个项目的监督，资金运用和验收全部工作。

　　龚汉诚连连表示欢迎他来江源视察指导工作。后来这司长话锋一转就讲到施工队伍的选定上去了，龚汉诚告诉他，现在这事还没有定，开标要等几天。这司长很客气地提出希望能照顾一下巨源公司，乌海吉是他和老部长的好朋友。

　　龚汉诚说："我们一定尽力，一定尽力。"对方说了声谢谢之后，就搁下电话了。

　　大约过了一个小时，副省长亲自打来电话到办公室，刚好龚汉诚去洗手间了，秘书接的电话。那副省长一听是秘书就说话了："龚汉诚当了代书记，架子也上来了，还没有转正嘛！"秘书赶紧给他解释龚汉诚上厕所去了。这副省长一听更不高兴了，因为在他理解，说上厕所和拒绝听电话是一回事。他以前当市委书记的时候也是这样处理的。他正要挂断电话呢，龚汉诚接过电话，把喘气的声音发大了一些，以示他是跑过来接电话的，"省长，省长……我是汉诚，对不起，对不起，刚才……刚才上洗手间去了。"

　　那副省长一听，知道秘书说的话没假，就笑着说："龚书记啊，最近好吗？我们是老朋友了，说话也不弯弯绕了，我有个朋友是江源搞施工的，他投标了大坝工程，你照顾一下？"

　　龚汉诚一听又是说客，心里很烦，但必须忍住，而且还要装得像，他说："省长，你说一下他是哪个公司的，姓甚名谁，我记一下"。

　　那副省长说："巨源公司，老板是乌海吉。""哦，是海吉啊，我知道了。"

　　上午快下班的时候，他的老乡、某省省长的秘书打了电话，说，省长说了请龚书记方便的情况下，照顾一下魏力斯的公司。

龚汉诚说，省长还好吧，秘书说，好谢谢，省长在接另一个电话，你一会儿可以给省长本人打电话和他聊几句，他最近心情很好。

这种电话就是艺术！领导本人不出面，让秘书出面，但龚汉诚又怕这秘书是假传圣旨，就问了一句，领导在不在。

而秘书也是心领神会，告诉他在！你可以打电话核实一下，而且是欢迎去核实的，因为他告诉你领导心情很好！

对于此后还有亲戚朋友，同学等等的电话，都是为了工程这个事，龚汉诚都酌情给予恰当回答。

领导难当，领导的水平高低，相当程度上表现在处理这种事情上。

你以为这是小事？错，恰恰相反，这正是大事，这些处理不好，就会造成不测的后果。就说那位副省长，虽然他管不了龚汉诚升官，但可以制造成麻烦，让他恶心半天，这就叫成事不足，败事有余！

那位省长，虽然不是他的省领导，但龚汉诚对他寄予希望，如果在江源发展不顺利，说不定可以投奔他去呢！再说了，人家今天是省长，明天说不定就是书记，如果能攀上他，那绝对是好事啊！

还有北京的那位司长，他手上掌握的资金上百亿，那手头松一松也是几千万上亿的。人家命好哇，从娘胎里出来就是含着金元宝，手里怎么就掌握那么多钱呢！我龚汉诚虽说是一个小诸侯，可手上可拨拉的资金不如人家百分之一！

这样的大财神爷也不能得罪啊！

哎可惜江源大项目就这么一个，这么多人来争，他是怎么也摆不平了！

这时他突然间想起了梁子玉当年是怎么处理这些关系的？好像他手上的大点项目基本上是吴国耀做的。吴国耀人是不错，但听说抠得很，江源的大小官员都这么说他，怎么梁子玉就欣赏他呢？嗯，这事，我得去套套李祥，看看其中有何秘密？

现在要在三天内决出中标单位，是不太可能了，这种事宁可慢点，也不能出错。

于是他让秘书拨通宋玉谦的电话，宋玉谦还在外面出差，龚汉诚告诉他，开标时间推迟，至于推迟到什么时候，回来面谈。

第三十五章

乌丽丝自从吴国耀家回到她在二叔乌海吉的住处后,心情一直没有恢复。她一直后悔把孩子做掉。

她好几次梦过那个孩子,是个男孩,长得像她自己,只有鼻子像吴向宇。在梦中那孩子会叫她妈妈。有次在梦中那孩子问乌丽丝:"妈妈,你怎么不要我啊?为什么不喜欢我啊?我长大会给你做好多事,我会背着你飞起来,飞得很高很远。"

那孩子边说着,边真的背着乌丽丝飞了起来。越飞越高,越飞越快,在飞过一条又宽又深的河流时,那小孩说:"妈妈,我没劲了,我放你下来吧。"

乌丽丝向下一看,是条大河,吓坏了,大声叫:"别放下我,别放下我!"可那小孩子嘻嘻一笑:"谁让你不喜欢我的,我就放!"

于是乌丽丝就从万米高空,向河中掉了下去。她不由自主地"啊"的一声,她惊醒了,心里还怦怦直跳……

乌丽丝从外表看,是个很赶潮的女孩。她上街总能吸引许多男人眼球,回头率达到70%以上(她自己说的)。有时看到有人长时间盯着她看,她非但不生气,还觉得很好玩,有时会朝那人笑一笑。

乌丽丝是个内心纯洁无邪的人,在她眼里大家都是好人。她最看不惯那些装模作样,动不动就说男人坏啊、色啊的女孩了。她说:"我怎么没有遇过啊,是你们去招惹人家吧?"

乌丽丝身边有一大群和她年龄相当的小伙子,公司里有七八个,别的公司也不少,他们都特别喜欢和乌丽丝玩,公司的人比较活跃,都称乌丽丝"姐"有什么好事都想着"姐"。

公司有个四川来的小青年,比乌丽丝小两岁,对她可好了,每隔一段时间,就叫家人寄些腊肉制品给乌丽丝,因为乌丽丝有次说腊肉比什么肉都香。每次给腊肉时,乌丽丝都拍拍那小男孩的脸说,姐还有好几块呢,等吃完了再寄吧。

那男孩很认真地点点头，可没有多久，又给乌丽丝送腊肉去了，乌丽丝又说了一遍，那男孩说："姐，我其实也知道你没吃完，可是我想见你和你多说会儿话，送腊肉只是个理由吧！"乌丽丝一听就笑了："姐不是贪官恶人，不需要送礼才可以见面的！"

公司还有一个从四川来的男孩，两条腿有些不对称，走起路来就一歪一拐的，样子像在T台上走猫步。

第一次见到这男孩，乌丽丝没看出来，以为是他学走猫步呢，就上去说他："你走猫步也别在公司里练啊，本小姐看不惯！"

那男孩认识她，知道她是老板的侄女，就没敢吭气。后来，乌丽丝知道了真相，心里觉得对不起人家，老想找个机会向他道歉。

有天下班，她找到他，叫他晚上请她吃饭，地点丽晶大酒店。那男孩有点慌了，丽晶大酒店是江源的头一把杀猪刀。进里面去吃大餐，一个人没有上千元根本出不来。但为了面子，也得去，他从别人那里借了一些，凑了一千元就去了。丝丝领他到一豪华包厢，这男孩一看，这包厢比北京饭店还高档呢！今天得花多少钱啊。于是他就对乌丽丝说："姐，我有什么不妥的，你就高抬贵手吧，我今天只有一千元。"

乌丽丝也不啰唆，叫服务员进来说，要两碗手擀面。服务员说："小姐，这包厢最低消费每人八百元。"

"我有金卡，今晚胃口不好，就想吃碗手擀面。"

服务小姐认识她是乌海吉的侄女，又有金卡，就不吱声了。过了一会儿端上来两碗手擀面，两份鲍鱼，一份红烧辽参，两份鱼翅，三个凉菜和一份汤。

乌丽丝正想发火呢，那小姐倒先说话了："乌小姐，这些菜是老板送的，因为你公司是我们的大客户。老板说了规矩不能破，每人消费最低八百元。但可以送，这几样菜加起来，正好每人八百元，单老板已经买了，祝您二位用餐快乐！"

服务员说完就退下去了。

乌丽丝说没有见过这架势，心里很是不安。但她却故意放松表情，对那个男孩子说："你看多好啊，这么好的东西白吃，算你造化！对不起啊，我不知道你的腿真有毛病,向你道歉啊!来,咱们以茶代酒,敬你!"

在饭桌上,那男孩子说起了小时候有回膝关节突然酸痛,持续一两个月也没好,家里穷,父母怕花钱就给他找了个土中医,弄了两副草药贴上,没起作用,后来倒自己好了,但却落下了这个毛病!

"我回去跟我二叔说说,以后别让你干重活。"

乌丽丝纯真、善良,身边聚集了一群崇拜者,只要乌丽丝吩咐,他们都甘愿效劳。所以乌海吉有时无不遗憾地说:"我家丝丝要是个男孩就好了,我看他怎么也弄个市长、书记干干。"

乌丽丝最近有些闷闷不乐,她的那些哥们也都不开心。后来他们也不知道从哪里听来的消息,说是他们的"姐"让吴家的小子骗了,都气得咬牙切齿,想等吴向宇回来时把他废了,替姐报仇。是可忍孰不可忍!

这事让乌丽丝知道了,她当时气得脸色铁青,说:"什么吴家那小子,他叫吴向宇,是我的丈夫!谁敢多事,我一口咬死他!"

乌丽丝一发狠就爱叫说:"我一口咬死他!"她真把自己看作一只母老虎了!

俗话说"虎毒不食子",这句用在乌丽丝身上也恰如其分,现在她正为失去她的未出生的虎仔而难过呢!

乌丽丝做人流的事,吴向宇知道得比较晚。吴国耀在第一时间告诉林虹,说要不要让儿子知道,让林虹看着办。

林虹一听,先是骂声:"这个臭小子,怎么会这样呢!"

吴国耀说:"已经这样了,你啰唆什么,现在的问题该怎么办?"

林虹说:"什么该怎么办啊,我怎么知道啊!儿子这方面也随你了,表面上老实巴交,骨子里蔫坏!"

吴国耀最恨这句话了,林虹这二十多年来,不管是高兴还是生气都这么说他,说得吴国耀又羞又恼,他一听这话,就大骂开了。

林虹一听,却笑了,逗他说:"都老了,你还这么犯忌讳啊!呵呵。"

吴向宇从母亲那里得到这消息后,来了句"嗯,知道了",又埋头干他的事去了。林虹一见儿子这样,就想说他两句,可又不知道怎么说,就回头到自己的房间去了。她心想,这儿子太像他爹了,不论多大的事,到他那就是"嗯,我知道了!"

不过她还是喜欢他们父子俩这样的脾气,这叫"每临大事有静气"。这就是他们吴家的家风!

吴向宇知道后,打电话给乌丽丝,他问她:"这种事你怎么不直接告诉我啊?做人流之前,是不是应该先征求一下我的意见啊?你是不是认为生长在你肚子里的东西,就属于你了,你就有权决定他的生死存亡了?"

乌丽丝一听就放声大哭:"向宇,我错了,我现在也后悔死了……我以后再也不敢了。"

乌丽丝半天还抱着电话,呜咽不已。

第三十六章

乌海吉这个人在外人看来,是个狡猾、凶狠的人,但在刘月娜的眼里,却是个善良、体贴多情的好丈夫。刘月娜对丈夫也是无限深情。

当年在深圳,刘月娜离开了那家歌厅,就正式到乌海吉的公司上班,帮他管账管钱。当时乌海吉正在负责一个工地,这个工地投资不少,有五百多万。但真正能赚到手里的钱,不会有多少。乌海吉当时为了争取到这个工地,把身上的钱都花光了,连吃饭的钱都没有了,刘月娜就找了亲戚借了两百元,用于两人的吃饭。好在工地开工了,第一批工程款拨下来,乌海吉不管三七二十一,先从这笔钱中扣了二十万,说是不管怎么着,你得有这笔钱,否则没法活。他让刘月娜给他管。

刘月娜说,这么多的钱,怎么放心她一个女人啊,把钱取出来存到自己的卡上多好啊!

乌海吉说也是,就存二十万到自己的卡上,然后把卡交给刘月娜,把密码存在刘月娜的手机上,刘月娜还是不愿意,她觉得压力太大:"你放心我,我还不放心我自己呢!"

乌海吉说求你了,你就帮帮我吧。

刘月娜和乌海吉住在一起。开始他们俩分开住,刘月娜住里间。乌海吉住外间。里间通风,夏天凉快,外间北墙靠近一家餐馆,那灶炉正好对着墙,夏天太阳晒,火炉烤,房子热得要死,这样住了一个月。

有天晚上刘月娜睡了一觉,半夜醒来,听到乌海吉在噼里啪啦直摇扇子,她担心他晚上睡不好,白天劳累,长久下去身体吃不消,就起来对乌海吉说:"海吉到里屋我们一起睡吧!"刘月娜说的平静。

乌海吉说:"这样不好吧,你还那么小。"

"小什么啊,马上十九岁了,再说,我们都是草民一个,管那么多啊!别的男人打死我也不愿意,你啊我百分之百愿意,你放心,我不会赖上你,你以后想什么时候走都可以。"

乌海吉也没有多说，就进屋了。这天晚上乌海吉真是累极了，一到床上就睡到天亮，醒来以后，他见到刘月娜还在给他扇扇子呢！他问她："你怎么不睡？"她说："睡不着，看你满头是汗，夜里做噩梦，又喊又哭的，想你是累坏了，干脆就坐起来扇扇，让你睡得踏实些。"

也许是乌海吉睡了个好觉，体力恢复了，也许看刘月娜对他么么好，抱着刘月娜就想要。刘月娜说，今天晚上吧。你白天还有那么多事，这会儿弄这事，弄得没精神，会耽误事的。

乌海吉一听这话觉得有道理，就放开手，一看表，说了声不好，今天有要事，快到时间了。牙没刷，脸没洗，饭也没吃，就急急忙忙赶到工地去了。

事情说起来也巧了。这天上午，市政府有关部门领导刚好到这个地方来检查工程质量，乌海吉到了还没有抽一根烟的工夫，检查组一行人就到了他的工地。检查组对工程质量很重视，对他的工地提出了一大串问题，其中一个领导发现，有袋水泥不合格。这可是大事，当场就要勒令停工，接受全场检查。

乌海吉被吓坏了，他忙上前一看那水泥，就发现这袋水泥不是他的。他从来没有用过这种水泥。后来一查是隔壁工地偷偷扔过来的。他们那个工地全是用这种水泥，乌海吉又向检查组说了一大串好话，这才幸免于难。

处理完这事以后，他一身都是汗，被吓的！他屁股坐在一块石头上，点上一支烟，猛吸了几口，一边吸烟一边想，今天早上要不是刘月娜劝他，他在床上再停留个半小时，那他就大事去也。他认真地想起刘月娜，觉得这个女孩子有旺夫之好相，也有相夫之善心，心里想，这辈子就她了！……

这个工地完工后，乌海吉赚了五十万元的样子。但外人不清楚。以为五百万的工程怎么也可以赚个一百万以上。在那一带流传开了，乌海吉三个月净挣一百五十万的传言。乌海吉开始没在意，反正挣多少与外人无关。

但是怎么会与人无关呢？有的人就认为与他很有关系。有几个歹徒就起了歹毒的念头，想劫乌海吉的一百五十万！

几个歹徒事前进行踩点，对乌海吉的住处了解了一番，绘制了地图，探清了乌海吉的起居作息时间，制定了方案，准备下黑手。这天晚上，几个歹徒各执钢刀潜伏在他家附近，只要他一出现就下手。

也算是乌海吉命大，那天他陪刘月拿去逛街，正要回家呢。恰巧碰上了那天检查工地的领导。他赶紧向前问好。

那领导见是他，笑着说："那天算你走运，没出事，附近几个工地都停工整顿了。"乌海吉一听，心里更是感谢刘月娜。但嘴上还是说感谢领导，还请领导吃饭。这个领导也是说着玩的，人家才二十五岁左右，能当什么领导啊。

那领导一听就想试试让乌海吉有无诚心。马上接上一句："好哇，发大财了，请吃顿饭应该。去吃海鲜吧！"

刘月娜那天刚好身子不方便，不想去，就回家了。

刘月娜一进楼，就发现有两个陌生人在走动，她原以为是公司的人。也没在意，后来看到楼梯口又有两个人在搬花，他以为是乌海吉买的花呢，就拿出手机给乌海吉打电话，问问这是怎么回事。

人说做贼心虚，这是千真万确！

这两个歹徒先是看刘月娜盯着他们，后来又要打电话，以为她是打110呢，有些害怕，就一不做二不休。一个夺走刘月娜的手机，一个用刀顶住刘月娜的腰，闷声说道："你敢叫，就杀了你！"

刘月娜知道这是遇到歹徒了，叫一声就肯定是没命，就马上冷静下来，想应对之策。她灵机一动，对歹徒说："两位大哥，我们吃这行饭的，说实在不在乎那些事。你们想找我玩玩，愿花钱也只是一两百块就够了，不想花钱也可以，反正这种事我天天都做十来个，何必为这种事弄个命案，我死你伤呢？多划不来啊！"

那两个歹徒一听，认为她是个三陪小姐，就要抢她的包，又叫她把卡给他们。刘月娜身上还真有张卡，是她存点零花钱用的，卡上也有两万多。

刘月娜就说："两位大哥，我们女人的钱也要啊？"

"别废话，快拿出来吧！还有密码！"刘月娜把卡和密码都给了歹徒。

有个歹徒说，要是骗我的话，还来找你！他们怕事弄大了，就决定撤退了。那两个歹徒真是人间的污秽，临走前，使劲地捏了刘月娜的乳房几下，疼得她满地打滚。

刘月娜怕乌海吉回来，就给乌海吉打了个电话，并告诉他千万别回来，她没有事。乌海吉哪肯耽误，他从工地上叫来了十来个民工，往家走，才赶到楼前门口，只看见刘月娜坐在门口，捂着胸口，脸上全是汗。

乌海吉二话没说，趁几个民工在，就叫他们一起上楼搬家，当晚他们就住进了工棚。

　　在以后的几年里，乌海吉事业发展特别顺，工地越做越多，越做越大，钱也大把大把地挣，但是钱越多，他越觉得心里不踏实，那次的遭遇像个梦魇每天都压在他的心上。终于，有一天，他们决定回到了江源老家。

第三十七章

初秋的冀北山区，早上已经有些凉意。上了年纪的人，大多数都穿上了两件衣服。

不知道有人注意到没有，全球气候越来越热了，可是人却越来越怕冷了。

就拿这里的人们来说吧，像今天这样的天气，要是搁在四十年前，人们还打着赤脚在地里干活呢。可现在都穿上了鞋袜和长衬衫。

当然，如果你是个细心的人，也许你就会发现有些人穿衣服纯粹是为了显摆，是向人宣示自己有钱，有能耐，有个性，或者是身材好，或者思想开放等。他们觉得想穿什么样的衣服就穿吧，至于天气凉点热点，那有什么大的关系呢？

但是如果有人穿着太不靠谱，那还是会有些热心人会过问一下的。

这天中午，气温已经有二十多度了，早上穿两件衣裳的老人，也只穿一件秋衣了，年轻人为了显示自己的身材，肌肉，又光膀子了。但是有一个年轻人却穿上了棉毛衫和毛衣，下身也穿上了秋裤加西裤，头顶上还戴了一个帽子。

他这样的穿着打扮与这样温暖的天气，以及周围的人穿衣打扮都格格不入，于是就有人投来惊奇的目光。

有个老大妈按捺不住好奇心就上前问道："亚军，这么大热天你咋穿这么多衣服呢？咋说你也是个带把的，咋像小媳妇坐月子似的呢？咋把身子搞得这么糠呢？"

齐亚军没有搭理她，继续慢悠悠地在马路上溜达。

另一个老大妈又说道："这孩子犯花痴呢，让一个小妖女给耍啦，搞得神经都不正常了。你看他那张脸，跟白纸一样，没有一点血色，跟他说话他也听不见，这孩子残废了呢。"

说完，摇了摇头，满脸的痛苦，仿佛他就是她的儿子似的。

其中又有一个中年妇女说道："你们都这么大的年纪了，还爱看人家笑话,亚军这孩子挺可怜的,他是患了风湿病了,手脚关节都患了关节炎。这个毛病就是怕冷,严重起来,夏天穿棉衣都嫌冷。年纪轻轻的就落下这个种毛病,以后的日子怎么过呀?"

她们正对齐亚军议论纷纷呢,这时候有人发现他的妈妈柯八芝来了,叫亚军回去吃饭。

几个女人见到了柯八芝马上停止了议论,都热情地跟柯八芝打招呼。柯八芝猜到她们正在议论她的儿子,于是她皮笑肉不笑地说道:"你们都在看我这个傻儿子的笑话,是吧?我告诉你们啊,前些日子算命的那个张瞎子说了,我家亚军是一条龙从天上下凡,现在不作动静。三年以后开始转运,到时候准比你们家那些打工仔打工妹强个十倍八倍的,到那时候再看谁笑谁呢!"

大家都知道柯八芝这张嘴厉害,要是把她惹急了,什么难听的话她都敢说,所以没有人去招惹她。

柯八芝见众人都不敢吭气,哼了一声,拉起亚军就往家里走。

柯八芝虽然可以镇住那帮女人的嘴舌,但却无法消除掉齐亚军的疾病。齐亚军最痛恨的是:父母把他生下来,而且让他长成这个样子,生活在这样窝囊的家庭之中。

把他生下来的那个女人,也就是他的妈妈,成了他责怪怨恨的主要对象,他稍有不顺,就冲着妈妈大声责骂:

"你们俩犯什么骚啊?把我生下来,害得我这么惨!"

柯八芝每当听到这句话,总是羞愧难当。她承认是她的错,当初是不应该生下齐亚军的,害得他这么苦。

她回答说:"我要是不生你,你还做不了人呢,说不定你在做狗吃屎呢,做马被人骑呢。"

齐亚军回答说:"那我也愿意,我也不愿意过这猪狗不如的生活!"

齐亚军、齐娅静姐弟两人,都埋怨他们家的生活猪狗不如。这到底是为什么呢?是家里揭不开锅了吗?是他们衣不遮体了吗?是被人家奴役当牛做马了吗?

这些都不是。事实上,他们家的生活,比周围人家的乡亲相比,还是好得多。但是究竟是什么使他们姐弟俩叫苦连天呢?

这个问题的答案完整版,在隔壁廖跃顺大妈心里。

廖跃顺和柯八芝，都是同一个村嫁到这里来的，只是柯八芝晚到了一年。

关于柯八芝的有些笑话，廖跃顺至今还记忆犹新。

在柯八芝结婚的蜜月期间，有一天晚上，她正在收拾屋子，突然听到柯八芝大声喊："上去一点，对，再上去一点，不对，这又上多了。往下一点，好，又过了。你真是一头蠢驴，连这点准头都没有，你滚下来，还不如我自己来呢！"

齐合礼说道："都是按你说的做的，这能怪我吗？不行就算了，你才是一头蠢驴呢。"

"你说谁是蠢驴呀？"

"那你说谁是蠢驴呢？"

"我说你是蠢驴。"

"那我也说你是蠢驴。"

"你敢说老娘是蠢驴！"

话音未落，只听啪的一声响，随后听到齐合礼啊的一声叫，"你打到我的眼睛了，我眼睛什么都看不见了，我的眼睛瞎了，你这条毒蛇怎么这么狠啊？"

柯八芝声音更大："你跟老娘装什么蒜？吓唬谁呢？瞎了才好呢，那你就是一头瞎蠢驴了！"

齐合礼嗷嗷直叫。声音可惨了。

廖跃顺想过去劝架，刚抬脚就被他的老公高铁莫一把拉住了："你咋这么傻呢？人家夫妻俩做夫妻事呢，你去搅和一下算个啥呢？敢情你也是一头蠢驴呀！"

廖跃顺一想还真是啊。可这明明是下面的事情，怎么打到上面去了呢？还把眼睛给弄瞎了呢！

高铁莫说："你没有看出来呀？合礼的媳妇是一条母老虎呢，又蠢又狠又骚，合礼这辈子没好日子过了。"

这仅是开始。

后来齐合礼柯八芝夫妇吵架，就成了家常便饭了。齐合礼白天要下地干活，晚上还要伺候柯八芝，白天晚上都很劳累。头两年，他气壮力强，还可以和柯八芝吵一吵架。后来慢慢地就气馁了，就没有力气和柯八芝吵架了，事事都顺着柯八芝来。原来一个强壮、活泼、风趣、乐观的男子汉，几年下来变成一个夯头俯首，身体孱弱的人。原来是个干活的好手，后来慢慢地变成体质虚弱，连一百来斤的担子也挑不动的男人了。

齐娅静，齐亚军先后出生，家庭负担更加沉重了，家里的生活也就日渐拮据。但柯八芝却气壮如牛，声若洪钟。对齐合礼也更狠了，齐合礼开始还能抵抗一二，后来就完全俯首帖耳了，最后整个人都木讷了。

柯八芝的弟弟柯九银为人正直善良，还挺有本事，在当地火车站当了个科长，手上还有些权力，身边也有些好的朋友，他看到姐夫的困境，就动用了一下关系，把齐合礼调到了火车站，当了个汽车搬运工。

这份工作说白了是又要开车，又要搬运货物，工作量不小。但比起在家里种田来说，劳动量就减轻很多了，收入也比种田高出了许多，同时还把柯八芝也调到火车站的小卖部，卖些小百货，这样一来，一家子的日子又宽舒了许多。

但是，柯八芝对齐合礼的态度，并没有什么明显变化。

夫妻长期的不和，给孩子造成了严重的心理阴影。

齐娅静从懂事的时候起，就看到父母吵架，特别是母亲辱骂父亲那些土话脏话，她听了以后都感到脸红，但她妈妈骂父亲的时候，丝毫没有想过儿子和女儿的心理感受。

父母关系这样糟糕，让她从小就感到很自卑，感到生活在这样的家庭中，真是如在炼狱。

所以她从小就觉得生活在这种家庭中没有意思。长大了以后，完全懂事了，这种感觉就更加突出，也更加让她难受了，每当听到母亲骂父亲的那些不堪入耳的话，她恨不得钻入地缝中去，这种痛苦比吃糠咽菜不知道难受多少倍！

从小时候开始，齐娅静就特别羡慕邻居高大叔和廖婶一家人的亲亲密密和和气气的日子。他们一家子除了夫妇两人之外，廖婶的爹也和他们生活在一起。廖婶的妈妈早些年去世了，高大叔就把他老丈人接过来了，和他们一起生活。

齐娅静听爹说过，他当年去廖婶家提亲，廖婶的爹妈提出一个条件：因为他们两个没有儿子，只有这么一个女儿，到老了以后女儿和女婿不管的话，就没人管，所以他们提出，等到他们老了以后，女婿要承担他们的养老义务。

就因为有这个条件，让许多求婚者望而却步，这也包括齐娅静的爹。

这个消息让高铁莫知道以后，他就去提亲了。当廖家父母提出这个要求的时候，高铁莫说："这算什么条件呢？你们就是不提这个条件，我以后也得赡养你们啊，养老尽孝，这不是做儿女的本分吗！你们俩要是信不过我，现在就可以跟我一起走，我养着你们！"

于是，廖家就答应了这门亲事，廖婶不久就嫁到高家来了。廖婶觉得高铁莫为人厚道，还可能是怕他日后说话不算数，搞得他爹妈没处养老，所以对高铁莫的父母很孝顺，对高铁莫也是百般体贴，夫妻之间互敬互让，日子过得和和美美。

记得爹当时讲完这个故事后，还深深地叹了一口气，爹当时还说："唉！还是高铁莫高黑子聪明，鬼心眼多，娶了一个好媳妇，生活得这么安逸，不像你爹，娶了一个粗蠢的母老虎，天天都要受窝囊气，唉！这也是命啊！"

高铁莫的独生女高银娟，比齐娅静大一岁。说来就太怪了。高银娟根本就不像他爹妈生的：为人既没有爹的宽厚勤劳，也没有妈的聪明善良，而彻彻底底的一个刁钻古怪的女孩。说一句不好听的话，跟齐娅静的妈妈还真有一拼。

高银娟从上小学的时候开始就有一个很怪的脾气，就是特别爱打听别人家的是非，专门好揭别人的伤疤，挠别人的痛处，然后到处传播，让人痛恨不已。

她对齐娅静那当然是特别照顾啦，谁让她们是邻居呢，谁让齐娅静学习成绩比她好呢，所以高银娟从来不放过一丝一毫的嘲弄齐娅静的机会。

有一天在路上，两个人偶尔相遇，高银娟坏坏地朝齐娅静笑，然后问道："齐娅静，你们家昨天晚上吃猪腰子了吧？"

齐娅静不知道她什么意思，就回答道："吃猪腰子你怎么也知道的啊？"

"骚味太大，都传到我家来了，我都闻到了。你妈怎么那么爱吃猪腰子啊？"

齐娅静一听就知道她说的是她的妈妈折腾他爹的事情，让齐娅静好一阵难过。但她也不是好欺负的，毫不示弱地说道："你爹妈不也一样吗？要不怎么会生下你啊？"

"那可不一样，你妈声音那么大，我可是未成年人啊，这不是害我吗？这可是有骚扰之嫌啊。你爸妈天天这样演黄片子，我可受不了了，再让我听到的话，我可要叫全村的人都来听啊。"

齐娅静一听到这句话，就不敢再吱声了，因为她相信，把高银娟惹急了，她还真的做得出来。

齐娅静从小就有一个迫切的愿望：那就是自己长大以后离家远远的，越远越好。她真的不想听这些让人恶心的事情了。当时的唯一出路就是考上大学，只有考上大学，她才能够远走高飞。

所以齐娅静读书一直很用功，成绩也一直名列前茅。

但是，烦心的事情却一直没有断过。

有天上课的时候，同桌的张相红同学凑近她的耳朵边悄悄地问道："娅静，听说你要出国留学去了？"

这句话可着实把齐娅静吓了一跳，她瞪了张相红一眼说："你造谣也动点脑子好吧？我家一没钱财，二没本事，我去趟县城都费很大劲呢，说我要出国留学的，那不是十万八千里以外的事吗？你听谁说的？"

"我当然是听高银娟说的啦，高银娟还说了，她是听你妈说的，你妈说你家有个远亲在美国那边，他可以担保，解决你留学的经费问题呢！"

"瞎扯什么呀！我们家哪有这样的亲戚啊？我妈怎么从来没有跟我说过呀？高银娟这故事也编得太离谱了吧？"

"反正她说是你妈妈说的，高银娟也信以为真了，高银娟还说，以后要对你有好一点，没想到你家还有能人呢。"

这事把齐娅静心里弄得上七下八的，当时上课讲什么她都一句都没听进去，放学一回家，她就直接找母亲去问这件事去了。

柯八芝听了女儿的问话，当场就笑了。她大声说道："没想到女儿的消息还挺灵通的嘛！不过不是留学，而是让你嫁到美国去。听你舅舅说，他单位有个同事的姑姑在美国。她有个残疾的儿子，不过也不是什么大毛病，就是个瘸子，年龄三十多点，想在中国找个媳妇。我一下子就想到你了，美国多好啊，又有钱又有大房子。昨晚上我跟你爸一说，让你去试试看，你爸坚决不同意，所以我就没跟你说，这么说你同意啦？"

齐娅静听了妈妈这番话，当场就气哭了，边哭边说道："我到底是不是你亲生的？你干吗这么作贱自己的女儿呀？让我去嫁一个瘸子，年龄那么大，都可以当我的爹了，像这样的残废人，让我嫁给他，你也好意思说出口啊，要嫁你自己嫁去！"

"要是我没有嫁人，那我就嫁了，总比守着一个像你爹这样的废物强多了！"

"我爹怎么废物了？他挣钱养活一大家老小，是个顶天立地的大老爷们，他比谁都不差！你天天这样骂他，折腾他就不对！倒是你整天好吃懒做，到处搬弄是非，天天折磨我爸，你都不知道人家外面怎么说你呢？你也让我们太丢脸了！"

齐娅静可能是被她的母亲气糊涂了，把平时积攒在胸中的闷气，一股脑地都迸发了出来，完全忘记了眼前这个人是自己的亲妈。

突然，啪的一声响，一记重重的耳光打到了齐娅静的脸上。"小婊子，你竟敢骂你的老娘，你吃了豹子胆了，我打死你！"

话音未落，又一巴掌打到了齐娅静的右脸上，齐娅静当时只觉眼前一黑，就倒在地上，不省人事了。

柯八芝看到齐娅静瘫倒在地，晕死过去，毫不在意，又朝女儿的小屁股踢了一脚，狠狠地说道："小妖孽装死啊你，你以为我害怕呀？你要真死了才好呢，这么小就敢骂妈了！"

说完后若无其事地就出门去了。

这时齐合礼刚刚下班回家，看到女儿躺在地上，赶忙上前扶她，看到女儿双眼紧闭，嘴角流着血，他大吃一惊，他下意识地看看女儿的衣服。他看到女儿衣服裤子，穿着整齐，心里稍微放心一些。他摇了摇女儿，女儿没有反应，这可把他吓坏了，他撕肝裂肺地喊了一声："娅静，你怎么啦？别吓唬你爹啊！"

过了一会儿，齐娅静才苏醒了过来，他听到爹爹的声音，又委屈地哭了，用微弱的声音说道："妈要打死我！"

齐合礼一听这话，猛地站起来，大声骂道："他娘的！这次我绝不饶她了，这条毒蛇，我非打死她不可！"

他顺手抄起一根胳膊粗的大木棍子，就要去找柯八芝算账。

说也碰巧，柯八芝解气了，刚从外面回来，齐合礼一见她，劈头就问：

"你为啥打女儿？你还想打死她。"

柯八芝没有发现齐合礼的表情，还是像平时那样没好气地回答道："这个小妖孽敢给我要狠，我当妈的管教管教她怎么了？不可以吗？"

"这不是管教她，而是要打死她，你这是用刀戳我的心窝啊！"

"我就打死她，怎么啦？我就戳你的心窝怎么了？她就像你，让我一见就恶心！"

齐合礼一听到这番话，又看到女儿的惨样，胸中的怒火，一下子暴发了出来，他怒吼道："你平时怎么折磨我，我都忍了，我就是看见两个孩子的面上，才这么忍着的，今天我要给你算个总账。"

说完话，抡起大木棍子，朝柯八芝的脑袋就砸过去！

柯八芝大吃一惊，迅速地躲闪了一下，但还是被齐合礼打到左肩上，一阵剧烈的疼痛。这时她就像一只受伤的母老虎，嗷嗷直叫，就地打了个滚，然后爬起来，猛地朝齐合礼扑过去，双手去抓男人的下身。这可是要他的命啊！

齐合礼一看这情况大吃一惊，拔腿就想走，可就在他提脚要走的同时，他的膝盖正好顶到了柯八芝的下巴、伤到了她的颈椎，击中了人类最脆弱的最要害的部分。柯八芝当时连哼一声都没有，就像一个空麻袋一样倒在了地上。

齐合礼见此情景，知道自己闯了大祸了，不知道如何是好，于是他连忙给柯九银打电话告诉这事。

柯九银一听，立即打了120，不一会儿，急救车把她们母女两个都拉到医院去了。

齐娅静没有什么大毛病，第二天就出院了。柯八芝伤到了颈椎，住院治疗了七八天，药费花了三万多元，而且一分一毫也不能报销。

这个事情真是窝囊，这钱也花的真够冤啊。

然而，家里人更担心的是柯八芝回家以后肯定会找齐合礼大吵大闹。所以，就建议齐合礼做一些预防工作。

柯八芝出院那天，是柯九银去接她回家的。柯九银在回家的路上，就问柯八芝说："姐，你这次回家后准备找齐合礼报仇雪恨不？"

柯八芝回答道："找齐合礼报仇雪恨？我的亲弟啊，你可别给姐出这种馊主意了。我这次差点没有被齐合礼给打死了。没想到他出手这么狠。说来也后悔，这些年我真不应该这样对齐合礼，搞得全家都不得安生。这事说到根上，也有咱妈的一份过错呀！

当年我出嫁的时候，咱妈跟我说了，对男人就得缠紧点，免得他到外面花心，找野女人；还要厉害一点，要不然女人就会吃亏。我这些年就是听了妈这句话，按照妈这句话去办事的。开始时还挺高兴，觉得自己有能耐，能把男人给降住。可是最后呢？你不也看到了吗？我差一点就死在自己的男人手里！还有咱家的小静，也差点让我把她的耳朵给弄聋了。这小静可是她爹的心头肉啊，他不找我拼命才怪呢。都说蔫人出豹子，这话可一点都不假，齐合礼要是凶起来也是挺可怕的，其实以前就有过一次，只是没有这次这么严重吧。以后我啊可要改辙了，和和气气地对待老公和儿女，要不总有一天会被齐合礼打死！

这段时间，我在病床上也前后左右地思考过了，其实齐合礼这个人挺好的，是个厚道人，对家庭尽职尽责的，这样的男人不好找。我以后再不跟他闹了，好好地跟他过下半辈子。再说啦，在家里我就是打赢了，把齐合礼给打残了，到老以后谁养我啊？"

柯九银一听了柯八芝这番话，心里感到既悲哀又可笑。他感慨这女人可真怪呀，平时齐哥对她好好的吧，她不识好歹，百般折腾。这回差点让齐哥给打死了，却又想到他的种种好处来了，这想法虽然太出人意料，太不可思议了，但姐的想法是对的。要不是齐合礼做人厚道，谁能容她这种女人呀？不是被男人赶走，打个半残，就是早就离婚了。还好，现在觉悟还不算晚。

姐弟两个人聊着天，赶着路，没过一会儿就到家了。

到了家门口，柯八芝看到有好些人在等着呢，等什么呢？柯八芝是个聪明人，知道这些人是等着看她家的笑话，看她的狼狈样呢。

她没有在意，一下车，就往家走去，然后对围着她的人说道："你们都是来看我家笑话的吧？好啊，看吧看吧，今天让你看个够，以后你们就看不到了，以后我们一家人团结一致，枪口对外。"

大伙一听她这句话，都笑了。"你做不到，你这是吹牛。"

"你们看老娘以后的具体行动吧。"

柯八芝边说，边往屋里走去。

齐合礼和女儿儿子，都在等着柯八芝回家，一听到她的声音，齐合礼就到了门口去接她。柯八芝一见到齐合礼，身子就往下趴，齐合礼一看她这个姿势，以为她又要掏他的命根了，赶紧就往后一跳，情急之下一不小心，脚被东西绊了一下，摔了一跤。

　　柯八芝连忙上去扶他，边说道："你躲个啥呀？我这是要跟你鞠躬道歉呢，没敢害你，以后啊，啥事都听你的。"

　　大家看到这一幕又是一阵哄堂大笑。

　　齐合礼默默地从地上爬起来，拍了拍屁股上的土，然后走到门口朝着看热闹的人说道："都散了吧，都散了吧，我们家要吃饭了。"

　　边说就边去关门，到门口一看柯九银拿了一大堆东西，他就赶紧上前帮助拿东西。就在这个工夫，齐合礼把之前发生的事情说了一遍，边说边流泪："我这十几年都忍着呢。都是看在两个孩子的面子上，为了孩子，我命都可以不要。她千不该万不该打小静，还打的那么狠！这闺女聪明懂事呀，在学校学习成绩年年第一，老师说以她现在的成绩，考个名牌大学都有可能。学习成绩这么好还不说，还知道疼爹疼妈的，家里的家务活一半都是她干的，我打心眼里喜欢她，疼爱她。这孩子，要是那天别人那么打她，我会拿着刀子割下他的脑袋，其余的部分切成八块。别看你哥老实巴交，要赶上我急了，我什么事都干得出来，你信不信？"

　　柯九银回答说："你打得好，你打得对，这事搁在我身上也一样会打。不过你以后打人得看着点，别往要害处打，打死了打残了，你还不是犯罪了？那是要坐牢、偿命的！"

　　"是是，俺知道的。俺平时也念你姐的好处呢。你姐比俺聪明，脑袋瓜子好使，平时算个账比计算器还算得快呢，记啥东西比刻在石头上还牢固呢。这一点小静随她妈了，要是随了我这个榆木脑袋，那孩子就全完了。"

　　说完憨憨地笑了。

　　柯九银发现这时候齐合礼脸上露出了幸福的微笑，非常的可爱。

　　他是为宝贝女儿齐娅静感到骄傲和自豪。

　　刚才夸柯八芝的那番话语，其实也是在夸女儿啊。这女儿可真是他的生命全部，谁要是敢欺负她，齐合礼百分之百会要他的命。

　　当天晚上一家人坐在一起高高兴兴地吃饭、喝酒。柯九银和齐合礼两人喝了一瓶子白酒。

结果齐合礼喝醉了，早早就睡下了。睡到半夜，酒劲上来了，哇哇地直吐，吐了一床，弄得满屋臭气熏天。

柯八芝赶紧起床帮助齐合礼擦嘴，洗身子，又换了被子，整整折腾到大半夜才休息。

中间齐娅静起来想帮忙，被柯八芝骂了回去："赶紧去睡觉，明天还要上学呢，这点事妈一个人忙得过来，很快就要高考了，从现在开始，家里家外的事你都别插手，妈一个人忙得过来。"

自从那以后，柯八芝真的像换了一个人似的，对齐合礼百般体贴；对齐娅静也是女儿长女儿短的，关心备至，再也没有让女儿干一次家务，一直到高考结束。

妈妈的这种做人做事风格，让齐娅静感觉十分不可思议。但是，她又是多么感谢妈妈这段时间的关心和照顾啊！这是她一生中，最庆幸的事情之一，这也是她一生中最幸福的时光。

要是永远这样多好啊。可是不幸的是，家里来了刘霜，这个阴毒的女人，使这个家庭的命运又重新改辙了，而且走向了灭顶之灾。

刘霜和齐亚军的恋情一直是摇摇摆摆的，几度破裂，几度复合。齐亚军经受不了这种打击，身心受到了巨创。

一天中午，他边吃饭边流泪，齐合礼看不下去，就骂他没出息，为了一个女人，弄成这样。齐亚军没有争辩，他感到一阵晕眩，然后人往后仰，当即摔倒在地，不省人事。

柯八芝见状，一声惊叫，连忙上去扶儿子，只见齐亚军口吐白沫，脸无血色，眼睛往上翻白，口鼻呼吸，气若游丝。

柯八芝朝齐合礼大吼一声："老蠢驴还不快叫救护车来救我儿子！"

齐合礼毕竟是个男人，在紧要关头，表现得比柯八芝镇定一些。他叫柯八芝别动，自己回到屋子，从床上抱出被子，铺在地上，然后轻轻地将齐亚军挪到被子上，用另外的一半被子盖在齐亚军的身上，让他静静地躺着。做完这一切之后，他给柯九银打电话，让他赶紧开车过来送齐亚军去县医院。

齐合礼看到柯八芝在一旁愣着，就大声地呵斥道："你傻傻呆在那里干什么呀？还不去准备一下东西，九银来了以后，马上就去医院，快去屋子书桌上把那个小皮包拿出来！"

柯八芝赶紧去拿黑皮包，然后递给齐合礼，齐合礼打开包，从里面取出一张银行卡递给柯八芝："带上卡，里面有三万多块钱，给孩子看病用。"

柯八芝想不到齐合礼还有小金库呢，忍不住问道："你这钱从哪拿的？"

"你问啥呢？小静给的。"

"她咋给你不给我呢？爹妈还不如一碗水端平啊。"

"你不如我疼她！"

正在他们俩说话的时候，只见柯九银气喘吁吁地跑了进来，他急切地说道："小军怎么啦？赶紧把他扶上车，到县医院去吧。到县医院还有一大段路呢，可别耽误孩子的病啊！"

齐合礼和柯八芝赶紧搀扶着齐亚军上了车。

柯九银、齐合礼先后上车，柯八芝跟着也上车了。齐合礼朝她推了一把："你别去，你在哪儿都碍事，儿子我自己照顾。"然后就冲着柯九银大声说："走。"

小车呼了一声，就朝医院疾驰而去。

柯八芝又一次被齐合礼给镇住了。她第一次发现自己的智商远在齐合礼之下。就说刚才吧，儿子摔倒了，他不慌不忙，给儿子掐这掐那，拍拍打打的。儿子还真给他弄清醒过来了，要是她肯定就乱套了。肯定是抱着孩子大喊大叫大哭大闹了，想到这啊，她有些后怕了，因为她听说，要是有人晕倒了，千万别急着搬挪他，否则容易出事。

还有让她吃惊的是钱了。柯八芝怎么也想不到齐合礼还有这么一大笔钱呢。好像她第一次意识到，他们俩结婚以来，一直是齐合礼一个人挣钱养家，自己挣钱不多，连做家务也不是做得很尽力。这时她发现自己没有挣钱能力。多少年来，一直是齐合礼挣钱交钱给她，她负责花钱。如果有一天齐合礼不给她钱了，那就没有钱花了，想到这里，她感到很心虚。

齐合礼轻轻松松地就拿出了三万元，柯八芝就想他是不是还有别的存款啊？有钱的男人是很不安全的，是很容易花心的。前村后村，就是本村，都有男人在外面养小三的事情。齐合礼会不会也干这样的事情啊？他是男人，又正当年，在外面人缘还挺好的，挺招女人喜欢的，这种事不是没有可能的。

这时她有些埋怨自己了，觉得自己很蠢，怎么到现在才想到这个问题呢？要是齐合礼让别的女人勾搭上了，自己这后半辈子活得就不会很自在了。

一想到这里,她越来越疑惑了。她特地走到卧室,拿起镜子照照自己,仔细看自己的模样,她不由得大吃一惊。她看到自己的眼窝深深地凹进去了,眼珠却凸出来了,就像两个玻璃珠似的,咕咕噜噜地乱转,一点光亮都没有。她故意瞪了瞪眼,这时发现自己的眼睛还是凶光逼人。至于脸上其他部分,她自己都不想多看,瘦长的脸,缺少必要的肌肉,只剩下一层薄皮,显得颧骨突出,嘴唇有些萎缩,已经难以全部覆盖住她那骨感很强的牙齿。她的牙齿很白,又很长,很结实,咬合力特别强。当地的人不怎么爱吃鱼,因为怕鱼刺,但她特别爱吃鱼,吃鱼的时候从来不吐骨头,而是嘎吱嘎吱的使劲咬,把鱼骨头咬碎,然后一口咽下去,有一种无坚不摧的气概。

但她对自己的长相确实没有信心,记得有一次跟一个妇女吵架,那个妇女确实厉害,说她这长相是一把鞋刷。长方形的脸,又长又瘦,确实是像一把鞋刷的样子。

现在她拿着镜子看着自己,确实越看越可怜自己,她越发有一种危机感。她深切地感觉到,一定要对齐合礼好一点,否则这个男人她也守不住。就像自己妈当年似的,爹后来不是跟别人走了吗?

齐合礼到了县医院以后,连忙带儿子就诊。

路上,柯九银已经跟县医院副院长张铁和联系好了,所以一到医院就顺利地进了病房。

张铁和是医院的首位名医,看在柯九银的面子上,他亲自接诊。

张铁和一看到齐亚军的脸色,心里暗暗地叫声不好,就立即做抢救处理,把齐亚军直接送到ICU病房。

齐合礼、柯九银一看孩子被送进了ICU,心里有些傻了。他们俩面面相觑,不知如何是好。

过了一会,柯九银问道:"小军这孩子到底是咋啦?年纪轻轻的,怎么会这么体弱呢?"

齐合礼一脸的无奈,他说:"还不是你姐从小惯的吗?一个男人什么活都不让他干,连走一段山路都怕他磕着碰着。就是夜里撒泡尿,你姐都要拿个手电筒照看着他,怕他摔倒,活生生地把一个男人养成了一头猪!

小静是一个女孩子,你姐却啥活都叫她干,从小她就上山砍柴,下地种菜,挑水洗衣服,刷碗样样都干,结果呢?你也不看到了吗?小静样样都会,家里家外的活会干，书也读得那么好。都说爹妈惯谁害谁，这话一点也不假呀！"

"这不是也有你的责任吗？自己的老婆自己不管教，还要别人替你管教不成？"柯九银说道。

"我不是管了吗？差点闹出人命。"

"你那样做叫胡闹，不是管，你平时应该多劝劝她，跟她讲讲道理，讲多了，她还是能听进去一些的。"

"开始我也说她，后来见她不理我这一套，也就不说了，随她去了。其实家里的人让我最担心的，还不是家里这两个愚蠢东西，而是在外面那个小静。小静这孩子太要强，心事又重，想事情爱钻牛角尖，从小就受苦受委屈，心里面的疙瘩多着呢，家里的事情让她憋屈着呢。你姐和小军是猪一样的性格，咋样都能生活。小静可不一样，她是聪明的人，可她太聪明了，我怕她会想不开，有时怕她有心事，会想到邪路上去，你信不？"

"你这当爹的说的话，我还能不信啊？既然你知道，你就要想法子帮她呀！"

"我不是没有想过，可也没啥好办法。我每个礼拜跟她打个电话，也就是说那么三五句话就挂了。那么远，照看不了她。有几次我想劝她回到县城工作，你不是也给她找过几次工作吗？照理说那些工作不错呀，可她就是不愿意回来，她的心思我知道，她这是躲她妈呢，她受不了她妈折腾啊！"

"这个傻女人，回头我好好地劝劝她。"

"这些年我也是冲着你兄弟为人厚道仁义，才这么忍着，要不是你，我们早就离了八百回了。"

"你又不是跟我结婚，为什么要看我的面子上呢？婚姻这事可不要勉强啊。不过话也说回来了，我做弟弟的，不希望你们俩离婚，孩子都这么大了，你要是跟我姐离婚，她肯定会报复你，她回头敢找一个八十岁的老头回家，恶心你的儿子和女儿，让你下半辈子过得很不安生。"

"是啊，她干得出来。"

他们俩聊得很专注的时候，突然有个声音在他们的背后嚷嚷开了："俺小军怎么啦？他怎么进了危重病房啊？他不会死吧？他病得这么重，你们俩还这里高高兴兴地闲聊，还不赶快到里面去照顾他呀？"

齐合礼、柯九银回头一看是柯八芝，两人都大吃一惊，他们都很惊异，没想到她也来了，而且这么快！

柯九银问道："这么大老远的你是怎么来的？"

"我坐拖拉机来的。"

"坐谁的拖拉机来的？"齐合礼问道。

"我哪知道是谁的拖拉机呀？我在马路上站着，看到有拖拉机过来我就拦下来了，然后我就坐着拖拉机来了。"

"你随便上人家的拖拉机多危险啊。"

"危险个啥呀？我就是一坨豆腐渣，谁看得上啊？"

柯九银原来是想告诉她路上坐拖拉机，容易出交通事故。他看到柯八芝往那个方向想，就觉得很没趣，不想再跟她说下去了。

三个人各有各的心思，都无意再聊下去了。

大约过了半个小时左右，张铁和从 ICU 病房出来了。

他对柯九银说，幸亏你送的及时；要是再耽误个把小时，孩子就没命了。

柯九银连连称谢，然后向齐合礼介绍道："这是孩子他爹，聪明啊！一见孩子出事，就及时打电话。要是我姐，孩子真的就完了。"

"你咋这样说你姐呢？这两个孩子不都是我带大的吗？再说你也是我的亲兄弟呀，怎么当着外人这么说我？"

柯九银其实就那么一说，没有什么真正褒贬的意思。柯八芝却认真了。搞得大家很没趣。

齐亚军住院治疗将近半个月，病情才算中稳定。医院准备让他出院，回到家里吃药，慢慢调养。齐合礼到窗口去付账，费用总共三万七千元。

齐合礼一看钱不够，就问柯八芝有没有钱。

柯八芝说："我哪有钱啊？"

齐合礼说："大头我都出了，你出个零头还不行啊？"

"你还真别跟老娘我放屁！这事要是搁在二十年前，我出这点钱还真不成问题！凭我的长相，找个男人睡一觉，几千万把块钱不就出来了吗？"

齐合礼一听这句话，就不再跟她啰唆，去找朋友凑了凑，就把药费给交上了。

办完出院手续以后，齐合礼正要出院门了，张铁和找到了他，把他拉到一边跟他说话："兄弟，我想跟你说个事。"

齐合礼一看张铁和一脸的严肃，就赶紧凑上前去："你说吧，我听着呢。"

张铁和说道："你儿子还有一个严重的病，现在我没法给他治，你问什么病啊？这是男人的病，也就是跑马，医学叫遗精。

从他身子骨这么虚弱的情况看，他得这个病已经有不少年头了。这个病你也知道，得上容易治好就难了。他大白天也还有遗精啊，可见已经相当严重了，要再这么拖下去，时间久了，这会要他的命啊。我不怕跟你说实话，我是学西医的，对这种病西医还没有什么好办法，你尽快去寻一个明白的老中医把他治好了，要不然他这辈子就真的残废了。"

齐合礼一听了这番话以后，心里又是一阵悲哀。他心想这孩子咋就这么不争气呢？这样的病怎么也会惹上身，治好这病得花多少钱啊？更何况花了钱还不一定能治好呢。

张铁和看到齐合礼一脸的茫然，还以为他不重视儿子的病，他就特意地补充了一句："你可别不在意啊，你得赶紧找医生去帮他治好这个病，要不然他没法结婚生孩子，这还不算，还会要他的命的。"

齐合礼一听，连连说道："这事我懂，我懂，我一定找医生给他治。"

张铁和听了这句话，放心多了，朝着朝他挥了挥手："你们走吧，走吧，有事直接找我就行。"

齐合礼连连道谢。在他的印象当中，这么好的医生还是第一次遇到，这都是柯九银兄弟的人缘好啊。

回到家里以后，齐合礼安顿好齐亚军，然后一个人走到家后院的菜园抽烟，他得好好琢磨怎么给齐亚军治病。

现在他心里特别明白了，齐亚军跟刘霜睡在一起，其实是啥事也办不成，还指望他们俩能生个孙子呢，这都是瞎折腾。

作为父亲，他知道这不是埋怨孩子的时候，而是他该出手救救儿子了，其他的事情都放在一边，等以后再说了。

第一个问题就是挣钱，要看病就得有钱呐！

在铁路上工作，工资还算好的，现在每个月有四千多块钱，但这也仅仅供一家三口人的吃喝零花，没有余钱了。

这两年柯八芝在火车站卖些小零食，一个月能挣两千来块钱，日子过得紧巴巴的。

自从小静上班之后,她时不时地寄些钱回家补贴家用,日子才好过一些。

他这个时候特别想念女儿,女儿真让人省心呐!一想到女儿,齐合礼心里就充满了疼爱之情,这孩子心地太善良了,把父母和弟弟看得比自己还重要。

逢年过节,她总要给家里人买吃买喝买穿的,现在大多数都是通过网上购买的,让快递直接送到家里。

有一天早上,他正在运东西呢,突然接到一个快递小哥的电话,说他有一个快递,赶紧到火车站门口来取。他感到奇怪,因为在此之前,从来没有人给他寄过东西,就是有也是直接寄到家里,没有人寄到单位。

他取出快递一看,是女儿寄来的,包裹不大,齐合礼打开一看,是当年爱吃的话梅,上面有小纸条:老爸,请尝尝童年的味道!

齐合礼拿出一枚放到口里一尝,确实是他童年的时候吃的话梅的味道。他心里乐开了花。一高兴就直接给女儿打了个电话。

女儿一开口就笑嘻嘻地说:"老爸同志,话梅味道还是童年的味道吗?是不是一吃到以后就回到了自己青葱岁月啦?"

齐合礼呵呵直笑:"你咋知道爸爸爱吃这个味道呢?让你说着了,刚才一打开话梅啊,我口水直流,一吃还真是小时候吃过的那种味道。"

"你别急啊,今天还有一种你经常怀念的童年味道,一会就到。"

"啥东西呢?"齐合礼问。

还没有等齐娅静回话呢,快递小哥的电话又来了,让他快取快递。齐合礼拿到快递包裹打开一看,一下子愣住了,这不是他童年的时候吃过的最好吃的鸡爪梨吗!当年他还是小孩的时候,有一次他父亲上街买了这么个东西给他吃,他觉得太好吃了。可是那以后他再也没有尝过,也没有见过。还着实让他念念不忘,没想到女儿今天居然买到了这个童年的,让他一直怀念着的味道!

他心里高兴极了,很想跟女儿多聊几句,女儿说,现在有事情,请他独自品味这种童年的美味。

当时他心想着,有这么一个好的女儿多么美好啊!

女儿是他一生中唯一的安慰,有这样一个女儿,他感到很满足、很幸福。

甚至于柯八芝那么粗蠢,那么凶狠地对待他,但他一想到这个女儿是她生的时候,心里的怨恨之气就消除了一大半。

可是上天就是这样不让人完美。给了他一个这么好的女儿的同时,也给他带了一个不争气的儿子。一想到齐亚军,他心里就十分难受,十分焦急,现在要给他看病,得想办法赶紧去弄钱,只要能弄到钱,干什么都可以。

第三十八章

农历除夕的这天下午,梁子玉回到了江源老家过年。

和他同行的是他的司机老王。老王给梁子玉开了十几年车了,梁子玉调到省里工作后就一个要求,让他带上老王,因为老王是江源人,两人回家方便,这点儿小事,省里当然就同意了。

一到家,他就叫老王快回自己家了,说不定还能帮老婆干点活。老王说了声:"谢谢书记,有事随时找我。"就回到自己家去了。

老伴王之见到梁子玉,满心欢喜,逗他玩:"书记大人回来啦?年货呢?全家嗷嗷待哺呢!"

梁子玉见到老伴也很高兴,他们俩是老夫老妻了,情深似海。

见她一人在家,就问:"儿子呢?"

"儿子去女朋友家过年了,吃了晚饭回来,说要带女朋友回来再吃一顿年夜饭。"

"他们不回来更好,咱们俩好好乐乐。"

梁子玉的老伴王之是个小学教师,已经退休了。他们婚姻的媒人是梁子玉的母亲。梁子玉刚到江源工作的时候,梁子玉的母亲身体虽弱,但还可以到处走走。

有一次她踏着石头过河,过到一半发现对面来了个姑娘。两人相遇在狭窄的河中间的石头路上,这姑娘身子侧在一边让梁母先过,梁母谦让了一下,还是先过了,结果一脚踏空,就摔在小溪中间,那姑娘赶忙来拉她,梁母在慌乱之中,把那姑娘也拉下水了。好在溪水只有膝盖深,没有什么要紧的,两人互相看了一下,浑身上下都湿透了。梁母问那姑娘上哪儿去,那姑娘说去江源舅舅家,梁母说:"你这样子什么地方都去不了了,还是到我家换身衣服吧。"

她们俩走一路聊一路,还很投缘。那姑娘告诉她姓王,名叫之,刚中专毕业,在家乡中心小学当老师。这梁母见这姑娘长相厚道,说话谦和,待人热情，闲聊中得知她今年22岁，还没有男朋友，家里有父母，都是种田人。

她们聊得正热闹呢，梁子玉回来了，还没有到家门，就嚷嚷："妈，快开饭，饿死我了。"，梁母一抬头看钟快12点了，"哎呀，还没有做饭呢！"梁子玉看见一个姑娘，就问了："妈，来客人了啊？还不做饭招待人家啊？"

"忘了，忘了，这是我儿子，大你三岁，你叫梁大哥吧"。

"妈，哪有一见面就让人家叫大哥的？"梁子玉看了王之一眼，感觉有些面熟似的，就朝王之笑了笑，然后说："妈，我下午还有急事，不吃午饭了."拿了几块红薯就走了，梁母还想叫住儿子，可梁子玉已经出了大门口了，边走边说："不要紧，你招待客人吧。"

梁母进到屋里，王之已经换上衣服要走了。梁母再三留王之吃饭，王之可能也真是饿了，就留下来吃了午饭才走。

梁子玉当天晚上回家很晚，梁母早已睡了。

第二天一早，梁母表情有点神秘地想找儿子说点什么事。梁子玉说："我的妈呀，您要是没有要紧的事，就别给我说那些老三篇了，我上午要到市里去开会呢。"

梁母就喜欢儿子去开会，在她老人家眼里，开会是最有面子的事，那是当官的人才能干的事。

梁子玉要是心里有什么事，不想和妈多说话，就用这话搪塞妈，这招还真灵。

梁母一听，就连忙说："你去吧，你去吧，你开会要紧，我没要紧的事。"

梁子玉笑呵呵地就出去了。梁子玉刚出了大门，梁母想起来了，"不对啊！今天要跟儿子说的也是大事啊。我是想问儿子对昨天那个姑娘的印象如何呢！会天天都可以开，这么合适的姑娘可不好找，要是不抓紧，让人家抢先要走了，那才会一辈子后悔呢！咳，这个臭儿子。"

梁母记性不太好，眼前的事转瞬就忘，儿子这么重要的事，她老人家也就着急那么一会儿，等梁子玉晚上回家时，她老人家把自己涨了五十元工资的事，当作大事告诉儿子了。梁子玉知道妈妈是小学老师，工资低，心里有时不平衡，就想趁此机会安慰老母亲一番。他一听母亲说的是这事，心里想，还不够老板一包烟的钱呢。可嘴里出来的却是这个话："哎哟喂，我的妈呀，每个月涨五十元，您哪！那一年就是六百元啊，那一百年就是六万元啊，我要是有

215

三个您这样妈，那就是十八万，盖房子、娶媳妇根本不成问题了。"

老妈被儿子逗得心里乐滋滋的，老妈正想开口说，当老师还是很崇高的。后来一琢磨，不对啊，儿子说的是三个妈，一百年才十八万啊。他要三个妈干什么啊？臭儿子！老母亲突然又想到了娶儿媳妇了，由这娶媳妇又想到了那天来家的那姑娘，叫什么来着，唉，这记性！这回老母亲可想起来了，那重要的事不是涨工资，而是要给儿子说那姑娘做媳妇的事。老母亲把这个丢失了好几天的事情找回来了，这回是说什么也不让它溜走了。

"儿子，过来，妈给你说件重要的事！"

"妈，你老人家涨工资的事，儿子也已经知晓了，再好的事，说了三遍也就腻了。"

"别打岔，妈是想问你，那天你见的那个姑娘怎么样啊？"

梁子玉有些发愣，这老妈消息这么灵通啊。前两天是有人给他介绍了一个女孩子认识，是市经委王副主任的女儿，这件事还让梁子玉受到了一点点刺激。

王副主任的女儿也是在市经委工作，她单位的李阿姨有天说要给她介绍一个小伙子认识，并说是清华大学毕业的。

那女孩一听，觉得条件不错啊，说了声："谢谢阿姨，什么时间见面你定吧，我最近都有空。"

第二天，李阿姨就对梁子玉说了，让他把自己收拾一下，给他介绍一个领导的千金认识。

梁子玉也有那么点虚荣心，一听是市经委王副主任的千金小姐，就答应了。

两人在江源河边的柳树林边见面了。

王家小姐一见梁子玉就感觉不太满意，梁子玉个子不高，其貌不扬，话也不多，最让她难以接受的是他在市政公司的建筑队工作。到底是清华大学毕业的还是假冒的啊？就算是真的也是个孬种！她单位有几个大专生，个个都很派头。怎么他清华大学毕业的还这么土老帽啊！

那王家小姐毕竟是出生于江源的名宦之家，有些城府，心想既然来了，就聊聊吧。便问了他一些市里领导的情况，和官场上的是是非非。梁子玉那些日子正管理着几个大工地呢，哪有心思去了解官场上的是非啊？还有一点，梁子玉最不喜欢在背后议论别人，何况领导，他更不多说一句话。

结果就可想而知了。那王家小姐第二天见到李阿姨说了一句："阿姨，我们见了一面，人挺好的，就是不太合适。"

至于怎么不合适，她没有说。还用说吗，瞧她的表情，不仅对梁子玉不满意，还包含着对李阿姨的不满意呢——都是什么人啊，也给她介绍！

第二天梁子玉接到了李阿姨的电话，一听李阿姨说的情况，也没说什么，只是笑了笑，心里却感到不是滋味。

这事刚过去，心里的别扭刚平息，老妈怎么又把它抖出来了？梁子玉正想说话呢，老母亲有些迫不及待了，说："就是那天来我们家的那个姑娘啊，你看怎么样啊？你怎么也忘了，你的记性可不能随妈啊，妈是老了才这样！"

梁子玉一听不是一码子事，就敷衍老母亲，说："挺好的啊，那姑娘不错啊，挺漂亮的，她长得喜气。"

这回，梁母可没再忘记了，她亲自去了一下前山，找到了王之，王之一见梁母，非常惊喜。说中午一定要请梁母吃饭，后来一听这梁母是来介绍对象的，就有些不好意思了，接下来听是给自己的儿子介绍，就更不好意思了。出于礼貌还是表示感谢，她们两人都是小学老师，这让王之有些感觉好沟通，她也想在江源找个对象，当然好了，总比待在这穷乡僻壤的好，心想试试也未尝不可。

第二天，老母亲居然把王之带到家里来了。

晚上下班梁子玉回到家时，见老妈还真把王之带回来了。这下子，他有点发慌，这老妈也是，怎么连开玩笑的话都听不出来啊！

最后这事还成功了。

梁子玉和王之结婚了，这事让王家小姐知道了，她更加相信自己的判断是对的，梁子玉清华大学毕业的，就娶了个小学老师！他就是那种没有作为的人。

可是世界上的事就是难以预料啊，梁子玉从一个建筑队的技术员，一步步干到了市委书记，省委副书记，最后省委书记！

……

在现实生活中，好多的高级领导老伴的长相、职业等等都很普通。但又有些不普通的地方，那就是度量和心态，她们都能以平常心对待丈夫。当他在困难中，不弃不离，不怨不悔，在他功成名就时不惊不乍，不骄不躁。只有这种女人才是可以享福的。

"老伴啊，今晚年夜饭，还是老规矩啊，辣椒鱼做了吧？"梁子玉对什么鱼翅、海参、燕窝等高档名菜都没有兴趣,唯一爱吃的是老伴做的辣椒鱼,打结婚到现在吃了近三十年了,口味没改。

老伴一听他想吃辣椒鱼,就把脸沉下来,说:"今天我刚看报纸,上面说辣椒吃多了对胃不好,还容易得痔疮。往后啊,鱼你照吃,辣椒呢,你就省省吧。"

梁子玉对老伴的挑战向来只智取而不强攻。他一本正经地说:"老伴啊,我也是今天看了报纸,说这辣椒对人的记忆力特别有帮助,你老说我记忆力好,原因现在终于找到了,是吃辣椒吃的。"

"你这死老头子!"她刚想说这句话,可一想今天是除夕,说死不好,忙咽了回去,换了一副腔调,"子玉同志,在外要听党的话,在家要听老婆的话,这不是卫军书记以前经常教导你的吗?怎么,当了半年的省委副书记,就把老恩人的话忘了,不应该吧,子玉同志!"

梁子玉一看,看来今晚辣椒鱼是没得吃了。他就烦那些不负责任的养生文章,今天说多盐不宜,明天说多辣有害,后天又说有什么好处了,其实这饮食上的事,因人而异,想吃就吃呗,他在省委食堂吃饭,每餐也都是要来份辣椒鱼。

正当他们两为辣椒鱼较劲呢,这时书房电话铃"叮铃铃"响了,梁子玉有个习惯,听到电话铃声就跟听到冲锋号似的,片刻也不会耽误,急忙就去接电话了。

打电话来的是龚汉诚,梁子玉还没来得及"喂"一声,龚汉诚的新春祝词已经说了好几句了。梁子玉一听这龚汉诚还在办公室,就说他了:"汉诚,你这老毛病怎么也改不了啊,大过年的,你应该和崔瑾、孩子团聚团聚嘛!江源的事由玉谦、李祥、方宏顶几天有什么要紧?你长期不在家,崔瑾同志会有想法的,你们还年轻嘛!"

梁子玉说这话时,王之正好进来,就听到了,说道:"你怎么打电话和人家说这种事啊,这种事好像不属于你所管的范围啊。"不料这龚汉诚耳尖,听到了王之的话,在电话里就笑了起来,说:"各方面都要跟梁书记学习啊,还是梁书记自觉啊,没有人管都知道自觉对老伴履行义务。"

放下电话梁子玉把这句话一说,王之脸一红说:"难怪你们几个人那么累,这种事也列入你们的议事日程了?"梁子玉听了哈哈一笑,上前抱着王之亲了亲，说："这也叫以人为本，没有这个事，就没人也没本了。"

江源的春节是热烈而美好的。

从腊月二十三日开始，家家户户就开始过年了。

这里的习俗喜欢挂红灯笼。到了除夕这天，家家户户门前都挂上一对又红又亮的大灯笼。从景云山脚下开始，经过市委市政府大院，然后直达火车站的中山路的两侧，每隔十余步就挂上灯笼，夜幕降临时，整条街红红火火，喜气洋洋，充满了欢乐祥和的气氛。

这是一年中最美好的时光。

从四面八方回家过年的江源人，大都是年轻人，精精神神的，特别是那些女孩子，比城里的姑娘还穿得时髦，个个打扮得如花似玉，身上还香喷喷的。

在梁子玉看来，一座城市可以没有高楼大厦和灯火辉煌，但绝对不能没有年轻人，特别是不能没有穿着入时、漂亮可爱的年轻姑娘，如果没有她们，这座城市就会死气沉沉，十分乏味了。

在江源，他经常上街逛逛。每当看到一对对青年男女在马路上相偎相依，情深意切的样子，就很是羡慕，年轻多好啊！但看他们在马路边站着，多别扭，多累啊。说什么也要给孩子们找个好地方，弄得漂漂亮亮，温温馨馨的，让孩子们去那儿谈恋爱，让孩子们更加开心，更加恩爱。

他是个说干就干的人，那年，他从有限的财政收入中，专门拨出一百多万，修缮了三个公园，种了好多花、好多树。没过多久，他看到公园里一对对的小青年在那谈恋爱，就像一双双蝴蝶似的散布在花园的花丛中，看到他们那么美好，他心里乐了很久。

时近傍晚，有些人家就响起了鞭炮的声音，开始是零零星星的，后来越来越多，越来越响，最后连成一片，听起来就像潮水一样起起落落，哗哗直响。

梁子玉刚吃完饭，走到院子里，听了一会儿，这阵阵欢快的鞭炮声，让他想起了自己的童年。儿时的他是多么喜欢放鞭炮，他和成群的小孩子在一起，放鞭炮，真是好过瘾啊！想着想着，他来精神了，朝王之叫了一声："老伴啊，咱俩放鞭炮去！"

王之也是好闹不好静的人，一听梁子玉要放鞭炮，就应了一声，到屋子里去拿鞭炮。不一会儿，王之拿着挂着鞭炮的竹竿，梁子玉点了支烟，用烟头点燃了鞭炮,噼里啪啦的鞭炮声弄得震耳欲聋,梁子玉有几年没玩鞭炮了,一听这么响,大为惊讶。

他们正玩着闹着呢,儿子梁相方携女朋友吴真丽进来了。两个年轻人见老爸老妈又是放鞭炮,又是说笑,感到有些新鲜,不禁相视一笑。还是吴真丽先说话:"爸妈,恭喜发财,新年大吉。"梁子玉心里有些嘀咕,还没结婚呢,怎么就叫上爸妈了?呵,叫就叫吧。

还是王之反应快,答应道:"小丽你过来,妈给你俩准备了好东西"。梁相方和吴真丽笑着说:"真的啊?我说呢!我左眼皮跳了两天了,原来今日要发财了!"

王之把一个红包给儿子和准儿媳。梁相方说:"谢谢父母大人。但少于一万,还请重来。"

"何止一万!"王之说:"快打开看看。"吴真丽打开红包一看,红包里还包着一个红包,再打开红包,里面还有一个红包,再打开一看,里面是一张红纸,上面写着一行小字,吴真丽拿到灯光下一看,上面写着"早入洞房,早生孙子"。吴真丽上去抓住王之的胳膊说:"妈!"

梁子玉没想到老伴儿这么能开玩笑,也咧嘴乐了。

倒是吴真丽给公公婆婆各买了一块金壳怀表,里面镶着他们俩的合影,梁子玉一看自己和老伴儿什么时候照的这张照片,这么亲昵,还有一行小字:"爸爸妈妈结婚三十年志庆儿相方、儿媳真丽敬贺。"这倒是他们没有想到的,结婚都三十年了,两人相视一笑,心里头都热乎乎的。

春节期间,龚汉诚还是闲不住,开了一次常委会,研究了几个问题,准备趁梁子玉在家,向他汇报汇报,老书记还是心中有谱啊,机会难得。

正月初一下午,龚汉诚和李祥到梁子玉家。龚汉诚的夫人崔瑾节前给他寄了些手剥核桃,这东西是龚汉诚家特产,他从小爱吃,刚好梁子玉也爱吃,所以崔瑾寄手剥核桃都是寄两份,一份给梁子玉。梁子玉一看核桃,就咧嘴笑了。"就这东西香,吃了没够,今天过节,下酒正好。"

王之烫上了一壶她自己酿的米酒,倒了四个碗,她自己倒了半碗,给龚汉诚、李祥敬了一碗,然后再敬梁子玉,王之给梁子玉端碗酒,然后端起自己的那碗,逗他:"当家的,我敬您一碗,祝您身体健康,工作顺利,常回家看看。"

梁子玉说声："老伴辛苦了，我先干为敬！"

龚汉诚和李祥被他们的举动逗得哈哈大笑，齐声嚷嚷再喝个交杯酒，王之笑了笑："老了老了，再喝就醉了，你们聊吧。"就退出来了。

龚汉诚笑着说："老嫂子可是我们江源干部家属的榜样！"然后向李祥看了一眼。李祥会意喝了一口茶，清了清嗓子，说："梁书记，昨天汉诚召集我们几个在家的常委碰了一下，统一了一下思想，觉得有些事情要向省委报告，有些事则属于征求您个人意见。玉谦、方宏和其他几位常委都在自己的位置上站岗放哨呢，就委托我陪汉诚同志来向您汇报。"说完就把眼光转向龚汉诚。

龚汉诚说道："不好意思了，大过节的也来打扰您。"

梁子玉莞尔一笑，说："我就知道你们会来这手，嗯！咱们就聊会儿吧。"

龚汉诚说了两个方面的事。一是今年换届的事情，按照上级要求指示，正在有条不紊地进行，但干部调整后会留下许多县处级干部的职位空缺，他代书记期间，不便研究重要岗位干部，这样不知道要拖多久，拖久了会影响工作，市委的意见，请省委尽快选派书记来。二是市委常委研究过几次决定，准备对全市的经济社会发展战略进一步的明晰一下，明确我市要走跨越式发展的路子，像江源这样的欠发达地区，不走这条路子就永远也赶不上全国的发展水平，这也是梁书记在江源时就提出来的，我们把它明确一下，具体思路上主要是自己努力，但要争取国家的支持，争取上几个大的项目，以此推动经济的发展，争取每隔三五年就能上个大的台阶。

"江源的人民好哇！这些年一直是大力支持党和政府的工作，特别是旧城区的改造，第一批工程共有两百多户搬迁户，都在规定的时间一声没吭就搬走了，修高速公路用了不少农民兄弟的土地，他们也是深明大义，体谅困难，没有一个人提过高的要求，这样好的人民，我们不尽快作出贡献，改变江源的贫穷落后的面貌，我首先自己就会非常的内疚，就太对不起他们了，更没法向人民交代，没法向省委交代。"

说到这，梁子玉问了一句："桃山县什么村来着（李祥说里梁村），那几户贫困户现在怎么样了？"

李祥说："汉诚同志春节前专程去看望了那几家贫困户，我也跟着去了，还是很困难，张瘸子那家，儿子都上初中了，大冬天还是穿条单裤，家里没有一件值钱的东西，汉诚同志看了都掉泪了。"

"现在村里总共有多少人口啊？我前些年去过几次。高山大岭的总共也只二三十里的路，我走了一天，当晚只好住在那里，我们这些江源人还好，省里扶贫办的几个同志，晚上就没有合眼，让人家怎么睡啊，硬床板都没有一张，汉诚呐，你看是不是考虑把他们都搬迁下来算了。"

"乡亲们故土难离啊，我让张仕兵他们去找过乡亲们多次做工作，他们就是不下来。听张仕兵说市里面的中源公司的吴国耀联合几个民企代表春节前也上去了一次，给乡亲们带了年货还捐了一些钱。"龚汉诚说道。

梁子玉说道："吴国耀在江源做生意也有二十多年了，这个人我以前对他的评价是有社会良心。赚了不少钱，但也知道回馈社会。这些年，他捐资助学投入资金也几百上千万了。说实在，我开始不放心，不能人家给点钱，我们就要一定给个什么回报似的，可这一二十年过去了，人家始终如一，我原来想找他谈一下，想树他做一个工商业的典型。"

龚汉诚说："我考虑这人大换届给推荐他做委员。"

梁子玉说："可以试试，先干委员。我们也要注意发挥社会各方面的力量的积极性。"

龚汉诚对李祥说："梁书记这个意见你记得向几个常委通报一下。"然后对梁子玉说，还有一个就是大坝工程的事了，现在是四面八方的人都给我打电话，都是说情的，北京的有，省里的有，领导有，朋友有，亲戚有，弄得我头都大了，这事也要请教一下您，怎么办？

梁子玉一听就笑了，说："汉诚呐，你读过《三国演义》，没听说诸葛亮安退五路兵的故事吗？"

"梁书记，您别卖关子了，您就不吝赐教吧。我们这几个人在外面人家叫书记、市长、常委的。关起门来说，还不都是您的徒弟？徒弟不行，师傅面子上也不好看吧？"

梁子玉摆了摆手说："汉诚呐，这事你可要心硬起来，不能只要是上级、是领导的话就听。这方面我可是有教训的，我就吃过亏啊。他们推荐施工队时，说得非常好，手艺实力比谁都强，可事实不是那么回事。最后工程搞砸了，他们往你身上一推，啥事没有，只有你吃哑巴亏。要我说啊，你以一心应万变，谁的话都不听，你好好选一两家企业，人品好，有技术的，就让他干。你们这几个人过三天五天的，就去施工现场看看，发现毛病，马上让他改，或拿些法啊规啊，吓唬吓唬他们，这样干出不了大错。"

龚汉诚说："这外面的企业来头大得很，中字头的央企不说，美国、英国也有好几家了，还有领导做背景，我被他们弄的直犯嘀咕。"

梁子玉笑了："这有什么稀罕！我当市长那会儿就有了，有一家外企叫什么来着，李祥？"（李祥回答：美联全球建设有限公司），呵，梁子玉边笑边说："就是那一家，也是省里一个领导介绍来的，想承包市邮电大楼项目。有一天有个美艳女人带两个武警兵到我办公室，说她是美联的总裁，找我谈了很久。晚上还到我家里去，我老伴开始以为她找错了呢。后来我回家，才让她进门的。她一坐就是两三个小时，说话嗲得让人作呕，搞得我老伴怀疑我和她有什么关系，跟我闹了几天的别扭。呵呵……钱呐，什么王八蛋的事情都能闹出来，你就等着看吧！"

"说了半天，你还是没有回答我的问题啊。"龚汉诚说："再说了这个项目是您拿下来的，现在成了烫手的山芋了，你就不管了？我是有准备的，万一不行，我推给您，让他们找您。"

梁子玉这会儿有些神情严肃了，他点上一支烟，吸了一口，然后说道："前些年，有些人说我对吴国耀有些偏爱，说我把好工程都给他做了，其实我是被逼的，刚才说的那些美、英啊的公司，还有那个美女总裁，谁敢信啊！（李祥插了一句，后来查明是拉大旗作虎皮骗人的）我让李祥查的，我才想到就用江源的队伍，一来了解，二来也可以培养本地的企业。选来选去，还是觉得吴国耀做事靠谱，工程给我弄得利利索索的，我当时也懒得去找第二个人了，就把大点的给了他。当然，要按规定办事，这是前提。一二十年过去了，事实说明这个人还是可以信赖的，没有一个项目给我丢人的。那时他年轻，不怕死，不怕苦，昏倒在工地上就有好几次，呵呵，想赚我的钱，不担风险，不昏倒几次，那是休想！"

说到这龚汉诚、李祥都笑了，龚汉诚说："听人说在江源，吴国耀只崇拜您！"

"别上人家的当，我当书记，他崇拜我，你当书记了，他很快就会崇拜你的，他们是经济人！"

"那好，我也等着尝尝这被人崇拜的滋味。呵呵。"龚汉诚笑了。

龚汉诚和李祥是在梁子玉家吃晚饭走的。

第三十九章

春节期间，姜琳娇到位于苏北的魏力斯的老家去了一趟。这是应魏力斯的盛情邀请才去的。

姜琳娇在香港被魏力斯邀请陪了龚汉诚几个小时。事后，魏力斯给了她一张银行卡，并把密码发到她的手机上。第二天，姜琳娇到银行一看，是五万元，这让她不由得一阵惊喜。她想这样就可以在香港采购一些自己喜欢的东西了。

她对魏力斯的第一面印象很好，觉得他身强力壮，精明干练，口才也出色，还知道尊重人，体谅人，她着实很喜欢他。

在上海、香港这条航线上，她干了一年多了，大官大僚，富商巨贾也见过不少。她对他们没有留下印象。只有一次，她刚到头等舱服务，有一个老板和她攀谈了一会儿，递给她一张名片，并朝他做了个淫荡的笑，她一转身就把名片撕得粉碎，然后扔到垃圾桶，那老板显然看到了，有些尴尬。

姜琳娇心想，你有几个钱有什么了不起，本姑娘不稀罕！自从那次之后，她很少和老板搭话，除了分内的工作，她一概不多出一言。

她是个聪明，漂亮，自尊心很强的姑娘。

魏力斯对她的表现，让她改变了对老板的印象。在她和魏力斯打交道的全过程，魏力斯都是很谦卑的，称呼她都是用"您"而不是"你"，好多事应该她做的，而魏力斯都抢着做了，对人也非常客气，明明是他送她东西，他却不停地向她道谢，更让她觉得温暖的是，他叫她，从不称"小姐"，而是称"小妹"。

她对魏力斯的能力更是崇拜有加了，年纪大不了她几岁，却已取得了骄人的成就了，从李丽珠那里得知，这个气宇不凡的年轻人已经是身价过亿的商场骄子了，这还不包括他父亲魏阿和的那份产业。

这人才，这钱财，这态度，样样都让她喜欢！

在她给魏力斯打了那个电话之后，魏力斯开始主动和她联系了。先是每个星期打一两次电话，然后还夹杂着给她发几条短信。她还发现，他发的短信，没有一条是荤段子，没有一个别扭的词，这让她感到很舒服，这让她心里多了一份喜欢，因为她以为他还是个志趣高尚的人。

下班以后，她喜欢上网，有几次她搜索魏力斯，都发现他在深圳、重庆、上海等地进行商务活动和接待活动。最新的一次是他参与接待英国前首相的侄子，合影时，他还坐在前排，她对他更加深信不疑。和他的邂逅、相识、交往意味着什么？她虽然不是很清楚，但她爱慕魏力斯这样的人是毫无疑问了。嫁人就要嫁魏力斯这样的人。

她春节在家待了几天。她很孝敬父母，给他们买了些衣物和食品。有钱就是好。以前她买东西，只去一般的超市。好点的商场有时也去，但主要是欣赏，一般不敢贸然出手，有几次出手重了，当时是痛快了，但月底的那些天，她不得不悄悄地吃方便面，吃得她只想呕吐，教训是惨痛的。自那以后，她与自己约法三章，多豪华气派的商厦如果要去，绝对不能带钱包，带也可以，但绝对不能超过五百元，有几次她和宿舍的那两个女孩子上商厦，人家见啥买啥，而她呢啥也没买，两手倒没空着，但提的都是人家的东西。有个女孩子问她，你怎么老忘记带钱包呢？这缺德鬼，人家哪里有伤口，她就往哪里撒盐！

这回不一样了，她手里有钱了。手里有钱，心里不慌。有天她主动邀请那两个女孩逛商场，到商场后挑三拣四，最后买了几件价钱不菲的衣服，然后到收银台刷卡付账、走人，东西也让她们俩每人抱一份，整个过程流利、潇洒、漂亮！

在路上那两个女孩说了，以前还以为她故意不带卡、不带钱，今天才知此言差矣！

姜琳娇笑了，笑得非常灿烂。

他们俩关系的急剧升温是她这次魏力斯的家乡之行。在姜琳娇到来之前，魏力斯显然做了精心的准备，他订好了当地一家五星级酒店的豪华套房，让服务员把房子里的所有设施做清洁处理，买了一些高档的女性用品，其中一瓶香水，法国名牌，花了一千多元，房间喷了香水之后，让人格外亢奋。

其实姜琳娇也是有备而来，当魏力斯接到她，送她到客房，她一看这么豪华的住所就有些陶醉了。魏力斯关上门后，从她背后抱住了她，她只是说了句别这样,但身体没有动,听任魏力斯摆布。

　　这期间,魏力斯带着姜琳娇去参观市容和节日的繁华景观,魏力斯开的是高级小轿车,开始他们慢慢地在市区绕悠着,后来就开上高速公路,向黄山方向疾驰而去。

　　在姜琳娇看来,她和魏力斯的关系已经达到了这种程度,也就没什么可顾虑的了。车一上高速,她问魏力斯上哪儿去,当她得知是黄山时,心情一下子荡漾起来,很是兴奋,和魏力斯笑笑闹闹了一路,他们俩这一趟黄山之游的幸福情景,我们就不去多叙述了。

　　姜琳娇回上海也是魏力斯送她去的,他们俩又在上海住了一夜,魏力斯才回家。这时的姜琳娇已经完全像魏力斯的妻子了,临别前她还千叮咛万嘱咐要他开车慢点,喝酒少点,工作别太劳累了。

　　当姜琳娇回到宿舍时,心中还沉浸在幸福的回忆之中。但也有一点让她不解和不快,魏力斯要她和龚汉诚保持密切联系,这是为什么啊?她有些困惑。

第四十章

在河北与山西省交界处,有一个小小的山村。村子稀稀拉拉地坐落着几户人家。

乍一看,这个村子与别的村子并无不同。房屋,鸡犬,人家,袅袅炊烟,女人小孩的叫喊声,这些都和其他村子一样。

但仔细观察,也能发现一些不同的地方。

比如,这个村庄的周围,从来就没看到有人种植庄稼。耕地从来没有耕锄过的痕迹,上面长满了野草。一条小河逶迤流过,河水充沛、清澈,没有一丁点的污染,这与其他村庄的河流相比,干净得有些异类。

有一两座房屋,一天到晚都是炊烟不断,似乎整天整夜都有人在做饭,也都有人在吃饭。

实际情况上也正是这样。

这天晚上八点多了,一个五十左右的中年汉子和几个男男女女正在吃饭。他随便扒拉了几口以后,就把饭碗放下了。他感到很累,连吃饭的力气都没有了。于是他就到一边坐下歇息。旁边一个中年妇女问道:"齐大哥,你咋啦?脸色这么难看,有什么不舒服吗?"

"没啥,没啥,就是有点头晕,过一会儿就好了。"

"我看你这一个月以来,已经卖了三次血了,你失血太多了。人身上的血液可不是水管里的自来水,说有就有的,你卖了这么多血,身体哪里吃得消啊?"

"我还行,还能扛得住。"

"你说假话呢。你看你这个身体,就像一个半空的麻袋,说倒就倒了,你到底为啥要这么卖血呢?"

"卖点血,筹点钱给孩子看病呢。"

"嗯,到这里卖血的人,十有八九都是为了孩子。"

"孩子啥病呢？这么要紧吗？"

"你要问我孩子是什么病，我也说不上了，我就知道这孩子这个毛病不治好，我这辈子就不可能抱上孙子了。"

那个女人似乎明白了："不孕不育症啊！那多半是女人的事呢！你可要找个明白的医生看病呢！别乱花冤枉钱。"

这位齐大哥就是齐合礼。他无意将家丑抖搂出来，于是他嗯嗯了两声，就不再说话了。

齐合礼在半年中卖了七八次血，凑了两万多元给齐亚军看病。

给齐亚军看病的是一个老中医，名叫王铁通，擅长看男性疾病。他第一次给齐亚军看病的时候，只是瞟了齐亚军一眼，就说："这孩子的病有年头了，病已经不轻了，要是再拖个把年，病可就治不好了。"

齐亚军一听到这句话，心里非常害怕，额头上的虚汗直流，可嘴里还挺硬的。"你说啥勒？我没有病。"

齐合礼一看儿子说话不中听，连忙插话说道："没病更好，开几副中药服用一下，去去寒湿也行啊。"

王铁通看这类病人无数，知道得这种病的人好面子，不敢说真话，所以听了齐亚军的话，没有在意。他一边给齐亚军号脉，还朝齐合礼挥了挥手，让齐合礼到外面去等候。

齐亚军看到王铁通善解人意，把他父亲给支走了，他心里宽慰了很多。

齐合礼出去以后，王铁通把门关上，然后继续给齐亚军号脉，一边跟齐亚军闲聊，他问齐亚军："你平时爱吃炒腰花不？"

齐亚军不知其意，但却照实回答说："我不怎么爱吃，那东西骚味太重。"

"猪腰子跟人身上长的腰子其实差不了多少，功能也一样，只不过猪不会肾虚，人会肾虚。"说到这里，王铁通又说："你看那个种公猪，可厉害了，它的腰可好了，跟那么多母猪接种，母猪下的崽，一窝一窝的，个个身体倍儿棒。不用过多少时间，小猪仔个个长得粗壮，都抢着喝猪妈妈的奶呢。"

齐亚军一听到这话扑哧一下笑了："王大夫，你咋这么会说笑话呢？人的腰子跟猪腰子哪能一样呢？不过你说的也有些道理，公猪就是厉害，我们村李老黑家里的那头公猪，很高很大，特别厉害，跟它配种的母猪，比其他公猪配种都强，下崽又多又好，我就纳闷了，同样是公猪，怎么李老黑家的公猪就那么厉害呢？"

王铁通问道："你说的是真事吗？我小舅子家的母猪正要配种呢，回去你帮我联系一下李老黑，看他愿意帮忙不？顺便问问价钱怎么算？"

"行。我跟他家的儿子很熟，这事包在我身上。"

王铁通点了点头，仍然在给齐亚军号脉，左右手都号脉以后，王铁通就问道："一个月几次啊？"

"啥一个月几次呢？我不明白。"

"就是跑马，也就是遗精，你一个月几次？"

齐亚军一听是这个事，有些不好意思，他略加思考后回答："一个月也有三五次吧。"

"你说的是遗精吧？手淫几次啊？"

这时王铁通脸色很严肃地说："你要说准确啊，这样我才好给你用药。"

齐亚军这时候也不紧张了，他又思考了一下说："也有三五次吧。"

"那么算下来一个月就有十多次了，一个月两三次是正常的，一个月十几次就是病了，而且我刚才号脉时发现，你得这个病也有六七年了。这个病就像火烧蜡烛一样，每天每夜都消耗你的精神。人的精神也像蜡烛一样，烧一点就短一点，久而久之就完全消失了，一个人精气一旦耗光了，人的命就没了。"

齐亚军听到这里，心里非常害怕，满脑门的虚汗哗哗直流。别看他平时跟妈妈吵架，动不动就拿死来威胁他妈妈。可是真的要死，他还真的害怕。他想着想着，突然扑通一声就跪倒在王铁通的面前，哭着哀求道："王大夫，你要救救我，我不想死，我还年轻，我还要给我爸我妈养老送终呢，我不能死。"

王铁通没有想到齐亚军会来这么一手，略微有些吃惊，但很快就坦然了，这样的病人，这样的情况，他也见得太多了。

于是他微微地皱了一下眉头，继续说道："你这个病说难治也很难治，不过呢，也不是说治不好。前些年省城有个年轻人也得这个病，他病比你还严重，他也不知道托什么人找到我，我给他瞧了瞧，下药调了半年，基本上就把他病控制住了。但还没有完全好，要完全好，还得一年时间。他的情况跟你不太一样，他是结婚了，情况更糟糕，老婆那边需要他供不上，自己这边还瞎流。该用的地方用不上，不该用的地方又漏了。弄得老婆要跟他离婚，现在病好得差不多了，腰杆子也硬了，老婆也服气了，这婚就没有离了。你的病虽然不轻，但没有生命危险，目前的情况是这样，虽然不好治，但只要你好好的配合，经过一段时间的治疗，还是有希望治好的。"

齐亚军一听这病能治好，心情就好多了，他连声道谢，表示一定好好配合治疗。

王铁通一看自己的心理治疗效果不错，心里有些宽慰。根据他的经验，只要齐亚军肯配合的话，一年半载之内，肯定能治好齐亚军的病。

于是他开了个处方，然后说了一些注意事项，把事情交代完毕，王铁通打开房门，叫齐合礼进屋，也跟他说了几句注意事项，然后就让他们回去了。

高手在民间啊。

遗精阳痿，这是很难治愈的病。可是王铁通就擅长治这个毛病！齐亚军服了三个月的药之后，病情明显好转，半年以后，他的病就好了十分八九了。齐亚军心里十分高兴，心情一好，情绪就好了，对爹妈脾气也好多了，对姐姐齐娅静也更加热情了。他还求姐姐在江源给他找个差事干，姐弟俩一起干，挣些钱，让家里的日子过得红红火火的，齐娅静听了以后也十分高兴。

齐合礼看到儿子的病好了，他的心情更加高兴。

儿子看病欠下了几万块债务，已经还了一大部分，剩下的还有两万多元，他合计着再卖几次血，弄万把块钱，把外人的债都还了，其他的债是好兄弟的，可以慢慢还，以后就不用再去卖血了。

第四十一章

与齐合礼联系的黑血站的老板,名叫胡云翥,是个年轻人,胡须还没有长齐呢,脸皮白白嫩嫩的,头发乌黑发亮,一副文质彬彬的长相。

但这只是他的伪装色,实际上他是个心狠手辣,阴险狡诈的人。他从第一次遇到齐合礼开始,就打定主意了。

因为齐合礼的血型,是 Rh 阴性血,是熊猫血型,这种血很珍贵,价钱可以出得很高。这种血型的人万里挑一,可遇而不可求啊,这可是一棵摇钱树啊,可不能让他跑了,得好好地利用一下,把他身上那点血给榨干了,卖个好价钱。

"呵呵,兄弟我的买车、买房的钱就从你这老东西身上出了!这也别怪我心狠,这是你自己送上门来的,要怪只能怪你自己啊。"胡云翥心里这么想。

最近,广州那边的一个同道朋友接二连三地打电话,要求他多弄一些 Rh 阴性血,并说价钱可以商量。这更加坚定了他要牢牢抓住齐合礼的决心。同时他也感到好奇,到底是谁愿意出这么高的价钱弄这种血型的血呢?他很想弄清楚。

齐合礼是他的宝贵资源,而对方真正需要这种血型的人是他的宝贵客户。这是一个什么样的人呢?是中国人还是外国人?是富商巨贾?还是大款大腕?是大官大佬?还是皇亲国戚?

不管他是谁,情况如何,但有一点是可以肯定的,就是这个客户是很有钱的人。胡云翥有个强烈的愿望,就是想直接和这个客户见个面,让齐合礼的血卖个最高的价钱。

于是胡云翥想去朋友那边跑一趟,了解更多的情况。

他做事的风格历来就是想好就干,迅速果断,绝不左顾右盼,犹豫不决。他当即买好了去广州的机票,并在第二天中午就到了广州。

一到广州,他首先想到的是要好好犒劳自己一下。于是来到一家五星级豪华宾馆入住，住下以后稍加休息，就来到宾馆餐厅吃饭。他点了几道高档粤菜，还要了一瓶三十年窖龄的茅台和一瓶高档红酒，然后一个人自斟自饮，有滋有味地品尝着美酒佳肴。

饭吃了一半的时候，他的胃口阶段性地得到了满足。于是他情绪就松弛了下来。原来紧张咀嚼的嘴巴停止了运动，显示出想歇息一下的欲望。

于是他很惬意地换上了另外一种消费品：他点上了一支烟，这种烟是他托朋友从外国买的高级雪茄，他最爱这种烟的味道了。点上以后，他深深地吸了一口，然后张开嘴巴，吐出了一个个完美的烟圈。他这样自娱自乐了一会儿之后，就给广州的朋友张有柱打电话。他告诉张有柱，自己已经到了广州，现在正在酒店吃饭，如果他方便的话，可以过来聊聊。

胡云矗对生意人了解得很透彻，他总结出生意人的共同特点，当然指的是弱点，首先是贪婪，这就不用说了。还有一些明显特点就是小气还好面子，待人虚头滑脑的。这些弱点他根本就瞧不上。

另外一种情况，也是让他很厌恶的：每到一处，如果有朋友请他吃饭的话，一起陪吃的人就是一大桌，饭桌上人人都是神侃，吃他们一顿饭，要听他们一大堆废话，而这些都是他绝不愿意遇见的。

所以，他事先没有跟张有柱联系，他知道张有柱不可能给他提供住处，他还认为张有柱根本就没有这个本事。

所以，他只在吃饭吃到一半的时候才给张有柱打电话，告诉他来广州了。

胡云矗这个偏远山区的高考落榜的土秀才，颇有几分傲骨与霸气。

张有柱很快就来到了餐馆，找到了胡云矗，一见面他就埋怨道："你来广州之前怎么不给我打电话呀？我好去接你啊，你到广州来了，怎么着也应该我来请客呀！"

胡云矗听了张有柱这番话，他哼了一声。心想，你现在知道也不晚啊，我这桌饭的单还不是没买吗？还有房费也没有结啊，你真有能耐，真讲交情的话，就去买单好啦！

当然他心里这么想，嘴巴不会这么说的，他从骨子里瞧不起这种不实在的人。

他漫不经心地说了一句："屁点大的事值得啰唆吗？你吃饭了吗？如果没吃就一起吃点吧。"

说完，胡云翥的两道目光，像两道雪亮的探头灯似的射向张有柱，看他如何做。

张有柱一看桌子上一堆的菜肴还真不错，自己平时还真的很少能吃到。于是他口头上客套了几句，说不要不要的。但身体却很诚实，他很快就坐了下来，拿起碗筷和胡云翥一起吃喝了起来。

胡云翥虽然长年躲在穷山坳里，不轻易出山，连县城也不太去，像广州这样的大城市，自然就更少来了。但这种情况几乎不影响他对外面世界的了解。他每天如饥似渴地浏览各种各样的网页，获取方方面面的资讯，以此了解外面的世界，特别是他的业内情况，他目前从事的地下血浆交易情况，还有也就是对人的观察，等等。

如果有人感慨说，胡云翥这种刻苦钻研的精神用来从事正当的职业该有多好，为什么要去从事这种非法的生意呢？如果你要是这么问，就等于问老虎为什么不吃草，而要吃野猪，山羊等动物呢？

这样的问题永远没有答案。

现在胡云翥一边和张有柱吃饭喝酒，一边细细地打量着眼前这个同行。是的，他正在冷冷地、细细地观察他同行的吃相。

张有柱一端起筷子，就直冲那盘帝王蟹去了。三下五除二，三只帝王蟹就被他吃了个一干二净。吃完之后他又喝了几口酒，然后又喝了一大口饮料，由于吃得急了，嗓子里面又藏了很多的食物，很快就噎着了，接下来就是几声急剧的咳嗽，弄得唾沫乱喷。

这时候，胡云翥很友好地给张有柱递去了一张纸巾，并朝他笑了笑。

张有柱接过纸巾，顺便看到了胡云翥那张长方形的白嫩的脸和脸上挂着的阴冷的微笑。

这时候张有柱才似乎意识到自己刚才失态了，吃得太急了。

"你不爱吃螃蟹对吧？你们山里人爱吃鸡鸭鱼肉，对吧？我们沿海的人都喜欢吃螃蟹，都喜欢吃这些张牙舞爪的海洋凶猛动物。人类应该是处在食物链最高端的一种凶猛动物了。而沿海的人又处于人类食物链的最顶端。今天我们俩的表现就证明了这一点——你比较喜欢吃猪肉，而我则喜欢吃这种身披铠甲的水族。"

张有柱为了解除尴尬，才颇费力气地这样自嘲解围。

胡云矗没有马上回答,而是用那把精美的、纯银制作的叉子,将盘子里的那块肉叉起,轻轻地放到嘴里,然后细细地咀嚼品味着,足足咀嚼了五分钟时间,然后一用力将口中的肉一下子吞咽下去,又端起一杯红酒,喝了一口,咂吧了一下嘴巴,完成了这一系列的动作之后,才对张有柱说:

"这不是猪肉。这是阿拉斯加海域上的大白鲨的心头肉。你看起来像是猪肉对吧?那是我让厨子放了一点红糖,这样一来,表面看起来就很像红烧肉了是吧?到这样高档的饭馆吃红烧肉,是不是不伦不类呀?"

"啊!这货很贵吧?也不分一小块让我品尝一下。"张有柱有些不悦地说。

"凡是我请客,与朋友共同进餐,我历来是把那块最精美、最富有营养、价值最高的食物留给自己,而且拒绝与朋友分享。我从来都是把自己置于别人之上的,就是你这样长期合作的伙伴也不例外。"胡云矗看了张有柱一眼,继续说道:"我从来不会忘记自己是做什么生意的,我贩卖人血!这是崇高又危险的生意,做这种生意的人,如果还谈什么温良恭俭让那一套,那纯粹是扯淡。"

张有柱听了这番话后,脸色有些尴尬。虽然他表面上不太赞成胡云矗的这番话,但他心里想,自己不也是这样做的吗?

饭吃到这个程度,就没有必要再扯什么闲话了,还是直奔主题吧。

胡云矗又抿了一口酒,歪着脑袋眨巴了一下眼,然后满脸认真地说道:"兄弟不瞒你说,我这趟来广州,目的是想见一见 Rh 阴性血型的买主,我想直接跟他本人谈谈。"

张有柱一听,马上一口拒绝:"这不可能,没必要!"

胡云矗没有马上说话,而是从口袋里掏出一个信封,然后轻轻地放到桌子上,说道:"你要是帮我办妥这件事,这些钱就是你的,不多也不少,三万元整,这是一个合理的价格。"

张有柱回答说:"这是破坏行规的事,我不能做。"但说话的口气,完全不像刚才那么强硬了。

胡云矗收起钱,淡淡一笑,说道:"这事没有你我也照样能办得到。"

说完就叫小姐买单。

张有柱连忙说道:"还有几个大菜都还没有动筷子呢,怎么就走了?"

胡云矗笑了笑说:"对。谁知盘中餐,粒粒皆辛苦。当然不应该浪费了,我是说要打包，然后你带回家。我一个人、又住宾馆，没办法自己弄着吃。"

张有柱笑着说："对对对，贪污和浪费是极大的犯罪。你不吃我带回家热一热就吃，这不挺好吗？对了，时间这么早，接下去的时间干什么呀？要不要找一个妹子来陪一陪你啊？我请客，我买单。"

胡云骉听了以后，微微笑一笑："现在没有空享受。你不干的事，我得另找人去干呀，世上无难事，只要人有钱。"

张有柱听了这句话，有些不知道如何回答，于是连声说了好好好。然后就离开了酒店。

胡云骉没有像自己说的那样去找什么人，而是回到客房喝茶去了。

喝了一会儿茶，他找一个按摩小姐来为他按摩解乏，以便晚上享受良好的睡眠。他特别注重睡眠，而且睡眠质量特别高。这种感觉只有他自己才知道。他是以晚上做梦的情况来判断的，如果晚上的梦境很好，做梦很愉快，那么就说明睡眠质量好。如果是做噩梦，他就会认为没有睡好，而且确实白天没有精神。他最怕精神不好，因为一旦精神不好，白天就基本干不了什么事，他就会感到烦躁不安，坐立不宁，而且干什么事还容易出差错。

而他所从事的事情，一旦出了差错，就会遭受灭顶之灾。

所以他无论何时何地，都必须保证充足的睡眠。

但是今天晚上，他无意早睡，他料定张有柱今天晚上会来找他，来向他要钱，并告知他想知道的一切。

这是一家五星级宾馆，管理上很有讲究，一般没有人会来上门打扰，所以很合适让小姐到他客房服务。这种事情也很容易办到，一个电话之后不到十分钟，小姐就上门来了，两人价格一谈好小姐就开始启动工作程序，给胡云骉按摩。

胡云骉自己脱下衣服，只穿一条裤衩。

小姐仔细一看都惊呆了：这位客人的身材真好啊！肌肉真结实啊，而且光滑细腻，线条优美，腹肌八大块，结实的肌肉，高高隆起，显得饱满而有力量。皮肤上的汗毛细细的，非常茂密，布满全身。这种身材整个就是完美的艺术品。她自做按摩这行以来，可以说是阅人无数，但眼前这位客人的身材这么美好，还是第一次遇见。

小姐见了以后，春心动摇，她想去摸胡云骉的敏感部位。胡云骉觉察到小姐的意图，冷冷地说道："你只按摩我膝盖以下的部位，其他地方你别碰。"

小姐有些尴尬，随即掩饰道："我是做这行生意的，只有服务到位才好向客人要足赏金，否则我怎么好意思要你的钱呢？"

"钱全额照付，你放心，你照我说的去做就可以了。"

小姐连说："那就好，那就好。"

简单几句对话之后，小姐又有新的发现：她感觉胡云矞的口气特别的好闻，从他口中呼出的口气，除了葡萄酒的清香和茅台酒的酱香味道，他身上还有男人所特有的味道，但没有一丝的异味。从他口中呼出的和身上散发出来的气息，她一口吸入了自己的口腔之中，感觉非常舒服。这也是第一次遇到。这位里里外外都这么干净清洁的男人，是从哪里来的呢？是干什么的呢？是什么个背景呢？她从职业的本能想了解个明白，但是按照规定，她不能多嘴去问客人服务范围以外的任何问题，于是她准备采取旁敲侧击、转辗迂回办法，弄清楚这位奇特的男人的情况。

于是小姐就问道："要不要给你来点音乐？"

"这屋里没有发现有音响啊，哪里有音乐呢？"

"我用手机给你播放一曲，你不喜欢就说话。"

"行，你放吧。"

小姐打开手机，播放一曲陈明韶演唱的《我送你一首小诗》。

胡云矞听了以后说道："嗯挺好的，麻烦你再放一遍。"

小姐放完这首歌之后，又放了一首《小茉莉》，鲍美圣演唱的。

胡云矞又要求小姐再放一遍。

小姐发现，胡云矞喜欢听校园纯真类的歌曲，所以她又放了一曲孟庭苇的《往事》，播放完之后，小姐看到他双眼微闭，似乎是睡着了，就停止播放，不料胡云矞说道："你放的歌我都爱听，你就随便放吧，我在听着呢。"

小姐还是第一次遇到这样的客人：宁愿放弃肉体销魂享受，花这么高的价钱，找一个妙龄女子，用手机播放音乐！这是什么情况啊？不会有病吧？小姐又放了鲍美圣演唱的《捉泥鳅》，发现胡云矞嘴角微微颤动，似乎在跟着哼哼。小姐播放了张明敏演唱的《外婆的澎湖湾》时，她惊讶地发现，客人的眼角渗出了泪水，听完这首歌之后，客人突然坐了起来，失声痛哭，边哭边说道："要是奶奶还在，我就不会走上这条路！"说完又放声痛哭。

小姐遇到这样子情况，真是惊讶不已。这是什么人哪！只是听我放了几首歌，竟然哭成这样，这人不会对我不利吧？她想着想着，越想越害怕，就想借机溜走。

但她很快就镇定下来了。她想一个听歌会哭的男人，不会是低层次的歹徒；会惦记着奶奶的人，人品应该不会差到哪去。同时她强烈的好奇心，促使她留下来，她想看看还有什么奇怪的事情会发生。还有一种朦朦胧胧的因素，她感觉她喜欢这个英俊青年，她想陪他一会儿，帮助他舒缓一下情绪，安抚一下他那有些狂躁的心。于是她轻轻说道："你刚才想奶奶了，她老人家对你特别好是吧？"

"我奶奶是世界上最好的奶奶了，我太不听话了，对不起奶奶啊。"说完又是热泪横流。

小姐没有再说话，等他哭完之后，才温情地说道："你这么年轻，会有什么事对不起奶奶呢？就是做了不对的事情，也可以改啊。也可以重新做一个正直的人、做正当的事情啊。"

胡云霄这时候清醒过来了，他看了看按摩小姐，发现这小姐是个清纯秀丽的女子，说话温柔亲切，委婉动人，是个颇有涵养的女子。而且让他感到奇怪的是，她知道客人喜欢听什么歌。做小姐的善于揣摩客人的心理，这是可以理解的，连喜欢的歌都猜得出来，这就有点神了。他想问个究竟。

"你怎么知道我爱听什么歌呀？你刚才放的歌，几乎每一首我都爱听。"

"这不难知道啊，知道了你爱听第一首歌以后，就按照这歌的风格给你搜索，然后播放，你喜欢纯真优美恬静的曲子，刚好我也喜欢，我就琢磨着给你播放呗。"

"你的业务水平可真够高的。"

"这跟业务水平无关，跟本人的悟性有关。"那小姐还是用轻轻柔柔的语调跟胡云霄聊着。她问他："你怎么不问问我的情况呢？比如说我的姓名、哪里人、多大岁数？一个月挣多少钱，什么学历之类的问题呀。"

"我从来没有打听别人隐私的爱好，更何况我问你，最后得到的回答没有半句会是真话。"

"那要看谁问啦，要是你问我，我的回答绝不会有半句假话，不信你就问几句试试看。"小姐给胡云霄抛了个媚眼，亦庄亦谐地说道："本小姐慧眼识英雄。"

"英雄两个字岂可随便遭用的！如我鼠辈，混迹人间，蝇营狗苟，举止无状，怎么敢担当英雄二字！"胡云翥说话有点拽词。

"君此言差矣！自古屠狗贩履之徒，劫财越货之辈，年轻的时候虽然浪梁一隅，举造乖张，但懂事以后改邪归正，英勇作为，后来成为大英雄的也大有人在，你又何必如此自卑自贱呢？只是你成名成功之后，不要忘了我这个风尘女子啊。"

胡云翥听了小姐这番话以后，心有所动，真的有点想问问她的情况了。但又转念一想，如果了解她的情况，势必就要把自己的情况和身份告诉人家，何必这么啰唆呢？还是不要让人知道的好。

于是他轻轻地叹了口气，说道："同是天涯沦落人，相逢何必要相识。钟点也到了，你下面还有任务，你就走吧，谢谢你这番开导和鼓励。"

小姐看到胡云翥有意逐客，自己不好强留，于是就收拾东西准备出门。临走之前，她从手包里掏出一张名片，随手从茶几的文具盒里找到一支笔，很快就写下几行字，然后递给胡云翥，说道："方便的话请联系。"

说完就走了。

胡云翥一看上面写着：廖瑶瑶，江源人，二十一岁，大三学生。还留下了手机号。

胡云翥反复看了两三遍，最后还是毅然决然地把名片撕碎了，然后把纸屑扔到厕所，用水一冲，一点纸屑也没有留下。他自言自语地说道："不造孽，不取祸！啥都不要留，这样才好，何必要去害别人呢？"

说完一抬头，刚好面前有一面镜子，镜子里面显现出他的形象。

他看到自己精神抖擞，眼睛明亮而又锐利，头发微微颤动，充满着青春和力量。他这时对自己很满意，很明显，自己的良好形象已经打动了一位美丽女性的芳心。

他对自己还有更深一层的满意，就是他刚才做到了自己的誓言：他平生绝不奸淫人家的妻女。

他一生只做一件坏事，就是贩卖血浆，其他的坏事他绝不去碰。

时间已经过去三个多小时了，他原先料想张有柱会来找他要钱，然后给他情报，但是张有柱现在还没有消息，马上就到十一点了，按照他的作息时间,他早该睡觉了。于是他关上手机上床睡觉。

再说张有柱回到宿舍之后,一直为胡云焘饭桌上的表现所困惑。

在此之前,他们俩只是手机联系,只能听到对方的声音。根据声音,他揣测胡云焘只是一个蜷缩在穷乡僻壤的愚顽鲁莽的小农民而已。所以,每次电话里,他都是以居高临下的口气跟胡云焘说话,而胡云焘也是一贯的唯唯诺诺、诚惶诚恐的口气同他说话。

可是,今天晚上见面和吃饭的表现,他发现胡云焘跟电话中的印象完全是两回事:人家来广州之前,半个字都没有透露,他这样做也是可以理解的,不想麻烦他们。但这个举动里面分明表达出另外一层意思,就是胡云焘认为他张有柱没有能力接待客人。也就是怀疑张有柱的能力,这层意思在饭桌上表现就更淋漓尽致了。

他还认为胡云焘是有意设计了这样一个饭局,这是地地道道的做局呀,而且让人无言以对。首先他没有预先邀请自己吃饭,因为自己一直是以大佬自居,以小跟班对待他的,要是预先告知,这个单就得他买吧,谁叫他是老大呢!其次,是饭桌上他所表现出的凌风傲骨,他点的都是高档菜,自己还先吃了一半,然后才告诉他,最可恨的是他把最好的一道菜给独吞了,还说了那么多刻薄的话,而给他留的是帝王蟹,自己却那么没有见识地把帝王蟹当成最好的食品,从而成了他的笑柄。

种种迹象表明,胡云焘完全知道他是什么角色了,而且毫不客气地藐视他。

仔细想来,这也不能怪胡云焘,只怪他以前牛皮吹得太大了。自己明明只是一个跑腿的最下层的业务员,非要自称为大老板。但是他有点不明白,他是怎么被他识破的呢?

相反,胡云焘的形象和举止,一点也不像他以前所说的,只是一个愚顽鲁莽的小农民,而是一个英俊挺拔,温文尔雅、气质高贵的年轻人,而且知识广博,口齿清楚,风度翩翩。自己往他身边一站,人家就像一棵挺拔的青松,而自己就像一颗狗尾巴草似的,显得很猥琐。

这些事情且不再去想他了,眼下当务之急是要不要去拿他那三万元。其实他早已经有答案了,那钱是肯定要去拿的。他之所以今天晚上没有去找胡云焘,只是想让他知道,自己不那么缺钱,换句话说,自己还不是如此不堪,为了区区三万元钱，急急忙忙去找一个山里来的小老板出卖商业情报，他认为至少要等到明天，人总得要点面子吧。

第二天一早，张有柱就给胡云矗打电话，请他喝早茶，胡云矗满口答应。

两个人来到一家当地比较有名的早餐馆，点了几道小吃以后就坐下来聊了起来。

张有柱问胡云矗："昨天晚上过得快活吗？"

胡云矗不想在张有柱面前显得很另类，就顺着他的杆子往上爬，笑了笑回答道："很好，很舒畅。"

张有柱一听到这句话，马上表现出了浓厚的兴趣，问起床上的细节来了。

胡云矗对这类的话题没有兴趣，他微微一笑，淡淡地说道："大早上，说那点事没意思。"随后，他悠然地点了一支烟，继续说道："广州真是国际大都市，看了真开眼啊！比我以往想象中还要美丽繁华，真是人间天堂啊！过个年把，我一定要在这里买一套别墅，好好地享受一下大都市的无限风光。"

张有柱听了胡云矗要在这里买别墅，这个想法让他很吃惊。也让他对胡云矗更感神秘和尊敬。他想自己在广州十几年了，现在仍然是上无片瓦，下无寸土。租一套房子还在郊区很远的地方，目前连个家都没有，确实是混得太惨了。

现在，他绝对相信，眼前这个英俊小伙肯定是一个土豪，日后更是前途无量。如果自己再端个架子去骗他，实在是没有这个必要了，而且也没有这个可能了，还不如老老实实地待他，说不定日后还能得到他的提携和帮助呢。

于是他很客气地对胡云矗说道："胡总，你昨天说的事我考虑过了，我可以把买家的详细情况告诉你，甚至可以介绍你们双方认识，以便日后你们双方直接交易。"

说完他等待胡云矗把钱拿出来给他。

胡明矗又是微微一笑，说道："我只是想认识一下，看看他们为什么喜欢这种血型，至于以后交易上的事情还是一如既往，由你负责。那种过河拆桥的事情，我是做不出来的。"

张有柱一听就更加高兴了，连连说道："还是胡总的气量大、格局大！日后你一定会成为一个大老板的。"接着就向胡云矗介绍了买主的情况。

张有柱说："买主是个七十多岁的男人，在市郊住着，那是一个很大的院落，里面的情况我也不清楚，但绝对是超级豪华。他买这种血液，是给一个二十二三的女孩子用。这女孩是这个血型。也不知道这女孩得了什么病，每个月要输入五百毫升的这样的血，要是不及时输血，就会性命难保。这是地址和客户的资料，请你过目。"

胡云翥接过张有柱递过来的一小沓纸，随便翻了一下，点点头说道："很好，很好，这是我们俩第一次合作，而且很愉快，希望以后有更多的合作机会。"说完就从手包里掏出那个信封，然后递给张有柱。

张有柱接过信封，当即打开，想当面点钱，他刚要伸手去掏钱，就被胡云翥轻轻地按住，"张总，这是餐馆，人来人往的，在这里数钱不好看，你回家再说吧，如果少一分钱，我赔你一万块，说到做到，你就放心吧。"

张有柱听了这句话，感到有些尴尬，感到自己做事情太欠考虑了，但他又不想承认自己这么无知，于是他辩解道："做生意的人习惯了时时处处讲究钱货两清，当面点清。既然胡总这么忌讳，那就算啦，我也百分之百相信你。"

交易结束之后，两个人都无意再多盘桓，这次张有柱很快很大方地去买单。

然后两人就分手，各走各路。

胡云翥回到客房稍作休息，他想去那位富翁的豪宅去看个大概，至于要不要进去找他，则看情况再定。因为他不知道自己怎么搞的，突然间有了一种想退却的心态，不怎么想去弄清楚这位富翁的底细了。

他准备尽快回家，与齐合礼商量一个长期合作计划。他想给齐合礼更高一点的价钱，而且明确告诉他，这高出的价钱是给他买营养品的，只有他身体健康，才能产出更多更好的血液。他得像养奶牛似的养着齐合礼，以备随时抽他的血去换钱。

他退了房之后，打了一辆出租车，按照张有柱提供的地址，不到半个小时就找到了那位富翁的豪宅，距豪宅两百米处，胡云翥让车停下来，他想步行一段路，以便观察一下周边的情况。

自从干上了地下血浆买卖的勾当之后，他就变得像耗子那样的胆小多疑，干什么事都小心翼翼。他总是希望能够把别人看得通通透透，清清楚楚，而自己绝不能让别人知道一丝一毫，警惕性高到了可笑的程度。要不说做贼心虚呢。

今天也是这样，他贼头贼脑地东张西望，然后慢慢地溜达到大院门口附近，他一如既往地戴上一顶帽子和一副平光眼镜，这样就可以伪装得更真实些，还不给人伪装的印象。

他在一个不近不远的位置，仔细地观察这栋楼和周围的景物。

他觉得富豪们都喜欢把房子和周围的景物弄成欧美风格的小洋楼、小庄园之类的样子。这栋楼也一样，外面全是乳白色的，主楼楼顶尖尖的，像哥特式的装饰，四周错落有致地建造几个小点的楼房，也是乳白色的。在一个楼顶上，还搭建了一个小风车，一阵风经过，风车的轮子呼呼直转。他一天到晚看惯了绿水青山，对这些小洋房不感兴趣，他目光漫无边际地巡视着，突然有一件东西进入了他的视野，让他的精神为之一振。

那是一块饭桌子大小的红绸缎挂在一根木杆上，像一面旗似的迎风飘扬。绸缎的中心绣着一朵大大的玫瑰花，那是用金色的绣线绣成的，在阳光的照耀下，玫瑰花闪着耀眼的光芒。那红绸缎子远远地看去就像一团火，一片彩云。把周围的景物都激活了。这是多美的一道风景啊！是谁这么设计的呢？这么有智慧，有审美眼光，他边欣赏着，边陷入了遐想之中。

就在这个时候，两只大灰狼狗直奔到门口，朝他汪汪狂吠。这狗不知道从哪里冒出来的，他毫无准备，着实吓了他一大跳。他定了定神，看到狗的身上拴着铁链子，狗的活动范围只限于门内，多走一步都不可能，于是他不再害怕了，而是仔细观察这两头狗。这种狗一点都不像他家乡的看门狗，它们十分凶，他基本肯定这种狗就是藏獒，听说这种畜生凶猛异常，专爱咬人的脖子，一口就可使人致命。

让狗这么一惊吓，他没有心思继续观察了，更不想进去找老板聊生意了。于是他招呼出租车司机把车开过来，然后乘车直奔机场。他大老远跑来要做的工作，也就在这慌乱之中忽略了，放弃了。

他就像一只鸿雁，从遥远的小村庄飞到这里来，在这里做短暂的逗留，然后又翩翩飞走了，他认为自己是来无影去无踪，但是事实真的是这么样吗？泰戈尔在《飞鸟集》第一首小诗中写道：

世界上一群小小的漂泊者啊，请留下你的足迹在我的心里。

今天正是这样，刚才他在这里的所有行动，都被那别墅楼里的人全程监控，被录下影音，存储在电脑里，同时他的形象也留在了一位姑娘的心里，这位姑娘就是廖瑶瑶。就是那天晚上帮他按摩的小姐！

事情就这么凑巧！

胡云耉有个聪明的头脑，但他对现代科学技术了解有限，他甚至不知道，就在他站立的大门口附近，安装有好几个摄像头，而且自动录制了他的行动全过程。在别墅里面，佣人通过监控观察他的行动，揣测他的意图的时候，廖瑶瑶刚好也在一旁。佣人认定，胡云耉是一个盗窃集团中的一分子，今天他是专程来踩点的，所以一个佣人说："用弹弓打他，打他那贼眉鼠眼，打瞎他的狗眼！"这种弹弓非常准确，一旦瞄准发射，那就百分之百难逃厄运，但是被廖瑶瑶制止了。

廖瑶瑶说他不像是个小偷，可能是个路人，出于好奇心，看一看而已。但是他这样转来转去，也是挺讨人嫌的，所以就放出藏獒来吓唬他，把他赶走。

不用说，细心的廖瑶瑶认出了胡云耉，也就是那天晚上她为他服务的那个客户，她以为是来找她的呢。

这让她产生无尽的联想和美好思绪。

但胡云耉绝对想不到，廖瑶瑶和她的义父就是他要找的人。

第四十二章

胡云鬻回到家里以后，很快就联系了齐合礼。按照他想好的主意跟齐合礼谈了。

齐合礼听了以后心里非常高兴，他心里想自己就是一个草包，就是一个臭皮囊，可万万没想到，血管里的血还能值这么多钱。他算了算，一年卖血可以挣到三五万块钱，这差不多也是他一年的收入了，于是他满口答应了。

两个人按照口头协议行事，事情进展得很顺利。经过一年多的时间，齐合礼真的把齐亚军的医疗费用给攒齐了。仿佛上苍被齐合礼的爱子之情所感动，齐亚军的病经过一年多的治疗，居然完全好了。

柯八芝为此十分高兴，现在她对齐合礼的态度是越来越好了。齐亚军也开始懂事了，知道要替父母分担一些辛苦了。他在舅舅柯九银的帮助下，到一家快递公司送快递，一个月下来也能挣个三五千块钱的，这样一来，家里的日子就不再像以前那么紧张了。

但是半年过后，齐合礼感觉到身体越来越乏力，时不时地也感到头晕，刚开始他不在意，以为是疲劳过度，休息一下就好了。此外，他买了几斤冰糖，泡开水喝，这算是补充身体的营养。

一天中午，柯九银看到齐合礼用大杯子泡冰糖喝，就说道："姐夫，你喝这么多冰糖水干什么呢？这都什么年代啦？谁还用冰糖水补身体呢？冰糖没什么大作用，弄不好还会落下糖尿病呢。"

齐合礼听了以后，嘿嘿两声，没有说话了。

但病在自己的身上，情况怎么样，自己最清楚。

他知道自己确实是病了，而且不是小病，他感觉身子衰弱得厉害，这一阵子连走路都费劲了，眼睛经常发黑，腿脚也不利索了，爬几个台阶就要停下来歇口气，他想知道自己到底怎么了？

于是，他就想到了张铁和。

这一天一早，他就到医院去找张铁和了，张铁和一看齐合礼的身体比以前明显消瘦了，怎么回事啊？他心里暗暗吃惊，就让齐合礼做一个全面的检查，于是他开了血液、胸部，CT等项目的检查。检查完以后，齐合礼到他的办公室找他，等待检查结果。两个小时以后结果出来了，张铁和一看，大吃一惊。

艾滋病！这太让人惊讶了，这么一个老实巴交的农民工，怎么也会得上艾滋病呢？

张铁和怕吓坏了齐合礼，他马上镇定下来。他想了一下，既不要惊动齐合礼，同时也要防止他家人之间的传染，特别是夫妻间的传染，如果柯八芝还没有被传染的话。

于是他想探明齐合礼平时夫妻房事时使不使用避孕套。

齐合礼一听到这事，以为张铁和是判定他房事过多引起身体虚弱，就呵呵地笑了："兄弟，你想到哪去啦？我都五十岁的人啦，一天干活也挺累的，那种事一年半载也没有一次啊，再说人家嫌我脏，不带套就不让上，还嫌弃我口臭，从来也不让亲一下。"

听了这些话以后，张铁和稍稍感到宽慰，他心里暗暗地想，但愿柯八芝和齐亚军没有被传染上。

张铁和想还是把柯九银给叫回来，一起商量这种事怎么处理好。柯九银听张铁和有事找他，很快就来到医院。张铁和让柯九银到另外一个房间说话，柯九银看到张铁和满脸严肃，心里有些紧张，他小声地问道："哥哥，我姐夫是怎么了？"

张铁和叹了一口气说："怎么也想不到哇，他会得这个病。"

"啥病啊？你快说吧。"

"艾滋病，他得了艾滋病。"

"你说啥？我姐夫得了艾滋病？"

"检验报告在这里呢，你自己看。"

柯九银从张铁和手上接过化验单，一看上面赫然写着"HIV抗体阳性"。

"他怎么会得这种病呢？他背地里都干了些什么见不得人的事啊？他得别的病我都能理解，唯独得这个病，我不能原谅他！他肯定是背着我姐去找破鞋去了，这哪是人干的事啊？要是这样就怪别我瞧不起他了。"柯九银想。

张铁和也感到很不理解，但他作为医生，又想得多一些，他说道："这种病大多是通过男女私事传染的。但又不能绝对肯定，通过其他的渠道也是可以感染上的，我们看看怎么细细地问问他，看他怎么说。"

柯九银歪着脑袋想了又想，说："他已经得上了这种病，基本上也就判了死刑，说什么也没有意义了，也就没有必要让他知道，让他背上心理包袱了。现在最要紧的是别让我姐和亚军、娅静得上这种病，这真是造孽啊。儿子病刚好，老子又病了！"

张铁和点头称是，说："你想得对，今天啊，你送他回家，让她休息一天，然后把病情告诉你姐姐，让她注意防护，亚军不是送快递了吗？干脆叫他别回家，等观察一段时间以后再说。"

柯九银满脸木然道："这事咋跟我姐说呢？说了以后他们俩还能过下去吗？"

张铁和说："要不哪天把你姐叫来，由我跟她说，由我说比较好，你做弟弟的不好说，可也是啊，这种事要是说不好，以你姐的脾气，都会闹出人命。"

张铁和又想了一下："算了，也不要哪天了，就今天吧！我一会儿跟你一块儿上你姐家去，我亲自跟你姐说，我这也是服务上门了，谁让咱们俩是兄弟呢！"

两个人商量完毕，就带着齐合礼一起回家去了。

到了齐合礼的家，张铁和就和柯八芝单独聊了齐合礼的病情。张铁和很聪明，当然也有顾虑，他只跟柯八芝说了这种病可能会传染，传染的途径是什么，怎么回事，要怎么防护，就可以了。

柯八芝一再追问，张铁和也只敢说是一种比较特殊的传染病。

齐合礼以为自己是得了肝炎，静养一段时间就会好了。祖上有一些老土的养生方法说，如果男人肝上有病，夫妻就不能同床。于是他提出分床睡。柯八芝巴不得离齐合礼远一些，两人开始分床睡，渐渐地就变成了分屋睡了，吃饭也分开吃，夫妻两人一天都见不到一两次面，甚至几天才见一面。

齐合礼对此不仅不见怪，反而觉得这样比较好，这样就可以不再听柯八芝的河东狮吼了。

这样清静安逸的日子，过了三个月。

三个月后的一天，乡镇派出所的民警带着一名县里的一名民警到齐合礼的家，找他问话。

齐合礼一看民警找他问话，着实大吃一惊，他想自己没有干什么违法乱纪的事啊？警察找我干什么呢？

警察突然来找齐合礼，也引起了柯八芝的惊慌不安，她一定要听听警察问齐合礼什么事，弄清楚到底发生了什么情况。

两个警察用眼神交换了一下意见，最后同意了柯八芝的要求。

一个警察对齐合礼说："有个病人家属控告你故意传播艾滋病，这就是他的控告信，你先看一看，然后给我们说说情况，这也算你给我们的一个回答，我们好回去交差了事。"

齐合礼听了，以为民警找错人了，他大声问道："你们说啥呢，你说谁传播艾滋病呢？"

警察没有理会齐合礼的喊叫，他脸色严肃地说："你自己先看看控告信。"

齐合礼高中毕业，一般的书信他是看得懂的，他拿起信一看，写信的是广州一位病人的父亲，控告齐合礼出卖带艾滋病病毒的血浆，致使他的干女儿感染上艾滋病！

齐合礼看完以后，惊惧交加，满脸悲哀地说道："为啥坏事都让我赶上了呢？"

话音未落就晕倒过去了。

柯八芝把齐合礼弄到一边，从墙上拉下一件雨衣，盖在齐合礼的身上，然后迫不及待地问两位警察，详情是怎么回事？

两位警察提示柯八芝先救人，她不以为然地说道："他经常这样，过一会儿就好了。"

两位警察拗不过柯八芝，就把齐合礼私自卖血给血贩子，血贩子又把这个血卖给病人，然后让一个亿万富翁的干女儿感染上了艾滋病。

柯八芝听了以后号啕大哭道："我怎么这么倒霉啊，怎么会嫁给一个猪狗不如的混球男人啊！"

这一阵子就来了不少围观的人，齐合礼得艾滋病的情况就迅速传播开了，大家几乎一致认为，是齐合礼在外搞破鞋感染上了艾滋病。

齐合礼过了一个小时以后才醒过来，一看见自己还躺在雨衣上，周围空无一人。见此情景，心中无比悲伤，眼泪哗哗地流了出来。他浑身无力，起不了身，几次挣扎着想爬起来，都没有成功，他又软软地瘫在地上。

这时他知道自己得的是艾滋病了，也知道自己来日不多了。可他非常依恋这个世界，因为这世界上还有他最疼爱的女儿。

他完全相信，哪怕就是全世界的人都从坏处想他，以为他干坏事得艾滋病，女儿也绝对不会相信他会这样！这个时候他是多么的孤独啊！是多么的可怜啊！他多需要有人扶他一把，让他站起身来。一个男人就应该站起来去干活挣钱，老这么躺着算什么事啊？可是没有人来扶他起来。

这个世界上会扶他一把的人，也只有自己的女儿了。

他多希望女儿就在自己的身边啊。可是他清醒地认识到，绝对不能让女儿知道自己病了，而且是得这种恶病，要是女儿知道了，肯定马上就会回来，那她就要受苦了，不能让她受苦，绝对不能！因此绝对不能让女儿知道！

柯八芝几次想把齐合礼的病情告诉齐娅静，齐合礼恶狠狠地告诉她，如果她敢这么做，他就让她也染上艾滋病，一起完蛋。

柯八芝一听，心里吓得直打哆嗦，再也不敢吭气了。

从此之后，柯八芝离齐合礼就更远了。

第四十三章

龚汉诚提前一天到了省城参加省委召开的经济形势座谈会,他有两三个月没有回家了,只是每隔几天给爱人崔瑾打个电话,或发个短信,也只是例行公事似的。崔瑾也不是很在意。"习惯了。"她说。

他们夫妻俩的关系不是很好。

可是在大学时,他们俩共同经历了一场如火如荼的热恋,让许多校友和同学羡慕不已。那时龚汉诚风华正茂,英俊潇洒,不仅学习成绩出类拔萃,而且爱好广泛,是学校篮球队的主力队员。他一上场,就像一匹不知疲惫的骏马,带着球,满场奔跑,那浓密的头发就像马鬃似的飞扬起来,那真是力量与英俊的结合,放射出来的男性魅力,令多少女孩子晕眩。但是直至大三,龚汉诚还没有女朋友,这让人多少有点惊讶。

那时崔瑾对龚汉诚的印象就是觉得他像一只展翅飞翔的雄鹰,而她只是个很普通的女孩,她绝对没有想到龚汉诚会和她有爱情关系。

一件偶然事情把他们俩连在了一起。

有次,她观看篮球比赛,刚好是她们经济系的男队和物理系的男子篮球队比赛。比赛上半场龚汉诚没有上场,因为不需要他上场。可是比赛进行到下半场时,物理系的队员发挥不佳,输了十分,龚汉诚只好上场了,也只有十分钟的样子,比分就起了逆转,物理系队反而领先了十分,大家都恨这个龚汉诚。

比赛已结束,物理系队领先了三十分。经济系队输了,同学们一脸懊恼。

她们班的女生张奇璇先说话了:"都怪那个龚汉诚,下次比赛前,我们先请他吃饭,给他碗里放点安眠药,让他一进场就晕。"大家都说好,但具体让谁来落实,大家你拉我扯的,最后扯到崔瑾。

崔瑾对张奇璇说:"咱们女生现成的武器不用,用什么安眠药!智商太低!"

有人问:"你有什么好办法?"

崔瑾说:"张奇璇小姐那么漂亮,干吗不用美人计呢,置人于死地却又不露一丝痕迹!"

几个女同学一听觉得有道理。

第二天比赛进行,龚汉诚上场了,经济系的女同学个个给龚汉诚飞媚眼儿,做姿势,引诱他,但结果换来的是龚汉诚精神振奋,越战越勇,结果还是经济系队一败涂地。

大家一致臭骂崔瑾,说她出的馊主意,赔了夫人又折兵!

这事也不知怎么的让龚汉诚知道了,有天中午在食堂买饭,他们俩在一起,龚汉诚对崔瑾说:"感谢你的美人计,因为有了你的鼓励,我才顶住感冒,打满了全场。"说着大笑了起来,崔瑾也不好意思地笑了。

打那以后,他们不论是在路上,教室,还是在食堂相遇,都互相笑笑,久而久之就很熟悉了。

过了些天,龚汉诚找到崔瑾,说请她看电影。崔瑾说好啊,就去了。

电影上有许多男女之间亲昵的镜头,两人看了都觉得有些不自在,但是都装作认真看,看了一大半以后,两人有些活络起来了,聊了几句,主要是对电影的内容做了评价。

在有意无意中,龚汉诚把手放在崔瑾的手上,崔瑾想挣脱,但没有成功,就老实放在那里了。

龚汉诚得寸进尺,紧紧地握住了崔瑾的手。崔瑾说了句:"你轻点,痛!"

龚汉诚笑了,松开了手。电影结束后,两人走出了电影院。他们俩一起走了一段路,就分开了。

回到宿舍后,崔瑾觉得有些心乱,觉得龚汉诚有些欺负人,两人又没有明确恋爱关系,干什么那样?但后来又想,没有恋爱,可以现在开始嘛!

过了一天,刚好是个礼拜天,龚汉诚又找崔瑾看电影。这次崔瑾不想去。但龚汉诚说座位是分开的,两人相隔了三个座位。崔瑾这下更不好意思去了。

这一去就说明她很介意上次握手了,换句话说,就是表示拒绝龚汉诚了。

但是,这不是她的愿望。她很喜欢与龚汉诚交往,和他一起她很高兴。她只是不喜欢名不正,言不顺的行为。龚汉诚如果向她求爱,如果明确恋爱关系,她觉得这很好,她不是不通情达理的人。

于是,她说了一句:"你说到哪儿去了,我没有感觉你有什么不对,只不过是我今天确实有事。要不,明天我请你,好吗?或者请你喝咖啡也行啊!"

她把话说得非常真切,说实在她是怕伤了龚汉诚的自尊心,从而失去了和他进一步了解的机会,这是她绝对不愿意的。

第二天,崔瑾给龚汉诚打电话,说如果他方便的话就请他在咖啡厅喝咖啡。当龚汉诚从学校赶到时,崔瑾已经坐了一会儿了。龚汉诚刚想道歉。崔瑾就用话拦住了他了,她说:"你来得也挺早的,离约定的时间还有十分钟呢。"

他们俩先是海阔天空地聊了一会儿,聊着聊着,龚汉诚有些吃惊了:眼前这位长相平平的女孩子,却是个不折不扣的才女。三年中不仅专业课门门优秀,而且还精通英语和俄语,这让龚汉诚心中暗暗佩服。

从此之后,龚汉诚三天两头请崔瑾喝咖啡,后来两人明确了恋爱关系。

大学毕业后,他们俩都进了省政府机关。开始还是崔瑾进步快,担任副处长比龚汉诚早一年多。但后来,崔瑾由于生孩子、养孩子,给她拖累不少,渐渐地升迁的速度就慢了下来。龚汉诚多次当崔瑾的面承认,要不是崔瑾要照顾家庭,她早就是市长了,后来崔瑾还是当了财政厅副厅长。

他们俩能力都非常强,工作堪称一流。但在生活上都比较粗糙,两人脾气都很犟,经常为一些小事闹得不愉快。开始时还会互相道歉,作自我批评,后来这类事情多了,也就不再在意了。再后来干脆也不吵架了,替而代之的是互相之间的冷淡。下班回家,说不了几句话。后来龚汉诚工作上渐渐忙了起来,加班加点,经常是深更半夜回家,有时干脆就不回家了。崔瑾也不说什么,但渐渐地不再为龚汉诚准备晚饭,夫妻生活也慢慢地不配合了,有时干脆就不愿意。她说她不是机器,不能接受没有感情前奏的性行为。

龚汉诚多少次只好忍着,他是个倔强的人,在这方面也是一样,他有时愤怒地说道:"你不愿意算了,我不求你!"

……

夫妻关系就走向了恶性循环,感情越来越淡。

龚汉诚到家后,崔瑾正陪孩子练英语口语。一见到龚汉诚回来,就给龚汉诚冲了一杯热咖啡,放在茶几上。龚汉诚的宝贝女儿龚明媚一见爸爸回来了,很高兴,拉着龚汉诚问这问那,这让龚汉诚很开心。和女儿聊了一会儿后,他回到厨房帮助崔瑾洗菜。崔瑾边炖鸡,边对龚汉诚说:"媚媚学习成绩不太好，考名牌大学基本无望，二本能上也就阿弥陀佛了，你看怎么办？"

龚汉诚一听，很是烦心，女儿乖顺、漂亮，可不知怎么的，书读得很一般，以前龚汉诚认为是崔瑾的教育方法不对头，可每次说了后崔瑾很不悦地回敬他说："我不行你来啊！"他也费了不少劲，但终归还是不行，成绩老在中下水平徘徊，这成为他最心烦的心事。

现在听崔瑾这么说，他又烦起来了。女儿今年要高考了，孩子考不上好的大学，其实也没有什么，就是面子上难看，他和崔瑾都看重面子上的事。所以女儿的事弄得他一肚子的气。他说："算了，考上哪个学校，就上哪个学校吧！"

崔瑾说："那好吧，你决定了就这么办吧。"

这句话，让龚汉诚更生气，他只是气头上说的，但崔瑾显然是故意这么说的，意在激怒他。他刚要反驳崔瑾几句，但一想很久没回家了，又是正月里，就忍住了。但两人心里都明白对方的意思，就都没有兴趣说别的了，闷着头做饭。吃完饭后，龚汉诚看了新闻联播后去散步，回来，他和崔瑾很别扭地聊了一些工作上的事，都觉得无聊，就坐着看电视，坐了一会儿，崔瑾去陪女儿读书，龚汉诚则看材料，准备第二天会上的发言。

直到深夜，他们俩才睡觉，龚汉诚伸手去摸崔瑾，崔瑾摁住龚汉诚的手说："这几天身子不方便，睡吧。"

龚汉诚这回忍不住生气了，说："你这不是逼我去外面找女人，犯错误吗！"

"找女人，犯错误，那是你的事，别把我拉扯上。"说完崔瑾转过头就睡了。

龚汉诚听了这句话，更是恼火。"你睡吧，我走！"说着就起来穿上衣服，带上资料，打了个出租车，直奔省委招待所。

他躺在床上，怎么也睡不着，心里有些恼怒崔瑾，觉得她不会体谅男人，他很是难熬。

这时，他突然想起了姜琳娇，这个美人儿已经给他发过好几次短信了，在回省城的路上，他给她回了一条，说现在在省城开会，姜琳娇收到后，回了条短信，说：祝您在家快乐，这几天不打扰您了。

快乐什么啊！

他越来越后悔找崔瑾这样的女人结婚，他需要一个对他温柔体贴的女人。

他越想越激动，越想越觉得心中有许多积郁需要排遣，他甚至有一种要报复一下崔瑾的冲动。

这时，他给姜琳娇发了条短信：姜小姐，忙什么呢？

姜琳娇很快就回过来了：怎么，没在家了？想我了啊？

龚汉诚回答是：在招待所呢，对，很想你了。

姜琳娇的反应很快，她回了一个：要不我去看您。

龚汉诚没心思发短信了，他拨通了姜琳娇的手机，电话上传来了姜琳娇那清脆的声音："想我了？是开会累了吧？"

龚汉诚告诉她，会议明天才开始，他在整理资料准备明天的发言，姜琳娇关切地问："材料都整理好了吗？我就佩服你们做大领导的人，整材料、发表讲话、信手拈来，出口成章，我这张嘴笨得要死。"

这几句恭维的话让龚汉诚心情好多了，他问她在什么地方，她说在上海。他说："那你怎么说来看我啊，假了吧？"

"你别忘了我是空姐，我到你们省城一个小时多点，你不信，我明天中午到。"

"真的？"

"真的！"

"好，明天见？"

"明天见！"

两人电话就挂了。

按照会议的安排，龚汉诚的发言安排在下午，他讲了半个小时，讲的内容会前又向梁子玉说了一下。

梁子玉说："你放开讲，看看大家的反应如何，这会反正也是个神仙会，只务虚不务实，不要拘泥于我们在家的那些条条框框，所有的材料，只给出席会议的交流用，并不下发。"

龚汉诚说："我是萧规曹随，你看了有没有什么岔子没？"

梁子玉说："你不必拘泥过去，不合适的东西肯定有。你该废则废，该改则改，该立则立。如果没有创新，你这个书记就不会有威信。我以前定的那些规定，你都应该重新核定一次。"

龚汉诚说："反正做什么我都要先给您汇报一下，我有些没底，把各方意见统一起来需要过程，我毕竟在江源时间短。"

梁子玉感觉他话中有话，就说："班子内部有些不同意见也是正常的，你不必太在意，没有发生定不了的事情吧？"

"不，不，不，我不是这个意思，我是说我对江源的经济社会情况还没有全面掌握，不能搞情况不明决心大。"

会议快开始了，因为梁子玉主持会议，所以不能耽搁，两人就没有再聊。

龚汉诚在会上讲了三十分钟，完后，正好是五点半，他正想回家吃饭，女儿打了好几个电话了。正要上车呢，这时手机响了，一看是姜琳娇，他下意识地环顾了一下四周，只见与会人人鱼贯而出，然后匆匆忙忙上车离去，大家都是好不容易来趟省城，都有好多事情要办。

他没看到有什么不妥的情况后，就问姜琳娇在什么地方。

姜琳娇说道："我在省城啊！"

"不会吧。"

"绝对会。我住在红玉假日酒店，晚上有空吗？请您吃饭？"

龚汉诚这回相信了。他刚要说："现有事明天见。"

姜琳娇说："我是有公事来这里的，飞机误点了几个小时，本来中午到的，我可没有骗你。"

姜琳娇的这几句话打消了龚汉诚的顾虑，他觉得姜琳娇是很有素质的女孩，见见是应该的。所以他给女儿打了电话，说晚上有事，明天一定回家。

龚汉诚到宾馆找到了姜琳娇的客房，敲了一下门，姜琳娇很快就开了门，一见到龚汉诚显得非常惊喜，做了个空姐迎宾的姿势。"请进。"

龚汉诚进屋后，感到一阵清香扑鼻而来，非常清爽，他没有闻过这种香水，再一看，屋子里摆着一大束鲜花，好像刚刚送来的，他走到鲜花前看了看。

"哦，这是我买的，我有个毛病，无论在哪里，没有花我就睡不着。"

龚汉诚听了说："美人儿爱花，花爱美人儿。"

姜琳娇呵呵地笑了，引领着龚汉诚坐在沙发上，又给他沏了一杯好茶。这茶叶也是她自己带来的，她知道龚汉诚爱喝这种茶叶。

龚汉诚喝了一口，说："这茶真香啊。"然后他就和姜琳娇聊了起来。

姜琳娇告诉他，她最后还是没有飞上海至英国的那条航线，原因是她妈妈身体不好，在外面时间长了，万一有什么事照顾不到，钱和她妈妈相比，当然还是她妈妈更重要。

她妈妈是个养路工人,年轻的时候干活劳累,又是风霜雪雨的,就落下了风湿病,一犯病起来就痛苦难忍。

龚汉诚静静地听着,不时点点头,以示关心。姜琳娇得到鼓励,又继续说了下去,她说,她每个礼拜只要有休息,就回家去看看,尽点孝心吧。

说了一阵,就像告一段落了,于是,她起来给龚汉诚削苹果吃。

龚汉诚说:"我自己来吧。"但身子却纹丝不动,做官的人都是这样。

姜琳娇说:"岂敢劳您大驾,您是书记大人,亲自来看望小民女,我真是受宠若惊了。"

这类的话龚汉诚听多了,但今天听姜琳娇这么说,却觉得特别有味道。他注意到今天姜琳娇的穿着有点考究,上身穿得比较单薄,里面一件薄薄的红色的羊绒衫,外面是件黑色羊绒背心,裤子他说不上是什么布料,但有点像是丝绸似的,轻薄,柔滑,光滑,看她就像是亭亭玉立的玫瑰花。再加上她满口的小民女、小女子之类的谦卑话,让他感到姜琳娇格外温柔可爱,楚楚动人,一股怜香惜玉之情油然而生。

很快,姜琳娇把一个削好的苹果冲洗一阵后,并用一个小碟子把苹果送到他的手上,这让他很舒服。一般人都是削几个苹果,洗都不洗就给他吃,他有时候不吃,有时候推不过就吃下去了,但觉得好生难受。

他有些洁癖。

姜琳娇坐下给自己削了一个,两人吃了起来,龚汉诚感到这苹果很好吃,就问她,宾馆的水果改进了,现在这么好?

姜琳娇没有回答,只是笑笑。龚汉诚是聪明人,很快就明白了。苹果连茶叶都是她带来的。龚汉诚觉得他身边这个女孩子,是相当能体贴人,相当有品位的。

两人吃了一个大苹果后,都有些唇齿香甜的感觉。

龚汉诚说:"这苹果又大又好吃,我都饱了。"

姜琳娇说:"我也是,都吃撑了。"恰在这时,她打了一个嗝,接着又好像是呛着了,接连咳嗽了好几声,眼泪都被呛出来了。呵,这个美人儿!好像她刚刚咽下去的不是佳果琼浆,倒像是被人灌了辣椒水似的那样痛苦不堪。

龚汉诚赶忙起来,给她倒了一杯白开水,又关切地拍拍她的后背说:"瞧你，吃个苹果都能闹出这么大的动静。"

　　姜琳娇还是咳嗽不已，她抓住龚汉诚的手，把头顶在他的胳膊上，龚汉诚就顺势把她的头搂在怀里，姜琳娇在龚汉诚的怀里还是香喘阵阵，娇嗔不已。

　　……

第四十四章

春节上班的第一天早晨,齐娅静照例起得早早的,梳洗完毕后吃饭。吃的是年糕,还喝了一小口米酒,这酒很甜,但她根本就不会喝酒,一小口下肚,也让她小脸通红。她走到镜子前照了照,觉得今天她脸红的漂亮,有了这红色,就可以粉黛不施了。她又拿出耳坠和珍珠项链,穿了件大红毛衣,这些衣物她平时是不用的,只是春节了才穿戴上,图个喜气。

一到办公室,她就大搞卫生,刚忙完,吴国耀就进来了。吴国耀满脸笑容地和她打招呼,问她过年好。随即交代了她几件事。她一看,这些事还不是当天要做的,就不慌不忙地冲了一杯咖啡,递给吴国耀,然后也给自己冲了一杯,两人都喝着咖啡,话就多了起来。齐娅静问:"吴总,你说天下万物哪件事物最美好啊?"

吴国耀说:"当然是太阳,还用问吗!"

齐娅静一笑说:"我真是熟视无睹了,您天天早上都要看日出,呵呵。"

"要不,我说你是马大哈呢!"吴国耀忽然止住了笑容,问齐娅静:"你怎么还不找对象结婚啊,你快三十了吧?"

"我看着满大街的男人都跟红楼梦里的那个中山狼似的,哪敢嫁啊!"

转念一想,眼前的吴总也是个男人,所以又补了一句:"这世界上的好男人都被其他女人抢走了,哪轮到我啊!"

吴国耀这回有些认真起来了,说道:"你不小了,婚姻大事不可耽误啊!"

齐娅静说:"我也想嫁,可就是嫁不出去,叫我怎么办啊?"

他们俩一时无语,恰好齐娅静的手机响了,是胡纯美打来的。

"娅静,晚上有空吗,我有事找你。"

齐娅静问什么事。

胡纯美说:"晚上见面谈吧。"就挂断了电话。

齐娅静觉得今天胡纯美说话声音不对头,不知道有什么事,但一想也不会有什么事啦,会有什么了不起的事呢?前两天还不是在一起吃过一次饭嘛,但她看到胡纯美好像瘦多了,也苍老了许多,她不好意思问,以为是工作和哺育孩子累的。

下班后,齐娅静就去她们约定的地方,丽晶咖啡厅。她发现胡纯美已经到了,正呆呆地坐在那里,想什么事出神呢!

她走到胡纯美跟前,"嗨"了一声,想吓她一跳。但胡纯美没有像以往那样回以笑和骂,而只是看了她一眼,然后叫了两杯咖啡。服务员刚退下,胡纯美就告诉齐娅静:她要离婚了。

这不啻平地惊雷!在她的印象中胡纯美和老公一直是恩爱夫妻!

齐娅静用充满疑惑的眼神看着胡纯美。胡纯美淡淡地说:"他根本不是人,整个就是个畜生!可怜我一直被他蒙在鼓里,还把他当作好人,我真是太傻了!"

说着说着,就泣不成声。

不会吧?怎么今早上说中山狼,这中山狼就真的来了呢,而且伤害的人是她亲如姐妹的胡纯美!

胡纯美诉说了她的丈夫郝平的那些烂事。

原来这郝平是个吃喝嫖赌无所不为的家伙。在刚和胡纯美结婚的一年中,他对胡纯美的容貌和肉体还很有新鲜感,而且胡纯美对他也非常温柔,使他那颗兽心暂时平静了下来。胡纯美怀孕后,他旧病复发,又开始去寻找女人,发泄兽欲。先是到歌舞厅找三陪小姐鬼混,后来干脆包养下来,而且就在离家不远的小区里,一包就两个,还把她们放在一起,这样他每次去那淫窟都是俩女人陪他鬼混。原来存有的几十万余元,一年多就花光了,还借了不少钱,最后把房子押给银行了,贷来的钱也花得差不多了。

春节前的一次鬼混中,被警察当场抓获。公安局为了照顾家人过好年,没有对他进行处理,而是说让他帮公安局破个案,直至今天早上才告诉她。

胡纯美接着说:"这畜生'双开'是肯定无疑的了,恶有恶报!但是却让我和儿子背了这么个黑锅,这往后的苦日子还有尽头吗!我当即提出离婚,这畜生开始不同意,提出要我承担一半的债务,这明摆着是欺负人呐!但我一刻也不愿意和这畜生有任何关系,就答应给他三万元,作为儿子生活费。这个地方我是一天也待不下去了,等手续办完我就走。"

"你上哪儿去？"

"不知道。"

天哪！齐娅静想这么悲惨的故事，怎么硬生生地就发生在自己的身边，而且还发生在自己的好朋友身上！

齐娅静看到胡纯美实在是太惨了，禁不住也泪水涟涟。

"我可能要去你那儿住些日子，那个家我再也不想回去了。"

"你的儿子怎么办？"

"我提出我带走，可是他爷爷奶奶不让，我也没有办法了。"

"孩子更可怜。"

"是啊，我简直是在犯罪，害了孩子，我真后悔当初那么早结婚生孩子，真傻！"

齐娅静知道这时候自己就是胡纯美唯一可以依靠的人了。

她叫来服务员买了单，就带着胡纯美回自己的宿舍了。

第二天她把这事简单和吴国耀说了一下，吴国耀听了很关心，问要不要给她调个更大点的房子。

齐娅静说不用了。

令人意想不到的是，胡纯美的公公、婆婆，那个曾经是局长和局长太太的两人的所作所为。

第二天下午，他们俩就到齐娅静的宿舍找胡纯美要钱。这回他们要的不是三万而是三十万！不给够钱，就不办理离婚手续。他们还说这钱还是第一笔抚养费，以后每个月还要从胡纯美的工资扣去80%的收入，反正这工作也是他们安排的。他们俩还用无比下流的话骂胡纯美，还说他们的儿子是真正的受害者，而胡纯美才是真正的狐狸精，害得他郝家如此悲惨。

当时，只有胡纯美一人在家，郝家俩老男女在骂她的时候，引来了一大堆围观者跟着嘲笑和挖苦胡纯美。胡纯美后来竟平静了下来，对郝家俩老男女说："婚不离了，我跟你们回去吧！"

胡纯美一回到郝家，刚好郝平也在家，这个无耻的男人一见到胡纯美就扑上去了，抱着她上床。胡纯美拼命地反抗，可怎么也挣不脱那双魔爪。她情急之下，就用手去抓郝平的脸，郝平"哎呀"大叫一声，在门外的郝家俩老男女冲了进来，他们俩各抓住胡纯美的一只手，然后把胡纯美死死摁在床上，这郝平兽性大发，竟当着父母的面脱光胡纯美的衣裤，然后也脱光自己的衣裤，疯狂地蹂躏胡纯美！

后来，胡纯美不再反抗了，两只饱含泪水的眼睛，喷出仇恨的烈焰。

郝家三个畜生放开了胡纯美，嘴里用最恶毒的语言骂着胡纯美，离开了屋子。

把人逼上绝路的人，往往是他们自己离死期也不远了。

当天晚上的上半夜，胡纯美还在床上躺着，身子赤裸裸的，身上郝家三只畜生给她留下的那些伤痕和污液还在，她双眼紧闭，昏睡着。过了一会儿，郝平又进来了，看到胡纯美一丝不挂地躺在床上，又激起了他的兽欲，他边往胡纯美的身上爬，边提防胡纯美的反抗，但胡纯美没有动，他就又发泄了一次。

后来到了下半夜，这郝家三个畜生太累了，睡死了。

这时胡纯美起来了，她先把家里所有的门都锁死，把钥匙都扔到外面的草丛中，然后到厨房把煤气开关打开，煤气呼呼往外直冒，大概放了一两个小时后，她觉得差不多了，才慢慢地拿出打火机，瞧了一下，然后使劲一摁，只听轰的一声巨响，然后整个屋子大火熊熊。

她和她的儿子连同郝家三个衣冠禽兽都化为灰烬。

齐娅静是在第二天早上知道这个消息的，她前一天晚上下班回到宿舍一看胡纯美不见了，正要打电话找她，拿出手机发现上面有条胡纯美发给她的短信："娅静，我今晚先回家，想看看孩子，他太可怜了，我估计我不会再回你宿舍住了。娅静，我的命太苦了，我此刻最大的心愿是你活得幸福，胡纯美。"她看了这信后，觉得有些不祥，她打胡纯美的手机，一直没人接，但看到她说去看孩子，以为没事的，没想到……

齐娅静听到胡纯美的遭遇后放声痛哭。

吴国耀得知胡纯美的事情后，就赶到了办公室找齐娅静，没见齐娅静在办公室就急忙来宿舍找她。一到宿舍门口听到齐娅静那悲痛欲绝的哭声，他不禁也双泪流下。

在门口他停了一会儿，等自己心情平静下来，才去敲门。齐娅静知道是吴国耀就开了门，吴国耀进屋，她就一头扑到吴国耀的怀里，又是一阵撕肝裂肺的痛哭。

这时吴国耀也不掩饰了，他边流泪边用有些颤抖的声音说："这胡纯美真是太可怜了，太悲惨了！呜呜呜。"

案发后，警察赶到现场察看。房子严重烧毁，尸体已烧得模糊难辨，开始警察根据一些人提供的情况，推断是胡纯美报复行凶，但后来他们发现了胡纯美的手机，它被用塑料袋包好，放在厨房的水池里，所以丝毫未损。警察明白，这是死者生前留的。他们取出后打开了录音设备。听到了上面的内容后，就知道事情的前因后果了。

人啊，请善良对待自己，也善良对待别人！地球只有一个，人却有很多，而且都住在一起。绝大多数的男女还以婚姻的名义共同生活在一起。要是没有爱的纽带，是绝对维持不了一生的，这个道理以人类的天赋是能够明白的。但是，并非所有的人都愿意用理智来对待他人，这正是人类许多悲剧的起源和基础！

第四十五章

　　吴国耀当选为市人大代表，又当选为市人大常委会委员，公布选举结果显示，他得票数很高，只有两张反对票，一张弃权票，这使他异常兴奋。他觉得，自己二十多年的努力，得到了家乡人民的承认，得到了市领导的肯定。

　　在会议结束的当天晚上，市领导与代表、委员们共进晚餐。吴国耀被安排在主桌上，与龚汉诚等领导一起。席间，龚汉诚给他敬了一杯酒，祝贺他当选为委员。吴国耀向龚汉诚表态，自己一定不辜负龚书记的信任和人民的嘱托，一定要按法律的规定，履行好自己的职责，以后只要龚书记指示，他一定会奋力向前，全力做好！

　　龚汉诚听了以后显得非常高兴，龚汉诚希望他一如既往地做好自己的事业。飞机上有句话很有道理，"要照顾别人，一定要先照顾好自己"。你只有把你的中源公司做大做强，才能对江源人民有新的更大贡献。同时，要履行好权力机关组成人员的职责，要多给政府建言献策，帮助政府不断改进工作，使人民政府更好地为人民服务。

　　吴国耀连连点头，表示一定按书记的指示去做。

　　最后龚汉诚对吴国耀说，他准备对全市的工商企业做一次深入的调研，为在今年适当的时候召开全市工商工作会议做准备。近期他要到吴国耀的中源公司去看看。

　　吴国耀表示热烈欢迎。

　　这次会以后，龚汉诚对吴国耀称呼有了变化，他称他为吴先生，而不是以前那样直呼其名。

　　还有，李祥在会后单独请过他一次，聊天中，他转达了梁子玉对吴国耀的告诫道："一如既往地做好人，发好财，守本分，干事实，少废话，别害人！"

　　吴国耀听了后，心里热乎乎，他深情地对李祥说："梁书记真正是爱人以德啊！"

龚汉诚在会议之前已正式任江源市委书记，在这次会上当选为人大常委会主任。

宋玉谦在会之前已被任为江源市委副书记，在这次会上当选为市人民政府市长。

李祥，在会之前被免去了江源市委常委、秘书长职务，在这会议上当选为市人大常委会副主任，主持日常工作。

乌海甫当选为市计委主任。

刑良发交流到另一个市任副市长了。

吴国耀当选人大代表，中间经历了一段小插曲。在代表资格审查期间，市委组织部、市人大办公室接到了一些举报信，反映一些代表候选人存在的问题。其中就有一封检举吴国耀的问题的。经市人大领导批示，这封信复印一份转给吴国耀，让他做出书面回答。

这让吴国耀感到有些奇怪，于是他拿起公函阅读起来。

公函很简单，只有几行字。

尊敬的吴国耀同志：

您好。

日前，我们收到了一封群众来信，信中实名举报您在捐款助学活动中存在弄虚作假行为，长期不交您所认缴的助学捐款，致使一名大一学生辍学，并因此患上了抑郁症，在社会上造成了一定的不良影响。此事是否属实，请您做出详细说明，并书面报告市委组织部。

吴国耀阅读了这份公函以后，十分惊讶，到底是谁写信举报啊？哪有这种事情啊？于是他急忙打开那封群众来信的复印件，开头几个大字，立即映入了他的眼帘：

我愤怒揭发中源公司董事长吴国耀弄虚作假，骗取荣誉的事实。

原来是江源市师范学校三年级学生乌水斌写的举报信，信中控告吴国耀两年多来一分捐款也没有交。他当初允诺的资助他上学的费用，他只是在第一年收到每个月五百元的学费，一年共计六千元，一年以后，吴国耀分文未交，实在是令人气愤。

吴国耀读完这封信以后，惊讶得好半天没有喘过气来。他努力回忆：这是怎么回事呢？怎么会出现这样的问题呢？答应好好的事没有办，害得孩子辍学，还患上了抑郁症，这太不像话了！

这事可得弄个清清楚楚，给孩子和市里一个明确交代，否则我这张老脸往哪里搁呀？

他立即给负责这方面事务的副总经理吴理睿打电话，让他马上来见他。

没过几分钟，吴理睿就来到了吴国耀的办公室，还没有等吴理睿说话，吴国耀就把信扔给他并大声说道："你把这件事给我弄个清清楚楚，三天之内给我一个详细的有说服力的回答！"

吴理睿一头雾水，惴惴不安地问道："到底是怎么回事啊？"

吴国耀满脸怒气，没有好气地回答道："你自己把信好好看看，然后认真调查清楚，这件事情是你负责的，你一定要给我一个满意的答复！"

吴理睿立即去调查，第二天一早就向吴国耀汇报，对吴国耀说道："吴总，乌水斌检举信的事情我调查清楚了。乌水斌确实是有两年没有收到我们公司的捐款了，但这不是我们的责任，而是他父亲乌海足的责任，是乌海足把我们捐给他儿子的钱侵吞了，一分也没有给儿子，我还真没有见过这样的狠心的父亲呢！市委组织部和市人大那边不是要回话吗？我明天就给他们打电话，告诉他们实际情况。"

吴国耀一听到这个情况，心里暗暗吃惊，这是什么情况呢？父亲私自侵吞我们给他儿子的学费和生活费，这是什么原因使得一个父亲做出这种事情啊！这里面是不是有别的什么原因呢？

于是吴国耀问吴理睿："你是亲自上他家里去了？亲眼看到乌海足了？这些情况是乌海足亲口跟你说的？"

吴理睿回答说："没错，我今天上午去找乌海足了。他不在家，村主任带我在田间找到了他，这些事实是他亲口承认的，一点也不假，我用人格担保。"

吴国耀有些不悦地说："我不是让你一个人悄悄地去问吗？不要弄出动静来嘛，不要让人难堪嘛，你怎么还让村主任去找他呢？"

"我找不到他家，刚好村主任跟我认识，我让他给我带路，这种情况我没有和他说，我问话的时候只有乌海足在，村主任跟别人聊天呢，放心，没有人知道，我没有扩散消息，要真是有人知道了，也不是我这里传出去的。"

听到这里，吴国耀稍稍地放心了一些。但从吴理睿的回答中可以看出，他了解得不深入，不详细，这里面肯定仍然有隐情，必须要搞清楚，看来这事只有他自己去落实了。

于是他告诉吴理睿，这件事就到此为止，市里那边由他自己去回话。

吴国耀急切想弄清楚乌水斌的事，当天晚上，他独自一人骑了个自行车，就到北夏村去找乌海足了解情况去了。

从公司到那里也就是两三公里地，骑车二十来分钟就到了，所以吴国耀很快就到了乌海足的家。

吴国耀看到门还开着，一脚就踏了进去，然后问道："海足兄弟在家吗？"

"谁呀？"这时候里屋传来一个微弱的女人的声音，"他去菜地啦，还要过一会儿才能回来，你先坐一会儿吧。"

吴国耀答应了一声，就在饭桌前坐下来了。

这时候天色已经黑了，吴国耀打开电灯，灯光明显不足。他环视了一下房前屋后，这是一个农家小院，屋外场地不大，铺了两张竹席，竹席上面晒了一些豆子，旁边还有一堆豆荚散乱地堆放着。房子的右侧是一条污水沟，直通到稻田里，左侧是一堵一米多高的围墙，有两三处都倒塌了，所以也只能说是断壁残垣了。墙角有一个厕所，是用稻草围扎而成，特别简陋，要是在白天，肯定能够看到苍蝇乱舞。

屋里面也是十分简陋。共有三间房子，呈"品"字形分布，一间门半开着，斜眼看过去，看到里面有一张床，一个衣柜，一张写字台，写字台上杂乱地放了一些衣物和书本，这应该就是他儿子的住处了。

另一间屋子门窗紧闭着，那个妇人就住在里面。由于房屋之间都是木板隔开的，一点都不隔音，那个女人不时发出的咳嗽声和呻吟声，吴国耀在外面也听得一清二楚。有几次她咳嗽很厉害，好像气都喘不过来了，让人听了很揪心。

这么晚了，饭厅里一片寂静，炉灶黑乎乎的，冷冰冰的，总之吴国耀感觉这家没有一点的生气。

"大兄弟，我们家没有什么可招待你的，你再坐一会儿吧，他很快就回来了。"屋里面那个女人虽然咳嗽得上气不接下气，但她没有忘记有位客人在外边，所以及时地说了一句。

吴国耀回答了一声："好的，你别操心了。"

屋里的那个女人又是一阵剧烈的咳嗽,中间似乎是"嗯"了一声,就再也没有搭话了。

又过了一小会儿,乌海足回来了,人未到,声音先到,"你没事开什么灯啊?现在的电费多贵呀!"

吴国耀走出屋子说道,"是我,你就是乌海足兄弟吧?"

冷不丁地从屋子走出一个陌生的男人,着实把乌海足吓了一跳,他忙问道:"你是谁呀?这么晚来干什么呀?"

"我是中源公司的,来向你问点事情。"吴国耀赶忙解释道。

"中源公司的?是不是又来问乌水斌写告状信那个事情啊?你们昨天不是派人来问过我了吗?还有什么事呀?"

"我是来给你赔礼道歉的,我们公司昨天来的那个人跟你说话的态度不太好,我是公司的负责人,今天给你赔礼道歉。"

"唉,我们穷困人家哪要人家赔礼道歉啊!也是我们家穷,孩子又不争气,所以惹出了麻烦事。你们公司的老板做人已经很好了,每个月给我汇五百块钱,这年头这么好心肠的人有几个呀?昨天你们那个人说话是难听了点,但他说的也是实话呀,要怪只怪我这个当爹的没有本事啊!"

吴国耀边和乌海足说话边跟着进了屋子。这时候他借着那微弱的灯光,打量了乌海足一下。这是一个中年庄稼汉子,脸庞圆大,浓眉大眼,皮肤黝黑,脸上的皱纹纵横交错,又长又深,就像一条条大大小小的蚯蚓。头发倒是挺浓密的,基本上没有白发,只是前额有一缕白发,形状就像一个汤勺一样,倒挂在他的右额上。他最鲜明的特征,还是他的那双眼睛。在他的左眼眼帘处,有一道深深的疤痕,眸子的右下角,有一个米粒大小的白翳,这可能影响了他眼睛的视力,因为他在看人的时候,要不停地眨眼睛,感到十分吃力。右边的眼睛又圆又大,但有些呆滞,所以在和吴国耀说话的时候,他把脸凑得很近,这时候一阵阵浓重的口气,从他的嘴巴里喷了出来,吴国耀闻了以后感到有些恶心。

贫穷和鲁钝很明显地写在他的脸上,体现在他的言行举止之中。不难想象,吴理睿昨天和他谈话会是什么态度?作为一个出身贫穷,经历过生活艰辛的男人,吴国耀对乌海足充满了同情。

乌海足这时候不知道是先做饭好呢,还是向吴国耀倾吐一下内心的苦恼好,还是去照顾一下里屋的急剧咳嗽的老婆更好……

吴国耀问乌海足:"你还没有吃饭吧?"

乌海足回答道:"没有啊,刚干完活回来。"

说到这里,他领会到吴国耀也没有吃饭,他立刻想到要做饭招待客人,于是他问吴国耀:"我给你下碗面条吃,怎么样啊?家里实在是没有好的饭菜招待你啊。"

吴国耀回答道:"晚上吃碗面条很好啊,我就不客气了,今晚就在你家吃饭了。"

不知道乌海足干农活是否麻利,但做饭确实是笨手笨脚。不一会儿,吴国耀就亲手上阵帮忙了,两个大男人忙活了半个小时,一锅面做好。吴国耀盛了一碗面递给乌海足,示意他给老婆送去。

乌海足朝吴国耀笑了笑,接过饭碗以后就直接往房间走去,没过一会,又听到那女人急剧的咳嗽声,好像是吃面给呛着了。

吴国耀端了一碗面,坐在炉灶边的小板凳上,吸溜吸溜地吃了起来,他确实也饿了。

这时乌海足出来了,他看到吴国耀吃得正香呢,心里很高兴,"我家饭菜不好,可您也得吃饱啊,男人这一百多斤就靠这一碗饭撑着呢!"

说着他自己也来了一碗,蹲在地上,吸溜吸溜地吃了起来。

"我这个人没有本事啊。"乌海足冷不丁来了这么一句。

"又怎么啦?你怎么老这么说话?"

"自己没有出息,生个儿子也没有出息。考了一个最差的学校,还不好好读书,在学校里整天吊儿郎当混日子,泡网吧、玩游戏,考试门门功课不及格。花钱大手大脚,每个月都要花一两千啊。你也看到了,咱这么个穷家,怎么供得起呀?他倒好,硬说有一个大老板支持他上学,钱足够他花的,我要是不给他钱,他就回家找我们要钱,要是不给钱,他就破口大骂。有几次还动手打他妈。他妈本来就患哮喘病,哪里经得住他这么闹啊。实在没有办法了,我只好昧着良心,编了个理由,说老板反悔了,不再给钱资助你上学了,再也没有人给你汇钱了。然后我呢,就把你的汇款,再加上200块钱,每个月给他凑成七八百块,他在学校里如果只是吃饭,没有别的事情开支,这钱也够花了啊!

我想这事就这么过去了啦,可万万想不到这龟儿子心这么恶毒,竟然敢给市领导写告状信啊，这不是血口喷人吗！这事说到根上，还是我这个当爹的没出息，没脑子，编个瞎话都编不好，害得你也受累！对了，市里头不会抓你吧？不会关你吧？要真是这样，我今儿个就给你跪下，给你谢罪啊！"

乌海足说完这番话，把碗往桌子上一放，扑通的一声，真给吴国耀跪下了。嘴里还念念叨叨。

"好人哪，我害了你啊！"

吴国耀赶紧拉着乌海足，"没有的事，没有的事！"

为了让乌海足彻底放心，他又补充了一句："我还是个人大代表呢，不要说没有事，就是有事也不能随便抓，随便关，得先经过市人大领导同意才行呢！"

这句话似乎让乌海足得到了很大的安慰。他一直担心他儿子的告状信会造成好心的老板被抓起来，被关押起来。现在这位好心的老板就在眼前，而且看样子还挺有本事的，不会有什么事，于是他一下子就放心啦。

他有些好奇地问道："人大代表是干什么的？是什么级别的干部啊？"

"人大代表是替老百姓说话办事的，但不是官。"

"不是当官的，那就没权没势，那有什么能力为老百姓说话办事呢？我看您这个人好，这么谦虚，肯定是个官，还可能是个大官呢，当大官的都像你这样和和气气的。"

吴国耀感觉到自己要解释清楚这个问题还是很费力的，要让乌海足听懂其中的意思，那就更难了。但他很想和乌海足多聊一会儿，于是他就努力把自己这些年听到的，看到的，学到的，关于人大代表的事情，给乌海足说了个清楚。作为一个人大代表，他觉得自己有这方面的义务，于是他说道："我们的国家是社会主义国家，国家的权力属于人民，也就是属于千千万万个你这样的老百姓，所有的大大小小的官手中的权力都是你们给他的。我是个老板，当老板的就不能做官，所以我不是当官的，但是我也有权力，我的权力也是乡亲们给我的，我代表乡亲们选举市长，法院院长，检察院检察长等大官，如果你和乡亲们不投票选举我当人大代表，我就当不上人大代表，我就没有权力选举市长和其他的官员。"

乌海足似乎听懂了一些，于是他问道："我们选举你当代表，你代表我们选市长，是这么回事吗？"

"对呀，就是这么回事啊。"

乌海足想了又想，最后有些不好意思地说道："上次我没有投票选你，我投票选我堂弟乌海甫了。他肯定是个官，权力可大了，去年给咱乡里拨款五十多万元呢。他可威风了，回家时，县里的县长书记亲自请他吃饭，亲自派专车接送他呢。"

说到这里，乌海足问道："你今天是怎么来的呀？书记县长有没有陪你一道来呀？有没有给你派车啊？"

吴国耀笑了笑说："我自己骑自行车来的，没有人陪我，也没有人派车给我。"

乌海足愣了一会儿，然后说道："看来你还真不是一个官。"

吴国耀点点头说："你说的对，我不是官。"

乌海足聊到这里，似乎心中有些遗憾，他说："你要是一个大官多好啊，这么和气、这么心善。你一直是拿自己的钱帮助我家，我们家花你个人的钱，心里真不落忍啊！"

听了这番话以后，吴国耀心里不知道为什么，有一股说不出的别扭。

第四十六章

崔瑾在江源市开人大会议期间,带着女儿媚媚来到了江源看望龚汉诚。

她们母女俩事先没有给龚汉诚透露丝毫的信息,当天财政厅王副厅长刚好要到江源出差,她们母女俩就搭他的车来了。

到了江源,她俩就直接进了龚汉诚的二号楼。

这二号楼有些来历。原来是国民党一位中校军官的官邸。楼不高,共两层。楼上三室一厅二卫,楼下二室二厅二卫。那国民党中校军官逃跑之后,这楼就由南下的部队接管了下来,一个师长担任这个城市的军事管理委员会主任和市长,就住在这栋楼里。

后来,历任的书记都住这个楼。梁子玉因为在江源有住房,没有住,房子空了一段时间,机关后勤部门趁此机会把房子重新装修了一下。

梁子玉离开江源之后,龚汉诚任代书记,当时李祥就让龚汉诚搬进二号楼。龚汉诚说自己是代书记,不想搬。

李祥半开玩笑,半认真地说,搬进去就自然变为真了。

龚汉诚架不住李祥的纠缠,就搬进了二号楼。没想到不到两个月时间就扶正了。人家都说这楼风水好,护主,还真有其事。龚汉诚心里想。

虽然崔瑾去江源前没有告诉龚汉诚,但王副厅长是龚汉诚的哥们,一见崔瑾母女俩上车了,就给龚汉诚发了个短信,告诉他,崔瑾下午就到江源,让他准备一下。龚汉诚一看信息就笑了,还是哥儿们好,知道爱护人。

崔瑾刚到一会儿,龚汉诚就到家了。

崔瑾笑着说:"这么快就知道我们来了,是不是有人给你通风报信,让你毁灭现场?"

龚汉诚笑着说:"你也不想想你是到了谁的地盘?"

"你真有能耐,年纪轻轻就当上书记了。一下子成了一路诸侯了。再过几年再上个台阶,我就配不上你了。"

"什么话，老夫老妻了！"龚汉诚见崔瑾心情好，满脸笑容地说："你是及时雨啊，我真是有些熬不住了！"

崔瑾一笑，说："谁知道啊，反正你现在是要风有风，要雨有雨，要人有人！"

龚汉诚正想说话，宝贝女儿媚媚出来了，叫了声："爸爸！"就抱着爸爸亲了又亲。龚汉诚看女儿都快跟自己一样高了，就摸了一下女儿的脸，问她晚上想吃什么。女儿告诉他，当然是江河鱼炖豆腐了。

"就知道你是属猫的了，爱吃鱼，一会儿饭菜就到。"龚汉诚说。

崔瑾说："自己做多好，干吗让别人辛苦，往后这些小事你也要注意，别让人说闲话。"

龚汉诚对妻子今天的表现有些弄不懂了。这样亲切的话，这样的亲切表情，她这些年很少有了。这让他仿佛又回到了他们新婚的时光去了。

当天晚上，他们俩如鱼得水，相爱甚欢。

第二天，崔瑾向龚汉诚坦白了：这次江源之行，是梁书记训斥她才来的。

在省委召开的务虚会上，崔瑾作为省政府工作人员听取会议意见，列席了会议，刚好和梁子玉在一个组。他们俩是老相识了。

梁子玉喜爱开玩笑，段子、节目特别多，荤的素的都有。

当天上午，梁子玉见了崔瑾就怪怪地笑。崔瑾被他笑得有些摸不着头脑，她先是看看衣服穿得有无不妥，然后怕脸上有些不妥，用手掌摸了摸。

梁子玉笑得更厉害了，崔瑾更加莫名其妙了，就问他："梁书记，笑什么嘛？"

梁子玉笑着说："龚汉诚又不抹口红，他能在你脸上留下个印记来，你使劲擦什么？怎么样，汉诚这次是不是如猛虎下山啊？"

崔瑾一听这话，脸红了。"哪有的事啊，人家这几天都住省委招待所。"

"哦，有这种事？你们俩没有离婚吧？"

"没有哇，梁书记您怎么咒我们离婚啊？是不是汉诚在江源又安了个家了？我听说二号楼的第一位主人有三个姨太太呢！"

梁子玉一听龚汉诚这几天真的都住在招待所，就沉下脸来了，他说道："崔瑾同志，汉诚好不容易回家一次，你要是不照顾他，不给他鼓励，那是你的问题啊。要是汉诚在生活作风方面出了事,他的错误不会被饶恕,你不尽妻子的职责,也有不可推卸的责任。别看我官不大,处理你这个芝麻粒般的小官,倒也绰绰有余!赶明儿我把你也放到下面去,让你也体会一下那难熬的日子。我早就听说,你们俩有些疙瘩,今天看来,主要责任在你崔瑾,你要好好反思了,你不要光想自己,也要想想汉诚同志,想想江源市三百五十万人民,江源人民可不想有个犯错误的书记!"

听了梁子玉的一顿训斥,崔瑾有些头晕,她刚想解释几句,梁子玉瞪了她一眼就走了。

这天的会议崔瑾什么都没听进去,她整天都在想梁书记的那番话。她越想越觉得梁子玉说得有道理。觉得这些年,自己对龚汉诚确实是过分了。所以,准备以后好好改改。她是个想到就做的人,会议一结束她就给厅里打了个休假报告,厅里二话没说,就批下来了。

临走前,她问梁子玉有什么要带的没有,梁子玉说:"给我弄几条鱼回来,老家的鱼好久没有吃了。"

龚汉诚听了崔瑾的这些话后很感慨。以前他对梁子玉的一些做法看不顺眼,觉得有些老土,其中之一,就是他对下级领导干部和普通干部的生活上的事管得有些苛细。可是这次他对崔瑾的那番话和崔瑾的这趟江源之行的表现,又让他觉得梁子玉的做法是有些道理的。

还有,他通过几次重大的事情,看到梁子玉胸怀广阔,没私心。说实在的,在市委书记的任命没有下来之前,他一直怕梁子玉会说些对他不利的话,因为在江源工作期间,特别是刚到的时候,他有些年轻气盛。在几次常委会上,说了些不该说的话,提了一些关于梁子玉的意见。事后发现是不妥当的。而梁子玉当时没有反驳,后来也没有说什么。在得知梁子玉要调到省里工作的时候,他专门向梁子玉道歉一次。梁子玉当时说,班子内部的各位同志,还是互相坦诚相见好,你当面给我提意见说明你对我是信任的,这点尤其难得,怎么会有错呢?我们还是老规矩,有则改之,无则加勉。

梁子玉对班子内的同志,都是直言不讳的,虽然当时有些脸红耳赤,但事后大家没隔阂,很容易团结起来。看他当书记一点也不累。而自己则觉得身边的同志好像都与他有些距离,共事起来,好像有许多无形的绳索互相牵扯得厉害。各县区的领导与梁子玉的感情非常深厚,又敬又畏,互相离不开。梁子玉离开江源那天，事先说好不让送，怕扰民，坐的还是我龚汉诚的车，结果刚出门，马路两边站满了前来欢送的干部、群众，那场面十分感人。

龚汉诚又想到了自己和姜琳娇的那一出，如果崔瑾早遇到梁子玉，早让他训斥一顿，就可能不会发生。

崔瑾这趟江源之行，如一阵桂花的芬芳拂面而过，让龚汉诚精神为之一振。

第四十七章

龚汉诚对全市主要企业进行调研的事，在崔瑾母女离开江源后的第二天就开始了。这次调研是龚汉诚任组长，成员有市计委主任乌海甫、市政府秘书长李纯方和市委政策研究室余新明主任。他下定决心要对市里的工商企业彻底搞个明白，所以就决定自己一家一家看，一家一家地问，这样才可靠。然后写出一份像样的报告，交常委会讨论，最后形成一个工商企业工作的指导意见，以指导接下来一个时期工商企业的工作。

这天，龚汉诚一行坐一辆面包车，早上九时准时到达吴国耀的中源公司。中源公司这是第一次接待市里的第一把手来检查指导工作，吴国耀为此颇费心思，一方面，不能违反龚书记的指示，不能搞得轰轰烈烈，但也不能太冷清。领导对自己要求高是一方面，但作为主人，也应尽到心意，方方面面和各个环节都要体现出既简朴又热烈的气氛来。

齐娅静按照这个原则做了一些准备，她做了一个横幅，挂在公司的大门口，上面是红布金字写着"欢迎市委龚书记一行到我公司视察工作"。在她的安排下，公司的部门负责人以上的公司领导，在门口分两排夹道欢迎，欢迎时只鼓掌不喊口号。她陪吴国耀到车门口迎接龚书记和市委领导。还有午餐在公司食堂吃，晚餐准备安排在海晶大酒店玫瑰厅。

但龚汉诚没有按齐娅静的套路来，他到公司门口后没有下车，而是让吴国耀上他的面包车，陪他到中源公司的厂区、工地和职工宿舍去看看。不吃公司的饭，茶水也自备了，不收公司一针一线，对其他公司也是照此规矩办理。

吴国耀上了龚汉诚的面包车，从公司门口往西走了一段路，来到了中源公司的建材库房，库房很大，材料也是五花八门，一应俱全。特别是那些长长短短，方方圆圆的钢材堆得像一座小山似的。

龚汉诚就问吴国耀："你买这么多钢材干什么？不会积压大量的资金吗？"

吴国耀告诉他，根据他的估计钢材价钱是必涨无疑。现在花个千把万元囤一批钢材，过了一年半载，说不定就是两三千万的价钱了。

"放久了用不出去，岂不是锈蚀斑斑，不堪使用？"吴国耀指了指旁边正在修建的工地说："书记说的是，我正在盖个条件好的仓库呢，到时候搬进去，别看这些钢材，黑乎乎的，以后都会变成金灿灿的金子。"

龚汉诚说："你想的是对的，原材料很少有降价的，特别是在我们这样大搞建设的国家里。"

龚汉诚在这里转了一个小时后，向吴国耀要了份资料。就到加工木材的车间，那里占地面积很大，但只有一个厂房，孤零零的。

龚汉诚问他，这不是浪费吗？

吴国耀说，也浪费不了，准备用于搞商品房开发的，这地是他去年拍下来的，投资了三千万元。

看了厂房后，吴国耀带龚汉诚一行来到中源大酒店，按四星级标准建的。

吴国耀说，这几年江源的流动人口增加了很多，这酒店平时的入住率达六七成，逢年过节爆满，有的甚至在春节前一个月就订下了。

龚汉诚问道："外地打工的人回来怎么不回家住呢？"

乌海甫说："现在在外打工的人，有的是大老板了，在外面都有独栋的别墅。老家的房子大多低矮老旧，卫生条件差，他们怎么住得习惯？所以，回江源时就把父母亲人接到宾馆住几天，过完年就走了。"

龚汉诚说："江源人在外面到底有多少？应该摸个底，你先弄个计划，然后做起来。也要像今天这样，饭不吃，连水也不喝人家的，这样他们就会尊重我们，就会和我们交朋友。江源人无论到哪里都是热爱家乡的，也愿意帮助家乡尽快发展起来。但他们不会热爱嘴馋手长的贪官。如果让我听到有贪腐这方面的事情，我也就顾不上情面了，这点你们务必注意！"

乌海甫说："记住了，我尽快落实。"

余新明主任建议把龚书记的这些指示，搞个纪要，发全市各地各部门，认真贯彻执行。

龚汉诚说："先别急，目前还没有发现这种情况，下次开纪委会的时候，我讲讲这事，提醒大家一下就可以了。"

余主任说："按书记的指示办。"

龚汉诚又看到了住宅小区。吴国耀中源公司的这个小区开发得比较早，所有的住宅已经售完，只剩下几个店面没租出去。

龚汉诚算了一下说："吴先生这个小区下来应该收益在三千万左右吧？"

吴国耀笑了笑说："书记厉害，除那几个店面外，现已收入三千零五十万元。"

龚汉诚说："我来之前，就了解过了，吴先生干了这么多年事业没有给领导送过钱物，没害过一个人。到底是守口如瓶，还是没有出手啊？"

吴国耀一听这话，就也一本正经地说："不敢出手，怕害人害己！也无须出手，江源市这几届领导德才都是一流的，我能有今天的事业，真还是靠党的政策好，党的干部好！"

"我刚来江源的时候，有些人给我介绍过你的发家历史，我听了以后对你也很佩服的。不过，我更佩服卫军书记，他有眼光、有担当、有才干。可惜去世得太早了！要是卫书记能看到今天江源的好局面，那多好啊！"龚汉诚深情地说道。

龚汉诚这段话勾起了吴国耀对自己当年创业历程的回忆，特别是对卫军书记的怀念。

吴国耀早年曾在江源钢铁厂工作过一段时间。那时候的钢铁厂，在改革的大潮中没有跟上时代的步伐，企业富余人员多，人浮于事，效率低下，生产技术落后，产品找不到销路，积压了大量的资金，造成了巨大的困难。

江源钢铁厂曾经是江源市的骄傲。现在成了市领导心头上的一块巨大的磐石，压得他们心里非常难受。只要能把这块磐石给卸掉，把这个企业接手过去，除了不能把员工推向社会以外，其他什么条件都可以谈。

但是就是这样优越的条件，也没有人愿意干。市委提出了在干部职工中搞停薪留职等多种优惠的措施，但无一人响应，谁也不愿意放下金饭碗去冒险。当然，主要是没有人有这个眼光，能看得出这是一个会下金蛋的母鸡。

最后，钢铁厂老厂长出了个主意，推荐吴国耀担任钢铁厂厂长，承包钢铁厂。建议由组织出面，做通吴国耀的思想工作。

市领导回答得干脆："很好，就按你的意见办，所有的工作由你去做。"

老厂长接到这样一个通知，感到啼笑皆非。但他还是硬着头皮找吴国耀谈了几次，终于把吴国耀给说动心了，他担负起了承包的职责。

吴国耀当上厂长以后，全身心地投入企业的生产经营管理。他通过半年的调查，掌握了全国钢材市场的大致情况，也理清了企业内部管理方面的问题，归根结底重要的一条原因就是：企业生产的钢材产品的销售有问题，市场信息闭塞，生产存在很大的盲目性。于是他大胆地调整了产品的结构，按照市场的需求调整产品品种，不久这一改革措施渐渐地见到了效果。企业生产的产品基本上都卖了出去，资金有效回笼，效益日见其好。还有一个重要因素，就是吴国耀承包钢铁厂一两年后，全国钢材大幅度涨价，工厂库存的所有钢材都被客户抢购一空，而客户的订单雪片似的从全国各地飞来。吴国耀和工人一起加班加点开足马力生产，就这样产品还不能满足市场的需求。

产品销售出去以后，企业的资金大为宽裕，吴国耀按合同付清了银行贷款和离退休人员的欠薪、医药费、在职员工的工资奖金以后，按合同规定，他个人应得三百余万元奖金。

这在当时可是天文数字啊。

这笔钱转入他个人账户之后，他几天几夜都感到精神恍惚，如在梦中，不敢相信这是真事。在相当长的一段时间内，他都不敢动用自己的这笔钱。

企业渡过难关之后，各方面都走上了正轨，经济效益特别好，企业收入大幅度上升，工厂工人的工资奖金都有一定的提高，吴国耀作为承包者，连续几年奖金都在增长。

这时候，在市政府内对吴国耀承包钢铁厂这种做法有了不同的意见。有一种意见认为，吴国耀利用市里的企业去挣钱，挣到的钱都应该归公。而他现在却将那一大笔的钱装入了自己的腰包，这是挖社会主义墙脚，明火执仗地抢劫国家的资产，侵吞工人的血汗钱，这是绝对不能允许的。

所以，应该马上终止市里与吴国耀之间的合同，将钢铁厂拿回来，由市里派出干部负责经营。市政府和工厂的人这么多，就找不到一个会搞生产经营的人？签订这样的合同是错误的，这样的领导就是败家子，这里面还可能有腐败问题，有关部门应该查一查，市里查不了，就告到省里去，省里查不了，就告到中央去！

吴国耀听到这种议论以后，心里非常紧张，几天几夜都吃不下饭，睡不着觉，最后他找到老厂长反映自己的情况，提出他不干了，三百万元奖金全部退回给工厂。

老厂长当天就找市长汇报去了。

当时市委书记、市长卫军同志听了汇报以后，非常气愤，他立马下令，彻底查清这种歪论是从何而来的。

几天以后，他了解到，说这番话的人是市发改委副主任廖彪龙。

于是他当即与市委班子的同志商量了一下，然后决定：调廖彪龙到市水泥厂任厂长、党委书记，给出的条件比吴国耀还优惠。同时还加了一条，如果廖彪龙做不到像吴国耀那样将工厂扭亏为盈，不能偿还银行贷款，不能按时发放工人工资和离退休人员的退休金，那就将廖彪龙就地免职，让他自谋出路。

廖彪龙并无真才实学，也没有吃苦耐劳的精神，更谈不上有什么经营管理企业的才能。他虽然长期身居全市宏观经济管理调控部门的要职，但对市里个体经济如何搞活，做大做强国有企业毫不操心，也从未研究过，对一些能人搞好企业的贡献视而不见，而对他们的合法利益采取嫉恨的态度，公开与市委、市政府唱反调，丧失了一个领导干部起码的原则。

廖彪龙到水泥厂上任以后，官僚主义严重，一派衙门作风，在他的领导下，水泥厂的生产经营和财务状况没有得到改善，反而亏损得更加严重了，最后工厂工人集体上访，要求市里将他革职。

于是市委市政府决定，将廖彪龙开除公职，让其自主择业。

市委市政府的这一举措，在江源市社会上引起了不小的震动，有的人拍手叫好，但也有些人认为处理过重，有公报私仇之嫌疑。

有一天，有一位退休的副市长（曾是廖彪龙的老上级）专门找到卫军同志，替廖彪龙说好话，并希望市委市政府收回成命，留廖彪龙一条生路。

卫军同志耐心地听完了这位老市长的说辞以后，没有直接回答可否，而是给他讲了一个故事：

在汉武帝的时候，有一个书生在朝廷上对汉武帝说了一大堆的话，大意是告诉汉武帝，朝廷攻打匈奴的策略是错误的，所用的人也是不当的，应该如何攻击匈奴，应该用谁方算稳妥，讲得慷慨激烈。他这种意见在朝廷上还有一定的附和之声。

汉武帝也没有说更多的废话，就决定让那个书生带一彪人马去前方执行作战任务。其实这个书生并没有统兵打仗的才能，他在朝廷上发表的那番议论，无非是想刷一下他的存在感。没想到汉武帝就真的让他去打仗了。他的硬话也说出去了，不好不去啦，只好硬着头皮去了。结果怎么样呢？就在当天晚上，他的脑袋就让人家给砍掉了，他自己死了还不算，还害惨了一彪人马！"

"我平生最厌恶这种没本事却喜欢说大话说怪话的人！不要以为这种人只在汉武帝的时候有，今天也有，江源市里也有这种人。这种人危害党和人民的事业，这种歪风邪气我非整治不可！

搞活全市的国有企业，是当前一项刻不容缓的历史性任务，市委市政府为此制定的每一条措施，条条都是军令。'犯吾令者，杀无赦！'如果我放廖彪龙这样的人一条生路，请问谁给那些朝不保夕、气息奄奄的企业一条生路？那些几个月或大半年拿不到工资的工人生活怎么办？"

说到这里，卫军一双炯炯有神的眼睛逼视着那位副市长。

那位副市长听了这番话，心里有些虚，但还是不服气。说道："你这样做未免也太绝了吧！"

"真的是我做得太绝了吗？你退休了，每月工资待遇一分也不少，小轿车还坐着。我听说你还要原分管的单位给你固定一名干部给你当秘书，专门为你服务，你的待遇和在职的时候没有多少区别，高官厚禄，养尊处优啊！你要是也像水泥厂的困难职工那样，每天三餐都是大白菜当家，或者就是咸菜就着馒头吃饭，一星期半个月的吃不上一顿肉，孩子上学学费交不上，一家三代五六口人住在三十平方米不到的筒子楼里，要是你处在那样的环境下，你就不会说我做得太绝了，你就会说，廖彪龙这样的人早就该死啦！"

"你既然来了，刚好我有几件事跟你说一下：第一，你的秘书就别再配了，马上停掉，不工作了还配什么秘书？第二，你的小轿车别再你一个人占着，我们这级干部退休后没有专车，明天你就把车退还机关。第三，你以后不要再插手你原分管单位的人事事情，一位老同志要学会自重，同志们对你意见很大呀！"

那位副市长听了这番话以后，羞愧难当，抱头鼠窜而去。

这件事传出去以后，再也没有人敢上门说情了，也没有人敢对吴国耀的事情说闲话了。

廖彪龙自谋职业，先是去了一家民营企业，没干多久就被辞退了。原因很简单，他既没有实干的精神，也没有实干的才能，民企当然更不会要他了。于是不到五十岁的廖彪龙就赋闲在家，每天为老婆孩子做饭干家务，态度极好，深得老婆孩子的同情和欢迎，于是他老婆每个月从工资中拿出一百五十元给他零用，这项待遇制度实行至今未变，只是数额增加到了三百元。

后来，卫军提议推荐吴国耀为市人大代表的人选，交由他所在的选区选举，结果他全票当选。

鉴于廖彪龙一事的教训，吴国耀对钢铁厂进行了现代企业制度改革，由单一的国有资本企业改造为混合型股份制企业，按照现代企业制度进行经营管理，一切事务都按公司法规行事，这样他才真正放心。

……

龚汉诚没有等吴国耀回答又问道："江源河大坝工程项目，你们公司也投标了，万一你中标了，你准备怎么做？"

吴国耀说："我要是中标了，我会组织一个全国一流的技术和施工队伍，还要请一支一流质量监察人员，我自己从进工地之日起，吃住在工地，每根钢筋，每袋水泥，每个螺丝我都会亲自过目，确保不出丝毫问题。如果这样我还没有做好，这些家当，我都不要了，全部充公。我自己从大坝上跳下去。"

"万一有大的质量问题，你是应该跳下去，但还有一个人也会跳下去，这个人就是我龚汉诚！"

第二天，龚汉诚到巨源公司考察。乌海吉已经准备好了接待龚汉诚和检查组的领导。这方面的工作主要是由他自己和妻子刘月娜、侄女乌丽丝来做。刘月娜负责购买礼品，她得知龚汉诚的调查组也就五个人，就取出五万元，到珠宝店买了五份金银首饰，其中龚汉诚的那份价值两万余元。乌海吉又亲自到各工地去踏点、布置，作了周密的安排，直到满意才回家休息。乌丽丝则去准备吃饭的事，她还颇费匠心地安排了一场席间歌舞表演，还准备了一篇祝酒词。在这样重大的接待活动中，乌海吉从来不叫外人帮忙，主要是不愿意让外人接触领导，怕领导提问题的时候这些人说话不好，或领导对公司的不满意的话，让这些下级听到。

他是个心思缜密的人。

这天龚汉诚换乘一台越野车。他们一行没有直接去乌海吉的公司大楼，而是直接去他承建的江源电力公司新楼施工现场。施工现场一片繁忙景象，搅拌机的声音震耳欲聋，工人们整齐有序地劳动着，管理人员都身穿工作制服，胸前佩带有姓名和职务牌的标牌。

龚汉诚见了就叫停车，然后说："你们几个别动，我一个人去转转，很快回来。"

他一到工地门口，把门的老头就上来盘问："你是干什么的？"

龚汉诚说："听说书记今天要来检查，我先来看看有什么事没有。"

"这两天乌总已经来了好几次了，公司还不放心哪？"

"怕乌总有些地方没有关照到。"

"还有什么地方没有关照到的？人和机器都是挑最好的，都集中在这个工地上了。"

龚汉诚一听，心中就有数了。这不是弄虚作假嘛！

他又看看在施工的工人，没见几个是灰头土脸，粗憨劲蛮地做活的人。他就上了车，让乌海甫给乌海吉打电话，说推迟半个小时到他的公司大楼。龚书记今天上午主要听汇报。

因为龚汉诚换了车，临时有急事，有些来不及，他今天穿了一身的牛仔服，所以工地上的人没有认出来。

上车后，龚汉诚换上了一件夹克，说："上工地穿粗点可以。到人家办公楼要讲究点，别让人说咱们闲话啊。"

走到半路上，龚汉诚又改了主意。他对余新明说："我们这些人天天坐办公室，坐得腰酸背疼，身子都糠了，还不趁此机会多转转，如何？"

乌海甫说："对啊，乌海吉在开发区上搞了一块地，正在盖新楼呢，那里有山有水，去透透气。"

龚汉诚笑了。"还是你知道享福。走，我们就去开发区，一会儿把乌海吉和刘月娜两人弄到我们这车上来，你们俩坐坐他们的高级轿车，如何？"

乌海甫和余新明都知道书记的用意，就说："好好。"

龚汉诚叫乌海甫给乌海吉打电话，让他们开车过来接。乌海吉带着乌丽丝，后来又看见刘月娜在那里走来走去的，干脆也叫上了她，两车在路上一见就停下来了，乌海甫、余新明，下车让乌海吉和刘月娜坐书记的车，他们则上了那辆高级轿车。

龚汉诚一见乌海吉刘月娜夫妇，就热情握手，问好，说明了来意。拉着乌海吉和他坐在后排，对刘月娜说："还是请你夫人带路吧，去你们的住宅小区看看。"

上车坐定后，刘月娜先笑笑说："海哥，请书记先到公司喝口水吧。"

乌海吉刚才有些被动，有些乱，心想自己准备几天的工夫白费了，现在听刘月娜这么一说，就反应过来了。他说："书记喝口水再看吧，听说你们昨天弄得很晚，很辛苦。"

"我是有言在先——饭不吃，水不喝。海吉，咱俩比较熟悉，也不能坏了规矩，否则又有人说我们俩的闲话了。"

刘月娜这是第一次面对面和龚汉诚打交道，看到这位市委书记对他们夫妇俩这么热情，就更加相信乌海吉说的，他和书记关系很铁这样的话。她后悔自己没有把礼品拿上来，没法亲手送给龚汉诚书记。但心里又想，反正今天有的是机会。

在路上乌海吉告诉龚汉诚，巨源公司正准备投入资金对几个矿点进行勘探，公司准备把部分资金转到矿业方面来，同时准备三年内包装上市。龚汉诚表示赞赏。

龚汉诚一行还一路考察了江源大坝坝址。市水利局、建设局等有关部门领导都来了。

原来在梁子玉手上弄了两个方案，两个坝址。目前这个一号坝址是在国家有关部门认可后确定的。龚汉诚是倾向于另一个，即二号坝址，比一号坝址高两米，蓄水量也大些，运行成本当然也提高了。还是因为资金原因，选定了目前的一号坝址。龚汉诚看到一号坝址的位置施工难度很大。他就问乌海吉这样难度的施工作业，我们江源市的施工企业能做吗？

乌海吉回答说："技术上问题不大，最多多死几个人。"

龚汉诚问："为什么要多死几个人？"

"工程施工中是难以避免发生意外的，为了保证质量也只能不惜付出代价了。"

"民工伤亡赔偿你们执行的是什么标准？"

"没有明确标准，我们公司一般情况下给每个死者家属赔偿五万左右。家属来闹凶的给个七八万。平均水平五万多点，反正都是农民，家属好应付。"

龚汉诚听了这番话嗯了一声，然后说："我们俩到涧底看看？"

乌海吉看了看黑黝黝的山涧有些胆怯，就说："这绝对不行，您是书记，有个万一，我担当不了这么大的责任。"

"你下去过没有？"

"没有"。

"我下去过三次。"

乌海吉一时语塞。

龚汉诚看天色不早了，就命打道回府。他对今天的视察结果不很满意。

在回程的路上，乌海甫和余新明又上了书记的车，一同回到市委大院。

第三天，龚汉诚用一天时间考察了几个规模小的公司。乌海甫说有些公司规模小，公司老板有些劣迹。建议龚汉诚不用来了，由他和余新明去一下就可以。

龚汉诚认为有道理，就没有去，还有些小的企业，他让乌海甫抽调一些人去了解清楚。这些公司他可以不去，但情况必须摸清楚，这是不能含糊的。

龚汉诚此次调研含有考察市里几个主要施工建筑企业的能力，以便确定谁承建江源大坝工程的目的。

这点，吴国耀和乌海吉也都认识到了，龚汉诚给他们两家都留下了希望之光，这让他们两家有些精神亢奋。特别是刘月娜，她觉得龚书记没有官架子，说话很随和，容易接近，又见他和乌海吉很亲切，就以为大坝项目肯定花落她家了。因此她一路上和乌海吉、乌丽丝有说有笑，只有一点不满意：她准备的东西，都没派上用场。

乌海吉则一言不发，他预感不好。

第四十八章

魏力斯和龚汉诚保持着联系。魏力斯年龄不大，但精通心理学，他每次都能找到龚汉诚感兴趣的话题，然后两人进行讨论，结果都是他和龚汉诚能接受的结论，这让龚汉诚很感兴趣。这天他和龚汉诚通了一个小时的电话，重点是讨论最近沪、深股市和港股的走向。

魏力斯分析，这三个股市在近期一拨大牛行情，一些股票升幅将在100%以上。据他所知，美国大投资家巴菲特已经悄悄地进入香港，正在不动声色地收集国企蓝筹股的筹码。这位金融大鳄的动向，历来是许多投资家的风向标。

龚汉诚基本同意魏力斯的分析，但他认为，沪、深两市上升或下跌过猛，都会引起政府的干预，这种教训也不是一次两次了。他建议魏力斯别太贪心，赚个50%的利润就可以了，其他的让别人去赚。魏力斯当然认为龚书记的观点有理。但他在目前市场一片悲观，好多股票被严重低估的情况下进入的，而这种信息的来源也是付出了代价，所以他要争取赚够。牛市千载难逢啊！他没有赶上以前几次大牛行情，所以对这轮行情寄予厚望。他说，若是如愿以偿，他要给龚书记在香港买套房子。

龚汉诚听了连说："为我购房倒不必，你发财我同样会快乐的"。两人的聊天在愉快的气氛中结束。

第二天，姜琳娇也给他打了个电话，关切地问这问那，要他注意身体，切莫过度劳累，还要龚汉诚随身带些应急用的药，像他这个年龄的人，保健特别重要，恰恰又最容易被忽视。

龚汉诚也嘱咐她吃好点，休息好点。两人在情意缠绵的气氛下结束通话。

在认识姜琳娇之后，龚汉诚感受到另一种爱，他感觉很新鲜，很甜蜜，很美好。他感觉自己年轻了许多。和姜琳娇的那一夜，让他回味无穷。都说女人躺下去是一只羊，站起来却是一条狼。他开始时有些害怕姜琳娇会纠缠他，像一些报刊上报道的情人反目成仇，双方身败名裂。但时间过去许久了，姜琳娇没有打过一个不恰当的电话,也没说过一句不恰当的话。她总是在他方便的时候打来电话,说的话都是关于他的身体健康上的事。而且从不啰唆,只有三五分钟。这让龚汉诚完全放心下来了。

有时候,龚汉诚会很想姜琳娇,这时就给她发个短信。她从不发内容暧昧的短信,说这样不安全,而是给他打电话,哄他几句,然后挂电话。姜琳娇接电话,总要他好好工作注意身体,还说她肯定会找男孩结婚,但心里只有他。

有一次,姜琳娇和龚汉诚在电话上聊着聊着突然间泣不成声。龚汉诚忙问她:"怎么了?"她沉默了一小会儿,说:"我恨你!"

这话让龚汉诚大吃一惊,连忙问:"为什么?"

"恨你为什么要生得那么早。又那么急急忙忙地和别人结婚了,要是我们俩在一起多好啊!"

龚汉诚听了这话心里也是酸酸的。他觉得姜琳娇这个人真不错,值得他去爱。

姜琳娇后来又去过几次香港,还到铜锣湾那条街去买东西。有一次,她从上海飞到香港,在香港停留两天,她待在办事处感到无聊。就穿上便装,戴上墨镜,一副港妞的打扮,转到了铜锣湾那家钟表店。她看了一会儿手表,又想去看看首饰。正在她抬头刚要往外走的时候,她看到了李丽珠。

她刚想叫她,这时她听李丽珠和一个中年男子说话,她说他们欧比森公司的总裁是个钟表鉴赏家。凡是世界名表,他用手一摸,就知道这是什么牌子,什么型号的。而那个男子叫她李美虹!

这让姜琳娇惊骇不已!

她看李丽珠没有认出她,就若无其事地跟他们背后,听他们说一些什么。后来她听到了这个李美虹又邀请她的客人去海边那套别墅,这套别墅已经属于欧比森公司了。她都有些晕了,这个魏力斯整个就是骗子,天哪!她之前还想和他结婚呢。

她不再想听什么了,而是飞快地走出了商场,然后打出租车回公司办事处。一回到宿舍,她先沏上一杯茶,然后边喝茶,边琢磨怎么办。她冷静下来后,整理出了一个思路,暂时还和以前一样与魏力斯保持联系,决不能让他知道她知道他的底细,以防发生不测。

再一个她与龚汉诚的联系和交往绝不能让他知道,绝不能做害人的事。

至于他和她之间的事情,已经无法追悔,反正也算不上什么大事,真闹出事来了,她就辞职干别的去,也没有什么不可以,反正还年轻,一切都可以重来。

可是在后来的几次聊天中,听口气他好像知道她和龚汉诚的一夜情似的。这让她有些奇怪,是什么原因呢?她觉得无论如何魏力斯都不可能知道的,她怀疑自己是否多心了。

不幸的是她所担心的事情不是多心,而是千真万确。魏力斯对姜琳娇和龚汉诚的一夜情了解得一清二楚,而且还有录音。

原来问题出在姜琳娇的手机上。魏力斯曾送给她一部手机,这手机照相功能十分好,所以一回到上海她就用这部手机了。但这部手机可不是一般的手机,它里面装有一些特殊装置,魏力斯无论在什么地方,都可以接收到她发给任何人的短信和接听到她打给任何人的电话。当然龚汉诚和姜琳娇的那一夜浪漫就尽在他的掌握之中了。

姜琳娇是学文科的,对电子方面的知识,仅限于一个家庭主妇的水平上。除了基本操作外,其他都不是很清楚,这手机上的那些秘密设置她当然是一概不知。

姜琳娇后来渐渐地明白,她所爱的人是龚汉诚,她觉得这个男人天生就是当大官的料,除了长得仪表堂堂,气宇轩昂之外,最让她倾心的是他的能力。

她遇到过一些专家教授,她觉得都不如龚汉诚聪明。一些数字,只要他想记住就能记住,不管是复杂还是简单的;脑子运算速度特快,告诉他一个经济数字,他能算出一大串与此内容相关的一系列数字。说话特别有说服力,不管是多么平淡的一件事,一句话,经他口中一说出来,就像一颗颗珍珠似的圆润,晶莹,完美。

她简直是崇拜龚汉诚了。

她有时想到龚汉诚时会暗暗垂泪,她想自己这辈子是不可能找到这样的男人了。

她后来向龚汉诚谈到了这种心情,表明了无限的爱慕之情,她到省城和他相会承认那天她是没安好心的。特别是吃苹果那一幕,就是她精心设计出来的,结果正是她所想要的。

龚汉诚听了,沉默了良久,然后说了一句:"谢谢你对我这么好。"

姜琳娇听了这话很感意外。她原以为龚汉诚会害怕，会嘱咐她保密啦什么的，但他没有，只是说了句感谢。当然姜琳娇自己心里也明白，他和她是不可能有什么结果的。说实在的，除了魏力斯和龚汉诚之外，她还有别的男人，在她的生活道路上，她遇到过许多的难关，有些难关实在过不去了，她最后就只好靠奉献自己，得以顺利过关。

她不想埋怨什么人，她承认自己是个柔弱的女孩，除了天生美貌之外，就没有什么值得炫耀的了。也是因为如此，她每时每刻都想活得体面些，阔绰些，至少不能比身边的女孩子差了，她以为这样做很公平。

她和魏力斯就是为了钱。她在香港刻意巴结龚汉诚和这次到江源的所作所为，都是想找棵大树和靠山，这又有什么错呢？她想起了卢梭的一句名言："万能的上帝啊……请你把那无数的众生叫到我的跟前来，让他们听听我的忏悔，让他们为我的种种堕落而叹息，让他们为我的种种恶意而羞愧，然后，让他们每一个人去您的宝座面前，同样真诚地披露自己的心灵，看看有谁敢于对您说——我比这个人好！"

说实在的，这是一个她自己也会感到不能自圆其说的隐喻！

第四十九章

龚汉诚的秘书刘宇军和开发区副主任李志高，年龄都差不多，今年都三十出头了，刘宇军是副处级秘书，官不大，但地位特殊，比一般的处长都重要。

由于他为人机灵，善于观颜辨色，巧于迎合，被龚汉诚看中，选调为自己的秘书。不到一年的工夫就博得了龚汉诚的完全信任，经常让他帮助处理一些本应该由市长、书记来处理的事情。这个有些小聪明的人，开始耍弄起威风来，对处以下干部包括处长，他稍看不惯，就敢训斥起来。后来发展到动辄骂人。他的口头禅是："你这猪脑袋怎么回事啊？这么简单的事情都弄不明白！"

有次他在电话中训斥人，语言极为粗鲁，被李祥听到了，问他："谁啊，要这么骂他？"

刘宇军一见李祥。有些不好意思说："一个刚参加工作的大学生，工作不上路，嘿，我说话有些过头了。"

李祥一听就知道这是假话，一个刚参加工作的大学毕业生根本没有资格和市委书记的秘书对话。后来，李祥从一些县委书记、县长那里也听过他们对刘宇军的反映。于是他找了个机会和龚汉诚说了。

龚汉诚听了不以为然，他认为有才能的人脾气大多不好，脾气好的人，老好人，又办不了事，两难啊。李祥调到人大上班后，市委秘书长这个位置还没有合适人选，一直空着。有些事就由刘宇军来承担，刘宇军以为自己有书记作靠山，现又像当上了市委秘书长似的，作风就更加恶劣了，很多人都是敢怒而又不敢言。

李志高人如其名，志向很大，一心想往上爬。当开发区副主任不到一年就想扶正。江源开发区是市政府极关注的重要单位，以前都是由副市长兼任主任的。

后来龚汉诚说，市长就是市长，别干一个部门的事。其实，龚汉诚心里另有想法，他怕弄个副市长当开发区主任，不好指挥，影响工作。所以让一个处级干部来当，名正言顺，指挥方便。但也是难选其人，所以也暂时空着。李志高就以为这位置是给他留着的，他一心就想早点占上这个位置。

李志高是个才德全无的人，他的本事就是找门子，请客送礼。在一个偶然的机会，他认识了刘宇军。他像找到救星似的，对刘宇军极尽溜须拍马之能事。认识刘宇军的第二天就请他吃饭，刘宇军看到他手机号陌生，前两次都掐了，第三次才接的。一接通只听那边李志高说："我是李志高啊！我是开发区副主任李志高啊！"

刘宇军对李志高没有兴趣，但对开发区副主任，就有些兴趣了，他马上换了一副口吻说："哦，是李主任啊，怎么手机换号了也不告诉一声？"其实他这是为掐了前两个电话掩饰一下。李志高说："啊哈，是我不对，是我不对。"

"李主任有什么指示吗？"刘宇军是很会逗人的，而且这会儿他已有意要好好利用一下这李副主任了，所以就和他胡侃起来。

李志高连声说："不敢，不敢，就是想请你坐坐，不知道你赏不赏脸？"

刘宇军说："早就想吃你的饭了。现在肚子里一点油水也没有了，每天不到开饭的时间，就饥肠辘辘的。呵呵！"

"那就今晚六点半丽晶大酒店见吧。"

两人在丽晶大酒店见了面，几句寒暄和玩笑后，两人都觉得十分投机，大有相见恨晚之感。刘宇军原以为李志高充其量也只是个马屁精而已，不料一番话下来后，他发现李志高什么都懂，东西南北，士农工商，他都来得。后来又听到他的来历有些说道，就更加另眼看待了。李志高对刘宇军也十分钦佩，他觉得这个江源第一号人物的秘书，文化功底不错，口才好，城府深，是个做大官的人物，以后他们可以好好合作一把。

话一投机，谈兴就高了，没到半个小时，两人已互相称兄道弟了。按年龄李志高比刘宇军大几个月，但李志高称刘宇军为兄，说他一人之下，万人之上，才大道大，是非称兄不可的。刘宇军也没有谦让，就理所应当地当起大哥来了。再喝了一会儿，李志高说："哥，一会儿到我那里看看去，泡泡脚，醒醒酒。"

酒足饭饱之后，刘宇军随李志高来到了开发区一家叫"妙手"的洗脚房，李志高显然是这里的常客。迎宾小姐一见了他，二话没说就把他们俩带到了二楼的一间很隐蔽的包厢里。一边端茶递烟，一边安排女按摩师上来。不一会儿就来了两个年龄十六七模样的小姐。迎宾小姐说这是刚从职高来的学生，昨天才到，手艺很不错。说完就出去了。把刘宇军安排好之后，李志高借口房间太挤，就带另一个按摩小姐另开了一个包厢。大约半夜一点多了，才折腾完毕。李志高开车送刘宇军回府。

此后这两个人交往日益密切，最后合伙干起了非法勾当，直至锒铛入狱。

第五十章

魏力斯从刘宇军那里得知江源大坝工程招投标的最新情况：龚汉诚最近重新调整了几家企业，中源公司、巨源公司和泛美芝华（英）投资公司榜上有名。魏力斯看了这个方案大吃一惊，心里连叫不好。

从内定的情况看，他首先发现龚汉诚是可能随时调整施工企业的。第一次内定的五家公司，只有他一家在，其他的公司都刷下去了。新增加上来的两家公司，都是江源本地的施工企业，这种变化尤为可怕。刘宇军告诉他三天内将决定谁将是最后胜利者，他觉得时间紧迫了。如果不再实施第二步方案就有花落他家、前功尽弃的可能。

魏力斯的计划其实也很简单，离不开三个字：诈、色、钱。具体如何运用，他根据情况作了精密的安排。第一步他让一位省委书记的秘书给龚汉诚打电话，继续加大压力。这招如不能奏效他准备再到江源和龚汉诚密谈一次，许诺给一些金钱，最主要的是答应安排龚汉诚的女儿到英国读书。第三招也是最下策了，叫图穷匕首见，即把龚汉诚和姜琳娇的一夜情录音放出来给他听一遍，逼他就范。这三招估计只须用到第二招就够了，魏力斯认为。

人生的过程就像下一盘棋，走棋的不只是自己一个人。一个最高明的棋手也不敢说想胜就胜，何况自己未必就是那个最高明的棋手呢！

一个人童年所经受的苦难，往往影响他的一生。

魏力斯继承了他奶奶的天赋。他自幼就聪明伶俐。在上小学的时候起，他的学习成绩就一直是班上首屈一指。每次考试时，数学都是满分。语文也一直保持在前三名的成绩。尤其让人疼爱的是这个小孩子从小就听话懂事，体谅父母。但是同学和老师也发现魏力斯的脸上很少有笑容，也很少与同学们有交流，为人淡漠孤僻。

魏力斯童年的伤痛只有他自己最清楚，他的父亲魏阿和身材矮小，身体瘦弱，无依无靠，在他结婚前基本温饱都难以满足，自从娶了一个比他大十五岁的女人以后，生活状况有了明显好转，但也有不少的遗憾，那就是夫妻两人年龄的差别太大和由此引起的种种不快。有时，他和他父母一起走在街上，人家会以为他们是祖孙三代，这让少年的魏力斯很有自卑感，同学们也经常拿他父母的年龄开玩笑，他开始和他们打架，后来也感到人家说的并没有错，再加上往往是一群同学取笑他，他也打不过他们呐，只有忍气吞声了。但这不等于心里就接受了欺负，相反他内心的仇恨在日积月累地增加着。

但让他最为刻骨铭心的是来自他那同母异父姐姐的欺辱，在她开车撞击魏力斯之前，她就经常在学校的路上拦截他，骂他，打他。还有那个他母亲的前夫，多次嘲笑他，辱骂他。他受人嘲笑和欺辱之后的情况下，却没法选择反抗，只好把仇恨的烈焰隐藏在心里。

正是他受辱的成长历史，让他性格特别敏感。他每时每刻都在想如何出人头地，最后获得巨大成功，让欺负他的人在羞愧中死去。

大学毕业后，他被省机关部门看中，但他认为在机关一切按部就班，一时干不出什么大的名堂来，工资待遇很低，就放弃了，而是回到他父亲的公司，帮助父母亲打理公司业务。

他一进入公司，就全力以赴去投入工作，接二连三地做成了几笔大买卖，这让他的父母亲惊喜异常，他们看到儿子的卓尔不群的经营才干，对儿子寄予了无限的希望。

他母亲梁阿明有个表姐刘婕平在美国定居。她们一直保持联系。

说得更具体点是梁阿明经常给刘婕平邮寄一些家乡的珍贵特产，而刘婕平则报以一些不可落实的口惠。

有一次，梁阿明提出想让儿子魏力斯到刘婕平那边学习企业经营管理方面的知识，请刘婕平帮忙照顾一下儿子。梁阿明特别说明，不需要刘婕平花一分钱。她会把钱准备得足足的。

刘婕平一听要来一个有钱的大陆公子，心里非常高兴，因为她正需要钱呢！于是就满口答应了。

魏力斯满怀希望乘飞机飞往美国。

经过十几个小时的飞行，他抵达旧金山。

一出机场，他就看到有一个中年妇女，双手举了个牌子，上面写了几个汉字：欢迎祖国亲人魏力斯先生。

魏力斯一阵高兴，他知道这个中年妇女就是妈妈的远房亲戚刘婕平。

他走到刘婕平跟前，告诉她自己是梁阿明的儿子魏力斯。刘婕平一听，露出了满脸的笑容。她用蹩脚的普通话说道："我们热烈欢迎你来美国。美国是一个花花世界，又是一个自由世界，是个很好玩的国家。"

然后她指着旁边的一对美国男女说："这位漂亮的姑娘叫安迪，是哈佛大学的高材生，现在是一家著名电子公司的高管，也是我的干女儿；这帅小伙叫约翰，是我公司的员工，专门为我开车，他们比你大不了几岁，都是年轻人，以后你们多在一起玩。"

魏力斯很高兴地和他们两人握手，然后上车。

这个时候已经是午夜时分。车窗外面霓虹灯闪烁，灯光点点，远望前方，灿若星海。一股浓郁的异国风情，向魏力斯飞奔而来。

魏力斯很亢奋，不时地向刘婕平问这问那，刚开始的时候，刘婕平还回答了一两个问题，再往后，她就显得有些不耐烦了。"明天安迪他们会带你看的，现在夜深了，还是安静一点！"

魏力斯听了这话才知趣地闭上嘴。

他闭上眼睛，想休息一下。但不一会儿，他就闻到了一股臭味，他开始以为是车上杂物的味道，但他很快就意识到，这种臭味来自人体，而且是女人。

魏力斯虽然年纪不大，但对那些色、情、骗、仇、打、杀、赌、毒，男男女女那些事情，早已熟透了。

他不禁向安迪小姐观察了一下。安迪小姐就坐在他前排的副驾上，从背后观察人是最好、最准确的。

魏力斯首先发现，安迪脸上的妆很粗糙，从她后脑勺这个部位看过去，她的脸上抹了一层厚厚的粉底，腮帮后面涂抹得比较潦草，粉底的渣渣清晰可见。她的头发是黄色的，但是这是一种枯黄，而不是美国少女那种富有光泽的金黄，而且这黄色还是染成的，因为她颈部一根根细细的白发清晰可辨，还有她脖子上的那道圈，十分明显，皮肉也很松弛了。

综合她的这些特征，魏力斯头脑中闪过一个想法：这个女人是个妓女，而且是最底层的妓女。

刘婕平怎么会跟这样一个女人打交道呢？而且还收她为干女儿呢？因为刘婕平一直宣称，自己在美国有上亿美元的资产，这是很有身份的人啊，怎么可能跟一个妓女混在一起呢?

魏力斯想到这里,头脑中又闪过一个概念,刘婕平是个女骗子!

要真是这样,那就太可怕了,那该怎么办啊?要是一般人遇到这种情况,难免会惊慌失措。但是魏力斯从小就有这方面的见识,他也具备黑道上的天赋。而这些天赋现在都要派上用场了。

他告诉自己要冷静,在没有彻底弄清楚事情的底细之前,不要匆忙下结论,更不要轻举妄动。

车在路上行驶了一个小时左右,从窗外的环境来判断,应该快到目的地了,魏力斯一直在观察窗内外的环境。

果不其然,没过五分钟,约翰就用不很地道的英语说道:"刘,事情办完了,比原先约定的时间多出了半个小时,你应该给我加钱。"

"给你加五十美元,不能再多了。"

"加三百美元,不还价!"约翰恶狠狠地说道。

"我的就不用多说了,跟约翰一样就行。"安迪及时搭上一句。

"你们这是抢劫!"刘婕平用英语大声说道。

"你可以这么认为,但钱一分也不能少!"

又过了五分钟左右,车就开到了一个快捷酒店的门口。

约翰下了车,迅速打开后备厢,将魏力斯的行李取出,然后飞快地搬进了酒店。魏力斯紧跟在他的后面,他怕约翰把他的东西给拿走了。

刘婕平按照约翰的开价付费后,约翰他们就走了。

刘婕平进了酒店,他看到魏力斯已经办好了入住手续,就跟着他一起进了客房。

"我家离这里不远,晚上我回去住,今晚你就一个人住在这里。"刘婕平吩咐道。

魏力斯连连点头。

刘婕平走近一步,低声地对魏力斯说道:"孩子啊,你把银行卡和现金都给我,我帮你保管。美国很乱的,也很不安全的,你初来乍到,很快就会被别人盯上的,所以你把贵重的东西交给我保管,这样安全些。"

魏力斯从容地回答道:"我明白,我妈也是这么说的。她也知道美国很乱,所以就给了我三百美元零用钱,后续如果需要用钱,我妈妈每天给我汇来，这样可以防止被抢劫，或者被骗子骗走。"

刘婕平听了以后强装笑颜。"那就好，那就好。"说完就匆匆地离开了客房，乘坐电梯下楼去了。

如果刘婕平等人的骗局到此为止，那么魏力斯的人生故事可能就会重写，但人生没有假设，没有如果。

从后续发生的一系列事情来看，刘婕平对大陆人的印象还停留在二十世纪八十年代初，甚至是二十世纪六七十年代的水平上。不仅如此，刘婕平其实还把魏力斯看为像梁阿明一样老实巴交、容易上当受骗的人了。她认为凡是从大陆来的人，不分男女老少都是一个样：钱多人傻。

实际上是她本人落伍了。首先，她不知道魏力斯的英语很好，只是一路上没有让他说话的机会。所以他们丝毫没有觉察出来，其实她一路与约翰、安迪的对话，魏力斯都听得一清二楚，并由此对他们产生了怀疑和警戒之心。

可以说她的骗局一开始就被魏力斯看出了个端倪，而她还沉迷于自己那套不太高明的骗术之中自我陶醉而不能自拔。

在接下来的一段时间里，魏力斯和刘婕平等人斗智斗勇巧妙周旋，既让她无利可图，又保全了她的面子。

最后，刘婕平失去了耐心，她伙同约翰、安迪，图谋绑架魏力斯，这样就可以让大陆的梁阿明乖乖地把全部家当奉献给她！

可惜的是她和约翰、安迪的智商都太低了。结果是，魏力斯把他们试图实施犯罪的通话全部录音，然后复制了几份，其中一份送给了刘婕平，并告诉她，他要去报警。

同时，他当着刘婕平的面，给中国驻旧金山领事馆打了个电话，声称自己遇到了一些困难，希望领事馆给予帮助，而领事馆那边痛快地答应了。

一见到这个场面，刘婕平当场就吓傻了，扑通一下就给魏力斯跪下，请求他原谅，她愿意为他做任何事。

最后的结果是：魏力斯在当地注册了一家公司，名义上是做旅游，实际上是专干坑蒙拐骗大陆游客的勾当，刘婕平、约翰和安迪，成了他公司的第一批员工，并死心塌地地为他卖命。

几年的工夫，魏力斯已经积攒了一大笔资产，生意也做得风生水起。

近几年来，魏力斯开始把目光投向中国大陆，他觉得大陆机会太多了，到处都是黄金，特别是到处都在搞基础设施建设，这里面的油水实在太大了。

他偶然得知，江源一个地级市正在上马一个大坝工程，总投资达几个亿元人民币。这样大的工程做成一个，这辈子就够吃够喝的了。当然，就现在的资产，他一辈子吃喝也不成问题。

但是，他需要成功，需要成就感，他需要人们众星捧月似的簇拥着他，有一群一群的人围绕他转，有千军万马可以供他指挥，他的名字应该经常出现在大报上，出现在千家万户人们的交谈中。人区别于低级动物，或者是人类族群中低端的人类，就需要一种高高在上、华丽无比的形象。

但是如何才能做到这一点的？这需要钱。

有些事情说起来你们都不会相信，当魏力斯人还在美国的时候，他就已经彻底地全面地研究了江源市处以上的领导，和有影响的建筑施工企业老板。他特别对吴国耀、乌海吉等人的资料，研究了很多遍，情况很熟悉。

最令人吃惊的是他对吴国耀本人和他的公司所做的充足的研究。他通过网络和其他渠道，收集到从二十世纪七十年代末八十年代初以来的，当地省市大小报纸登载的吴国耀先进事迹的报道文章，其中有几篇文章介绍他致富以后不忘回报社会，帮助贫困家庭、捐资助学的事迹。魏力斯当时认为，行小善者不一定能干大事。但是另有两篇报道文章引起了魏力斯的注意，文章报道吴国耀的中源公司在省城和江源市获得工程鲁班奖，他克服当地特殊的地质条件，攻克一系列的技术难题，有些技术还填补了国内外的空白，这种报道引起了魏力斯的高度关注。他对江源市这么个小城市的企业，有实力做出填补国内技术空白的业绩和水平，感到很惊讶。因此他认为，在将来争夺江源大坝建设项目的过程中，吴国耀和中源公司是他最强劲的对手。

还有一个因素，就是吴国耀连续几届当选为人大代表。在魏力斯的印象中，人大代表就是个荣誉职务，没有什么实权，也解决不了任何实际性问题，他没有在意。可是他有一点疑惑不解，就是吴国耀这样一个普通人，在江源市大小工程竞争中屡屡获胜，该公司承建的工程项目占比例很大，有好几个项目是江源市地标级建筑，这让魏力斯有些不理解。

他觉得有必要亲自去一趟江源，实际体验一下当地的投资环境，特别是要拉紧与市长龚汉诚的关系，更为重要的是，现在龚汉诚已经是江源市的一把手了。

为了确保这次江源之行取得圆满成功，他在一些主要方面都亲自布置，特别是人员礼物，有关网站的配合宣传方面，他都一一地关照到了。

特别在这期间，全面启用了他的特殊平台，也就是他的合作公司。而他与这家公司建立合作关系还有一番不平常的经历。

魏力斯在协助父亲经营管理家族企业中，他渐渐转变了经营理念，对父亲传统的贸易生意不再感兴趣，而是转入资本运营。他计划收购一家加ST帽子（特别处理）的上市公司，注入资金和概念，把股票的价格炒起来，然后从股市上圈钱。他的父母亲都觉得风险太大，因为收购公司先要投入一大笔资金，这会用光他们的家底，而且还不够，就没有同意。魏力斯做了大量的说服工作，仍未能说服父母。魏力斯见计划不得行，就暂时不提了。但并没有妨碍他在这方面继续做工作，实际上他已经和一家ST公司谈成了收购协议，由魏力斯出资两千万元，占公司30%的股份，实际上是控股了。控股以后公司名称由魏力斯决定。魏力斯做梦都想做大公司的董事长，这是他的理想所在。现在机会就在眼前，他不甘心就这样放弃，他决定冒一次险。

首先他请评估机构对他父亲的公司的资产做了全面的评估，这项工作在他的授意下，评估机构对资产进行了高估，结果总资产价值达一千五百万元，用这笔家当贷款的话，银行可贷给他一千万元，但银行不会一次付给他，而是要分几批，至少两年后全部贷款才能到位，这让他觉得这条路不可能会解决他的问题。他放弃了向朋友举债的努力，因为没有别人肯借钱给他。

到美国以后，他从网上得到一则消息，说美国有家公司叫泛美芝华投资公司，可以为全球的创业者提供资金贷款，条件优惠，手续简便，时间快捷。

他开始以为是自己看错了，但仔细看了三遍，这是确凿无疑的。他迅速与该公司取得了联系。

该公司的业务员唐·迈克先生听到魏力斯的请求后，首先表示，他公司为能有魏力斯这样的客户感到高兴，同时他表示愿意向公司全力推荐魏力斯这样富有远见卓识、敢作敢为的优秀青年企业家。他还说他们公司与众不同之处就在于他们把企业的决策人能力看作最可宝贵的资源，而不是企业的资产。因为是人创造企业和资产，而不是相反。最后他说道："亲爱的朋友，未来的中国商场上的巨头和骄子，你为什么不来我们的公司当面谈谈呢？敝公司总裁哈里·沃克博士将会很高兴与你面商一切。"

魏力斯一听,大喜望外,以手加额:"天助我也!"

魏力斯一到公司就受到了总裁哈里·沃克博士的接见。他们俩进行了近两个小时的长谈,最后达成了一项协议。这项协议明确规定魏力斯先生与泛美投资公司共同负责开拓东亚市场业务。

在达成这项协议之前,哈里·沃克博士和魏力斯有段交谈,因为这次交谈产生了一个全新的经营理念,所以让读者了解一下是必要的和有益的。兹摘录如下。

哈里·沃克(以下简称哈):魏先生你说你准备搞资本运营?

魏力斯(以下简称魏):是的,总裁先生。

哈:我的世界各地的朋友和合作伙伴都称我为博士,我是哲学博士,我曾多次听过基辛格博士的课,我现在的成功,得益于他的教诲。对不起,我说走题了,我们认为资本运营产业如夕阳西下,已经没有前途了,我们公司从事思想运营。

魏:对不起,哈里博士,"思想运营"这概念我是第一次听到,请你不吝赐教,解释一下。

哈:魏先生,人和低级动物的主要差别是什么?是人有思想。人这个物种,自产生日起,就是以自己的思想运营而生活的。世界对于人来说,是物质的世界,换句话说,世界上的万物对于人来说都是物质,是认识、运营和利用的对象。一边是思想,一边是物质,思想要运营物质。

做个比喻,对于人来说,这世界就像一个大蜜罐,人只要运用思想,把这个蜜罐弄个小口,那甜蜜的蜂蜜就会像泉水一样哗哗地流出来。人只要饥渴了,能喝上几口,就不渴了,是这样吗,魏先生?

魏:你说得对,哈里博士。

哈:很好,我知道以你的超人天赋,对于这个简单问题是不难理解的。我下面要说的是,对于一个智商超群的人来说,他身边的人群也是思想运营的对象。这好比是一窝蜜蜂,其他的蜜蜂都出去采蜜,但有只蜜蜂躺在家里,坐享其他蜜蜂的劳动果实。(这是蜂王,魏力斯插话)对,这是蜂王,这窝蜜蜂并没有觉得不合理,是不是?

魏:事实如此。

哈:其他蜜蜂运营物质,我指的是采花酿蜜,而蜂王运营思想——

如何让其他蜜蜂为它采花酿蜜。

魏：据观察，蜂王喝蜜还是其他蜂喂它的。

哈：说得对！思想运营的构想肇始于贵国先秦时期，其著名人物有苏秦、张仪、公孙龙。三国时期的诸葛先生也是代表人物，魏先生对此应该比我了解。

魏：我只是简单了解，并不深入，我学的是理工科。

哈：世界万事万物中，人是第一宝贵的，人的许多部分中，最宝贵的是思想。它就像风，不动时，没有人知道它的存在，一旦行动起来，就威力无边，任何有形的东西都经不住它的打击，你以为呢，魏先生？

魏：哈里博士所言极是，但有一点是我最关心的，就是具体如何操作呢？

哈：我只谈原理和哲学的问题，具体合作事情，由迈克他们和你谈，谢谢。祝魏先生旅途愉快！

魏：谢谢，非常感谢哈里博士的高论。

魏力斯在哈里博士离开之后，被邀请到另一栋楼的一间洽谈室，一个部门经理接待了他。这位部门经理是日本人，叫细川一良。细川告诉魏力斯，他十年前就认识哈里·沃克博士了，并投入他的门下，是他的崇拜者。在公司中，他的才华得到了承认和发展。细川在日本有自己的产业，但都交给弟弟和妻子打理。他不愿意离开这家公司，哈里博士准备在适当时候派他出任南美区总裁，年薪七位数，是美元。

细川还告诉他，公司不仅仅是运营思想，而且有相关的硬件配合，即给你搭设舞台，让你成为一个无所不能、无所不有的人。当然你不要企图扮演国家领导人，或享誉全球的商界成功人士，而只限于商业上的小有成就者。

魏力斯听到这里忍不住问了，他想成为泛美投资公司英国地区的总裁可以吗？想让世界各地的媒体上看到这一任命可以吗？

细川的回答肯定的。这让魏力斯既感到新鲜又感到刺激。坦率地说，魏力斯需要的不是钱，至少首先不是钱。他要的是成功人士的头衔和形象，于是他和细川深入地探讨起这方面的问题，随着双方的兴趣的接近，双方探讨得就越加深入。

最后，魏力斯听懂了，这家公司就像拍电影的公司。你自己编剧本、选角色、出资金。它给你提供背景、场地、道具、配角和宣传海报。当然前提是你付够佣金。公司为了激发加入者的积极性,在头三笔业务中,公司提供优惠服务,只收成本,不赚利润。在以后的业务中按一定比例收取收益,对每个新加盟者收取折合成人民币一百万的佣金,分三次,在一年内付清。

魏力斯谈了开拓中国市场的计划和发展前景,细川听了很感兴趣。他表示,可以把佣金降低至五十万元人民币,但这个数不能再少了。

魏力斯一听五十万元,这个数他出得起,就同意了。

三天后他回到了公司,在机场上,他从当地的小报中看到了自己已被任命为泛美芝华(英)投资公司的总裁的消息,并配发了一张他在大学时照的非常俊美的照片。

有天,他接到了细川一良打来的电话,细川说:"公司荣幸地通知你,有个贵国中部地区的市长明天从伦敦飞往香港,公司提示你可与这个市长同行,公司会安排与你身份相符的一系列场地和人员。"最后细川说:"年轻人,你想摆谱就摆吧,想摆多大就摆多大!"

魏力斯一听就准备改飞伦敦,并从伦敦飞香港。他提出确保他和市长最近的距离。细川说,那是肯定没有问题的。

所以就有了魏力斯与龚汉诚的一路结伴而行,并成为朋友,至于同行的女歌唱家,则纯属偶然,成了最好的配角。

最后魏力斯将公司改名为泛美芝华(英)投资公司自任总裁期间,之后做成了几笔大的买卖,赚了数百万元,但上交给哈里博士的部分也相当可观,占利润的50%,他觉得很划得来,此后他就来经营思想了。

这种经营思想生意的另一个称呼叫诈骗。这是读者一眼就能看得很明白的。

第五十一章

  这天,齐娅静一天都在跟吴总等人在工地查看情况。从工地回到宿舍以后,她迫不及待地打开热水器,准备洗澡。今天实在是太热了,她一天都在出汗,从头到脚都是湿乎乎的,她的头发本来就很多,一出汗头发都臭了。而且今年也不知道自己的身体是怎么回事,出得汗很多,而且汗也是特别臭,想想自己还没有过三十呢,怎么就像一个七八十岁的老太太似的,弄得又脏又邋遢。估计车上的人也都闻到自己身上的臭味了,实在是太不好意思了。

  她从衣柜里找出洗澡用品和衣物,就直接奔向浴室。一拧开热水器的开关,一丝丝温暖的水哗哗地喷洒在齐娅静的身上,好像有无数双小手轻轻地抚摸着她,舒服极了。

  今天洗澡比以往多用了二十多分钟,齐娅静感觉有些饿了,再洗下去就要虚脱了,这才美人出浴。她穿好衣服回到客厅,一屁股就在沙发坐下,看到茶几上的茶还是热乎乎的,齐娅静端起茶杯,美美地喝了一口,真是心情舒畅啊!

  齐娅静在老家喝的都是花茶。到了江源以后,每天跟吴总在一起,渐渐地也爱喝福建的大红袍茶叶。吴总各路的朋友很多,经常有人送他好茶叶,吴总哪喝得完啊!于是就拿出一些给同事们分享。齐娅静近水楼台先得月,她当然就喝得更多了。

  今天喝的正是这种好茶。按照吴总的习惯,她也先吃了两块饼干,然后开始品茶。心情特别好。

  齐娅静边喝茶,边拿起茶几上的一本新买的英国女作家奥斯汀的小说《爱玛》翻阅起来。她很喜欢奥斯汀的小说,在此之前,她读过《傲慢与偏见》。齐娅静很佩服作者在一个小小的空间,说得更具体点就是在一个巴掌大的地方,把那些普通得不能再普通的人物的性情、喜怒哀乐,人间万象,世道温凉写得淋漓尽致。阅读奥斯汀的小说,很快就会有身临其境的感觉。现在读《爱玛》，她自己很自然地就扮演起了女主人公爱玛的角色：想象自己像爱玛那样照顾年迈的父亲，像爱玛一样呵护她的不很聪慧的姐姐，反感对姐姐不太尊重的姐夫。爱玛还很蹩脚地当了几回媒人，但每次都以失败告终，自己心爱的男人还差点被人给夺走了。书中的爱玛所作所为是善良的，诚挚的，但是她为人是天真的，甚至是傻傻的。整天忙乎着，却没有几件事是靠谱的。但是这样的人物在自己的周围不是也存在吗？她甚至觉得自己就很像爱玛，每天瞎忙，可是结果闹个什么呢？到目前为止连个男朋友都没有，快三十的人了，还住在集体宿舍。

一个女人如果没有自己的家，就等于一无所有。

就是现在她也还会经常想起中学的语文老师李铁文，喜欢他高大的身材，蓬松散乱的头发。她觉得男人头发梳得太整齐，特别是弄个油光发亮，那就像地板打过蜡似的，又亮又滑，看起来挺漂亮，但不真实，踏在上面要小心翼翼地防止滑倒。

李铁文抽烟抽得很凶。每次课间休息时间，他都要跑到教室外比较远的地方抽一会儿烟。齐娅静的座位离讲台比较近，能够闻到他身上散发出来的烟味，她觉得那种烟味挺好闻的，她除了闻到烟味还闻到了肥皂味。李铁文穿的衣服总是浆洗得干干净净，带着肥皂味，他是不是有点洁癖呢？

齐娅静感觉这是有的。

李铁文穿衣打扮总是显得非常拘谨。就是在酷热的夏天，他也是长衣长裤，衬衫的袖子从来不往上撸，而是把袖子放下，把扣子也扣上，衣领上的第一粒扣子也是扣得死死的，上课的时候，他总是满头大汗。有些调皮的同学就会对他说："李老师您捂得太紧了，宽宽衣吧！"

李铁文总是很认真地回答："不是衣服的事，是天太热了。"

有些小事，现在回想起来还会让自己脸红。那个时候，不知道自己为什么会那么喜欢李铁文，总想找机会和他接近。上课的时候一有小问题就举手问他，甚至有时候是假装不懂，而去找他请教。李铁文是一个非常认真的老师，每逢学生提问题，他都非常认真地讲解。齐娅静有时候装的听得很认真的样子。故意靠近他，倾听他的讲解，有时纯粹是想感觉一下他的体温，闻闻他身上的肥皂味。

她发现，班上有好几个女同学跟她一样，喜欢找李老师问问题，有时候几个小姑娘像花朵似的簇拥在李铁文的身边,说说笑笑。每当在这种情况下,李铁文就会站起身来,走向黑板,将女生们提的问题当众讲解一遍。讲完之后,他会大声问道:"大家还有什么问题吗?还有什么要问的吗?齐娅静你呢?就你的问题多!"

齐娅静感觉李老师似乎发现了她内心的小秘密,感到很不好意思,唰地一下脸就红了。

但是在下一节课上,她又故技重演!

齐娅静在那个时候对李铁文老师的这种拘谨的做法很不理解,觉得老师有些怪异和迂腐。后来上大学的时候,她才知道这是一个男人,特别是一个老师的一种高贵修养。联想到如今屡屡见诸媒体的男老师对女生进行性骚扰的事,她就不禁想起李老师,虽然他只是一个非常普通的中学老师,但是他的情操是如此高尚,至今也让她敬重。

……

她想着想着,就有些疲倦了,最后慢慢地睡着了。

初春的季节,学校周围的田野上,那一朵朵不知名的野花,静静地吐露花蕾,悄悄地绽放。这些小生命睁开好奇的小眼睛,看到了第一缕鲜红的阳光,吸吮着第一滴甘露,迎接第一丝春风,她们仰望着碧蓝的辽阔无垠的天空,入夜又一起观赏星汉灿烂,清辉满天。

齐娅静光着脚丫漫步在田野上,踏着松软的土地,蹚着微温的泥水,徜徉在田野上。像一只小蜜蜂,一会儿看看这朵红红的小花,一会又去看看那朵蓝蓝的小花。

这时候一只蝴蝶飞过来了,这是一只多么漂亮的蝴蝶呀,她在空中翩翩起舞,绕了几圈之后,就在一株小柳树上停了下来。齐娅静看着那只蝴蝶色彩斑斓,在阳光照耀下闪闪发亮,她就想去捉住它。于是她就悄悄地靠近那棵柳树,那只蝴蝶在树枝上没有发现她,两只翅膀还在轻轻地扇动着。她小心地、悄悄爬上树枝,爬着爬着,越来越近,眼看伸手就可以捉着蝴蝶了,就在这个关键的时候,突然听到李铁文在她身后大喊一声:

"齐娅静,不许抓蝴蝶,不许伤害美丽的生命!"

齐娅静吓了一跳,双脚踏空,从树上跌了下来。

齐娅静"啊"的叫了一声,原来是一场梦,她被吓醒了。

醒来以后,她还是有些迷迷糊糊的,还没有完全清醒。于是她站了起来,走出屋子,来到走廊,看到前面的马路上人来人往,行色匆匆;小车,大卡车,自行车等各种各样的车辆穿梭而过。喇叭声,小贩们的叫卖声,孩子们的啼叫声,妇女们的叫骂声和老头的咳嗽声,汇成一股滚滚声浪,向她奔袭而来。

这时候她完全清醒了,刚才那美好的梦境了无踪迹。现在展现在她面前的是热浪滚滚的现实生活,而她也很自然的回到了这种生活中来了。

首先是她的肚子饿得咕咕叫了。一天的奔波,又洗了那么久的澡,刚才还睡了一会儿,所有这些都促进了胃的良好运转,中午吃的饭菜早已消化完毕,现在它嗷嗷待哺,催促主人进食,满足它的需要,填满它那早已腾出的空间。

齐娅静没有心情做晚饭,她想到楼下面馆吃碗面。于是她回到里屋穿上衣服,拿上手机和手包,关上门,下楼朝面馆走去。

这是一家兰州人开的面馆,名字就叫兰州面馆。面馆不大,连操作间和客厅算在一起,也只有三十来平方米。但生意特别好。每天早中晚三餐客人总是满满的,附近街道、小区的居民经常手提着锅盆,到这里买些面条拿回家吃。所以,店里的老板娘和伙计从一开门到晚上关门就没有一刻停下手脚的时候。

在齐娅静的记忆中,这家店的灶火从来就没有停熄过。架在灶上的一个大铁锅,唯一的功用就是熬汤。她上班的路上经常能看到老板娘从附近的屠宰场买回牛、羊骨头,外加一些鸡、鸭、鹅,满满的一小推车,一到店里就交给那个五大三粗的大厨子处理。大厨子就在一个大木墩上将这些东西一股脑地放在一起,抡起那把特制的大菜刀,将这些东西剁碎,然后通通放到大锅里和锅里的佐料一起熬,熬啊熬,熬得锅里的牛、羊和鸡鸭鹅骨酥肉烂,汤稠味厚,香味飘散,让人闻了以后口水直流,非得吃上一碗面不可。

这家面馆的生意实在是太好了,引来了周围一些餐馆老板妒忌。有人散布谣言说这家兰州面馆老板往锅里放了一些罂粟壳子,所以味道特别,让人吃了上瘾。当地的卫生食品检验部门听了反映之后,高度重视,多次派工作人员上门检查,还提取了一样汤拿去化验。结果啥也没有,只是检验出这家店里的高汤比其他店里的汤浓度高出几倍,味道自然就浓厚啊。卫生食品检验部门的检查员出具的化验报告挺有意思,就几个字:"没啥毛病,就是太厚道。"

老板娘也很幽默,她就把这份报告复印了一份,放大了几倍,用镜框装好，然后挂在墙上。人们看了以后很感慨：在世道浇漓、人心日下的今天，厚道也成了被别人控告的理由了！

但是顾客们很喜欢，看了这个报告以后，来的客人就更多了，并且从此以后面馆又有了一个新的名字叫作：厚道面馆。

齐娅静吃完一碗拉面以后，觉得还是有些犯困，还想回屋里睡觉，特别是刚才那场梦太有意思了，她想把它续上，最好是梦中能把蝴蝶抓到手，或者在梦中能够遇到白马王子或李铁文老师，也很好啊。

想到这里她不由自主地笑了笑，不管什么梦，反正她一定要回去睡一觉了。

回到宿舍，天色已经完全黑了，正好可以睡觉了。

于是齐娅静刷牙、洗脸，脚就不洗了，刚洗完澡嘛。

洗漱完毕以后，她又舒舒服服地往床上一躺，不一会儿竟然又睡着了。大约在半夜的时候，她的手机响了。她一接听，那头传来是母亲的声音。

母亲的声音有些异常，低沉而又沙哑。"娅静，你能回家来一趟吗？家里有点事。"

齐娅静一听心里高度紧张，连忙问道："家里出什么事了？"

母亲说话吞吞吐吐。"也没有什么太大的事情，就是你爸爸病了，想看看你。"

根据她的以往经验判断，父亲肯定是得大病了，否则母亲不会这样打电话，她立即安排回家的事情。首先她给吴总打了个电话，说父亲有病，想回家看看。

吴总很快就答应了，而且说下个月的工资先发给她，她回家可能用得上。

齐娅静很感谢吴总这样善解人意，这样关心她。她连声说谢谢！然后就开始收拾衣物。

过了一个小时左右就告一段落了，一个人在沙发上犯愣。这时候听到有人敲门。

她问道；"请问你是哪位啊？"

"小齐，是我，杨一平。"

齐娅静一听就连忙开门，一看外面还站着吴国耀、林虹和菲菲。

齐娅静一阵激动。"吴总、林虹姐你们怎么也来啦？"

"还有我呢，还有我呢。"菲菲连声说道。

"是，是，是，还有你这个小可爱。"齐娅静高兴地说道。

"小齐，明天几点钟的车？"林虹问道。

"明天早上六点半，下午五点就能到家了。"齐娅静回答道。

"我猜你会买这趟车。"林虹说道："我们刚刚上街买了点东西，麻烦你带给你父母，还有这是一万块钱，给你父母买些吃的用的，这也是我、老吴的心意。"

"林虹姐，你们的礼物也太贵重了，我真的不能收啊！"

"一定要收，一定要收。"菲菲又大声叫道。

齐娅静一看这小孩说得那么真挚，内心激情翻涌，唰地一下，两滴眼泪就涌了出来。林虹看到齐娅静情绪激动，就把菲菲拉到身边。

这时候杨一平从书包里拿出一个信封，递给齐娅静说道："这是我的一点心意，你拿着吧。"

齐娅静连声说道："我家没事，用不着这么多钱，真的不要你们这么多钱。"

吴国耀这时候说话了："大家都是自己人，一点心意你就拿着吧，何必这么客气呢。除了你的工资，公司工会也给你一点补助，虽然不多，也是公司员工的一点心意，这一点大家都是一样的，这些钱都打在卡上了，你刷一下卡就知道了。"

做公司的人客套话不多，主要用钱表达感情。齐娅静看到这些感情真挚的人，心里十分感激，但不知道说什么好。

吴国耀看到这种情况，就说道："你明天要早起，就早点休息吧，明天早上让我的司机小李送你到车站。"

说完他们几个人就回去了。

火车到达县城之后，齐娅静先是倒了一次汽车，汽车到站以后，她又走了两公里的小路才到家。

车上她还遇到扒手，把她上衣袋里的钥匙包给偷走了。好在现金都存入了银行卡，银行卡放在裤兜的小袋里。这还是杨一平在临走之前特别提醒她的，否则后果不堪设想。

杨一平为人善良，心眼细，待人真挚，难怪吴总这么喜欢他，这么信任他。

今天的事情让齐娅静内心里感觉到，一个善良的人是多么的有益。

当然，小偷要从齐娅静身上摸到钱，那也是很困难的。因为她会想很多办法回避小偷、扒手甚至是抢劫。被小偷偷走的那个钥匙包就是她伪装的钱包，里面除了纸巾以外，什么都没有。

但是她还是有些害怕。

进村之后，她碰到了一些乡亲，乡亲们都主动和她打招呼，表情也有些异常，这引起了齐娅静的疑心，这都是怎么了？个个心情仿佛都挺沉重的，可能是父亲病得厉害了。

一想到这里，齐娅静加快脚步，匆匆地向家里走去。

一到家门口她惊呆了：家里的大厅被布置成了灵堂，父亲的遗像安放在一张香桌上，而这时候也没有一个人为父亲守灵！

齐娅静再也看不下去了，"哇"的一声哭了出来。"爸，你怎么啦？怎么会这样，你不是一直都好好的吗？"

可能是听到了齐娅静的哭声，这时候齐娅静的妈妈进来了。"娅静你爸真狠心，就这样撇下我们走了。"说完也号啕大哭。

齐娅静边哭边大声问她妈妈："我爸是怎么走的，他得什么病了，怎么不早告诉我呀？"

"他得的是急性病，走得很突然。"

"齐亚军呢？他在干什么呢？这时候也不守在爸爸的身边。"

"他也得了重病，躺在医院呢，就妈妈一个人操持这样大的事情，妈都快疯了，实在撑不住了，否则也不会让你回来。"

这时候来了不少围观的人，其中有一个年长的婆婆说道："齐家大兄弟实在是太可怜了，也真是太冤枉了。"

齐娅静听了以后觉得事情有些蹊跷，她就问妈妈这是怎么回事。

她妈妈哭得很凶，好像就要休克过去了，断断续续地回答："你别问了，冤孽啊！"

这时候，齐娅静心里明白了，父亲死得不明不白。但看到母亲这个样子，她怕母亲出什么意外，所以就不再问了。

从妈妈断断续续的话语中，齐娅静了解到，家里准备把父亲埋葬在自己的菜园里，原因是没钱，买不起墓地。买墓地要花三万元，家里现在一分钱都没有。

齐娅静这时候想起了吴国耀、林虹和杨一平的好来了。他们似乎已经料到她家里会出这种情况。所以,又是提前给她发工资,又给她送钱,还用工会的名义给了她一万元,凑起来正好两万,加上她省吃俭用积攒下来的一万来元,刚好够办丧事用。

正在这个时候杨一平发来一条短信,问她是否到家了,并问她父母好。

齐娅静回了一条短信表示感谢,然后又补了一句说,父亲走了。

杨一平没有马上回答,她知道他肯定是去报告吴总了。

果不其然,过了一小会儿,吴国耀亲自发短信给齐娅静,要她节哀顺变,保重身体。

第二天,林虹打来电话嘱咐她要注意身体。这些朴素的寥寥数语,给她很大的勇气和力量。她必须坚强起来,因为这时候所有的事情都得由她做主,由她去办。

村里的人看到齐娅静回来了,知道她有钱支付工钱,所以就来到她家里查看情况,听候盼咐。齐娅静和他们商量好工钱以后,大家就按分工分头去忙活,父亲的丧事很顺利就办完了。

这期间,齐娅静听到一些传言,说父亲是服毒自杀的。说是因为妈妈跟他吵架,他气愤至极,然后就吞服了一瓶农药,妈妈看了以后也没有及时送医院。这事涉及她的母亲,齐娅静就没有兴趣去追究了,弄清楚又能怎么样呢?还是不如什么都不知道的好。

但是,在农村里总不乏好事者。有人自告奋勇迫不及待地向齐娅静揭示事情的真相。其中张婶说得最详细。

她说:"前天上午,你妈和你爸吵架吵得很凶,我刚好从你家门口经过,开始时我没有往心里去,你家二老吵架那是家常便饭,我看一眼就走了。可是没走几步,我就听到他们俩打起来了,我老远就听到你爸大骂一声:'你这条毒蛇这么心狠,会遭报应的。'说完扑通一声就倒在地上了,照理说你爸是男人不会打不过你妈的,可是你爸不是有一条腿不好使吗?你妈可能出手重了,就把你爸推倒在地。我一听感觉不好,就赶快冲进你家里去劝架。看到你妈正使劲地踢你爸呢,踢得可凶了,还踢男人那个地方。我赶紧上前拉开你妈,把你爸扶了起来,劝了又劝,感觉没有什么事了我才走的。没想到你爸想不开就喝了农药了。"

齐娅静听到这里实在忍不住了，尖声叫道："张婶，别说了，别说了。"

临走之前张婶还走近齐娅静的跟前，颇为神秘地说道："都是你们家亚军带来的那个狐狸精害的呀，没有她你父母也不会老吵架。"

齐娅静听了以后，很受刺激，感觉到一阵晕眩，连人都站不稳了，她连忙找一个地方坐了下来，张婶看到这种情况才慌忙离去了。

贫贱夫妻百事哀。齐娅静从懂事的那天起就天天看着父母吵架，她们之间吵架都是为了生活上的小事，归根结底还是因为家里的生活太苦了。

父亲为人善良正直，是非分明。特别心疼齐娅静，辛辛苦苦地挣点钱供她上学，直至大学毕业。所以齐娅静从小心里就疼爱父亲。到了江源工作以后，每年回家都悄悄地给他一点钱。几年下来，现在算来也有三五万元了。父亲从来舍不得花，悄悄地攒着，他心里想着要给女儿出嫁时办点嫁妆。

一想到这里，齐娅静心里就隐隐作痛。

父亲去世了，这钱放到哪里去了？因为这笔钱只有她们父女俩知道，她要在离开家之前把钱找到，然后留给母亲。

在离开家前的一天，她开始寻找那些钱，凡是可能存钱的地方她都找遍了，一直找到深更半夜，还是没有找到。

她母亲注意到齐娅静在找东西，可能是看到她找的这么辛苦，于是她就问齐娅静："你是不是找你给你爸的那些钱啊？"

齐娅静见母亲这么问，说明她已经知道了这个小秘密，于是很坦然地说："对呀，这是我给我爸看病的钱，怎么就找不到啦？"

她母亲冷冷地说了一句："别找了，早花光了。"

"怎么花的呀？我怎么不知道啊？"

"给亚军的女人和她的女儿花的，你妈可没有花一分啊。"

"什么！我给爸看病的钱全用在那两个畜生身上了？"

"对呀。"

"那两个畜生呢？"

"偷偷地跑了，要不是这些乱七八糟的事情，我怎么会跟你爸吵架呢？你爸怎么会死呢？"

"怎么回事啊？妈今天你可要跟我说不清楚，否则的话你别怪我以后不管你养老。"

可能是真的怕齐娅静不管她养老,她妈听了这话后放声大哭,边哭边说道:"亚军的女人是条毒蛇啊,她把我们全家的血都喝干了,把我们一家老小都害惨了。"

"她刚来我们家时,我们可怜她,考虑到她和亚军这层关系,就全力照顾她母女两个。开始的时候,她也挺感谢我们家人对她和她女儿的照顾,说一定要报恩,等她养好身子就和亚军结婚。我听到这句话还以为她是个知恩图报的人呢。于是我跟你爸合计着把她女儿的病治好,再过年就把她和亚军的婚事办了,然后给咱们家生个孙子孙女什么的。她也同意了,而且答应的还挺痛快。"

"可是一年多过去了,她跟亚军天天睡在一起,身子怎么一点动静也没有呢?"

"我就留了个心眼。有一天我趁她不在家,就到她屋里去搜搜看看,结果发现了一盒避孕药。"

"原来她一直在吃避孕药,心里压根就没有想真心实意地待我们亚军!"

"我哪里受得了这个女骗子啊!等她一回来我就拿着避孕药去问她。她一看抵赖不掉就把心里话说出来了。'你们家这么穷,家人个个这么窝囊,我要是跟亚军生了个孩子,你们怎么养活她呀?怎么培养她呀?她长大以后没有文化,没有本事,也没有一丝一毫的钱财,还不就得吃苦吗?我可不能再害孩子了!'"

"我一听气坏了,就骂她没良心。可她真不是善茬呀,把我和亚军骂得猪狗不如。我让她还我们给她孩子的医药费,你猜这个女人怎么回答?"

"她说:'你这点钱算什么呀?我欠你家什么钱了?是你家欠我的钱!'"
"我问她我们家欠她什么钱了?"
"她回答说:'你儿子每周都要弄我一次,你知道这该给我多少钱吗?'"
"夫妻间的事还要算钱吗?"

"什么夫妻呀?结婚了吗?有结婚证吗?这就是你家那个傻帽儿子、无能的东西占我的便宜。反正今天话也说到这了,我就实话告诉你吧。我原来的那个男人每上我一次,一甩出来就是三五千的,你家穷没钱,每次五百不算多吧,这么久了,这么多次,这该给我多少钱了?你自己算去吧!你们别以为我怕你们,把我惹急了,我就到法院去告你们拐骗妇女,到时候法院还不判你儿子十年八年的！"

"说完就把我推出屋子，然后门咣当一声关上，气得我当场就晕过去了。"

"你除了有能耐欺负我爸以外，在外面谁都能把你坐在屁股下。"

"你怎么这样说你妈呀，你爸就是个窝囊废，生个儿子也一样！"

"儿子不是随妈吗？爸都死了，你还这么侮辱他。"齐娅静不想再说家里的事了，于是转移话题了，"那个女人什么时候跑掉的？"

"上周五吧，就是你爸走的前两天。"

齐娅静听了以后再也没有话说了。她觉得她家人包括她自己也就是一坨屎，生活窝囊，让人见了恶心。现在她除了深深的悲痛之外，还有深深的耻辱和绝望。

她母亲见她无语就问道："你哪天回公司啊？"

"明天。"

"妈妈知道你也难，这次又花了这么多钱，可是亚军那边你还得帮他一下，他住院的钱还没有付呢。"

"我一分钱都没有了。"

"你不帮他，他出不了院，没人可求啊，只有求你了。"

"让他自己想办法去吧，都是他折腾出来的事，否则一家人怎么会这么苦啊！"

"娅静你帮他一下吧，妈给你跪下了。说完妈真的就给她下跪了。"

齐娅静拉扯妈一把，表情木然地问道："要多少？"

"三万。你先垫上，妈让他以后还你。"

"好吧，我给你三万，亚军欠我的钱也用不着还我了，以后就直接给你，算是我给你的养老费。"

她妈也听出了齐娅静的意思，她养老费可能是没人出了。

"什么时候给我钱啊？"

"走之前。"

"你可要千万记住啊！"

"放心吧。"

齐娅静手上除了路费就再没有一分钱了。这三万元上哪去拿呀？

吴总和公司她是再也不敢开口了。去找吴理睿借呀！齐娅静脑中闪过这样的念头,这倒是可以的。因为吴理睿早就对她有欲望了,只不过是她严厉防范,才镇住了他的邪念。要是她主动开口要钱,他准给,但要付出代价。

想到这里,她深深地为自己悲哀,没想到自己会混到这种田地。要是真跟吴理睿发生了关系,她在中原公司就没法待了,一辈子也就差不多完了。

难道就再也没有人可帮忙的吗?

齐娅静这时候想起了乌海吉的老婆刘月娜。她和刘月娜接触过几次,觉得她为人很善良很爽快。可是她和刘月娜没有什么深交,再说中原公司和巨源公司关系很微妙,如果弄不好让吴总知道这件事,自己的处境就不妙了。

但是除了她,真没有人可以开口了。

于是她硬着头皮给刘月娜发了一条短信。没想到没过一分钟,刘月娜那边就打电话过来了:"妹妹,听说你家出事了,处理得怎么样了?有什么事要我帮忙的吗?只管说呀!"

齐娅静一听这句话,眼泪马上就涌出来了,且不说刘月娜帮不帮忙,就这句话也暖人心了。

"刘姐,我实在太难了,吴总和公司给我的钱都花完了,现在还要花三万元,我实在没有地方去借了。刘姐,你帮我一下吧,我半年之内一定连本带息还你。"

说着说着竟然失声痛哭了。

"妹子别哭,不就是三万块钱吗?我马上转给你,你把银行账号给我。"

齐娅静放下电话,把银行卡发给了刘月娜,没过三分钟,手机上就发来了收到三万元的信息。

齐娅静回了刘月娜一句短信,其实就是借据。"收到刘月娜姐借款三万元,齐娅静。"

发完这几个字以后,齐娅静趴在桌子上又痛哭了起来。

哭了一会儿以后,齐娅静开始镇定下来,准备收拾东西,明天一早回公司。

第二天早上她妈妈起床了,给齐娅静弄了点吃的,然后就用询问的眼睛看着齐娅静。齐娅静知道妈妈的意思,把银行卡往桌子上一扔,说道:"1234。"

她妈问:"什么呀?"

"密码，1234。"

然后就提着行李包出门了。

她妈的心思全用在齐亚军身上，就对女儿顾不上了。还有一层原因，就是她一直以为女儿在外面很舒服，生活得比谁都好。就像电视剧里演的那些大公司的女职员一样：每天在大高楼里的宽敞明亮的办公室上班，办公室里空调，冰箱，洗衣机，电视机什么都有。工作也特别地轻松愉快，无非就是收收文件，接接电话，抄抄写写。还有就是陪老板外出谈判，或出差、开会、聊天，以及打高尔夫之类的美事。还有就像电视里演的一样：老板和女秘书之间偷偷地搂搂抱抱、亲亲密密之类的事情。

总而言之，女儿日子过得很风光，很快乐。

可是她也不想一想，这样快乐的生活是谁给你的？这不都是她妈的功劳吗？给点钱像施舍似的，弟弟住院给点钱不也应该吗，还要妈再三低三下四地求你。这个女儿也跟那个女人一样，没有一点孝心，都是忘恩负义的东西。

她母亲的这种心情，齐娅静是了解的，她多次跟她妈讲过自己工作辛苦，一个人在外不容易，可是妈妈从来不听，听了也不相信。

这次回家经历，让她对这个家彻底绝望了，她再也不想回来了。

她甚至很理解和同情齐亚军的女朋友了，像这样的家庭待一辈子，那简直就是人间地狱啊！要是真的跟齐亚军生了个孩子，那百分之百就是在害孩子，那就是犯罪呀！

齐娅静回到江源以后，立即就给吴国耀打了个电话。

吴国耀想到宿舍去看她，她说她累了，想休息一下，改日再到办公室汇报情况。

吴国耀对此很理解，就让她自己好好休息几天，有事找他。

在给吴国耀发完短信之后，马上给刘月娜发了内容相同的短信，刘月娜很快就回了，问她在宿舍吗。齐娅静回答：是的。

回完短信之后，齐娅静觉得有些头痛，身子发沉，就趴在沙发上想睡一会儿。

就在这个时候，她听到有人在敲门。

这会是谁呢？肯定是吴总了，不是说好了不要来吗？她撑起身子挣扎起来去开门。

打开门一看门前站着的是刘月娜和乌海吉，这也太意外了吧！

刘月娜对乌海吉说："你回去吧，别来接我了，今天晚上我不回去了。"

说完一脚就踏进屋，然后把门关上，把一个饭盒放在桌上，打开盖子，拿出两个大碗，那是兰州面馆的牛肉面，刘月娜对齐娅静说："你还没有吃饭吧？先吃碗面条，这里还有榨菜。"

齐娅静看着刘月娜百感交集，声音呜咽地说道："刘姐，我吃不下！"

"哦，那就别吃了，让姐姐抱抱你。"说完刘月娜上前一步一把搂住齐娅静。

齐娅静自出生以来还没有这样被人拥抱过，她感到身体很舒服、很温暖。不禁又号啕大哭起来。

刘月娜也哭了，她边哭边说道："人间的苦难实在太多了。不过，你比我还强一些。你还能送老父亲最后一程，我比你更命苦，至今我也不知道爹妈的尸骨在哪里。"

两个人又哭了一阵子，最后还是刘月娜先收住眼泪，她语气坚定地说："妹妹，伤心归伤心，我们的日子还得过下去，祖祖辈辈都是这样过来的，想开了也没什么稀罕的！"

"来吃吧，我也没有吃饭呢，哭了这么一大阵子，我也饿了，想吃饭了。"说完就端起碗吃了起来。

齐娅静先是站在一边抽抽搭搭地看着刘月娜吃饭，看着看着觉得也饿了，所以就和刘月娜一起吃了起来。不知不觉地也吃了一大碗面，肚子填饱以后感觉有些力气了，心情也好多了。

刘月娜问道："今天晚上我就住在你这里，和你同床睡，你不会嫌我脏吧？"

"不会，这时候应该是你嫌弃我才对。"

"我没有带内衣内裤，你有吗？"

"有。我前些天买了几套。"

"你给我拿出一套来吧，我先洗个澡。"

说完刘月娜就去洗澡了。

洗澡出来以后，刘月娜一会儿向齐娅静要这，一会儿要那的，什么棉签啦，手巾啦，指甲刀啊。把齐娅静忙得团团转。

就这样折腾到晚上十点左右，刘月娜才说累了，然后她就上床睡觉了。

不一会儿刘月娜竟然睡着了。齐娅静也洗了个澡，刚才被刘月娜这么一阵使唤，感到有些累了，也上床睡觉了，可能是受刘月娜的感染，不一会齐娅静也安然入睡了。

两个人一直睡到第二天早上十点多才醒过来，两人起床以后还没过多久，就听到门外有人敲门，齐娅静刚想问是谁，刘月娜对她说："我来开门，可能是饭店的人送饭来了。"

刘月娜开门一看，果然是一个饭店的伙计送来了一大篮子的饭菜。

刘月娜笑着说："今天的饭菜真丰盛啊，有红烧蹄筋，红烧桂鱼，红烧肉，白椒蒸鱼头，还有酸辣汤，我真饿了，咱们俩早饭午饭并在一起吃吧，齐小姐，来吃吧！"

可能是昨天晚上睡好了，还有就是被刘月娜的热情所感染，齐娅静的心情慢慢地开朗起来了，她微微一笑说道："今天我真的做了一回大小姐了，有人送饭送菜，洗衣服搞卫生，过着衣来伸手，饭来张口的日子，这也真的是太难为你这位老板娘了。"

"就是，就是，我还是第一次这么伺候人的，看你还板着个脸，那么一副不满意的样子，我这个当丫鬟的也真不容易啊！"

刘月娜的埋怨的表情跟真的似的。

齐娅静被刘月娜这么一逗，扑哧一下竟然笑了，心情也越来越开朗。

齐娅静和刘月娜吃完饭以后，两个人又喝了一会儿茶，大约中午刘月娜对齐娅静说自己该回去了，乌海吉下午有会议，要她回去，她不能再待了，等改天有空再来。

齐娅静连忙让她回去，说自己好多了，没有事了。

刘月娜收拾好东西走到门口，突然停下脚步，很神秘地对齐娅静说："我告诉你一个大好事。"

"有什么好事啊？"

"我能让你在半个月之内变成一个地地道道的大美人。"

"刘姐，什么情况啊？你是不是陪我哭傻了，你怎么能在半个月之内让我变成一个大美人呢？你这不是说疯话吗？"

"你姐傻不了，多大的事啊！我跟你说的是真的。前些天我认识一个医生，他可以通过特殊的办法除去人脸上的雀斑和胎记。这个人绝对可靠，我明后天就让她来给你做，让你脸上的那几只麻雀和那个小铜币消失掉。"

"真的呀！不会骗人吧？很贵吧？"齐娅静听了这个意想不到的好消息不太敢相信，以为是刘月娜为了哄她开心。

"真的没骗你，也不贵，你放心吧，我走了后，你一个人在家该吃吃，该睡睡。别多想，想多了也没用，聪明人别干愚蠢的事。"说完就下楼了。

齐娅静本来是想送一送刘月娜，走到走廊往下一看，发现乌海吉的车已经停在楼下了，刘月娜一上车，朝她挥了挥手，车一下就开出了小院，上了主路，转瞬之间就不见踪影了。

齐娅静回到屋子里，坐在沙发上，心情不像前两天那么难受了。被刘月娜这样旋风式地冲击一下，好多哀伤都被刮走了。刚才又听刘月娜说有医生能治好她脸上的雀斑和胎记，这真是一个惊喜。

虽然她心里还想着家里的情况，心情难免悲伤，但现在心中又同时升起了一缕希望的阳光，让她对生活充满了新的憧憬，新的热爱。

这时候她是多么感激刘月娜呀！

第五十二章

齐娅静休息了一周之后开始上班。

她来到办公室门口,发现对面的小会客室的门是开着的,里面坐着财务部的王绮文,是一个两年前来的女大学生,现在任公司的会计。

两人一照面之后,王绮文站了起来说道:"齐姐,你来上班了,身体怎么样啊?可要多保重啊!"

齐娅静回答说:"我还行吧,怎么啦?你调上来啦?"

王绮文回答说:"是啊,是啊,已经来了一个礼拜了。"

两个人正在说话呢,方向成闻声从办公室走了出来,朝齐娅静走了过去和她握了握手然后关切地问道:"一切还好吧,遇到这种事可要想开一些啊,自然规律,谁也没有办法的,你可要节哀顺变啊!"

齐娅静连连点头,不住地道谢。

方向成继续说道:"考虑到你这种情况和你的身体原因,再一个方面就是公司办公室的事情太多,我一个人忙不过来,所以就临时把王绮文叫上来帮忙,分担一些你的工作。这段时间你可以根据身体情况行事,能坚持上班你就来上班,不能上班也可以不来,跟我说一声就是了。来与不来,工资奖金照发,这一点你放心。不过这仅限于这一个礼拜啊,时间长了可不行,做公司的人可是得讲经济效益的。你和小王工作上多商量,不明白的地方可以来请示我。吴总这两天有事外出了。"

齐娅静连连点头称是。

方向成说完这番话之后,就回办公室去了。

齐娅静来到了王绮文的办公室闲聊了一会儿。

王绮文很感慨地说道:"齐姐,没想到你这摊的工作量这么大,活这么多,一个人根本干不过来,两个人干都不轻松!这么长的时间,你一个人是怎么应付过来的?而且看你还是不慌不忙的,你的工作能力实在是太超强了!"

齐娅静淡淡地一笑说："我习惯了。工作来了总得干吧，不能推给别人吧？也没有人可以推啊。我上面就是方总和吴总，我总不能把活推给他们俩吧？所以我只好就自己一个人干啦！白天干不完，晚上加班继续干，开始是辛苦一点，但习惯了就好了。"

王绮文有些嘲讽地说道："齐姐，你这也太阿Q了吧。劳累就是劳累，这还能习惯呀！我还没听说过有人愿意习惯劳累的呢！原来我们都挺羡慕你工资比我们高，但在这里干几天以后才发现，以你的工作量和贡献相比，那点钱真不算多！"

齐娅静淡淡地笑了笑，就回到自己的办公室去了。

她看到办公室的桌椅板凳，一如过去，没有动过。桌面上有了一层薄薄的尘土，这些都说明这段时间这个屋子没有人来过。

吴总历来都很注意尊重女下属，他在齐娅静不在办公室的时候，一般不会进她办公室。这让她想起她妈妈经常会提到的：老板和女秘书之间私情的话语。她听妈妈的口气，仿佛希望女儿和老板有点什么关系才好，这样可以从老板手中敲一大笔钱，最好是弄一套房子什么的。

这都是什么心态啊！老板的钱是那么好挣的吗？人家也瞧不上我啊！你是不知道老板接触的漂亮的美眉多着呢！愿意投怀送抱的女孩也大有人在，谁会看上你女儿这个丑小鸭呀！

想到这里，齐娅静心里一阵苦涩。

这些天，她的脑海中时时刻刻、挥之不去的还是父亲的身影。

白天她满脑子都是她小时候和父亲的生活片段。

她印象中最深刻的是父亲在收割小麦，而她跟着父亲的背后捡麦穗。

那个时候，父亲还年轻，身体强壮，干农活是一把好手，方圆十几里之内，都有他的好名声，受人尊敬。

齐娅静跟在父亲的身边，听人家夸奖自己的父亲，感到很自豪。

但是，似乎父亲却是为其女儿感到自豪。当人家问他干农活为什么那么快，种的麦田产量为什么比一般的人家高的时候，父亲几乎从来不予回答，而是抱起齐娅静向众人说："我那些粗笨活不算什么！这是我的女儿，她可聪明了，才上小学一年级就认得不少字了，古诗会背很多呢！"说到这里，他总是对齐娅静说:"静静,给大家背一首古诗。"

齐娅静这时候就会大声背诵:"白日依山尽,黄河入海流。欲穷千里目,更上一层楼。"

众人听了以后,赞叹不已。他们认为齐娅静确实很聪明。

在齐娅静的记忆中,那些长辈文化程度都不高。听了齐娅静能流利地背诵古诗词,大家都惊叹不已。他们都认为,这孩子长大以后,肯定比她爹还厉害。

这个时候,齐娅静小小的虚荣心得到满足,而父亲更是得意无比,这时候她们父女俩仿佛是世界上最幸福的人了。

父亲是种田能手,女儿是学习尖子,一耕一读,各有拿手绝活。父女俩互为粉丝,互相夸奖。

从小到大,齐娅静和父亲在一起的生活经历,都是非常美好的。

但是,最近不知道为什么,一到晚上睡觉做梦,老是梦见父亲说是她害死了自己,说完就拿起一把剪刀,恶狠狠地往她的心头上扎,扎呀扎呀……有时候还没有入睡呢,只要一闭眼,就能看到父亲拿着剪刀往她的胸口上扎,搞得一个晚上她都不敢合眼。

这是怎么回事呀?怎么会这样啊?真是太痛苦了!

在这个世界上,父亲是最疼爱她的人,而她也是最疼爱父亲的那个人。怎么会做这样的梦呢?头脑怎么会变得如此的混乱了呢?

自己是不是真有什么地方对不起父亲呢?

她反反复复的想了很多很多回,结果是确实没有哇!

一想到这些,齐娅静心里感到宽慰。

可是这丝毫没有用处,一到晚上还是噩梦不断,毫无例外都是梦见父亲拿着剪刀扎她的胸口,让她非常痛苦。她干脆就睁眼不睡了,有时候睁着眼睛直到天亮。

但是,一个人要是不能得到充足的睡眠,不用过多久,身体非垮不可。

这种情况持续一个多星期以后,齐娅静渐渐支撑不住了,她经常感到全身乏力,头脑晕眩。上班的时候脑子稍微用点劲,就感到浑身不舒服。

更可怕的是这种状况一天比一天严重了,她甚至感觉自己随时都有倒下的可能。

一天中午，齐娅静正在食堂吃饭。突然她感觉一阵天旋地转，心脏怦怦地急剧跳动，感觉就要摔倒了，心里又害怕又紧张。于是她轻轻对对面的王绮文说："绮文，我跟你说个事，你听了不要大声声张。"

王绮文一听齐娅静说的这么严重，也有点紧张，点了点头，以示知意。

齐娅静接着说："我现在头晕目眩，心率很快，身体也不稳了，你扶我到医务室去检查一下，我们现在就悄悄离开，不要惊动其他人。"

王绮文依言照办，搀着她来到医务室。

医务室一个值班的年轻医生，跟齐娅静很熟悉。她一见齐娅静大汗淋漓，满脸通红，就连忙让齐娅静躺下，然后给她量血压，做心电图，忙碌了一番以后，对齐娅静说："没事，开点药回家吃，休息一下就好了。"

王绮文扶着齐娅静准备回办公室休息一会儿。一出医务室门口，齐娅静觉得还是挺难受的。

谁的病谁最清楚，齐娅静觉得，如果不去医院的话，有可能会出大事。

这时，她第一次想到了自己的生死问题。她感觉自己现在就到生死关头了。她静静地站了一小会儿，然后给市人民医院副院长沈连平打了个电话，对方很快就接通了电话，齐娅静说道："沈姐，我是小齐，今天我要向您求救了，我现在病得很严重，想到您医院去住院治疗，我怕医院的床位紧张，住不进去，所以想请求您帮我一下，给我安排个床位。"

她说着说着，声音就哽咽了。

沈连平一听，非常重视，让齐娅静马上到医院去找她。

王绮文从公司要了一辆车，扶着齐娅静来到市人民医院。

由于沈连平提前打了招呼，齐娅静很快就办理了住院手续。她们俩到了病房之后，已经是下午的一点多钟了，齐娅静让王绮文回公司上班，并向方总汇报情况。

王绮文答应一声，回公司去了。

齐娅静一个人躺在床上，感觉头很晕，浑身无力，连说话都不敢多说，说了几句头就更晕。心脏怦怦直跳，她不知道这是什么原因，以为自己是得了心脏病，于是就呼唤值班医生。

值班医生是个学校来的实习生，他一听说齐娅静有心脏病，就不管三七二十一，抓起一把速效救心丸，让齐娅静吃下去。而齐娅静见到药以后，好像是见到了救命仙丹，想都没想，一把药就都吞了下去。当时似乎有点作用，服完药以后，她就昏昏沉沉地睡过去了。

大约到下午三点钟左右，她被护士叫醒，让她去做全面检查，心电图、B超、CT，等等，都过了一遍，直到五点多才回到病房。

她刚躺下，这时有个小护士特地过来告诉她，说下午沈副院长来看她了，见她没在就走了。沈副院长说有事只管找她。

齐娅静连声道谢。

自从沈副院长来过之后，病房的医生和护士对她好多了，她第一次感觉到，在医院有个朋友真好啊，关键的时候还能救人一命！

吃完晚饭以后，齐娅静感觉有些力气了，但头还是晕，心胸还有点闷，她不敢乱动，又上床睡觉去了。

大约在八点多，齐娅静睡得迷迷糊糊的时候，这时一个护士叫醒她，说是有人来看她了。

齐娅静坐起身来一看，原来是吴国耀和方向成他们来了。王绮文在他们之后，手上还拿了一束鲜花，还有一些滋补品之类的东西。

齐娅静想站起身下床，吴国耀轻轻按着她的肩膀说："你不要动，我就是来看看你，一会儿就走了。你的病情，小王跟我说了，一定是你悲伤过度造成的身体不适。休息几天就好了。生离死别，人之常情，自然规律，人人都一样。在这个世界上，如果说什么事情绝对平等的话，那就是生死这一件事情是平等的，谁也不能例外。所以，你要看开一些。心病只能自己医，相信你自己能战胜病魔。"

方向成在旁边附和着吴国耀的话说："吴总说得对呀！人又不是神仙，哪有只生不死的？你是读书人，是知识分子，这种事你可要想开啊！"

齐娅静一说话就感觉头晕，所以就和吴国耀简单地说了几句，后来只能"嗯嗯"几声了。

吴国耀看到齐娅静的样子，就没有多说话。于是就起身告辞了。

临走之前，吴国耀嘱咐了现场的医务人员，希望他们好好照顾齐娅静。在场的医务人员和吴国耀都比较熟悉，大家都请吴国耀放心，他们一定会好好照顾齐娅静。

方向成听了这些话，就很认真地对齐娅静说："你看我们中源公司在江源还是挺有面子的,沈副院长看你是中源公司吴总的贴身秘书,才会这么积极地安排你住院治疗,要是你本人就没有这个面子,想马上住院,那肯定想都别想,一个月之内能安排上就谢天谢地了。所以你出院以后要更加好好工作呀!"

齐娅静,连连说道:"是的,谢谢吴总,谢谢方总。"

吴国耀瞪了方向成一眼:"你什么时候能改掉爱瞎吹嘘的毛病呢!"

方向成笑了笑说:"是,是。"

说完顺手递给吴国耀一瓶矿泉水:"你今天一天都没喝水吧?"

吴国耀回答道:"还真是的。"然后接过矿泉水,咕嘟咕嘟地喝了一大口,大半瓶就下去了,然后把瓶子递给方向成,对他说:"小齐这边也得跟沈院长说一下,让她尽量照顾好。"

"行。"方向成边说边把矿泉水递给吴国耀,吴国耀接过那剩下的半瓶矿泉水,一仰脖子,一滴不剩地倒入口中。然后把空瓶子递给方向成。他笑眯眯地跟方向成说话,方向成则不住地点头。

他们俩这种表情只有亲兄弟才有。

齐娅静一边目送他们离去,一边想着方向成的那句话说得对。她确信,如果自己不是中源公司董事长的秘书,那么沈院长是不会这样热情帮忙的。听了方向成这句话,让齐娅静进而想到,她是在消耗公司的资源。她还进一步想起,有一次到外地旅游,她看到有一棵树叫小妞傍大款,说是一棵大树,让一棵藤给缠住了,最后树让藤给缠死了。但是她转念又一想,觉得不对,她没有去缠谁呀,只是病了来医院看病而已。但无论怎么想,方向成的话和刚才他与吴总的亲切举止,让她心里真真切切地明白,自己确确实实只是一个打工妹而已。吴总和方总,才是公司的主人,而自己则是在他们的卵翼之下讨生活。幸运的是自己的主人比较心善,比较文明,如此而已。

她怎么会这么想事情呢?是不是因为病情使她过于敏感了呢?不知道,反正她是触景生情,有感而发。

一想到这里,她又自然地想起了父亲的去世和家中的霉烂生活。头又开始晕了,心跳又加速,她又害怕了,又呼叫医生。还是那个实习医生,过来之后用听诊器听了听她的心脏,然后又从衣袋里面掏出一瓶速效救心丸,倒出一小把,让齐娅静吞服下去,齐娅静一口就咽下去了,然后又躺下了。

她默默地告诉自己，不要去想家里的那些破烂事情了，自己多半是患了心脏病了！暴病而亡，这已经不是一个概念，而是摆在自己面前的活生生的大概率的事情！

现在还是先救救自己吧。

于是她就乖乖地躺在床上，等待睡眠，她需要通过睡眠调理身体，恢复体力，激发生机。她不想死，自己还这么年轻，绝对不能就这样倒下了。

第五十三章

在齐合礼病了以后，至去世前的那段时间里就不能再出去挣钱了，家里没有了经济来源，日子过得就越来越紧巴了，柯八芝手上的一点余钱也花得差不多了，怎么办啊？想来想去，只有找齐娅静了。

想好就办吧。柯八芝立即就给齐娅静打电话说，家里一时紧张，让她打点钱过来，齐娅静二话没说，立即就把当月的工资打到到柯八芝的银行卡上，柯八芝到银行一查，钱还真到账了，心里非常高兴。

柯八芝高兴之余，头脑中闪过一个念头，就是以后如何切断女儿和她父亲齐合礼的直接联系，让钱绕过齐合礼而直接进入了她的口袋，这样花起来不就方便了吗？还有，现在齐亚军正和刘霜如胶似漆的，感情好着呢。刘霜的女儿病了，做爹妈的也应该帮一帮啊，至少每个月补助人家两三千元的，这样刘霜不就更爱齐亚军了吗？亚军好了，全家不也好了吗？至于女儿那边，能帮就帮呗，反正也是你的亲弟弟，你不帮他谁帮他啊？等到有一天亚军出息了，也让他帮帮你，这不就扯平了吗？

总之，柯八芝觉得这样的合计是再好也不过了。

齐娅静是个孝顺的女儿，对母亲每一次伸手要钱，没有多想就打给她了，她唯一的希望是家里能够平平安安，和和气气地过日子，至于钱她没有多想。她似乎觉得她的钱就像办公室的自来水，开关一开，就哗哗地流出来了，什么时候开，什么时候就有似的。

但是她就忘了一件事情，那就是她自己的身份，她只不过是一个普普通通的打工妹，靠为数不多的几千元工资过活，也只能够维持基本的吃喝和日常开销。她稍有积蓄，那也是因为她日常省吃俭用的结果。她只知道节省，有时候达到非常苛刻的程度。没有想到万一自己有什么灾难，那是很难过关的。

眼下她就遇到这种事情。

住院住了两个星期以后，齐娅静的病情总算稳定了。于是准备出院，她到医院财务部门结账，会计给出的账单，医药费、住院费、治疗费等，总共七万多元。扣除医保支付两万之外，自己要付五万多元！齐娅静一刷银行卡，一看上面的余额只有七十元。

这一下她可傻了，她可绝对想不到医药费是这么的昂贵！

这五万元到哪里去拿呀？她头脑一阵嗡嗡响，就差点晕过去了。她傻傻地在那里愣了半个小时，才慢慢地清醒过来。到这个时候，她才深深地意识到，自己就是一个穷打工妹，不是救世主。自己再也不能病倒了，有病也不能随便到医院去看病了。这医院可不是她想来就来、想住就住的地方啊！

这是早应该想到的事情，现在知道确实晚了。

但是，事已至此，她现在必须解决医药费问题，多住一天就是两三千的负债，这个地方不能再停留了！

人往往有这么个情况，当遇到十分无助的时候，反而干事果断，没有顾虑了。

齐娅静首先给王绮文打了个电话，让她帮忙问一下方向成，她的医药费出现这样的情况怎么办？

王绮文一听，赶紧就到方向成办公室去请示了。

方向成一听大声说道："这有什么疑问的呀？自费部分肯定就是自己掏钱了，她不掏钱，谁给她掏钱啊？公司这么多人，谁的医药费都要公司给出，那公司还不垮了！"

但是方向成又想，齐娅静的身体状况和特殊的困难，特别是她还是吴国耀的秘书这一身份，觉得这个事情还是请示下吴总再处理，更为妥帖一些。

吴国耀听了方向成说的齐娅静的情况之后，稍稍有些疑惑，但很快就对方向成说："小齐家的经济情况我很清楚，她目前肯定是拿不出这么多钱来，我们公司不帮一下，她就出不了院，万一急出个毛病来，那就不好了，她毕竟是我们公司的人。要不这样吧，让公司先给她钱垫上，以后从她工资里面扣。扣多少等她回来的时候再商议，你赶紧去帮她把账结了，把人给我接回来，千万不要节外生枝啊！这个女孩心事重，我怕她出什么意外！"

方向成一听觉得还是吴国耀考虑事情周到。于是当即带上王绮文去接齐娅静。

路上方向成对王绮文说："这次小齐肯定是趴在地上起不来了，五万多元,将近她一年的工资呢,但也得扣啊,公司不能包员工的医药费呀,否则公司不用两年准完!"

王绮文没有接话,她心想方向成就是个二百五,一点心肝都没有,齐娅静刚死了爹,自己又大病了一场,现在又背上了一屁股的债,这事搁在谁身上,谁扛得住啊?方向成不想想如何帮她也就算了,怎么还说这些无情无义的话呢?幸亏吴总不是这样考虑问题。

不过王绮文也肯定,齐娅静肯定是趴在椅子上站不起来了,这个负担确实太大了,毕竟她还是个弱小女子啊!

他们俩一边说话一边开车,很快就到了医院。到医院门口一看,齐娅静就站在门口的一边,向他们招手呢。

方向成、王绮文一下车就朝她走去,方向成问道:"你怎么出来啦?在里面等我们多好啊,你不是病了吗?体质弱吗?在外面吹风,你该又感冒了,快进去结账吧,公司给你提供最大的帮助。"

没想到齐娅静一脸平静,微微笑道:"所有的账我都结完了,现在我们可以回去了。"

王绮文一听,大感不解:"齐姐,上午你不是给我打电话说,你出不了院了吗?这会儿怎么又结完账了?我都把你的情况跟方总和吴总说了,吴总这次还特别照顾你,还有方总也是,公司同意把你欠的医药费用工资先垫上,先把账给结了,然后每月从你工资里面扣回,这安排多好啊!你怎么又变卦了呢?"

方向成也是一脸困惑:"是啊,是啊,吴总和我决定了,先把你住院的花销垫上,你以后慢慢还吧,你怎么回事啊?怎么又变化了?你从哪来的那么多钱啊?"

齐娅静还是一脸平静,微微笑道:"我感谢公司的好意。我真的非常感激。吴总、方总对我太好了。但是情况也真碰巧,我有个朋友是做生意的,他打电话给我,求我帮他点忙,我答应了,他很高兴,于是问我有什么困难没有?只要能帮上忙的,他都非常乐意帮忙。我一听他这句话,就想看他是不是真心,于是我就把住院欠费的事情跟他说了,他二话没说立马给我打过来了七万元,我用这笔钱结清了住院的所有费用,还结余有一万来块钱。"

王绮文听了立即就回道:"齐姐,这是真的吗?怎么会有这么碰巧的事啊？你不会跟我们开玩笑吧？这种玩笑可不好随便开的呀。"

方向成听了以后，也说道："小齐，公司为你垫款付住院费，让你以后慢慢还，这是公司对你格外照顾了，换了别人那根本不可能，这也是因为你是吴总的秘书，才有这个特殊的待遇，这你也是清楚的，你要是错过了，公司就不会再给你帮忙了啊，你可要搞清楚啊。"

王绮文觉得方向成这番话有些太生硬了，还夹杂着威胁的口气，就不想让他再说下去，怕他说出更难听的话来。于是她插话说道："齐姐，吴总方总确实是关心下属，你没有必要客气了。"

还没有等齐娅静回答呢，方向成就抢先说道："小齐，我作为公司领导之一，向来是有一说一，有话就说的，你家里经济困难，你本人又遇上了这么大的困难，所以向公司求救，公司也答应帮助你。现在你突然间冒出一个神秘的朋友出来帮助你，这让我感到不可思议。恕我直言，你不会私自拿公司的软件到外面去卖了把钱归自己吧？公司的软件虽然是你编写出来的，但你是在公司的平台上，在公司大力支持下编写出来的，这完全是属于公司的专利产品，你要是个人私自拿到市场去卖，那绝对是违规违法的，这种事你可不能干啊！"

齐娅静听了又微微地笑了笑，轻声说道："放心，方向成副总经理兼办公室主任！我齐娅静虽然遇到很大困难，但绝对不会干那种不道德的事，要是我真做了那种事，那我出门就让车子撞死。别多说了，我们走吧。"

说完就上车了。在关车门的瞬间，齐娅静把脸朝窗外一望，两滴泪珠就扑簌簌地掉在车窗框上。

齐娅静这个动作虽然比较隐蔽，但还是让王绮文看到了。她先是心里一惊，随即为齐娅静感到悲伤。方向成的话实在是太伤人了，实在是欺人太甚！同时她也相信，事情的真相绝对不是齐娅静本人说的那么简单，傻瓜都能想到，怎么会碰巧有那么好的事情？那两滴悲伤的泪珠就是最好的佐证！

具体是什么原因？以后再慢慢地问她吧。

方向成一路上都在想齐娅静的住院费用是朋友帮助结清的这件事。他翻来覆去地想，这种事怎么可能啊！齐娅静家的底细我知道呀，没听说过她家里有什么能人，也没听说有什么富有的亲戚。她身边没有一个人有能力帮她一下子付清这笔费用。她说是朋友，这就更不可能了，这年头哪有什么朋友这么大方的，这纯粹就是瞎扯。因此他分析，大概率的事情还是他刚才说的，是齐娅静私自把公司的财务软件卖给了外面的公司。还有一件事情,他刚才不好意思说出来,但那也是可能发生的,他怀疑齐娅静可能是出卖公司的标底。只有这两种情况,齐娅静才能挣到这么一大笔钱。

他觉得这是一个重大的情况,回去马上向吴总汇报。

医院离公司并不很远,开车二十分钟就到了。他们把齐娅静送到了宿舍楼下,齐娅静就下了车,王绮文也跟着下了车,让方向成先回去,她陪齐娅静上楼,并看看有什么事可以帮助齐娅静的。

方向成觉得这样也好,他可以单独找吴国耀反映齐娅静的情况,然后提出自己的分析意见,于是他让司机开车就回公司去了。

王绮文送齐娅静到宿舍,然后烧了一壶水,沏了一杯茶,然后又打开热水器,还把屋子打扫了一遍,她还想帮齐娅静洗洗衣服,齐娅静坚决不同意,齐娅静说公司办公室一大堆事等着你呢,别在她这里耽搁了太久,赶紧回去吧,要不方总、吴总该着急了。

但王绮文还是犹犹豫豫地不想走,一副欲言又止的样子。

齐娅静猜出了几分王绮文的心思,于是她说道:"绮文,你是不是觉得我今天有些奇怪?但事实就是这样,早上一到财务窗口结账,会计员打出一堆账单,我看了以后眼花缭乱,最后看到总费用要七万多,我当时就懵了,还好可以报销两万块钱,我心理压力稍小了一些,但还有五万块钱,我也没有啊。当时一急,就不顾三七二十一的,拿起电话给你打电话了,我当时也是抱着试试看的想法,没想到方总、吴总这么容易答应用公司的钱先给我垫上,然后每个月从我工资中扣回,这差不多就是死刑改为死缓了,我心里一下子就放松下来了。

我刚放下你的电话,没想到有个朋友给我打电话来了,情况就是刚才我说的,这真是喜从天降啊!不到三分钟,七万块钱就到账了,我就把账给利利索索地结清了。这说明咱也有自身优势啊!自己的事自己能办,何必要麻烦公司呢?"

"不过今天方总说话也太过分了,他就是那么个人。齐姐,你别生气啊,跟他生气可划不来。"

"我知道,不会跟他生气的。再说方总也没有什么不对,他是公司的股东,维护公司的利益就是维护自己的利益。所以他做那些揣测,说那些难听的话,那都是维护自身利益,是完全可以理解的。"

"齐姐,你要是真的这么想,我就放心啦!我这有点钱,给你买点滋补品吃,你一定要收下啊!"说完放在茶几上,急忙开门走了。

齐娅静心想,哪能要她的钱呢?她也不宽裕啊!于是就追上去想把钱还她,可出门一看,人早就跑没影了,那就暂且收着吧,等上班以后还给她。

齐娅静心里一阵感慨,世上还是好人多呀!

齐娅静洗了个澡,吃了几块饼干就上床休息了。她想好好地睡一觉,恢复一下体力。但是老睡不着,她感到今天上午发生的事情真的如同梦幻,她自己都有些不相信。

她首先感到奇怪的是,自己的 Rh 阴性血型是怎么被人家知道的?远在广州的血贩子都知道她的血型了。

但她一想,似乎就找到答案了:这肯定是医院的人泄露出去的,这点完全可以肯定。但让人不好理解的是,远在千里之外的血贩子,怎么会知道她的个人信息呢?除了她的血型,还有手机号,工作单位、年龄,甚至个人的长相特征呢!齐娅静心想,不用多琢磨,这也是医院透露给他们的。

这事要是搁在平时,齐娅静肯定会找医院去理论一番。但在今天她非但没有责怪医院的意思,反而觉得医院干了一件好事。因为她知道自己的血型是熊猫血型,而且是可以卖出高价钱的。比如今天,自己一滴血都没有流出去,广州公司那边就把七万元给打过来了,帮助她解了燃眉之急。

齐娅静又上网查了查血液上的信息,上面有各种血型价格,其中她的那种 Rh 阴性血型标价是最高的。齐娅静尤其注意查看了输血方面的注意事项,比如一个人一年内输出多少血量对身体无害,采血时针管的卫生问题,输血之后如何保养身体等问题她都细细地查阅了一遍,她告诉自己千万别传染上血液方面的传染病,特别是肝病和艾滋病!

血贩子上门来采血的时候,自己要首先检查他们的针管等相关器械,这都是关系到自己小命的东西,绝对不能有丝毫的疏忽和闪失。把这些注意事项都搞清楚之后,她心里略感宽慰。

但她一想到,自己要靠卖血维持生活甚至生命,一股哀伤之情油然而生,接着两行热泪就流了出来。

父亲的死和自己的病,让她深切感受到生活的艰难!

第五十四章

　　方向成回到公司之后,一刻没有停留,就直接去吴国耀办公室了。吴国耀听到齐娅静突然自己把五万块钱的自费药费给付了,心中也有些纳闷。他也想,怎么会突然冒出一个这么邪乎的朋友来呢?小齐不会是新交了一个男朋友了吧?新交个男朋友就向他要钱,这也不是很妥当啊,这是怎么回事啊?

　　"不可能!"方向成断然说道,"她那个长相还有她家的条件,绝对不可能找到有钱的男朋友,我坚决怀疑她可能是把咱们公司的软件拿出去卖了,或者是把我们公司的标底给告诉了别人。"

　　"你刚才是这么问齐娅静的吗?"

　　"对呀,我这个人说话就是直言不讳的呀!不像你说话喜欢弯弯绕。再说了,如果没有这个事,也是可以有则改之,无则加勉的吧!对公司的员工就得严格要求啊!这有什么错呀?"

　　吴国耀听了方向成这句话,满脸怒气,他没有当场说话,而是先喝了一口茶,又在办公室来回踱了几步,然后满脸认真地问方向成:"听说你昨天晚上在郁金大酒店嫖娼,被警察抓住,还被罚款五千块钱,同时还偷了酒店一个大花瓶,又被罚了一万块钱,有这事吗?"

　　方向成一听急了,说道:"开什么玩笑?我在跟你说正经的事呢!我就是怀疑齐娅静突然来的这七万块钱有问题,对公司的这些打工仔、打工妹,我们本来就应该防着点,这有什么错呀?"

　　"你说的没错,但你以前在外面嫖娼,被警察抓住罚款这种事也不是一回两回了,我听说你昨天是去了,你说没有去,我也不能完全相信你啊!我要不问一下你老婆丁兰吧!"

　　吴国耀边说边拿起电话就要给丁兰打电话。

　　方向成一看真急了,说话都结巴了:"别这样,你怎么这样没凭没据随便怀疑人呢?你把这样的污烂名声加到我头上,这不是侮辱人吗?再说了,要是我家女人听到我干这种烂事，还不把我吃了，你今天怎么了？怎么想起要害我了？"

"我怎么啦？我说的不对你就有则改之，无则加勉嘛！我作为你的上司、公司的董事长，对下级管严一些总是好的吧？"

方向成听了这句话，才知道吴国耀是为齐娅静的事跟自己生气，顿时就笑了："你跟我闹着玩呢，刚才着实把我吓了一跳，造谣是会害死人的，你以后可不能跟我开这种玩笑啊！"

吴国耀非常认真严肃地说道："你今天对齐娅静伤害太深了，你干吗对她说那些侮辱性的话？你水平太低了，太任性，你跟我这么多年了，没有任何的进步。这虽然是你自己不争气，但我也有责任。今天我实话告诉你，你不能继续当公司的副总经理了，你以后只当个股东拿分红就可以了，我如果继续让你当副总经理，你能把我公司的所有的优秀员工全部挤走，我的公司会毁在你这种人的手上。你太不像话了，甚至不能说你是个男人！"

"吴总，你也太敏感了吧！我说公司员工几句怎么啦？再说了，她也没表现出不高兴的表情啊！她跟我说话的时候，一直都是脸带微笑的呀！"

"你这个猪脑袋，除了吃喝玩乐和在老实人面前耍点威风之外，你还会干什么？你给我出去，别待在这里，让我心烦！"

方向成看到吴国耀怒气冲冲、痛心疾首的样子，这时才感到自己刚才对齐娅静说的话是有些过分了，所以就悻悻离去。

吴国耀随后打电话给王绮文，让她汇报一下齐娅静的结账情况。王绮文到了吴国耀办公室以后，就把事情的经过向吴国耀汇报了一遍，她说："账确实是齐娅静自己结清的。方总说那些话的时候，齐娅静确实是脸带笑容，但她上车的时候确实是哭了。我亲眼看到她两颗豆大的眼泪滴在了车窗的玻璃上，她当时肯定是难过极了，只是方总没有注意到而已。"

吴国耀听了王绮文这番话以后，满脸痛苦。他自言自语地说道："古人说'慈不掌兵'。这句话真对呀！如果我再不得罪他，再宠着他，他就会去伤害更多公司员工的心，长期下去公司好不了。一颗老鼠屎就会坏一锅汤。如果我猜得没错的话，齐娅静不用三个月，就一定会离开我的公司。这不是齐娅静的悲哀，是我吴国耀和中源公司的悲哀。一个人和一个公司能获得成功，是靠平时的一点一滴，日积月累，不断地做好事，做合理的事，做得人心的事才取得的；成功的过程是非常艰难的，多少个公司认认真真地做，好好地做都没有成功，像我这样的公司虽然成功了，其中仍然有些是侥幸成分的。但是要让一个公司垮掉，那也很容易，方向成这样的人一个就差不多够了。他以前已经伤害过不少的员工，今天又伤害了齐娅静，我绝对不能容他了！"

第五十五章

齐娅静出院的第二天，血贩子就来到了江源，找齐娅静采血了。

这一次他们来了三个人，领头的就是胡云翥。

胡云翥一行在江源大酒店住下之后，就给齐娅静打电话，约她第二天上午到江源大酒店采血，并请她一起共进晚餐。

齐娅静历来不随便吃请或请吃，她不想花这笔钱，所以就拒绝了一起吃晚饭的要求。

第二天一早，齐娅静就起来了。她做了一些必要的准备工作。这些是她根据最近通过网上学来的须知照着做的。首先她煮了一壶水，然后拿出两个大玻璃杯，倒得满满的，她听说大量喝水可以稀释血管的血液，说白了就是在血管里掺水了，于是她就连灌了两大杯水，喝得肚子胀鼓鼓的。然后她又洗了个澡。住院回来以后，仍然感觉到身上有一股医院的味道，具体是什么味道，她也说不上来。洗完澡以后，她换上一套干净的衣服。

至于化妆，她觉得完全没有必要了。一个卖血的女人无论怎么化妆都是多余的，都掩盖不了可怜的真相。而且她还刻意想让自己显得老一点，仿佛只有年龄大一点的女人才可能卖血似的。她想穿一件灰色的衬衣，这样显得自己更加成熟一点。但转念又想，自己今后可能还会和这家客户打交道，如果自己第一次让对方感到年龄大了，会不会有被淘汰出局的危险啊？

于是她权衡了一下利弊，最后还是决定穿上一件白色的衬衣，下面穿一条紧身的牛仔裤，脚上蹬一双高跟皮鞋，然后把头发放下来，走起路来，长发飘飘，这样效果好些。

于是，她出发了。

走路二十来分钟就到了江源大酒店胡云翥入住的房间。她敲门进屋一看，这是一个套房，里面有三个人。其中一个是穿白色大褂的年轻女性，一个是穿西服的青年男子，另外一个是便装打扮的年轻女性。他们一看齐娅静来了，就把目光朝她看过来。

胡云翥一看齐娅静进来了，就热情地跟她打招呼，但没有称齐娅静的姓名，而是叫声你，然后让座。那个穿便装的青年女子看来也是卖血的，她见到齐娅静进来，看了齐娅静一眼，就要离去，胡云翥把那女子送到门口之后，转身就来和齐娅静说话。

胡云翥似乎有意要避开那位穿白大褂的女生，所以就请齐娅静到另外一个房间说话。

齐娅静跟着胡云翥来到另外一个房间，并随手把门带上。

两人坐定之后，胡云翥满脸微笑地说道："今天上午就安排两位，刚才那位小姐也是跟你一样的血型，她跟我们合作已经一年多了。她的身体状况很好，所以每次采血她都建议我们采一千毫升血浆。迄今为止，她总共为我们公司贡献了五千三百毫升的血浆，我们公司用这些血浆成功地抢救了两条人命（他们都是普通百姓）。

你知道，现在的人都非常爱惜身体和生命，都不愿意献血。你可能经常能看到医院内外，街头巷里，大小报纸，网络媒体，都在大力鼓动叫人去献血。但是那些真正的大款大腕，大官大僚，他们从来不献血，一滴也不献！他们都是叫别人去献血，可是这年头谁比谁傻呀！你自己不献血，光叫别人去，这可能吗？于是献血的人越来越少，医院的血浆也越来越少，这种现象是符合事物发展逻辑的，也是完全正常的。

医院血库的血浆少，而病人对血浆的需求量日益增大，这就出现了悬殊的供需矛盾！如何解决？在所谓的正规渠道没法完全解决的时候，我们这样的民营企业就应运而生。我们企业的发展趋势符合时代的潮流，所以发展得很顺利，企业越做越大，越做越好。

拿我本人来说，最初只是北方农村的一个小农民，偷偷摸摸地干这个行当。但是现在呢？我在广州市从事我们的事业，无论从企业规模、运营手段和资金实力来说，已经完全今非昔比。

我们建立了全球联通的信息网络平台，建立了数以百万计的客户和患者的信息资料数据库，对供求双方的信息非常清楚。今天，我们的生意已经做到了世界各地。前不久，远在阿尔卑斯山脚下的一个小镇，一个婴儿患者急需Rh阴性血浆，我们在一天之内就把这种血浆送达到患者家长的手上，从而挽救了那个幼小的生命。"

"我也十分荣幸地成为你们数据库的成员，真的佩服你们，这么快就发现了我，找到了我，并进入了今天这样的实质操作程序。"齐娅静听到这里及时地补上一句。她原意是想问胡云矗他们是通过什么渠道了解到她的个人信息的。但她知道这样直截了当地问，他是不会回答的。所以她得迂回曲折，旁敲侧击，让对方在不经意中透露这个秘密。

胡云矗听了笑了笑，顺着齐娅静的话说道："每一个人都是一个客观存在，而这种存在是会对别人产生影响的，并进而为人们所感知。当然感知的程度有强有弱，有大有小，有正有负，如此而已。像您这样的知识女性，又在一个有名城市的明星企业担任要职，你就像浩瀚的星空中的一颗熠熠生辉的星星，有人发现你、注意到你这是很正常的，我说的都是实话，并没有奉承你的意思。

我第一次被大公司老板发现的时候，我也很惊讶，也很想知道其中的原因。但我也很聪明，就像你现在这样，没有急着去问这些问题，而是思考自己在这个世界上处于什么样的坐标和方位？对左右邻舍会有什么影响？我通过观察和思考发现，我被别人所感知，最根本的原因还在于我自身。正是我自己像一只小鸟一样飞翔，飞过了茫茫大海，金色的阳光照耀在我的身上，把我的影子投在了海面上，我的影子在海面上不停移动。可能这时有一只大白鲨鱼恰好经过，它发现了我的影子，进而发现了我。它抬头一看，它心想（我说的这些都是设想和比喻啊，我说的都是这个意思），一只多么美丽的鸟啊，要是你落在海面上来就好了（呵呵，你懂的，当然我不会那么傻）我如果真的落到海面上，大白鲨鱼嘴巴一张，我就进入了它的口中，一时化为几滴血水和几粒粪便，然后被它排泄到大海之中，你说我多可悲呀！对，你别笑，我正在说笑话呢！我喜欢跟客户聊天，我说是也许啊！

人类的思维中有许多也许、猜想、设想，这些东西并非都是空虚的、不会发挥作用的，事实上也不是这样。正是人类有许多也许、设想和猜想，并在日积月累和潜移默化，最后起作用了，悄悄地影响着、改变着人类的思维，进而改变人的行为和前进方向。

对的，是这样的，其实你本人就是这样，你别摇头否认，你已经这样做了，而且效果明显。你前些年编制的财务软件，对对，我听说你只是不经意之间做这项工作，或者说你当时也只是试试。可是，你这试试看做出来的这套程序，却具有像人一样的思维能力，能够代替人做大量的工作，对人产生了实实在在的影响，而且还在产生实实在在的经济效益。早几年我在小乡村的时候，就是用这套软件进行管理客户，并给每个客户计发报酬。"

胡云矗说得很起劲，齐娅静发现胡云矗说话没有多少动作，只是拿着一支铅笔，做一个动作，配合他的话语。动作也很简单，只是轻轻地把铅笔拿起，稍稍用力、短促地往前一冲。如此而已。

齐娅静没有发现他这两个动作有多大的含义。在他轻轻拿起铅笔的时候，并没有挑起话题，引起联想，表示轻快的意思。而往前冲的动作，也没有强调什么，坚持什么，反对什么、压迫什么。这些意思都没有，或者根本就没有意思表示。

但她马上否定了自己这个观点和认识。动作是人类的肢体语言。一个人任何身体动作都不是没有意思的，都有它特别的含义。齐娅静一边面带笑容，静静地聆听胡云矗说话，一边细细琢磨他连续做一提再往前一冲这一动作的含义。

因为他老在做这个动作。

齐娅静的目光偶然看到电视机桌上放着一盒针管，她一看到针管，一下子明白了胡云矗那个动作的意思了。这不是医生打针的动作吗？把针轻轻地拿起来，然后用力短促地往病人的肉体上一扎，这不是一提一冲的意思吗？肯定就是这个意思了。

想到这里，齐娅静暗暗佩服自己的聪明，她不由自主地笑了。

那发自内心的、对自己赞美的微笑是最自然的，也是最美丽的。胡云矗恰好又看到了齐娅静这个美丽动人的微笑。当时他很自然地联想到，是自己的话语得到了眼前这位年轻女子的赞美！

所以，他说话就更加起劲了。

齐娅静知道，任何人私自从事血浆的采集和交易，都是违法的，私自从事这项事情的人，就是罪犯。

在没有见到吴云矗之前，她想象胡云矗是个形容猥琐，鬼鬼祟祟的人。可是眼前这个血贩子胡云矗却是一个英俊矫健、举止优雅、口若悬河滔滔不绝的人，这让她大感意外。她原来期盼来了就采血，完事之后立马走人，现在看来似乎要听一阵子他的神侃了。

但是,两个生意人在一起聊天,无论聊些什么,怎么个聊法,其中的话语都是围绕买卖这个中心展开的,都离不开谈判这个实质。

就生意谈判而言,齐娅静这几年在公司经历过无数次了,经验丰富得很,水平也很高,就连吴国耀都称赞她。

但是,这绝对不是说齐娅静在谈判桌上说话有多么精彩,多么能够打动人心,多么能言善辩,这些都不是。而恰恰相反,她在谈判桌上话语很少,大多数时间都是用来听对方说话,思考对方每句话语的含义。她用一副小学生聆听导师教诲的样子听对方说话。在对方说完之后,她又很谦恭,很及时地提出另外一个新颖的话题,让对方回答,于是对方又滔滔不绝地说上一大堆话,说完之后,她又酌情提出另外一个新的问题。这样一问一答,几个回合下来之后,对方的底牌基本上就露出来了。

说到根上,齐娅静就是比对方更沉着,更能切中问题的要害,更富有伪装性,更善于示弱,从而让对手丧失警惕,最后落入她的圈套而不自知。

今天的情况正是这样。

胡云矗看到齐娅静一副文文弱弱的样子,他就先神侃了一番。说了以上那一大堆话。

当然他有自己的目的。主要是想让齐娅静认识到,他们私下从事血浆买卖,包括采集血浆,是一件高尚的事业,是救死扶伤之举,对政府主导的正常的血液采集和使用主渠道不足之处,起到了拾遗补阙的作用。虽然目前是不合法的,但只是形式上不合法,并不妨碍这种买卖的必要性和有益性的性质。

这样说来,他不就出师有名了吗?其次他是想消除客户的恐惧心理。人们不是常用一个词叫"流血牺牲"吗?流血就会让人联想牺牲,这无疑是不利于采血工作开展的,因此要先淡化这种思想。所以他得先讲一些很浪漫的事情。比如他刚才说的小鸟飞过海洋,小蜜蜂飞入花丛中采蜜,浩瀚的星空中,那些熠熠生辉的星星啊,还有阳光照射大地上那些云遮雾绕的山峦啊,等等。所有这些都让人产生美好的联想,让人听了处在半醉半醒的状态中,人的理智和身体敏感度都迟钝了,这时赶紧把人的血液一管一管地抽走,装好封好,然后转手卖给主顾,从中收益大笔的金钱。

现在,胡云矗看了看到齐娅静的表情,他判断齐娅静基本上已经进入了他的圈套，可以马上安排采血了。他就要去叫那白大褂女生进来采血。

但是这个时候齐娅静又问了他一个问题，她说从网络上得知，采血会使人感染上乙肝、艾滋病等传染病，是否真有此事。

胡云蠢一听心里愣了一下，他不明白齐娅静是否掌握了他们公司曾经造成卖血者和买血者感染艾滋病的事故。如果她知道了，他在这里隐瞒事实，就不能说是很恰当的做法；如果她不知道，而自己又承认了，那不是太愚蠢了吗？于是他绕了一个弯回答这个问题，他郑重其事地说道："在国内外采血公司与客户的买卖交易过程中，确实发生过由于操作不当，造成个别客户感染艾滋病和其他传染病的事故。但这种问题只发生在个别偏僻山区，由于个别采血站为了省钱，不顾职业道德，多次使用同一个针头，造成个别人感染艾滋病的情况。"

他为了表明那是个别落后地区的做法造成这种情况，以便使齐娅静相信，这种情况与他绝对无缘，他特别举了个例子说："在河北与河南交界处有一个小乡村，就发生一个叫齐合礼的人感染艾滋病以后，造成严重的家庭纠纷，致使齐合礼服用大量农药导致死亡的事故。"

胡云蠢当时想举一个偏僻的遥远的小乡村这样的故事给齐娅静讲一讲，是想让齐娅静听了信服，也是能够产生商业信用的，他特别指出："这就是因为针头多次使用，造成艾滋病传染的。现在我们的针管是绝对安全，这一点请你放心！"

齐娅静一听到齐合礼这三个字，仿佛整个心脏都凝固了，身上血液也停止流动了，顿时整个人失去了一切知觉。

齐合礼不就是自己的父亲吗？他死了不久，自己还不知道他是什么原因死亡呢！原来就是被目前这个血贩子给害死的。

胡云蠢显然发现了齐娅静格外惊奇的表情，但他绝对没有想到，这个年轻女子与那个隔着万水千山的艾滋病毒的感染者之间会有任何的关系。他怎么也想象不出，那个老农民就是眼前这位姑娘的父亲！

世界上的事情有时就是这么碰巧，可能齐合礼在天之灵发挥了作用，使胡云蠢神差鬼使地说出了他的名字和造成他悲剧的原因，以便阻止女儿重蹈覆辙，发生同样的悲剧。

别说这种揣测完全是荒谬的，要不你告诉我为什么世界上怎么会发生这么碰巧的事情!

齐娅静很快就冷静下来了,因为她想把详细情况弄个清楚,于是忍着悲痛,强作笑容,轻轻地问道:"这个老农民为什么要卖血呀?"

胡云矞回答道:"这个可怜的老农民,有一个非常宝贝的儿子,得了一种非常有意思的疾病,而且更为有意思的是,这小农民也找了个媳妇。这媳妇啊,还带了一个别人接种而生的小女儿,也得了一种非常奇怪的病。你知道所有的病要治疗都是要花钱的。得那种奇怪的病,所要付出的医药费,就比一般的普通的病要高得多得多,你想一个农民会有什么钱啊?他有什么能力去挣钱呢?所以,卖血就成了他的首位选项,结果呢,就感染上了艾滋病。"

齐娅静听到这里,再也听不下去了,她彻底弄清楚父亲的死因了,眼前这个滔滔不绝谈论地下买卖血浆交易的人,就是害死父亲的凶手之一!但公平说来,主要的凶手还不是他,而是死者齐合礼家里的人,是他的儿子齐亚军,齐亚军的女朋友刘霜,和刘霜的女儿,以及他的老婆柯八芝。

这些人,如一个个吸血鬼,无耻地毫无人性地吸吮着父亲的血液,直到父亲死去。

胡云矞仿佛发现齐娅静对针头发生了怀疑,为了消除齐娅静的这种疑虑,他拿出一盒针管,从中取出一枚针,然后对准自己的血管猛一扎,然后拔出来,对齐娅静说:"你看吧,今天我给你用的就是这盒针管,你刚才看到我的针扎到我的血管里去了,你会以为我这针管有问题吗?你会以为我会傻到自己害自己吗?如果万一针管的问题,让你感染上艾滋病或者是其他疾病,我这就是给你偿命了,你死了还有个垫背的,你还不满意吗?"

现在,不管胡云矞做出什么惊人之举,都不能消除齐娅静的心理恐惧。今天她是绝对不可能把血卖给胡云矞了,她绝对不可能再走父亲的那条绝路了。

主意拿定之后,她笑眯眯地站起来,然后对胡云矞说:"我挺相信你的,不过我先上一下洗手间,马上就回来。"

胡云矞示意旁边就有一个洗手间,齐娅静笑了笑说:"我是个青年女子,这方面的事情我总得讲点体面吧,我到一楼公共卫生间去。"

说完转身就走了,走到门口,她打了一辆出租车,然后飞快地上车,直奔宿舍而去。

到了宿舍之后,她给胡云矞发了一条信息:"齐合礼就是我的父亲,你们害死了他。你们使他感染上艾滋病，除了要了他的命，你们还让他蒙上了极大的耻辱！你们这些世间恶魔，我一时糊涂，差点上了你的当，我感谢父亲的在天之灵，让你在神志昏迷的时候说出了秘密，你们会遭报应的。你走吧，我不可能卖血给你们了。"

胡云矗马上打电话过来，齐娅静立即就给掐了。

过了一会儿，胡云矗发来一大段信息，大意是要求齐娅静退还七万元预付款，此外赔偿他们三个人此行的所有费用，同时还要给予补偿，这笔费用总共二十万元，如果她不立马支付这笔款，他们就要按照行规惩罚齐娅静。具体说就是找凶手去卸掉齐娅静的一只胳膊或者一条腿。胡云矗特别强调，这绝对不是一句空话，不是一句威胁的话，而是会实实在在落到实处的一个铁的规定。

齐娅静回了一句："如果你再威胁我，我就去报警，并告你们害死我父亲的罪行。"

胡云矗回道："我们公司和公安部门的关系，比铁还硬，不信你就试一试！如果半个小时之内你不回来抽血，我们就走人了。从明天算起三天之内，最多不超过一个礼拜，我们收买的凶手一定能找到你，并拿回你的一只胳膊或者一条腿。何去何从，你自己看着办。你指望公安部门帮助你，我实话告诉你，这就是一个屁，一点作用都没有。你真相信这个社会有法律，有公平和正义的话，那你真的是傻到家了！"

齐娅静看到这条文字，怒火中烧。她回答道："你最好让凶手直接把我的脑袋和心脏取走吧，这两个部分更值钱！如果你继续威胁我，我立即报警，我就不相信这个世界上没有人管得了你们这些罪犯！"

齐娅静回完这段文字，就关机了。

这时正是上午十点左右，太阳光非常强烈，把周围的世界照得明晃晃的，好像看什么都会刺眼。因此齐娅静把门关上，把窗户也关得严严实实的，她想休息一下，让自己安静下来，这样好整理一下自己脑中暴风骤雨般的思绪，然后想一下应对之策。

她先是在沙发上坐下来，把茶几上昨天泡的茶一口喝干净，她感觉很解渴。于是又泡了一杯茶，又喝了一大半，然后坐着静静地想问题。但还是太悲愤了，怎么也安静不下来。

偶然间她抬头看了一下对面的电视机，电视机没有打开，屏幕上清晰地映照出她的脸庞。她看到自己的形象大大地变化了，一副怒发冲冠的样子和一副从来没有过的凶煞的恶相。自己一双眼睛平时是半睁半闭的，慈眉善目的样子，今天却是睚眦欲裂，凶光毕露。脸部也扭曲变形了，平时平整的脸型现在扭曲了，两边太阳穴附近的青筋暴露，怦怦直跳。她这个形象把自己也吓了一跳，她感觉这形象怎么这么熟悉呢？她突然想起来，她妈妈愤怒的时候也是这个样子。

看来齐娅静今天是真的愤怒了，长这么大以来，第一次发这么大的火。她能不愤怒吗？这个小贩子害死了父亲，现在又想来害她，要不是她那么有耐心地与他聊天套他的话，而是匆匆忙忙地让人家扎针取血，说不定她现在已经感染上艾滋病了。

她又觉得这是父亲的在天之灵在保佑她，否则她今天是难逃此劫呀！

想想都后怕，自己的生活会怎么会这样啊！

齐娅静慢慢冷静下来了。她虽然表面给人印象是个文弱女子，但是她的胸腔里有一颗坚强的心脏，她靠着这颗坚强的心脏，战胜了人生道路上一个又一个困难，她靠这一颗心，躲过了一个又一个大大小小的劫难。她现在心中总在盘旋，胡云矞给她预付款七万元，还有他说的各种罚款，共计二十万元，这笔钱打死她也拿不出来，她也不可能还给他。对这些罪犯，有什么道理可讲？只有以其人之道还治其人之身。

一想到胡云矞要卸掉她的一条腿和一只胳膊，她心里非常害怕，感觉有一股寒流从脖子后脑勺中散发出来，流向全身，她不由自主地打了个冷战，感觉整个人都快没了。

她更多的是可怜自己，她想自己的生活怎么会这样悲惨呢？她怎么去对付这种艰难而又残酷的事情呢？甚至在这个世界上都找不到一个人诉说。因为可以诉说的人已经逝世了，那就是她的父亲。

现在她想，要不要把这事情告诉吴国耀董事长呢？她一直觉得吴总这个人是完全可靠的，在关键的时候是可以信赖的人。但是她转念又想，这种事最好不要去告诉吴总，绝对不要去找吴总的麻烦。要是告诉了吴总，他一定会管这件事，这样不是把他抛出来了吗？让他直接面对一个犯罪集团了吗？而这犯罪集团的所有罪犯都是残忍的，都是非人类的，可能会让吴总处于非常危险的境地，所以绝对不能告诉吴总。

她想来想去决定，谁也不告诉了，不能让身边任何一个朋友当自己的挡箭牌，为她去冒险，这种事还是自己一个人承担下来吧！她现在突然变得非常的理性，非常的勇敢，她要像传说中的勇敢女子一样，与人间恶魔做一决斗。至于自己的生死存亡，祸福荣辱都听命于天。

她进一步想，这个事情最终是要去报警的，但目前似乎还不宜去报警，不到特别的必要的时候，还是不要去报警为好。如果她一去报警，就会让她个人隐私和尴尬的事情全部暴露在众目睽睽之下，被一些居心叵测的人耻笑。所以不得已不要走这条路。

齐娅静这回把思路给理清楚了，心里又平静了一些，这时候她觉得自己有些疲劳，于是就往沙发上一倒，不一会就睡着了。

就在她睡得迷迷糊糊的时候，她隐隐约约听到一阵急促的敲门声，她大吃一惊。心想，难道凶手真的找上门来了吗？还这么快！她顿时吓傻了，脑子一阵晕眩，额头上的虚汗一下子就冒了出来。但理智告诉自己，越是危险的时候越要镇定。作为农村出生的女生，她有自己的防卫方式和手段。父亲当年送她到江源上班的时候，给她留了一把砍柴用的砍刀，还特别锋利。她记得就藏在那个门的背后，于是她就去找那把刀，扒拉开一些杂物，看到这把刀。她拿起一看还是锋利无比！

她听着敲门声那么急促，怕门被敲开，凶手一下子走进来，于是横下一心，拿起那把砍刀，蹑手蹑脚地朝门边走过去，凶手一进来，她就朝他头狠狠砍下去，让他人头落地！

这时好像不敲门了，而是有人说话了，她听到有人叫："齐娅静在家吗？来开门呀！"

齐娅静这回听清楚了，这是吴理睿的声音。但她还是不怎么放心，就问了一句："你是吴总吧？"

门外传来吴理睿不耐烦的叫声："是我啊，你怎么大白天还关门呢？敲了半天也不开门，你这是干什么呢？吴总找你有急事呢，你怎么手机也关机啦？公司不是有规定吗？要求高管人员必须二十四小时开机的呀！你怎么擅自关机呀？你这有点不像话了啊。"

齐娅静听了这些话，心里彻底放心了，门外肯定是吴理睿无疑了。

于是她急忙把门打开。

吴理睿刚要进屋，抬头一看齐娅静的样子，立马像触电似的，一步又跳了出去，他惊叫道："嘿嘿，你干吗呢？你要杀人啊？"

　　齐娅静一听大为不解："谁要杀人啦？我要杀你吗？"说着就朝吴理睿走去。

　　如果说刚才吴理睿只是随便说说的话，可这时他确信齐娅静已经暗藏杀机了，只是不知道要杀谁。她手上举着那把大砍刀，明晃晃的，脸上的汗直流，满脸的凶杀相向他走来，他本来就胆小，看人家杀鸡都吓得直哆嗦，现在他看到齐娅静手上那把刀高高举起朝他走去，他能不害怕吗？

　　他连连后退，然后大声说道："吴总问你市中环商住楼竞标的标书送过去没有？要是没有送，赶紧送过去，今天是截止的日子，别耽误事。"说完就赶紧跑了。

　　齐娅静一听是这件事情，心里大吃一惊！她一时还真记不得到底送还是没有送了，这可是大事啊，这可是耽误不起的！她得赶紧去办公室看一看。

　　这么一惊一乍的，把她给完全弄清醒了，她看了看手上拿的这把大砍刀，又想到刚才脸上那一股杀气腾腾的样子，知道自己确实是把吴理睿给吓坏了。她苦笑了一下就回到屋子里，换上一件衣服，准备去办公室。

　　这时候她把手机打开，就听着手机吱吱地乱叫，一大堆信息就冒了出来，这些信息都是胡云鬵发来的威胁她的信息。但其中还有几条是陌生人发来的短信，内容跟胡云鬵发的信息大致相同，她都没有细看，也不想看了，现在她满脑子都是标书的事情，得赶紧把标书的事情落实好，千万别弄错了。

　　她很快就来到办公室，打开抽屉和保险柜看了一遍，都没有发现有标书。她又坐下来静静地回想了一下，确认标书她确实是送过去了，这个不会有问题。于是她就去找吴理睿汇报情况，到了吴理睿的办公室，发现吴国耀、方向成也在他的屋里，三个人正在说话，一看到齐娅静进来，马上就不说话了。齐娅静知道他们肯定是在谈自己，于是她笑了笑说道："吴总，方总也在啊，我刚才可能把吴总给吓坏了，今天上午不知道什么原因，我特别的困乏，就在沙发上睡着了，正睡得迷迷糊糊的，突然听见有人猛敲我的门，我就以为是哪个小偷算定这段时间我上班去了，他想砸门进来偷我的东西呢。我害怕呀，于是顺手就抄起一把砍刀，举着砍刀到门口，听到是吴总叫开门，我就开门去了，可忘了手上还举着大砍刀呢，这可把吴总给吓坏了，对不对吴总？"

吴理睿听了以后,大声说道:"你可是一副可真要杀人的样子啊!我可没见过你这么凶狠过呀!"

吴国耀听了齐娅静的话,呵呵一笑,他对吴理睿说:"你也太胆小了吧,看到齐娅静手上拿把刀就是要杀人,你也太荒唐了。不过小齐你今天怎么关机了?联系不上你,我们都很着急的,中环大楼标书你送过去了没有啊?今天可是最后一天,千万别弄错啊!"

方向成也附和着说道:"是啊是啊,这可是大事,你可别弄错了,我们发现你最近状态很不好,老是迷迷糊糊,磨磨蹭蹭的,我就提醒吴总。吴总很关心你,就让吴副总来找你,他打你手机打了无数次,你没有开机,以为你出事了,差点没把我们急死。"

这个时候,齐娅静的手机响了,他一看还是血贩子打来的电话,连忙就掐断了。

方向成一见齐娅静这么慌慌张张地掐人家的电话,他感到奇怪,于是就说道:"小齐,你怎么随便掐人家的电话呢?万一是公司的客户找我们有事呢?"

齐娅静可能是情绪紧张,脱口而出地说了一句:"不是客户,而是一些犯罪分子!"

方向成一听到这句话,就更加不依不饶了:"犯罪分子找你干什么呀?你跟他们联系干什么呀?你的药费是不是从犯罪分子手上弄来的啊?齐娅静,我可告诉你啊!为人处事可得小心啊!如果你让犯罪分子缠上,你就完了,你可要谨慎啊!吴总刚才骂我对你的态度不好,可是你知道我这个人没有坏心眼啊!我是以长者的态度对待你,如果我有什么不对,那也是好心办坏事,这你可不能怪我啊!"

吴国耀一听方向成又啰唆上了,说话又不着边了,他立即朝方向成挥了一下手,让他别再说下去了。

方向成这才打住。

吴国耀对齐娅静说:"你确定标书交上去了吗?交上去的话就没事了,我看你精神挺疲惫的,你要是坚持不住,可以再休息几天再来上班。"

齐娅静点点头说:"我最近确实被这个病弄得心里很混乱,工作生活的正常规律都没了。不过请您放心,公司的事情我绝不会耽误的,市招标办那边如果有中环工程的招标情况,我会紧紧盯住的,结果一出来我立即向你报告。"

齐娅静还特别向吴理睿道歉,说她当时精神恍惚,都忘了手里还举着一把刀呢,把你给吓着了,不好意思。

说完齐娅静就转身离开了。

她回到办公室一看手机,又是十几条胡云矗发来的威胁信息。其中让她最感到担心的是,他们已经了解到她河北老家的地址,掌握了她妈妈的情况,胡云矗还威胁说,如果不拿出二十万元来,他们就要用车撞她的妈妈,弄她个不死也残废!

看完之后,齐娅静感到心情沉重,这帮流氓显然理解了她的心思,知道她对自己无所谓,老家的母亲是她的软肋,从她妈妈身上下手是可以达到目的的。

这下子齐娅静可真的慌张害怕了。

但她也以为,不能排除这也是他们威胁的手段而已,不一定真的会去干。她决定过了三天以后再做反应。

齐娅静被这一系列的事情弄得挺累挺难受的,更为严重的是她感到有旧病复发的苗头。要是旧病复发,又得去住院,又要花一大笔钱,这如何是好啊?她是绝对不可能再去医院了,如果真要是病倒了,她就不去治疗了,那就听任病情发作发展,爱咋地就咋地吧!

她这会想着回宿舍去躺一会儿,她又头脑晕眩了。晕吧,最好把我晕死算了,她想。

她睡到了傍晚,王绮文打电话问她有什么事没有,她说没有,顺便告诉王绮文,她把钱退还给王琦文了,在抽屉里。钱不能要,但心意领了。

和王绮文通完电话之后,齐娅静就准备睡觉了。为了保证尽量不被人打扰,同时又能不耽误事,他特地把吴总方总的手机号设置了特殊的铃声,她只接他们俩的电话,其他来电都不接。

如此这般之后,就放心睡觉了。

奇怪的是,这天晚上没有一个骚扰电话。胡云矗那边没有来电话,公司这边也没人打电话,于是就稳稳妥妥地睡了一大觉。

第二天早上她早早就醒了,感觉精神好多了,头也不晕了,她心情也大为改善,感觉身体在好转,还感到有些饥饿了,就起来煮了一小锅小米粥喝。

然后就去上班了。

第五十六章

吴国耀一个人呆呆地坐在沙发上,双眼盯住对面的电视机看。可是电视上演的是什么内容?他一点都没有看到,他双眉紧锁,脸色茫然,自言自语地说道:"这是怎么回事呢?怎么可能会发生这种事呢?是什么原因呢?齐娅静怎么会这么做呢?她这样做有什么理由呢?"

原来这天早上一上班,吴国耀就接收到三个坏的信息。

第一个坏消息是中源公司在竞标市中环商住大厦中失败,原因是齐娅静把文件送错了,造成公司在第一轮竞标中就被刷了下来,这可是一个总投资一个亿的肥肉啊,就这么葬送掉了!

还有,就是刚才,江源大酒店总经理廖月婷亲自给他打电话说:昨天早上午一早,她亲自看到齐娅静和一个青年男子在酒店的客房里鬼鬼祟祟的,不知道他们在干什么事,待了大约一个小时左右,齐娅静才慌慌张张地出门,然后打了个车离酒店而去。她走了不久,那个青年男子就退了房,在结账的时候,那男子问服务员,齐娅静的公司怎么走?她的住处在什么地方?他还说齐娅静骗了他一大笔钱,那个青年男子汉说,他们准备找人把她给做了,说得挺凶的。

廖月婷特别嘱咐吴国耀要注意安全,别受到齐娅静的连累。

还有一件事,虽然不是什么大事,但也挺蹊跷的。他听乌海吉说,齐娅静向他老婆刘月娜借了三万元钱,这是乌海吉在闲聊中说出来的。他说这番话是想表明他们两家公司关系如何密切,两边的人亲如一家。

但是吴国耀感觉,这些只是工作上的关系,向一个对手公司老板娘借钱,这是很敏感的问题,齐娅静为什么随随便便向他们借钱呢?

这三个坏消息一下子都传到了吴国耀的耳朵里,他真的感到太意外了。

他本想替齐娅静静隐瞒事实,不要让她遭受任何打击。但是这是做不到的。中源公司的管理层,每个人都是消息灵通的人士,这些坏消息不出今天上午，他们都会知道的。而且这本来就是不应该隐瞒的事情啊！

　　于是他决定召开公司高管会议，把情况给大家通报一下，然后看看怎么办。按照公司的规定，齐娅静应该给予开除了，这是铁的规定，他个人无权搞例外。

　　因为齐娅静算是公司的一个重要员工，又处于家庭发生重大变故、个人身体又不太好这样的情况下，所以他决定尽量不要扩大影响，参加会议的人范围仅限于公司副总经理以上的人员。

　　会上，方向成重申了自己的意见。他认为他之前对齐娅静情况的分析是完全正确的，他同意给予齐娅静开除处分。吴理睿同意方向成的意见，他尤其认同方向成的分析，即齐娅静可能出卖标书给了巨源公司，所以乌海吉的老婆才给了她三万元作为酬谢。齐娅静可能是巨源公司安插在中源公司的卧底。

　　杨一平则认为，标书是吴理睿密封完好之后才交给齐娅静的，如果齐娅静不拆开偷看标书，是不知道其中内容的。出卖公司商业秘密，这涉及经济犯罪问题，是可以判刑的，所以这一环节应该调查清楚才能做结论。说齐娅静是巨源公司来的卧底，这是很荒谬的笑话，很侮辱人，以后别这么说了。至于齐娅静在宾馆与一青年男子同处一室，这件事可以先问一下齐娅静再做结论。最后，杨一平问吴理睿，标书的最后一稿是你亲自经手的，也是你装入信封的，这过程你不会出错吧？不会把以前的废稿装进去吧？因为吴理睿做事比较粗心。同时也基于对齐娅静的深切同情，所以杨一平提出了一些客观的，而不是先入为主的凭空想象的意见。

　　杨一平的意见引起了吴国耀的高度重视。于是他提出让王绮文到招标办，把那份招标文件拿回来看一看，究竟是怎么回事？至于齐娅静与一青年男子在江源大酒店一事和向刘月娜借款这件事，这都属于个人私事，要说是隐私也是可以的，不应该干涉或者是小题大做。吴国耀同意杨一平说的，要尊重人，相信人，不要因为她是一个普通员工，就可以对她动粗，就随便揣测和怀疑人家。他说他准备找机会和齐娅静谈一谈，等问题闹清楚了再说。

　　大家都同意吴国耀的意见。吴国耀要求大家对这些事情要高度保密，不要外传。因为这关系到一个人的声誉，特别这个人还是个年轻女子。

　　方向成开完会之后，就来到了王绮文的办公室，他一看到王绮文，就迫不及待地说："我的眼光是不会错的，我最早发现齐娅静有问题。果不其然！

齐娅静那天早上一早，就到江源大酒店去了，和一个青年男子在一起，干吗去了呢？原来是去骗人家的钱啊！孤男寡女的在酒店的客房里能干什么呢？最大的可能是齐娅静拿了人家的钱，又没有让人家尽兴，要不然人家怎么说她骗钱了。还有齐娅静居然还拿了刘月娜三万块钱。刘月娜不就是乌海吉的老婆吗？我分析这个问题的根本要害，是齐娅静拿了人家的钱，帮人家办事，故意把我们公司的招标书给送错了，造成我们公司竞标落败，齐娅静说不定就是巨源公司在我们公司的卧底。这两件事都让我预料对了。虽说人穷志短，但也不能做违法的事啊！齐娅静在这个公司肯定是待不下去了，说不定还要坐牢呢！"

王绮文一听，大吃一惊，齐娅静怎么可能干这种事呢？她问方向成："你怎么知道的？"

"吴总自己说的，今天早上一大早，就有人给吴总打电话，说了这些情况。他以前老包庇齐娅静，说她是什么人才呀，优秀员工啊！我有时候说她几句，吴总还把我骂了一顿，今天吴总也蔫了。吴总是很聪明，他那双眼睛看人可厉害了，他也有看错人的时候！可这不，齐娅静他是绝对看走眼了！"

"那对齐娅静怎么处理呢？会不会叫公安局的人来抓她呀？"

"现在抓不抓还说不好，但从事实的发展趋势看，结果一定是这样，齐娅静坐牢是肯定了。"

方向成说这番话时，情绪显得很亢奋，说完之后，他还忘不了嘱咐王绮文几句："小王啊，你要以齐娅静这个反面典型为镜子，随时对照检查，防止走上她的老路。对年轻人还是要求严格点好啊！"

方向成说完这番话就走了，走到门口，他还打了个响指。"啪"的一声，特别响亮。然后他自言自语地说道："我以后还得多长点心眼，对公司的人可得盯紧了点。公司有事，我也就跟着受损失，这损失的都是真金白银啊！齐娅静这个人真是知人知面不知心，画龙画虎骨难描啊！"

王绮文听了方向成这一番话，惊得目瞪口呆，大半天都没有缓过劲来。她是一个刚走上社会的大学生，头脑简单思想单纯。刚才听方向成说齐娅静可能很快就要被捕了，真的害怕了。说实在的，让齐娅静去坐牢，这绝对办不到！齐娅静身体这么衰弱，如果被抓起来关几天，她准得死！

她立即闪出一个念头，得赶紧去救齐娅静，赶紧去把情况告诉她，让她逃跑，跑到一个抓不着的地方去，躲个一年半载的，等风头过去以后再看情况,再做决定。总之不能让齐娅静被人抓住。

下午一下班,王绮文就到宿舍去找齐娅静,因为救人要紧,所以也顾不得许多了。她一见到齐娅静就把方向成跟她说的话,一股脑儿告诉了齐娅静,然后催齐娅静赶紧收拾东西逃跑!

齐娅静听了王绮文这番话,半晌无语。过了好一会儿才说道:"这些人真可怕呀!一个个都张着血盆大口,都想一口吞噬了我这个弱小女子!一件事情发生了,他们从来都是找最弱小的那个人当替罪羊,然后把所有的罪恶都加到弱者的身上,却从来不检查一下有没有自己的原因!比如市中环商住大厦项目竞标失败,这怎么可能是我的问题呢?我就担心出什么问题,特地留了一手,用手机拍下了吴理睿交给我的密封袋,投标文件都装在这个袋子里面,文件袋都是他亲手封的,封条封得很严实。这三张照片是当时的情况,你看这只手还是吴理睿的手呢。还有我到了市招标办那边,亲手把文件袋交给梁逢平,我又留下了三张照片,这六张照片足以证明我绝对没有做错什么,更没有从中做手脚搞破坏,把标书资料泄露给刘月娜,换取三万元的好处费。他们这些人毫无根据就说是我出了问题,给公司造成了巨大损失,这种信口雌黄、栽赃陷害的事情,他们随随便便就做出来了,这种行为反映了这些小土豪们的人格低劣。他们不仅无知,而且无耻,他们才真正是犯罪,百分之百地在陷害我。吴总一直是公司最具良心和信用的人,就好比是中源公司这个小小帝国的贤明君主,这次也被他们弄得三人成虎,相信了方向成等人的话,认定我错了,是这样吗?"

王绮文回答说:"今天下午的会,我没有参加,吴总在会上怎么说我也不知道。刚才那些话是方向成对我说的,我觉得不能全信,不过我还是劝你快走吧,赶紧躲一躲,等风头过去了以后再回来。"

齐娅静听了王绮文的话,心里苦笑了一下,她心想王绮文实在是太年轻了,说的话跟孩子似的那么幼稚,那么天真。真有事,她躲得了吗?如果她离开了公司,不管有事没事,她作为一个人,或者说有点尊严的人,她还有脸面回来吗?再说了,普天之下有哪一个单位、哪家公司是一个人想来就来,想走就走的?

但是,齐娅静从王绮文的言行举止中看到了这位女孩的正直与善良,这让她心中充满了感谢。很明显,王绮文是冒着风险来通风报信的,这样做法的结果，她本人是完全知道的，但她还是毫不犹豫地来了，告诉了她这番话，这种感情多么宝贵啊！

　　齐娅静对王绮文说，她会仔细考虑一下她的意见，明天再做决定，如果有什么需要帮忙的，会给她打电话。她叫王绮文别往她宿舍跑了，别影响工作，给自己造成不良影响。然后把六张照片发到了王绮文的手机上。

第五十七章

王绮文走了以后,齐娅静颓然地坐在沙发上,她知道什么事情都瞒不住吴总和中源公司的同事们,就是公司以外的朋友也会锲而不舍的、从不同的渠道了解到她的事情,包括她家的悲剧,然后作为茶余饭后的谈资。

一个年轻女子必要的面子还是应该保护的。但是很显然,她的面子从此之后是保不住了。胡云矗很快就会找到中源公司,他们俩之间的交易的情况很快就会被胡云矗给说出来。同时她父亲患艾滋病及因此身亡的详细情况也很快就会被人抖搂出来,还有他弟弟和刘霜的故事,等等。除此之外,人们还可能根据自己的喜好随意附加上自己的种种的揣测和分析,而这些附加的东西,绝对不可能是会使她脸色有光的,这也是大概率的事情。

她现在又深深地感觉到自己就是粪缸之蛆,生活的这样艰难,这样悲哀,这样的没有意义,这样无聊与丑陋。

她一直就有这个念头,但今天这个念头比以往任何时候都更加明晰、更强烈。她觉得自己这一生都可能是如此了,不可能有什么转机了,她这一生都可能生活在贫困和屈辱之中,这也就像粪缸之蛆那样!

她想了许多摆脱这种生活情况的方法,但不管哪一种方法,最后都会归结到死,只有死才能彻底解脱。

不知道为什么,以前她想到死就会害怕,就会浑身打冷颤,可是今天,在她想到死的时候,没有一点的不舒适感,没有一点害怕,一点都没有!相反的,她对死有一种好奇,一种向往,并感到由衷的愉快。

她进而想起自己很幸运:自己没有结婚,没有子女,她的生死不会给任何人造成不幸和负担。虽然她还有母亲和弟弟在,但现在她对他们没有一丝一毫的牵挂与留恋。她认为是他们让她走上了这条不归路,也正是他们让父亲饱含痛苦与耻辱地离开了人世!

而她现在走的是一条与父亲一样的道路,这是一种宿命,是一种必然!

她身边有一瓶安眠药，以前她有失眠的习惯，就从医生那里要了一些安眠药，但有时候没有吃，积攒了下来，现在积攒了满满的一瓶。只要把这瓶安眠药吞咽下去，就百分之百不会再苏醒过来，再也不会看到明天升起的太阳！

她想今天晚上就吞服下去吧，现在就吞服下去！

她心里喊道：一二三，加油！

就在她刚要把安眠药放到口中的时候，突然想到一件事：她欠刘月娜的三万块钱还没有还呢！这怎么办呢？当时向娜姐借钱的时候，说得好好的，今年年底还给她的。如果自己就这么走了，钱就还不了了，这不是在欺骗她吗？还不了了，至少也应该跟她说一声。

于是她放下药，给刘月娜发了一条短信：娜姐你好，我是齐娅静，我非常抱歉，我欠你的三万块钱，我还不上了，我要来生才能还给你，对不起啊！

这条短信发出去不久，刘月娜就回了一条短信，你是什么意思啊？什么钱还不上了？还说什么来生再还，你到底是什么意思啊？你是开玩笑吧，这种玩笑可不是随便可以开的啊！

齐娅静觉得有必要把事情经过简单地跟刘月娜说一下，于是她发了一大段文字给刘月娜："娜姐，我以往的困难你是知道的，我跟你讲过了。但不幸的是，我最近又大病了一场，为了支付高昂的医药费，我又犯了一个更大的错误，这个错误使我没法回头了，我不想再这样痛苦下去了。我欠了一屁股的债，还不了了，其他人的债倒是可以不还的，唯独你的三万块钱是必须要还的，可是我没有能力还了。娜姐原谅我，我发誓我来生做猪做狗都要还你的钱！"

刘月娜很快就回了一段短信："你怎么能说话不算数呢？你欠我的钱怎么能说不还就不还了呢！你知道我这三万块钱是怎么来的吗？你肯定是不可能知道的，让我来告诉你吧，这三万块钱是我用命挣来的！你不相信是吗？我马上发一张照片给你看看。我告诉你，那是我左边乳房的照片，你看到了吧？我左边乳房有一半没有了，连乳头都没有了，你知道这是什么原因吗？我告诉你，有一次一个歹徒抢我的钱，也就是这三万块钱，我就跟他拼命，跟他搏斗，那个歹徒掏出一把一尺多长的马刀，朝我的胸脯划了一下，结果我半个乳房就被划掉了，这样我才保住了这三万块钱。我把这用命换来的钱借给你，是因为我信任你，没想到你说不还就不还了，你还算是人吗？你比那些歹徒还坏，因为他们是明明白白地抢,而你是暗暗地用坏心眼来骗我的钱,所以你比他们都坏。"

齐娅静回答说:"不是的,我不是不想还你,而是没有能力了,请原谅我。"

"请你再看看我发的我乳房的照片,然后你再跟我说话。"

齐娅静又看了一下刘月娜传来的那张照片,确实整个主乳房是平的,胸脯上留下一个二号电池底部那么大的疤痕,上面结着黑乎乎的伤疤,看了让人真的瘆得慌。

她当即就在想刘月娜当年是怎么熬下来的?一般人是绝对熬不过去的,包括她自己。

刚看完照片,刘月娜就打电话过来了,劈头就问齐娅静:"你手上真的没有钱了吗?那你总有一些值钱的东西吧,比如手镯、项链、手表、手机、衣服,还有各种小玩意。这些东西你通通给我收拾好留给我,我要把它拿走,我上次还看到你有一个钻戒,你别说你没有,我看见过,你别想抵赖,你这个无赖,这么坏,骗了我用那命换来的三万块钱,你马上把值钱的东西都给我找出来,放在一起,我要通通拿走。"

齐娅静没想到刘月娜这么凶,骂人那么难听,一口一个傻逼,一口一个臭不要脸的,骂得齐娅静一股气从心中升起,她要把一些值钱东西找出来都给她,没想到她这么不通人性,这么小气!

可这又能怪谁呢?这不是自己欠她的钱吗?欠债还钱,这不是天经地义吗?

刘月娜在手机里一直在骂她,齐娅静一生气,把手机扔到一边,由她骂去。

她开始翻箱倒柜,不停地找值钱的东西。

就在齐娅静翻啊找啊,忙得不可开交的时候,突然听到大门咣当一声响,门被人砸开了!她被吓了一跳,还没来得及出门查看是谁呢?只见刘月娜冲了进来,一把抱住她:"妹子,你犯什么傻啊!这么屁大的事就想不开啦,就想走那条路了,还亏你是个读书人的,这点事你都想不明白!天塌不下来,你怕啥呀?你想找什么东西呀?谁要你的东西呀?谁要你还钱了,现在你就跟我走,我给你找了个地方,有吃有喝有住的,还有人陪你,你静静地休息几天,什么事都不要管,真有人找上门来,我来帮你对付,什么事你都别怕,有我帮你顶着!老娘我倒要看看,谁敢动你一根汗毛!"

说完拉着齐娅静就往外走。

这时候齐娅静已经晕过去了,任由刘月娜摆布了。

刘月娜抱着齐娅静走到门口,朝楼下大喊一声:"你上来一下,把门给我关了,然后我们把她带走!"

原来乌海吉就在楼下,听到刘月娜的声音就上来,把灯关了,把门锁上,然后去开车。

等到刘月娜扶着齐娅静上车之后,乌海吉问道:"去哪?"

"当然是我们家啦,这还用问吗?"

"你有没有搞错啊?她是吴总的人,我们随便把她带走,合适吗?"

"屁话!她会是吴总的人吗?吴总那么大的老板,要真是他的人会这么苦,会去走死路吗?别扯了,快走吧!你不会是想见死不救吧?"

"总之,我觉得这种事这样办不是很妥当。"

"这种事这样办不是很妥当是吧?要你这么说,我当年救你就不是很妥当。就应该看着你被人家打死,我站在一边看笑话才对。你们这些男人啊,手上有了一点钱了,混得有点人模狗样了,就开始讲究面子了,就开始嫌弃别人了!是不是你这张臭嘴把我借给她三万块钱的事到外面说了!今天这件事你可千万不要拦我,小齐这个人心善又聪明,我非常喜欢她,她的事我要管到底,你要是阻拦我的话,你别怪我对你不客气!你尽管放心,我不会给你找事。她的去处我自有安排,你别给在外面废话就行!"

乌海吉不敢再吭气了。他知道刘月娜的性格,她要干的这类救死扶伤的事情,谁也不要去阻拦她,否则的话她跟谁都会翻脸,她发起脾气来十分可怕。

所以乌海吉就由她去做,自己不干涉、也不参与。

到家了以后,刘月娜抱着齐娅静进了客房,把她放在床上,然后急急忙忙地找了一根人参,切了几片塞进齐娅静的嘴里。没过一会儿,齐娅静就清醒过来了。她醒过来第一句话是:"娜姐,你救我干吗呀?我受不了这么多苦难,我真的经受不住啊!"

"你苦个屁!你这点事还比不上我遭受苦难的一根毫毛呢。再说了,你以为死了一了百了啊?狗屁!你自寻死路,下辈子连猪狗都做不了,只能做粪缸里的一条蛆虫!你放着好端端的人不做,却想做粪缸里的蛆虫,你这是什么脑子啊?亏你还是个大学生呢!这么简单的事情都搞不明白!"

齐娅静精神稍好了一些,她看到刘月娜今天晚上说话办事这么粗鲁,骂人这么难听,自己声音也不自觉地粗了起来:"你以为我现在的日子好过啊,这两天白天晚上被人威胁要钱,搞得我人都快要崩溃了,我现在的苦难生活,就跟粪缸的蛆一样,又难受又窝囊。"

"放你娘的屁!有没看见我的照片啊?没看到我的乳头被人家削掉一半了啊!给我家妞妞喂奶的时候,只能用一个乳头喂它,她想找左边那一个,我都没法让给她看。至今我也觉得自己是个不伦不类的人,基本的零件都不齐全了。就这样,我也没想过要走那条路。你倒好,身体好端端的,也没有吃什么大苦,你好意思跟我叫苦,想去找死,你给我滚一边去!今天晚上你一个人睡在这里,你这个安眠药我也给你带来了,你要想走那条路,你就吃吧!不过你可要想好了,服毒自杀的人,来世就得做粪缸里的蛆虫,我老家的老人们都这么说的!"

说完,她把药瓶往茶几上一放,然后拉着乌海吉就出去了,随手关上了灯,带上了门,留下齐娅静一个人在乌黑的屋子里。

第五十八章

齐娅静被刘月娜一阵狂骂，有一些晕头转向，但奇怪的是，她想找死的念头丝毫不存在了。她又看了一看刘月娜的照片，感到非常震撼，真想不到娜姐经历过这么多的苦难和危险，自己的经历跟她比真算不了什么。

但是以后怎么办？

中源公司她是不会再回去了，她感到无脸以对吴总和同事们。但让她气愤的是方向成对待她的态度。他凭什么一口咬定她齐娅静出卖了公司的专利产品，甚至出卖公司投标书的标底，她在宾馆没有干什么坏事，他就先入为主的搞有罪推定，还到处散播这种龌龊言论，搞得连吴总都相信了。这种赤裸裸的诬陷和诽谤人的做法，与胡云翥这些黑恶势力的恶棍的做法毫无二致，对人的伤害更深。想到这里，她决定立即辞去中源公司的工作，然后再到别的地方去闯荡一番。她觉得，现在全国来说，计算机编程人员还是不算多的，给自己找个饭碗并不困难。以前主要是自己的胆子太小，被自己的狭隘观念禁锢得死死地，不敢越雷池半步，造成自己目前这种困辱局面。

穷则变，变则通！她决定到南京发展去，那边有一个大学同学找过她，邀她一起干，她决定去试试！

于是她坐下来，开始写辞职报告，打算明天一早就交给公司，这样就不要再面对公司的人了，也不用多说话了。

奇怪的是，刚开始写的时候，齐娅静心中满怀怨恨之气。随着报告一字一行往下写，气逐渐地消失了。她的心情和思想也彻底的冷静了下来。她想到了吴总和公司同仁，包括方向成、吴理睿这些年来对她的关心和帮助的细节，她对他们的感情油然而生。

所以她辞职报告写得很客观，她首先感谢当年中源公司和吴总的关心，接纳她为公司一员，给了她人生一次宝贵的机会。她尤其感谢吴总和林虹姐这些年对她的关心和照顾，她感谢公司全体同仁的帮助，使她顺利地完成公司的交办的各项工作。她特别说明，自己离职的原因，是自己的疾病。她承认自己患上了轻度的抑郁症，不能胜任公司的繁重的业务工作。报告中没有一句怨言。

报告写完以后，她又看了一遍，觉得没有什么要改的，就放在桌子上，想明天让王绮文送到吴总那里去。

她的思维慢慢活跃起来了，思绪就像海上的波浪似的滚滚而来，一浪高过一浪。但慢慢集中到一个问题上：娜姐为什么能抗击生活上的苦难？而且毫无畏惧？她一想到那张照片的惨样，就感到揪心，感到不寒而栗，那么难，那么惨的事情，娜姐都扛得住，她在人们面前，始终是那么快乐、风趣、漂亮、善良，精神饱满，热情洋溢。

她第一次为自己树立了一个人生的榜样，这个榜样就是刘月娜，她由衷地感觉到，娜姐完完全全配做自己的榜样！

她要学娜姐那样坚强，那样乐观。她决定自己要独立自主地干一件事情，痛痛快快地做一回人。

不知不觉已经到了深夜，外面悄无音信。但齐娅静一点睡意都没有。于是她就到茶几上去拿一片安眠药吃。她把安眠药往嘴里一放，感觉不是安眠药，她拿到灯下仔细一看，原来是一粒口香糖！

她被刘月娜弄得啼笑皆非："娜姐，你不能这样玩我的，我恨死你了！"说完竟然笑了，是一场大笑！

吴国耀收到王绮文捎来的齐娅静的辞职报告后，仔仔细细地读了两遍后，默默无语。

按照他对齐娅静的了解，他早已预料到齐娅静会辞职，会离开中源公司。

中源公司投标失败的原因已经搞清楚了，真是吴理睿把标书给弄错了，把最初的草稿当成了最终稿，装入信封，然后让齐娅静送到市招标办公室。还有，就是齐娅静在宾馆准备卖血的事，以及他父亲卖血的事，吴国耀都听说了。那天晚上他的一位消息灵通朋友告诉他的，他听着听着，心里一阵阵的难受，最后，两滴浑浊的老泪落到了地上。

方向成、吴理睿这两个男人，毫无理由地诬陷齐娅静这样一个弱小女子，给她头上加那么多的罪名，这是多么可怕、冷血和无耻啊！还有，自己作为董事长，她的顶头上司，在关键的时刻没有及时主持正义，竟然还相信了这两个混账东西的话，默认了他们对齐娅静的造谣中伤，自己也是办了一件混账事啊！他感到深深的愧疚。

他知道齐娅静很贫穷，也知道齐娅静内心的感受，因为他自己也曾经贫穷过，也饱尝了贫穷的滋味。但是他一点都不为齐娅静的前途担心，他知道齐娅静身上有两件宝贵的东西，那就是傲骨和志气。这两件东西就像雄鹰的两扇翅膀，总有一天会让她展翅飞起，直冲云霄！

一个有傲骨与志气的人，是不会永远匍匐在别人的脚下，受别人摆弄的。齐娅静就是这样的人！

吴国耀一边想着，一边在报告上写下了这么一段话："我们公司从此失去了一位忠诚的、有才干的优秀员工，这是我和我们公司的损失和耻辱。人才开始流失往往是一个公司开始走向衰败的前兆，请各位同仁切勿忽视！我希望各位同仁以此为鉴。我特别希望大家始终做到——善良做人，善良待人，心向苍穹，俯仰无愧！"

吴国耀签完字以后，让王绮文去告诉齐娅静她可以离职了，并请王绮文帮助她整理一下物品，并代表他和中源公司为她送行。除此之外，他没有做任何其他的举措，因为他知道，这时候他和他的公司所给予的任何帮助，齐娅静都绝不会接受了。

然而，就这么一点小事，齐娅静也没有麻烦公司。她的物品已经打包完毕，邮政公司已经派人和车到宿舍领取，准备发往她的河北老家，收件人是他的舅舅。而齐娅静本人只身坐上了开往南京的火车。

临走前，她和刘月娜紧紧拥抱，两人都默默无语，却都是泪水涟涟！

第五十九章

魏力斯接到刘宇军的消息，得知三天内决出中标企业，立即决定再到江源和龚汉诚面谈一次。他先让那省长的秘书给龚汉诚打电话，说希望能考虑魏力斯公司，在条件差不多的情况下，让魏力斯做这个工程。事后查明这个电话并非省长的授权，而是秘书狐假虎威，作奸犯科。

然后，魏力斯给龚汉诚打电话，说要去江源看他。

比起上一次，龚汉诚对魏力斯的来访少了许多的热情。因为魏力斯来江源赤裸裸地为了大坝工程，这是不会令人愉快的。龚汉诚由此还发现，魏力斯此举并不高明，为了工程而来江源是有害无益的。因为要是他决定给魏力斯做，魏力斯来了找我，人家就会认为是魏力斯到江源找他，给他好处什么的。这让龚汉诚反而不好替魏力斯说话；如果他不打算给魏力斯做，魏力斯来了，空手回去，岂不尴尬！这以后两人连朋友都做不成了。

但是龚汉诚想到魏力斯的公司仍然是合适人选，再者，他们已经建立了友谊，所以对魏力斯要来江源这件事，只能表示欢迎。

一天上午，已到下班的时间，魏力斯突然给他办公室打了个电话，告诉他，他已经到了江源，住在一家小旅馆里，就他一个人来的。龚汉诚正有些纳闷呢，这个喜欢张扬的青年才俊怎么这般谨慎起来了？他一想这样免了他的压力，很好。心里又高兴起来，魏力斯毕竟聪明，于是他欣然同意和他共进晚餐，双方不带一个随员。

按照龚汉诚的意思，他们俩来到了一家农家小品的小吃店。他让魏力斯点菜，魏力斯点了两碗米饭，一个辣椒鱼和一锅青菜羹。席间魏力斯没有说一句有关工程上的事。而只是谈到他个人的生活上的事。他告诉龚汉诚，奉父母之命，媒妁之言，他将和一个小他十岁的农村姑娘结婚，她今年五月份刚满十八岁，打算在十八岁生日那天成婚。魏力斯的这番话，让龚汉诚惊愕不已。看龚汉诚一副惊讶的面色，魏力斯从口袋里掏出一张照片，上面是魏力斯和那姑娘的合影。照片上的那位姑娘满脸稚气，清纯美丽。龚汉诚又一次被魏力斯所吸引，觉得这人虽然有些神经兮兮的，他整什么事都别出心裁，有韵味，上档次，现在这样清纯美丽的姑娘上哪去找啊！

吃饭的间隙，魏力斯从包里小心翼翼地拿出一个信封递给龚汉诚。龚汉诚一见信封就条件反射地摆手拒绝——他以为是送钱给他。后来他看到了信封上的毛笔字——"汉诚亲启"四个字，他一看心中一惊，他怎么给我写信？就急忙打开信封一看，信笺上又是用毛笔写的字，也是四个字，"关照此魏"落款"克"，时间是昨天中午十二时。

龚汉诚看完大吃一惊："你怎么会认识克老？"

魏力斯说："他是我表姐夫。"

龚汉诚点点头，说："你的施工技术队伍和经济实力我都放心，但我对你有个要求。"

"您说。"

"在接到工程后，你必须保证每个月有二十天在江源，在施工现场，否则我不会同意给你做，我宁愿去找克老，负荆请罪，听他发落。"

魏力斯当即表示，没有问题。

他们俩随即出来，魏力斯开一辆越野车送他到办公楼门口，而他自己则驶上高速路，去北京向表姐夫当面回话。

送走魏力斯后，龚汉诚回到办公室，又将那封字条看了三遍，龚汉诚确认这是克老的手笔。克老约定：凡他给龚汉诚的字条只写四个字，第一个字少一笔，第二个字少两笔，第三个字也少两笔，第四个字少一笔，只有他俩知道这个秘密。克老是他的恩人，他有今天很大部分原因是克老的帮助。同时，克老也是他的知情人，他的一些不为人知的事，克老都知道，都替他瞒着。龚汉诚这个人爱自作聪明，留下了好几个秘密，最后每个秘密都被揭开，都给他带来了不幸。

魏力斯这趟江源之行，给龚汉诚带来了克老的密信，但也给他带来了一种不祥之感。龚汉诚的想法是魏力斯像是个搞秘密活动的人，居然能知道他的最核心的秘密，跟这样一个人打交道是很不安全的。他庆幸的是没有什么把柄落在他手里。他送的那块手表和其他物品，早已送交纪委，这方面龚汉诚大节不亏的。

　　就在魏力斯走后的第二天，姜琳娇来到省城，她这趟主要是工作上的事。她给龚汉诚发了条短信，告诉了她到省城的消息。龚汉诚告诉他，他最近忙得很，不能去省城看她。她说可以，晚上她给他打电话。龚汉诚想到姜琳娇是魏力斯的人，现在对她也失去了兴趣。

　　但当晚上的时候，姜琳娇却到了江源。龚汉诚一听她擅自来到江源，心里很不愉快，但还是到了海晶大酒店去见了她。

　　这次姜琳娇是一身空姐制服，见龚汉诚之后，满脸戚容，这让龚汉诚有些吃惊。两人坐定后，姜琳娇说，她本来是不打算来的，因为时间安排不过来，她明天十一点要飞广州。但有件急事要当面对他说，想了想还是来了。

　　龚汉诚忙问什么事，这时，姜琳娇扑到龚汉诚怀里哭了起来，说："我们上了魏力斯的当了，他是个骗子。"

　　龚汉诚这时反倒平静下来了，说："你怎么知道的，慢慢讲来。"

　　姜琳娇把她在香港的所见所闻告诉了龚汉诚，他听了以后淡淡地说了一句："他做他的骗子，我们做我们的工作。他又没在我们这里骗到什么，怕什么？"

　　"汉诚，你不知道，他把我们那一夜的事给录音了。"

　　姜琳娇边哭边讲述了那部手机和录音的情况，龚汉诚听了半天没吭气，脸色铁青，双眼直愣愣地望着天花板。姜琳娇看到龚汉诚这个模样太吓人了，心里非常难过，她自责地说："都是我害了你，我甘愿拿命来赎罪！"

　　龚汉诚抽了一支烟，淡淡地说："有那么严重吗？有什么事比你的生命更重要？是我没有照顾好你。人非圣贤，孰能无过，错了就改嘛！"

　　"可是你没有改过的机会，要'双开'的，不像我们普通老百姓。"

　　龚汉诚听到这，反倒笑了说："卖淫嫖娼才'双开'，我们是吗？不过这书记肯定是不能当了，就是组织上不处理，我也会辞去书记职务的。"

　　"那怎么行，那样您的一生的理想、志向和努力都付诸东流了，你别冲动，我们想想挽回的办法。你要是真出事了，我就不活了！"

　　"你一个女人有什么办法，瞎嚷嚷个啥！"

第六十章

钱童从美国脱险回到上海家里,吃了饭,休息了一会儿,心情仍然十分紧张。按照他的脾气,他肯定是要先打电话给吴国耀将他痛骂一顿,他害得自己差点丧命。但钱童转念又想,还是揭穿魏力斯这个骗子的身份更重要,以免大坝项目落入这个骗子公司的手中。于是他打电话给吴国耀时只说回到上海了。刚好吴国耀也在上海,就想去找他。钱童说:"明天再说吧,今天我有些疲劳。"吴国耀说:"好的。"

第二天上午,钱童打电话过来了。"中午聚聚吧!"

中午十二点他们俩来到一个小饭馆,开了一个包厢。钱童一见面就愤怒地说:"没事瞎折腾啥啊。害得我命都差点丢了!幸亏有观音菩萨保佑。"随后详细讲述了他脱险的经过。

吴国耀脸红了一下,说:"这世界上还真有邪乎的事啊,这回还真让我长了见识了。"

"你整个就是个井底之蛙!"说完他话锋一转,"那个姓魏的小子怎么样了?大坝工程他拿走了?"

"还没有!"吴国耀说:"后天就要开标了,你有什么劲就使出来吧。"

他们正聊得欢呢!吴国耀的手机突然响了起来,他一看电话是江源来的,很陌生,想不接。但又担心投标的事,就接通了。

那边是龚汉诚的声音:"吴先生你在什么地方?我有急事找你。"

听了龚汉诚的这句话,吴国耀心里暗暗吃惊:他会有什么急事呢?但又不便多问,于是他很平和地回答道:"我在上海,既然有急事,今晚就回江源。"

龚汉诚说:"好。到了给我电话,我等你。"

吴国耀接完电话就通知杨一平买飞机票,他和钱童马上回江源。

到了江源已经是深夜了,吴国耀打通了龚汉诚的手机,龚汉诚让他到他家里去,他说钱童也回来了。

龚汉诚说:"那就一块来吧,钱先生我知道,是个有情有义的人。"

一到龚汉诚的家,吴国耀就发现他有些神色不好,以为他是工作忙,说道:"书记工作别太累了,注意休息。"

龚汉诚听了苦笑了一下,说:"吴先生、钱先生请坐,我今晚找你来是为江源大坝的事。我本人在半年多,或更长的时间里,都在物色施工队伍,我考察了解的企业不下一二十家,各种关系向我推荐的也不下十来家,但我想来想去,还是觉得你吴先生为人正直,做事靠谱,我准备让你做,你有什么困难吗?"

吴国耀看龚汉诚今晚神色异样,搞得他也有些紧张。他想了一下,说:"没有困难,我的朋友钱童和我一起做这个项目,我相信一定能做好!"

龚汉诚把目光投向钱童说:"好,你们俩都是江源土生土长的正直的生意人,江源的事就是你们自己的事,一定要做好,别做让人唾骂一辈子的事。"

吴国耀一听这些话,感觉不对头,有些交代后事的意思,就更加不安了,就问:"书记您这是?"

龚汉诚笑了笑说:"吴先生、钱先生,我犯了点错误,具体地说就是个人生活上有些不检点吧,也可以说是遭人暗算的。现在那个流氓准备要挟我,说不给他工程做,他就要把有关资料通过互联网散发出去,败坏我的名声。呵,他小看我了,以为我会屈服,他不知道我这个人的骨头是铁打的,一点小事就想让我屈服,那是做梦!"

"魏力斯?"吴国耀、钱童不约而同地问道。

"对,是他,这个骗子!"龚汉诚现在倒一脸坦然了。

"您打算怎么办?"钱童问道。

"向组织交代清楚,并辞去书记职务。"

"错!龚书记,这是下策!"钱童来情绪了。他一见有刺激的事就会立刻亢奋起来。"这种事好办,我易如反掌就能把他打倒。无须您出面!"

龚汉诚以为钱童要找魏力斯动刀动枪呢,就说道:"你别乱来,我的事充其量也是个党纪问题,你别给我闹出个人命来,让我吃不了兜着走。"

钱童听了急忙说:"我们才不干那傻事呢,你给我三天时间,我让这小子给你道歉,并让他永远不敢开口说那种混账话。"

"你有什么办法?"

钱童刚想开口,吴国耀抢先说话了。"龚书记,魏力斯是个带有国际诈骗性质的罪犯。他的事情钱童全部掌握。他敢和你嚷嚷是以为您不知道他的底细，一旦他知道您知道他的底细，他就不会嚣张了，而会乖乖地把嘴闭上的！"说完看了一下钱童。

钱童会意，就把魏力斯和泛美芝华（英）投资公司的事，特别是他从艾奥瓦小镇虎穴脱险的事说了一遍。龚汉诚听了感到惊讶不已。他暗自庆幸没有和魏力斯有深交往。

钱童分析说："魏力斯所凭的只是手机上的录音，这并不能说明上面的话语就是你的，只要姜琳娇矢口否认，就没办法确定是你。再说，就是你的声音也不能就据此说你和姜琳娇之间有什么关系。语音不是摄影，不可能弄得很真切的，可能他掌握有你和姜琳娇的几句对话，带感情色彩的，你爱我，我爱你的。但这说明不了真有爱啊。"

龚汉诚被钱童一说，有些缓过劲来了，他仔细一想，对啊，那天他和姜琳娇有语言上的交流，床上的时候，姜琳娇的手机那时没放在床边，这是录不下来的，就是录了也听不清楚是什么东西。他想到这，就给姜琳娇打了个电话，问那天她的手机放在哪里？姜琳娇说放在包里。"包放在哪里？""放在电视机上""电视机是开不是关的？""开的，你是说不隔音吗？让我开着。"

钱童听到这里，站了起来，向龚汉诚鞠了一躬，说："恭喜您，龚书记，这魏力斯说有你们的录音也是假的。电视那么吵，那能录下你们的声音啊！他录到的肯定是电视上的声音。"

龚汉诚一听到这，不禁心里笑了，他想起来了那天晚上电视机播的也是男女欢情的，那肯定是电视上的声音让他录进去了。

钱童向龚汉诚要了魏力斯手机号码，马上要拨通魏力斯的电话，龚汉诚刚要阻止，钱童已经和魏力斯对上话了。

钱："你好！魏先生，哈里·沃克博士向你问好，并问你近期你在中国开拓市场的进展情况。"

魏力斯一听有些发呆，这个手机显然不是来自他的公司内部。

魏："你是谁，哈里博士又是谁？"

钱："一个从事思想运营的人，头脑是不应该如此愚笨的，你应该想到我是谁。"

魏："龚汉诚先生吗？"

钱:"你别猜了,你猜不出我是谁。我想告诉你的是,如果你在中国以外的任何地方开拓市场,我将不予以关注,并始终保持沉默。但是如果你在中国,特别是在江源市这样的地方开展你的思想运营业务,并直接危害到我的亲密朋友,我将作出对你最不利的反应,具体言之,这包括让你思想营运业务停止运行和你这个思想营运者的制造商的灭亡,还不仅于此……"

魏:"你在威胁我,你到底是谁?"

钱:"作为一个操同一种母语的朋友,我要提醒你的是,哈里·沃克博士的整座大楼和唐·迈克以及细川一良的房间里,至少有十个枪口对准客户,这些枪每隔一年换新一次,确保思想者停止思想。当然你是付给他们折合人民币一百万元资金,生还的可能性就很大了。我是唯一既没有交纳那笔资金,而又安全回来的一个,这点我比你值得骄傲!"

"还有,我还想说的是,你怎么如此笨拙呢?被一个女子愚弄?以至于把她从电视机上录下来的电视剧中男女主人公之间的偷情剧情场面被你以为是真人真事,你甚至还想以此敲诈人家的工程,你不是太可笑了吗?"

魏:"你,你说,你说慢点。"

钱:"你的处境已经十分危险了,大陆公安已经盯上你了,假如你愿意付一笔一百万元人民币的酬金,我愿意为你提供一个绝对安全的地方,你和你的家人将可以在那里安全地度过余生。"

魏:"尊敬的先生,我向你保证,我将不做任何一件有损于你朋友的事,让我们都保持沉默。"

钱:"OK,拜拜!"

……

龚汉诚和吴国耀都被这一幕弄得有些晕头转向,钱童说:"你放心吧,没有事了。从现在开始我什么都没见到,也没有听到。我什么都不知道。"

第三天,市政府招投标办公室公布,中源公司在江源大坝工程的竞标中获胜。

又一个星期后,市里传出消息,龚汉诚书记去党校学习。由宋玉谦主持江源市的全面工作。

这条消息也很快被证实,此后,龚汉诚再也没有在江源市电视屏幕上露面了。

第六十一章

吴国耀和他的中源公司中标的消息，在江源市成为头条新闻传开了。

吴国耀为了避开前来找事做的人群，就准备到外地放松一下。办完有关手续，吴国耀和钱童乘飞机到广州，这回他们俩心里都有些沉甸甸的。说实话，吴国耀自始至终没有像乌海吉、魏力斯那样的渴望，但是硕果却落在了他的头上，他愉快地接受了这硕果。

正在吴国耀和钱童在广州商量怎么做这个工程时，乌海吉却在想办法让吴国耀搞砸这个工程。

乌海吉怀疑吴国耀使坏，把他排弃了，然后得到这个工程。

首先乌海吉以为他上了吴国耀的当，而那个吴理睿就是吴国耀放下的饵，是安插在他身边的奸细，引诱他上当。吴国耀一直说自己跟市领导的关系一般，可是不仅梁子玉对他一直关照，除了给工程做，临走了还给他安排了个人大常委会委员，龚汉诚萧规曹随。亦步亦趋地把江源最大的一块肥肉给了他。乌海吉一想到自己当初布兵设阵，调度各方，还在吴国耀面前夸下海口："关系没问题！"真是滑天下之大稽了！

乌海吉还有一层愤怒，他为这个工程花下了大钱来请客送礼，打点各方。这些钱花得真冤！还有他在马明亮那帮兄弟面前也彻底栽了面子。马明亮几个人一直尊乌海吉为老大，这些年都是跟着乌海吉做工程的，乌海吉揽到工程以后，所用的建材都是由马明亮提供。价钱优惠不说，货款也是在工程收尾后才付。这次马明亮对乌海吉拿到江源大坝工程没有丝毫怀疑，他多次找乌海吉求情，要求一些附属工程给他做，他表示前期的公关费用开销，他愿意承担一部分，他甚至早早就打进了五十万元给乌海吉，让他去用在公关上，其他几个兄弟，是看好他的，每个人前前后后请他吃饭都不下十几回了。这回他花了大钱不说而且还在兄弟们面前彻底地栽了面子，他能不气愤吗？

乌海吉的优点是精明，缺点是太精明。他的每笔支出都想到要回报，而且要翻倍的回报，开始人家不知道他这特点，都认为他为人大方，出手阔绰，时间一长，就发现这一特点了，因此好多朋友都防着他，不吃他的饭，慢慢疏远他，其中有好些非常宝贵的朋友。所以他做人做事好比是猴子掰玉米似的，手上东西多不起来。

现在他又想到白白花了几十万元钱的事，心中非常的懊丧与悲愤。他骂那些吃他的拿他的人，骂他们没良心光知道吃他，拿他的，却不办事。但他也无可奈何，是他自己要给人家吃喝送礼的。

比如北京那次，他本想自己出面请梁子玉和李祥等人，但他知道梁子玉这人不好请，他没有把握能请动他。就挖空心思地叫侄女乌丽丝去纠缠陈副部长，让他出面的请。

陈副部长这级的领导，每天都有应酬，请吃、请吃的事多了去了！你说陈副部长愿意吃喝吗？他都快六十岁了，心脏有毛病，肝也不好，这些毛病都是吃喝给弄出来的。现在他一般不去外吃喝，实在避不开，他在席上一般只喝一口小米粥，吃口榨菜，其他海鲜鲍翅他一概不吃。

他这个人热心肠，耳朵软，架不住乌丽丝左一句爷爷右一句爷爷的叫，说实在这老头还真喜欢乌丽丝，当时他还有意让乌丽丝和儿子搞对象呢，就答应了。他可是好心帮你乌海吉呐！你乌海吉现在倒找账，不有些不仗义吗！

可乌海吉现在不这么想了！

还有，梁子玉吃那顿饭也是看在陈副部长这老领导的面上才会吃的。他的吃喝任务比陈副部长还重、还艰苦。他出面请的都是上面的领导和同志。这些领导和同志来江源都是为了帮助解决这个问题，那个困难的，他们大老远来了，辛苦好几天，人家要走了，你说不给加几个菜，这也不是江源人民的做派。梁子玉经常讲江源市不富裕，请人家吃饭不可能上海鲜，不上鲍鱼、鱼翅、燕窝、海参之类的大菜，也不能上茅台，五粮液等过高档酒。但要热情，周到，为了表现心意，梁子玉经常是自己出面招待客人，上面来的处长，科长，受到书记的招待，虽然都是普通饭菜，但情意浓浓的，大家都很高兴。

这些情况，乌海吉也不可能知道，他只当人家个个都是馋嘴的人，有意要吃他的。有次，他把这些郁积在心中很久的想法说给了乌海甫听，乌海甫席间没有说话，因为他正在应乌海吉之请在海晶大酒店吃饭呢，席间正好是鲍翅，辽参!

听了乌海吉这番话,乌海甫的嗓子顿时像长刺似的,啥也咽下不去了,连喝口水都感到生疼。他是个厚道人,当时还是笑呵呵地和乌海吉聊天,过了一会,说去洗手间,其实是去服务台把单买了。

饭后结账,小姐说乌海甫已经买过单了。乌海吉还说了一句,让领导请客不好意思。乌海甫回到办公室后,把乌海吉给他的那个几万元钱,还给了他,乌海吉也没有多推让,就收回去了。当时乌海吉也确实想要那个钱,因为他觉得江源大坝的事,只有龚汉诚一个有用,在其他人身上使劲,都是瞎花钱,瞎耽误工夫。

乌海吉让人害怕的是,他有时会向人若明若暗地表示他与某某领导的关系如何好。在一些场合吃饭,大家说到某位领导,他一时兴起,就会当众说,那个领导是他的兄弟,一个电话他准来。真有两次他把建设局副局长王也善叫来了。席间乌海吉还当场强迫王也善给他敬酒。

这事传到了梁子玉的耳朵里去了,他立即把王也善叫到办公室,严厉地责问他:"乌海吉给你什么好处了?让你像条狗似的招之即来,挥之即去!"

王也善以为梁子玉已经知道他们之间的秘密,就交代了。说是在江源河护坡工程中,乌海吉给了他一张信用卡,里面有五千元钱。梁子玉一听,气得够呛,抡起巴掌就想抽他的嘴巴。鉴于本人认错态度诚恳老实,梁子玉和几个常委商量了一下,决定不给按刑事案件处理,而是把他调离现职,安排在市政建筑公司做点具体工作。

龚汉诚就是从这件事开始对乌海吉有了深刻的印象,鉴于他在江源工商界还有一定的名声。在一些场合见面,还是给乌海吉面子,表面上他有说有笑的,但内心里早就判了乌海吉的死刑:此人不可交,更不可用!可怜的是,乌海吉自己并不清楚龚汉诚的想法,还以为他是龚汉诚的好朋友呢!市委其他常委对乌海吉的态度基本上和龚汉诚差不多。倒是梁子玉认为乌海吉也算是江源的一个能人,要用其所长。所以一见乌海吉还是乐呵呵的,海阔天空地聊天。乌海吉又以为他和书记的关系很好。

天下之恶一也!你以为梁子玉对乌海吉没有想法?那时不可能的!乌海吉一直想对梁子玉展开攻势,就在那次从北京回来的第二天。乌海吉认为应该趁热打铁,把梁子玉搞定。晚上就带了一些吃的补的穿的,来到梁子玉的家里探望。刚好梁子玉不在家里,老伴王之接待的。王之认识乌海吉,一见面就很客气,请他坐下喝茶聊天。王之特别健谈,这些年跟梁子玉一起,学了不少应酬的套路。一番得体热情的话语,把乌海吉说得很高兴,以为有门,聊了一会,乌海吉想走了,就把东西给王之,王之也是想逗逗乌海吉,就叫乌海吉把东西一一打开看看。又问了价钱。乌海吉以为王之是看上了这些东西了,就一五一十地把价钱说了一遍,王之边听边算,最后说:"乌总,你送的这些东西我要是收下了,刚好可以判坐牢三年"。随后,王之把脸一沉,话音一转,立即变成了一个凶狠的老太太。"你以后再带东西来,就休想进我的大门!"

乌海吉一见形势不好,只好带上东西,悻悻离去。

乌海吉走后没多一会儿,梁子玉回家了。王之把刚才的事说了一遍。梁子玉听了很气愤地说了一句:"这龟儿子,害了我的一个副局长还嫌不够,现在竟敢到我的头上来动土,不知道天高地厚的东西,纯粹是活腻了!"

可以说,江源大坝工程项目,乌海吉一开始就没戏,但他却以为非他莫属。这正是他的悲哀。

现在尘埃落定。他输得一点脸子也没有,心里怎能不气愤呢!他是个胆小又心胸狭隘的人,把所有的失败原因都归咎于别人,他现在认定是吴国耀要他的,一心想找吴国耀报复,这种事当然不能跟外人说,他只好找刘月娜商量。

刘月娜听了,开初觉得乱得慌。她说这工程给谁做不给谁做,是市里说了算,又不是吴国耀说了算,那能怪他?你说吴国耀找关系,请客送礼,这也不是什么了不起的事啊,我们俩不也是天天都这么做吗?工程做不做没啥大不了的,我们又不是没事做,没饭吃!

乌海吉一听,心里就不高兴。他一口咬定是吴国耀背后使阴招毒计,比深圳的那些混混更可恶。刘月娜一时也辩不明东西南北,她最后当然是相信乌海吉了,所以就问乌海吉怎么办?乌海吉说:"骑驴看唱本——走着瞧!"

第六十二章

　　在严寒的冬天里。江源河的河水减少了一半。有些河段几近干枯，快要断流了。今年冬天，天气格外寒冷，最低温度降至零下十度，这是近五十年来的最低温度了，这个温度持续了一个星期，把河边的水冻成了厚厚的冰层，就是大人们踏在上面，也是稳稳当当，纹丝不动。去年冬天的几场大雪也被冻成了冰，踏上去，硬邦邦的，一直没有被阳光溶化。山坡上，田野里，都是白皑皑的积雪，在阳光的照射，闪烁万道银光。河床上的那些石头，平时它们被河水淹着，高的只露个头，小的则完全淹在水底，现在水落石出，放眼望去，这些高高低低，大大小小。形状各异的石头，都错落有致地屹立在河床上，都身披白雪，在太阳光的照耀上，闪闪发亮，这时它们好像都活动起来了。

　　河两边的茂密的树木，由于覆盖了厚厚的积雪，这远看去，看上去倒像两座又宽又高的城墙，向前方婉延伸展，逶延而去。河坝的两边是宽阔的田野，在厚厚积雪的覆盖下沉沉睡着。在田野的东西边，是江源市区，鳞次节批，高高低低的楼宇，在远处望去是雪白的一片。从房顶烟囱上升起的缕缕的烟，好像是这沉睡的大地呼出的哈气。

　　是的，冰雪的下面生命在蠕动。在酝酿着更加强大的勃勃生机。

　　从离城区不远的公路上，有辆黑色小轿车缓缓地朝市区驶来。径直地开向市委大院的家属区，在2号楼前停了下来，从车上走出一个身材适中敦厚结实的中年人，他就是市委代书记、市长宋玉谦。

　　省委主要领导前天召他到省城谈话，对做好当前和今后一个时期的江源工作作了明确指示，并向他交代了做好工作的几个要注意的问题，当然也谈到了龚汉诚同志的问题。省委主要领导指出，龚汉诚同志在江源工作的五年中，成绩是主要的，要充分肯定，缺点也是有的，但这是次要的，他党校学习结束后，还要安排新的工作岗位。针对在江源流传的龚汉诚同志的种种谣言，要做些辟谣的工作，别让谬种流传，影响龚汉诚同志的情绪，并让他在常委会上传达这次谈话的详细情况。

从这次谈话看来，龚汉诚的主要错误不在他和姜琳娇的一夜情上，而在于他用人失察，对长期在自己身边工作的刘宇军没有尽到管理的职责，对刘宇军长期利用工作之便，徇私舞弊，收受巨额贿赂以及包养情妇，嫖娼宿妓之事，一直没有发觉，对开发区副主任李志高的经济犯罪也没有及时发现，造成了开发区被骗去三百万元，造成成千上万的直接经济损失。所有这些，龚汉诚同志作为市里第一负责人，负有不可推卸的责任。关于龚汉诚同志的问题，省纪委已经查清，他本人没有收受任何人的钱物，就是收了，也及时上交纪委，事实证明龚汉诚同志在这方面是经得起考验的。

谈话时，梁子玉也在场。他主管干部人事工作，谈话结束后，宋玉谦又到梁子玉的办公室坐了一会。梁子玉神情严肃地说："这两件事情的发生我也有责任，特别是开发区的那个李志高犯罪一事，我是责无旁贷。

在来江源之前，就有群众反映这个人作风漂浮，不务正业，整天搞些吹吹拍拍、拉拉扯扯的事。那时虽然没有做违法的事，但把这种油腔滑调、投机取巧的人安排在开发区副主任这样重要的岗位上，不能不说是我梁子玉的一大失误，我已经向省委写了检查报告，请求给予处分。"

宋玉谦听到这里说："我们这些人都有一个毛病，就是心太好，心太软，心太粗。其实李志高的问题，你是最早发现这个人有些不正常的，你曾跟我说过，我倒是注意了，也接触过几次。觉得你的判断没错，所以几次汉诚同志要让他转正时，我都没赞同，其实这个人应该把他撤下来才对，我心软了点，对表态不赞同他转正，事后还有点抱愧，好像对不起他似的，现在看来，我也有责任。"

梁子玉说："在这个问题上，你做得比我好。龚汉诚同志的态度是明摆着，你当时能够做到这一点，就很不容易了。"梁子玉接着说："看来江源这地方也远不是风平浪静，更不是一片净土，问题也不少。以后你既要小心谨慎，同时又要大胆果断，抓一下这些方面的问题，你年轻，各方面都比我强，相信你能把江源工作做得更好！"

宋玉谦说："这是领导对我的鼓励。我这些日子思考了一下，你在江源时的一系列做法，是经过实践检验的，是正确的，是可行的，没有做大调整的必要。但有几个地方我觉得要做一个梳理。一是这个GDP是不是调低点？在我们江源这样的农业市，GDP定得太高，势必是层层掺水分。我赞同跨越式发展这个思路，但跨越式发展是全方面的，不能仅仅用GDP来衡量，我怕太强调它，而忽视了环保、基础设施建设和与人民生活质量密切相关的一些事，如人民群众的身体健康和生活质量方面的问题，这会造成不均衡发展，时间一长就会出大问题。还有江源的水力资源非常丰富，例全省之最，在全国也是有名的，我考虑是多建几个电站，一方面解决自己电力问题，另一方面电力也是商品，我们用不完的电力可以向相邻的市区输送一些，以取得收益，也可以向外省输送富余电力，这样既符合我们青山绿水战略，也有利于拉动经济增长。"

听到这梁子玉问："江源大坝工程项目定给吴国耀做了？"

宋玉谦回答："是的，汉诚同志事先征求过我的意见，我表示同意的。"

梁子玉点了点头说："我也同意他做，吴国耀这人外木内明。稳当可靠。我最怕聪明人：一个事到他手里，还没看清是怎么回事呢，他的鬼点子就像气泡似的一个个冒出来了，外表溜圆锃亮，其实一会儿就破。这大坝啊，楼啊，塔啊的东西，其实跟人一样，顶用可靠是第一位，花里胡哨的东西，既费钱财，又不管用，还容易出问题。"

说到着笑了，向宋玉谦说："我这些观念是不是太老了？"

宋玉谦微微一笑说："老是老点，但顶用。真理不怕老，何况这也不是您的发明，您只是个使用者。用了几十年了，觉得好用，是不是？"

梁子玉听了又笑了，说："是，是。"

梁子玉说："你刚才说的这些事和我的看法，都是对个人对个人的，真要干，还是要经过党委会讨论通过后，报省委批准。"

梁子玉最后对宋玉谦说："你可不能出事啊！你要出了事。我这张老脸真没处搁了！你是我求上级领导要来的，你要是出了事，我辞职是肯定的，但也一辈子心难安啊！"宋玉谦郑重地说："您放心，我宋玉谦决不会辜负党的培养！"

梁子玉送宋玉谦到门口，嘱咐说："别再摸车啊！一年到头都不开车，手生，别逞能！"

宋玉谦爱开车，有次去省城的路上，他看司机累了，自己开了一程，结果连车带人翻到路边的水沟里。所以梁子玉经常提醒他。

宋玉谦回到江源不久，就听说梁子玉要调到另一个省当省委书记。没有过多久，他真的调走了。

　　对于这位领导，宋玉谦充满了敬爱之情。在他眼中，梁子玉对党对人民始终怀着一颗赤诚的心，对党和人民的事业无限忠诚，没有丝毫私心杂念。他胸蕴大才大智，但从不张扬。他的智慧不是说在嘴上的，而是体现在一桩桩、一件件的具体实际上。可以说，他所做的每件大事，都经得起历史的考验。宋玉谦总结梁子玉的做事风格是日计不足，月计有余，月计不足，岁计有余。为人不怒而威，不言而信，有古贤者风！

第六十三章

钱童和吴国耀在广州住了几天，两人商妥了江源大坝工程的具体施工方案。钱童和吴国耀一起三十年的交情，虽然对吴国耀说话随便，但内心对吴国耀是信服的。这次能承揽到江源大坝项目和在此之前被选举为市人大常委会委员，这两件事情连在一起一想，他感到吴国耀不是得到某位领导信任的问题，而是昭示着一种趋向，这已经不仅仅是一种致富光荣的问题，而是国家日益开明和民主的表现。整个国家和社会正在走上文明发展的道路，令人无限欣喜！

他离开江源十几年了。这次他亲眼看到了家乡翻天覆地的变化，作为一个江源人他感到由衷的高兴。但他也有遗憾，这些年自己在外面打拼，光忙着自己挣钱，对家乡的关心很不够，干脆说就没有出过一点力量。作为一个江源人，他有些惭愧。

他看到吴国耀为家乡做出贡献，他已经深深地溶入江源的土地和人民中，并取得了相当的成功。他的价值比自己高，他很羡慕吴国耀。

现在他能做事就是协助吴国耀做好江源大坝工程。他深知这项工程的意义所在，这是江源市有史以来最大的项目之一，这个项目开工建设，标志着江源的建设和发展已经站在一个更高的新的起点上了，他想和吴国耀一起，做好这个项目，为家乡建设出把力，为家乡人民做点事。

他和吴国耀研究分析了工程建设中可能出现的各种情况。所有的问题都和施工队伍和施工技术有关，而资金不是主要问题了。他建议吴国耀成立一个专家咨询委员会，他之所以没有叫小组，主要是觉得小组这叫法不是以表达他们对工程技术的重要性的认识水平。

而且，他们确实也准备聘请包含施工各个阶段、各个方面的专家。这个委员会人数最多时可能会达到五十人，这样叫委员会就名副其实了。还有他觉得吴国耀有些过于厚道，怕得罪人。所以，工程质量监督的事他准备揽下来。他一定要让每个螺丝，每根钢筋，每袋水泥等都百分之百符合标准。同时他决定把老婆孩子也接到江源来一起住段时间,待到工程大事忙完再走。

至于工程所得到利润嘛,他一点也不担心,这哥儿们一分也少不了他的。想到这里,他笑了,他觉得自己这辈子错就错在爸妈给他取得名字上:姓钱,名童。做什么事最后都会归结到钱上来,被钱弄得一辈子都长不大!

他们俩从广州回来后,就整天猫在吴国耀的家里。没日没夜色地筹划工程上了的事。

一天晚上,他们俩正谈得欢,这时,他听到好像有人敲门,吴国耀赶紧去开门,进来的是宋玉谦书记。他有些吃惊,不知宋玉谦有什么事来找他。宋玉谦朝他笑了笑,问:"这么晚,你在忙什么啊?"看到钱童又问:"钱先生也在?"钱童忙起来给宋玉谦让坐,这时吴国耀还在门口待着,宋玉谦见了,说:"吴先生,你等谁啊?我是一个人来的。"吴国耀这才回屋,说:"这么晚,你怎么一个人行动啊?"

宋玉谦莞尔一笑,说:"又不是上山打虎,还要带大队人马?"

宋玉谦看他们正研究大坝的事,就坐了下来,和他们聊起来。

吴国耀告诉宋玉谦他俩正在拟定专家咨询委员会人员名单。宋玉谦一听是专家咨询委员会便来了兴趣,听了吴国耀的想法后,宋玉谦问:"这里头有没有我啊?"

钱童说:"你是领导,哪敢请你啊?"

宋玉谦说:"钱先生小看我了吧,领导就做不了专家咨询委员?我可是正宗的工学博士,学的就是建筑。你们把我加上,好处还是很多的,至少遇到难题不好解决,我可以去清华大学搬救兵支援你们。"

吴国耀和钱童都笑了。

他们三个人聊了很久,宋玉谦问的都是些家常事,说的都是些家常话。还问了钱童一些域外生活和生意上的情况。

末了,宋玉谦问吴国耀:"听说吴先生说过大坝做不好,你要从大坝上跳下去?"

吴国耀顿时敛住笑容说:"是"。

"你说得轻巧,你跳河还要沿岸的成千上万的百姓陪你下水?"宋玉谦严肃地说:"这个大坝建成后,不仅你当老板的要平平安安,欢欢喜喜地挣钱,而且,也不允许有一个民工死亡,我这个人就喜欢当大吉大利的书记,今天来就是想对你说句话，你做什么计划都要考虑到这点。"

说完就起身告辞了，吴国耀想开车送他回去。

宋玉谦说不要了，我喜欢一个人走走。

吴国耀说："天黑，路不好走。"

宋玉谦说："这两件事在我这都不是问题。"

这天，是宋玉谦当代书记的第一天。早上一上班他头一件事处理了一个刑事案件。

事情是这样的，前些天夜里，前山县三甲村村支书记刘二贵，在路过一家小卖铺时，发现有几个人在那里赌博，刘二贵就上去阻止，其他几个村民一哄而散。却有一个外地来的混混叫张阿发说刘二贵多管闲事，动手就打，刘二贵一闪，躲开一拳，不想那张阿发兽性大发，从凳上拿起一把柴刀，朝刘二贵的脑门砍了一刀，刘二贵当场晕死过去，倒在血泊中。几个村民赶紧把刘二贵送往医院，但伤势过重，半路就死亡了。张阿发一见不好就乘乱逃走了，至今不知去向。

宋玉谦一看，是前几天夜里发生的案件，怎么今天才送来，怎么不立即告诉他。

秘书说："公安局刚送到，我这里一分钟也没敢耽误就给您递上来了。"

宋玉谦马上打电话找晏洪，晏洪马上到宋玉谦的办公室。晏洪说是他手里压了两天。

宋玉谦问抓到凶手没有。

晏洪说还没有。

宋玉谦问你都派什么人，上哪里抓凶手了？

晏洪说："派三个警察，在附近搜寻。"

宋玉谦听完，马上沉下脸，对晏洪说："晏局长，你这事做得很不恰当！第一，刘二贵是村书记，我是市委书记，他出了事你怎么不马上报告我这个市委书记？你就自作主张地去办了？实际你办事不力。第二，你工作了二三十年了，看来你还不懂咱共产党的规矩：我们党把每个党员，每个干部都看作宝贵的财富，都是十分爱惜的。怎么在你这里，一个党的干部被歹徒害死了，却被你认为是一件小事了呢？连及时请示报告都做不到了呢？你这公安局局长越当越麻木了，不会爱惜同志了。第三，你派三个人去找，能找到什么啊？怎么不动员全市公安干警去抓？乱弹琴，你！"

晏洪和宋玉谦两人关系一直很好，见到宋玉谦今天对他发火，有些摸不着头。他素来钦佩宋玉谦，知道宋玉谦发火肯定是对的，就一副恭敬地站在那里，听他说话。

宋玉谦缓了缓口气说："我们党的干部哪怕是犯了这样那样的错误（当然除了刑事犯罪），也有我们党的各级组织在，组织会按党纪国法处理，外人不得乱动。现在是我们的一个好干部在主持社会正义的时候，让歹徒给杀了害了，我们怎么能不愤怒呢？不上火呢！你马上回去组织队伍，赶快去抓！报告省公安厅没有？"

"报告了。"

"这事我亲自指挥，你去办，事无巨细直接向我报告！"

晏洪听了就回去部署捉拿案犯去了。

宋玉谦稍后又把方宏请到办公室，两人研究了有关干部的问题。宋玉谦要方宏弄个方案，解决一下全市干部中的一些切身利益问题，特别是那些病故干部的子女上学和遗属的生活上，看看有什么问题，要争取解决好，可以动员机关干部捐款捐物。

方宏听了说："这些事本来是我们组织部门的分内工作，这些年只强调反腐败，对干部应该关心的事也不敢做了。"

宋玉谦说："反腐败是大事，要抓住不放！但关心干部也要抓住不放。现在社会上有些人认为，我们干部队伍中不是大搞腐败，就是尔虞我诈，这样很不好。一定要形成党内同志互相关心、互相帮助的新形象，像刘二贵同志这样对于丑恶现象敢抓敢管的人，要宣传，要让人看到共产党员的高风亮节。"

对于李志高和刘宇军的犯罪行为，宋玉谦实在是感到意外，连龚汉诚本人也很意外。当然世界上的事，你要是件件都可以先预料到，那就不成其为世界了。

第六十四章

　　林虹回到江源不久，林虹就病了，主要症状就是头痛，一直住院治疗。

　　医生诊断她是风湿性头痛。林虹年轻的时候就有这种病，每年发一两次，不厉害，吃点药就好了。可这次不一样，感觉痛得厉害，有时觉得脑子像要裂开似的，痛得她满床乱滚，虚汗直流。住进医院后，吃了药，打了针，稍稍好点，但还是痛，吴国耀亲自侍候了几天，但工程的事多得很，他实在是忙不过来，只好请了个保姆照顾。

　　家里的事乱得慌，办公室的事也是千头万绪。自从齐娅静走了以后，他也找过两个秘书，但都不满意，用了一两天就打发走了。这时又想起了齐娅静，要是齐娅静在，他不会这么累。

　　关于齐娅静辞职的事，林虹刚回来时吴国耀就跟她讲了。林虹听了又生气又好笑，"怎么能那样想齐娅静呢！说她是卧底，你自己脑子有病吧？一个大学刚毕业的女孩子，哪有那么复杂啊？你们这些男人啊，根本就不了解女人，不是把女人想得太好，就是把女人想得太坏。当觉得那个女人好时，就把她当成仙女下凡，爱得不得了，一天到晚围着她身边转，捧着她，哄着她，最后搞得她也糊涂了，真把自己当成了仙女。当觉得那个女人不合意时，就把她当作祸水妖精，唯恐躲之不及，甚至还损她，害她，弄出了许多人生悲剧。你该不是嫌人家长相不漂亮，才把她弄走的吧？你也想找个漂亮小姐当秘书，潇洒走一回？你可不要人到中年的时候犯个错误，到头来前功尽弃，身败名裂啊！"

　　吴国耀心里正烦。听了林虹这顿数落，一阵无名火一下就从心里向上蹿，但看林虹在生病中，又不好发作，只是气呼呼地往外走。

　　人世间的事，就夫妻之间的事说不清楚。

　　就说是吴国耀和林虹吧。在外人眼里，吴国耀才貌兼优，功成名就，是很有面子的人。可在林虹眼里，他什么也不是。最多也只是盖了几栋楼，挣了点钱，这些林虹都不稀罕。她还是觉得当初在市经委的日子好，钱不多，但同事们在一起，忙忙活活，说说话，一天过得挺快，挺充实。还有这林虹天生就是个大大咧咧的人，对吴国耀从来没有过高的要求，根本没有就想到他会成为大老板。但成了就成了呗，也没因此高瞧他。

吴国耀拿林虹毫无办法，就想是上辈子欠她的，赚了那么多钱给她花，她一句好话也没有，这女人命好哇！

林虹的病老是好不了，让吴国耀很头疼。钱童说让她去上海治疗，就住他家好了，和他的太太路雪做个伴。林虹和吴国耀都觉得只好这样，乘钱童回上海之际，林虹和女儿飞飞就到上海去了，吴向宇和吴国耀去江源各忙各的事。

吴向宇回国主要是在家温习功课，准备考清华大学的研究生。他这个举动在外人看来是颠倒了。现在都是出国留学拿学位，而他却从国外回来拿学位。但吴向宇自有主见，自有想法。他认为自己以后的道路，还是应该国内发展。国外各方面的条件有其优越的地方，但待久了，不了解国内情况了，以后要回国溶入国内的社会就不容易了，现在不是讲究人脉吗？他想在清华一边读书一边培养人脉，所以就决定回国考清华的研究生。

他和乌丽丝的关系已经发展成熟，准备在研究生毕业之后结婚，而乌丽丝已经把自己看作吴家的人了。她自打吴向宇回来后，经常到吴家吃饭，玩耍。特别是在林虹病的时候，她忙前忙后，小心侍候着未来的婆婆，如果晚了就住在吴家，她一刻也离不开吴向宇。而吴向宇心里也很爱乌丽丝，这两个幸福的恋人，在一起很亲密。应该说，吴向宇和乌丽丝是两类截然不同性格的人，吴向宇知识丰富，见识广，胸怀远大抱负，雄心勃勃，进取心很强，平时除了学习之外，不再做其他的啰嗦事。乌丽丝看他天天趴在书桌上，没日没夜地学习，怕他时间久了，落下什么毛病，就进来找他打打羽毛球，有时也逛逛街，帮助他活动筋骨，消除疲劳。乌丽丝呢她一除了看看报纸之外，一般不读什么书，她的兴趣在做生意上。自从她跟吴向宇谈上恋爱以后，乌海吉就让她坐办公室了，不再做他的秘书，这样是让她有时间和吴向宇在一起。乌丽丝在办公室坐着，没多少事，很无聊，又不想天天找吴向宇，怕分散他的精力。所以她就开始想自己做点什么事。

乌丽丝是个电影迷，对有关电影方面的事情很熟悉。市电影放映公司的张总经理，对乌丽丝很好，一有好片子，就立即打电话叫乌丽丝去看，乌丽丝有时拉上吴向宇去看，有时他没空，就自己去看。

有段时间，张总经理没有找乌丽丝了。这天刚好她办货回公司，路过电影院。一看，电影院大门紧闭，悄无一人，她有些纳闷，就下车去看看，敲了半天的门也没有人开门。旁边一个老太太告诉她，电影院生意不好，张总经理辞职了，市文化局正想把电影院租出去呢。乌丽丝是个热心人，一听张总经理辞职了，很关心他，就给他打了电话，张总经理把电话挂了，过了一会儿，用另一部手机打过来，他告诉乌丽丝，他正在杭州做点小生意呢。电影院没有生意，赔了不少钱，再也不玩了。乌丽丝说："让我试试。"张总经理说："没什么可试的，现在谁还看电影啊！"乌丽丝坚持要试试，想把电影院接过来，开一段时间。

乌丽丝生意上有些天赋，她认为不是人们不爱看电影，而是电影院放的电影不合观众胃口。开电影院就要像开麦当劳、肯德基、火锅城、湘菜馆一样，让人一见了就有胃口，就想吃。

她回来给乌海吉说了自己的想法。乌海吉问了月租，年租多少？乌丽丝说不知道，要找文化局领导谈，文化局局长和乌海吉的交情不错。乌海吉就同意让乌丽丝试试。乌丽丝从网上几万部电影中，挑选了一百部，按男女老少、春夏秋冬四季进行了安排，早早把电影片名做成海报，四处张贴，结果观众大增，第一个月就挣了一万元。这让她信心十足，她想以电视频道作依托，成立个文化传媒公司，她把这个想法告诉乌海吉，他居然又同意了。

乌海吉内心有个想法，他看到侄女和吴向宇在文化上差别太大，怕被人家瞧不起，就有心在生意上扶持侄女，让她生意商场上走上成功之道。他算了账，乌丽丝这些生意花钱不大，而且自己的朋友也多，没有太大风险，就答应了。但没想到乌丽丝是下了决心要自己干，不靠叔叔吃饭，她的想法也一样，想打出自己的一片天地，让吴向宇刮目相看。她只要求乌海吉借她三十万元作为启动资金，五年还清，如果顺利可以提前还清。乌海吉心想随你，借就借吧。乌丽丝还真签了合同，办了正规的借款手续，从此走上了一条自己创业的道路。

她把公司叫作巨源影视传媒有限公司，开始时主要放电影。经过了几番的试验,她的电影院里有了一些常客,收入也相对稳定了下来,每个月平均有五千元左右的收入。然后,她接受了朋友的建议,包下了江源电视台二频道播放节目之外,插播广告。开始生意顺利,三个月下来,赚了十七万元,她成天喜笑颜开,乐不可支!她的知名度也直线上升,一些青年男女,把她视为女强人,也开始有人称她为乌总了,这下让她找到了感觉,有意无意地以乌总自居了。有时一见到吴向宇也故意装老总气派,在他身边踱步,做思考状,吴向宇有时瞧她看一眼,说:"你没事把?"

乌丽丝则咯咯直笑,说:"真为你骄傲,你有一个天才般的聪明能干的老婆!"

事情也不是节节顺利。电影院的生意红火了一阵后,由于没有更多的让观众喜欢的片子,观众渐渐少了,生意清淡了许多,有时看电影的人不到十来个人,但还是得放,这是责任。渐渐地开始亏损,两个月下来,把头几个月赚的钱,都搭了进去,只有电视频道的广告生意还能挣点钱,刚好用于补贴电影院,这明摆着是瞎忙乎了。乌丽丝十分的郁闷,有时见到吴向宇也是唉声叹气的。倒是吴向宇得失不计,荣辱不惊,劝她说:"不挣钱就别干了,又不是没饭吃。"

乌丽丝一听就不高兴,她想听到的是吴向宇的鼓励话,而不是这样的泄气话。吴向宇也懒得多说,他一直就认为乌丽丝是瞎闹着玩的。

可乌丽丝不是闹着玩的,她绞尽脑子地想办法要把电影院开下去,把生意振兴起来,她开始寻找新的机会。

最近江源市的人事变动比较大,宋玉谦正式任书记,方宏任副书记,副市长、代市长,前山县委书记张仕兵接替方宏任市委常委,组织部部长,从省委办公厅调来一处长张平理任市委常委、秘书长,这样市的领导班子就配齐了。

看到班子兵强马壮,人才济济,宋玉谦很高兴。他想好好干一番事业,用三五年的时间,让江源的经济社会发展上一个大台阶,让江源的人民群众的生活水平有个大的改善,让江源的面貌,焕然一新。

宋玉谦觉得有必要搞一次全面的调查研究,把江源的经济社会情况弄个通通透透。他觉得各副市长、副书记都是老江源。要了解江源的情况,就应该从他们开始。他利用聊天、谈话方式了解,这些领导同志不仅谈了情况,而且还提出了许多好的意见和建议。宋玉谦有种特殊的本领：他用三言两语就能和同志们聊得心情愉快、非常融洽。在一个不长的时间，市里四大班子的领导，相互之间话多了，相处愉快了，大家都认为这和宋玉谦作为班长的领导艺术很有关系。

宋玉谦还有个特点就是文思敏捷。一两千字的文件稿和讲话稿，他一般都是口授，秘书记录。两千字以上的文件材料，他口授提纲由秘书会同政策研究室的同志帮助细化，通常情况下，只是加些背景材料。乍看他的文章并不见得有多高水平，但仔细推敲，还真找不出比他更适当的语言。处理工作不管事情多难、多复杂，他一下子就能抓住要害，作出分析，提出解决方案，然后理出几条，一句一条，让人清清楚楚，明明白白。对部下不管是机关的还是基层的同志，只要见上一面，下次再见面，准能叫出对方的姓名，在什么地方见过，谈些什么话，都说得分毫不差，让人惊服。可以说，他是以自己的德才和领导魅力，让班子中的成员和全市的干部心服口服，方宏同志在私下说过，有这样的好书记，真是江源人民的服气！

龚汉诚党校结业后，安排到省农牧产品进出口公司任副总经理。这种安排自然引起了崔瑾的怀疑。在一次口角中，龚汉诚向崔瑾说明了事情的原委。崔瑾说，只要他悔改，她愿意与他保持婚姻关系。这句话刺痛了龚汉诚的自尊心，他不愿意接受她这种"恩赐"，断然提出离婚。崔瑾开始不愿意，但龚汉诚说要诉诸法律，崔瑾看到这样就答应了。

他离婚后，一个人住在公司的职工宿舍，开始一段时间，心情苦闷，经常一个人自饮自醉，不到半年的工夫，原先满头黑发全部变白，一下子苍老了十岁。省委领导多次和他谈心，让他放下包袱，轻装前进。梁子玉有时去看他，安慰他。宋玉谦每次到省城都去看望他，开导他。领导和同志的关心，使他情绪渐渐稳定了下来。姜琳娇知道他的处境后，十分痛苦，经常给他打电话，安慰他，最后他们俩终于结婚了。

梁子玉对龚汉诚的出错颇感负疚，以为他没有很好地关心龚汉诚。所以在龚汉诚和姜琳娇结婚后，他找了找航空公司的领导，把姜琳娇调到了省城，从此姜琳娇和龚汉诚一起生活。

龚汉诚和姜琳娇结婚后，姜琳娇对他很温柔体贴，龚汉诚和姜琳娇在一起,才真正领略到了生活的乐趣,慢慢地走出了人生的低谷。后来他辞去了公职,自创了江源贸易公司,用了三年的时间,完成了几级跳,成为大富翁。他拿出了一笔资金专门用于扶助江源的贫困学生上学,姜琳娇对自己的丈夫的作为称赞不已。

崔瑾也很快结婚了,嫁给了一个香港老板,并把女儿交给龚汉诚抚养。后来龚汉诚渐渐得知,崔瑾和这个香港老板早就好上了,所以才对龚汉诚冷淡,连妻子的义务都不愿意履行。龚汉诚的错误有她的一份"功劳"。龚汉诚把她的所作所为联系起来,想了一阵子,他发现,崔瑾是个非常狡诈阴毒的女人,他不知道她为什么要对他这样。姜琳娇说这种女人有天生的病态和心理缺陷。

似乎在党纪国法管不到的地方,自有苍天在上裁判,崔瑾结婚仅三年就因患肺癌,死在香港,年仅四十五岁。

每当想起这些人,这些事,总让人唏嘘不已!人啊,你本是尘土,也终归尘土!当你还是人的时候,希望你们就像人一样好好活着。互相体谅和关心。生命是有限的,就像一段崎岖不平的路,但幸福是可以无限扩张的,可以让它充满这段道路的。这样,你走在这条道路上,最后你仆倒在人生的终点时,心情才会是欣慰的,才会进到美好的天国!

对于那些离开江源的朋友,我们只能作简要交代,我们的视野要回到江源来。

经过一段时间的充分准备,江源大坝工程正式开工。

这是江源人民的一件大事,吴国耀,钱童两人都主张搞个盛大的开工仪式,准备请宋玉谦书记剪彩。

开工仪式的那天,宋玉谦委托方宏市长前往剪彩,并作了简要讲话。除了市领导外,江源的一些工商界的知名的企业家参加了仪式,吴国耀的老师、专家咨询委员会首席专家、黄起庚教授也从北京专程赶到江源大坝现场,参加仪式。他也是江源人,对家乡的建设充满了热情。

整个仪式只进行了半个小时,方宏市长讲完话,然后剪彩,就结束了。方宏市长临走前,拉着吴国耀的手,说:"宋玉谦书记有两句话要转告:一、希望整个工程建设完成不要死一个人;二、根据他的研究,今年汛期可能会爆发大洪灾,在工程建设中一定要考虑到这个因素。

吴国耀点头称是，钱童忍不住问方宏："宋书记怎么会想到今年可能会爆发大洪灾呢？"

方宏告诉他："宋玉谦书记最近研究了近百年以来的江源的水文资料，春节期间没休息，都在干这件事。"钱童听了说："我们一直会特别注意的，特别是人员的安全问题，我们一定尽全力做到宋书记要求的无任何伤亡。"

第六十五章

乌海吉对吴国耀的中源公司中标江源大坝工程项目感到十分的意外和嫉妒。

嫉妒是人的隐藏得最为小心谨慎的一种感情,确是一种经常而又强烈地发生作用的一种感情。

最初,乌海吉也像其他公司的老板一样,去中源公司道贺,恭维吴国耀的成功。但乌海吉背后里还夹着了一层更为明显的愿望,那就是希望吴国耀的公司能够给他一部分工程做,哪怕是一些附属工程也好。

他有两点考虑,一是部分的挽回面子。由于他参与了工程建设的招投标,所以他也是这是竞标的胜利者之一,没有完全失败,这样就不会在外人面前一点颜面也没有。二是通过做一部分工程,哪怕是一小部分的工程,也能挣一些钱,以弥补他在竞标过程中的费用支出。

而且,他希望吴国耀主动提出来,因为他这样身份的人去向吴国耀伸手要工程做,就会显得有些掉价,就会在外人面前很没面子。

但是,迄今为止,吴国耀丝毫没有这个意思,他只是想独吞这块肥肉,这就让乌海吉的内心那种嫉妒感情转化为憎恨,而这样转化是很容易的,而且很快就付诸行动了。

一个周末,他给马明亮打电话说,他希望与他一起坐坐,有要事商量。

马明亮首先猜想的是,乌海吉一定会有什么好事,所以就满口答应了。

地点仍然选在海晶大酒店的咖啡厅,乌海吉先到了五分钟,马明亮随后也就到了。

两个人前段时间因为投标大坝工程没有成功,弄得有些不愉快,所以这次见面双方开头都有一些拘谨。但很快的,乌海吉就精神抖擞,热情洋溢的和马明亮握手,问长问短,仿佛他们之间什么事情也没有发生。

马明亮也不含糊,他很快调整了心情,而且入戏很快,用以往的那种恭敬谦卑态度和乌海吉热烈聊天，中间还不时地以其特有的狡黠的目光，暗暗瞟视了乌海吉几眼。他发现，乌海吉虽然外表风采依然，但他的目光却是十分的黯淡。这时他自然而然地想到，今天没有什么好事，所以他打定主意，要彻底搞清楚乌海吉想走什么棋。

两个人坐定之后，乌海吉先是"嗯"了一声，这是他的习惯动作，是主意拿定之后的一种表象，接下来就是说辞滔滔了，马明亮对此也是十分的稔熟。

果然乌海吉开始滔滔不绝了。

"马兄弟，我知道你在江源大坝竞标失利这件事上对我有意见，这我完全能够理解，毕竟你也损失了一笔钱，虽然数额不多，但对你也是一笔不小的负担。可是真正损失大头的还是我这里，我砸进去了这个数啊！"说到这里，乌海吉向马明亮伸出了三个指头。

马明亮问道："那是多少？三十万啊？说完两眼瞪得圆圆的，脸上皮笑肉不笑，一副嘲弄的表情。"

乌海吉没有搭理马明亮的嘲笑，而是满脸痛楚地说道："三百万那，还得多，这个数额相当于那些乡镇小厂一年的营业额啊。"

马明亮对乌海吉这些话，不知听了多少次了，已经很腻味了。尤其反感他张口闭口的贬低乡镇小厂，因为他本人的企业也就是乡镇小厂的规模和水平。所以一听到这句话，他就打心里反感乌海吉。但是现在，他想听听乌海吉的底牌，所以仍然满脸微笑的听他说下去……

"工程没有中标，并不等于完全失败，我们完全可能想办法，转败为胜。工程量那么大，投资那么多，凭什么吴国耀一个人独吞啊？我们可以找他，分一部分工程给我们做，这么大的一块肥肉，他一个人独吞下去，这太不公平了。"

"那怎么个转败为胜法？你有什么具体构想和举措吗？"

"这不简单吗？工程上的事情，历来走的是黑白两道。吴国耀能拿下这个工程，绝不能说明他公司的实力有多强，只能说明他找上层关系找的比我们好，你以为这次工程招投标过程就那么清白吗？没有的事，里面都是暗箱操作、钱权交易的结果！"

"你这么说有什么根据啊？随便诬陷人可是违法的事。如果没有事实依据，你这样说人家，那就是诬陷啊，人家要是起诉你，你可要负法律责任的。"

"你这是吓唬谁呢？事实肯定有啊，否则我能这么说吗？但我这个人绝不会做卑鄙小人，真的去告吴国耀和市里的那些贪官污吏，那样没有好处，我只要求切一块蛋糕给我，哪怕不大也可以，就是不能一个人独吞这么一大块蛋糕！"

"怎么操作呢？"

"财富就是掠夺，要财富就得去掠夺！我们光这么坐着他肯定不会给我们一块钱的工程做，客客气气去求他也没有用。我们只有应用一些手段，使他感觉有压力，而且有很大的压力，只有那样的话，他才会分一块肉给我们吃。"

"具体应该怎么办？大道理我听不懂，我只想知道具体怎么办？你就实打实地告诉我，我好去操作。"

"你这方面也是老手了，还用我教吗？你不是有很多道上的朋友吗？就让他们隔三岔五地去工地，给他们找些麻烦，让他无法正常施工，他忍不住，不就会找我们谈了吗？到时候我们提条件就可以啦。只要我们态度坚决，手段也狠一些，就不怕他不答应我们的要求。"

"我派人去骚扰他们，向他们要工程做，那么你做些什么事呢？工程到手以后怎么个分成呢？"

"我做什么？我不是正在给你出主意吗？我这可是拿大主意啊！工程到手之后，五五分成，万一出了什么事，我负责去市里，省里乃至北京找人替你摆平，所有的费用我独自承担，我这样做也够意思了吧！"

"万一出了事，你摆不平呢？我们几个兄弟岂不是要坐牢了，我可不上你这个当，这是违法的事，我可不干！"

"富贵险中求啊。你要是这么前怕狼后怕虎的，那还当什么老板啊？你不干就算了，我想别的办法。"

"好哇，你去找别人吧，这次恕兄弟不与合作了，你这招可有点损啊，这样做太缺德了，江源这地方，这套吃不开。哈哈。"

乌海吉听了马明亮这句话，感到很气恼，但想想自己出的主意是何居心，他心里就没有什么底气去回敬人家了。说到这里，两个人都觉得没啥可聊的啦，于是就随便哼哈了几句，然后结账走人了。

这次马明亮没有抢着买单，而是直接找出了大厅，头也不回地，上车就回公司了。

乌海吉看到这种情况，联系到今天马明亮的态度，他感到自己的威信在大幅下降，他感到有些痛苦，于是他没有立即就走，而是独自坐在咖啡厅里，怔怔地呆着，一时不知道如何办好。

马明亮回到公司以后，先沏了一杯茶，又点上一支烟，然后静静地坐在办公桌前的大皮转椅上，时不时地发出几声冷笑。

他第一次发现乌海吉这个人做事这么卑劣无耻和幼稚可笑。啊，你让我去向吴国耀闹工程做，这不是让我去犯法吗？这不是让我往火坑里跳吗？这不是想让我为你火中取栗吗？你这也太瞧不起我的智商了吧！

说实话，马明亮心里越来越佩服吴国耀了，这哥们在江源商界上摸爬滚打二三十年了，可真没有听说过他使过什么卑鄙手段，害过一个人。做的工程无论大小，质量都是一流的。换位思考，如果我是市长市委书记，市里的大小工程我也一样会给吴国耀这样的人做，正道上的人办事让人放心啊。

最近发生在家里的一件事情，让他对吴国耀更加的暗暗的钦佩，也让自己感到没面子，他都不好意思对外人说。

他的侄子马前方，在陈家坳中学上初二。前些天马明亮回到家里看到了马前方。在聊天中，马前方告诉马明亮说，他们学校全体师生员工参加评选，感动江源十大人物，三百名师生员工一致投票给吴国耀。

马明亮感到有些不明白，他们为什么这么瞧得起吴国耀？马前方回答说："我们校长说了，我们中学所建的教学楼和老师的宿舍楼，有一大半的工程款是吴国耀捐助的。从今年开始，他又拿出一大笔钱补贴学校的食堂，保证每名学生每天能吃上一个鸡蛋，喝上一袋牛奶。"

"我们校长可佩服那位吴老板了，说他是家乡的社会良心，是一个真正热爱家乡，关心后代的人大代表，所以大家都把票投给他。"

"叔叔，你也是当老板的，你怎么不做这种露脸的让人敬佩的事情啊？"童言无忌，马前方最后这句话，让马明亮特别的扎心，触动特别的大，就像一道闪电，穿过黑黑的厚厚的云层，把一丝亮光照到了他的心上，唤醒了他沉睡了几十年的良知。他第一次深切感到，自己应该做一个好人，做一点好事，否则的话，自己的晚辈都瞧不起他，那样做人有什么意思呢？

所以，他决定不跟乌海吉合作去骚扰吴国耀，去他妈的，如果这也叫合作的话。

他一个人正想得入神了，这时候有人敲门。

"你他妈谁呀？进来吧，敲什么门啊？"

话音未落，只听吱溜一声响，三个人鱼贯而入。这三个人不是外人，都是马明亮道上的兄弟，朱重福、陈宇和李二傻。

"哎呀，兄弟三个啊！今天是刮什么风啊？怎么把你们给我刮来了？来得正好！昨天我朋友送给我一箱河北老白干原浆酒，这可是好东西呀！六十七度，喝一口能够感觉到酒从嗓子经过肠子，然后到肚子。这酒到哪个部位，哪个部位就火烧火燎的。不过有一点好啊，这酒喝多不醉，不上头。你们先坐坐，我去打电话，先订个包厢，猪头（朱重福）还去你相好的那家餐馆，给你创造一个机会，见见你那个那个那个什么叫什么来着，那个小娘们叫什么来着哦，叫雪兰，哎电话通了。雪儿妹吗啊，我是马大哥，哪个马大哥？这么没良心呢，连我都想不起来了，大哥这么疼你呢，你居然把我忘了！……哎哎，别别别挂电话，我是马明亮，哦想起来了，这就对啦！订一个豪华包厢，十个人，晚五点到。这次你可要给我安排好啊，苍蝇蚊子蝴蝶，这些空中小姐，拜托你给我清理干净啊。拜，一会见。"

"你们先喝茶，我叫他们把那箱酒给我拿过来。二愣子，把昨天茶厂林老板送的那两箱老白干送到雪兰餐馆，对，就现在，你先去张罗一下。对了，让那个小娘们赶紧把那个土鳖给我炖上，要炖得烂烂的，今晚我们几个兄弟要好好地补一补，啊，快去快去快去。"

"哈哈！一切搞定！一会哥几个一醉方休怎么样？"

马明亮走到他们几个身边，满脸堆笑，大声地说道："你们来的可真巧啊，来来来，喝茶，喝茶，看到你们哥几个，我从心里高兴啊！"

"大哥，你这阵机关枪打得紧张激烈呀——就听你一个人说了半个小时，我们连一句话都插不进来呀。你这也太高调、太霸气了吧！你也不问问我们是干吗来了。"朱崇福假装生气地说道。

马明亮听了朱崇福的话，装出一脸的茫然和万分困惑的样子。他说道："你们来我这不喝酒，不吃肉，不去看花姑娘，那干吗来啊？上门要债啊？我好像没有欠你们的钱呐。兄弟几个今天怎么啦？被公安盯上了？那也不至于吓成这样，咱们没有犯什么法啊，打黑除恶轮不到咱们那，咱们可是百分之百的良民哪！"

这番话语配上那副滑稽的表情，把朱崇福三人弄得哈哈大笑。

陈宇憋不住了，他止住了笑，大声说道："大哥，听说你今天把乌海吉给收拾了一顿，特别的解气，特来向你致以诚挚的问候，并致以崇高的革命敬礼！"

"这点事怎么这么快就传到你们耳朵里了？这也太邪乎了吧，你们在我身边安有线人呢，我也是刚回家坐在这里喝杯茶的功夫啊。哎呀，你们这是干什么的呀？"

"好吧，看来今天晚上餐费，就由你们来买单了，这样吧，马上打电话，叫那个小娘们开车到第一酒楼去，买他个几份羊窝燕窝鱼翅来。"

说完就要打电话。

"别别别，哥哥，你可不能这么急性子啊！今天咱们就专心致志的吃土鳖配老白干行不？好东西不能一天都吃完了！再说土鳖和燕窝鱼翅不相容呢。他们是相反的东西呢，吃到肚子里，他们互相打架，咱们肚子给弄坏了，那可是十分的划不来啦。将来咱们发大财了，四海的水族和五洲的佳酿，咱们都得品尝品尝。大哥，你说是不是这个理呀？"

"还是你猪头会说话，算了，也不跟你们费那么多话了，这时辰也到了，咱们就去猪头老相好的店里聊聊。"

马明亮刚要起身，又想起了什么要紧的事："等等，哥哥今个还有个好东西得拿上，与兄弟们共享！"

边说着边迈开小短腿，五步并做三步，走到套间，打开保险柜，从里面拿出一条雪茄烟来，边往外走边说："你们这几个天杀的呀，我刚弄点好货，你们就赶来了，这雪茄，我的祖宗，是老外从古巴给我带来的。我不给你们尝尝，心里过意不去，给你们一分，我心里也疼啊，好东西是真难弄啊！"说完将一条雪茄一样拆开，每人分了两盒。"你们这三个狗东西，老子上辈子欠你们的啊！"

朱崇福三人一看了，这雪茄确实是上品，拿在手上心里还着实有些感动，他们心里想，这些年来马明亮待他确实不薄啊，确实是够哥们义气呢，只要他手上有点好东西，总是忘不了他们。别的不敢说，马明亮这个人可从来没有对咱们小气过。就凭这一条，我们也得衷心拥戴这位大哥呀！

几个人说说笑笑没过十来分钟就到了雪兰餐馆。

马明亮的司机和陈雪兰，早就在门口迎候了。

陈雪兰一看马明亮来了，就赶紧迎上前去，伸手去拉马明亮的手，马明亮迅速地拽着朱崇福的右手，朝陈雪兰送过去。"你老公在这呢，可别认错人了。"大家一见哈哈大笑！

"死鬼。"陈雪兰朝着朱崇福的手狠狠地给了一巴掌，然后往边上一推，再挽起马明亮的手就往包厢走去。

凉菜上齐了，酒也倒上了。大家都急着想品品老白干的味道。一坐下，顾不上许多了，就吱吱的喝上了，大家都是酒鬼呀，酒的好坏他们一品就知道了。今天这个老白干啊，确实是如马明亮所说，味道是真不错。哥几个喝了后是真感到顺口。大家闷头喝了几杯以后，现在开始放缓节奏了，渐渐聊上了。马明亮不失时机地把话头拉回到上午他和乌海吉斗智斗勇的事情上来了。他把事情的前因后果说了一遍，然后就等着朱崇福他们的热烈掌声了。

可是事实恰恰相反。陈宇开口说道："大哥啊，个人觉得你今天的做法不对，还是乌海吉的思路对头。"

此话一出，马明亮感到疑惑不解。

"兄弟啊，你没有喝多吧？怎么说成是我的不对啦？"

"不多，大哥，我心里明白着呢，乌海吉虽然他的出发点不对，但是他的话说得对。财富就是掠夺，就得险中求。这话对着呢。江源大坝这么大的工程，做下来没有上亿的利润才怪啊。吴国耀何德何能？凭什么他一个人独吞这么大块的肥肉啊？凭什么都让他一个人独吞呢？乌海吉说的对，吴国耀本来就应该主动让出部分利益来，让道上的大佬共享。他不同意这么做，那只好动点手脚，使点手段了。实际上这就叫掠夺，没什么不好意思的，不这么做分文捞不着啊！"

马明亮看了其他两个人，他们点点头也都是这个意思。

这让马明亮有些犯难做啦，他想怎么给乌海吉回话呢？当时他回绝的那么决绝的。

"大哥你又错了，这事用不着跟乌海吉说，我们自己干，挣到了钱，咱们按老规矩办，你是大哥，你拿大头，我们三个人你看着给点就行！"

马明亮一看他们三个弟兄态度还挺坚决，说的话也有点道理，最关键的是他们拥护他的大哥地位，如果不干，自己的威风就会受影响。于是他的情绪也来了，他的想法是，干完这个大单，以后再也不干了，夜路走多了是会碰到鬼的。

于是他把杯中酒一饮而尽，然后从嘴里蹦出两个字："行，干！"

过了一会儿，马明亮装出一副运筹帷幄、胸有成竹的样子，神气活现地说："我听说吴国耀的儿子已经考取了清华大学的研究生，过三两天就要上学去了，我们哥几个明天就给他道喜，赔些礼物，说些好话，先让他乐得真魂出窍，就在他忘乎所以时，向他开口，我估计胜算很大。"

那三个人齐声说："好主意，就这么办！"

第六十六章

马明亮的消息是准确的。

春节过后不久,吴向宇就接到了清华大学的入学通知书,他如愿以偿地考取了清华研究生。后天就要赴学校,进行为期三年的更高水平的学习。乌丽丝知道以后,心里非常的喜悦,忙前忙后给吴向宇准备行装。

在准备的过程中,她发现吴向宇的衣服和使用物品都是简单廉价的,这让她惊愕不已!以前,她看到吴向宇身上穿的都是印着英文商标的衣服和物品,她以为这些东西起码都是几千上万的,可这回吴向宇告诉她,这些东西都是中国制造的,在国外买的价格比国内买便宜一半还多!乌丽丝有些呆了,她觉得,让自己的丈夫穿这样低廉的衣服去北京上那全国最好的大学读书,有些说不过去,就准备悄悄地给他买些新的衣服。

让她难过的是,她手上的钱已经不多了,刚好够自己零用。更主要的是她的财源似乎断了。以前,她没钱花了,就找乌海吉说声:"二叔,该付工资了吧,给你打工都好几天了!"乌海吉一听,马上就会给她三千五千的,可现在她再也不敢主动向乌海吉伸手要钱了。乌海吉有时想起来就给她三千五千的,但次数却稀少了。

但是,我们注意到乌丽丝的但是是很特别的,在她看来,自己的丈夫(在她心里口里她都这么叫吴向宇了)上学,她是一定要把他照顾好的。没钱?想办法挖地三尺也要找出钱来,给自己的丈夫治好行装,这是妻子的职责。

她首先想到的是刘月娜送给她的那块"欧米茄"女表,她想把它卖掉,拿这钱去给丈夫买衣物,治行装。她看到精品店那表卖一万五,她找人想卖一万二,但最后是八千元才成交,她好一阵心疼,但一想到要给丈夫治行装,就心里舒服了。她就在精品店买了两身外套,几件衬衫,一把剃须刀,剩下的钱刚好打车到吴向宇的家。

一到吴向宇的家,刚好吴国耀和吴向宇去整理东西呢,她把衣服拿出来,

——给吴向宇试试,结果件件都是合适的,吴向宇一见她买这么多新衣服,又来了一句:"Why?"乌丽丝生气地说:"歪什么啊?书呆子!上那么好的大学,也应该有几件好衣服来配它吧?"吴向宇仍然是一脸的不解,倒是吴国耀看在眼里,喜在心头,他看到乌丽丝就像当年的林虹那样美丽善良,疼爱丈夫!

乌丽丝是个有话就说的人,特别是她通过这次病,看到吴向宇这么疼爱她,心里的那些疑团,早就化为乌有了。她略想了一下,觉得自己生意上的事情应该告诉吴向宇,所以找了个机会,把生意上的困难以至于对吴向宇的担心都说了。吴向宇听了以后,一时无话。隔了两天,他对乌丽丝说,那二频道的生意照做。他也参股,刚好中源公司有些广告要做。他还说爸爸答应给他们再拉几个客户,争取把这个生意做起来。乌丽丝听了高兴得蹦起来,饶有意味地说:"还是老公好!"

乌丽丝就是这点好,不自作聪明,不把事憋在心里,这次她开始想不说,但没过两天就都说了,没想到吴国耀这么痛快地帮她,这让她心里既感激又踏实,只是这两个月没有收入,她的日子要稍微艰苦点了。

要去北京上学之前,吴向宇根据父亲的意思,准备去看望一下乌丽丝的父母。

这天一早,吴向宇就给乌丽丝打电话,让她到家里来一趟,说有要事商量。乌丽丝当时正在接电话呢,一听吴向宇有事,马上就过来了。一到吴家,她看到吴国耀也在,正向吴向宇交代什么事。一见乌丽丝来了,就说了句:"你们俩自己商量吧"。

吴向宇把乌丽丝带到另一个房间,有些认真地对她说:"有个事想和你商量一下,我考虑去北京前,去看一下你爸妈,看怎么样?"乌丽丝一听,心里非常高兴。"当然好了,早该去了,你霸占人家的女儿都快半年了。"

吴向宇说:"这趟去看你父母,还有求婚的意思,我爸给我备了一些东西,算是订婚彩礼"。

乌丽丝说:"这一求婚,就是正式的关系了,你可不许后悔了,你要想好了。你到北京会遇到许多比我漂亮和优秀的女孩,就算你不找她们,她们也会勾引你。不订婚,你爱找谁找谁,我都不恨你,要是一订婚,那就得老实守着我了,不许后悔了,你想想再说。"

吴各宇听了这话,有些生气说:"你什么意思啊?你想反悔啊?"乌丽丝正想说什么，这时吴国耀进来了，他说："孩子，这是我和向宇商量好的事，是很认真的，你们俩关系已经达到应该订婚的时候了，如果你没有什么新的变化，这种事还是早点订下来好，我考虑你和向宇回家征询一下你父母的意见，如果他们同意的话，我本人也会找个时间，亲自登门拜访你父母，把结婚的事商定好。"

乌丽丝一听吴国耀这样说，心里一热，就点点头，然后又说："吴伯伯，我和向宇的文化程度差别很大，我那个大专毕业证也是混来的，你们要觉得我不合适做你们吴家的人，向宇另找别人我也没有意见，反正向宇要去北京读书，趁这个机会中断和我的联系也是说得过去的理由。"说完这话，就把目光转向吴国耀。

吴国耀听了这话，没有及时回答，而是去沙发上坐了下来，然后说道："本来这是你和向宇之间的事，做大人的没必要多过问，但我考虑你们俩认识这么久了，也有感情基础了，亲戚、朋友都知道你们的关系，现在你们俩要分开三年时间，我希望你们明确夫妻关系，对双方是个约束。我满心希望你们俩终成眷属，你们俩好好商量吧。"说罢，吴国耀就出去了。

乌丽丝这时看了看吴向宇，吴向宇瞪了她一眼。乌丽丝说："瞪什么瞪？给你自由还不好啊！反正对我，你已经很腻味了！"

吴向宇一听这句话，有些生气，他从椅子上站起来，走到乌丽丝面前，抡起巴掌做个要打她的意思。乌丽丝把头伸到他手边，说："你打啊，长能耐了，有本事打老婆了？"吴向宇真生气了，甩手就想往外走，乌丽丝一把拉住他，然后吻他说："你快娶我吧，我每天都想嫁给你！明天早上一早我们一起去我家。"

乌丽丝今天是世界上最幸福的人了。她和吴向宇的婚姻双方都作了承诺，今天她要带上吴向宇正式向她爸爸妈妈提出，并征得同意后和吴向宇缔结婚约。早上八点刚过，吴向宇就开车接她了，她上车一看吴向宇一身西装，皮鞋锃亮，头发梳得一丝不乱，真是帅呆了。她故意瞪圆双眼，张开嘴巴，一副呆若木鸡的样子，吴向宇见她那样，就伸手去胳肢她，乌丽丝就怕胳肢，吴向宇一碰她的腋下，她立即笑得前仰后合，连连求饶。吴向宇今天心情特别好，他一反常态，不再少年老成的样子，今天是笑声朗朗，话语很多，滔滔不绝地给乌丽丝讲东讲西，让乌丽丝连连开怀大笑。

吴向宇给乌丽丝讲了一个他的海外趣事。

有一次他飞英国的途中，不知何故，飞机停在伊朗德黑兰机场，要八个小时后才能起飞，他和其他旅客一起进入休息厅等候。候机室里备有糕点和咖啡，他当时有些饿了，狼吞虎咽地吃了一通，不一会儿，一盘糕点就一扫而光。吃饱的感觉是美好的，他很惬意地一边看报纸，一边喝咖啡。中间他偶尔一抬头，就看见一个很漂亮的阿拉伯姑娘给他打招呼，他开始不知道姑娘是和他打招呼，然后注意一看那姑娘正向他咂咂嘴，他不明白她的意思，见那姑娘还是向他咂嘴唇，还用手指指自己的嘴唇。当时他就想了，这姑娘叫他吻她？那简直是一定了，他是东方美男子，人见人爱。他觉得不应该拒绝人家的美意，就向那姑娘走去，也向她努努嘴，那姑娘就笑了，向她走来。不会吧？今天要上演一场一见钟情，跨国婚恋的故事？两人快邀靠近的时候，那姑娘从包里掏出面镜子，让他照照，他一看也笑了，原来自己的嘴唇上下，和左脸颊上都是蛋糕和黄油！

乌丽丝一听又笑起来，说："你说你多可恶吧，满肚子的坏水！"说完在吴向宇的肩膀上重重捶了几下。说道："你还有什么要交代的，和什么美眉恋啊爱的，统统交代清楚，今天交代清楚了，本小姐一概宽待处理，赦你无罪。今天不坦白，以后让我知道了，决不轻饶！"

吴向宇这会倒正经下来了，讲了他有个在省城的女同学向他写过求爱信的事，还有美国女孩向他示爱的事，乌丽丝问他为什么没接受，吴向宇说，他喜欢家乡，喜欢家乡的姑娘，从一懂事就决定找个江源的姑娘结婚。

乌丽丝说："江源的姑娘善良，老实好欺负是吧？你这恶人！"吴向宇笑了。

从江源市区到乌丽丝的家有一百五十公里的路程。一般行驶速度要走三小时。沿途要穿过五里口隧道，经过奇壶峡谷，这些路段都是二级路，走不快，过了奇壶村后就可以走上高速公路了，行驶四十公里后下高速路往左转出口走二里地，就到了少关村，乌丽丝的家就在村西北角的一个小院里。

乌丽丝在前一天的晚上，就给她的父母打电话了，告诉了她的男朋友要到家接待里看二老的消息。乌海祥和李明秋夫得到这消息后，心里非常高兴，当天晚上一宿没睡，忙着准备一些食物，盛情接待将要进入他们家庭的这位亲人。

乌海祥在家里没有多少发言权，事无巨细一概由妻子李明秋负责打理。李明秋大半辈子的心血都用在了女儿乌丽丝的身上。她是个最普通不过的农村妇女，一生没有什么值得骄傲的事可言，唯一让她欣慰的是，从她的肚子里生出了乌丽丝，并把她培养成一位才貌双全的姑娘。

在乌丽丝刚十八岁的时候，家里就迎来了第一位媒人，这位媒人就是她的嫂子，那次的游说，是想把她的女儿许配给乡副书记的儿子。这位副书记的儿子是乌丽丝的同班同学，和丝丝同岁，他们俩同年参加高考，结果是他被北京一所名校录取，而丝丝则进入江源市师范学院学习计算机，从外人看来，这门亲事是完全可以的，那位小伙子人长得不赖，家庭条件也好，学习也很好。但是，决定婚姻成否的不是这些外在因素，而主要是人的心灵。当李明秋把这消息告诉女儿乌丽丝的时候，乌丽丝只说了一句："别瞎闹！"李明秋在女儿的婚姻问题上是绝对让女儿做主的，哪怕是女儿找错了，她都不会在阻拦，就像鞋合不合适，只有脚知道一样。

第一位媒人走后，没过几天第二、三个媒人接踵而至，她们所介绍的情况李明秋一一向女儿如实汇报，女儿的回答还是那三个字"别瞎闹"！后来，李明秋就不再接待媒人了，不管介绍的男孩子的条件多好。

在女儿上大学期间和工作以后，李明秋均未闻悉一丝一毫的女儿在婚恋上的消息，据此，完全可以肯定，女儿没有谈过一次恋爱。她和乌海祥知道女儿在和吴向宇谈恋爱的事，是由乌海吉、刘月娜告诉他们的，那是乌丽丝和吴向宇一起去西藏旅游前。她和乌海祥听到这消息后，非常吃惊，都不同意她去西藏旅游。但是，那次乌海吉和刘月娜给他们俩介绍了吴向宇的情况，说他是吴国耀这个大老板的儿子，而这儿子又去英国最好的大学上学，人财都好。李明秋一听，就不是很愿意，她觉得，女儿和吴向宇人财都不匹配。乌海吉当时说："还是匹配的。论人，丝丝长得漂亮，财嘛我乌海吉不比吴家少多少，但关键是丝丝自己愿意，是丝丝主动找吴向宇的。"李明秋一听说："这丫头怎么这么傻啊，万一不成怎么办啊？"他们都明白李明秋的意思，就说："现在年轻人都这样，拦是拦不住的。不去西藏，就在江源，该发生的事，照样还是会发生。"李明秋听了也觉得是这个理。但作为母亲，作为女人，她还是给乌丽丝打了电话，很艺术地提醒女儿不要感情用事，女儿的回答很简单："别瞎操心。"

妈妈对女儿怎么会瞎操心呢？这趟的结果前面讲过了，李明秋夫妇是在乌丽丝身体完全恢复后，才知道女儿以身许人的事的，她无可奈何，但从那以后就特别地关心吴向宇以及吴家的人和事了。

从她得到的信息来看，女儿和吴家那小伙子是可以谈恋爱、结婚的，她只担心文化差异会影响他们的婚姻的寿命。婚后合不来，离婚的事在这个小村庄里也有过好几例了，但她也没有办法，这事纯属女儿自己的事，只有看她自己的造化了。

但所有的消息都没有找到女儿和吴向宇要缔结婚约的意思，可能是乌丽丝对这个事还没有把握吧，但事情又发了喜剧般的变化，她的女儿昨天晚上亲自打电话告诉他们，她要和吴向宇缔结婚约了。

这是她心里期待的结果，她怎么不满心欢喜呢！

在农村当时最好的食物也只是鸡鸭鱼肉，以李明秋的能干加上乌海祥的配合，一桌好菜早就备好了，他们俩怀着兴奋和急切的心情等待着女儿和准女婿的到来。

十二点刚过，乌海祥、李明秋听到门口车响声，他们俩一起走出门口，看到女儿丝丝拉着一个英俊的小伙子向他们走来，乌丽丝一看到他们，笑着说道："爸、妈，这是向宇！"

吴向宇上前说："二老好！"话音未落，乌丽丝瞪大眼睛问他："你刚才叫什么？二老？我爸妈老吗？以后叫爸妈！"

吴向宇被乌丽丝弄得有些不好意思，李明秋连忙说："随便叫，随便叫。"

按照当地的规矩，如果吴向宇称他们俩爸妈，那他们夫妻俩就得给改口费，至少也要三五千，这钱他们俩都没有准备好，没想到。于是李明秋没等吴向宇开口就赶忙说："不急、不急，以后再叫也不迟。"一边叫吴向宇进屋坐、说话。

吴向宇坐下后，喝了几大口茶，一路没喝水，渴坏了。乌丽丝回她屋换衣服去了，妈妈陪在后面，进到另一个屋后，她拧了一下女儿的胳膊，说："你这死丫头，成心让爸妈下不了台啊！这一声爸妈还不要我们几千块钱啊！"乌丽丝一听笑了。"哎哟，忘了。"后一转眼又说："嗯？妈，这不对啊，你只花几千块就弄到一个大儿子，多划算啊，正好我手头紧，想搜刮些妈膏爸脂的，不行我一会还得叫他叫，您老把钱准备好，不得于一万块哈！"李明秋笑了,"还没结婚呢,胳膊肘就往外拐啦,死丫头"。

李明秋和女儿交流非常流畅,没有任何阻隔,她们母女俩在屋子里闲谈。李明秋问:"小伙子太俊了,你镇得住吗?"

乌丽丝说:"没问题啊,他逃不出我的手掌心!"

"瞎吹牛吧,你!不过看起来人倒挺面善的。"

"那当然。"

李明秋又嘱咐说:"你以后要注意啊,别动不动就去做人流,万一以后影响生育怎么办?"

"会吗?那我以后可不再让他了。"

"办法多的是,你们怎么那么笨啊!"

母女俩怕吴向宇和乌海祥两人没话说,冷场了,就很快回到吴向宇那屋。果不其然,乌海祥已不知去向,只有吴向宇在屋子里瞎踱步。乌丽丝一见他这劲就逗他:"嘿嘿,你干吗呐,学驴拉磨啊——瞎转圈圈。"李明秋见乌海祥不在,就问她爸呢?吴向宇说,接手机去了。

电话是乌海吉打来的,他关心乌丽丝和吴向宇到家没有。在前天,吴国耀和他刚好在路上相遇,吴国耀提及吴向宇准备和乌丽丝订婚的事,乌海吉听了有些惊讶。他想,现在有谁这么讲究啊,还订什么婚啊!有几个不是谈着成了就直接办事了,多这么一道程序干吗!何况吴向宇是喝过洋墨水的,更不可能讲究这些土规矩了。

吴国耀说:"婚姻的事,吴家祖上有规矩,不得马虎。我们祖上的规矩是主张早婚早育的,所以,趁吴向宇去学校之前,把这事定下来,搞个订婚,万一乌丽丝以后怀孕了,就结婚生子,不能再做人流了。"

乌海吉见吴国耀说得这么认真,倒也心里愉快,对乌丽丝他是心疼的,希望吴家真诚待她,于是就说:"好嘛,让双方家长和他们俩决定吧。"

吴国耀说:"您在丝丝身上是付出了巨大心血的,丝丝能成为今天这样的好女孩,有您的功劳,实际上您也是家长之一,我们都会尊重您的意见的。"

乌海吉说:"他本人也以为这样最好,把婚事办得正规、体面,让孩子们以后知道珍惜感情,心爱对方,琴瑟和谐,百年好合。他说他会给哥嫂打电话说明这层意思,估计是不会有问题的。末了,他由衷地称赞吴向宇是个难得的年轻人,有才华,人品也好,把丝丝托付给向宇和吴家,我们都非常放心和满意。"

吴国耀因此向他表示衷心感谢，并说："准备找个时间约他谈点事。"乌海吉说："好好，您随时找我都可以。"然后两人就各自忙事去了。

现在乌海吉给乌海祥打电话，说的就是这事，乌海祥问他这桩婚事怎么样，乌海吉说，是很好的人家，可以放心，他和刘月娜都同意这门亲事，但最后由你和嫂子决定。乌海祥听了心中就有数多了。

这种事其实双方家长操心，想这想那，都没有多大意义。只要他们俩两相情愿，彼此情笃，其他的都无关紧要了。所以乌海祥、李明秋夫妇很容易就通过了。在聊天中，李明秋问了几句吴向宇家中的情况，乌丽丝觉得妈妈多余了，满脸不高兴地说："妈，您问这个干吗啊，我都懒得问，不关心。这几年向宇上学，我做生意，三年一出来，我们房子、票子都有了，两人就想怎么着就怎么着了。"

李明秋一听有些不悦，说："行。你长能耐了，两脚可以支撑起肚皮了是吧？开始嫌妈啰嗦了！"

乌丽丝一看，妈不高兴了，就笑着说："老妈同志，训女儿也要看情况啊。您眼前可站着一只小灰狼呢。他回去也学您样训我，那我还有好日子过啊。说话注意影响！"

李明秋一听，又笑了。

午饭后，吴向宇、乌丽丝休息了一会，起床后吃了妈妈做的汤圆和肉丝面后，就要回江源，李明秋把她母亲留给她的刻有一尊弥勒佛玉珮送给女儿丝丝，亲手挂在她的脖子上，用手捋了捋女儿的头发，然后用那双无限深情的眼睛看着女儿。在她心里，从此以后，女儿就不再完全属于她自己一个人了，而主要是属于她的丈夫了。

她给女儿和她女儿未来丈夫吃的汤圆、肉丝面，象征着圆满、长寿，而那块玉珮寄托的是妈妈对女儿永远的祝福，愿佛保佑自己的女儿永远顺顺利利、平平安安！

是的，世界上最伟大的爱是母爱。从每个母亲心头源源不断地流淌出来的爱的甘泉，像天上降落得甘露，点点滴滴都注入了儿女们生命的每时每刻，让我们俯下身子，抬头仰望慈祥的母亲，母亲那双明亮的眼睛，永远像天上的太阳，照亮着儿女的人生前程。

临走前，李明秋把吴向宇拉到一边，给他说了几句话重心长的话，她说："孩子，天下女人都是一样的，一生有一个就够了，不要贪多。男人要是在女色这方面下多余工夫，最后得到的都是后悔。要真心地疼爱妻子，只有妻子是自己的，只有她会陪伴你一辈子，其他的女人，都是镜中花、水中月，你是得不到的。我现在把丝丝交给你了，你以后好好待丝丝，好好珍惜她，她一定会是你的好妻子，你也要照顾好自己，常回家来看看。"

吴向宇认真地点了点头。

李明秋满脸笑容地把女儿和吴向宇送上车，又向他们千叮咛万嘱咐，然后目送他们的车渐渐远去，直至消失在目光的尽头。

第六十七章

　　江源市的许多群众，最近对他们的新书记宋玉谦产生了兴趣，这种兴趣源于这位新任的市委书记的和蔼可亲和个人魅力。

　　每天晚上七点四十的江源电视新闻是绝大多数家庭必看的节目。绝大多数群众是从这里认识宋玉谦书记的，多数人从电视上见书记的音容笑貌和言行举止。头一次都觉得他不像书记，倒像一个年青的技术员：一张娃娃脸，白白净净的，满头乌发，梳成一边倒，严严实实地覆盖着头部，只有风吹发起，才可以看到他宽阔的前额，两道眉毛弯弯地向上扬起插向前额，一副黑框眼镜很大，盖住了半张脸，鼻子圆圆的，两个颧骨高高隆起，只有长下巴那略浓的络腮胡子，才让人能清晰辨认出他的实际年龄。但一般的人，只注意看人脸的上半部，所以宋玉谦乍一眼，给人的印象要比实际年龄小得多。

　　细心的群众发现这位新书记走路总是大步流星，跟在他后面的人要一阵小跑才能赶上他，很多细心的群众还发现，电视上报道的画面绝大多数都在田间地头、工厂学校、商场街头，很少是在会议室，会客室里。

　　有次播出的一段画面引起了人们的关注和议论。那次宋玉谦书记和几个工作人员到一户市民家慰问，户主是一个八十多岁的老太太，人称李大妈。这位老太太是个军属，当年她丈夫是刘邓部队中一个排长，他随刘邓大军南下，他留在了江源。抗美援朝战争爆发，他又重新穿上军装，随战友跨过鸭绿江，奔赴朝鲜前线，最后壮烈殉国，年仅三十岁。当时她和丈夫结婚才半年，已有身孕，怕她伤心影响生产，组织上就没有及时告诉她，直至月子满，身体完全恢复才告诉她。她得知消息后，一声："我的夫啊！"未竟，遂口吐鲜血，昏了过去，产假满后，她下了床上班下班，照顾幼儿婆婆，之后没再婚嫁。

　　宋玉谦当书记后不久，就找民政局李上北局长，让他把本市的英模人物、军烈属开个名单给他，并让李上北逐一介绍事迹，最后他告诉李上北，他准备不定期地逐一登门看望。

第一次就来到李大妈的家里探望。李大妈年事已高，有些耳聋眼花，宋玉谦就来到她身边，拉着她的手和她说话，最后问她有什么困难尽管给他讲。李大妈始终也没弄清宋玉谦是谁，但知道是组织上的同志，又见宋玉谦人好心善、和气可亲，心里就十分喜欢。宋玉谦问她的有什么困难没有，听成了宋玉谦有什么困难求她帮助呢，立即认真说道："孩子，有事你说话，大妈一定帮你！"

听了这话，在场的其他人都笑了，但宋玉谦没有笑，他回答说："老妈妈，您已经为国家做出过宝贵贡献了，现在您年纪大了，这安享晚年吧，一般的困难我们不麻烦您了，实在有大困难了，我一定上门求您帮忙！"

这句话李大妈听懂了，听了后认真地点头说道："好！"

当天晚上要播出这条新闻，事先李上北找到宋玉谦，建议把李大妈的那句话删掉。

宋玉谦问："这句话有问题吗？"

李上北说："李大妈叫你做孩子。"

"难道我们不是人民的孩子吗？！"

"她还说：'大妈帮你。'"

"难道我们有一时一地离得开人民的帮助吗？！"

当天晚上原样播出这条新闻，听了李大妈那句话后，有人叫好，有的人不以为然，有的人以为是作秀。在一些人的心里，连这样一个简单的真理都认识不清了，这引起了宋玉谦的担忧和思考。

宋玉谦在走访完这些老干部、老革命和军烈属之后，把他们在生活中存在的困难做了一次梳理，区分轻重缓急，做出计划方案，分期分批，逐一加以解决。

第六十八章

马明亮一伙想咬一口江源大坝工程这块大蛋糕的第一个行动,没如所愿,而是铩羽而归。

他们的失败原因不是分析吴国耀上出了问题,而是没有考虑到吴国耀身边的钱童。

钱童给吴国耀出主意,在施工的全过程,不分包一个小项目出去,全部自己做,为了高质量完成好大坝工程,他建议公司招聘一些技术人员和高级工人,其他的零活则找附近的乡亲们来做,这样既可以解决企业用工问题,也给乡亲们创造一些就业机会。如果分包给别人,质量不好控制,多了一个环节就多了一个漏洞,好多钱就可能从这个漏洞上流走。吴国耀同意这个意见,这样就排除了分包的可能性,马明亮这几个人不知道这个底细,就上门找吴国耀要工程做。

对这几个不速之客,吴国耀表示了谨慎的欢迎。因为以前就打过交道,彼此有了一定的了解,所以开场白没有说得更多,就直奔大坝工程这个话题了。还是马明亮打头阵,他直截了当地提出想求吴总给点活干,他们最近没有什么项目,今年上半年几乎是空闲的,如果没事做,手下那些人就会走光了。

吴国耀还没来得及说话,钱童从里屋出来了,对马明亮几个人说:"几位老板来迟了,吴总的附属工程均由在下承担了,几位如果想做,等我弄好预算后,再谈如何?"

吴国耀一听钱童出来救驾,顺口就说:"是啊,钱先生是我多年的朋友,又早早和我说了,我也就答应他了,几位我实在对不住了。"

马明亮不想会杀出个钱童,而且说话也绝,什么等预算出来后再谈,这可就是逐客令,他到底算是吴国耀的什么人呐!既如此,再坐下去也不会有什么好结果,于是他们敷衍了几句,就起身告辞了。

这趟一无所获,马明亮才后悔不该把那一万元红包那么快就送给吴国耀。

江源市有个老规矩，凡婚嫁、生日、上学等喜事，客人送多少钱都全收，不讲客气。所以吴国耀也没有啰嗦，接过红包道了声谢，就放进兜里去了。呵，这几个人花了一万元，换来一肚子气，你说冤不冤！

吴国耀对自己承包到手的这么大投资额的工程意味着什么？以及会带来的结果？没有更多的认识，更确切地说，他是没有时间去考虑这些东西了，他的全部精力都用在工程施工的各种问题上。他最感紧迫的是技术员和技术工人缺乏，这方面他已经举办了两次招聘会了，也招进了二十来人，但仍感捉襟见肘，不敷急需。他想在全省的范围内选些人来，钱童也说这办法好，但只能等到省人才招聘会开始后才能着手这项工作，目前只能用好现有的力量。

专家咨询委员会已经开过两次会了，这两次会议宋玉谦书记都来了。大家讨论的话题都是在施工的安全上，由于坝址的两侧都是悬崖峭壁，怕在施工过程中发生山体滑坡，特别梅雨季节，容易发生泥石流。钱童还说，这段山体茂林修竹，草丛密集，一到暖和时节，蝮蛇出没频繁，还要防止民工被蛇咬伤。

问题一一摆出来了，大家也提出了应对措施，一汇集，基本上就是一个完整的方案，吴国耀这才感到他和钱童成立的专家咨询委员会意义重大，益处良多。但让他心里有些不踏实的是，宋玉谦书记在会上未发一言，只是专心听专家们议论，吴国耀曾客气地请书记讲几句，宋玉谦正色说道，这里没有书记，只有专家和技术人员，他说他算技术员，等专家们都说了，才轮得到他说。每次散会离场，他都是神情凝重一脸严肃。

吴国耀有次问钱童，书记不说话是什么意思？钱童说，没有不讲话的书记，宋书记不说话只是觉得不到时候，时候到了，他自然就讲了。不管他，我们一切按计划进行，所以他一门心思用于解决专家提出来的问题上了。

自从马明亮那几个人来过以后，钱童提醒他，不能把眼睛光放在工地上，工地以外的环境也很复杂，要他注意，以防发生不测。吴国耀说："有什么可防的？我又没有得罪谁？"钱童说："匹夫无罪，怀璧其罪，你把这么大的工程独吞了，会没有人恨你吗？怨岂在明？不见是图！"

吴国耀说："你阶级斗争这根弦也绷得太紧了吧？"

钱童说："利之所在，祸之所存也，你还是小心为好。"

吴国耀听了笑了说："祸福相倚，又一个老子的信徒。"

第六十九章

春天来到江源了。

江源河上的冰冻渐渐融化了,河水渐渐地多了起来,哗哗的流水声像一首欢快的歌。

原先倒挂在悬崖上的胳膊般粗、竹竿那样长的冰凌,在阳光的照耀下,开始融化,先是小珠一滴一滴往下掉,后来就像一条线似的往下流了。在那山坡上,随着厚厚的冰雪的融化,那些顽强的小草开始昂起了它们充满生命力的头,迎风起舞。满山遍野都是绿色,无比的清新,各种不知名的候鸟也不知什么时候到来的,人们已经可以听到它们的欢乐的歌声了。在天空晴朗的日子里,红日当空,大地如茵,春风吹拂,春光绚丽!

这就是我们美丽的江源,这就是我们可爱的家乡!

为了把家乡建设得更加美好,全市男男女女,老老少少都在忙碌着。

近一段时间以来,宋玉谦和常委班子的几位同志,经过调查研究,总结梳理了梁子玉和龚汉诚的思路,再加上近年来的新的经验,逐步理出了一个新的思路。这个思路再次肯定了跨越式发展的战略。在江源这样的以农业为主的山区城市,光靠农业是不够的。现在的农村也出现了许多新的变化,大批的青年男女纷纷离开了土地,奔向大小城市,光一个前山县,在上海打工做生意的人数就达十万人。这当然是好现象,广大农民的积极性和创造性得到了空前的释放。在上海的江源人的企业,有十几家成了亿万富翁,有的成了上市公司的老总,这在以前是不敢想象的,在发展农村经济的进程中,其作用和意义都是历史性的。

但是,农村的经济社会领域也出现了一些新问题,突出的问题是形成了许多的空壳村和空巢户。青壮年劳动力出去打工后,留在村里的都是老人和小孩,对农村的发展就很不利了,不仅生产上有问题,而且消费水平也上去不了。最为明显的是以前乡镇的集市日,街上男男女女,老老少少,穿的衣服也是花花绿绿、五彩缤纷的。可是现在每逢赶集的日子，街上的人少多了，生意也很冷清。农村的生产力也只维持在低水平循环，农民一般只种一年一熟的单季稻，基本上是自种自吃，卖粮很少，出现土地撂荒的情况，这固然是粮食农作物价格长期偏低，而化肥、农药等价格居高不下有关，更重要的是与农村缺乏致富能手，致富门路有限有关，这些问题解决起来是很棘手的。

无农不稳，无工不富。但在江源这样的地方大力发展工业也是困难重重。全市规模以上企业不多，有三个企业改制后成功上市，效益很不错，其他的企业，只能维持正常运转。全市的财政收入主要是靠这几家企业所缴税收，这部分的收入用于发放公务员、教师和离退休人员的工资以外，剩下的就不多了。

随着社会的进步，人们对教育、卫生、医疗和社会公共服务方面的要求也越来越高，越来越迫切，而且这方面发展滞后的矛盾日益突出了，已经到了非解决不可的地步了。这方面的支出是巨大的，全部由市财政包下来显然是不可能，怎么办？出路只有改革。

江源市境内，治安历来比较好，重大恶性刑事案件不多，但也有些矛头，不能不引起高度重视，由经济利益和家庭矛盾引发的暴力刑事案件呈逐年上升的趋势，特别是干群之间矛盾时有发生，有些群众法制观念淡薄，有时为了一些小利，不顾公共利益，不守法纪，甚至还出现了暴力抗法的现象。像前不久发生的杀害村支部书记的案件就是一例。前市质检局郝局长由于家庭矛盾引发的全家烧死的例子也十分触目惊心，这些不和谐的因素，是不利于建设社会主义新农村建设的。

在一些干部中，对这些问题不重视，不敢管，不会管，不是视而不见，就是绕道走，不积极采取措施加以解决。现在大家抓经济的劲头很足，因为抓经济容易出政绩，提拔也快。抓经济完全正确，而且还要加大力度，但是如果对社会矛盾和社会问题不愿管，不敢管，不会管，那就不对了。如果长期这样，那么矛盾和问题就会积累得越来越多，越来越大，由量变发生质变，造成社会的不稳定，最终就会损害经济建设，损害建设小康社会这个大局，这显然是不能允许的。

薄弱的环节就必须下大力抓一下。他和方宏交换了一下意见，当前和今后一段时间，由方宏负责抓经济工作，而他把主要精力用于抓社会建设方面，但凡有大事，则另当别论，他会担当起责任。

江源大坝工程他和方宏都非常重视，他们两人的一致意见是决不能因为有了施工企业了，就放手不管，任由企业自己做去。相反地，应该加大管理力度，特别是质量问题，绝对不能含糊。在江源这样一个社会发育程度不高，中介组织不很健全，企业经营管理和技术水平偏低的情况下，政府还是应该加大监管职能，对重大的工程项目，就更必须加以监督和管理。

他参加中源公司专家咨询委员会，也是事先和方宏商量过的，几次会议的情况，他也和方宏谈过。他总的看法是吴国耀和中源公司的准备工作是科学周密的，因为有个专家咨询委员会，对工程中的一般问题都能够预见到，考虑到，专家们提出的方法，措施也都有针对性，他最大的担心是今年可能出现大的洪涝灾害和施工过程中发生泥石流和山体滑坡，因为坝址上方山高险峻，悬崖峭壁，一旦发生这些情况，伤人必多。

人命关天啊！作为江源市的第一责任人，人民的生命财产安全是他最重视的事，好在吴国耀也考虑到了，所以他在两次专家咨询委员会上没有说话，在落实的过程中发生什么问题，他将随时和中源公司方指出并提出解决方案。

此外，他和其他常委也交流了，当前干部问题、教育问题和提高农民收入、减少城镇贫困人口等问题。班子的各位同志人心齐、干劲足，各方面的工作抓得很细，这让他松了一口气。

这天，机关后勤给他换了一部新车，是奥迪A4黑色轿车，他很喜欢。让司机小赵送他去市经济技术开发区去视察工作。途中，他让小赵下车，他想试试车的性能，小赵已经有过一次教训，上次翻车后，他受到了批评，这次不敢了。但宋玉谦让他下车，说这样就没有责任了，他更不敢同意，可宋玉谦硬是把他推下了车，然后他自己坐在驾驶座上，一踩油门，车嗖的一声就向前飞奔而去。这段路恰好没有什么车，宋玉谦越开越快，一眨眼工夫车就不见了。小赵心里害怕，不知如何是好，最后就给李祥打了电话，李祥一听，也有些担心，他知道宋玉谦的脾气，外表平和，内心刚毅，胆子忒大，喜欢冒险。一听他又飙车去了，李祥觉得这次不管有没有事，都要向省委领导报告，让省委领导管管他，不能再让他使着性子来，万一出事了怎么办？所以也顾不得更多了，当即给省委秘书长李宾打电话报告了这事，李宾一听，说，你稍等。过了一小会儿，李宾说，我跟省委主要领导报告这事了，你这次做得对。

宋玉谦正呼呼地开得高兴呢，这时手机响了，他一眼就看出是李宾的电话,就放慢车速,接通电话,李宾说话了:"你是不是嫌上次摔得太轻了,又手痒痒了!你如果再耍疯,就把你调离江源,降官三级,这是省委主要领导的话!"宋玉谦有种观点,认为一个人当了领导,胆子就小了,没当书记市长之前开车骑自行车,满世界跑都没有事,一旦当上了这一级的官,就不再敢骑车开车了。胆子一小,心力就下降,做事不敢猛冲猛打,凡事总留余地,久而久之,就把锐气给弄没了。

第七十章

　　马明亮一伙人自从上次从吴国耀处铩羽而归后，心里憋了一肚子的火，他们寻找机会想给吴国耀制造一些麻烦，让他不得安宁，这是他们惯用的伎俩。

　　马明亮最早是一个无业游民。在这里，我们要追溯往事，多说几句。马明亮从小就很聪明，在上小学时候，他的成绩就是班上前三名的，而且能言会道，多才多艺。他的一手毛笔字让班上的同学都钦佩，因此也很受老师的喜欢。

　　但是，他的聪明也让他做出了他的那个年龄不适合做的事，换句话说，就是性早熟。在小学三、四年级的时候，他就开始中追逐女同学，除了在学校里和女同学打闹外，还发展到和女同学单独约会，虽然没有迹象表明他尝试禁果，但情窦大开则是不争的事实。

　　小学毕业后，他进入了初中学习。那时的升中学不用考试，只要到学校报名注册就可以了，甚至不用交一分钱就可以领到崭新的课本，穷困人家的孩子，还能够拿到助学金，那时候小孩子上学根本不用大人操心，很简单，一不用交钱，二不用考试，就是考试吧，考好考坏结果都是一样的：回家种田。

　　在这种情况下，他自然是非常逍遥了，学习没有取得进步，勾引女孩的本事却取得了突飞猛进的进展。在上中学不到一年的时间里，他已经和他们班的乃至别的班的三五个女同学建立了良好的关系。与个别女同学的关系已经是很暧昧了。但是就在他上高中的时候，全国恢复了高考，在校学生可以直接报名考大学。由于他的全部心思都用在了恋爱这方面，学习成绩自然是不会好了。他也知道没希望，所以在高考前他把他妈妈给他用于高考的钱，给他的女朋友买了件漂亮的衣服和可口的糕点，他连考场都没有进去过，等其他同学考完了，他就和他们一起回家，煞有介事地等待高考成绩。

　　在毕业后的一年里，他还是醉心于恋爱。但是结果让他很伤心，女同学的父母看他是一个游手好闲，毫无能耐的人，就勒令女儿停止和他交往。他给女同学写了多封悲痛欲绝的情书,但都如石沉大海,杳无音信。最后他一横心,到女同学的家里去找她,结果是被她父母用笤帚轰了出来。这样他才死了心跟他父亲学做篾。没做三个月,他由于受不了那份劳累,就不再学了,而是和一帮混混待在一起,做起了扒窃的营生。

他干这行如鱼得水,每天从早到晚,游逛于车站、商店、街道等人群拥挤的地方,有时也挤上公共汽车,寻找猎物下手。这种营生最大的好处就是不用劳动,来钱还快,最大的坏处是遭人痛恨,一旦被抓,必受一顿痛打。

有一次他出师不利,被一个妇女当场抓获,人赃俱在,他无法抵赖,被周围的群众一顿好揍,落下了一身的烂伤。

更为难堪的是,他的扒手偷盗的真相已经被暴露于光天化日之下,已不可能在家乡立足,就流窜到邻近的地方,还是做同样的勾当。

但是干这种勾当的人最终是可悲的。他最后是被公安部门抓获,并移交法院判了二年徒刑。刑满之后,他回到了江源,最初是开小店,然后就承揽工程。

在江源这样的地方,一般人看不起商人,所以他下海的初期,也没有遇到强劲的竞争对手,就拿到了一些零星的小工程,但他天生有个赚钱的头脑,一个工程不管大小,做下来他总能拿个百分之三五十的利润,就这么几年的工夫,他也弄成个数百万身价的老板了。

有了一定的经济基础,他也知道要名声了,并开始洗白自己。他的洗白自己,首先从身上开始,他是个爱虚荣的人,自从有了公司以后,他花了好几万元买了几套高档西服,每天穿得整整齐齐,去年又换了辆奥迪 A6 小车,还从歌厅里找了个小姐小丽做秘书。他总是这么滑稽,在外表上做文章,而且总是留下让人齿冷的笑话。有次市里派人到他工地检查质量,他自以为是个老板了,要拿一下派头,叫秘书先去接待来检查的领导。那女秘书小丽是小姐出身,职业习惯很难转变,一听说让她去接待领导,就想到做小姐接客的那套,精心地打扮了一番,在脸上身上涂抹了不少的香水,嘴唇上的口红涂多了,嘴巴一张,整个就是血盆大口。一见检查组的领导,她娇滴滴地叫了一声:"大哥哥,你来了,让我等得好苦啊!"说着就一扭一扭地走上去,要去挽领导的胳膊。领导一看这是谁啊?正发愣呢,那小丽早已挽住了他的胳膊,拉着他往屋里走。那领导有些慌了,心想这是怎么了,不是检查工程质量吗?怎么到窑子里来了？更让他愤怒的是后面跟着两个工作人员，正往回走呢。那领导一见这场面就想这是哪跟哪啊，让下级误会了，以为这小娘们是他的相好的，传出去可不是好玩的！就大喝一声："你是谁？光天化日之下拉客，拉客竟拉到老子头上来了，你再不放手，我就报警了！"马明亮在里屋一听，感觉不妙，赶紧出来了，忙做解释，那领导没有听完，转身就走了。

马明亮就朝小丽大骂了一顿，小丽也不服气呀，她说："你不是叫我接客吗？我是按我们的规矩接客，有什么错啊！"

马明亮一听知道她搞岔了，耽误了事情，就要辞掉她，小丽可不是省油的灯，当即撒泼，说要到法院去评理。马明亮知道这玩笑开不得，就想付一个月工资，打发她走了事，小丽那肯依，大吵大闹，马明亮一看形势不好，给了她一万元，才算了事。

后来这事传了出去，说马明亮的公司还开窑子呢！公安局还正式来到他公司查了一次。他原想摆摆谱，让人知道他是个老板，结果呢，却闹出了一个大笑话。人们又想起了他以前所干的勾当，有头有脸的人，都不愿意和他来往了。

后来市里的施工队多了起来，找活干就日益艰难了，再加上他的名声不好，只能做些小工程，再后来连小工程也渐渐少都了，他见这形势，只能想其他的办法。

一个偶然的机会，他认识了乌海吉。那是乌海吉刚回江源不久的一天，他和刘月娜一起去外面吃饭，饭店的老总认识他，也认识乌海吉，就介绍他们俩认识了，这马明亮一看乌海吉身材魁梧，衣着华贵，能言善辩，风度翩翩，还有刘月娜也是脸如银盆，目若朗星，唇红齿白，光彩照人。一席话下来，他认定乌海吉就是他的命中贵人，事业福星，所以对乌海吉又佩服又敬畏，此后三天两日拜会乌海吉，不是请他吃饭喝酒，就是唱歌跳舞，大献殷勤。以指望日后得到乌海吉的关照和提携。

乌海吉则另有打算，他到江源不久，环境生疏，人脉欠缺，早就想好要收购一个企业和拉拢一批人，为已所用，发展事业。他一看这马明亮正符合他的意思：能耐不大胆大，钱不多人多，这种人是他最喜欢用的。乌海吉有个观点，认为好人办不了事，好人多胆小怕事，也没大能耐，只名好听而已，实不好用。他后来了解到马明亮的底细后，就更喜欢了。他有劣迹，江源高层人物不会看中他，他也就做不大，这样他就可以牢牢地掌控他和他的几个狐朋狗友，帮助他成就大业。

找到了共同点后，两人过往就很密切了，乌海吉最初几个小工程到手后都是转包给马明亮做的。马明亮这个人确实有其价值，正如乌海吉分析的那样，心狠手辣，把手下的人和民工管理得服服帖帖的。乌海吉交给他的活，他一概当作大事办，不惜虐用下手和民工，再加上乌海吉不拖工程款，这样一来，就有人有钱，再加上他的心恨手辣，一个工程很快就做出来了，还利利索索，有模有样的。乌海吉看了非常满意，一段时间之后，他们俩的关系就形成了一个基本模式，乌海吉做老大，马明亮做小弟，虽然他比乌海吉大了几岁。因为他以为在乌海吉身上有利可图，所以对他百依百顺，乌海吉也觉得他办事听话，使唤起来如臂使指，驱驰如意，所以很满意，两人后来竟搞成相得益彰，难分难舍。

乌海吉的思路是一贯的，拿工程，转手给别人做，自己吃赚取价差。至于亲手做工程，他从来都认为那是万不得已做的事。拿工程主要是请客送礼，唱歌跳舞，在餐厅和歌厅之间来回运动，既风光体面，又心情愉快，还能认识不少的朋友，钱更是不少赚，他觉得这种生意最有意思了，若有来世，他还是要做这种生意。

但工程也不能做得太差，如果搞砸了，那样是自找绝路，自砸饭碗。所以他无论在哪里，都会小心谨慎地物色一两个他认为可靠的施工队，把工程转给他们做。在江源他选择了马明亮、陈宇这几个人。但乌海吉是个有心计的人，他从来不和任何一个施工队合作太长的时间，少则两三年，最多也不超过五年，不是说再好的夫妻也有七年之痒吗？两个经济人之间的合作那就更会有痒痒了。就算是江源大坝竞标成功，他们的分道扬镳也是在所难免。

首先是马明亮对乌海吉所要的过高的点数不满，说他心太黑了。一般的工程，乌海吉要十个点，好的高达二十个点。马明亮心想，你不就是请请客，送送礼，陪客人泡泡妞吗？凭什么要那么高的点数。关于这点，乌海吉对他说过，关系是第一生产力，培养一个关系要花许多钱，花许多的脑子和精力，这不是一般人能做的，这要有相当的聪明才智。对关系的重要性，马明亮从来都是给予充分肯定的，但乌海吉说，这需要相当的聪明才智的人才能做。马明亮听了就不高兴，心里骂道：那点事谁不会！你是相当的聪明才智了，难道我马某是个猪脑袋不成!

第二点就是乌海吉付工程款没有开始那么痛快了,让他先垫资,他找乌海吉要,乌海吉经常推说是上面没有拨下来。述,骗谁,明明是你用去炒股了,还骗人,不够哥们意思!

还有点就是他的不是了。马明亮自打第一次见了刘月娜,就被她的美貌所吸引。开始的时候,他对乌海吉、刘月娜恭恭敬敬,服服帖帖,不敢有丝毫的放肆,时间久了,他的心思就开始活动起来了。有次喝酒多了些,脑子有些发热,又看见刘月娜霓衫蝉翼,肌肤如雪,就有些按捺不住,乘刘月娜和他喝酒的时候,摸了一下刘月娜的背。刘月娜脸色顿时铁青,不阴不阳朝他一龇牙咧嘴,一手就拧住他的耳朵,痛得他嗷嗷直叫。从此,他就恨上了刘月娜和乌海吉,只是因为要做他的工程,才暂且忍着。

马明亮对乌海吉生意走下坡路这一情况,早就看出来了。他觉得乌海吉心太大,有些务虚,那么点资本,就想当什么上市公司的老总,在股市上圈钱,净想些不费力就发大财的好事。他听说乌海吉为了收购一家上市公司的股份花了一大笔钱,最后也没有成,被人家骗了。这笔大资金就是挪用工程款来的。他害怕城门失火,殃及池鱼,所以早早地向他催要工程款,可是乌海吉就是不肯拿,为此,他和乌海吉吵了起来,乌海吉说是上面没拨下来。

他回答说:"你别骗我了,这笔钱早拨下来了,是你用去做别的生意被骗走了。"乌海吉一听这话,恼羞成怒,说我们的缘尽于此,你那点钱三天内给你!马明亮觉得自己似乎做得绝了点,第二天就过去给乌海吉道了歉,然后向乌海吉表示,工程款他先垫上,如果同意,可以拿几套商品房作价给他,算是工程款。

乌海吉那时真的资金紧张,就决定给他三套一百八十平方米的复式结构的商品房,双方还正式签了字据。这件事让乌海吉心里隐隐作痛,他也恨上了马明亮,只是嘴里不说。

江源大坝工程项目批下来以后,乌海吉下了大决心,要拿下它的。乌海吉全力以赴地投入了竞标工作,他们俩的来往比较少了。只有一次乌海吉找到他,让他把几个工程收尾工作做好,不要出什么事,以影响他的形象。他连连答应,请乌海吉放心,并乘机问了江源大坝工程的竞标情况,乌海吉告诉他,有希望,要努力。他一听这话,又来劲了,就说几个兄弟盼他马到成功,需要他们出力的时候只管说话,并说请乌总放松放松,请他一起去洗个桑拿。乌海吉也不想在那个节骨眼上和他们几个人发生不愉快,也想安抚一下他们,就请他们几个到家里去做客吃饭。那顿饭之后,他们几个关系得到了一定好转,并达成了一致对外,拿下工程的意向。马明亮当场表示愿意做些贡献,前期的公关费用他也愿意承担一部分,就是工程拿不下来,也不用他还,这回让乌海吉刮目相看了他一次。

但不幸的是,马明亮这一注又输了,工程竞标乌海吉彻底出局,他付出的二十万元公关费,有去无还。真他妈的晦气!

自那以后他彻底对乌海吉彻底失望了,就决定另找贵人投靠,选来选去,选中了吴国耀。后来吴国耀竞标大坝项目成功,他就更相信找对人了,有几次他找机会和吴国耀搭讪,吴国耀对他都很客气,称他马董事长,说他知道他的事业做得很有成绩,可钦可佩。他立即说,以后请吴总多关照。吴国耀笑了笑说,岂敢,以后还请马董事长多关照才是。几次的交道下来,他觉得吴国耀为人宽厚,有修养,比乌海吉好对付,从他身上弄点活干应该没问题。但是,正如前面看到的,他们没有注意到钱童,更没有料到他对吴国耀有这么大的影响力,让他铩羽而归。

马明亮几个人对吴国耀有些看不惯,或者说是嫉妒,这点他们和乌海吉是一致的。他们都觉得吴国耀像个红顶商人,凡是市里大的重要工程,大都是吴国耀做。市领导也特别给吴国耀面子,有几次工程奠基仪式,梁子玉都出席了。像这次大坝开工仪式,市长方宏又出席了,还作了讲话,说了好多给他提气的话,他们觉得吴国耀就是江源的胡雪岩!这让他们这些人嫉妒和忌恨得咬牙切齿!他们几个都想找个机会,给他下个绊,让他摔个大跟头,以解胸中之气!

说到这,你得佩服钱童的洞察力了吧!怨岂在明,不见是图!

基于对吴国耀的嫉妒忌恨这一共同认识,乌海吉和马明亮一伙又重新集合在一起了。就在从吴国耀处回来的第二天,马明亮打电话向乌海吉道贺乌丽丝和吴向宇订婚以及吴向宇上学的事。乌海吉正想着大坝工程油水半点没捞上,正气着呢,就回答说:"这有什么好道贺的?都是他的喜,我赔了个侄女,好像吴家那小子并不怎么在意!"马明亮乘机跟上一句:"他们家真是三喜临门啊,咱们哥儿们没有一个有他命好!"乌海吉一听,知道这哥儿们中有他,就长叹了一口气说:"电话上不说了,有空坐坐。"

乌海吉骨子里是个极端自私的人,别人的任何成功,他都看作对自己的挑战,而他自己的成功,都成为蔑视他人的理由。在江源的头几年,他的缺点没有充分暴露,加上他能说会道,又有经济实力,有不少人相信了他。其中乌海甫对他期许甚多,帮他出了不少力,安排了好几个工程给他做。不仅如此,乌海甫还介绍他认识了不少市政府的部门领导,如建设局副局长,就是乌海甫介绍认识的,后来他听说这哥儿们出事后,心里一直很难受,很歉疚,经常去看他,陪他喝酒。自那以后,他和乌海吉作了个切割,很艺术地把乌海吉送给他的东西归还了,钱是连本带息还的。乌海吉也很愉快地笑纳收回投资了,当时,他认识了龚汉诚和陈副部长,感觉梁子玉对自己也不错,所以对乌海甫不再留意了,他是典型的过河拆桥的人。

后来他发现了吴国耀也拿了几个工程,而且个个都是肥肉,他开始注意上了,但他经过一段时间的观察,没有发现吴国耀和市领导有什么特殊的关系,遂以为吴国耀中标那些工程乃天幸运气,非人谋也。但对吴国耀开始加以防范了。他想拉拢吴国耀一并拿江源大坝工程的目的手段,我们在前面就说过了,这是他第一次和吴国耀交手,结果是他惨败。这时他才发现吴国耀的计谋之深,势力之大。

他对吴国耀的怨恨,比马明亮他们几个都深,但他不说出来。一则是他侄女丝丝和吴向宇的关系,这层关系要照顾到。二则,他知道马明亮这伙人只可用之,而不可使知之。

乌丽丝是他从小就十分疼爱的侄女,这些年,他在这个侄女身上倾注了巨大的父爱和心血。自丝丝到他公司来以后,他发现丝丝是个难得的公关人才,这孩子人才出众,天真无邪,深得一些上年纪的领导的喜欢,一些事他不便出面,有些话他不便说,就让丝丝出面,丝丝一出面,竟能达到意想不到的结果!在北京那次由陈副部长出面宴请梁子玉的一出好戏,就是丝丝一手搞定的。陈副部长开始以为他出面,乌海吉出钱,请梁子玉一行不太妥当。乌丽丝说,这样最妥当了,一举多得。一、她可以让江源的大领导知道,他北京有个当大官的爷爷,以后她在江源就没人敢欺负她了;二、她和梁书记他们熟悉了,拉上了关系,她江源的那些姐妹就会对她十分佩服,她就可以指挥她们为她服务了;三、她要让人知道她有一个北京做大官的爷爷,有一个在江源做大官的爷爷，她以后就不愁嫁不出去了。这陈副部长十分喜欢丝丝这活泼可爱，一想梁子玉是老朋友，吃顿饭不会有什么事，就答应了。这事要乌海吉去求陈副部长，那是肯定没戏。他感觉丝丝和刘月娜两人，一文一武，真有相得益彰，异曲同工之妙！

在江源的这些年，他有好多事也是欺骗刘月娜的。马明亮说他收购上市公司被骗是确有其事，这一当上得真叫一个惨，一共损失五百万，他不敢和刘月娜说。还有，他对刘月娜的爱情也远不是像他所说的那样忠诚。这些年，他以应酬的名义，去外面鬼混，和多个小姐有染。其中有两个女孩长得漂亮，被他看中，他干脆把她们包养了起来，这事没有任何人知道。

如果这些事被刘月娜知道，后果不堪设想。

第七十一章

乌丽丝的生意渐渐有了起色。吴国耀把他的商品房的广告交给了她，然后又介绍了一家药业广告和江源牌啤酒广告，一年的费用就有保障了。这让她那颗悬着的心终于落地了。她自从尝到亏损的滋味后，就再也不敢小觑生意上的事，而是非常紧迫地寻找新的广告客户。一段时间忙下来收获不多，只揽到市肥皂厂的香美牌香皂的广告代理，利益比起前两家少多了。但这是她自己争取来的，所以很有成就感。由于吴向宇参股文化传媒公司，这让乌丽丝很高兴，她想了一些日子，决定把公司改为思宇文化传媒有限公司。当她把这个决定告诉乌海吉时，乌海吉没多考虑就答应了。他说："这样好，以后有吴家作支持，生意就会好做一些，最关键的是，这样就表示你完全独立了，作为独立法人的公司，一切都要规范起来，公司必须有自己的办公场所，如果不冠以巨源二字，新成立的思宇公司的办公地点放在巨源公司就不恰当，他建议丝丝找吴向宇商量一下这事，看怎么办。"

乌丽丝听明白了，二叔这是要让她搬出巨源，自主门户。她觉得这样是有道理的，她决定自己找一个简单一点的门面房，把牌子挂起来，然后招聘几个专职技术员和业务员，配上财会人员，正正规规地把公司做起来，她把这一想法和公司名称告诉了吴向宇，吴向宇也赞成。但对公司的名称要改一下，乌丽丝说思宇，思宇，人家就是想你嘛。吴向宇说："想我就在心里想，公司的名称要大气些。还是叫诗宇吧，让整个宇宙都充满诗情画意，这符合我们广告公司的意思。"乌丽丝一听，说："读音还不是思宇一样吗，想你吗？行！"吴向宇说让乌丽丝担任董事长兼总经理，而他当副总经理，乌丽丝开始不同意，一定要让吴向宇当第一把手，吴向宇说他等结婚以后，再任新职，丝丝就同意了。

吴国耀对丝丝的公司很关注，他是个细心的人，知道一个女孩做生意不会很顺利的，就叫方向成关心一下诗宇公司的事情，给她承揽一些广告，有次，他还和钱童说起这事。钱童说，上海有家做化肥的公司，想把产品打入江源，说不定有广告要做，老板跟他很熟，他可以问问。

方向成对吴国耀最了解了，他听出吴国耀对诗宇广告公司的关心不仅仅是为了支持乌丽丝的业务，而是想把诗宇公司纳入中源公司的旗下，作为以后一个新的业务来开展。所以，方向成准备投入相当的精力，来做这个公司的事。

方向成觉得自己这辈子都会跟吴国耀一起干了，差不多就是吴国耀的家丁家将了。他老婆丁兰就经常这样说他。他从小就跟吴国耀一起玩，从来就没有一事能胜过吴国耀。说来惭愧，要说有一处胜过吴国耀的，那就是泡妞了。结婚之前，他几乎天天泡在歌厅舞厅里，和小姐厮混，还被警察抓过几次，每次都吴国耀亲自去保他出来的。吴国耀就是这点好，骂归骂，可一旦出事，他不惜一切救他。时间长了，吴国耀知道他也改不了那副德性了，就叫他找个女人结婚，或者找个固定的，要是弄出个性病之类的话，一辈子就完了。吴国耀为了他这些事前前后后花了不少钱。结婚的房子开始也是吴国耀出的钱，有段时间吴国耀资金周转不灵，他就偷偷地把房子押给了银行，筹了三十万给吴国耀。这事他还真把吴国耀感动了一下，吴国耀当时有些感动地说："关键时刻还是自己人管用！"

吴国耀拿到这笔钱后，发了工人工资和其他急需付出的款项。后来生意好了，吴国耀也没有还他这笔钱，而是算他投资，给他5%的股份。从此他王八吃秤砣——铁了心地跟吴国耀干了。

这人也是有命。他就一直不明白吴国耀的命怎么就这样好，这几年一路顺利，工程不断，收入多，一到春节前，整个公司的人都喜气洋洋的，因为吴国耀要给大家发红包。他作为股东，几年下来也是百万富翁了。丁兰又换了一个说法，说他傻人有傻福，命中有贵人相助。这女人是烦，同是一人一事，说好说坏都是她。

自从钱童来后，他们就成为一对哥儿们，他感觉和钱童什么都可以聊，两个人在一起十分的快乐。两人曾认真分析了吴国耀一番：按脾气，吴国耀像个老夫子，一天到晚很少笑，话也不多，不见得让人待见。也不能说他很能干，事实上，他行动有些迟缓，动手能力很一般，说他会搞关系？也不见得，他很少会当面吹捧领导，送礼请客的事，也是很少做。纵观其人，在江源也只是铁中铮铮,庸中佼佼而已,后来他们俩也充分看到了吴国耀的优点:心诚坚毅,御众以恩,行善不倦,终得善果。

不管外人怎么看他,吴国耀还是按照自己的理念和既定目标进行每天的工作。大坝工程开工后,他每天都在施工现场。这个工程给他特别大的压力,每天找他的人从早到晚没有断过,他手机一天到晚响个不停,来的电话都是要么是解决材料的,要么是施工又出什么问题的,或民工之间闹纠纷的。最近两天,附近的十泉村的村民来了十几个人,找他要求赔偿他们的损失,说是他们村的饮用水,自工程施工以来受到了污染,而求赔偿五十万元,用于他们另行开凿新的水井和修建防污染设施,以及给村民的补助。几个搬迁户也找上门来要求公司给他们补助,这些事,他不敢交给钱童去处理,怕他脾气暴,引起不必要的麻烦,方向成也帮不了他忙,他历来解决不了这类的问题,所以,他自己要付出精力亲自处理。

这些问题他公司也不该管,饮用水污染问题纯粹是瞎扯,从大坝工地到七泉村里有十几公里远,当地农民都是在村内打井取水,村民无非是看到吴国耀大老板,想弄个外快花花,至于搬迁户的补助问题,这是政府的事,他不可搅下来,但他认为现在自己是人大代表了,有责任给市里反映一下此事,如果真是他的事,那他也会尽到应尽的责任。

第七十二章

钱童几次提出想回上海和妻子女儿团聚，吴国耀告诉他工程还没有就绪，离不开他。

钱童说："我可不像你，为了赚钱，弄得七情六欲都不全了，当三天五天的和尚，我还可以，要我陪你当长久当和尚，我可受不了。"

吴国耀想，这样长久下去，也不是办法，怕钱童真娶个小的，对不起他的夫人。于是他就答应他回上海住些日子，养精蓄锐。过些天，他去接他回来。

一场纠纷的发生，把钱童回上海的事给搅掉了。有天，七泉村有几个村民，带着棍棒到中源公司要求赔偿他们损失，否则他们就每天来公司闹。这天吴国耀刚好到工地去了，钱童在家。他一见这个阵势就知道是混混来敲竹杠。他是个真刀真枪干过的人，几根棍棒算什么？今天见到这几个混混找上门来了，手里还真有些痒痒，好久没有玩了。他走出门口，看到一个带头模样的二十多岁的小子，正闹得起劲，他就抽着烟，慢慢悠悠地踱到他的跟前，说："哟，小兄弟，几年不见长能耐了，现在都敢上门要饭了？"

那小子见钱童气宇轩昂，目露凶光，先就有些胆怯，又听钱童这话，似乎知道自己的底细似的，心里就没有数了，以为这人也是道上混的。可一想又不对，这明明是中源公司，道上混的人怎么可能在这？所以就斗起胆，来到钱童的跟前问："你是谁？我们来找老板，他仗着财大，欺负我们小老百姓，就不行！"

随来的几个小年轻也跟着嚷嚷："对，就不行！你们不按数赔偿我们跟你们没完！"

钱童是个见过大世面的人，对付几个小混混他是绰绰有余，但他知道这是吴国耀的公司，他现在还是人大常委了，这哥儿们还经常说要考虑政治影响之类的话，所以就压住了胸中的怒火，他笑嘻嘻地从兜子里掏出香烟，恭恭敬敬地递一支给那小子，那小子哪知道钱童啊，还以为是他的话把人家吓住了呢!就大模大样地去接香烟。他手刚接过香烟,钱童右手一下子握住他的食指就势往下一按,只听"哇"的一声惨叫,那小子痛的扑通一声跪在地上。

随来的几个人见状就想上来和钱童动手,钱童大喝一声:"你们别瞎掺和!这小子是小偷,前些天把我一块表偷走了,他手上的这块表就是我的。"

左手拿起电话就要打电话报警,那几个人信以为真,又见钱童要报警,心里有些慌张害怕,都有退意,那小伙子见钱童下手狠,手段毒,知道今天是遇到了克星。他正指望其他几个人帮忙,就想喊:别听他的。还没出声,钱童又是使劲一按,那小子疼得嗷嗷直叫,可就是一句话也说不出来。钱童把嗓子压低,说:"知道你爷爷是干什么的吗?我刚从大铡刀下自己把头给抢了回来了,那么大的灾难都没有什么事,你算什么东西,敢跟爷爷叫板!你先弄清钱童是谁再来!"

说完把手一松,那小子一骨碌爬了起来,自认倒霉和那几个人走了。

钱童有些怕吴国耀不高兴,就给他打了电话,说明了情况,说完又觉得自己有些窝囊,帮人消灾还要讨好别人,这算什么事啊!

吴国耀接到钱童的电话后,听了情况,心里不由得一惊,这种事以前从来没有发生过,他知道是那帮混混太不像话,但钱童和他们动手,他觉得也不是好上策,一时有些不知怎办了。

这时,他忽然想起了晏洪,就给他打电话。电话通了,晏洪一开口就说:"你老板当大了,不仅有钱有势,连打手也都配齐了。"

吴国耀一听这话,知道晏洪已经知道这事了,不知道该怎样往下说。倒是晏洪先说了,那几个人是混混,到你公司去寻衅闹事肯定是违法的,但你那朋友自己下手就不对了,你们自己都解决了,那要我们这些人干什么?

吴国耀跟他说过钱童,晏洪心中有数,他们三个还在一起喝过几回酒,彼此印象都不错,晏洪说这番话,无非也是叫吴国耀当心些,不要弄出大事来。

对付这几个混混,确实不要吴国耀他们自己出手,以前遇到这类事,他第一个反应就是找晏洪,这回钱童就露了一手。

原来这天领头来闹事的那小子叫李土金外号叫李二傻,早些年一直跟马明亮一起干那些偷鸡摸狗的勾当,后来他看到马明亮被抓去坐牢了,心里害怕了,不敢再干了,于是也做了一些小买卖,开过烟摊,跑过单帮,开过一段时间的出租车,但不是嫌太辛苦,就是嫌钱太小,就回家瞎混了。

自从大坝工程动工以来，他一直在盘算着怎么样从这里弄点钱花花。前些天看电视上报道说，有个村的村民就水源污染的事向施工单位索赔，弄到了一大笔钱，这时他心思就活动开了，寻思着也效仿他们，要求中源公司赔偿他们村的水污染防治费，于是他找到同村的几个混混算计了一下，一致认为这事可行，就到公司来闹事，没想到的是这中源公司的人这么狠，不仅没有弄到钱，而且栽了大面子。心里十分的窝囊，所有的小混混，都有一个共同特征，就是欺善怕恶，他被钱童弄得服服帖帖的，自认倒霉，心想这事就这么过去算了。

但是第三天，马明亮来找李二傻，还带了两瓶酒，两条烟和一个烧鸡，几个小混混坐在一起，自然就扯起了那天的事。

马明亮说："兄弟出师不利，并不等于最后失败，治他们的办法有的是。你被人欺负，哥哥我心里也难受，想想我们当年怕过谁啊？这种事不能就这么算了。"

李二傻被马明亮这么一激，心里也感到要出出这口窝囊气，现在又有马明亮出手相助，就来了精神。

李二傻说："马大哥说的是，可是我实在是想不出来有什么好办法了，那姓钱是什么来路？怎么对付？"

马明亮说："那姓钱的也没什么了不起，早年也是个混混，还不如我们呢！中间到国外混了一段时间，谁知道干些什么，我听说也是干些偷鸡摸狗的勾当，被当地警察赶回来了。"

李二傻一听，来了精神，他知道自己是个混混，一听说钱童也是个混混，就以为钱童跟他一样了。他想那天失手纯粹是自己准备不足，让他偷袭，当时被他唬住了，输得不明不白的，这回想起来有些后悔了，他这时也想报复一下，否则以后怎么混啊！

他问马明亮怎么办好？

马明亮一看这李二傻已经入套，心里就暗暗高兴，这会儿他倒不忙了，说："来，来，来，我们先喝酒，这事你再掂量掂量。"

李二傻喝了几大口烈性白酒，情绪亢奋起来了，满脸通红，太阳穴上的青筋突突直跳，说道："有什么好掂量掂量的，再跟他那王八羔子比试比试，拼他个你死我活。"

马明亮说："兄弟，好样的，哥敬你一杯。"

李二傻平时也受了马明亮不少好处,感恩之心和好面子都使他想去试试看。但他还没有想好如何操作。

这天,李二傻在街上闲逛,走着走着,突然一辆小车从他身后开了过来,横在他的面前停了下来。

谁这么没有礼貌啊?他正想发作骂人呢。

这时车门打开,乌海吉从车上走了下来。乌海吉对李二傻说:"兄弟,听说你想干点大事,但是不论干什么事都千万不要硬来,都得出师有名,做的合情合理。你不是想去大坝工地那个地方找点事吗?其实那挺好办的。我们这一带老百姓不是有在河里炸鱼的习惯吗?你就找一个天气好的日子,拿上雷管、炸药去大坝附近去炸鱼,只要咣当一声响,就不怕吴国耀不把工程给我们做,他这个人就怕来硬招,不信你试试。"

你也傻一听对啊,就这么办。

第二天中午,李二傻一个人真的带着雷管和炸药到大坝工地附近的河边去炸鱼了。雷管和炸药都是乌海吉给他的,整整给了他一包!李二傻这时也动了一点聪明,他想,如果整个炸药包一爆炸,那么大坝就可能被炸垮。这样可能会出大事,那样不好。算了吧,就整点小的动静吧,只要拿出一个雷管和一根炸药,离大坝远一点的地方,放他一炮。这样意思也到了,估计对大坝也不会有什么影响,出不了大事。

这样对马明亮、乌海吉都有交代,还不会出大事。

他到了河边,把雷管、炸药装好,然后点上一支香烟,又用烟火点着了导火线,瞬间一股青烟咻咻地往外冒,李二傻顺手就把炸药用力一扔,他心里太慌张了,竟然把炸药扔向了大坝,只听轰的一声巨响,大坝方向尘土飞扬。李二傻这会吓坏了,拔腿就跑,飞一样的逃回家里,他这时说一千道一万,只求没人发现是他干的。

第二天,乡派出所的民警王一富来到七泉村找李二傻,问他昨天干什么去了?有没有拿炸药炸鱼?

李二傻一见到警察就有些条件反射,以为又要抓他,心里有非常害怕。但听王一富的口气,好像没发现是他干的,忙说没干什么事。

王一富瞪了他一眼,说道:"你听好了,这大坝工程是全市的重点工程,书记、市长三天两头去检查,环境问题要你操心?实话告诉你,那老板是市里的大红人,我们的头跟他是哥儿们,你可别来个那块石头硬就往那块石头上碰,你猪脑袋碰个稀烂倒没事,可会连累到我,你再去了,人家能像捏臭虫似的捏死你,知道不?"

李二傻就怕王一富,他的底细都在王一富手里掌握着。还有他们还沾点亲。有几次他犯事,还多亏王一富网开一面,放他一马。现在一听王一富都说老板厉害,他更害怕起来了。后悔那天在马明亮面前吹大牛,又听乌海吉的教唆,去河边炸鱼,鱼没有炸着,可能把大坝给炸坏了。他感到大事不好。

还有他现在一想到钱童就有些不寒而栗。

第七十三章

乌丽丝的生意大有蒸蒸日上之势。这要归功于方向成的大力相助。

自从吴国耀要他照顾乌丽丝的生意后,他连续找了几家有些实力的公司的老总,要他们在广告生意上照顾一下诗宇广告公司。方向成出面找他们,就等于是中源公司找他们,这些公司长期和中源公司合作,从中获利不少,并且以后还要继续合作下去,所以能照顾之处,都没有不从的。

方向成每次约那些老板吃饭,乌丽丝都参加了,席间她热情给他们敬酒,说话也很得体,这让方向成很满意。他心想这吴家的风水是好,老子有能耐,儿子有能耐,儿媳妇还这么厉害!什么好事让这老哥占了!

让他更喜欢的是,乌丽丝这孩子待他特别好,处处尊敬他,张口闭口叫他叔叔,把他当亲人看待。他和吴国耀是多年的兄弟,但在外人眼里,他是个跟班的,他能力水平一般,公司大小事都没有他说话的份,因有吴国耀一人罩着他,公司的人都是看在吴国耀的面上,才给他脸子的。

乌丽丝则另外一种态度,对他言听计从,事事听他主张,这让他感觉十分愉快。有几次,他有些贪杯,客人还没喝几杯,他倒先醉了,客人一走,他稀里哗啦的肚子里的汤汤水水就往外倾泄。丝丝每次都是给他又擦又洗的,一点也不嫌脏嫌臭,弄得他都自己都不好意思。

丝丝说:"这算啥啊,我们都是自己人!"

所以,方向成对乌丽丝的事格外上心,全力帮忙。有时甚至超越权限,打着吴国耀的牌子,要求人家帮助诗宇公司,一些不知底细的公司,就把鸡毛当令箭,对诗宇公司的事,竭力帮助了。

钱童对乌丽丝则是另一番情景。对丝丝一脸的严肃,话也不多说。乌丽丝有时想和他开玩笑,钱童就拿眼睛盯着她,弄得她很拘谨。

有次钱童和她开玩笑,问她:"你老公长得那么帅,那么有才,不要多久,就会被北京姑娘抢走,你到时候怎么办?"

这话问到了乌丽丝的痛处，就说："那我能怎么办？由他去了呗。他不会那么没良心吧。"

说着说着，一会竟哭了起来，钱童一看，忙去安慰她，谁知道乌丽丝哭得更伤心了，最后还是方向成哄住她的。此后钱童见到丝丝老给她做怪脸，学她哭的样子。乌丽丝气得直咬牙。钱童爱抽烟丝，有次乌丽丝悄悄地在他的烟丝上撒了一些辣椒粉，钱童点了一支烟斗，呛着直咳嗽，一把眼泪一把鼻涕的，乌丽丝在一边看了偷偷直笑。

钱童发现是她捣鬼，就说："你还行，有这本事，不愁治不了老公！"

这次小闹腾后，他们俩的关系反而融洽起来了。钱童从桌子上拿烟抽，都要先用鼻子嗅一嗅。然后才抽。乌丽丝见了，笑着说："你也太老土了，我是打一枪换个口子，早转移战场了，您还是看看别的地方吧，您要是再气我，我说不定哪天在您茶杯或饭碗弄些药水，让您吃下肚后，一年半载都想不起自己是谁！"

前些天，他们俩听人说江源有种树叶捣烂后取出来的汁，人喝了就会失去记忆。钱童一听这话，有些发怵，就说："好了，好了，以后我们都恪守和平共处五项基本原则，和睦相处。"

乌丽丝见她的招已经见效，就乘胜追击，说："那不行，除非您已经表现出对我足够的善意。"

钱童问这话怎么说？

乌丽丝说，您带我去玉花山玩玩，春天里，那里花很多，以前我二叔带我去过。

钱童也是个喜欢玩的人，玉花山他已经有十几年没有去过了，也想出去转转，就约好这星期天去。

玉花峰是江源的最高峰，海拔两千多米，素有一山有四季之说。山脚下，鲜花盛开，绿草如茵，阳光暖洋洋的，空气中弥漫着花木与泥土的芬芳。山顶上的积雪还没有完全融化了，山崖上的大大小小的瀑布，在冬天里是结冰的，现在一道道水流从高高的悬崖上飞流直下，溅起无数的水珠，远远望去，像薄薄的雾，蔚为壮观。满山遍野的杜鹃花开了，鲜艳红湿，芳香馨郁。

钱童，乌丽丝和方向成夫妇，四个人开一辆越野车，大概走了两个小时，来到玉花峰山脚下。正前方是一块块平平整整的绿茵草地，草地的左边就是江源河，中间一条高高的河堤就像城墙一样高耸坚厚。山脚下散落着几户农家，这几年这里的农民搞起了农家乐的生意。在这里可以坐竹排，骑马，钓鱼，打猎，还可以和当地的农民一起植树，采茶，摘果，收割。还可以品尝到地地道道的农家酒菜。因此，吸引了不少的城里人到这里旅游休闲，有些人周末晚上到了，就住在农家小舍，享受农家生活的乐趣，欣赏美如画卷的田园风光。

村民们开展这项活动以来，许多家庭收益不错，经济条件有了很大改善，所得收入除了用于孩子上学，购买种子、农药、化肥之外，大多资金用于扩大再生产，盖起了更大的更舒适的房子，客房的条件也不断改善，空调、冰箱、彩电一应俱全。

所以近两年来，生意越来越大，不仅江源城里的人爱来，还有的外地朋友也慕名而来，农家乐渐渐成为旅游品牌了。

乌丽丝通过朋友介绍，准备住在李婶家里，电话联系好了。乌丽丝把钱童等三人带到李婶家，李婶正在门口站着等他们呢。李婶是丝丝叫的，她名叫李云英，年龄不大，四十岁左右，个子高高的，鸭蛋形脸，红扑扑的，上身穿件红色毛衣，裤子是休闲型的牛仔裤，一看去就知道是个厚道能干的人。

李云英的家有点像北京的四合院。大门做得很高，两扇木板门用漆涂成淡红色，门槛也是高高的，用大青石做的，门口左右两边各安放着一尊狮子，虽然不像大户人家那样高大威武，但却也雄赳赳、气昂昂的。一进大门就是一大块草地，有半个足球场那么大，草地四周规则整齐种着各种树木，草地中间一条用鹅卵石铺成的小道，呈S型通向房屋。她家的大厅很大，大厅两边的厢房，土木结构，上下两层，各有四间屋，大厅里面的是有一套间，一间是厨房，另一间是餐厅，餐厅很大，可以放下四桌，可供四五十人同时用餐。

引人注目的还是那间大客厅，正面墙壁白色衬底，上面画着一幅玉花峰的全景，气势雄伟，形象逼真。客厅的两边画的是江源河两处著名景点，其中一处就是大坝坝址，名叫双龙戏水，另一处是江源河注入长江的那段，叫江河横流。这三幅壁画，重彩浓抹，酣畅淋漓，深得张大千笔意。李云英告诉客人，这幅画出于村里一名在中央美术学院就读的男生的手笔，这男生就是她的儿子！

钱童他们听了，赞叹不已。

方向成烦丁兰啰嗦，就让乌丽丝和她住一屋，他和钱童住楼上，晚上下棋。安排停当后,钱童说上午还有两个钟头,刚好可以坐一回竹排,几个人一致说好。

李云英帮他们安排了一副竹排,每人二十元就够了。坐竹排要从上游码头去坐。坐车二十分钟可以到码头,李云英用车送他们几个到了码头,并安排好,就乘车回到终点等他们。

江源河这段的河流比较窄,也比较浅,但水流比较急,坐竹排最为适应。钱童一坐上竹排就很有兴趣地船工聊了起来。偏这船工为人机灵,很健谈,先自我介绍说自己姓王,单名民,年方二十八,尚未婚娶,家住附近,祖上务农,到他父亲这代,才开始做船工,父亲身体欠佳。四十五岁不到,就在家颐养天年了。他是子承父业,执篙撑排那年不到二十岁。古说话好,自古英雄出少年。别看他年龄小,但他水性好,上岗不久,就救起了三个落水游客的性命,竹排公司封他为江源第一船工的称号,一时遂声名鹊起,许多知名人士来这里坐竹排,都是由他执篙撑排。春节期间,市委书记宋玉谦陪一位北京来的一位领导来视察,就是坐他的竹排。领导临走前,夸他技术好,讲解得也好,说到这,他颇有些自豪感。

钱童开始有些嫌他聒噪,后来听他讲典故语言生动,情节细腻,绘声绘色,倒真有些诗情画意。

让钱童感慨的是这个船工,他对自己的职业和工作充满了自豪和热爱,为人不卑不亢、坦坦荡荡,对自己的生活充满乐观,好像不知忧惧为何物。这种人是幸福的,是健康的,像江源河水一样清澈明亮,充满活力。

家乡人是善良的,也是聪明的,他时隔十几年回到了江源河的身边,他惊喜地发现这条母亲河,依然是那样的美丽。

一年四季中,除了严冬季节外,江源河水流都是非常充沛的,河水每流过一个县,乡,水量都会增大一些,因为一路都有一道道清流,从沟沟渠渠都注入江源河,河水越流越多,快到长江入口处时,已经是一条汪洋恣意、波涛滚滚的大河了。雄伟的长江也正是由于有无数条像江源河这样的河流的汇集,才能成其宽阔雄伟。尤为宝贵的是,江源河贡献给长江的一直是清澈而又干净的河水,没有任何污染,就像江源人民奉献给祖国母亲的永远是颗纯洁炽热的赤子之心!

钱童问船工:"为什么河水一直能这么丰沛清澈?"船工回答说:"很简

单,河水所流之处,树木植被都很茂密,好山好水好地方啊!"

钱童又问:"这些树木植被为什么能长得这么好?"船工回答说,这更简单了,人好呗。老百姓都有植树造林,爱护植被的传统,江源市很少有乱砍滥伐的事,特别是这景区的树木,都多少年,从来没有一个人砍过一根树木,有些大树枯死了,也没有人去砍伐,占为己有,而是让它腐烂成泥,滋养树木。人爱山水,山水养人。在这附近很少听说有人患恶疾,胎儿畸形的事。

物华天宝,人杰地灵。在这块不大的地方,历史上却多出贤相良将,鸿儒硕学,侠客义士,忠臣孝子,烈夫贞妇。江源历史上流传这样一个规矩:江源子弟在外从政、参军,凡爱国爱民,建立功勋者,殁没之后,由家乡父老中年高德劭者,派乡里子弟接其尸骨回乡安葬,坟高多少,由死者生前为国为民所立功勋大小而定,而不论官大官小。凡血战沙场,以身殉国者,给予最高礼遇。尸骨纵在千里之外,也要运回家乡安葬,若找不到尸骨,则由乡人从壮士遇难处,捧回一抔黄土,魂兮归来,永驻故乡!乡人四时祭奠,一则以表纪念,一则以表旌后昆,要精忠卫国。

若在外从政参军,为大奸巨贪、蠹国害民者,若生还乡,乡里之人,都可得而诛之。死若归葬乡里,人人可在其坟头注粪,以示不齿于乡里,并昭示后昆,以儆效尤!

有老人云:唐贤相梁国公狄仁杰,遭奸贼陷害,曾流放至此,此间梁姓一族,乃梁国公后裔,当初舍狄姓梁,实怕被奸人灭门。梁子玉实乃梁国公苗裔。梁子玉德才兼备,官拜正省,非止有梁国公之遗风,亦梁国公之遗泽所荫庇耳,云云。

此说史实无考,阙存疑焉。

钱童听了这番解说,心中感慨良多。他以前每天匆匆忙忙,很少研究江源的事,所以对自己的家乡,实在知道的不多,听这船工的讲述,对家乡的热爱之情顿时如江源河水,滚滚而至。

他想,好在这十几年在外没做过昧良心的事,否则死后怎配安息在家乡呢?只能做在外面做孤魂野鬼了!

方向成、丁兰和乌丽丝三人,可不像钱童那样对人文、历史那么感兴趣。他们被自然风光弄得惊叹不已。丁兰是个嘴闲不住的女人,她对船工说的那些传统历史的事没有兴趣,便和方向成来了些恩爱秀,两人偎依得紧紧的,一会儿让他看这,一会儿让他看那,一会儿说那山峰像一把张开的伞,一会又说那岩石像乌龟。突然她一惊呼一声,说她看到河里的鱼的肚子了。方向成说:"瞎说!"

船工说,你太太眼力好,她可没有瞎说。那鱼终年在这清溪水中,丝毫没受到任何污染,日久天长竟也像海河水一样的清澈。方向成听了注意观察了一小下,他发现果然有几条鱼像通体透明似的,钱童听了想,山好水好鱼也好,他刚想问这鱼味道怎么样?一想不合适,吃这样的鱼岂不是罪过?

不知不觉这竹排就到了下游码头,李云英早等在这里了。见他们几个一下船就让他们回去吃饭了。

这天中午一桌农家饭菜正热乎着呢!钱童今天有些动情,原来想吃这菜想吃那菜,这会心思不在这吃上了。脑子里一直想着船工的介绍,他对江源的理解似乎进了大步!这次他发现自己是个易动感情的人,当听到船工讲那个流传的古老规矩时,两行热泪涌出来了。忠臣孝子,家国之宝。他觉得梁子玉、宋玉谦、吴国耀的身上体现了江源人的真情实质和优秀品格。这时,他发现自己是如此热爱家乡,如此地热爱乡亲们!

第七十四章

钱童这次踏青与乌海吉不期而遇。他也是上午到的。住在李云英的隔壁的刘大妈家,与他同来的有刘月娜和小妞。

丝丝一见乌海吉、刘月娜和小妞忙上前去打招呼:"二叔、姐,这么碰巧啊,你们也来了?"

刘月娜一见乌丽丝,心生喜悦,拉着丝丝的手说:"你好些日子没来看叔叔和姐了,生意再忙,钱再好挣也不能忘了姐姐啊。"

丝丝一听,说:"姐,我哪里忘记了你们呐!天天都想!"说着抱抱小妞和她逗了起来。

乌海吉在这里意外地遇到钱童、方向成等人心里有些不快。他现在一见到中源公司的人心里就不很痛快。他也知道吴国耀和中源公司的人并没有冒犯他,他后来从吴理睿那里多次听到吴国耀开始没有很大决心竞标江源大坝工程,是他乌海吉拉他进来的,后来由中源公司单独参加竞标也是他自己的主意。他琢磨这事,感觉怎么和刘璋邀刘备进西川一样啊。不进西川之前,两人好好的,称兄道弟。一进西川后便如水火,兵戎相见,最后刘备来了个雀巢鹤占,刘璋被弄得人地两失。他悲伤地承认,他就是刘璋,而吴国耀就是那个假惺惺的伪善者刘备了。

他不这么想倒也罢了,一这么想就越想越像,不是吗? 吴国耀现在风光得很,身任人大委员,二个月开一次会,电视上经常能见到他,现在的市委书记,市长和他熟得很。听说宋玉谦三天两头往他家跑,说什么是参加专家咨询委员会会议,会后又吃又喝又送礼的,弄得个如胶漆似的,市里其他大小头头脑脑,现在对吴国耀都客客气气,热情得很,对吴国耀的事一路绿灯。乌海甫这段时间似乎是天天泡在中源公司了,而对乌海吉避而不见,已经很久了。

现在看到自己的亲侄女,也天天和中源公司的人在一起,心里就更加的不高兴了,所以,他看了丝丝,没理她。

乌海吉这个人就是这样，有什么问题，他总能把责任推给别人。乌海甫一直对他不错，帮他出了很多好主意，有些工程没有他帮助根本拿不下来，市里领导他也介绍给乌海吉了，可是，当他一和梁子玉，龚汉诚认识后就一脚把乌海甫踹开了，现在反而埋怨乌海甫。

丝丝是自己的亲侄女，可是他在她生意最困难的时候，又为她做什么呢？他看不惯她和吴向宇好，也看不惯吴家父子对她好，所以，他对她不满意，在她最需要帮助的时候，不热心帮助她，甚至有意刁难她，这难道仅仅说因为她和吴家父子关系好吗？为了自己的虚荣，他可以对亲侄女冷下脸来，最后把她赶了出去，他以为他找理由和时机都非常恰当，让人无话可说。可是，就是这样，人家就不知你真正的用心吗？这年头谁比谁傻啊！

令人更为不快的是，没有他的日子里，丝丝的生意更好了。

他更愿意看到的是，除了他之外，人人都生活在水深火热之中，看他们在苦海中苦苦挣扎，看他们向他呼号求助，而他呢？手上握有无数个救生圈，可是他不会抛向大海，救人上岸的。他以为凡是会在苦海中的人，不是低能儿就是天生倒霉鬼，都是不值得去救的，只配自生自灭！

他还注意到，地球上的人口已经超过七十多亿了，实在太多了，这些人占据着地球的每个可居住的地方，每天消耗大量的食物和能源，由于人类的破坏，许多地方生态恶化，沙尘暴、酸雨、水源污染、水资源严重短缺、土地风化沙化日益严重，等等。仿佛这些问题对他和他后裔的生存带来了严重的威胁，这些都是因为那些劣质人类存在的结果，这是他所不愿意看到的。有些人活着别人就不能活，有些人活着能让别人活得更好，乌海吉显然属于前一类的人。

他这种人在江源是个珍稀高级动物了，遗憾的是它与江源的人文和传统格格不入，与这里的人们格格不入，他回江源实在是个错误，在这里，天时、地利、人和他都不占，失败和悲剧早就注定了，只是没想到会来得这么迅速。

这是后话。我们现在来看看他和钱童之间的交往、交锋。

乌海吉一看到钱童，就满脸堆笑地向他问好，握手。钱童自从吴国耀向他说起乌海吉想骗他的事后，就对乌海吉产生了兴趣，回江源之后，也见过几次，都是匆匆而过，今天难得如此巧遇，又恰逢双方都有空闲，就十分地想和乌海吉玩玩，试试他的功夫到底如何。

于是钱童一见乌海吉就表现得十分的热情和客气,但脑中酿就一个阴招,他一见到乌海吉伸手过来,就笑呵呵地把手伸了过去,在双手相握时,他暗暗地使了一把劲。乌海吉没料到他会来这一手,没任何防备,右手被钱童一捏,又麻又痛,不禁叫了一声:"哎哟,额角出了微汗。"钱童好像根本不知道似的,笑呵呵地说道:"乌总好,今天真巧,有幸和乌总一起到此一游。"

乌海吉就喜欢人家夸他,见钱童这么说,心里也就舒服些了,手上的痛苦竟减少了许多,口里答道:"哪里哪里!是我荣幸,是我荣幸,能和钱总一块聚聚,难得,还望钱总不吝赐教。"

钱童正想找时间和他单会呢,一听他说一块聚聚,不吝赐教之类,就抓住机会,顺着竿子往上爬了。"赐教不敢当,您是江源的工商界巨头,一块聚聚倒是非常的好,就不知乌总什么时间有空?要么今天下午找个地方咱俩单独坐坐?"

乌海吉不知为什么,自见到钱童以来,对他是又烦又恨。避之唯恐不及呢,哪有心思和他坐坐!见钱童约他下午一起坐坐,心里一点也不愿意,可嘴里还得说:"好,好,好。"

下午他们俩来到河边的一个小菜馆里见面,乌海吉说两个大男人也没啥雅趣,不如边下象棋边聊天。

钱童说这样甚好。

乌海吉的象棋下得很好,他曾专门研究过象棋古谱,尤其是对《梅花谱》下了很大的功夫,也颇有心得,一般的人不是他的对手,他上午被钱童握疼了手,下午想在棋上找回来。可世上的事有一个巧字在,偏偏这钱童也是精于象棋之艺的人,他不仅读过中国象棋的主要古谱,而且对当今大师胡荣华、柳大华的战法研究很多年了,象棋棋艺远在乌海吉之上。

两人要了些茶点,点上根香,就正襟危坐。楚河汉界,两阵对圆。钱童摆子时有意少放一车,乌海吉以为他忘了,就示意他把车摆上。钱童说他和一般人下棋,只需一车,乌海吉听了心中不悦,心想你这不知天高地厚的东西,今天不杀个你转片甲不留,也不见我乌大人的手段!

乌海吉说声承让,就开始走棋,按理说,一方让子,应让另一方先走,可乌海吉心中有气,也想故意戏弄一下钱童,就没有谦让,一开头就用炮去打钱童的马,这马没车相救,也等于是白送,这下变成了钱童是让一车一马了。

钱童见乌海吉杀来，并不慌张，而是巧妙与乌海吉周旋，乌海吉连得对方两员大将，就心生骄气，在战法上一心只求与钱童兑子。他想的是，你兑光了，我最后还有一车一马，让你死个明白。乌海吉两招之后，钱童对他的想法早已了然于胸。他左右闪挪，没有给对方机会，而是乘乌海吉求胜心切之际，挥兵过河，走了二十步之后，钱童用一个炮的代价弄成五个兵已过河三个，整个棋局，乌海吉已无优势可言。走到三十步之后，乌海吉输局大定，为了避免败得惨不忍睹，他想认输重来。不料钱童说此局是和局，并一一指明怎么个和法。确实是和局，但那是钱童和自己下，而非乌海吉和钱童下，乌海吉越觉得这钱童是成心想戏弄他，心中更有气。

第二局开始，钱童没有让一子，却下输了。乌海吉虽然挽回了脸子，但想对方让一车一马仍能胜他，这回输他，也不过是戏弄他而已。但是钱童却说，开始棋子多，互相牵制，所以输了，他是喜欢开局少些子，这样进退自如的。

乌海吉一听，不知是计，也想卖弄一下棋艺。第三局，乌海吉说他也让钱童一车，钱童真的是想好之戏弄一下他，见他让一车，心中暗暗发笑，口中却连道好，这局乌海吉倒下得十分的仔细，很有耐心，招招阴毒，倒真让钱童吃惊不小。钱童想这个人的心思若能用于一事，心无旁骛，气不骄横，也实是个能干之人。

两人大战一番，下到六十多步时，乌海吉一车一帅，钱童三卒一将。乌海吉觉得胜券在握，但为了显示大度，提出和棋。不料这回钱童说，这盘棋是我胜你输，乌海吉请他点明，钱童一一讲解，乌海吉这回没有听他的，坚持下到底。十几招之后，乌海吉不得不用一车换钱童的两个卒，帅最后被卒活活憋死。

乌海吉又是逆气填胸，气恨不已。

钱童偏要逗他玩，就问他象棋所观何书。乌海吉说是《梅花谱》。钱童说《梅花谱》中，招招阴毒怪诡，但过于繁琐，漏招甚多，终归于败。

乌海吉他一听钱童这番话那是评棋谱啊，分明是骂他嘛！但是下棋，玩笑而已，他也不能为此翻脸，也想以其人之道，还治其人之身，就问钱童听读何书？

钱童一听，知道他的意思，胸有成竹，淡淡一笑说："我读的也是古谱，名叫《自出洞来无敌手》。"

乌海吉一听书名古怪，便说："哪有这书啊，就是有也终非正道！洞中之物，非狐即妖，虽能变幻人形，浪梁一隅，但终归是阴秽之类，在阴暗的洞里待着倒也能自得其乐，若一出洞，其结果也必将是一如阴霾见日，化为乌有！"

钱童一听，不错啊，说我是阴秽狐妖，有水平！呵呵一笑。然后脸色阴沉，话锋一转，对乌海吉说："李二傻那几个混混到吴国耀公司闹事你知道吗？"

乌海吉说："我事后才知道。"

"李二傻几个招供说，是你和马明亮叫他们去闹事的，不知乌总为何出此下策？"

乌海吉这时再也按捺不住心中的怒火了。"你别血口喷人！李二傻要是哪天说你杀人放火，我也信吗？你别在这装高深，老子不吃你这套！你在外面干的那些烂事，你以为没人知道？你那点小伎俩，老子没放在眼里！"

钱童一听，又是呵呵一笑："乌总干吗发火啊？有则改之，无则加勉嘛！我在外面干的事你也知道了，咱江源人就是好样的，无论在哪里都能干出轰轰烈烈的事情来，遐迩闻名的。听说乌总在深圳也干得不错啊，尊夫人英勇善战，冲锋陷阵，人称穆桂英再世，有这事吧？"

"是的，没错，我们也是身经百战出来的，这年头，谁怕谁啊！"

钱童听了，又是一阵笑声。然后说："江源不是我们这路人待的地方。我们的本事在这施展不开，打打杀杀在这肯定没好下场，也没市场。江源这片天下，讲的是仁义立身、忠厚待人，就像君子国，这是梁子玉、宋玉谦，吴国耀这种人的天下。"

乌海吉一听到吴国耀又是一阵怒火燃烧。"吴国耀也算不了什么本事，他那人大委员和大坝工程都是花大价钱弄到手的。"

乌海吉一直是这样怀疑吴国耀的，一直没机会当面说，今天说给钱童听，也等于是当面说了吴国耀，所以想也没想就脱口而出了。

说完以后，他有些害怕，因为他毫无证据，乱说话，人家告他个诬陷罪，也是可以的。

不料钱童说道："没错，他的官和工程都是花钱买的，你知道花了多少钱，又花了多少年吗？"

乌海吉一听这话，就全神贯注地听钱童说话了，他想的是，钱童让他一诈，要把实情说出来了。

他来了句："你说吧，你和他不是哥儿们吗？"

钱童说："宋玉谦书记掌握的数字是三千八百多万元，前后用了十余年时间。"

乌海吉一听大吃一惊，三千八百多万元，这么大的数字啊，还用了十年多时间！还被宋玉谦知道了，他一时不知道是怎么回事了。两个眼睛看着钱童，想继续让他讲下去。

这里钱童平静了，他觉得和乌海吉这样的人动感情，说道理是浪费感情和时间的事情，就把吴国耀这十几年来前后给市工会妇联共青团残联等部门的捐款出资修建希望学校、资助穷困学生的事，说了一些。

最后他说道："乌总，我们俩有个共同的特点，都是索取者；而吴国耀同样是生意人，但他是一个索取者又是一个奉献者，这就是他在江源能取胜能和长久的根本原因。"

乌海吉听了这番话，虽然觉得不可相信，怕是钱童耍他，却也在心中有留下一个疑困。他想回江源把它解开。他为了显示出他已不屑和钱童哆嗦了，把手一挥，说了句："少来这套。"转身就往住处走。

他刚要迈步，只听钱童说道："乌总，慢着。"他一转头，看到钱童手里拿着一支手枪比划着，满脸杀气，这下差点没有把他尿吓出来。但乌海吉毕竟是混过江湖的人，知道情况越危险越要镇定，于是说道："钱总，有话好说，不要乱来，你说得对，江源不是我们这种人待的地方。我们犯不着在这里出洋相。"

钱童说："我不希望再看到混混去闹中源公司。我这个人平生不喜欢帮助人，你也是这样，这点也是我们俩的共同之处。但是我会为吴国耀和江源大坝去搏杀一场，如果情况逼迫的话，就是搭上这条小命也在所不惜！好了，说完了，你走吧。"

乌海吉转身往回走，心里怦怦直跳。回到住处已是满脸苍白，汗流浃背了。刘月娜见了问他怎么了，他只说了声："累"，就一头倒在床上，全身像瘫痪了一样。

钱童回到住处，若无其事地同乌丽丝他们开玩笑，聊天。

乌丽丝告诉他："我正要去找他和二叔呢。我姐都等急了。"

钱童笑了。"你为什么不早点去找我们呢？否则会看到一场精彩的场面。"

乌丽丝以为是指他们下象棋的情况，就说了句："再精彩我也不懂。"

钱童意味深长地说了句："不懂才好，最好一辈子都不要懂。"

第七十五章

古话说，福不双至，祸不单行。乌海吉竞标大坝失利后不久，公司内部又出大事了。

就在乌海吉到玉花峰的第二天，他公司的会计李雪绚把巨源公司的一千多万资金转存到她的银联卡上，然后就离开公司，不知去向。乌海吉是第三天回到公司才知道的。事情还是自己发现的，第三天他一早到办公室，发现李雪绚没来上班，他打她手机，是关机的，然后他找另一名会计李喜颜，他的手机也是关机。他立即意识到情况不好。马上赶到银行一查帐，发现他的银行存款的余额为五千元，其他的一千多万资金全部被李雪绚转走，他连忙到公安局报警。并要求冻结李雪绚的银联卡，公安局一查那张卡，发现该卡余额为零。

乌海吉知道大事不好了，在这时候，他第一个就想到了刘月娜，他飞奔回家，一见到刘月娜双泪直流，呜咽不已。刘月娜问他什么事，他就把家底被人卷走的事说了一遍。

刘月娜听了，平静地安慰他说："你已经报警了，相信他们也走不到哪里，就是损失点钱罢了，事情已经这样了，你也别太急了。"

一切都完了！他压根就不相信公安能把他的钱找回来。

说起这起事件的发生，根源还在乌海吉自己身上。

长期以来，公司财务的事都是刘月娜和他两人管理，会计是从外聘的。但章在刘月娜手里，没有刘月娜审核盖章，公司的钱一分也出不去。

刘月娜生小孩后，这些事全交给了丝丝管。别看丝丝年龄不大，但脑子可清晰了，凡是财务上的事，她一点也不含糊，有一分钱用得不当，她都会告诉乌海吉，财务专用章她从来都是锁在保险柜里，钥匙随身带，从不乱放。要想从她手中找点空子，比登天还难。这种控驭机制是相当严密有效的。

乌丽丝成立公司以后，钥匙还在她手里。她还管着钱的出入。不管多忙，乌丽丝一早准是先去巨源公司财务室，办理财务事项，办完了，才到她自己的文化传媒公司做事。

自从乌海吉对吴家父子产生了怨恨之心后，对乌丽丝也不满起来了，说是怕她泄露公司的秘密，他和刘月娜说了一句，就把公司的财务专用章拿了回来。刘月娜对这事还不高兴，听了乌海吉说中源公司和吴家父子如何险恶之后，才无话可说，但心里是不以为然的。

李雪绚和李喜颜都是乌海吉的那帮兄弟介绍来的。李雪绚原是海晶大酒店的服务员，并不懂财会业务，由海晶大酒店老总马彪介绍给乌海吉，让他安排一个体面点的活给她。乌海吉当时需要马彪给他提供机会认识市里的一些头头脑脑，也就答应了，给她安排了会计这活。

以乌海吉的本事，是不难知道李雪绚这种女人的底细和本性的。李雪绚长期以来就是马彪的情妇。从技校毕业后，通过马彪关系进入海晶大酒店玫瑰餐厅当一名服务员，没过多久，两人就如胶似漆、难舍难分。酒店员工对他们俩的关系都十分清楚。因为马彪是老总，没人敢多说一句。

但纸是包不住火的。他们的事情还是被马彪的老婆周承瑾知道了。周承瑾是个市房管公司的一名干部，为人善良大度。她知道马彪和李雪绚的关系后，找到了一个时间和马彪谈了一次。周承瑾告诉他，如果他实在喜欢李雪绚，她愿意成全他们的好事，现在就可以离婚。她说罢，从包里取出两份离婚协议书，这是从网上下载的，她一看完全符合她的意思，就印了两份，拿来让马彪签字。马彪哪里肯离婚啊，周承瑾人品好不说，她单位好，工资也高。这样的老婆那能舍弃啊！

周承瑾告诉他，那你和她断了，否则我一定和你断。马彪这个人非常聪明，处理这类事也是干脆利落，有板有眼的。他先叫乌海吉接收李雪绚，然后找李雪绚谈，说她年龄不小了，也不能一辈子干服务员，就给她找一份体面的工作，去巨源公司当会计。工资待遇也不错。

李雪绚也不傻，她知道马彪想甩她了，就假装不舍他，坚决不离开海晶大酒店。马彪没办法，付给了她十万元，她才同意去巨源公司，马彪心里痛苦难言。

李雪绚到了巨源公司后，角色转换非常快，对乌海吉十分恭敬，做事十分卖力。从来不提马彪和海晶大酒店的事，偶尔乌海吉问起来了，她总是说马总的水平和魄力比乌总差远了，整个就是萤火虫与月亮，不在一个档次上。这让乌海吉心里非常愉快，久而久之对李雪绚非常信任，公司有什么事，他第一个总是找李雪绚商量。奇怪的是，李雪绚出的主意大多与乌海吉不谋而合，真是如鱼得水。乌海吉会把乌丽丝的印章交给他，也是与这个原因有关。

但是，乌海吉始终把握一点，绝不和李雪绚发生肉体关系。有几次，李雪绚装姿弄骚的，乌海吉都没有上当。李雪绚看出来要像玩马彪那样弄乌海吉的钱，可能性是不太大了，就另想办法。

她的对面的会计叫李喜颜，三十多岁了，一直没有女朋友。自她到这上班以后，他那双色眯眯的眼睛就不停地在她身上打转。但她对同样是打工的他没有兴趣，压根就没有看上他。

有天，她从一张小报上看到一家公司会计出纳合作卷走了公司三百万的事，她大受启发，心想她为何不如法炮制，卷走乌海吉的公司的全部存款，然后逃之夭夭，到一个没人知道的地方舒舒服服过日子，这多好啊！

主意打定后，她就接受了那双淫荡的眼睛，很快地就把李喜颜牢牢控制在手。有一天，她对他谈了她的想法，李喜颜一听，吓得直哆嗦，不敢答应。但过了些天，他还是难舍和她的那份快乐，终于答应了，两人说好。一旦钱到手，就结婚，然后一块逃跑，找一个小城市隐姓埋名，好好过日子。

结果是他们俩逃亡后只过了一个星期就被抓获，一千万的巨款被他们俩花费了两百来万，余款追回后交给乌海吉还有七百余万。这又让乌海吉喜出望外。

在审问过程中，李雪绚、李喜颜两人交代出了乌海吉伪造票据，偷税逃税数额特别巨大的事实。这是严重违了国家有关法律的。司法机关报请上级同意后，决定对乌海吉立案调查，乌海吉从此陷入新的困苦之中。

这一连串的事件，让刘月娜有些眼花缭乱、不知所措，她想找乌海吉问个究竟。

乌海吉回答说："自从乌丽丝自办公司后，财务专用章交给外人，失误从此开始。"

刘月娜问他为什么把财务章从乌丽丝手上拿回来，不让她管了呢？

他这时好像找到问题的根本原因了，说："她自从和吴家那小子好上后，就心不在焉了，甚至还胳膊往外拐，我们竞标失败，可能与她也有关系，吴国耀好像知道我们的标底似的。你说会不会是她露出去的？"

刘月娜对丝丝最了解，知道她不会干这种事，就说："小妹不是那种人，你这种想法千万别对别人说，以免伤害亲人间的感情。"

乌海吉说，这事我也只跟你一个人说，我一直怀疑吴国耀利用那小子拉拢丝丝，从丝丝的口中打听出我们的资料，丝丝虽然不是故意，但与她和吴家父子接触有关系，无意中泄泄露出去也是可能的。

这点刘月娜没有表示反对，自从她上次陪龚汉诚参观回来后，她觉得丈夫和龚汉诚关系的确非同一般，她一心以为这个工程肯定是他家的。对于竞标最后失败，她是很意外的，但她一直没有过问工程上的事了。而是全心全意照顾女儿小妞妞了，所以她认可和吴向宇一定有些关系，是吴向宇用计从丝丝的口中套去了工程标底。她觉得吴向宇太聪明了，骗丝丝是易如反掌。

乌海吉见刘月娜没说话，就知道这个说法有效了，他可以推卸责任了。

刘月娜问，为什么那么相信李雪绚？你和她有什么关系？

乌海吉听这话，心里放心多了。他发誓和她没有一点关系，如果有，由她处置，要杀要剐由她。

刘月娜一贯相信乌海吉对她的忠诚，一见说出如此重话就相信他了。

乌海吉又说现在商场竞争激烈，玩的又都是些阴谋诡计，都是当面一套，背后一套，当面称兄道弟，背后下毒手。他太善良了，上了人家的当。他说龚汉诚本来是要把工程给他的，但给梁子玉从中干涉，硬把工程给了吴国耀，吴家父子阴险得很，利用丝丝这个桥梁得知公司内幕达到了他们的目的。

现在，她大致理出了一个头绪：吴国耀利用吴向宇套丝丝，吴向宇利用丝丝套公司秘密，最后得逞，造成了今天这种混乱局面。她听了公司偷税漏税的事，就问乌海吉怎么办？乌海吉说市里的宋玉谦是和吴国耀一伙的，想法子要整垮他和巨源公司，他们家庭面临一大灾难，要么是罚去大笔款项，要么是他坐牢。

刘月娜一听到这，有些慌张了，问他怎么办？

乌海吉说："没什么办法了，龚汉诚走了，要不走，他们肯定不敢怎么样，现在难说了，只能听他们摆布了。"

刘月娜听了，又是一阵气愤，说："真要是那样，我们也不能让他们好过。"

第七十六章

乌海吉对江源的情况越来越搞不准了。几年下来，他的朋友越来越少，认识他的那些人不是避而远之。就是不理不睬，他搞不清为什么？他偷税逃税的事出来以后，找了几个局长，都不肯出来吃饭，礼品更不收了，有的还严肃地批评他，说他这是害他们，让他们和建设局副局长王也善一样结果。有的甚至说，江源怎么会出这种狼心狗肺的家伙。

这时他不禁想起了钱童的那句话，江源不是我们这种人待的地方！他觉得这话有些道理了。

一想到钱童和他手中比划着手枪的情景，心里十分害怕，不知道为什么？他特别怕钱童，这个人满脸的杀气，奇诡莫测。手劲那么大，说实话，要是再狠一下。他可能要瘫在地下了，他后来了解到钱童练过泰拳，跆拳道。关键是他什么都知道，李二傻去中源公司闹确实是他的主意，还教唆他用雷管炸药去附近炸鱼。没人知道，可钱童是怎么知道的？他还有枪，这人太厉害了，八成是黑道老大，一想到钱童，他心里早已胆寒，这次，他决定认输。

说到钱童那枪，这里补述几句，要是乌海吉知道真相又要气昏过去。

那是把假枪。

钱童在国外有枪，而且枪不离身，每天早上起床，第一件事就是练习瞄准，多少年都是如此。回国以后，枪是自然没有了，但他从广州买了把仿真手机，用来练习瞄准。这假手枪做工精细。用料也好，比真手枪还好看，就是一件：不能装子弹。钱童是用来练习瞄准的，那天他只是逗乌海吉的，没想到他当真了，把他吓成那样。钱童当时差点笑了。钱童自此之后，以为此人不足道也，看看吴国耀大事很好，就打算回美国经营自己的事业去了。

钱童回去后曾把玉花峰下和乌海吉秤上鏖兵、唇枪舌剑、互相攻讦的事和吴国耀说了，吴国耀听了也笑了，但后来听他说拨出假枪比划一事，吴国耀不高兴了，他也觉得这钱童太邪乎了些。

乌海吉感到自己现在很无助。基本上是他一个人在对付这个复杂的局面，而且他是处处碰壁，这时，他想到了乌海甫，想请教一下，他应该怎么办？就给乌海甫打了电话，用很诚恳的语气把目前的困难说了一遍。乌海甫听了，说晚上请他吃饭，当面聊聊。

见面的地方安排在农家小舍餐馆。乌海甫晚六时准时到了，过了二十分钟后乌海吉才到的，这是他们俩在以前吃饭的规矩，乌海吉还是按老规矩来的，可他忘了一件事，今天是他求乌海甫，还是乌海甫请他吃饭，情况发生了变化，而他的规矩没变。这就注定这是不会愉快的一次见面。

乌海甫在电话里听到乌海吉说得那么可怜，语气那么诚恳就动了怜悯之心，想想也曾经是朋友一场，人家现在有难，能帮一把就帮一把，他和税务部门的领导都是好朋友，若是方便他会帮助说句话。可乌海吉还是按老规矩待他，这让他十分的不快，他刚想站起身来回家去了，这时乌海吉进来了。

乌海甫就和他握了握手，招呼服务员点菜。

乌海甫客气地说："我只能在这样的小馆子请你吃点家常菜了，不好意思。"

乌海吉笑着说："你们公务员那点工资，请人吃饭就不错了，下次还是我请你，咱们海晶大酒店吃点好的。"

乌海甫一听乌海吉这么说，有些为他悲哀，心里说：都到这个时候了，还装什么装，死撑个脸面有啥用呢！和他相识多年了，知道他这个脾气改不了了，就不想哆嗦，直截了当地向乌海吉找他有什么事。

乌海吉说："现在有些人想整他，看他挣钱眼红。无中生有地说他偷税漏税。"乌海甫问他："你能说具体点吗？谁想整你？"

乌海吉说："就是那些同行吧，害红眼病，看到他的商品房卖得好，就告他这告他那的。"

乌海甫说："据我所知，告他偷税漏税的是你自己公司的人，好像与其他人无关啊。"

乌海吉说："那两个人是他们打进来的内奸，成心是要弄垮我。"

乌海甫对他这种说法很不满意，一个人不说实话，谁敢帮他，而且，江源就这么大的地方，从街头放个屁也能臭到街尾的，何况是这么大的一个案件，别说他这级的领导干部，就是普通工作人员，也知道得八九不离十了。心想不理他算了。反正不是自己有事求他。

乌海吉继续说:"某些人贪心得很,江源大坝工程,我已经让他了,他们还想搞我的商品房小区这块,这是可恨之极。"

乌海甫一听这话,知道他是说吴国耀,他对吴国耀也很了解,就问他是怎么把大坝工程让给吴国耀的?

乌海吉说,原来龚书记是定给他做的。后来吴国耀求他合作,他当时不了解吴国耀的为人,就同意合作了。结果吴国耀利用他乌海吉的关系去拿工程,把他骗了。乌海吉把自己说成大度君子,明知吴国耀是欺骗,也没有去揭穿他,而是把工程让给了他做。

听到这里,乌海甫觉得乌海吉说话也太离谱了。别的不敢说,这大坝工程定给吴国耀做是经过了评审委员会同意的,龚汉诚特别谨慎,召集宋玉谦、李祥、方宏和他开了碰头会,是龚汉诚亲自决定让吴国耀做,说吴国耀人品好,技术实力也可以,是可以放心的人选。龚汉诚在会上,还特别点过乌海吉,龚汉诚当时说,他到过巨源公司实地考察过,对乌海吉和巨源公司印象都不好,说他人品靠不住,能力也一般,企业不像个企业,倒像个衙门,上上下下都是吹吹拍拍的,虚头巴脑,一点也不实在,早晚要出事。

他当时觉得龚汉诚说得有点过了,但事实一如龚汉诚所预料。他再次体会到,领导就是领导,水平就是高,不服不行。

乌海甫听到这里,心中已经对乌海吉相当的失望了,甚至是厌恶了。乌海吉显然是打人黑棍,暗中伤人,完全有悖江源的传统和风俗。乌海甫再忠厚,也容不下这种恶人。

此后乌海甫一句没吭,一个劲地和乌海吉喝酒,中间他又加了几道高档菜,是海晶大酒店的鲍鱼、鱼翅、帝王蟹,又让人送来了两瓶马多利酒。

乌海甫心想:你吃吧,喝吧。然后从此别了,乌海吉!

有道是:福至心灵,运去神昏。对乌海甫的这一心态,乌海吉竟一点也没有察觉,他又吃又喝,最后醉了,可笑的是乌海吉自始至终也没有说出请乌海甫帮什么忙?他只想到攻击别人,而忘了自己最要紧的事,这也是一报应吧。

第七十七章

宋玉谦最近一下班，就埋头研究江源的天文、水文、历史和地质资料。为的是更好地指导江源大坝的建设和其他方面的工作。他找来了江源市志和几个县的县志，仔细研读，以资借鉴。

江源位于全省西北，史书称地最为闵衍，山川险固，自古称雄武焉。居上流之重，土地广远，利于运兵，中原有事，乃必争之地也。

地处南北交会，自古称水源丰沛。全市境内溪壑纵横，湖泊密布，土地肥沃，物产富饶。由于时代的变迁，气候的变化，许多溪河已经湮灭，只留下一条江源河穿越全境，最后汇入长江。江源河，多洪水，每隔若干年必有大小洪灾。史书上记载：明洪武元年，时值暮春，山洪突发，河水泛滥，一夜之间，顿为水乡泽国，淹没房屋数百间，百姓数千人遇难，洪水过后，又发生瘟疫，死者复有数千人焉。

看这些记载以后，宋玉谦心中就有数了。农田水利，实为江源命脉，必须未雨绸缪，防患于未然。目前而言，江源河两岸的堤坝可谓坚固，前些年又修葺一次，重要部分都是用坚硬巨石垒成并浇注厚厚水泥，百年一遇的洪水也能安然无恙。现堪虑者，就是在修建大坝的施工中，要防止洪水突发，造成现场民工逃躲不及而遭遇灾难。还有就是施工中的质量如何保证的问题。那次龚汉诚到中源公司检查工作中的那番话，也就是吴国耀和龚汉诚两人所说的，大坝有事他俩跳河的话，也传到他的耳朵里了。他当时听了嘴里没说什么，心里却骂道，这两个莽夫，勇则勇矣，智则未必！岂智未必而已，乃是全无心肝！大坝一出事，江源河两岸的十万人民生命如何是好！所以，那天开工仪式上，他让方宏给吴国耀带话要注意防洪，但这仅是第一步，下一步他要亲自去施工现场，察看民工的住所和整个工地的防洪事宜，发现问题，立即改进，确保工地安全度汛，不死一人。

这年他四十三岁，精力十分充沛，思维十分敏捷，更为宝贵的是，他处事果敢又稳当，作风朴实沉着，已经是一个成熟的党的优秀中青年领导干部，江源人民的好带头人了。

江源河的洪水如期而至。

宋玉谦书记在几次常委会上都说过要防洪水，今年可能有大水灾，各地各部门都相应地作了准备，一些防洪物资早早就调拨到各要害乡镇去了，由他们分到村组。

在大洪水到来的前十天，江源日报发表署名为农叟写的题为《今年洪水可能要来，而且会很猛烈》的文章，文章详细地列举了江源河几次大洪水的详细情况，包括每次洪水的来临时间，持续时间，大小规模和灾后影响等问题。宋玉谦看了后十分欣赏，与他的想法基本相同。他在报纸清样上批示："请常委各同志一阅。近日再开会研究一次防洪事宜。"

这场洪水的到来，虽然都想到了，但洪灾的严重程度确实宋玉谦和农叟都没有想到。第一次洪峰到达江源时，洪水漫过了两岸大堤，河两岸的农田全被淹没，附近的农房无一幸免地遭受灭顶之灾。幸好市委市府措施及，老百姓都撤到安全分地方，无一伤亡。

宋玉谦亲临一线指挥，乘一艘冲锋舟在汪洋洪水中巡弋，及时发现情况，及时指挥部署抗洪战斗。

跟在他身边的是李祥和他的秘书严如令。

江源特大洪灾的情况，梁子玉很快就知道了。这时候他虽然是另一个省的省委书记，但对宋玉谦仍关爱有加。他给李祥打了个电话，让他要关心照顾宋玉谦，看到他做什么莽撞的事，该劝就劝，该阻就阻，该挡就挡。最后没有办法就死死抱住他，让他动不了。总之，要保护宋玉谦，让他平平安安、硬硬朗朗的，否则拿你李祥是问。

李祥听了，当即说道："你又不是江源的书记。自作多情个啥。再说，你也管不着我了，我凭什么听你的。"

梁子玉说了句："你敢！"

说归说，做归做，在抗洪领导小组分工时。他坚决要求和宋玉谦在一起，从抗洪的第一天起，就跟随宋玉谦左右，寸步不离。一见有危险的地方，他坚决阻拦不让宋玉谦任性冒险。宋玉谦好几次被李祥阻拦，无可奈何，勒马而止。

李祥这个人平时爱看看京剧，对历史上的君主相臣之道颇着迷，以前把梁子玉当作是江源的大帅，对梁子玉关心备至；现在把宋玉谦视为江源的少帅，对他也是关心备至。

宋玉谦最关心的重点是江源大坝工地。

工地全面铺开，每天有上百人在工地上，最多的时候有三百多人在工地上施工作业。由于大坝工地地势高，洪水是淹不着的，他最担心的就是塌方和泥石流，洪水暴发前宋玉谦专程去施工坝场检查过，并作了精心的部署。洪水暴发后，吴国耀每天早中晚三个电话向他报告一切正常，平安无事。

洪水暴发的第五天，大坝工地出了大事。

还是宋玉谦预料到并担心的：就是山体滑坡。

先是河流的左山坡上一处，大约宽五十米的山体突然滑落，直冲河中心，接着右上方半山腰一方宽七十米的山体发生泥石流，从两处滑落到河中间的岩石和泥沙，就像一条大坝，死死地堵住了河流，导致水位急剧上升，几十名民工困在半山腰上，如果山体滑坡则有被冲入河底淹没的危险。吴国耀见此情景，亲自指挥疏散民工，并及时给宋玉谦报告此事。

宋玉谦得知情况正是傍晚时分，天色晦暝，大雨如注，但一听知道事情紧急，立即带上严如令赶赴现场。严如令知道形势险恶，立即告诉了李祥。李祥和宋玉谦忙了一天，刚到家，一听这消息，大吃一惊，急忙赶去追宋玉谦两人。跑了二十多分钟，才追上宋玉谦。

这时天色漆黑，大雨瓢泼，狂风呼号，洪水咆哮，如千军万马奔腾，李祥看到前面一缕电光在黑夜中摇晃。李祥知道是宋玉谦，就大喝一声："站住！"

宋玉谦他们没有听到，他又追了几步，快到跟前了，又吼了一声："宋玉谦，你给我站住！"

这回宋玉谦听到了，他还从来没有听过有人这么朝他下令，不由自主地站住了，往后看了看，只见一束电光向他射了过来，又听到了一声："站住！"知道是李祥追来了。心里一热，大叫一声："李兄，我在这里。"

这会儿，李祥已经到他跟前了，问道："你上哪儿去啊！"

"去大坝工地看看。"

"你这不是太鲁莽了吗！山上随时会发生泥石流的，你万一有个好歹，你让我怎样向江源人民交代，怎么向梁书记交代！"

"没事，今晚我一定要去看看，否则不放心。"

"要去我去，你别乱动，你是三军统帅，那能轻举妄动！"说完，就上前拉着宋玉谦的胳膊，让严如令带他回去，自己就往前走。

宋玉谦这下火了，大声呵斥道："你少给我来这套忠义之道，我宋玉谦不稀罕！你又不是书记，你去有什么用？谁听你的！你给我走开，让我过去！"

李祥苦苦相劝，宋玉谦就是不听，李祥拉着宋玉谦的手不放，这时候，电闪雷鸣，风雨交加，他们三个的脚下流过的水已到脚肚子那么高了。他们俩在风雨中僵持着。

正在这时李祥的手机响了，是吴国耀打来的。李祥说了句是吴国耀，宋玉谦以为肯定是出大事了，就一把夺过李祥的手机，朝吴国耀大声喊："出什么事了？"

手机的那端传来的是吴国耀喜悦兴奋的声音。"李祥兄，请您马上告诉宋书记，工地被困的民工已经全部转移到安全地带，无一人受伤！"

"我就是宋玉谦，你把刚才的话重述一遍！"

吴国耀一听是宋玉谦就大声说道："宋书记，您放心吧！所有的民工兄弟已安全转移。大家平安吉祥！平安吉祥！平安吉祥！"

宋玉谦听到了"平安吉祥"心里一阵狂喜，大声地说了句："吴国耀兄，我谢谢你！"

语音未毕，宋玉谦猛一下抱住李祥，说："所有民工弟兄都平平安无事。我们要谢谢吴国耀！"

第二天的事情证明李祥的劝阻和吴国耀的电话报告是多么重要。就在离宋玉谦和李祥僵持不远的地方，发生了泥石流，大面积的岩石泥沙呼啸而下，把山脚下的村庄全部淹没，要是没有李祥的劝阻宋玉谦的生命安全不堪设想。

我们要赞美的是江源人民的善良和对朋友、同事、亲人的爱心。假如没有梁子玉的交代嘱咐，李祥可能不会和宋玉谦在一起。就不会有人这么坚决地保护他。假如没有吴国耀那个及时的电话，李祥不一定劝阻得了宋玉谦，那三个人的生命安全，也不堪设想。都是因为大家相互之间善良和爱心，使好多可能发生的悲剧化解了。

在这场洪水中,没有一个干部群众死亡,也没有英雄事迹。

发生在江源的这场大洪水,财产损失是不可避免的,但也被降到了最低的程度。

这场洪水持续了一个星期后,渐渐退去。宋玉谦组织灾后重建,迅速地恢复了生活生产秩序,这里不做细述。

第七十八章

　　时间过得飞快，转眼间，半年过去了，吴向宇放假要回江源。乌丽丝几乎是每天数着日子，计算着吴向宇的归程。

　　吴向宇是骑自行车回到江源的。从北方广袤的大地到南方的崎岖山区，一路的大好风光，让他无比陶醉。他每天晚上摘其主要问乌丽丝作了描述。乌丽丝听了，羡慕死了，好几次，她试图骑车去接他，在中途会合，但吴向宇不同意，怕遇上歹徒。乌丽丝也只好作罢，她向吴向宇发誓，自己下辈子一定要做个男人，骑个自行车，周游世界！

　　吴向宇到江源时，已是深夜时分了，乌丽丝一直待在吴家等候他。

　　最近吴国耀吃住在工地，家里没人，乌丽丝白天忙公司业务，晚上回吴家住，照顾家里的事。她近一段时间，心情一直不好，她已经明显地感觉到了二叔和刘月娜姐，对吴家父子的怨恨，这让她非常苦恼。

　　吴向宇一回到家，她心情顿时开朗了起来。她搂着吴向宇的脖子久久地亲着他，现在吴向宇是她唯一的快乐和安慰了。

　　吴向宇和乌丽丝亲热了一会，然后又盯着乌丽丝看了一会，他看到乌丽丝着半年变了许多，原来红润微胖的脸庞，现在看上去有明显消瘦苍白，眼角也有了细微的皱纹，原来清净明澈的眼睛，也有了些抑郁阴影，吴向宇只当是生意上辛苦造成的，心想商场是残酷，催人老啊！

　　乌丽丝早放好澡水，让吴向宇先去洗个澡。

　　等吴向宇上床后，乌丽丝把埋在心里的话对吴向宇说了个痛快。

　　乌丽丝说："我感觉，我都不认识我二叔和刘月娜姐了。"

　　吴向宇说："怎么会呢？是不是你太敏感了？"

　　"你不知道，我二叔自打大坝工程竞标失败后，整个像变了个人，经常对公司的员工发脾气，骂人家很难听的话，有几个部门经理已经走了，还有几个技术人员也打了辞职报告，正准备走人呢？他们都是公司有能力的人，要是都走了，我叔的公司家就垮了。"

"生意多得很嘛，为什么一蹶不振呢？"

"我叔现在真正是一蹶不振了，前些天法院来人找他，他一回家就掉泪了，我看了很害怕，也不敢问他什么事。后来还是娜姐告诉我：'你二叔走背字了，法院判罚的金额非常大。我叔公司的资产全部进去还不够，这怎么办呐？'"

"为什么要罚款？"

"有人告我二叔偷税漏税。"

"那是很严重的，一个商人如果不照章纳税，是违法的，也是有悖道德的。"

"你可不要瞎说啊，他们一直认为你和你爸陷害他们呢，我明知道不可能是这样，可我一句话也不敢说，现在我二叔人都快气疯了。都怀疑我和你们串通一气，共同骗他呢，怎么会这样啊！我又害怕又发愁，最近睡觉都睡不着，老做噩梦。梦见你和我二叔打起来了。你们俩都是我的亲人，要真闹出事来。我怎么办啊！向宇我好害怕啊。"乌丽丝说到这，扑到吴向宇的怀里呜呜地哭了起来。

吴向宇一边抚摸着丝丝，一边安慰她说："这事简单啊，找个时间和他们说清楚就可以了。"

"哪有你说的那么简单！我二叔脾气你不知道，发起火来可凶了，我刘月娜姐最近说些话也很吓人的，她居然问我：'如果二叔和吴家父子干起来了，你站在哪边啊？听了我心里直哆嗦！真害怕！'"

"对了，要真那样，你站在哪边啊？"

"连你也这么无情，问这样残忍的问题，我告诉你，宁愿我自己去死，也不会让你们干起来！"

吴向宇一听这话，觉得她言重了，就转了话题，给乌丽丝讲了讲他在大学的生活、读书情况。乌丽丝听了以后，心情好多了。她也给吴向宇详细说了他们那诗宇公司的情况。她告诉他，公司已经赢利一百万了，他们结婚的费用是够了。吴向宇听了心里一阵高兴，他看重的不是钱，而是觉得丝丝太能干了，他深爱这未婚妻。

乌海吉的案情可谓急转直下，现已是不可挽回了。

自上次找了乌海甫之后，他还找了市里的其他的部门领导，公安和法院的都找了多次。都没有达到预期的效果。

这原因主要还在于他自己，自作聪明，玩术驭人。

他找的这些部门领导，情况大致跟乌海甫差不多，以前曾经在一起玩过一段很长的时间，都有过交情。

这些部门领导做人都是很到位的，对于乌海吉，他们后来发现了他身上的缺点和劣根，都纷纷借故离开了他，有的互不来往已经是两年多了，但他们看到乌海吉目前遭遇困难，在不违反原则的情况下，都有心帮他一把，帮他说说话。可乌海吉对待这些善良的朋友，采取了一种十分不应该的态度，就是玩心眼，而不是老老实实地求他们帮忙，结果让这些朋友心里非常反感，无一人愿意帮他。

这还要归根到他骨子里的那些想法。

在他看来，人都是利己的，要让谁白白帮助另一个人，那不仅是荒唐可笑的，也是不可能的。只有互利互惠，等价交换，付出代价才可能得到人们的帮助。

所以他和每位朋友交谈时首先他都说出如果别人帮他，会从中取得好处，结论是别人应该帮他。他和公安局副局长李民平的一段说词具有经典和代表性，兹摘其精华录下，以飨读者。

乌海吉说："李局长，你们是公务员，一个月工资也不过两千元。家里老婆孩子开销就够紧张了，你老家还有父母兄弟，听说也很困难。你那点工资够干什么用啊？你要是帮我摆平这件事，我会拿出一部分资金，用于解决你的困难问题，那你的日子就比现在好过万倍了。"

同样具有经典和代表意义的是李民平的一段回答，现也摘录些以飨读者。

李民平说："你这龟孙子也真逗，明明是你满世界找我，哭丧着脸求我帮忙，今天怎么变成我求你了！我工资是低了点，家庭负担也的确重了些。可是这二十几年了，没有你一分援助不也过得很好吗？你上百万的罚款额，想让我给你免了，或象征性地罚你几万块，要真这么着，那不是老子在帮你嘛，怎么就被你说成你帮我了呢？你当我们是白痴啊，你他妈的有病吧，我们江源这样清洁之地，怎么会出你这样的龟孙子啊！"说罢，拂袖而去，走出房门时把门用力一拉，给乌海吉留下一声震耳欲聋的巨响！

第一个受到乌海吉牵连的政府官员是乌海甫。警察在查抄乌海吉的家时发现了一本账簿和一个录音机，上面有他近几年来请客送礼行贿的记载和陪人到娱乐场所的录音。

警察在本子上发现了有关乌海甫的记载：

2000年5月7日，陪江源市发改委副主任乌海甫（注：是中学同学）到提丽歌厅消费，有俩小姐陪，花去现金1万元。

2000年5月8日，送乌海甫去机场，送高档手机一部，价值5000元。

2001年7月9日，送乌海甫银行卡一张，里面存有人民币30000元。

2002年11月28日，又存入乌海甫银行卡，人民币60000元，以谢其对工程的帮助。

2002年12月29日，又一工程请到手，请乌海吉到海晶大酒店用餐，餐费礼品费共10315元。

此外又从录音机中获取了他们俩狎妓的录音片段。

这个资料晏洪看了以后，感到事情严重，报告了宋玉谦，宋玉谦看了非常生气，让晏洪好好查查，晏洪建议对乌海甫实行"双规"，宋玉谦同意了。

这个消息不知道谁泄露给乌海甫，乌海甫知道后在办公室里抽了一阵子的烟。响午时分，他满脸流泪地吞服了大量的安眠药后死亡，尸体第二天才被人发现。办公桌上留有一张字条，上面只写着一个字：

"悔！"

第七十九章

受乌海吉陷害，乌海甫吞服安眠药自杀的消息，不胫而走。吴国耀和钱童是在大坝工地上知道的，他们也为这事深感难过。

乌海吉听到这消息，有些良心发现，主动向公安局陈述，乌海甫已经把所有钱还给他了，这也有证据，他也作了记载，在另一册笔记本电脑里。宋玉谦知道后，对晏洪的粗糙的工作作风表示了强烈不满，要他再认真复查清楚，并对泄密事件进行调查，再详细汇报，并作出深刻检讨。

乌海吉陷害乌海甫这一消息，被传得沸沸扬扬，有些离谱。在普通百姓中的说法，被加进去了许多虚构情节，说是乌海吉年轻的时候受到乌海甫的欺负，乌海吉一直怀恨在心，蓄谋陷害他，在一次深圳出差，乌海甫被乌海吉骗到一家歌厅并被灌醉，然后乌海吉叫来两个小姐，和乌海甫照裸体照。后来乌海吉回到江源，就经常拿这些裸体照，要挟乌海甫，让他给他弄工程做，几年下来，乌海吉从乌海甫所给的工程中，净挣了几千万块钱。可是这乌海吉是个贪得无厌的家伙，要乌海甫帮助他拿下大坝工程，乌海甫没有办到，乌海吉就把乌海甫告了，他先把乌海甫的事情都记在本子上，有的还偷偷录了音，这次统统地交给了公安局，乌海甫怕坐牢就服毒自杀了。

这事传说到了乌海甫的家乡，让乌海甫的堂弟乌海足知道了，结果又制造了一出悲剧。

乌海足小乌海甫八岁，他家境困难，一直是乌海甫接济他。他是个地地道道的农民，对乌海甫又佩服又感恩，一听到他的堂兄遭奸贼陷害，服毒死亡，非常伤心难过，哭了一整天。兄弟如手足，他兄长又是恩人，如今遭人暗算，如此悲惨，这仇岂能不报！

他想了一阵如何报仇的方法，有了主意后，就乘车前往江源。他到江源是下午四时多了，他马上打听乌海吉的住处，并从商场买了一把杀猪刀，准备晚上摸进乌海吉家中，寻机下手，让乌海吉去九泉之下，陪乌海甫。

他等到了晚上八点多点,见天色已晚,就到了乌海吉家门口,敲了敲门只听到里面一声女人的声音问:"你是谁啊?"

"我是查水表的"。

门就开了,乌海足不管三七二十一朝那女人当头就是一刀,那女人就像一个空麻袋似的,一声没吭就倒在地上了。他迅速进屋到处找乌海吉,结果没有看到,这时床上有个女孩子哭得厉害,他听了有些烦,就捂住她的嘴,没一会儿就没声了,他一看这小孩被他捂死了,心里一惊,就逃跑了。

乌海吉是晚上十一点回家的,一到家门口,一看门是开的,屋里却是一片漆黑。他有些奇怪,赶紧往里屋走,刚迈步就被一个软乎乎的东西绊倒了。他起来开灯一看,不禁大骇,只见刘月娜满脸、满身都是血,躺在血泊之中。他大叫一声:"天呐!"就马上叫救护车。他又想起了女儿小妞妞,走了寝室一看,女儿也躺在床上一动不动。他用手摇了摇,也不见出声。他吓坏了,失声痛哭,撕肝裂肺地喊道:"天呐,这是怎么回事啊!"

救护车来了,拉走三个人,因为乌海吉因过度悲痛也昏死过去了。

经过医生的抢救,三个人都活了,刘月娜伤最重,是第二天中午才有知觉,女儿妞妞被乌海足捂窒息了,幸好抢救及时,否则生命难保,乌海吉是一时晕厥,一到医院稍加抢救,就渐渐地恢复过来了。

乌丽丝知道二叔,刘月娜和妞妞遇害的消息后,连外衣都没有穿,就飞奔医院去看望她的亲人。她实在太害怕了,赶紧给她爸妈打了电话,告诉二叔、大姐和小妞妞遇害的消息。

乌海祥、李明秋夫妻一听,伤心欲绝,立即雇了辆车赶到江源人民医院,来看他们的弟弟和亲人,

凶手很快被抓住了,准确地说是乌海足去公安局自首了。用他的话说,他只想替哥哥报仇,仇人只有乌海吉一个人,其他人与他无冤无仇,好汉做事好汉当,与任何人无关,他也不想让公安局麻烦到处找人,就来自首了。

公安局让人把这一调查结果告诉了乌海吉、刘月娜。

刘月娜在得知事情的来龙去脉之后,对乌海吉的做法十分气愤。但她很平静地问乌海吉:"你干吗要害人啊?害人是要遭报应的,你不知道啊?我母女差一点就死在你的手上。"

乌海吉一听刘月娜这句话,心里很害怕,她没有说别人,而是说他差点

害死她母女，这不是内乱将起吗？

直到这时候，乌海吉才弄明白了，原来自己是个很平庸的人，而不是什么超人，他很无能，也很无助。平时那副自诩高明的神气已经荡然无存了，代之而起的是恐惧和不安，是的，他现在什么也不是了，不是以前的那个千万富翁了，甚至他现在是负债了，整个一个穷光蛋！

他最怕贫困，他穷怕了，早年的所有不幸，都源于贫穷，为了摆脱贫穷，他和刘月娜差点付出了生命的代价，后来，他终于掘得了第一桶黄金，又掘得第二桶黄金，他的财富的增长，终于使他确定，他已经把贫穷这顶帽甩到太平洋去了。

可是，现在这个让他深恶痛绝的恶魔又回到了他的身边与他相伴，而且极有可能他这后半生再也无力摆脱它了。

想到这里，想到即将要到来的审判结果，他彻底垮了，不禁伤心地哭了起来。

在场的乌海祥，李明秋和乌丽丝也都泪流满脸。

只有刘月娜没有哭，她问乌海吉："你这是干吗啊？哭什么啊？你忘了我们俩当年那种不怕苦，不怕死的劲了？其实，你在外面背着我干的事，我早就知道了，就是不想说，你这个人让我好失望，你干吗那么胆小啊，连给自己妻子认个错都不敢，连这点胆子都没有了？"

乌海吉听了这话，收住了眼泪，说："我可没有做过对不起你的事啊！"

刘月娜这会儿哭了，说："你一直把我当傻瓜，一直在骗我，为什么啊！"

在场的乌海祥，李明秋和乌丽丝都不知道他们俩的事，没有插嘴，只是劝他们好好养伤，别互相指责了，这时妞妞哭了，刘月娜便止了哭，想起来去抱女儿，乌丽丝说："姐，你别动，我来！"

对于乌海吉的那本小账记载乌海甫的钱物的事和风流场中的录音由此引起的传言，引起了许多人对乌海吉和刘月娜的鄙视和仇恨，连马明亮、陈宇、朱崇福这些人都骂乌海吉，说他存心害人、猪狗不如！

但这本子也给市纪委办案提供了极大的方便，上面记载了他付给市委前书记龚汉诚的秘书刘宇军和开发区副主任李志高的行贿情况，这些情况刘、李两人都没有主动交代。

大致是这样，乌海吉前后送给送李志高钱物价值十多万元，感谢李志高对他逃税的帮忙。送给刘宇军钱物价值约三十七万元。其中有近二十万元是乌海吉让刘宇军转给龚汉诚的，但刘宇军一分钱、一件物也没敢给龚汉诚，而是他全部笑纳了，作为回报，刘宇军安排他在几个场合见了龚汉诚，在龚汉诚面前说过几句好话。但他对乌海吉说的龚汉诚收到钱物后如何感谢他，在大坝工程竞标上，会全力支持他这样的话，纯粹是他自己的即兴创作和表演了，可怜的乌海吉一直信以为真，一直感觉良好，以为大坝工程如探囊取物，非他莫属。

至于那段时间里他趾高气扬，自我膨胀，以江源的曹操自居，顾盼自雄，视他人如草芥粪土，并因此结怨甚多一事，则纯粹是他个人的道德问题，与刘宇军无涉。因为刘宇军没有让他这样做，更没有说龚汉诚转告让他这样做，这要为刘宇军说句公道话。

除了钱物之外，还有他们三人共同包了两个小姐，每天轮流"上岗"，乌海吉在这两个祸水的身上花了几十万元。不能原谅的是那笔钱正是他以前用刘月娜的名字存进去的，说是给刘月娜作养老用的钱，为了这笔钱，刘月娜是如何感激他啊！把他看作世界上最好的男人！

可是以前刘月娜并不清楚这钱被乌海吉用到了小姐的身上，直到法院的审判中，有几处提到了这件事，她才知道，这时乌海吉已被警察院起诉到法院，以行贿罪，偷税漏税罪和嫖娼罪三罪并罚判有期徒刑三年。有次她去看守所看乌海吉，给他带了一些衣物并附上一封短信，信中说他是个胆小怕死卑鄙无耻的男人，她实在无法和他共度余生，她提出了离婚的要求，乌海吉看了，只说了句，让她搞个协议，他会在上面签字同意。

刘月娜第二天，就把协议送给乌海吉签字，协议上写着女儿归她抚养，乌海吉可以随时去探视，家产变卖兑现，尚有一百零三万元，她拿走一百万，专用于女儿以后的教育费用，她不想让女儿像她一样愚昧无知，落个像她一样的下场。

乌海吉看了后，当即签字同意。

离婚后，刘月娜原想在江源市住了下去，但不久就待不下去了。

因为她每次上街，都发现有人在背后对她指指戳戳，有人说就是她和她的男人害死了乌海甫，有的人朝她吐唾，有一回，她听到一个七八十岁的老太太骂她："这种害人的畜生，怎么不死啊，还要活在世上害人和消耗粮食啊！"

她女儿妞妞虽小，好像也听出来人家是骂妈妈，竟呜呜地哭了起来，刘月娜回到家里痛哭一场，这回她知道这里不能待下去了，再待下去对女儿的成长和健康都不利，她把这事和乌海吉说了，并告诉他，她母女两个将回湖北老家定居。

乌海吉听了后，又一次流下了悔恨的泪水。

刘月娜回湖北老家时，有丝丝和吴向宇陪同，她现在更加喜欢吴向宇了。一路上，她好像没发生任何事似的，和他们俩说说笑笑，倒是乌丽丝心如刀绞。因为姐姐现在头上长出了不少的白发，乌海足那一刀砍在她的左脸上，留下了一道长长的刀疤，她脸上毫无血色，爬上了不少的皱纹，这场灾难下来，她老了整整十岁，这个曾经是那么年轻、漂亮和活泼的女人，现在不再年轻、漂亮和活泼了，只有那颗心还是那样纯洁和善良。

在乌丽丝和吴向宇送她和小妞妞到县城后，他们俩陪她和小妞妞去县城一家宾馆住了一宿，第二天中午，他们俩要去北京，临别前，乌丽丝告诉刘月娜，她和吴向宇已经登记结婚了，婚礼等到春节期间再办，并说这是爸爸（吴国耀）的意思，他说，你们办了手续，住在一起，看了会更顺眼一些。

刘月娜听了笑了，她对吴向宇的乌丽丝说了些祝福的话，然后说："吴总是个好人，像个古代的年高德勋的贵族绅士，高深莫测，我不太喜欢。我喜欢向宇，有学问，有教养，好接触，最主要的是心地善良。我们小妞妞以后也要找个像向宇这样的帅小伙做老公。"

乌丽丝听了以后说："姐，都到这个地步了，你还有心思开玩笑！"

刘月娜说："姐说的是真心话。"随后，她从手指上脱下那枚钻戒，拉着乌丽丝的手要给她带上，说："这钻戒你戴上吧，算是给你的结婚礼物，以后看看它，多想想姐，有空就来看看姐，除了妞妞，你是我唯一的亲人了。"

丝丝这时再也忍不住了，说了一声："姐，你命怎么这么苦啊！"就抱着刘月娜号啕大哭起来。

刘月娜把乌丽丝紧紧地搂在怀里，可嘴里却对吴向宇说了几句肺腑之言："向宇，你以后千万要保持做人本色，一生只做好人好事，别做坏人坏事。千万别学她二叔，尽玩些坏心眼，干那些害人的事。结果是害人害己！千万别欺负丝丝，也别欺负其他人。欺负人、陷害的人，没有一个有好下场的！"

吴向宇抿了抿嘴，又点了点头。

第八十章

乌海吉以行贿罪、偷税漏税罪和教唆罪数罪并罚，被江源市中级人民法院判处有期徒刑四年，罚款一千七百万元，随后收监服刑。

吴国耀对乌海吉这些年的违法乱纪、违背社会道德的事和违背江源这块土地上祖祖辈辈流传下来的文脉乡风的行为，是十分痛恨的。

但是吴国耀对乌海吉还有一种深深的怜惜之情。有时候回想起与乌海吉交往的事情。他对乌海吉最深刻的印象是，乌海吉为人聪明、敏捷、干事果断、有魄力、知识面广；尤其是谈锋甚健。在闲暇之时和他叙谈一番，听他谈古论今，叙述各种珍闻趣事，让人心情为之一畅。

每念及次，吴国耀心中就萌发了去看看乌海吉的想法。

这一天，他把这种想法告诉了钱童。

钱童回答道："你以一个胜利者的身份去看望自己手下的败将，对你自己而言，当然未尝不是一种赏心悦事。但是对对手来说，你这样做是不是太残酷了？"

吴国耀很认真地回答说："我就是想去看看他，去安慰他，鼓励他。完全是以一个老朋友的心态出发的，哪里有你说的那么多想法呀。要是他真有那种想法，那也是他的事啊，如果他不想见我，再说别的。当然你别去，他可能比较恨你。"

钱童说："那随便你啦，你做事做人历来都是稳稳妥妥的。"

吴国耀很快就将这个想法付诸行动了。

在一个周末，他让司机上街买了一条香烟，还有一些生活用品，然后驱车五十公里，到江源市第二监狱看望乌海吉。

考虑到钱童说的，可能会给乌海吉心理造成不必要的压力，所以，吴国耀请看守所李所长派人先给乌海吉打个招呼，见不见由他。

没过一回，那人回来说，乌海吉听说吴国耀来看他，非常高兴，希望马上看到他。

吴国耀在李所长的引导下,来到会客厅,与乌海吉会面。这是看守所考虑到吴国耀是市人大常委会委员,所以他们做了这样精心的安排。

乌海吉见了吴国耀连连鞠躬,非常的谦卑。

吴国耀见乌海吉面目全非了,非常的苍老和颓丧,毫无矜夸骄横之气了。乌海吉已经对吴国耀完全佩服了,他知道,自己远非吴国耀的敌手,特别当他得知刘宇军从头到尾都是在骗他,他一直引以为荣的龚汉诚对他的好感啊,欣赏啊,都是一场笑话后,他整个人就像泄气的皮球,一下子干瘪了。吴国耀安慰了他几句,然后又向他请教了工程上的几件事,令人惊讶的是乌海吉听了工程的事,脸色又红了,两眼放出了光芒!他认真地一一做了回答,最后说了一句:"谢谢吴总这么看得起我!"

见了乌海吉之后,吴国耀心情沉重,感慨良多。但李所长又神秘地问吴国耀:"吴委员这里还关押了两位你没见过面,但肯定听说过,你一定会感兴趣的犯人。"

吴国耀一听,有些惊讶,心想:这会是谁呢?

李所长大概看出了吴国耀的心思,就说道:"去看看吧。他们就在前面,走几步路就到了。"

吴国耀点了点头,就跟着李所长来到最西头的一间牢房。李所长打开一个小窗户,吴国耀凑近一看,里面住了一个身材高瘦,头发花白,脸部神情出奇冷静,似乎有点木讷的犯人。

吴国耀不认识这个犯人,所以有些疑惑不解地看了看李所长。李所长明白他的意思,当即朝里面那个犯人喊了一声:"5号你认识这位朋友吗?"

那个犯人抬头朝吴国耀看了看,立即说道:"我早认出他来了。他是吴国耀,中源公司的董事长,是共产党员、人大代表、慈善家、建筑业专家,全国鲁班奖获得者,他是江源市人民的优秀儿子,是个平民英雄。"

"停!"李所长朝那个犯人喊了一嗓子,那个犯人语音戛然而止。

李所长带着吴国耀到另外一间牢房子走去,然后停了下来,示意吴国耀看里面一个身材瘦小,脑门全秃的犯人。吴国耀也不认识这个犯人。李所长朝那位犯人喊了一声:"87号你认识这位朋友吗?"

那位犯人慢慢地抬头,看了吴国耀一眼,然后用浓重的浙北口音说道:

"他是吴国耀吴先生,是一个有才有福之人啊,他的相长得好啊,天庭饱满,地阁丰隆,五官端正,肉妍骨贵……"

李所长又喊了一声:"停!"

那位犯人马上闭嘴,又低头继续干他的活了。

吴国耀被这两个犯人弄得惊讶不已,两眼直勾勾地看着看李所长。

李所长笑了笑,说道:"他们两个故事长着呢,几天几夜讲不完。咱们到办公室聊。"

到了李所长的办公室,吴国耀迫不及待地问道:"今天是怎么回事啊?我感觉像做梦一样稀奇古怪!那两个犯人怎么对我这么熟悉啊?我绝对是没见过他们呀!"

李所长笑着说:"别说你奇怪,我刚和这两个犯人打交道的时候,也被他们弄得稀里糊涂的,他们的故事可是天方夜谭啊。"

李所长详细地介绍了两个犯人的情况。

"第一个犯人5号,他的名字叫魏力斯,最早是南方的一个小老板,后来出国在国外搞诈骗,专门欺骗中国大陆去的人,骗了不少钱。前些年回国做工程,其实就是骗揽工程,然后把工程转包给别人做,也让他挣了不少钱。最后在江源大坝竞标中失败了,而且还被戳穿了骗子的身份,他畏罪出逃,结果在广州海关被公安抓捕。"

"第二个犯人也就是87号,叫魏文贤,是魏力斯的同案犯,在苏北老家被捕。他们俩分别被判了十三年和十一年。他们俩原本应该在当地服刑,但他们多次请求到江源服刑,说什么是要在什么地方摔倒,就在什么地方爬起来。所以就转到了江源来服刑了。"

李所长还大概说了魏力斯的身世和他出事后家庭的悲剧。因为这个事情,简单地说魏力斯出事以后,他的父母受不了这样的打击,不到半年,双双病亡。他的同母异父姐姐趁机将父母的产业据为己有。结果呢,不到半年功夫,又被她的丈夫骗找个精光。她一怒之下把她的丈夫给杀了。自己却因故意杀人罪被判处无期徒刑,现在也在牢里服刑。

"87号家里没什么亲人,他是个老光棍,到了江源以后老实服刑,接受改造,表现很好。但他一个怪癖,每天都要看一本叫什么《鬼谷子》的书,钻研什么纵横捭阖之道。都坐牢了,还故作高深样子。我看他的情态就是一个精神病患者。"

"不过这个小老头确实有一些鬼才！他模仿北京一名原高级领导的亲笔信给龚汉诚市长让他把大坝工程给魏力斯做。这鬼老头不仅模仿的字很像，口气也很像，尤其是他居然知道他和龚汉诚通信的秘密，知道每个字少一两笔！就这招把龚汉诚市长给骗过去，真不愧是鬼谷子的门徒！"

吴国耀听了以后感到太不可思议了，一边摇头，一边唏嘘叹息。

李所长冲他笑了一笑，说道："前面那栋房子里，还关了一个女犯人，跟你还有一些间接的关系呢。她的故事才精彩呢，你要是听了以后，那更会大吃一惊了。"

吴国耀一听是个女犯人，还跟他有一些间接的关系，他立即就想到是不是齐娅静，脱口问道："她叫齐娅静吗？"

"她不是齐娅静，但她是因为齐娅静的事情被抓起来判刑的，最后被押到这里来服刑。"

吴国耀一听说是与齐娅静相关的事情，就让李所长详细地说一说。

李所长说，这个女囚犯叫王善琴，原来是市人民医院办公室的一名干部。她利用职务之便，非法收集倒卖患者的个人信息资料，先后从不法分子手中收取贿赂，共计十万余元。齐娅静的血型和个人资料，就是王善琴出卖给广州一个血贩子的。血贩子当时特别需要齐娅静那种 rh 阴性血，所以很快就找到齐娅静，双方谈妥了交易的事项，并很大方的汇给了齐娅静七万元预付款。齐娅静出院的第二天，这个血贩子就带着人来找齐娅静采血了。

吴国耀听到这里，心里很难受。齐娅静的遭遇让他一想起来就心里隐隐作痛。于是他把话题岔开，问道："那个声称要剁掉齐娅静手脚的血贩子抓到了吗？"

"没有抓到。"

"怎么会没有抓到呢？乌海吉他们不是通过当地的朋友向当地公安报案了吗？怎么就让他逃跑了？"

"这个血贩子畏罪自杀了。这个血贩子的故事就更精彩了，不知道吴委员有没有兴趣听呀。"

吴国耀对事情的细节没有兴趣，他只关心事情的结果。但他看到李所长一脸的兴趣盎然，谈兴正浓的样子，也不好意思拒绝，所以他笑了笑说："你说个故事梗概给我听听吧。"

李所长一脸认真地说道："这个血贩子人生经历也是很悲惨的。早年父母双亡，他是由奶奶带大的。上高中那年，奶奶又去世了，他一个人在世上，没有人管，就跟着坏人去采集、贩卖血浆，就干上了血贩子，走到犯罪道路上来了。这小子头脑特别聪明，没几年就发了大财。"

"但是老干坏事的人，结果也好不了，他绝对没想到自己也得了艾滋病。听说他还在江源时感染上的。那天他找齐娅静采血，为了消除齐娅静的恐惧心理，就当场给齐娅静做了个示范，亲自给自己身上扎了一针，这针扎得他鲜血直流。他绝对没有想到，这支针管是带艾滋病病毒的，于是他也感染上了艾滋病。"

"得病之后，他饱受艾滋病的痛苦，最后他良心发现，就解散了地下血站。自己一个人躲到一个深山老林里，逃避公安部门的抓捕。"

"听说广州有一个富豪的干女儿，对这个小贩子一见钟情，她千方百计地找到了他，然后把他悄悄地带回广州，富豪了解到他们的情况以后，就帮助他们俩逃到国外。"

"到了国外之后，他们俩的病情急剧发展，饱受疾病的折磨，终于忍受不住了，也知道来日不多了。于是他们俩做了个漂流的计划。他们俩坐皮筏从亚马孙河上游往下漂流，一路上漂啊漂，最后从一个落差五百多米的瀑布上头，飞流直下，两人淹没在滚滚急流之中。"

……

吴国耀听了以后，心中涌起了一股悲伤之情。他不明白，这些人本来可以活得好好的，为什么要造孽呢？为什么要去害人呢？最后走上了这条不归路，这都是为什么呀？

第八十一章

　　江源大坝工程进行得很顺利，吴国耀和钱童吃住都在工地上，按计划要在今年国庆节前竣工，为保证工期进度，工地上每天投入了几百名民工，三班倒，二十四小时都有人施工。

　　吴国耀的专家咨询委员会一到有技术难题就开会，解决了一系列的难题，发挥了意想不到的作用。看到大坝一天天长高，吴国耀心中充满了喜悦。

　　钱童几次想去国外休假，都被一次次情况所阻拦，于是他下决心，干脆就等大功告成再回去了，看到工程进展顺利，他也由衷地高兴。

　　有天晚上，吴国耀弄来了几瓶他喜欢喝的茅台酒和一只扒鸡，两人就喝了起来，钱童看到他那副得志的神态，就调侃他。

　　"你老兄也不知道哪来的造化，竟找到我这样的人才替你打工！"

　　吴国耀说："我可没那么大的面子请你打工，你在这帮忙，说穿了是看在父老乡亲的情分上，你是替乡亲们打工。"

　　钱童笑了，说："你这张嘴到老了倒也练出来了，说话说得这么好！不过你说对了，我就是想为家乡做点事。要是别人承包到这个工程，我可能不会整天在工地待着，但会以别的形式，为大坝工程做些贡献，我欠家乡人民的。"

　　吴国耀也乐了，他说："你能对自己高标准、严要求，这很好。不过你没有欠家乡人民什么，倒是你这些年在外，让我担惊受怕的。"

　　钱童说："我好动不好静，不像你修炼得心如止水了，我喜欢打打闹闹的事。"

　　吴国耀看了钱童一眼："还想打打闹闹呢，都五十岁了，快做爷爷了。"

　　吴国耀对屋外叫了声"把蛋糕拿进来"，一边举起一杯酒说："祝你生日快乐！我们做兄弟快三十年了，一直没叫过对方一句正经的称呼，你叫我'喂'，我也叫你'喂'，其实这三十年来，我心中唯一的兄弟就是你。"

　　他看钱童有些发愣就说："今日是你五十岁生日，你忘了？"

钱童满面不高兴，对吴国耀说："你这人也太让人扫兴了。你干吗给我庆祝生日啊！我从三十岁以后就不过生日了。所以，我常感觉自己才三十多岁，天天有梦想，还隔三岔五地跟姑娘们谈情说爱。你这么一提醒我都五十岁了，我以后怎么跟那些小姑娘谈恋爱啊？你怎么这样俗气啊！"

吴国耀一听，哈哈大笑。"你心态真好，难怪人家说我大你十岁，其实才大你两岁都不到。不过你以后那些哥哥妹妹、父女情结事少做吧。我知道你也只过过嘴瘾，其实啥也没有，但江源不时髦这个，别让人笑话！"

钱童说："没有爱，不消两年我肯定会比你老十岁！"钱童又问吴国耀："你还想齐娅静吗？"

吴国耀动情地说："我经常会想她。她就像我的女儿似的。我心里就疼她，为她操过不少心，也为她掉过泪。这孩子命太苦了，生活太艰难了，这都是她家里特别是她弟弟拖累的呀！"

钱童笑了。"你的思想真迂腐，一点也不理解现代女孩子的，她们不会在乎年龄、身份、地位。她们在乎真挚的心。她们比我们这代人真诚、坦率、进取，只是你不了解吧！那一次，你没有相信她对公司的忠诚。她会放弃这么好的公司，这么好的条件去漂泊他乡。这足以说明，你对她的伤害有多深！"

钱童还说："你就会摆点老夫子的架势，面目很是可憎。不过你这情场不得意，可官场商场却很得意。你这正经的模样。让人看了放心，看了受用。所以前有梁子玉这个大贵人罩着你，后来的龚汉诚，待你也不薄。宋玉谦宋少帅，对你也蛮好，你是怎么吸引他们的，可否赐教一下？"

吴国耀听了说："瞎扯什么啊！不过，真的啊，想起来他们几个书记，江源市的领导对我都很好的，这是为什么啊？我真没有好好想过原因所在，你今晚帮我分析分析？"

钱童说："装什么装你，你有本事让人家关心你，你还不明白其中的原因啊，你再这样不要说女孩不喜欢，连我也不喜欢你了。"

吴国耀没理睬他的调侃，倒真自己深思起来了。他自言自语地说："我这些年是捐了一些款，做了一些好事，可这钱是怎么来的？还不是做工程来的，工程是怎么来的？还不是从市里有关部门那里承包来的，说穿了，是人家给我工程做，给我赚钱，我只不过是拿出其中一部分给了社会，给老百姓办了点事。我纵观历朝历代，只有共产党把人民的利益看得比泰山还重的，全心全意为人民谋幸福。我最多算是一个有良心的人，自己富了没有忘记乡亲们，为乡亲们做了一些事。共产党一心一意为人民服务，同时也关注和关心那些为人民做好事的人，我说的可能是对的，你说呢？"

吴国耀抬头望着钱童。

钱童对这一分析，点头赞成，说："你吴国耀真是有福啊！"

最后他对吴国耀说："老兄知足吧，官场，商场得意就行了，情场不得意也罢，你都得意了，我们这些人怎么活哇！"

他们俩聊得最多的还是乌海吉、魏力斯，他们俩都是亿万富翁了，为什么还要那么贪婪？那么不择手段的攫取更多的财富呢？

钱童对这个问题提出了他自己的看法。

"你提这个问题，是一个既古老又新鲜的问题，对这个问题的答案，一千个人就有一千种答案。而我的答案是，这是人的本性的缺陷，也就是人的虚荣和奢侈所造成的。你看我手上的这一只手表，这么精美，还是金壳的，表盘上还镶了这么多的钻石。可是，它的唯一功能是准确的标示时间。告诉我们现在是几点钟？以使我们不失约。但是，我们并不常常看到，这个如此讲究这种手表的人比别人更加认真严守时刻，也不常常看到他比别人更加急切地为了其他什么理由，而想精确地知道每天的时间。吸引他的不是掌握时间，而是有助于掌握时间的机械的完美性。说白了就是想让别人看到，我这块手表是多么的豪华，进一步联想到我是一个有地位有金钱的显贵人物。"

"这就是虚荣和奢侈。"

"人类的这种缺陷，并没有随着时代的发展而自动消除，自始至终都存在着，我看现在还是越演越烈。为了某些少数人能够花天酒地，恣情纵欲，享用各种极品豪华物，世人为了满足这些人骄傲造作的虚荣心，满足少数人对某些不必要的奢侈品的追求，人类花费的绝大多数力量，都远远地脱离了生存所必需的生产。因此，只要有奢侈品的存在，也就必定相应存在着大量过度的劳动和悲哀。然而奢侈品并没有给人带来好运，即使对于享受这些奢侈品的人来说也是如此，因为奢侈品只会使他们体弱多病，脾气更坏。"

吴国耀还是第一次听到这种对奢侈和虚荣这么高深的论述。不过一句话就能说清楚的事，何必如此饶舌呢？不就是想说"广厦万千，夜眠仅需七尺；家财万贯，一日仅需三餐"，这个意思吗？

钱童笑了笑，说道："就是这个意思，就是这个意思，咱也不是为了显示一下自己读过一点书，有点理论水平嘛。"

吴国耀也笑了。"我一直认为你是博览群书的，理论水平挺高的，在我的面前炫耀你的理论水平高，这没有必要吧？不过奢侈和贪婪确实可怕呀，毁掉了多少人那！"

钱童说道："不过国人经常挂在口头上的那句知足常乐，确实也误人不浅啊，不思进取，安于现状，得过且过，悠哉游哉，如果人人都如此，我们的民族，我们的国家，哪还有什么前途啊？所以我以为，贪婪也有它的好处。"

吴国耀饶有兴趣地看着钱童，说："请继续发表一下你的高见，你能说多长就说多长，反正我今天晚上的耐心，是无比的强。"

钱童笑呵呵地看着吴国耀说："那我就说下去啦。"

"人类正是这种缺陷，不断地唤起和保持人类勤劳的动机。正是这个因素，最初促使人类耕种土地，建造房屋，创立城市和国家，在所有的科学和艺术领域中有所发现，有所前进，这些发明和科学艺术提高了人类的生活水平，使之更加丰富多彩，完全改变了世界的面貌，使自然界的原始森林变成适宜与耕种的田园，把沉睡荒凉的海洋变成了新的粮库，变成通达大路上各个国家的行车大道。土地因为人类的这些劳动而加倍的回报，维持着成千上万人的生存，骄傲和冷酷的地主眺望自己的大片土地，却并不想到自己同胞们的需要，而只想独自消费，从土地上得到的一切收获物，却最后都是徒劳的。眼大肚子小，这句朴实而通俗的谚语，用到他的身上却是再合适不过了，他的胃容量同无比的诱惑不相适应，而且容纳的东西绝对不会超过一个最普通的农民的胃口。他不得不把自己所消费不了的东西，分给用最好的方法来烹制他自己想用的那点东西的那些人，分给建造他要在其中消费自己的那小部分收成的宫殿的那些人；给提供和整理显贵所使用的各种不同的小玩意儿和小摆设的那些人，就这样所有这些人由于他生活奢华而具有怪癖，而分得生活所必需品，如果他们期待他的友善心和公平待人，是不可能得到这些东西的。在任何时候，土地产品供养的人数都接近于他所能供养的居民人数，富人只是从在大量的产品中选用了最贵重和最重要的东西。他们的消费量比穷人少，尽管他们的天性是自私的和贪婪的，虽然他们只图自己方便，虽然他们雇佣千百人来为自己劳动的唯一的目的，是满足自己无聊而又贪得无厌的欲望，但是他们还是同穷人一样分享他们所做一切改良的成果，一只看不见的手，引导他们对生活必需品做出几乎同土地在平均分割的权利居民的情况下，所能做出的一样的分配，从而不知不觉地增进了社会的利益，并为不断增多的人口提供生活资料。"

……

吴国耀听到这里，哈哈大笑。"停，停，停。这么哆嗦的话，我实在受不了了。你说了这么多，不就是想说主观为自己，客观也为别人了吗！一句话能说明白的事干吗要这么绕啊！受不了你了，喝酒，喝酒！"

钱童也笑了，喝了一口酒，又拿起鸡腿大咬大嚼起来。一边说道："亚当·斯密的话，快三百年过去了，至今还没有过时！"

这一夜他们谈到了第二天凌晨四点才各自睡觉。

吴国耀工地上十分忙碌，家里的事主要是乌丽丝照看，她公司也有一堆的事，还有巨源公司一些事她也要照顾，十分繁忙劳累，吃不好休息不好。吴国耀实在撑不住了，就给林虹打电话，让她回来帮助照看一下家。

林虹自知道吴国耀要做江源大坝工程之后，就一直在想这个问题，也想回家照顾一下吴国耀，她对吴国耀太了解了，这个人别看是个老总，年龄也不太大了，但基本上不懂生活上的事，又懒得很，在生活上，他是能省事就省事，要实在忙时，恨不得把三顿饭都给省了。她还感觉她和吴国耀年龄都中年了，人一到这个年龄，身体上，心理上充满了沟沟坎坎的，容易出事。她虽然在国外，但和娘家的亲人和同学，同事，仍保持着密切联系，这些年陆续听到一些同学去世的消息。有个女同学叫方寅的丈夫在广西那边做房地产，早几年就听说家产过亿了，可前些天，方寅告诉她丈夫因劳累过度，突发脑溢血，经抢救无效死亡，才五十一岁。方寅是大学教授，工作离不开，所以她一直待在上海，发病的时候她不在身边，没人照顾，错过了最佳抢救时间，所以……方寅说到这泣不成声，痛悔不已。林虹听到这，也哽咽不已。最后，她劝林虹最好尽早回到丈夫的身边去，两人互相有个依靠。金钱、地位这些东西有什么用啊。人都没了，要它干什么！现在想想真后悔！

林虹听到了这以后心里有些害怕起来了，她知道吴国耀一向就比较虚弱，现在又这样忙碌，可别出什么事！想到这，她当即抓起电话，就给吴国耀打电话，先打家里没人接，又打手机，也没人接，她有些慌张了，可别怕什么就来什么啊！最后她想打乌丽丝的手机，可手上又没有她的号码，最后还是从吴向宇那里找到了乌丽丝的号码，打通以后，乌丽丝一听是找爸爸，她也没问什么事，就急着找吴国耀，最后在工地上找到，只见吴国耀正趴在地上看一个焊接点的情况呢，一听有急事，以为是林虹和女儿出了什么事呢，赶紧给回了个电话，林虹一听他的声音，说你：" 吓死我了。"还惊魂未定，气喘吁吁的。

吴国耀也怕林虹长期不在身边出毛病，所以，多方考虑，叫林虹回来。

说回来就回来啊？说得轻巧。

经过这么多年的经营，这里也是个完整的家了，房子新换不久，是独门独院的别墅楼，四周绿树成荫，住了这么久心里真离不开它。

钱童和吴国耀是多年的知交，林虹和钱童的太太路雪也成了好朋友。他们俩有时会网上聊聊。聊的内容除了女人之间的事外，主要就是他们俩丈夫之间的事了，他们俩对待丈夫的情感上基本相同，不同的是，林虹没有路雪那么想得开，路雪积极鼓励丈夫在外面找些外遇，说这样有利于身心健康，还说如果遇到各方面条件都不错的，就带回家里来，和她做个姐妹，大家一起开开心心过日子，多好哇！

林虹听了这，笑了。"哇，路大奶奶，你太伟大了！这世界自己博爱的人很多，鼓励丈夫博爱，你是我唯一所见。我提醒你啊，你丈夫可是有些风流倜傥，心眼活泛哇，万一误入花丛，峰回路转，找不到回家的路了，你就惨了。"

路雪说："他花你就鼓励他花，他就不花了，对这种男人要攻心为上，让他知道，世界上只有你最好，他就不会去找别人了。"

林虹又笑了。"说了半天，你也一样，想绑住钱童的心，比我狡猾一些就是了。"

路雪说："我们这些黄脸婆，要比外表哪是人家小女孩的对手啊，只能比贤惠大度了，这方面我们稳操胜券。"

林虹听了又是一阵笑。倒不是林虹没有招，她的招比谁的都绝，因为林虹知道吴国耀疼爱女儿，只要女儿在她身边，不怕他不听话！

也正是因为这点，林虹十分地疼爱吴国耀，在他的面前，自己始终注意做一个温柔，贤惠的妻子。

想着想着，就想离正事了。眼下怎么办？什么时候回江源？

大概又过了几天吧，吴国耀又打电话给林虹，电话中，他说了江源大水灾，工程工地安然无恙，他说钱童真不错，为了他们家的事情，充中当了唱黑脸的角色，先是帮助收拾了几个混混，后来又吓唬了一通乌海吉，当他说起钱童用假枪比划着吓唬乌海吉差点跪地上时，他们夫妻俩都哈哈大笑了。

　　吴国耀总结说："现在的经验看，干大事还真离不开钱童这样的哥儿们。'慈不掌兵'，我的缺点就有心太慈了，该硬的地方硬不起来。工地上也是，钱童每天在那里，板个脸，那些民工干活都仔细多了，有这么一个人，我真省心多了，你要是这次走不开，近期不回国也行，但你要作准备，万一钱童要离开这，那你必须马上回来，我一个人拉不开栓。"

　　林虹让他注意身体，注意休息，吴国耀支吾了几句就放电话了。

第八十二章

乌海吉出事,对哥哥乌海祥的打击,是巨大的,这个童年开始就给他带来无数麻烦和烦恼的弟弟,再次给他带来了心身的巨创。这次,他不可能有能力帮助弟弟解脱困境了。

刘月娜提出离婚,事先和他说过,他没有吭气,这种事他有什么发言权?只要弟弟同意就可以了,他体谅刘月娜母女的处境,但他不同意她把女儿妞妞带回湖北老家。刘月娜说,我也不想带回去啊,可是交给谁养呢?谁能比妈更关心女儿呢?

他一时语塞。李明秋在一旁说:"由她吧,我们也带不好孩子,别人的孩子弄好弄差,人家都有意见。我们那负得起这个责任啊!"乌海祥没有说话,他自有主意,等到弟弟出来后,他要陪他去找刘月娜,让他们破镜重圆。他准备找个机会和刘月娜谈一次,请她原谅乌海吉。

在刘月娜离开江源前一天晚上,乌海祥、李明秋夫妇同刘月娜谈了很久,主要是说了些乌海吉少年时代的事情,这些事刘月娜在深圳时就听乌海吉说过,她听了也只是觉得生活不易之意。可乌海祥把它分析得很深入。一个人童年的不幸和曲折对他长大成人后都有持久的影响。海吉本质不坏,从小很有爱心,但屡遭人欺负,受了不少的委屈,特别是在深圳期间,做事很艰难、很曲折,就把世界看扭曲了,这不能完全怪他啊。乌海祥提到了乌海吉从小爱打抱不平的事,特别是帮助同学打架,那同学都跑了,让乌海吉受罚,而乌海吉并没有说一句埋怨的话,这是一种多么好的品德啊!

乌海祥和弟弟手足情深,他还把他们兄弟俩小时候的友爱故事娓娓道来,声情并茂,那些乌海吉青少年的故事多么有趣啊,让刘月娜回想起了她和乌海吉在一起的快乐时光。是的,刘月娜近三十年的生活中,特别是在她走上社会后,她享受到的快乐和幸福时光,多数是乌海吉带给她的,她一边听,一边想,一股暖流在她的内心深处汩汩流动,那是她对乌海吉融入骨髓的一脉柔情。

乌海祥接着说:"我虽然是个教书匠,没什么大的能耐,但为弟弟的事情,为了挽回弟弟负面影响,为了乌家的声誉他已经打报告申请提前退休,尽最大努力,把弟弟与小妹的公司做起来,等海吉一出来,就可以迅速地恢复元气,重新做人。"

李明秋在一边一直没说话,听到乌海祥说到这,补充了一句,说:"我们很快就搬到江源来住,正式接手公司上的事。你哥已经挨家挨户地登门拜访了那几个打了辞职报告的工程师,请他们留下,再帮我们公司一段时间,把几个在建的工程弄完,收好尾。这些事做下来,也能养活公司一年半载的,海吉虽出事,但公司并没有彻底垮。如果我们把它弄好了后,我和你哥还会把公司交还给你们。"

刘月娜被哥嫂两人的真情感动,她表示可以等乌海吉两年,等她精神上恢复了,她可能还会回来,看看公司和哥嫂,李明秋听了说了一声:"小妹,我和你哥哥,还有海吉等着你回来,我们是家人,我们不能分开!"

刘月娜听到这,又是一阵揪心的痛哭……

事情的发展不如人意。

乌海祥、李明秋最终也没有把巨源公司给救活,在经营一年不到的时间,就关闭了,他们夫妇俩转而帮助女儿做些力所能及的事情,享受着天伦之乐。

刘月娜回到湖北老家后,一直在找机会,有次她看到一家小饭店经营不善,要转让的消息,就去看了一看,结果她觉得地理位置不错,就开了家小影院,丝丝知道后,把她的那些光盘都给她寄去了,结果生意很好,头一年就赚了好几万,后来她又经营了一家小饭馆,生意也日见其好,刘月娜和乌海吉一样都有生意头脑,又有这些年的经验,倒腾这些生意,她可真是如鱼得水,没有半年工夫,她竟名传乡里了。

乌海吉曾经说过,如果他落难了,他会向两个人要饭,一个是哥哥,一个就是刘月娜。他说,不管他和刘月娜最后有多大的冤仇,但他如果有一天没饭吃,肯定会去找她,同时他绝对相信只要刘月娜有一碗饭,她肯定会匀大半碗给他吃。

所以,出狱之后,他直奔刘月娜的湖北老家去找刘月娜。

乌海吉一路打听,终于找到了刘月娜现在的家。

他到家门口一看,门是半开半掩着的,于是他上前敲了敲门。不一会从里面找出一个二十七八岁的大姑娘。乌海及一看愣住了,这不是齐娅静吗!他怕看错人了，又仔细看了一下，觉得不太像，齐娅静眉心上有个胎记，脸上还有雀斑，哎这个姑娘没有，所以不可能是齐娅静，可是他长得太像齐娅静了。

那位姑娘问道，请问你找谁呀？

乌海吉回答，我找刘月娜，她在家吗？

刘月娜正在放映室里放电影，听说有个外地来的男人要找她，她就出去了，一看是乌海吉！这时的他已经完全变了，头发花白，满脸的胡子，眼睛凹陷了进去，脸庞消瘦。那本来就比较高的鼻子，显得更高了，她看了他一眼，一句话也没说，又回到放映室去了。

乌海吉两天的颠簸又饿又累。看到刘月娜进去了，他也跟着进去，到了厨房，自己拿了碗，盛了饭，往地下一蹲，就大口大口地吃了起来。那位姑娘出来一看，刘月娜没理他，以为不认识，看他竟随便吃起饭来了，还以为是个要饭的呢，可又不敢惹他，连忙跑去找刘月娜，说那要饭的自己上手弄饭吃了，怎么办？叫人把他赶走？

刘月娜说："不用赶，让他吃吧，给他炒个鸡蛋，做个汤，马上去！"

那位姑娘有些纳闷了，这是怎么了？当地的民风善良淳朴，没有人会鄙视乞丐，凡是要饭上门来，那家都给一碗饭吃。但像刘月娜这样给乞丐弄个小炒的，还真少见，那位姑娘正在犹豫呢，刘月娜又说了："给他开几瓶啤酒，快去！"

乌海吉正狼吞虎咽呢，看见又炒鸡蛋，又做汤的，就停了下来，先喝起啤酒来，一会儿炒鸡上来了，饭也不吃了，一边喝酒，一边吃菜，非常惬意。

这放映室是人多热闹的地方，先是一两个人看到刘月娜这样招待乞丐，后来知道的人越来越多，大家都说刘月娜人真善良。

当天晚上，乌海吉给刘月娜说了很多话，他是说在狱中受的辛苦，然后又说到这些年的辛苦，说着说着，泪珠滚滚而下，最后跪在刘月娜面前，抱住刘月娜的双脚，求她原谅，再给他一次机会。刘月娜一言不发，用手推他，他就是不放手，两人僵持了很久，刘月娜两手在乌海吉的两个手臂上使劲地掐，血都流出来了，乌海吉还是不放，最后，刘月娜哭了。

那位姑娘看了这种情况，觉得有些蹊跷，觉得自己不合适在场，于是她就走到一边去了。

没过一会，刘月娜喊道："齐娅静给我拿条热毛巾来。"

刘月娜要擦一把脸，满脸是泪，让这么多熟人看到了不好。

乌海吉问道："你刚才叫她什么？她就是齐娅静啊？"

刘月娜回答道："对呀，就是齐娅静啊！你坐牢坐傻了，连中源公司的秘书齐娅静都不认识了！"

"我刚才看第一眼也觉得是齐娅静，可仔细一看觉对不对呀，她脸上有胎记和雀斑，这个姑娘没有啊。再说她不去南京做软件公司了吗？在那边不是干得好好的吗？怎么会跑到这里来和你在一起呀，这也太难以置信了吧？"

刘月娜说道："对啊！她在南京发展得挺好的啊！她自离开江源从去南京之后，就交上了好运了，事业发展顺利。换句话说，她是在一个对的时间，到了一个对的地方，做对了一件对的事情。她和同学一起做软件公司，只用了一两年的功夫，就挣到了上千万元的资产，公司的员工有几十号人，个个都是名牌大学的博士硕士。她的事业红红火火，势头正旺着呢。"

"后来她一听说我被你害啦，被你拖累啦，我就落难了，怕我想不开，就马上放下手头的生意，从南京赶到这个小地方来陪伴我。"

"她这是多大的善心啊！她这是多么大的恩德啊！她是我前世修来的大贵人，大恩人呐！"

"她的生意那么繁忙，事情那么多，几十号人靠她吃饭呢，我哪敢让她在这里耽搁时间长了啊！她陪了我一个星期之后，我就赶她走，可是她就是不走，我就冲她发脾气。你绝对想不到，齐娅静现在脾气比我还暴，骂人比我还粗俗难听，我们两个人都快打起来了。老这么僵着也不个办法，最后我们俩互相妥协，商定了一个方案，他在武汉开个分公司，离我也近，一方面她可以经营她的公司，一方面我们两个人可以互相照顾。这也是得到老天的保佑啊，这几年她在武汉公司发展得也非常不错！在我这艰难的岁月当中，多亏有她的照顾，我才能活下来啊！"

这时齐娅静走了过来，刘月娜劈头就问："你看，这个男人是谁呀？"

齐娅静回答道："这会儿我认出来了，他是乌总。他刚进门的时候，我真的一点也没有认出来，他变化实在太大了，根本认不出来。"

放完电影之后，乌海吉、刘月娜、齐娅静三个人又弄了几个小菜，开了几瓶啤酒，边喝边聊起来。

聊了一会儿，乌海吉好像是累了，就想到屋里面去洗澡睡觉。

刘月娜见状马上板了个脸，冷冰冰地说道："你这个老乌龟往哪里走啊？那是我的住房，你往里面走合适吗？你要牢牢记住，我们俩已经不是夫妻了，不能睡在一起。今晚你就在客厅里打个地铺，就睡在客厅里吧！"

乌海吉听了这话连连说："好好好，对对对。"

齐娅静见此情况很是惊讶，她想打个圆场："刘姐，别这样嘛，客厅打地铺，哪里睡觉啊。"

刘月娜脸色更加不好看了。"他就是一个劳改释放犯，有个地方睡觉就不错了，有什么可讲究的！这种男人明明就是一根草，非要把自己当成一个宝；明明就是一棵葱，非要把自己当成一棵松；明明就是一条虫，非要把自己倒成一条龙！"说完就独自回到屋里休息去了，不一会又出来了，对齐娅静说道："你也去睡觉，他的事情他自己管，没人伺候他！"

乌海吉又恢复到原先的谦卑状态，连连说道："好好好，我自己来，我自己来。"

刘月娜说这番话主要是要警告乌海吉以后老实做人。

刘月娜恨过乌海吉，主要是让她背上了恶人的名声，她一气之下和他离了婚。当时她提出要从一百零三万家中要走一百万，她心里想，乌海吉肯定会和他吵，骂她没良心之类的话。可让她意外的是，乌海吉二话没说，当即同意了，这让她感动不已，她当时就有些后悔提离婚了，但碍于面子，没有说出来。后来她听了乌海祥的一席话，心里的主意就定了，只要乌海吉在出狱去求她，她一定原谅他。

在以后的岁月中，他们的地位换了一下，生意上的事。里里外外，事无巨细，都由刘月娜一手掌管，乌海吉只负责跑腿办些具体事，再后来，刘月娜还是觉得在家里舒服些，女儿也长大了，也要给乌海吉面子，就把生意上的事交给乌海吉打理。这时的乌海吉已经是相当驯服的老马了，非常听话了。但刘月娜对生意上的事情定期检查，对乌海吉本人的行为也是盯得很紧。

再好的男人也需要监督，这是刘月娜积大半生的经验所得出的重要结论。

第八十三章

中源公司竞标江源大坝工程项目中立过功劳的公司副总经理吴理睿，受到了中源公司重赏：公司董事会决定给吴理睿奖励一套价值三十万的房子。宣布的当天，就把钥匙给了吴理睿。

按照吴国耀的想法，等大坝项目完工后，公司考虑将视利润的情况，给吴理睿一定比例的干股。方向成等人以为这样的奖励太重了，给股份尤其不宜，他的人品有问题。吴国耀说作为企业的老板，以比较高的道德水平来要求自己，那是完全应该的，但对员工乃至公司高层管理人员，则只能要求他们遵守国家法律和公司章程、公司管理规定。公司倡导先进文化注意引导员工不断提高思想道德水平。但公司不是教堂，不以履行教条和个人修养作为目标，而是以赢利为目标，当然公司也不是司法机构，对于员工违法行为，公司无权自行审判。公司以挣钱为目的。公司以金钱鼓励员工的敬业和创新，这点天经地义，无法改变。所以给干股是应该的。

方向成等人无言以对，均表示同意。

吴国耀和中源公司对吴理睿的奖赏以及吴国耀的那些意见，在公司上下引起了强烈反响。特别是对公司的中层管理人员带来了希望。虽然这种做法和意见，在外地已经很普遍，很正常，但在江源这样的经济相对落后的地方，却只停留在口头上和纸上，没有一家公司真正落实过。

吴国耀和钱童商量要把中源公司改制，争取上市。这就需要大量的人才，需要调动公司人员的积极性和创造性。在一个企业，人才是第一重要的资源，只要把人的积极性和创造性激发出来，就可能创造奇迹，所以，吴国耀就有些效仿刘邦封雍齿了，意在让人知道，他和中源公司延揽大度，赏罚分明，论功行赏，言出行随。

此外，吴国耀努力使这大坝工地成为一个人才培养基地和队伍锻炼基地。这方面他下了不少工夫，工地上遇到的技术难题，他一般都请专家帮助解决，但他总要叫上几个技术人员在旁边观察学习，督促他们真正学懂会做，他说的话是："人人学好，个个成才。"

吴国耀一直暗暗留神物色像钱童这样的人，敢管会管，不怕得罪人，不徇私情，这方面，他比较失望，他最后也没有发现一个，这方面的事只有他自己承担起来了。

在大坝工程的施工和完成后，吴国耀在公司中俨然成了一个大领导似的人物。他发现一场事业做下来，身边多了许多新人，也淘汰了许多的旧人，这个过程他开始毫无知觉，更不曾刻意追求，他只是天天在工地上指挥，一遇到难题，让各个班组的人先想办法解决，连续二次解决不了，他就换掉那个班组长，一个班组长连续解决了三次以上的问题，他就悄悄地注意此人，在某个小队缺队长时，就让他去任队长，若能三次顺利解决处理好他职责所属的事情，就让他再试更高一层的职务。技术部经理皮成理，施工部经理步元旭，材料部经理朱向七就是这么上来的，还有许多的班（组）长也是这样上来的，现在，他身边有这么一批得力干将，好多事，他不用具体地解决了，只出面协调而已。

这段时间他和钱童朝夕相处，两个人的感情亲如手足，他心里一直想的是钱童这样的人才和朋友的感情，无人能替代，在他以后的事业中，也需要他的帮助，于是他提出了一个意见，由他的中源公司为主，成立一个新公司，出资比例吴国耀占70%，钱童占30%。公司一边做申请上市的工作，一边继续在国内发展。吴国耀决定下一步要走出江源了，现在的职工这么多，以后江源没有大项目，还真养不了这么多人，必须到更宽阔的天地去寻找生存空间。

他把这个计划和钱童一说，钱童呵了一声说："你是想让我替你打工吧，想得主意不错啊，不过是痴心妄想！你那点本事想长期圈着我，想什么呢！"

吴国耀笑了笑。"那我给你打工，你占70%，我占30%。反正这上市的事情你得去跑，我嘴头心眼都胜任不了这项工作。"

钱童说："图穷匕首见！你是让我替你公司跑上市？你先给我打一百万再说！"

吴国耀说："可以，明天就给你，但你两年内给我拿下来！"

钱童是说气话的，这吴国耀却抓住了这句话不放，第二天真给钱童拿出了一张存有一百万的银行卡，说："君子一言……"

自从大坝工程施工工作走上正轨后，宋玉谦就很少参加专家咨询委员会了。他在《江源每日动态》上看到了李二傻等人去中源公司闹事的事，这引起了他高度的重视，他要晏洪去调查一下，把详细情况告诉他，当他看到这次闹事除了为了钱之外，还含有针对中源公司总裁吴国耀个人进行报复案件，特别是有乌海吉，马明亮作背景的情况后，他觉得这事太恶劣，特别是想破坏大坝工程的建设，这是绝对不能允许的。他当即找来晏洪，问他有无必要给大坝工地安排警力，以防坏人破坏。晏洪回答说："目前似无此必要，但为了稳妥起见，可以告诉吴国耀多加小心，注意防范意外事件。"宋玉谦表示同意。

后来他听说：吴国耀在施工现场设有保卫小组，有六个人，二十四小时，巡逻。以保护大坝上的人员安全，维护工程建设秩序时，他放心了。

但他指示晏洪说："大坝工程建设不是施工企业一家的事，市里要做些服务工作，特别是要防范坏人的破坏，现在有些犯罪分子，又蠢又狠，什么事都干得出来，必须要有一套及时发现问题，解决问题的措施，对那些胆敢寻衅闹事，行凶作恶的人，露头就打，果敢处置，切不可手软，贻误大事。"

晏洪听了宋玉谦的这番话，就有些压力了，他回去后立即下令七泉乡的派出所，要严格注意本乡那些不法分子，严防他们对大坝建设带来一丝一毫的干扰和破坏，就这样，他还不放心，亲自打电话给县公安局局长李万义对他作了指示，李万义当晚他就派了两名警察驻扎大坝工地，负责治安事宜。

晏洪被宋玉谦批评了两次后，做事谨慎多了。

宋玉谦和吴国耀接触这段时间后，特别是察看了几次大坝工地之后，他形成了对吴国耀的基本认识，第一点是忠厚稳重，做人做事都很可靠。第二是求真务实作风，尤其是对他和钱童两人，日夜守在大坝上，及时发现问题，解决问题，他是很满意的，工程质检站的朋友告诉他，像吴总这样能够这么重视质量的老总还真不多见，有什么问题吴总自己就找出来了，质检站的人对吴总的做人做事，很放心。

听到这话，宋玉谦说："你们千万不可放心，你们只要一点放心，我就一万个不放心，你们要是发现不了问题，我会把你们撤掉，另找一个质检队伍来，说到做到，这点你们倒可以放心。"

质检站的负责人被他这么一说，心里也有很大压力，用他的话说，就是从鸡蛋里也要挑出刺来，几个月下来，他们还真发现不少问题，有些问题让他们和吴国耀都吓得直冒汗。

  为什么各行各业都有那么多的规定？那是因为现实需要。按照规定去做，不一定能确保不发生任何事故，但不按规定去做，一定会发生事故。

  这些年在工程建设领域发生了多少事啊，酿造了多大的祸害啊，虽然每个工程项目出事的形式不一样，但有一条都是共同的，都有不按规定办事的地方，都有不符合规定的环节，任何做工程的人，你敢保证他不出任何事故？

  党组织派宋玉谦到江源市任书记，让他对江源的工作负总责，对此宋玉谦毫不含糊。江源大坝这样的重要项目他每天都记挂着，思考着，关注着。他总是在关键的时候，关键的环节上，提出问题，提出意见，提出措施，牢牢地把握着局面，他是江源大坝工程的最后把关者。由于他的精细和极端负责的精神和及时正确指导，江源大坝建设一切工作都非常顺利！

第八十四章

江源大坝主体工程结束后，吴国耀准备搞个隆重的竣工典礼。

这些事李祥很有经验，这天他请李祥一起商量如何办理这件事。

李祥是吴国耀事业的有力的支持者，特别是在吴国耀创业的初期，如果不是李祥的赏识和帮助，吴国耀的事业发展就不会那么顺畅。所以，吴国耀对李祥一向是以兄事之，凡有要事，都事先请教李祥。

李祥听吴国耀的想法后，也认为确有必要，对江源市对中源公司都是个很好的宣传机会，一个城市，一个企业要发展好都离不开宣传。

吴国耀说已准备请江源的媒体和省的主流媒体来报道。李祥说，这仅是一方面，他给吴国耀出主意，让他以市政府的名义立碑刻字以志纪念，李祥说这样你就名垂千古了。

吴国耀笑了，说："我现在看自己就像孙猴子似的，在外面跳来跳去的，你们这些大师们在幕后，击节玩赏，嘲笑于我。"

李祥听了，哈哈大笑。"别没良心，这个工程下来，你大钱到手，大事成矣。"李祥指的是中源公司上市这事。

吴国耀感觉公司成功上市，涉及的方面，环节太多，想想就头疼，没信心。李祥说："梁子玉最近可能要回江源，你到时候去求求他，他一个电话，够你跑半年的。"

吴国耀说："这个事不敢打扰他，他现在管一个省，几千万人的吃喝拉撒，衣食住行都要管，一天忙得很，哪敢劳动他啊。"

李祥说："你装模作样，不去求他，万一你跑不下来，有你后悔的。"

吴国耀问："竣工仪式要不要请梁子玉？"李祥说："就你请得动他？这种事谁也请不动他了。"其实吴国耀找李祥主要是商量这件事，一听李祥这么说，就不敢再往下说了。

在他看来。梁子玉是真正高人呢，有功不居，淡泊名利，灿若朗星，可望而不可即。

两人商谈了仪式的主要问题和具体日子,李祥说放在国庆节前后最好,放假了市里的头头脑脑,可能会有些空。吴国耀说:"那碑文怎么办呢?"李祥说:"你给市里打个报告,说请市里写个碑文就可以了,其他事你不要管的。"吴国耀这才放心。

吴国耀第二天就给市里打了个报告,把竣工仪式的事项写得清清楚楚。宋玉谦、方宏都同意出席,这是江源市的大喜事嘛!宋玉谦批示碑文由方宏市长撰稿并书写,刻字立碑事由中源公司办。

林虹得知自己丈夫承建的江源大坝工程即将竣工并要举办隆重庆祝仪式,心里非常欣喜,她屈指一数,现在离庆典的日子还有十天了,她毫不犹豫,准备马上回江源,分享这份欢乐。

钱童是个怪人,一向我行我素,俨然就是一个任大侠、任我行,在大坝竣工仪式举行前的第三天,他不辞而别,去了上海,气得吴国耀破口大骂,钱童没有多说话,笑了笑,说吴国耀"蜂目隼准豺声,只可与你同艰苦,不可与你共欢乐,高鸟尽,良于藏,狡兔死,走狗烹,敌国灭,谋士亡,大坝成,钱童退"。吴国耀一听这哥儿们,把自己说成是秦始皇的长相了,又气又想笑,我长得有那么可怕吗?

钱童说,他不习惯官场那样的正式场合,还是回避一下好,万一喝醉了,闹起酒疯来,会把那场好戏搅得一塌糊涂,到时候令人颜面无存,岂不难堪。"我现在主动离开,你高兴才对,干吗假惺惺,装什么装?"

这就是钱童。吴国耀问他,梁子玉出差路过江源,能不能向他求情,在公司上市这事找找人,说说话,吴国耀怕个人的事找他不好。

钱童说:"你要说让他帮你吴国耀个人的事,他不会理你。但你怎么不说成是让他扶持一下江源的民营企业,促进一下个体经济的发展壮大呢?如果这样说,他就会责无旁贷了。他们天天都说这些话!"

钱童这个人就是有点邪乎,悟性特别好,记忆力也强,古往今来,中外时政,他都能说出一些道道来。这哥们是不能放跑了。得动点脑筋,把他拴住,否则这公司上市的事就靠谁来办了啊!

林虹和女儿菲菲回到了江源。

去机场接的是吴向宇、乌丽丝和方向成。本来吴国耀自己去接的。女儿上飞机前已经给他打电话，下指令了，可他临时有事，去不了。

林虹走出候机楼，吴向宇和乌丽丝走上前去，吴向宇上去抱小妹妹菲菲了，乌丽丝上前接过林虹的手包叫了一声妈妈，林虹满脸笑容，说："辛苦你啦！妈妈不在家，你又要照顾公司又要照顾家。不易啊。做他们吴家的人都要吃苦受累，妈妈就是例子。"

乌丽丝说："我非常爱向宇，为了他再苦再累我也愿意！"

林虹听到这些话故意皱眉头，摇了摇手说："你这话前半句是对的，你非常爱向宇，这很对。后面就不对了，应该改为让他为了我再苦再累也愿意，做女人得有这个本事才行！"

乌丽丝刚才还有些拘谨，可一听到林虹这句话不禁呵呵笑了，她说："我哪有这个本事啊，天天像丫鬟似的伺候他，还怕他不满意呢。"

林虹也乐了她说："不懂学啊，妈教你。"说完两人都笑了，乌丽丝感到很幸福，她开始生活在一个富裕文明和善的家庭中了。

关于吴向宇和乌丽丝的婚姻大事，林虹始终是幕后操纵者。林虹主张儿子早婚早育。她从家族发展的角度看这个问题。作为一个民营企业。接班人的培养特别重要。早生孙子这就是战略性的一步，干什么都要抓早抓先。她让吴国耀促成儿子和丝丝订婚。这样丝丝就可以名正言顺地生下来。对这些事。吴国耀一向对她言听计从，执行得力。

吴国耀是深夜回家的。女儿菲菲等得太疲劳了就睡着了，吴国耀赶回家时，第一件事就是看女儿。这宝贝女儿太可爱了，他轻轻地握着她的小手，看着女儿甜甜地睡着。他的脸上的笑容像那出初升的太阳一样的温煦灿烂。这时林虹来到朝他身边他一笑，然后把脸贴到他的胸前。

梁子玉从北京开会后结束后，路过家乡江源，随行的有他的夫人王之等人。

宋玉谦、方宏、李祥等人乘辆面包车前往机场迎接。

梁子玉一行走出门口，宋玉谦等人迎了上去，两人热烈握手。宋玉谦说："我还以为您把我们江源忘了呢！"

梁子玉一听，脸就沉下来了，说道："怎么成了你们的江源了？我在这里待了几十年，就这样被你们彻底扫地出门了！"

宋玉谦一听，不慌不忙地回答道："明明是江源人民把您和嫂子敲锣打鼓送出去的，怎么是扫地出门呢！江源人民为国家贡献出了一个省委书记，又显示出了甘于奉献的优良传统啊！"

梁子玉没有理他，而是和方宏、李祥握手说话。他问李祥："你怎么这么早进人大了？"

李祥说："还不是承蒙汉诚同志关照。到人大工作蛮好，我身上的高血压、胃病都好得差不多了。"

梁子玉一听到龚汉诚就感到心里难受，虽然他现在商场上取得很大成绩，但梁子玉仍然为他惋惜。梁子玉又和方宏聊了起来。宋玉谦则过去帮助王之提包。

宋玉谦一接过包感觉沉甸甸的，就问王之包里是什么？是不是黄金白银？

王之看了梁子玉一眼，然后对宋玉谦说："重吧？里面全是药，大瓶小瓶的，他上哪我都得带上这些东西。他自出了江源，毛病多得很，我现在是怕他了。"

梁子玉听到王之这话，就对宋玉谦说："别信你嫂子的，没事成天就看那些小报，一会儿说这个不能吃，一会儿又说哪个不能吃。弄得我辣椒有一年多没有吃了，馋得很！"

宋玉谦一听就笑了，这哥嫂俩在外人面前永远是这些话题，也会为些小事琐事呛声。想想自己和老婆不也是这样吗？只是不在外人面前吵而已。呵呵。

当天晚上李祥搞了一桌的江源土菜。梁子玉一见辣椒鱼顿时喜笑颜开，对宋玉谦说："在外面工作，我最想的就是它了。"

王之见梁子玉这个馋样，也笑了。"这么大的岁数了，还跟小孩子一样，嘴馋，今晚让你吃个够，不管你了！"

宋玉谦路上就注意到梁子玉、王之俩都有些累，所以把吃饭的时间也缩短一些。他知道，梁子玉这趟回来是想看看大坝。

晚宴快结束时，他对梁子玉说："明天上午九点钟，请您和嫂子去视察大坝，还是我们三个陪您，您看好不？"

梁子玉说:"好。您嫂子不去了。"梁子玉从来不带王之参加公务活动。

宋玉谦让李祥给吴国耀打电话,让他安排好明天的事。

吴国耀一听梁子玉要来参观大坝,喜出望外。他马上召集公司高层开了个会,提出马上动员人马,把离大坝三里内的道路清扫干净。路上不允许有一根荆棘、一团污水、一堆垃圾。凡石路上,不允许有一块石头松动。明天要适时给马路洒些清水,不允许车过尘起。等等。

大家还没有见吴国耀这么郑重其事地接待客人呢,就问是谁要来。吴国耀告诉大家:"是个很普通的人。但他是我们江源的骄傲,是江源河哺育出来的优秀子孙,是大坝的第一功臣,我们要尊敬他,爱护他。"

大家一听就知道是梁书记要来参观大坝了,就分头做准备工作去。

第二天九点多,梁子玉在宋玉谦、方宏和李祥等人的陪同下,驱车来到大坝现场。他一下车,站在两排的大坝建设者热烈鼓掌欢迎。他看到吴国耀站在左排第一个,就向他走去,边握手边说:"听说你做这个大坝很认真,很努力,大坝质量也很好?"

吴国耀笑着说:"质量如何请梁书记检查。不过这次我没有在施工现场昏倒过。"

梁子玉说:"以前你在工地昏倒也不能怪我啊,我没有让你那样做。"

吴国耀说:"我以前昏在工地,多少还是跟你有些关系,起码有一半是被您吓的。"

在场的人都笑了。

梁子玉一行拾级而上,走向坝顶,当他们刚登上坝顶时,大坝两端的喇叭骤然响起了《歌唱祖国》的歌声。梁子玉望着这雄伟的大坝,望着滚滚东去的江源河,望着家乡的旖旎风光,他心潮澎湃,不禁随着乐曲唱起了他心中最喜欢的这首歌:

　　五星红旗迎风飘扬,
　　胜利歌声多嘹亮,
　　歌唱我们亲爱的祖国,
　　从今走向繁荣富强!
　　……

后 记

　　这部小说我早些时候就写成了，并请一些朋友审阅和提出修改意见。其中一位作家朋友提出了修改意见，同时说："看了这本书稿以后，可以看出作者是一个心地善良的人。"

　　确实是这样，我就是怀着一颗善良的心，本着善良的愿望，为了善良的目的来写这部书的。书中核心要义，就是劝人为善，劝人善良做人，善良待人，心向苍穹，无疚无愧。

　　这部小说各方面都不够成熟，就像一个孩子一样，只要他有"善良"的优良品质，就让我十分的喜欢、十分的疼爱。

　　如今这部小说稿就要印制成书了，也像孩子一样长大了，就要离开我，去闯天下了。

　　那么书啊，你去吧！去向人们讲述善良的故事，播撒善良的种子，启迪善良的心灵，抒发善良的心声，传递向善向上的正能量、在新时代中作出自己的贡献。

图书在版编目(CIP)数据

心向苍穹/王温著. 一福州:海峡文艺出版社,2022.1
ISBN 978-7-5550-2564-1

Ⅰ.①心… Ⅱ.①王… Ⅲ.①长篇小说－中国－当代 Ⅳ.①I247.5

中国版本图书馆 CIP 数据核字(2020)第 264059 号

心向苍穹

王温 著

责任编辑	朱墨山
出版发行	海峡文艺出版社
经　　销	福建新华发行(集团)有限责任公司
社　　址	福州市东水路 76 号 14 层
发 行 部	0591－87536797
印　　刷	福州德安彩色印刷有限公司
厂　　址	福州市金山工业区浦上标准厂房 B 区 42 幢
开　　本	720 毫米×1010 毫米　1/16
字　　数	300 千字
印　　张	31
版　　次	2022 年 1 月第 1 版
印　　次	2022 年 1 月第 1 次印刷
书　　号	ISBN 978-7-5550-2564-1
定　　价	58.00 元

如发现印装质量问题,请寄承印厂调换